De eerste steen

Voor Joey Paul, die begrijpt wat genezing is en die het aan ons heeft toevertrouwd het verhaal ervan te vertellen.

Nancy Rue &
Stephen Arterburn

De eerste steen

BARNABAS

De eerste steen
Rue, Nancy & Stephen Arterburn
Originally published in English under the title: *Healing Stones* by
Nancy Rue & Stephen Arterburn
Copyright © 2007 by Nancy Rue and Stephen Arterburn
Published in Nashville, Tennessee, by Thomas Nelson.
Thomas Nelson is a registered trade-mark of Thomas Nelson, Inc.
All rights reserved.

ISBN 978-90-8520-095-6
NUR 330

Vertaling: Tobya Jong
Ontwerp omslag: Studio Vrolijk, Margreet Kattouw

Dutch edition © 2009 UITGEVERIJ BARNABAS - HEERENVEEN
Alle rechten voorbehouden.

Uitgeverij Barnabas is onderdeel van Uitgeversgroep Jongbloed
te Heerenveen

1

⤳

Ik sloop die avond stiekem naar de boot om te zeggen dat dit niet meer kon gebeuren.

Vergis je niet, ik had daar helemaal geen zin in. Het verbrijzelen van iemands hart stond niet op mijn lijstje met dingen die ik graag deed. Ik weet niet wat ik dacht dat er uiteindelijk van zou komen, maar dit had ik in elk geval nooit voorzien. 'Dit' was iets wat ik simpelweg 'moest' doen. Als je er zo'n enorme puinhoop van gemaakt hebt dat je niet meer kunt hopen dat de dingen op de een of andere manier vanzelf wel weer goed komen, moet je ze oplossen.

Ik volgde mijn gebruikelijke route tussen de schaduwen, terwijl ik af en toe achteromkeek, een gewoonte die ik ontwikkeld had om er zeker van te zijn dat ik niet gevolgd werd. Het was februari, laat op de avond, een moment waarop niet veel mensen een bezoekje zouden brengen aan de Port Orchard Jachtclub. Na vanavond zou ik dat ook niet meer doen.

Ik zoog de vochtige lucht, zo typerend voor Washington, naar binnen en met het uitblazen ervan probeerde ik ook mijn drang kwijt te raken om weg te rennen van de pijn. Toen stak ik mijn hand in de zak van mijn trenchcoat en voelde aan het sleutelkaartje dat in zijn satijnen schuil-plaats lag te wachten. Ik kromp ineen terwijl de randen van het kaartje in mijn handpalm drukten.

Zou van nu af aan alles wat me aan Zach herinnerde zo veel pijn doen? Dit was alleen nog maar de sleutel die toegang gaf tot de steiger. Wat zou er gebeuren als ik zijn gezicht zou zien?

Ik wist het hek van slot te krijgen en ik liet het achter me dichtvallen. Het geluid deed me denken aan een gevangenisdeur. Ja, ik deed nogal dramatisch, maar alles achter dat hek leek iets te zeggen over hem. Zach moest altijd erg lachen om de omgekrulde advertentie op het aanplakbord, waarin iemand vroeg om een dekhengst voor zijn Yorkshire Terriër. Telkens wanneer ik in het donker mijn weg zocht over het metalen rooster dat op de houten kade gelegd was, voelde ik in gedachten zijn armen al om me heen.

Ik wandelde Kade C op, een smal steegje met aan beide zijden vrolijk gekleurde deuren die toegang gaven tot over-dekte aanlegplaatsen, en ik kon Zach al horen grinniken om de rozerode slinger, die ter ere van Valentijnsdag boven de nagemaakte patrijspoort hing. Het papier was vochtig en de kleuren vloeiden in elkaar over. Ik voelde me op mijn gemak op dit smalle paadje naar Zachs deur. Het leek zich altijd achter me te sluiten – en me te omvatten in een veilige omhelzing.

Hoe moest ik me daar ooit uit losrukken nadat ik gezegd had waarvoor ik gekomen was? Tjonge jonge, Demitria. Je weet het ook wel uit te kiezen.

Ik had mijn hand nog maar nauwelijks op de klink gelegd toen de deur naar de ligplaats openzwaaide en Zachs gestalte de deuropening vulde. En mijn hart.

'Hé, Prof', zei hij.

Terwijl ik daar stond, met hem zo dichtbij dat het zeer deed, worstelde ik om me te herinneren hoe ik mezelf hier-tegen gewapend had. Ik deed dit voor Rich en de kinderen – omdat het het juiste was – omdat ik niet langer kon doen wat verkeerd was.

Zachs silhouet stak af tegen de boot die achter hem op en neer deinde. Toen trok hij me door de deuropening het boothuis in – en ik snoof de betoverende muskusachtige geur in zijn nek op. Ik kon gewoon niet om hem heen.

'Oké, wat is er aan de hand?'

Ik kon geen antwoord geven, niet nu ik mijn gezicht tegen zijn brede borst aandrukte en zijn zwarte, wollen sweater voelde kriebelen.

'Je klonk nogal gespannen toen ik je aan de telefoon had. Ik voel het in je lijf.' Hij drukte me dichter tegen zich aan en legde zijn kin op mijn hoofd. Ik hoefde hem nog niet aan te kijken, maar ik wist evengoed hoe hij eruit zou zien.

Zijn dikke, donkere wenkbrauwen gefronst. Zijn blauwe ogen gesloten, dat wist ik zeker, waardoor de lijntjes eromheen samengeknepen werden. Ik probeerde hem weg te duwen, maar hij legde zijn handen om mijn gezicht en hij nam me in zich op. Ik had gelijk gehad over zijn gezichtsuitdrukking. Het enige wat ik vergeten was, was zijn weerbarstige grijzende haar, dat in de war zat omdat hij erdoorheen gestreken had.

'Ik word bang van je, Prof.' Hij boog zijn hoofd om me te kussen, maar ik trok zijn handen los en stapte naar achteren.

'Kunnen we aan boord gaan?' vroeg ik.

Ik wachtte niet op antwoord, maar stapte om hem heen. Ik liep vlug over de steiger, naar het achtersteven van de *Testament*. Mijn rubberen zolen maakten bij elke stap een zuigend geluid, dat weerkaatste en me leek uit te jouwen. *Dit is de laatste keer. Dit is de laatste keer.*

Ik stapte aan boord en bleef staan toen ik een eerste glimp van de hut opving. Overal waar ik keek zag ik kaarsen, de vlammetjes weerkaatsten op het gelakte teak. Ik wandelde een heiligdom binnen.

'Je klonk alsof je wel wat kaarslicht kon gebruiken.' Zach duwde de deur van de hut zachtjes dicht. 'Wat heb je verder nodig?'

Wat ik nodig had, was dat hij niet op die manier tegen me praatte – met zijn heldere, eindeloos diepe stem die precies de juiste vragen stelde, die mijn koosnaam gebruikte en die altijd zei dat ik het moest zeggen als ik wilde dat hij stopte, voordat hij dat niet meer zou kunnen.

'Ik moet praten', zei ik. 'En jij moet luisteren.'

'Altijd.' Zach trok me mee naar een bank in de hoek, overdekt met kussens, maar ik trok mijn hand los.

'Ik kan niet naast je zitten terwijl ik dit zeg.'

'Oké, Prof.' Hij streek met zijn vinger langs mijn kin. 'Dit is jouw vergadering.'

Hij draaide de kapiteinsstoel rond om me aan te kunnen kijken en hij ging op het randje van de stoel zitten. Zijn lange benen, gehuld in een spijkerbroek die de vorm van zijn dijen en zijn kuiten accentueerde, bungelden aan weerszijden van de zitting.

'Rich?' zei hij. 'Weet hij het?'

'Zach, laat me –'

'Als dat zo is, dan is het maar zo. Je weet dat ik achter je sta.' Hij haalde zijn massieve schouders op. 'Ik heb aldoor al gezegd dat je het hem moest vertellen.'

Ik glimlachte. Ik kon het niet helpen. Of ik het nu wilde of niet, als ik hem zag, glimlachte ik. 'Moet ik je lippen afplakken met een stukje tape?'

De lippen in kwestie vormden een grijns. 'Ik luister. Praat met me.'

Natuurlijk kon ik met Zach praten. Hij zou zelfs dit begrijpen, wat ironisch genoeg juist de reden was dat ik in deze onmogelijke situatie terechtgekomen was: omdat ik met hem kon praten zoals ik dat met niemand anders kon. Ik hoefde nooit op mijn hoede te zijn – en zijn onverdeelde aandacht was al net zo verslavend als de rest van de dingen die we samen deelden.

Toch moest ik het zeggen.

'We moeten hiermee stoppen. Ik bedoel met ons – we moeten stoppen met ons.'

Hij bewoog zich niet.

'Ik hou van je – dat weet je. Jij bent dat stukje van mij dat ik nooit kon vinden tot ik jou vond. Jou en deze plek.' Ik liet mijn blik langs de wanden glijden. De vlammetjes flakkerden alle kanten op, alsof tot hen was doorgedrongen wat

Zach nog niet leek te bevatten. 'Ik wil bij je zijn. Ik wil het leven waarvan ik weet dat wij het samen zouden kunnen hebben, maar niet als daar een web van geheimen en leugens omheen nodig is. Ik wil niet dat iets van wat wij samen hebben verkeerd is, en dit is dat wel, dus ik kan niet meer ... Zach – zeg dan iets.'

'Dat mocht niet van jou.'

'Doe jij altijd wat ik je vraag?'

Zijn gezichtsuitdrukking verzachtte. 'Dat is een van de dingen aan jou waar ik juist zo van houd. Jij bent het soort vrouw dat uiteindelijk teruggaat naar haar man. Ik sta machteloos tegenover jouw integriteit, Demi.'

Ik lachte hardop. 'Welke integriteit, Zach? Ik ben een getrouwde vrouw en ik heb al vijf maanden een verhouding met jou.'

'Vijf maanden, drie weken en vier dagen.'

'Dat is geen integriteit – dat is overspel.'

'Dat heb je gezegd, ja – minstens 1003 keer.' Hij hield zijn hoofd schuin. 'Maar als je jezelf eens kon zien. Dit maakt je kapot en dat heeft het vanaf het begin gedaan. Een vrouw zonder integriteit zou zich niet druk maken over goed of verkeerd, vooral niet als je bedenkt hoe Rich je behandeld heeft –'

'Hij is nog steeds mijn man.'

'Dat is precies wat ik bedoel.'

Ik begroef mijn handen in mijn haar. 'Ik wil dat je ermee ophoudt om mij als een heilige af te schilderen. Ik probeer gewoon te doen wat juist is.'

'Ik weet het. En dat haat ik, maar tegelijkertijd waardeer ik het juist zo.' Hij leunde voorover en raakte me aan zonder me aan te raken. 'Het maakt je zelfs nog mooier.'

Ik trok mijn knieën op en drukte ze tegen mijn borst, de zolen van mijn laarzen maakten afdrukken in de corduroy bekleding. *Zo moet het voelen als je afkickverschijnselen hebt.*

'Prof, ik kan recht in je ziel kijken. Je hebt pijn.'

'Het kan me niet schelen of ik geweldig of waardeloos ben – ik moet hier gewoon een einde aan maken.' Ik strekte mijn benen. 'Ik ga nu weg, oké? En ik kom nooit meer terug.'

Hij keek naar me. Zijn zachtblauwe ogen, in de kleur van de oceaan, leken vochtig, tot ik me realiseerde dat ik degene was die op het punt stond om in tranen uit te barsten. Hij wilde opstaan en naar me toekomen, maar ik stak mijn hand op.

'Dit breekt je hart', zei hij. 'Ik weet niet of ik dat wel kan verdragen – ik wil je helpen.'

'We moeten bij elkaar uit de buurt blijven.'

'En hoe zie je dat voor je? We zullen over elkaar struikelen in de gangen.' Hij fronste zijn wenkbrauwen. 'Maakt ook niet uit. Ik kan niet over het schoolterrein lopen zonder jou te zien, zelfs als je er niet bent.'

Ik zag dat hij slikte.

'Onze levens zijn te zeer met elkaar verbonden om hier een punt achter te zetten', zei hij. 'Hoe moet het met het Geloof en Twijfel project? Dat is een kindje dat jij en ik samen op de wereld gezet hebben.' Zijn gezicht vertrok. 'We hebben studenten die het christelijk geloof volledig de rug toegekeerd zouden hebben als wij niet met ze gewerkt hadden. We hebben een verantwoordelijkheid –'

'Die laten we niet los', zei ik. 'We zijn volwassenen, Zach – we kunnen dat project in stand houden voor die jongeren.'

'Ik weet niet of ik dat kan. Een verliefde man is geen volwassen vent.' Zach leunde achterover. 'Deze man in elk geval niet. Deze man is een verwend klein jongetje dat precies weet wat hij wil en dat geen genoegen neemt met minder.'

'Je zult het zonder mij moeten stellen.'

'Voor altijd?'

'Ik moet weten of mijn huwelijk met Rich nog op te lappen is –'

'Heb je dat nog niet hard genoeg geprobeerd?'

'Niet genoeg om 21 jaar de rug toe te keren.'

Zach drukte zijn handen tegen zijn bovenbenen en veegde ze af aan zijn broek. Zach Archer gaf nooit toe aan wanhoop en ik kon het nauwelijks verdragen. 'Er zijn twee mensen nodig om een relatie te laten slagen', zei hij. 'Denk je dat Rich zich zal –'

'Zach, hou op.'

Dat deed hij, vlak voor de grens die hij beloofd had nooit te zullen overschrijden.

'Het spijt me. Ik heb hem nog nooit afgekraakt.'

'Nee, dat heb je inderdaad niet, Doc, en begin daar alsjeblieft nu niet mee.'

De pijn was op zijn gezicht te lezen en ik wilde mijn tong wel afbijten. Ik had me nog zo voorgenomen om zijn koosnaampje niet te gebruiken.

'Je houdt van me', zei hij. 'Ik weet dat dat zo is.'

'Daar gaat het niet –'

'Doe dan wat je moet doen. Ik moet je de vrijheid geven om dat te doen.'

Ik sloot mijn ogen.

'Maar er is één ding dat ik nog wil zeggen en ik wil dat je heel goed naar me luistert.' Hij aarzelde, alsof hij op mijn toestemming wachtte. 'Dit – wat wij samen hebben – is ware liefde. Als wij dat toestaan, zal die liefde uiteindelijk overwinnen.'

'Maar niet op *deze* manier.' Ik opende mijn ogen. 'Als we onze relatie belangrijker achten dan God kan het geen ware liefde zijn.'

We staarden allebei naar de lege ruimte tussen ons in, alsof een derde persoon de hut binnengekomen was en gesproken had. De gedachte had als een rookpluim door mijn hoofd gekringeld gedurende – vijf maanden, drie weken en vier dagen. En zelfs nog langer als ik de weken meetelde waarin ik hem tijdens vergaderingen op de faculteit had zitten aanstaren. De dagen waarop ik redenen verzon om even bij zijn kantoor langs te gaan. De vluchtige momenten die ik verzamelde als kostbare schelpen om later vast te houden. Nu deze gedachte tussen ons in hing, was er een kloof ontstaan die ik niet kon overbruggen.

Zach sprong eroverheen en hij kwam naar me toe. Ik strekte mijn arm uit voor hij me aan kon raken en ervoor zou zorgen dat God verdween.

'Maak het alsjeblieft niet nog moeilijker', zei ik.

'Onmogelijk. Ik ben al helemaal kapot.'

'Laat me dan gaan – alsjeblieft – dan kunnen we allebei aan onze genezing werken.'

Met één vinger veegde hij een plukje haar van mijn voorhoofd. 'Hier kom ik nooit overheen, Prof.'

En toen keek hij me op die speciale manier aan. De blik die speciaal voor ons was. De blik die mij deed instorten en waardoor ik in zijn armen terechtkwam – de plek waar het me niet interesseerde wat ik deed, zolang het maar zo voelde.

Binnen enkele seconden lag een groot deel van onze kleding op de grond. We hadden het uitkleden verheven tot een gepassioneerde vorm van wetenschap. En opnieuw was ik van het ene op het andere moment mijn zelfbeheersing kwijt, opnieuw ging ik kopje-onder in de golf waarop ik tot het einde toe mee wilde drijven, waar ik uiteindelijk ook uit zou komen. En telkens wanneer ik achteraf geplaagd werd door schuldgevoelens, bedacht ik dat dit moest zijn hoe een drugsverslaafde zich voelde.

Ik klemde me vast aan zijn borst en liet zijn mond de mijne zoeken. Op het moment dat zijn lippen de mijne vonden, verlichtte een felle lichtflits de hut. Boven het gebonk van mijn hart uit hoorde ik het onmiskenbare klikken en snorren van een fototoestel.

2

~~

'Wat? Zach – wat?'

Meer kon ik niet uitbrengen – met een stem die zo schel en paniekerig klonk dat het onmogelijk de mijne kon zijn. Nog een verblindende flits – mijn zicht werd beperkt tot grillige lichte vlekken – gevolgd door nog een en toen nog een – terwijl ik mijn jas greep en probeerde het kledingstuk over mijn gezicht te trekken. De satijnen voering voelde koud aan tegen de blote huid van mijn bovenlijf, maar het lukte me niet om de jas om te draaien. Ik voelde dat de mouw ergens achter bleef hangen. Een vlammetje kroop razendsnel over de vloer en likte aan een kussen dat op de grond gevallen was. Het stond meteen in lichterlaaie.

'Rennen, Demi!' hoorde ik Zach uit de verte roepen.

Het fototoestel spoelde automatisch door, wat klonk als het gekwetter van een eekhoorn. Ik graaide kledingstukken bij elkaar en probeerde die met een hand tegen me aan te drukken terwijl ik met de andere hand de rest van mijn kleding probeerde op te rapen. In het licht van de flitser zag ik Zachs lichaamsdelen schokkerig op en neer bewegen terwijl hij het vuur probeerde uit te slaan. Maar in mijn hoofd hoorde ik de stem van Rich.

Als er brand is, moet je snel handelen, maar niet in paniek raken. Blijf laag – niet rennen.

Ik deed een sprong in de richting van de deur en gooide hem open, terwijl ik mijn naakte lichaam zo goed mogelijk bedekte met mijn bundeltje kleren.

'Dat is genoeg', hoorde ik Zach zeggen.

Ik wankelde over het achtersteven en ik hees mezelf op de steiger. Er gleed iets uit mijn armen, maar ik stopte niet om het op te rapen. Ik stopte helemaal niet tot ik bij de deur was en ik draaide als een razende aan de deurknop. Mijn handen waren zo nat van het zweet dat ze van de knop afgleden en ik viel achterover op het talud.

Gedurende een moment van verstandsverbijstering overwoog ik om in de baai te springen en naar de oever te zwemmen. Dat ik mijn bh en mijn shirtje over de rand van de steiger gooide, mijn armen in de mouwen van mijn trenchcoat stak en als een ontsnapt aapje over het hek klom was haast net zo gestoord. Ik wist de Jeep te bereiken en ik reed Bay Street in.

Ik was al voorbij het stadhuis toen de eerste rationele gedachte bovenkwam. Twee rationele gedachten.

De eerste – waar vluchtte ik eigenlijk voor? Er zat niemand achter me aan. Op de klok bij het stadhuis zag ik dat het kwart voor negen was. Er reden andere auto's voorbij, bestuurd door mensen die op hun gemakje op weg naar huis waren na het eten van inktvisringen bij een visrestaurant, of nadat ze hun kinderen hadden opgehaald van de basketbaltraining. Maar ik werd niet achtervolgd door paparazzi die telelenzen uit het bestuurdersraampje hadden hangen.

Ik vertraagde mijn tempo.

Twee – ik had Zach alleen achtergelaten terwijl hij probeerde een brandje te blussen en het uit te knokken met – met wie? Wie had zich op zijn boot verstopt, wachtend op het moment dat hij foto's van ons kon nemen – het moment waarop we *halfnaakt* waren?

Ik zette de auto langs de stoeprand en ik drukte mijn voorhoofd tegen het stuur. Ik had me honderd verschillende manieren voorgesteld waarop onze affaire ontdekt zou kunnen worden – van Rich die me naar de *Testament* volgde en me van de loopplank afsleurde tot mijn achttienjarige zoon die inbrak in mijn geheime e-mailadres. Maar in geen van mijn angstdromen was er ooit een fotograaf uit de kombuis van de cabine van het motorbootje gekropen om ons te fotograferen terwijl we elkaar bij kaarslicht aan het betasten waren.

En nu had die persoon, wie het ook was, foto's – van onze laatste keer samen. Ik beukte met mijn vuisten op het stuurwiel en ging toen rechtop zitten. Met stramme handen knoopte ik mijn jas dicht. Zach zou die persoon in elk geval niet laten vertrekken voordat hij het fotorolletje in beslag genomen had. Zijn stem klonk zo kalm toen hij zei dat het 'genoeg was', alsof het geen enkele moeite zou kosten om de indringer, wie het ook was, te overmeesteren. Inmiddels had hij de politie waarschijnlijk al gebeld, of zijn speciale dr. Zachary Archer-charmes en overtuigingskracht op de indringer losgelaten en zo de situatie onder controle gekregen.

Zach zou hem niet geslagen hebben. Dat was meer iets voor Rich. In de tijd dat er nog iets was wat hem voldoende interesseerde om ervoor te vechten.

Ik haalde mijn mobieltje uit mijn handtas, die ik in de auto had laten liggen, en zette hem aan. Terwijl ik met een hand mijn jas dichthield, reikte ik naar de verwarmingsknop. Het schermpje van mijn telefoon gaf aan dat er een nieuw bericht was ingesproken. Ik voelde me voorzichtig opgelucht en toetste mijn wachtwoord in.

'Hé, mam?' Ik hoorde de verontwaardigde ondertoon die alleen een dertienjarig meisje kon voortbrengen. 'Kun je me komen halen?'

Ik zag Jayne gewoon met haar ogen rollen. Maar ik hoorde ook de vage onzekerheid, zelfs boven het geluid van de sirene die in de verte loeide uit.

'Rachel zou me thuisbrengen na de repetitie, maar ik denk dat ze me vergeten is. Bel me even als je dit hoort.' De ondertoon zwol aan, ter voorbereiding op de genadeklap. 'Laat ook maar. Ik zal Christopher wel bellen.'

Ik keek naar het schermpje. Ze had het bericht om acht uur ingesproken, drie kwartier geleden. Terwijl ik beelden van kidnappers in zwarte busjes die zich rond het schoolterrein van Cedar Hights ophielden uit mijn hoofd probeerde te zetten, zette ik de Jeep in de versnelling en toen weer in z'n vrij. Ik toetste mijn thuisnummer in.

'Je mag me wel *heel* dankbaar zijn', zei Christopher, in plaats van 'hallo'.

'Heb jij Jayne opgehaald?'

'Zoals ik al zei, je mag me wel dankbaar zijn.'

'Is alles goed met haar?'

'Ze zit op haar kamer met het licht uit en met die muziek aan die klinkt alsof er iemand Prozac nodig heeft.' Christopher lachte hard en hol, zoals hij de laatste tijd wel vaker deed. 'Maar dat doet ze altijd, dus ja, ik denk dat het goed met haar gaat. Waar zat jij?'

Ik was me er opeens weer van bewust dat ik onder mijn jas naakt was.

'Ik had een vergadering', zei ik. 'Heeft je vader nog gebeld?'

'Ik heb *hem* gebeld om te horen of hij in orde was.'

'Hoezo?' zei ik. Mijn spieren verstrakten automatisch – de pavlovreactie van de vrouw van een brandweerman.

'Brand bij dat benzinestation aan Mile Hill Road. Hoorde ik op de radio toen ik op weg was van de bieb naar huis. Ze zeiden dat de brand onder controle was, dus ik heb hem gebeld.'

Ik zei tegen mezelf dat ik me de verwijtende ondertoon in zijn stem alleen maar verbeeldde, het *Waarom heb jij hem niet gebeld?* Ik telde dat op bij de superieure houding die mijn zoon sinds hij studeerde had aangenomen ten opzichte van zo'n beetje alles. Hij had nu tenslotte veel meer inzicht in het leven dan zijn vader of ik ons zelfs maar konden voorstellen. Ik was 42 en ik had een graad in de theologie, maar Christopher Costanas wist me het gevoel te geven dat ik een dom blondje was.

'Hij zei dat ze nog een oproep hadden gekregen en dat hij meeging,' zei Christopher, 'ook al zat zijn dienst erop – je kent pa.'

Dank U, God, dacht ik, terwijl ik ophing. Hoewel het idee dat God me zou helpen door Rich bij me vandaan te houden tot ik had uitgezocht wat er daarnet gebeurd was, iets was wat zelfs ik niet kon bevatten. Vreemd. Tijdens mijn verhouding met Zach was ik wel altijd met God blijven praten. Ik had Hem telkens opnieuw om vergeving gevraagd, elke keer als ik bij de jachtclub vandaan reed, terwijl ik al wist dat ik terug zou komen. Maar nu ik onze relatie beëindigd had, durfde ik God niet onder ogen te komen. In plaats daarvan voelde ik een toenemende onrust vanbinnen.

Rich' Harley stond niet in de garage toen ik thuiskwam. Ik liep naar Christophers kamer en bleef voor de deur staan. Ik wenste hem welterusten en hij antwoordde met een grom. Ik liep op mijn tenen Jaynes donkere kamer binnen, maar alles wat ik zag was een pluk roodblond haar op het kussen en een langwerpige bult onder de dekens. Ik drukte een kus op de wang die niet langer zacht en rond was nu mijn dochter van het ene op het andere moment in een tiener veranderd was. Ze verroerde zich niet, zelfs niet toen ik fluisterde: 'Het spijt me van vanavond. We praten er morgen wel over.'

Hoe 'morgen' er dan ook uit zou zien. Het ongemakkelijke gevoel zwol aan tot een aanval van misselijkheid terwijl ik een oversized shirt van de Universiteit van het Verbond aantrok en in ons lege bed kroop. Morgen zou de eerste dag zijn van een nieuw bestaan – zonder Zach om me een beter gevoel te geven. Als ik wakker werd, zou ik weer helemaal de vrouw van Rich Costanas zijn. Mijn leven zou in niets verschillen van het leven dat ik had voor ik voor mezelf toegaf dat ik verliefd was geworden op iemand anders.

Morgen zou ik nog steeds proberen opgewekt te zijn terwijl Rich stilletjes en nors voor zich uit zat te staren, alsof hij was opgesloten in een donkere kamer waarin hij niemand anders wilde binnenlaten. Ik zou hem een kus op zijn wang geven voor ik naar mijn werk ging en hij zou iets mompelen als: 'Goeie dag vandaag.' Hij zou een avonddienst draaien en naar de brandweerkazerne vertrekken voor ik thuiskwam, zonder een briefje achter te laten, zonder me even op te bellen. En als ik hem belde, zou hij slechts vage, eenlettergrepige antwoorden mompelen. Ik was er drie maanden geleden mee gestopt om hem te bellen.

Morgen zou ik het juiste doen: een relatie opgeven die mij het gevoel gaf dat ik leefde, dat er iemand van me hield en me nodig had, en proberen de relatie die Rich en ik ooit hadden, vóór 11 september 2001, nieuw leven in te blazen. Ik had een reden gevonden om te blijven ademen. Ik was er niet zeker van dat Rich ooit zover zou komen.

En toch zou ik het morgen weer proberen. Alleen zou het dan een andere persoon zijn die dat probeerde. Nu was ik iemand die leugens verzon om haar minnaar te kunnen ontmoeten. Iemand die zichzelf verlaagd had tot overspel, simpelweg om zich weer verbonden te voelen. Iemand die gesnapt was door de camera terwijl haar kleren om haar heen op de grond lagen.

Ik lag te woelen in bed tot mijn enkels verstrikt waren geraakt in het laken. Ik moest met Zach praten en erachter zien te komen wat er nou precies gebeurd was. En ik moest me ervan verzekeren dat hij echt wist dat het voorbij was tussen ons – dat ik echt weg was.

Hoewel ik net deed alsof het niet zo was, was ik nog wakker toen Rich zich naast me in bed liet vallen, stinkend naar rook en een vleugje zeep. Blijkbaar had hij wel een poging gedaan om de brandlucht af te wassen.

'Hallo, liefje', zei hij.

Ik verstijfde. Waarom had hij uitgerekend deze avond uitgekozen om te klinken als de oude Rich? Zijn stem had al zeker twee jaar niet zo warm geklonken. Het was de stem die hij gebruikte als hij wilde dat ik over zijn voorhoofd wreef of een gebakken eitje voor hem maakte.

'Hoe was je dienst?' vroeg ik.

'Ik heb slecht nieuws voor je.'

Ik deed mijn ogen open. De antwoorden die ik de afgelopen maanden op deze vraag had gekregen varieerden van *wel goed* tot *hetzelfde als altijd*. Antwoorden waarbij altijd doorschemerde dat ik een domme vraag gesteld had die eigenlijk heel vervelend was. Ik steunde op mijn elleboog en probeerde slaperig te klinken. 'Wat is er gebeurd?'

'We moesten een brand blussen op een boot – bij de Port Orchard Jachtclub.'

Ik begroef mijn vingers in de kussensloop.

'Heeft die vriend van je – die vent die ons toen een keer een dagje meegenomen heeft – nog steeds die Chris Craft?'

Hij wist het niet. Hij wist het niet.

'Eh, ja', zei ik – en toen sloeg mijn hart een slag over. 'Was het *zijn* boot?'

'Moet wel – niks van over ook.' Rich stompte zijn kussen in model en legde het in zijn nek, zijn normale ritueel voordat hij na het blussen van een brand in slaap stortte.

Maar ik moest het vragen.

'Is Zach – is hij gewond?'

'Weet niet. Hij was er niet. Ik denk niet dat hij op zijn boot was toen de brand uitbrak.' Hij slaakte een lange, raspende zucht. 'Het was een vergissing om uit New York weg te gaan.'

Ik deed mijn best om hem te volgen. 'Hoe bedoel je?' vroeg ik.

'Ik hoor hier niet thuis, Demitria. Ik voel me als een vis op het droge.'

Hoe vaak had ik me in allerlei bochten gewrongen om hem zover te krijgen dat hij zijn gedachten met me zou delen? Zes maanden geleden zou ik onmiddellijk begonnen zijn met het pakken van onze koffers, bereid om wat dan ook te doen om hem uit zijn donkere kamer te trekken. Nu zei ik niets, omdat ik niets voelde – behalve panische angst als ik bedacht dat Zach nu misschien als een verkoold lijk begraven lag onder het puin van de *Testament*.

Rich zuchtte diep en hij draaide zich om. Zijn brede rug was als een muur tussen ons in, een muur waar ik niet langer overheen probeerde te klimmen. 'Er is niets wat we daar op dit moment aan kunnen doen', zei hij.

Ik liet mijn hoofd stijfjes op mijn kussen zakken. 'Vanavond niet', zei ik.

'Ik had het ook niet over vanavond.'

Zijn stem had dat scherpe randje waarmee hij aangaf dat ik hem bepaald niet hielp. Hoe haalde ik het ook eigenlijk in mijn hoofd om te denken dat ik dat zou kunnen?

Ik keerde hem mijn rug toe en schoof naar het andere uiteinde van het bed.

***

De volgende dag kon voor mij niet snel genoeg aanbreken. Het grootste deel van de nacht lag ik naar de wekker te kijken en zag ik de minuten voorbij kruipen. Ik werd er gek van. Ik probeerde te bedenken hoe ik Zach kon bereiken, voor ik mijn verstand helemaal zou verliezen.

Om half zeven was ik uit bed en stond ik aangekleed en wel koffie te zetten. Gelukkig – hoewel niet verrassend – was Christopher in geen velden of wegen te bekennen, maar Jayne sloop om vijf over half zeven de keuken binnen. Ze zag eruit als een geest. Het schuldgevoel begon te knagen.

'Hé vriendinnetje', zei ik. 'Jij bent vroeg op.'

'Mam, ik sta altijd zo vroeg op. Ik moet om zeven uur de bus hebben.'

Ik zag niet of ze met haar ogen rolde. Haar gezicht ging schuil achter de deur van de voorraadkast, waar ze met de pakken cornflakes rammelde. Van achteren gezien was ze nog een kind, een elfje met lange gouden lokken en een voorkeur voor lange, soepel vallende rokken, een vage her- innering aan de dagen waarin ze net deed alsof ze een fee- enprinses was. Aan de voorkant zag ze er heel anders uit. Dankzij haar ontluikende borstjes en de minachtende gezichtsuitdrukking waar ze zo op geoefend had, viel ze nu officieel in de categorie *tiener*.

'Dom van me', zei ik.

'Tenzij jij me naar school wilt brengen', zei ze, met haar hoofd nog steeds in een van de keukenkastjes.

De verlangende ondertoon was als een klap in mijn gezicht.

'Dat kan vandaag niet, Jay', zei ik. 'Ik heb een vroege vergadering.'

Het verzinnen van halve waarheden ging me de laatste tijd erg gemakkelijk af, maar deze leugen bleef als een botje in mijn keel steken.

'Wat was er gisteravond aan de hand met Rachel?' vroeg ik.

'Weet niet. Ze heeft me laten zitten, denk ik.'

'Het spijt me dat ik je berichtje niet meteen gehoord heb. Ik had – een vergadering.'

Jayne draaide zich om en keek naar me, over de rand van een pak gepofte rijst. 'Is dat het enige wat je de hele dag doet – vergaderen?'

'Zo klinkt het wel, hè?'

'Lekker belangrijk.' Ze schudde haar haar naar achteren en hield het pak ondersteboven boven een kom. Er vielen twee korrels gepofte rijst in. Ze trok haar neus op.

'En – hoe was de repetitie?' vroeg ik.

Ik probeerde te luisteren terwijl ik mijn thermosbeker volgoot en het deksel erop draaide. Als ik nu niet wegging, zou ik Zach niet voor achten te spreken krijgen.

'Ik heb een andere rol gekregen', zei Jayne.

Ik zocht naar het juiste antwoord. 'Ik dacht dat jij Mary Warren zou spelen?'

'Mercy Lewis.' Ze snoof afkeurend.

'O. Maar eh … welke rol krijg je nu?'

'Abigail Williams.'

De plotselinge glinstering in haar altijd zo ernstige bruine ogen maakte dat ik me uit alle macht details van *The Crucible* probeerde te herinneren.

'Is dat niet een van de hoofdrollen?'

Jayne knikte. Op haar gezicht zag ik een glimpje van de verlegenheid die rond haar twaalfde verjaardag verdwenen was. Ik kreeg een brok in mijn keel.

'Jay, dat is geweldig!' zei ik. 'Gefeliciteerd!'

'Rachel had haar tekst niet goed geleerd en tijdens de repetitie zat ze de hele tijd te klieren. Dus mevrouw Dirks heeft haar weggestuurd en de rol aan mij gegeven.' Ze hield haar hoofd schuin, als een klein vogeltje, en haar golvende haar gleed langs haar wang naar voren. 'Misschien heeft ze me daarom in de steek gelaten gisteravond.'

'Denk je?' Ik dwong mezelf niet op mijn horloge te kijken. 'Nou, vanaf nu haal ik je op na je toneelrepetities.'

'En wat als je een vergadering hebt?' vroeg ze. Het pubergedrag stak de kop weer op.

'Ik zal vanaf nu veel minder vergaderingen hebben.' De prop in mijn keel werd dikker. Ik kon niet eens meer gedag zeggen.

**

Ik was net afgeslagen bij Raintree Place toen mijn mobieltje ging. Een van mijn studenten had de ringtone uitgekozen – een discoversie van 'Hallelujah'. Mijn hart werd zwaar toen ik zag dat het niet Zachs nummer was. Het was echter wel een nummer van de universiteit.

'Dr. Costanas, u spreekt met Gina Livorsi', klonk een stem met een Californisch accent.

De assistente van dr. Ethan Kaye. De directeur van de Universiteit van het Verbond. Mijn baas en vriend. En met Gina was ik ook bevriend. De spieren rond mijn maag verstrakten. Sinds wanneer noemde zij mij 'dr. Costanas'?

'Waarom doe je zo formeel?'

'Formele gelegenheid.' Het klonk alsof ze op haar hoede was. 'Dr. Kaye wil u spreken in zijn kantoor. Zo snel mogelijk.'

Het was al na zevenen. Zach was graag om kwart voor acht in zijn lokaal –

'Ik heb een college om negen uur', zei ik. 'Daarna kan ik komen.'

Er viel een stilte – een ongemakkelijke stilte, vond ik.

'Hij zegt dat je je college moet afzeggen en dat hij je om acht uur verwacht. Als je dat redt.'

'Heb ik een keuze?'

'Uh-uh.'

'Waar gaat dit over, Gina?'

'Heeft hij niet gezegd.'

'Hoeft hij ook niet te zeggen', zei ik. 'Jij weet dat soort dingen altijd.'

'Kun je om acht uur hier zijn?' vroeg ze.

Ik klemde mijn vingers om de telefoon. 'Ja', zei ik. 'Natuurlijk.'

Waarom werd ik op het matje geroepen? Om iets wat zo geheim was dat ik het zelfs niet kon ontfutselen aan de secretaresse die Zach en ik liefkozend 'loslippige Livorsi' genoemd hadden?

Ik kreeg het koud.

3

Zach was niet in zijn kantoor toen ik arriveerde. Normaal gesproken hing er om half acht een groepje studenten om hem heen, koffiedrinkend en discussiërend over Habakuk.

'Waar is dr. Archer?'

Ik maakte een sprongetje van schrik.

Een slungel met rood haar en een sweater met capuchon liep met grote stappen op me af – Brandon Stires, een derdeklasser die zo ongeveer geloofde dat Zachary de planeten hun baan gewezen had.

'Hebt u hem gezien, dr. C.?' vroeg hij.

'Ik heb geen oppasdienst vandaag, Bran.'

'Hij is ook al niet in zijn lokaal.' Brandon gluurde door het smalle raampje in de deur. 'Anders is hij er altijd allang.'

'Is dat zo?' zei ik. Ik voelde me met de seconde doorzichtiger.

Terwijl Brandon verder peinsde over Zachs onverklaarbare afwezigheid, ging ik op weg naar de enige andere plaats waar Zach zou kunnen zijn, zo vlak voor het begin van het eerste college.

De Vrijheidskapel stond aan de voet van een glooiende heuvel, aan de achterzijde van het hoofdgebouw, Huntington Hall, dat op de top van de heuvel gebouwd was. Ik stoorde me altijd aan de ligging van de kapel, verscholen onder en achter het opzichtige gebouw dat vernoemd was naar een van de eerste begunstigers van de school. Kunst werd overschaduwd door de wet; de grote stenen en balken onttrokken het zilvergrijze vleugeldak van de kapel aan het zicht. In dit gebied, ten noordwesten van de Grote Oceaan, hadden we vaak van die druilerige, grijze dagen – dagen zoals deze – en dan had ik behoefte aan vleugels, niet aan traditie.

Achter mij sloten de glazen deuren zich geruisloos en ik liep het schemerige portaal in. Ik zag geen silhouetten afsteken tegen het vage zonlicht dat in het heiligdom naar binnen sijpelde. Ik liep verder, in de wetenschap dat de tijd meedogenloos doortikte en het binnenkort acht uur zou zijn. Soms, zo had Zach me verteld, kwam hij hier voor zijn college begon en dan stelde hij zich voor dat Ethan Kaye in het midden van de kapel stond te preken.

Ethans preken speelden ook constant door mijn gedachten. Hij spoorde ons allemaal aan, zowel de studenten als de stafleden, om ons verre te houden van vrome praatjes die God tot een onpersoonlijk, abstract concept maakten. 'Richt je aandacht op het evangelie,' zei hij tegen ons, 'en luister naar de stem van de Heer zelf. Hij wekt onze verbeeldingskracht zodat wij kunnen ervaren hoe praktisch zijn woorden zijn.'

Het was koud in de kapel. Ik stak mijn handen in mijn zakken en kroop weg in mijn jas. Dat hielp niet. Deze kou had alles te maken met de afwezigheid van iemand. Zach misschien. Of, en dat was waarschijnlijker, het gapende gat waar Jezus' stem zou moeten zijn. Ik wilde nu even niet horen wat Hij tegen me te zeggen had.

Ik haastte me de heuvel op, over het pad dat naar Huntington Hall leidde. Aan weerskanten ervan stonden bomen, nu nog kaal, en hier en daar zag ik de eerste narcissen opkomen. Ik zag er ook niet bepaald naar uit om te horen wat

Ethan te zeggen had. Ethan en ik – en Zach – waren vrienden, met elkaar verbonden door onze gemeenschappelijke ideeën. Een van de redenen dat ik deze baan als docent vier jaar geleden had aangenomen, was dat hij hier aan het roer stond.

Ethan stond bekend als iemand die wilde dat studenten op zijn school de gelegenheid kregen om hun twijfels onder ogen te zien en hun vragen te stellen, zodat hun geloof en hun overtuigingen iets van henzelf zouden worden en niet iets wat was opgelegd door ouders of docenten. 'Twijfel is niet het tegenovergestelde van geloof', zei hij minstens eens per week tegen zijn studenten. 'Twijfel is een onderdeel van geloof.' Hij weigerde toe te staan dat de angst van de meer wettische bestuursleden de UvV zou omvormen tot een dogmatische gevangenis waar alles draaide om de goedkeuring van mensen en het houden van regeltjes. Dat, zei hij, zou alle vrijheid en het persoonlijke aspect van een relatie met God de nek omdraaien.

Dat verklaarde waarom hij zo positief was toen Zach en ik onze plannen rond het Geloof en Twijfel project met hem deelden. Ik begroef mijn handen in mijn zakken en boog voorover terwijl ik de heuvel opliep. Ik was me maar nauwelijks bewust van de uitbottende forsythia, een teken van de naderende lente. Ik herinnerde me een middag waarop we in Zachs kantoor zaten, in het begin van onze vriendschap, en samen de glinsterende gouden blaadjes bestudeerden die precies achter zijn raam zichtbaar waren. We hadden die middag gepraat met een student. We hadden koffie gedronken, en hij had ons verteld dat zijn eerste ervaringen in de kerk niet zo positief waren, dat hij zich na afloop van een dienst mínder christen voelde dan ervoor. Hij was de zoveelste.

'Iedereen praatte over de vreugde die je zou moeten voelen, je weet wel, de vreugde in de Heer', zei Brandon Stires tegen ons. 'Maar als ik de kerk uitliep, had ik het gevoel dat ik door een vrachtwagen overreden was.'

'Ze zitten vast, Doc', zei ik tegen Zach. 'Die kinderen die in strenggelovige gezinnen zijn opgegroeid, denken dat

God al boos op hen wordt alleen omdat ze twijfels hébben.'
Ik had hem aangekeken – en was verbaasd geweest over de
vochtige glans die zijn blauwe ogen hadden.

'Laten we ze daarvan losmaken', zei hij. 'Want als er
iemand is die ze kan bevrijden, ben jij het wel.'

Ik stond stil, met mijn hand op de klink van de achterdeur van Huntington, het kleine deurtje waar Zach en ik
altijd door naar binnen glipten wanneer we aan het einde
van de dag nog even bij Ethan langsgingen. Dan deed hij
zijn eeuwige tweedjasje uit en zijn gezicht, moe van een dag
lang strijden, ontspande. Dan liet hij ons ratelen over plannen, processen en resultaten. Onze methode werkte – studenten gingen de straat op en ondervroegen mensen die op
zoek waren, mensen die God wilden leren kennen. Ze praatten met mensen die aan het begin van dat traject stonden,
maar ook met mensen die al verder waren.

Ethan stond achter het project, zelfs toen bestuursleden
zoals Kevin St. Clair het beschouwden als een verdekte
vorm van vrijzinnigheid. Soms, als we na schooltijd in de
directiekamer zaten en chinees aten, noemde Zach hem
'Kevin St. Blèr'. Ethan moest daar altijd om lachen.

Ik beklom de trap achter in het gebouw en zette mijn
voeten op de houten treden, uitgesleten door drie genera-
ties studenten. Elke stap die ik zette kostte me meer moeite,
want ik wist dat Ethan, hoe begaan en barmhartig hij ook
was, heel duidelijke grenzen stelde wanneer mensen stomme dingen deden. Ik probeerde mezelf ervan te overtuigen
dat deze spoedvergadering niets te maken had met mijn
stommiteiten van de laatste tijd of met de mogelijkheid dat
Zach was omgekomen tijdens een uitslaande brand op zijn
boot, maar tegen de tijd dat ik de wachtruimte bij het kantoor binnenwandelde, was mijn binnenste veranderd in een
weke, blubberige massa. Toen ik door de deur heen het
geluid van heftig discussiërende mensen hoorde, laaide
mijn hoop op dat Zach ook naar het kantoor van de directeur geroepen was.

Ik greep de hoek van Gina's bureau om in evenwicht te
blijven. Ze keek niet op van haar beeldscherm.

'Wie zijn er nog meer uitgenodigd voor deze vergadering?' vroeg ik.

'Vraag maar niets', zei ze. 'Dr. Kaye zei dat je naar binnen moest gaan.'

'Gina –'

Ze draaide zich om om me aan te kijken, haar gezicht was wit en uitdrukkingsloos. 'Ik kan je er deze keer niets over vertellen omdat ik het echt niet weet.' Ze wierp een behoedzame blik op de dubbele eiken deuren. 'Alles wat ik kan zeggen is dat ik hem nooit eerder roodheet heb gezien.'

Ik knipperde. 'Je bedoelt witheet?'

'Maakt niet uit. Hij is woest.'

Ik slikte moeizaam. Ik moest bijna overgeven.

Vier gezichten draaiden in mijn richting toen ik Ethans kantoor binnenging. Zachs gezicht was er niet bij.

Vreemd genoeg was het gezicht dat ik het eerst herkende het gezicht van de man die op enige afstand van de anderen zat. Andy Callahan. De advocaat die de universiteit vertegenwoordigde. Een magere man met die onverstoorbare manier van doen die je graag ziet bij een juridisch adviseur. Op dit moment wakkerde zijn aanwezigheid mijn bezorgdheid echter juist aan. Waarom hadden we bij deze vergadering een advocaat nodig?

Ethan zelf zat op de rand van zijn gigantische bureau, vlak naast de stapels dossiers die er altijd op lagen. Hij zag er hetzelfde uit als altijd – zijn ronde hoofd, omlijst door krullend haar dat veel te grijs was voor zijn leeftijd. Zijn heldere ogen, vlak boven de Romeinse neus die hem een krachtig aanzien gaf, en een permanente verticale lijn in de roze huid tussen zijn wenkbrauwen. Zoals gewoonlijk droeg hij een tweed pantalon en zijn samengevouwen handen rustten op het been dat de grond niet raakte.

Ik had Ethan Kaye maar een paar keer kwaad gezien. Deze gelegenheid kon ik aan mijn lijstje toevoegen.

Zijn woede leek in elk geval niet op mij gericht te zijn. Vlak voor zijn blik de mijne ontmoette, wierp hij de man links van hem, gezeten in de pluchen leunstoel, een doordringende blik toe. Ik onderdrukte een kreun.

Kevin St. Clair was het hoofd van de faculteit godgeleerdheid, dus ik zag hem dagelijks. Maar zelfs als dat niet zo geweest was, deed hij me zozeer denken aan een kogelvis dat ik hem nooit zou verwarren met iemand anders. Zijn dikke lippen namen de onderste helft van zijn gezicht in beslag en wanneer hij fronste – wat vaak gebeurde – zakten zijn zware oogleden helemaal over zijn ogen heen.

'Dr. Costanas', zei hij. Zijn stem was nog wel het ergste. Hij kwam uit Ohio, maar hij praatte altijd als een dominee uit het zuiden, alsof hij op een of ander seminarie kerktaal had leren spreken. 'We zaten al op u te wachten.'

Ethan keek in zijn richting. 'Je bent precies op tijd, Demi. Ga toch zitten.'

Zíjn stem beviel me wel. Ethan was wel een zuiderling, geboren en getogen in Tennessee, en hij had gestudeerd aan Vanderbilt. Hij beschikte over die vriendelijke standvastigheid die alleen is weggelegd voor mannen die in het gebied onder Pennsylvania zijn opgegroeid. De spanning in de ruimte was te snijden, maar ik voelde me toch wat beter. Ik ging tegenover Kevin zitten, naast de vierde man.

Ik kende Wyatt Estes niet erg goed. Hij was een zakenman van in de zestig, met een indrukwekkende bos staalgrijs haar dat eruitzag alsof het opdracht gekregen had de aarde in bezit te nemen. Hij was een van de belangrijkste geldschieters van de UvV. Volgens Gina zat het geld bij zijn familie in de genen. Huntington Hall was vernoemd naar zijn grootvader, Howard. Meneer Estes bevond zich niet in hetzelfde theologische straatje als Ethan, hoewel hij zich nooit liet voorstaan op zijn zogenaamde verhevenheid, zoals St. Clair deed. Zijn wortels lagen hier, in Washington, en de bijbehorende directheid zat hem in het bloed. Ik was opgegroeid te midden van dit soort mannen.

Mijn aanwezigheid leek hem nauwelijks op te vallen. Hij leek veel geïnteresseerder in het papieren mapje dat tussen hem en Kevin in op tafel lag. Hij wreef met zijn worstvingers langs de randen, alsof hij ze probeerde glad te strijken.

St. Clair schraapte zijn keel. 'Om terug te komen op wat ik net zei –'

'Ik denk dat we dat onderwerp wel uitgeput hebben', zei Ethan. 'Laten we dit maar even afhandelen.'

Kevin zakte achterover in zijn stoel, zijn armen over elkaar als een verongelijkt kind. Ethan keek me aan, in zijn ogen las ik tegenzin.

'Ik vind nog steeds dat Archer er ook bij zou moeten zijn', zei Kevin.

'Zijn aanwezigheid hier is niet noodzakelijk.' Wyatt Estes' stem klonk schril, als het geblaf van een terriër.

'Heb je nog geprobeerd om hem te pakken te krijgen?' vroeg Kevin aan Ethan.

Ethan keek mij aan. 'Weet jij waar Zach is?'

Het was een vraag, geen beschuldiging, maar zijn stem klonk grimmig. Hij wist het. Ik haalde diep adem.

'Ik heb hem vandaag niet gezien', zei ik.

Wyatt Estes sloeg het mapje open. 'Was dit de laatste keer dat je hem gezien hebt?'

Hij tikte met zijn wijsvinger op de inhoud van het mapje. Ik staarde ernaar en mijn adem stokte. Het was een foto van mij. Het kon niemand anders zijn, hoewel ik mezelf nooit eerder in een moment van hartstocht gezien had – mijn ogen halfgesloten en mijn mond halfopen in de verwachting van extase, terwijl Zachs handen mijn naakte schouders vastgrepen en zijn mond boven de mijne zweefde.

Estes schoof de eerste foto opzij en onthulde een tweede – mijn ogen wijd open en verschrikt als van een hert, terwijl ik Zachs hoofd tegen mijn sleutelbeen drukte. En toen nog een, waarop meer van mij zichtbaar was dan ooit eerder door een camera was vastgelegd.

'Goed.' Ethan schoof het mapje van tafel en gooide het achter zich op zijn bureau. 'Je hebt wel duidelijk gemaakt wat je bedoelt.'

'Nee.' Kevin tuitte zijn vissenlippen. 'Ik denk dat dr. Costanas dat voor ons gedaan heeft.'

Het feit dat Kevin St. Clair een foto van mij met ontbloot bovenlijf gezien had, maakte dat ik even niets meer te zeggen had.

St. Clair boog zich naar Ethan toe. 'Toch vraag ik me af – heeft dr. Costanas op de een of andere manier het idee gekregen dat dit soort gedragingen tegenwoordig toegestaan zijn bij onze opleiding?' Hij vertrok zijn mond, waardoor zijn lippen een omgekeerde U vormden. 'En dat brengt me natuurlijk bij de vraag of onze studenten ook geïnfecteerd zijn met deze manier van denken. Dat weten we natuurlijk niet. Van *hen* hebben we geen foto's –'

'Ik zal je vertellen waar het om gaat, Kaye', zei Wyatt Estes. Zijn wangen trilden alsof hij zenuwachtig was. 'Ik ben niet de enige sponsor die zijn steun zal intrekken als hier niets aan gedaan wordt. Fowler – Gentry – Collins – als zij te weten komen dat dit soort dingen worden toegestaan –'

'Worden toegestaan?' zei ik.

St. Clair en Estes keken me aan alsof ze verbaasd waren dat ik nog steeds rechtop zat, dat ik me niet verstopt had onder de tafel. Ik drukte mijn handen tegen mijn bovenbenen om te verbergen dat ze trilden.

'Denken jullie dat Ethan hiervan af wist en gezegd heeft dat wij hier lekker mee door konden gaan?'

St. Clair gromde. 'Misschien hebben jullie zoiets opgemaakt uit een van de preken van dr. Kaye –'

'Hoe oud denk je dat ik ben? Twaalf?' zei ik. '*Ik* heb deze zonde begaan, Kevin – helemaal op eigen houtje. Het was mijn beslissing en ik heb geen seconde gedacht dat Ethan het ermee eens zou zijn of het zelfs maar door de vingers zou zien.' De vissenlippen vertrokken tot een schijnheilig pruimenmondje.

'Ik zie niet in wat dit met Ethan te maken heeft', zei ik tegen Estes.

Hij sperde zijn neusvleugels wijd open. 'Dit is gebeurd onder toezicht van dr. Kaye. Uiteindelijk is hij verantwoordelijk voor het moreel – of het gebrek daaraan – op deze universiteit.'

'Wat wilt u nu eigenlijk?' Ethans stem klonk alsof hij op het punt stond te ontploffen, iets wat ik niet mee wilde maken.

'We willen uw ontslag, dr. Kaye', zei Wyatt Estes. 'Dien dat in, dan maken we verder geen werk van deze puinhoop.'

'*Wat?*'

Ze keken opnieuw naar mij, duidelijk geïrriteerd dat ik er nog steeds was, dat ik nog steeds mijn mond open durfde te doen.

'Dat is het meest onzinnige voorstel dat ik ooit heb gehoord', zei ik. 'Als iemand zijn ontslag zou moeten indienen, zou ik het zijn.'

De woorden kwamen vanzelf – en toch was het het enige wat ik kon zeggen.

'Demi –' zei Ethan.

'Het slaat nergens op dat jij je functie zou moeten neerleggen om iets wat *ik* gedaan heb, Ethan. Ik verwacht sowieso dat je me ontslaat nu je weet wat er gebeurd is.' Ik keek naar Wyatt Estes, die me met samengeknepen ogen aanstaarde.

'Niet dat het u iets aangaat,' zei ik, 'maar de reden dat ik daar gisteravond was, was om de relatie te beëindigen. Juist *omdat* ik het niet langer kon verantwoorden om hier les te geven en tegelijk de verhouding voort te zetten.'

'Was dat het afscheid?' vroeg Kevin.

'Hou je mond', viel ik uit.

Ethan stak zijn handen omhoog, zijn ogen gesloten als een vermoeide vader. 'Ik kan je dit niet laten doen, Demi.'

'Je hebt geen keuze. Ik heb al besloten.' Ik keek opnieuw naar Wyatt Estes. 'Uw "puinhoop" is verdwenen.'

Hij trok een wenkbrauw op. 'En dr. Archer?'

'Wat is er met hem?' vroeg Ethan.

'Vraag je hem ook om zijn ontslag?'

De ogen van St. Clair puilden uit hun kassen. 'Wat zeg je, Wyatt? Neem je hun ontslag aan in plaats van het zijne?'

'Ik zie geen reden om dat niet te doen.' Wyatt Estes draaide zijn grote hoofd opnieuw in Ethans richting. 'Maar ik wil je ernstig waarschuwen. Nog één geval van wangedrag en jij treedt af, of ik trek mijn steun in.'

'En de vorige keer dan?' vroeg St. Clair.

Wyatt Estes stond op. 'Ik denk dat we hier wel klaar zijn.'

'Niet helemaal.' Dr. Kaye reikte naar achteren en hij pakte het mapje. 'Ik wil de negatieven. Hier mag geen publiciteit aan gegeven worden. Helemaal niets. Dr. Costanas heeft zichzelf al voldoende gestraft –'

'Zie je wel?' St. Clair zwaaide met zijn vinger naar Estes.

'– en ik zie geen reden om haar gezin onnodig pijn te doen.'

'Heb je kinderen?' vroeg Estes aan mij.

'Ja.'

Zijn mond vertrok, maar hij knikte. 'Goed dan. Kaye, ik wil graag kopieën van beide ontslagbrieven.'

'Zodra u mij de negatieven hebt gegeven', zei Ethan.

Wyatt Estes knikte opnieuw en hij vertrok. Kevin staarde hem na, zijn mond halfopen, maar toen leek hij zichzelf weer in de hand te hebben. Hij strekte zijn nek en leek plotseling sprekend op E.T. Hij vertrok door de deur die Wyatt open had laten staan.

Ethan liep met grote stappen door de kamer en hij duwde de deur dicht. Het geluid ervan galmde na in mijn hoofd. Behalve Andy Callahan, die bij het raam stond en zijn best deed zichzelf onzichtbaar te maken, was ik alleen met Ethan Kaye, de man tegen wie ik in de hele wereld het meest opkeek, en een mapje vol pornografische foto's van mezelf.

'Het spijt me zo, Ethan', zei ik.

Hij legde me het zwijgen op met een blik die doordrong tot in het diepst van mijn hart. 'Hoe kon je dat nou doen, Demi? Hoe kon je dat in vredesnaam doen?'

Ik staarde naar mijn handen. 'Ik dacht gewoon niet na. Ik werd meegesleurd door een gevoel – een soort obsessie – en ik kon me er niet van losmaken.'

Het klonk zo zielig. Ik voelde me als een doodsbange tiener die smeekte om een beetje begrip.

'Je hebt me in een heel lastig parket gebracht.'

'Ik weet het', zei ik.

'Ja?' Ethan leunde tegen de rand van zijn bureau. 'Je hebt mij laten vallen – en de studenten. De hele school.'

Ik antwoordde niet. Wat moest ik zeggen? Hij noemde alle dingen waarmee ik mezelf ook al om de oren geslagen had.

'Heb je niet aan het project Geloof en Twijfel gedacht?'

'Ik vind het vreselijk dat ik dat op het spel gezet heb.'

'En dat begrijp ik dus niet.' Zijn stem daalde. 'Als jij bereid bent om al deze dingen in de waagschaal te stellen, is er iets goed mis met je.'

'Ik heb nooit eerder zoiets gedaan – ik had niet eens gedacht dat ik het zou kunnen –'

De stilte die volgde duurde zo lang dat ik dacht dat ik erin zou blijven.

'Ik kan het allemaal nog niet bevatten', zei hij uiteindelijk. Hij liep in de richting van het raam en wreef over zijn achterhoofd. Toen bleef hij staan, alsof hij zich opeens realiseerde dat Andy Callahan nog steeds in de kamer was. Hij ging zitten in de stoel waar even daarvoor Wyatt Estes gezeten had en hij staarde me doordringend aan.

'Ik vertrouwde je – jullie allebei. Ik maak me zorgen over de kant die het allemaal op gaat en jullie waren de enige mensen met wie ik die dingen kon delen. Dacht ik.'

'In dat opzicht heb ik je niet in de steek gelaten, Ethan.'

'Heb je niet gezien wat er hier net gebeurd is? Dit was precies wat ze nodig hadden om mij klem te zetten. Als ik deze positie opgeef, stellen ze iemand aan die Estes als een marionet kan besturen. Ik wil deze universiteit blijven voorgaan in de richting waarvan ik denk dat God die wijst.'

Ik beet op mijn lip.

'Als ik blijf en dit lekt uit – en ik onderneem geen actie – zal ik afgeschilderd worden als een of andere vrijzinnige radicaal en zullen mensen hun steun intrekken.'

'Daarom heb ik ontslag genomen', zei ik. 'Dat deed ik niet om de geschiedenis in te gaan als martelaar.'

Ethan schudde zijn hoofd. 'Dat weet ik. En als dit niet gebeurd was, hadden ze uiteindelijk wel iets anders gevonden, dat weet ik ook. Het is niet voorbij.' Hij zuchtte diep.

'Daarnet met Wyatt Estes heb ik je gelegenheid gegeven om hem te slim af te zijn; dat zal hij niet vergeten.'

'Maar nu heb je Zach en mij niet meer om het voor je op te nemen.'

Hij keek me opnieuw doordringend aan.

'Je hebt gelijk', zei ik, met mijn hoofd gebogen. 'Het had niet veel gescheeld of wij hadden je ontslag veroorzaakt.'

'Waarin *wij* het sleutelwoord is.'

'Ik begrijp niet wat je bedoelt.'

'Je hebt dit niet alleen gedaan.'

Mijn hoofd schoot omhoog.

'Je hebt geen idee waar Zach gebleven is?'

'Ik heb in zijn kantoor gekeken en in de kapel', zei ik. 'Een van zijn studenten zei dat hij niet in zijn lokaal was.'

'Gina heeft niets doorgegeven. Hij is niet komen opdagen.'

Ik hoorde mijn eigen hartslag. 'Ik weet niet wat er gebeurd is gisteravond, nadat ik de boot verlaten had. Er was brand en –'

'Dat heb ik in de krant gelezen –'

'Maar ik dacht dat hij er wel voor zou zorgen dat die foto's vernietigd werden – tenzij hij dat niet kon doen omdat hij gewond was.' Mijn blik haakte zich in die van Ethan. 'Hoe kwam Estes aan die foto's?'

'Ik weet het niet. Hij wilde er niets over zeggen, behalve dat ze gisteravond bij hem afgeleverd waren. Hij heeft St. Clair gebeld ...' Zijn woorden bleven tussen ons in hangen.

Ik had te veel klappen tegelijk gekregen. Al mijn houvast viel aan gruzelementen.

'Ik moet je een paar vragen stellen.'

Ik ging rechtop zitten en wreef mijn handpalmen droog. 'Vraag wat je maar wilt.'

'Wie weet hier verder van – van deze toestand met jou en Zach?'

'Niemand.'

'Je hebt het niet aan Gina verteld?'

Mijn ogen puilden uit. 'Grapje zeker? Ik ben hier bepaald niet trots op. Ik heb het aan niemand verteld.'

'Ik zou graag zien dat je dat zo hield – met één uitzondering.' De wijze ogen die ik zo respecteerde keken me onderzoekend aan. 'Luister, Demi, deze dingen passen helemaal niet bij jou. Jij bent een goed mens met sterke principes. Dat jij een keuze als deze gemaakt hebt, betekent dat er iets heel erg mis is. Zoek alsjeblieft hulp.'

'Hulp? Je bedoelt iets als een –'

'Ik bedoel een goede pastoraal hulpverlener of een therapeut. Ik ken iemand die –'

'Dank je wel.' Ik stond op. 'Ik waardeer je bezorgdheid, Ethan – echt waar. Maar ik weet wat er gebeurd is en ik zal ervoor zorgen dat het nooit weer gebeurt.'

Ik rommelde wat met mijn handtas en liep naar de deur.

'Als je verder nog iets nodig hebt –'

'Ik red het wel', zei ik tegen de deurknop.

'We zullen je missen, Demi', zei hij.

Terwijl ik door de motregen de trap van Huntington Hall afrende, wist ik dat ik mij ook zou missen. Ik liet een stuk van mezelf achter, en de enige die ik daar de schuld van kon geven, was mezelf.

4

~

Ik zei al mijn colleges af en bleef de hele dag in mijn kantoor zitten, zogenaamd om mijn ontslagbrief te schrijven. In werkelijkheid klemde ik mijn handen om koppen koffie die ik niet opdronk en hield ik als een geobsedeerde roofvogel mijn e-mail in de gaten.

Bij elke voetstap in de hal rende ik naar de deur. Om het half uur belde ik naar Zachs mobiele telefoon. Ik drukte zelfs mijn oor tegen de muur die onze kantoren van elkaar scheidde, tot ik mezelf voorhield dat ik kalmeringsmiddelen nodig zou hebben als ik mezelf niet tot de orde riep.

Zach beloofde altijd dat hij hemel en aarde zou bewegen om er voor mij te zijn. Hij zou nog wel komen. En ik moest hem zien. Hij wist vast nog niet dat we 'ontslag genomen hadden'.

Maar het besef dat hij niet geloofd had dat ik bij hem wegging, knaagde nog het meest. En het was nu op foto vastgelegd dat ik niet echt mijn best gedaan had om hem te overtuigen. Als ik maar met hem kon praten – dat was alles – één laatste keer ...

En me ervan verzekeren dat hij nog leefde. Het had me de afgelopen 21 jaar de nodige moeite gekost om te leren leven met de mogelijkheid dat mijn man tijdens een brand zou omkomen. Het idee dat dat nu juist mijn minnaar zou overkomen was pijnlijk ironisch.

Hij kwam niet en uiteindelijk hing ik een bordje *Niet storen* op mijn deur zodat Brandon en Marcy en een hele menigte andere studenten niet langer binnen zouden komen om me te vragen of ik wist waar hij was. Een ding was duidelijk: het feit dat ik bijna altijd wist waar dr. Archer uithing, was hen niet ontgaan. Wie had ik eigenlijk geprobeerd voor de gek te houden?

Ik wachtte tot half drie voor ik naar huis ging, omdat ik wist dat Rich dan naar zijn werk zou zijn. Zelfs toen ik mijn pogingen om een ontslagbrief te schrijven had opgegeven en mijn best deed om een reden te verzinnen waarom ik plotseling bij de UvV was weggegaan, kon ik niets bedenken wat ook maar een beetje geloofwaardig klonk.

Na alle leugens die ik Rich de afgelopen zes maanden verteld had, zou je denken dat ik er nog wel een kon verzinnen. Maar het gewicht op mijn schouders was te zwaar geworden, als puin na een aardbeving. Te veel pijn en woede en schuld en schaamte en angst. De berg was zo hoog dat ik Rich niet eens aan kon kijken, laat staan hem vertellen dat ons inkomen zojuist met driekwart verminderd was en dat het me waarschijnlijk niet zou lukken om een andere baan te vinden in de christelijke academische wereld.

Ik probeerde mijn gedachten te verzetten door een overzicht van de financiën te maken. Als brandweerman verdiende Rich niet genoeg om onze huidige manier van leven te kunnen bekostigen, vooral niet nu Christopher studeerde. We hadden wat spaargeld en een paar investeringen. En het smartengeld dat we voor Eddie gekregen hadden, na 11 september. Bij die gedachte brak ik het potlood in tweeën. Ik weigerde om het geld dat we gekregen hadden als 'compensatie' voor de heldenmoed van Rich' broer te gebruiken om mijn misdaden weg te poetsen. En dat gold ook voor het geld dat Rich' ouders ons gegeven hadden na de verkoop van hun huis. Ik zou deze lieve mensen echt niet laten betalen voor mijn fouten.

Ik liet de financiële kwestie rusten en ging verder met het opschrijven van redenen die Rich misschien zou slikken. Hoewel ik tegen hem aangekletst had over alles wat ik deed aan de UvV – tot ik in Zach iemand vond die echt luisterde – had hij vanuit zijn grot waarschijnlijk de helft niet gehoord. Het maakte niet zo veel uit wat ik hem vertelde, hij zou waarschijnlijk alles aannemen.

Maar godsdienstonderwijs was mijn passie zolang als hij me kende. Hij zei altijd dat dat nou juist de reden was dat hij zo dol was op *mij*, dat ik begon te stralen wanneer ik eindeloos doorpraatte over hoe mijn studenten de gelijkenissen begonnen te begrijpen ...

Ik begon alles wat ik had opgeschreven door te halen, tot ik een gat in het papier gekrast had. Rich zou nooit geloven dat ik zomaar opgestapt was. Het enige wat nog een beetje in de buurt kwam van de waarheid, was dat het constante conflict tussen de visies van Kaye en St. Clair me teveel geworden was en dat ik daar niet langer deel van uit wilde maken. Uiteindelijk haalde ik al mijn pogingen door de papierversnipperaar. Ik reed naar huis terwijl de regen tegen het vouwdak van de Jeep tikte. Als het regende wanneer ik bij Zach vandaan reed om naar huis te gaan, naar Rich, werd ik daar rustig van. Nu leek het geluid me te beschuldigen.

Ik had nog tot de volgende ochtend om iets te bedenken. Misschien zou het zelfs wel een paar dagen duren voor hij merkte dat ik niet meer naar school ging ...

Die hoop vervloog op het moment dat ik de oprit opreed en de garagedeur opendeed. Zowel Rich' Harley als onze groene Range Rover stond binnen. Ik keek op mijn horloge. Het was drie uur geweest. Rich had drie kwartier geleden naar de kazerne moeten vertrekken. Ik werd overspoeld door een enorme angst. Ik kon bijna niet meer uit de auto komen.

Ik bleef in de bijkeuken staan om mijn laarzen uit te trekken. Ik kon nauwelijks ademhalen. En nu was er geen Zach om naartoe te vluchten, om me te vertellen dat ik gelijk had. Ik sloop de keuken in en zette mijn koffertje zonder geluid te maken op het aanrecht. Het huis was zo griezelig stil dat ik zelfs het geluid van mijn sokken op de houten vloer hoorde weerkaatsen. Het was alsof iemand alle geluidsgolven had stilgezet.

De benedenverdieping van ons houten huis bestond uit één grote, open ruimte, die we in vlakken verdeeld hadden met behulp van Indiaans uitziende tapijten, gekocht tijdens onze zogenaamde gezinsuitjes, en door gezellige groepjes stoffen zitmeubels die mijn twee tieners vaak verschoven, al naar gelang hun stemming van het moment. Nu waren de twee roodbruine leunstoelen die bij de tv stonden tot vlak voor het scherm geschoven.

Aan de andere kant van de kamer stond het houtkacheltje, koud en stil, waardoor in het huis een ongewoon sombere sfeer hing. Zodra ik iets wijds en makkelijks aangetrokken had, zou ik de kachel aansteken. Als het wat knusser was, kon ik misschien beter nadenken. Ik liep naar de trap.

'Demitria.'

De stem van Rich. Het geluid kwam ergens uit de kamer.

Ik bleef staan, met mijn hand op de trapleuning. 'Waar ben je?' vroeg ik.

Zijn hoofd kwam tevoorschijn boven een van de leunstoelen en hij stond op, met zijn rug naar me toe. Zijn brede schouders waren zo hoog opgetrokken dat het marineblauwe T-shirt met het logo van het brandweerkorps bijna scheurde. Onder zijn oksels zag ik zweetplekken. Hij hief een bruine envelop boven zijn hoofd. Zijn uitgestrekte arm leek wel een stalen balk.

'Wat is dat?' vroeg ik.

In plaats van antwoord te geven, kwam hij achter de stoel vandaan en terwijl hij op me toeliep, maakte hij de envelop open. Tegen de tijd dat hij de trap bereikt had, had hij de inhoud eruit gehaald. De kamer begon te draaien en ik liet me op de trap zakken.

'O, Rich, nee', zei ik.

Hij praatte nog steeds niet terwijl hij de foto's een voor een op de vloer liet vallen, met de afbeelding naar boven. Voor de tweede keer die dag werden mijn lichaam en dat van Zach Archer blootgesteld aan de blik van iemand die ons nooit op die manier had moeten zien.

'Waar heb je die vandaan?' vroeg ik, met een stem die van iemand anders leek te zijn.

'Ze lagen vandaag in mijn postvakje op de kazerne', zei Rich. Zijn stem klonk doods. 'Ik weet niet wie ze erin gelegd heeft. Maakt me ook niet uit. Ik wil gewoon weten –'

Hij zweeg en tijdens de stilte kon ik het bloed haast door zijn aderen horen gieren.

'Ik wil weten – waarom, Demitria?'

Ik had voor mezelf wel honderd redenen bedacht die me tot op dat moment logisch in de oren hadden geklonken. Maar nu kon ik er niet één bedenken. Alles wat ik zag was de uitdrukking op het gezicht van mijn man terwijl hij keek naar de plaatjes van wat ik ons had aangedaan.

'Ik zat fout, Rich', zei ik.

Hij siste tussen zijn tanden. Een echte New Yorker kan een hele scheldkanonnade samenvatten in één langgerekt gesis. Ik kromp ineen alsof hij me geslagen had.

'Waar is dit gebeurd?' vroeg hij met lage stem, zijn blik nog steeds op de foto's gericht. 'Hier, in mijn huis? In mijn bed?'

'Natuurlijk niet. We waren op zijn boot –'

Rich graaide een foto van de vloer. Zweetdruppeltjes glinsterden op de donkere stoppels op zijn bovenlip. 'Wie is dit?'

Het was me nog niet opgevallen dat Zachs gezicht op geen van de foto's te zien was.

Voor het eerst verhief hij zijn stem. 'Wie is dit?'

'Zach Archer.'

Rich hield de foto dichter bij zijn gezicht, zijn zware wenkbrauwen samengetrokken. Ik voelde een pijnscheut. Tot nu toe had hij op die foto's alleen mij gezien.

Hij gooide de foto van zich af en staarde mij aan. Hij staarde alsof ik een vreemde was die op het toneel verschenen was om zijn leven kapot te maken.

'Ik ben op die boot geweest – hij heeft ons allemaal mee uit vissen genomen.'

'Ik weet het.'

'Was dat voor of nadat hij jou in bed had gekregen?'

Ik sloeg mijn hand voor mijn mond.

Hij hief zijn hand op, met de glinsterende handpalm in mijn richting. Hij trilde. De held van 11 september stond te trillen.

'Dit was geen eenmalige ontmoeting', zei hij. Hij zette de punt van zijn laars op de eerste foto en verschoof die. 'Hoe lang al?'

'Vijf maanden', zei ik. 'Maar gisteravond – toen deze foto's genomen zijn – ging ik naar hem toe om de verhouding te verbreken, omdat het verkeerd was.'

Rich keek me aan. 'En je had vijf maanden nodig om tot die conclusie te komen? Bij mij duurde dat vijf seconden.'

Hij stond doodstil, maar van het ene op het andere moment haalde hij uit en hij schopte tegen de foto's, zo hard dat ik de lucht langs mijn gezicht voelde strijken. Afbeeldingen van mijn ontrouw verspreidden zich door ons hele huis. Rich vond zijn kalmte terug en hij keerde me de rug toe, de handen op zijn heupen. Zijn schouders bewogen moeizaam.

'Het is voorbij', zei ik.

'Hoeveel mensen weten ervan?'

'Ethan Kaye. Kevin St. Clair. Een man die Wyatt Estes heet – een van onze sponsors. Dat is alles.'

'O, dat is alles?' Rich wreef hardhandig over zijn achterhoofd, waarbij hij zijn peper- en zoutkleurige haar in de war maakte. Uiteindelijk zette hij zijn nagels in de huid van zijn nek. 'Dat is zo'n beetje de helft van je universiteit.'

Ik ademde diep in. 'Het is niet langer "mijn" universiteit. Ik moest ontslag nemen. Het was ik of Ethan', zei ik. 'Ik kon hem er niet voor laten opdraaien.'

'Je houdt wel rekening met Ethan, maar niet met mij.'

Ik zei niets. Kevin St. Clair had ik met het grootste gemak de oren gewassen, maar van die heldenmoed was nu niets meer over.

'Goed', zei Rich. 'Dus je bent ontslagen. De hotemetoten weten ervan. Hoe lang denk je dat het duurt voordat het nieuws de ronde doet?'

'Dat zal niet gebeuren.' Ik klonk als een tienjarige. 'Ethan heeft ze laten beloven dat er geen publiciteit aan gegeven wordt. En ze geven de negatieven aan hem.'

Nu vloekte hij wel. 'Andere mannen hebben jou half-naakt gezien?' Rich stak zijn vingers op. 'Een – twee – drie, o ja, en *hij* natuurlijk.'

Hij haalde diep adem en liet zijn handen zakken. Hij wendde zijn blik af.

'Niet doen, Rich', zei ik. 'We moeten hierover praten.'

'Er is niets wat ik wil zeggen en niets wat ik wil horen.' Hij deed een stap achteruit, maar zette toen zijn handen weer in zijn zij. 'Nee, er is één ding dat ik wel wil weten.'

'Zeg het maar.'

'Ik wil weten hoe jij elke ochtend van je leven op kon staan en de Bijbel lezen en naar die school kon gaan om kinderen te leren hoe ze moesten leven, terwijl je tegelijkertijd – *dit* – deed. Vertel me hoe je dat kon doen.'

Ik drukte mijn vingers tegen mijn voorhoofd en sloot mijn ogen. Dit was precies de vraag waarop ik zelf het antwoord ook niet wist.

Hij werd ijzig kalm, zo stil, dat ik er zeker van was dat hij simpelweg uit mijn leven verdwenen was. In rook opgegaan. Tot hij zei: 'Ik weet niet eens wie je bent.'

De voordeur knalde in het slot – en ik wilde dood.

Ik weet niet precies wanneer, maar terwijl ik daar als verlamd op de trap zat, begonnen de vragen op me in te beuken. Was het anders geweest als ik hem direct na de vergadering in Kayes kantoor gebeld had om hem alles te vertellen – toen hij de foto's nog niet gezien had?

En *wie ter wereld* had ze bij Rich afgeleverd? Estes had beloofd dat er geen publiciteit aan gegeven zou worden en hij leek niet te willen dat mijn gezin schade ondervond. Mijn aandacht verplaatste zich naar Kevin St. Clair. Die slijmerige vissenkop was ertoe in staat, maar zijn vendetta was niet tegen mij gericht – hij moest Ethan hebben.

Uiteindelijk, midden in die worsteling, zakte ik tegen de traptreden in elkaar. Wat maakte het eigenlijk uit? Rich wist het nu, en hij was er op de meest afschuwelijke manier achtergekomen. Er was niets van onze relatie over – tot op het bot ontleed. Hij had het treffend samengevat, zoals hij altijd deed. In ons huwelijk was het talloze malen voorgekomen dat ik een half uur lang over een bepaald onderwerp uitweidde en dat hij vervolgens de kern van mijn verhaal samenvatte in één keurig, onweerlegbaar zinnetje.

Ik weet niet eens wie je bent.

Dat gold dan in elk geval voor ons allebei.

Waarschijnlijk zou ik daar de hele nacht als verstijfd zijn blijven zitten als ik de schoolbus niet voor ons huis tot stilstand had horen komen.

Jayne was thuis.

Terwijl ik me half kruipend, half rennend door de kamer bewoog, begon het te kolken vanbinnen. Ik graaide naar de foto's, liet ze vallen en raapte ze opnieuw op. Ik zocht als een razende naar een plek om ze te verstoppen. Plotseling voelde ik me een vreemde in mijn eigen huis. Ik had nooit eerder een plaats nodig gehad om schaamte te verbergen. Terwijl de deur van de bijkeuken openging, trok ik de klep van de kachel open en ik gooide de foto's erin. Toen Jayne binnenkwam, was ik bezig om stukjes hout op het vuur te gooien.

'Waarom is het hier zo koud, mam?'

Ik wist niet eens waar ik moest beginnen.

Die avond vertelde ik niets aan mijn twee kinderen. Ik wist mezelf ervan te overtuigen dat Rich rond middernacht uit zijn werk zou komen, klaar om de dingen uit te praten. Aan dat beeld klampte ik me vast terwijl Jayne, Christopher en ik voor de tv een pizza aten en toen ik Jayne naar haar toneelrepetitie bracht en even later weer ophaalde.

Gelukkig bracht Christopher de rest van de avond door in de bibliotheek van de universiteit. Hij kwam rond half twaalf thuis en ging meteen naar zijn kamer. Hij leek niet eens te zien dat ik opgekruld op de bank lag. Ik keek toe terwijl hij de trap op liep en uit het zicht verdween. Zijn bouw, lang en slank, was zo anders dan Rich' gedrongen, gespierde lichaam. Alleen zijn temperament, dat had hij wel van zijn vader. Net als Rich was Christopher in staat gevoelens van wrok langer te koesteren dan de meeste mensen leefden.

Die gedachte betekende het einde van mijn sprankje hoop dat Rich al zo snel open zou staan voor verzoening. Toch rende ik naar de keuken om hem te begroeten toen ik de Harley de garage in hoorde rijden. Er zaten blaren op zijn gebruinde huid en zijn donkere ogen waren gehuld in een ondoordringbare mist. Hij keek niet eens naar me.

'Rich, we moeten hierover praten', zei ik.

'Ik heb niets te zeggen.'

Hij liep door de keuken. Toen ik naar voren schoot om zijn arm te pakken, trok hij die weg alsof ik hem met een brandijzer had aangeraakt.

'Niet doen, Demitria', zei hij. 'Laat me met rust.'

'Zodat je je in eentje ellendig kunt voelen?'

'Hoe zou ik me anders moeten voelen?'

Ik deed mijn mond open, maar hij vloekte.

'Dan praten we morgen wel', zei ik.

Ik bleef staan waar ik stond terwijl hij de trap op stampte. Ik bad dat Jayne er niet wakker van zou worden. Al was *bidden* eigenlijk het verkeerde woord. Ik was mijn God nog niet met al deze dingen onder ogen gekomen.

Ik ging vastbesloten aan de slag. Ik probeerde me op elke afzonderlijke handeling te concentreren terwijl ik het koffiezetapparaat klaarzette voor de volgende ochtend. Niet dat ik dacht dat ik iets nodig zou hebben om wakker te worden, want slapen was uitgesloten. Ik ruimde de vaatwasser in. Leegde de vuilnisbak. Probeerde me niet af te vragen of Zach in het brandwondencentrum in Seattle was opgenomen.

Toen ik er zeker van was dat Rich in bed zou liggen, liep ik de trap op, denkend over wat ik zou zeggen als ik naast hem in bed stapte. Boven aan de trap bleef ik staan.

Hij stond in de deuropening van onze slaapkamer en hij zette allerlei dingen op de overloop.

'Wat doe je?' vroeg ik. 'Wat is er mis met mijn shampoo?'

Hij zette de fles boven op een stapeltje waarin ik nu mijn beautycase en mijn föhn herkende.

'Stond in mijn badkamer', zei Rich.

'Jouw badkamer?'

45

'Zoek er maar een andere plek voor. En een andere plek om te slapen. Ik zal je pyjama pakken.'

'Rich, hou op! Dit is absurd –'

Jaynes kamer bevond zich tegenover de onze. Ik zag een straaltje licht onder de deur door komen. Ik liep ernaartoe en ik drukte mijn gezicht tegen de deurpost.

'Niets aan de hand, liefje', zei ik. 'Ga maar weer lekker slapen.'

'Mij best', klonk het slaperige antwoord.

Ik draaide me om naar Rich, die nu in onze deuropening stond met mijn joggingpak en ochtendjas in zijn handen.

'De rest haal je morgen maar op.'

Ik liep naar hem toe en fluisterde: 'Zet je me uit onze slaapkamer?'

'Ik kan niet met jou in één bed slapen.' Hij knikte naar het stapeltje op de vloer. 'Heb je verder nog iets nodig?'

'Ik heb nodig dat jij naar mij luistert!'

'Welterusten', zei Rich. En hij gooide de deur voor mijn neus dicht. Ik hoorde hoe hij de sleutel omdraaide.

***

De volgende dag was de eerste dag van maart, een zaterdag, zonder een hectische ochtendspits om het feit te verhullen dat mijn toiletartikelen in de badkamer beneden stonden, of dat Rich en ik niet met elkaar praatten. Al waren de kinderen daar in zekere zin aan gewend.

Ze waren eraan gewend dat hij tot na twaalven uitsliep, zelfs als hij vrij was, dat hij op hun vragen reageerde met eenlettergrepige antwoorden en dat hij eindeloos voor de tv hing, kijkend naar herhalingen, tot zelfs hun ogen ervan traanden. Het was er ingeslopen sinds we uit New York verhuisd waren, zo geleidelijk dat de kinderen me geen van beiden ooit gevraagd hadden wat er mis was met papa. Misschien hadden ze zo veel energie nodig om de cultuurschok te boven te komen dat ze het niet hadden zien gebeuren.

Jayne was toen tien en Christopher vijftien. Inmiddels waren ze dertien en achttien. Maar soms vroeg ik me af of ze ergens tussendoor vergeten waren wat voor man hun vader voor 11 september geweest was. 'Hij is depressief.' Dat was wel duidelijk; ik twijfelde er niet aan dat ze dat hadden begrepen. Wie zou niet depressief zijn na wat hij had meegemaakt?

Maar wie zou geen gebruik gemaakt hebben van de begeleiding die hem in New York was aangeboden nadat de rook van de aanslagen was opgetrokken? Zijn vrienden hadden dat allemaal wel gedaan.

En wie zou niet op zijn minst geprobeerd hebben hulp aan te nemen toen hij het bevel kreeg om een tijdje vrij te nemen? Zijn weigering had hem zijn baan gekost.

Wie zou niet blij geweest zijn met het warme welkom hier in Orchard Heigths, waar Station 8 hem, als World Trade Center held, met open armen ontvangen had?

Ja, ik was degene die had voorgesteld om te verhuizen naar de staat waar ik vandaan kwam. Maar hij had zelf ook even gehoopt dat de afstand hem zou helpen zijn bittere herinneringen los te laten en opnieuw te beginnen.

En wie zou degene afstoten die er juist met haar hele hart en ziel naar verlangde om hem te helpen?

Ik had hem verrast met een boot en een motor, ik had kaarsen en massageolie in de strijd geworpen om te proberen hem in bed te behagen en ik had hem onder tranen gesmeekt zich voor mij open te stellen. Het mocht niet baten. Als mijn kinderen me gevraagd zouden hebben waarom hun vader zich steeds verder in zichzelf terugtrok, had ik daar geen antwoord op kunnen geven.

Misschien was dat de reden waarom ze er nooit naar vroegen.

Maar Rich' gebruikelijke afstandelijkheid was die ochtend zo intens dat zelfs een dertienjarige die opging in haar eigen wereldje daar niet omheen kon.

'Zet dat ding uit', blafte hij naar Jayne toen ze met een geroosterde boterham voor de tv ging zitten.

'We kijken altijd –'

'Ik zei uitzetten! Ik kan dat geluid niet uitstaan.'

Jayne trok zich terug in de keuken, waar ik de koelkast schoon stond te maken, en ze ging aan de bar zitten. Haar haar hing bijna in haar bord.

'Het ligt niet aan jou, Jay', zei ik. 'Hij heeft het moeilijk.'

'Heeft dat iets te maken met het feit dat jij op de bank geslapen hebt?'

Ik keek op. Mijn zoon was uit het niets verschenen en stond nu bij het koffiezetapparaat. Hij was nog steeds gekleed in een boxershort en het T-shirt van Olympia University dat hij bij gebrek aan beter als pyjama gebruikte. Zijn zandkleurige haar stond alle kanten op, wat goed paste bij zijn slaperige, opgezette ogen. Maar uit de manier waarop hij me aankeek, maakte ik op dat zijn verstand al op volle toeren draaide.

'Ik lag te woelen', zei ik. 'Ik wilde hem niet storen.'

'Het lijkt erop dat je hem toch wel gestoord hebt', zei Christopher. 'Ik hoorde hem schelden in de garage.'

Jaynes hoofd kwam omhoog. Ze keek me even aan en concentreerde zich toen weer op het verkruimelen van haar boterham.

'We hebben wat spanningen', zei ik. 'Daar hoeven jullie je geen zorgen over te maken.'

Christopher trok een wenkbrauw op en hij pakte de koffiepot. '"Spanningen" betekent dat hij het vuilnis niet buiten gezet heeft of dat jij je panty in de gootsteen hebt laten weken.'

Ik liet een klont aardappelpuree met roze pluisjes in de vuilnisbak vallen en vestigde mijn aandacht op het schoonschrobben van de Tupperware-kom waar het ingezeten had.

'Als pa met zijn gereedschap begint te smijten, zijn het niet gewoon "spanningen".'

Ik hield op met schrobben. 'Heeft hij ergens mee gegooid?'

'Ben je vanochtend al in de garage geweest? Het ziet eruit alsof de Hulk daar een woede-uitbarsting heeft gehad.'

Ik schrobde het logo bijna uit de kom. Rich gooide niet met schroevendraaiers en schreeuwde niet tegen zijn kinderen. Hij had er zelfs nog nooit een een tik voor de billen gegeven.

'Dus, ja, mam', zei Christopher. 'Wat is er aan de hand?'

'Misschien is het onze zaak niet', zei Jayne.

Christopher hield zijn dampende koffiemok vlak voor zijn gezicht en keek haar aan. 'Is het mijn zaak of zij bij elkaar slapen?'

'Nee', antwoordden zij en ik tegelijk.

'Wordt het mijn zaak als mijn vader in Attila de Hun verandert? Ja. Heb ik het recht om te weten wat er aan de hand is wanneer ik nauwelijks meer door mijn eigen huis durf te lopen? Zeker weten.' Hij slurpte luidruchtig van zijn koffie en keek mij aan. 'Dus, wat is er aan de hand, mam?'

Jayne schoof haar bord van zich af en liet zich van de kruk glijden.

'Jij gaat nergens heen, Sissy', zei Christopher. 'Dit moeten we horen.'

Doordat Christopher het koosnaampje van vroeger voor zijn zusje gebruikte, liet ik me overhalen om toch iets te zeggen, in de hoop dat ze daar wat rustiger van zouden worden. 'Goed dan. Luister', zei ik.

Jayne ging met één bil op de barkruk zitten en ze bestudeerde haar gespleten haarpunten. Christopher nam nog een slok koffie.

'Ik heb iets gedaan waar je vader erg boos om is', zei ik. 'Dus hij heeft me gevraagd om beneden te slapen tot we dit opgelost hebben.'

'Tjonge, mam, wat heb je gedaan?' zei Christopher. 'Hem bedrogen?'

De schok die door me heen ging duurde maar heel even, tot ik aan zijn scheve grijns zag dat hij een grapje maakte. Maar het was lang genoeg. Christopher zette zijn mok neer en staarde me aan.

'Dat ís het gewoon, of niet soms?' zei hij. 'Je bent met een andere vent naar bed geweest.'

'Heb je het ze verteld?'

Daar was Rich, uit het niets, zoals tegenwoordig alles plotseling uit het niets leek te verschijnen. Zijn ogen schoten vuur.

'Nee', zei ik slapjes. 'Hij heeft het geraden.'

Rich siste. 'Het kwam zomaar bij hem op –'

'Dus daarom ben je nooit hier', zei Christopher. 'Daarom moet Jayne mij bellen om haar op te halen –'

'Het is voorbij, Christopher', zei ik.

Dat leek voor hem net zomin verschil te maken als voor de andere mensen tegen wie ik dat gezegd had. Zijn mond vertrok. 'Hoe kon je pa zoiets aandoen? Je bent een huichelaar.'

'Ik weet het', zei ik. 'Ik heb jullie vader enorm gekwetst – en nu heb ik jullie ook nog gekwetst – het spijt me zo.'

'Alsof dat ook maar iets verandert.' Gedurende één afschuwelijke seconde dacht ik dat Christopher naar me zou spugen. In plaats daarvan draaide hij zich om, naar zijn vader, maar Rich keek nog steeds woedend naar mij. Zijn gezichtsuitdrukking was precies hetzelfde als die van zijn zoon.

'Kom op, Sissy', zei Christopher. 'We gaan even een stukje rijden.'

Jayne keek me aan. Deze keer rolde ze niet met haar ogen. Het enige wat ik op haar gezicht las, was hartverscheurende verwarring.

'Ga maar met je broer mee', zei ik. 'We praten later wel.'

Christopher keek Jayne aan en knikte in de richting van de bijkeuken. Bij zijn vertrek wierp hij nog een laatste blik op Rich. 'Als je iets nodig hebt, pa,' zei hij, 'dan ben ik er voor je.'

Daar stonden we dan, Rich en ik, zonder te bewegen, zonder te praten, totdat we Christophers pick-up van de oprit hoorden rijden.

'Waarom heb je ze erachter laten komen?'

'Dacht je dat ze de spanning niet zouden opmerken? Ik probeerde om niet –'

'Luister – hou op met proberen, oké? Hou gewoon op.'

Meer zei hij niet.

5

De rest van het weekend negeerden ze mij. Christopher hield Jayne bij me vandaan, zo vol minachting dat ik er tegen maandagochtend bijna van overtuigd was dat ik echt zo schadelijk voor mijn dochter was als hij uitstraalde.

Ik wilde met haar praten, maar ik kon mezelf nog niet eens uitleggen hoe het zat. Hoe zou ik het haar dan kunnen laten begrijpen?

Rich bleef thuis, maar zijn nadrukkelijke vertrekken uit elke kamer waarin ik binnenkwam, maakte me bang. Ik volgde hem naar de televisiehoek, de bijkeuken, de keuken en de garage, en uiteindelijk sloot hij zich op in de slaapkamer. Aan het geluid van zijn zware voetstappen, ijsberend over de vloer, hoorde ik dat slapen er voor hem net zomin in zat als voor mij.

Ik ging er één keer op uit in de Jeep, om een pond van zijn lievelingskoffie te halen. Ik hoopte dat de geur ervan hem misschien naar beneden zou lokken. Toen ik thuiskwam en de oprit opdraaide, zag ik iets bewegen bij het slaapkamerraam. Rich stapte naar achteren, op heterdaad betrapt terwijl hij op de uitkijk gestaan had voor mij. Zijn brede schouders leken ineens ingezakt, verschrompeld door eenzaamheid. We hadden tenminste nog iets gemeenschappelijk.

En dat maakte dat ik me vastklampte aan de mogelijkheid, hoe onwaarschijnlijk ook, dat een deel van ons leven weer op zijn plek zou vallen, als de nieuwe week eenmaal begon en we onze normale routine weer konden oppakken. Dan kon ik een begin maken met het herstellen van de schade.

De enige manier waarop ik kon beginnen, was door dingen af te sluiten. Op de universiteit en met Zach. Zondagavond besteedde ik het grootste deel van mijn tijd aan het opstellen van mijn ontslagbrief. Maandagochtend was ik al voor acht uur bezig met het leegruimen van mijn bureau en mijn boekenplanken.

Ik had een ritme te pakken dat ervoor zorgde dat mijn gedachten niet met me aan de haal gingen, tot ik was aangeland bij de ordners over ons project Geloof en Twijfel. Toen liet ik me op de vloer zakken, met een tastbaar stukje verleden in mijn schoot.

De helderwitte mappen waren stuk voor stuk voorzien van titels waar Zach en ik samen met onze studenten over gebrainstormd hadden, onder het genot van enorme borden inktvisringen en patat. Ik zag weer voor me hoe ze ze allemaal hadden besproken, terwijl ze hun ogen opensperden en weer dichtknepen in het ritme van de neonverlichting boven het visrestaurant. *Vroege beelden van God* – Nee – *Kinderlijke beelden*. Een vloedgolf van inspiratie zwol aan als gevolg van gebed, ons gezamenlijk doel en het plezier dat we met elkaar hadden.

Ik liet mijn vingers langs de map glijden die we uiteindelijk *Van zijn schoot af* – *De loopgraven in* genoemd hadden.

'We waren zo dicht bij God', fluisterde ik.

De afstand die er nu was, gaf me een uitgehold gevoel.

Ik legde de mappen voorzichtig op een stoel bij de deur, alsof het breekbaar servies was. De rest van mijn lesmaterialen dumpte ik zonder omhaal in een kartonnen doos. G&T was voor mij dat semester het meest inspirerende onderdeel geweest – mede doordat Kevin St. Clair mij had opgezadeld met het gortdroge college 'Religie ten noorden van de Grote Oceaan' en twee blokken algemene inleiding in de religie.

'Wat is er gebeurd met de lessen Spreken in gelijkenissen?' vroeg ik St. Clair toen de voorlopige roosters uitkwamen. 'Ik dacht dat we het erover eens waren dat ik dat college zou geven.'

'Uw visie op de gelijkenissen is me nog niet geheel duidelijk, dr. Costanas', zei hij. De vissenlippen waren volop in bedrijf. 'Ik kan maar niet vaststellen of u een letterlijke interpretatie voorstaat, of iets anders.'

Hij had geweigerd er verder over te praten. En dat was meteen het grootste probleem in de niet-aflatende strijd tussen de bestuursleden van de faculteit. Zach, Ethan en ik – wij wilden graag praten, ontdekken welke dingen we gemeenschappelijk hadden, zodat we samen konden werken. Maar Kevins kamp antwoordde altijd met: 'Wij hebben het Woord altijd onderwezen zoals het bedoeld was, en wij zien geen reden om iemand toestemming te geven om een andere koers te gaan varen.' Ik zou nooit de bestuursvergadering vergeten waarop Kevin zelf zei: 'Voor je het weet begint iemand te roepen dat de verloren zoon eigenlijk het slachtoffer was van een rijke vader die alleen maar oog had voor zijn werk en nooit aandacht aan hem besteedde.' Ik zat tegenover hem en ik begon spontaan hardop te lachen.

Het enige wat Zach en Ethan en ik wilden, was onze studenten de ruimte geven om verschillende mogelijkheden te onderzoeken, om samen te bidden voor de interpretatie. Dat was alles.

In mijn keel vormde zich een vuistdikke brok. Ik had nog geen enkele traan om al deze dingen gelaten, zelfs niet in de eindeloze duisternis van drie uur 's ochtends. En nu dreigden de tranen die ik had tegengehouden allemaal tegelijk los te breken, precies op het moment dat drie meisjes, aangevoerd door Brandon Stires, mijn kantoor binnen dromden.

'Wat is er nou precies aan de hand, dr. C.?' Brandon leunde met zijn magere schouder tegen een lege boekenplank.

'Op de deur van dr. A. hangt een briefje dat iemand anders zijn colleges overneemt.'

De ogen van Chelsea Farmer, perfect omrand door eyeliner, verwijdden zich toen ze de doos zag die ik van mijn bureau tilde. 'Gaat u ook weg?'

'Een onoverbrugbaar verschil van mening met het bestuur van de universiteit', zei ik. 'Ik wilde er nog een mailtje over sturen, maar –' Ik klopte het stof van mijn handen. 'Hier zijn jullie al.'

Ik probeerde te glimlachen, maar niemand leek erin te trappen. Ze keken elkaar veelbetekenend aan.

'Ze hebben me gevraagd er niet over te praten, jongens', zei ik. 'Het spijt me.'

Brandon beende naar voren, langs Chelsea en Marcy en het derde meisje, dat in januari overgestapt was van Olympia. Ik dacht dat ze Audrey heette. Maar daar zou ik niet meer achter komen.

'Kunt u ons dan tenminste vertellen wat er gaat gebeuren met G&T?' vroeg Brandon.

Marcy's brede gezicht betrok. 'We hebben het gehad over het schrijven van monologen die we dan later konden uitspelen. Hoe moet het daarmee?'

Ik probeerde te slikken. 'Ik zal contact opnemen met dr. Archer, dan maken we een afspraak om al deze dingen met jullie te bespreken.'

Brandon sloeg zijn armen over elkaar. 'En wat moeten we in de tussentijd doen?'

'Blijf bij elkaar komen, blijf mensen ondervragen.' Ik wist niet precies waarom, maar ik knikte krachtig naar de donkerharige, tengere Audrey. 'Het komt wel goed met jullie. En ik beloof dat we jullie niet in de steek zullen laten. We zorgen voor een nieuwe adviseur –'

'Wie had u in gedachten?' zei Marcy en ze snoof. 'Dr. St. Clair?'

'Alsjeblieft niet! Dat wordt het G&T-project een slikken-of-stikkenopdracht.' Brandon schudde zijn hoofd. 'Hij zal het omdopen tot "Je kunt het maar beter geloven".'

Ik kromp in elkaar. 'Goed dan. Misschien dat wij – misschien dat ik jullie van buitenaf kan adviseren.'

'Dat is een idee', zei Chelsea. 'En hoe zit het met dr. A.?'

Ik kon niet langer doen alsof. 'Ik kan niet voor hem spreken', zei ik.

Marcy knikte. 'Jullie zijn een team.'

Ik pakte een lege doos en weerstond de aandrang mijn hoofd erin te steken.

'Het komt wel goed.'

Niemand leek dat te geloven. Ikzelf nog wel het minst.

Toen ze weg waren, was alles ingepakt, behalve twee boeken die van Zach waren – *Spreken in gelijkenissen* van Sally McFague en Paul Tillichs boek *Geloofsdynamica*. We hadden over beide boeken gepraat, vroeger, in de tijd dat we nog van elkaar af konden blijven.

De 'beheerder' van de afdeling theologie – een potige laatstejaars die Sebastian heette en amper opkeek van zijn *New King James Version* wanneer iemand hem iets vroeg – leende me de moedersleutel om de deur naar Zachs kantoor te openen en de boeken terug te brengen. Als ik tegen hem had gezegd dat ik van plan was het te plunderen had hij het waarschijnlijk ook prima gevonden; binnen twee minuten zou hij het alweer vergeten zijn.

De sfeer in het kleine kamertje overweldigde me terwijl ik de deur achter me op slot deed. Zachs muskusachtige geur, de kruidig ruikende theezakjes en zijn scherpe humor hingen nog in de lucht. Elk woord dat we hadden gesproken – de verlangende fluisteringen en de reële gedachtewisselingen, waardoor we ontdekten dat we op dezelfde manier dachten, geloofden en twijfelden – leek weerkaatst te worden in de boeken die hij had achtergelaten.

Net als de andere dingen. De waterkoker, de canvas tas die hij gebruikte om de hoeveelheid papieren die hij altijd bij zich droeg in op te bergen en zelfs de tien kilo zware, in leer gebonden Oxford-bijbel. Alles lag op zijn vertrouwde plek.

Ik duwde mijn vuist tegen mijn mond. Hij zou al deze dingen niet zomaar achterlaten.

Dus waar was hij?

**

Toen ik bij Ethans kantoor aankwam, keek Gina me vluchtig aan – ze zei dat ik er afschuwelijk uitzag – en ze liep meteen het heilige der heiligen in. Ze was terug voor ik kon instorten en bracht me naar binnen.

Ethan hoefde niet tegen me te zeggen dat ik mocht gaan zitten. Ik kon niet blijven staan. Ik wist de leunstoel nog net te bereiken en toen begon ik te huilen. Hard. Vanuit mijn tenen.

Ethan en ik hadden niet het soort relatie waarin ik mijn hart kon uitstorten. Eigenlijk had ik met niemand zo'n relatie – alleen met Zach. Ik dwong mezelf diep adem te halen en ik verborg mijn gezicht in de zakdoek die hij in mijn hand gestopt had.

'Het is eindelijk tot je doorgedrongen', zei hij.

'Rich weet het. Mijn kinderen weten het.'

Er viel een korte stilte. 'Dat is vreselijk.'

'Ik heb het verdiend.' Ik keek op. 'Ik probeer de losse eindjes af te hechten – ik heb mijn brief bij me.'

'Haast je maar niet.'

'Ik moet het weten, Ethan – waar is Zach?'

Zijn ogen vernauwden zich.

'Ik wil hem niet zien om – je weet wel', zei ik. 'Maar de studenten die deelnemen aan het G&T-project verdienen ook een afsluiting.'

'Ik heb geen idee waar hij is.' Ethans stem klonk monotoon. 'En de anderen weten het ook niet. Vanaf vanochtend worden alle e-mails teruggestuurd. Zijn mobiele nummer is niet langer in gebruik. Voor zover ik weet is hij niet meer gezien sinds jij donderdagavond bij hem wegging. Ik heb met de politie gepraat, met de brandweercommandant – er is niets van hem te vinden in de – overblijfselen van de boot.' Hij schraapte zijn keel. 'Ze hebben de baai laten doorzoeken door duikers.'

'En de persoon die die foto's heeft genomen dan? Die moet het weten.' Ik slikte een snik in. 'Ik had nooit een relatie met Zach moeten aangaan, Ethan, maar ik kan het feit dat hij verdwenen is gewoon niet van me afzetten. Er is iets met hem gebeurd.'

Ethan streek met zijn hand langs zijn mond. 'Of hij is gewoon vertrokken.'

Ik staarde hem aan. 'Goed of verkeerd, Zach houdt van me. Hij zou me niet in de steek laten en me in mijn eentje voor alles laten opdraaien.'

Ethan zei iets, maar ik hoorde het niet omdat ik mijn gezicht weer in de zakdoek gedrukt had en huilde tot het zeer begon te doen.

Toen de vreemde vrouw die in mijn huid gekropen was uiteindelijk haar laatste tranen vergoten had, gaf Ethan me een glas water.

'Drink maar op', zei hij. 'En ik wil dat je naar me luistert.'

'Het spijt me. Het was niet mijn bedoeling om me zo te laten gaan. Het gaat wel.'

'Nee, het gaat niet. En dat zal niet beter worden, tot je hulp zoekt. Laat me uitpraten.'

Ik knikte en nam een slok. Hij leunde tegen zijn bureau. De lijnen in zijn gezicht ontspanden wat.

'Ik heb een vriend die psycholoog is', zei Ethan. 'Een bekende, christelijke psycholoog – heeft een programma bij een lokaal radiostation, heeft een paar boeken geschreven. Misschien heb je wel eens gehoord van de Healing Choice klinieken.'

Ik schudde mijn hoofd.

'Hoe dan ook, hij is erg begaafd. Hij behandelt niet zo veel mensen meer, maar als ik het hem vraag, zal hij zeker met je willen praten. We kennen elkaar al heel lang.'

'Ik kan niet afreizen naar – waar dan ook –' Met mijn tranen leek ook mijn verstand naar buiten gevloeid te zijn.

'Dat hoeft ook niet. Hij heeft een sabbatsjaar en hij verblijft op Point No Point. Dat moet wel leiding van God zijn.'

'Ik waardeer het aanbod, Ethan, maar ik kan het echt wel zelf.'

Uit de stilte die volgde bleek duidelijk dat hij het niet met me eens was.

'Goed dan, geef me zijn naam maar', zei ik. 'Als ik het gevoel heb dat ik het nodig heb, zal ik hem bellen.'

'Dr. Sullivan Crisp. Ik had hem twintig jaar geleden in de klas, toen ik lesgaf aan Vanderbilt. Ik dacht dat hij theoloog zou worden. Maar hij werd stiekem toch psycholoog.'

Ik vouwde de zakdoek op tot een klein vierkantje en stopte het in mijn tas. 'Ik zal 'm wassen en dan krijg je hem terug.' Ik haalde een witte envelop tevoorschijn. 'Hier is mijn brief.'

Ik stond op en Ethan volgde mijn voorbeeld.

'Bel me als je van gedachten verandert over dr. Crisp.'

'Dat zal ik doen.' Dat kon ik makkelijk beloven, ik zou er niet opnieuw over nadenken. Waar eerder mijn tranen gezeten hadden, ontwikkelde zich een nieuwe vastbeslotenheid.

***

Ik ging pas de volgende dag naar de jachtclub. Na mijn laatste avond daar had ik ontdekt dat ik de sleutel kwijt was. Hij was vast uit mijn zak gevallen. Ik moest iemand vragen om me binnen te laten en de kans dat dat zou lukken was groter op een dag dat het niet ijskoud was – buiten dan, want in mijn huis zou de temperatuur ver onder het vriespunt blijven.

Ik klampte me nog steeds vast aan de hoop dat mijn gezin zou ontdooien, als ik ze maar een beetje tijd gaf. Maar naarmate de tijd verstreek, trok Rich zich alleen maar verder terug in zijn grot en de walging op Christophers gezicht werd alleen maar intenser. En het leek of Jayne het niet eens kon opbrengen om zelfs maar naar me te kijken.

Maar weer of geen weer, ik moest Zach vinden en dit achter me laten voor mijn hele leven tussen mijn vingers doorglipte.

Toen ik me dus die volgende ochtend naar het hek van de jachtclub haastte, scheen er een zonnetje, en er was ook iemand aanwezig, Ned Taynor. Hij was de eigenaar van de door liefdesverdriet geplaagde Yorkshire Terriër. Zijn vrouw – een kletskous die bij elke gelegenheid een krans aan de deur van hun aanlegplaats hing, zelfs op dierendag – was niet bij hem, en daar was ik blij om. Ik had geen tijd voor een lang gesprek over de voortplantingsdrang van het kleine hondje.

'Hé, mooie dame!' zei Ned. 'Ik zie je niet vaak rond deze tijd van de dag.'

'Wat waarschijnlijk de reden is dat ik van huis gegaan ben zonder mijn sleutel', zei ik. 'Zou ik de jouwe mogen lenen?'

'Het spijt me van Zachs boot.' Hij schudde zijn hoofd terwijl hij hoffelijk het hek voor me openhield. 'We zullen hem missen.'

Ik keek hem onderzoekend aan, maar hij deed net met een zwierig gebaar het hek dicht.

'Enig idee waar hij nu gaat wonen?' vroeg hij.

'Nog niet', zei ik.

Ned keek me aan, hij stak zijn hand in zijn zak en ik hoorde iets rinkelen. 'Zeg maar tegen hem dat hij in elk geval langs moet komen om afscheid te nemen. Moet ik je nog helpen om het slot van de ligplaats open te breken?'

Ik zei tegen hem dat ik daar wel een sleutel van had. Ik zei er niet bij dat ik van plan was die in het water te gooien zodra ik klaar was.

Bij daglicht over Kade C lopen was een vreemde gewaarwording. Het was al lang geleden dat ik voor het laatst zonlicht had zien schitteren op de smalle stroken water van Sinclair Bay, aan weerszijden van de smalle kade. De momenten dat ik er rond zonsondergang was geweest kwamen er nog het dichtst bij, maar zelfs die momenten waren een risico. Ik was een paar keer voor het donker op de kade geweest omdat Zach me zo graag nog eens met de 'friemeldiertjes' wilde zien. Friemeldiertjes uit zee, noemde hij ze. Hij zei dat hij het geheime leven dat onder de houten steiger krioelde nooit had opgemerkt tot die dag vorig jaar juni, toen hij mijn hele gezin meenam om een dagje te vissen. Voordat hij en ik 'wij' geworden waren.

Ik had hem toevertrouwd dat Rich nergens meer in geïnteresseerd was, ook niet in mij. Zelfs de negen meter lange zeilboot die ik gekocht had van geld dat ik van mijn moeder geërfd had, stond in onze achtertuin op de trailer, vergeten, net als de rest van wie hij ooit was. Zach bood aan zijn enthousiasme te wekken met een dagje uit. Rich en Christopher waren inderdaad allebei verrukt over het motorjacht, gebouwd in 1941 en helemaal opgeknapt door Zach.

Jayne daarentegen had nog maar twee stappen op de kade gezet of ze lag al op haar buik en haalde een zwangere krab tevoorschijn. Ik liet me naast haar op de grond zakken, plotseling weer tien jaar oud, en gluurde tussen de planken door naar de anemonen die als gewichtloze bloemen heen en weer wiegden en de zeesterren die met hun zuignappen op zoek waren naar iets waar ze zich aan vast konden houden.

En toen lag Zach daar ook, net zo geboeid als ik, en Jayne vertelde hem alles over het ecosysteem dat hij voor de eerste keer zag. Ik steunde met mijn kin op mijn handen en genoot van het gevoel van tevredenheid waarvan ik dacht dat ik dat voor altijd verloren had.

Na die dag voeren Zach en ik nooit meer de Sound op. De geheime ontmoetingen die in september begonnen, vonden altijd op deze kade plaats, 's nachts, in de veilige beschutting van de kajuit van de *Testament*. Een paar keer wist Zach me echter over te halen om te komen als er nog een beetje daglicht was, zodat hij kon toekijken terwijl ik me op mijn buik liet zakken en friemeldiertjes voor hem tevoorschijn haalde. Hij raakte zijn eerste zijdezachte kwal aan met mijn hand over de zijne en zag voor het eerst een garnaal zwemmen, vlak boven onze handpalmen. Mij op die manier zien was het risico van betrapt worden waard, zei hij.

Ik haastte me nu langs deze verborgen wereld en liet mezelf binnen in Zachs boothuis. Ik was niet voorbereid op wat ik daar zag.

Het prachtige schip dat ik kende was verdwenen. In plaats daarvan lag er een zwart skelet, een levenloos geraamte van spanten. De steiger zelf was er opmerkelijk goed vanaf gekomen – hoewel dat ook weer niet heel verrassend was als je bedacht dat Rich hier geweest was om de vlammen te bestrijden. Hij zei altijd dat elke brand een monster was, een wreed, onverzadigbaar beest dat je serieus moest nemen. Hij gooide alles in de strijd om te voorkomen dat het beest wegnam wat hem niet toebehoorde. Zelfs de witte lap stof die aan een haak aan de muur hing was niet door rook verkleurd.

Hoe kon dat eigenlijk? Die moest daar na de brand zijn opgehangen ...

De hoop deed mijn hart sneller kloppen en ik rende ernaartoe. Toen ik mijn eigen crèmekleurige zijden blouse van het haakje haalde, de blouse die ik die avond had gedragen en blijkbaar had laten vallen, werd mijn keel dichtgeknepen door misselijkmakende paniek.

Ik weet niet hoelang ik daar stond, de stof tussen mijn vingers geklemd en vechtend om adem te halen. Lang genoeg om onder ogen te zien wat Ethan Kaye me al duidelijk had willen maken.

Zach was vertrokken. Opzettelijk.

Tenzij iemand anders dit hier heeft opgehangen, klonk een zielig, wanhopig stemmetje bij mij vanbinnen.

Een brandweerinspecteur of politieagent zou de blouse hebben meegenomen als bewijsstuk. Dit was achtergelaten voor mij – door een man die wist dat ik ervoor terug zou komen – dat ik terug zou komen voor hem.

Maar waar was hij dan? En waarom liet hij me dan achter om al deze dingen in mijn eentje op te lossen?

Estes en St. Clair moesten erbij betrokken zijn. Misschien hadden ze een deal met hem gesloten omdat hij een man was, en hem de kans gegeven om de stad te verlaten zodat hij Ethan niet onder ogen hoefde te komen.

Misschien hadden ze hem gedwongen om weg te gaan – omdat hij hun fotograaf op heterdaad betrapt had en wist dat zij ons erin geluisd hadden.

Dat was volstrekt belachelijk. Niemand wist dat we elkaar op Zachs boot ontmoetten. Er was niemand die zelfs maar wist dat we elkaar ontmoetten.

Wat me terugbracht bij de fotograaf – en de foto's in het mapje van Wyatt Estes – en Zach die zijn uitgebrande huis achterliet zonder ook maar iets te zeggen. Zelfs niet tegen mij.

Ik voelde de plotselinge drang om een reddingsboei van de muur te rukken en hem in de baai te smijten. Ik had dat misschien wel echt gedaan als er niet op dat moment iemand op de deur van de aanlegplaats gebonsd had.

'Meneer Archer?' klonk een dwingende stem. 'De politie van Port Orchard. Doe open, meneer!'

6

~~

Op weg naar de deur van de aanlegplaats overwoog ik verschillende mogelijkheden – in de baai springen was daar één van. Uiteindelijk deed ik de deur open en zei: 'Kan ik u helpen, agent?'

Ze waren met z'n tweeën. De een zag er niet veel ouder uit dan Christopher en leek minder arrogant dan mijn zoon. De ander was lang, met brede schouders en haar dat al wat dunner werd. Hij kwam me vaag bekend voor. Misschien kende ik hem van de middelbare school.

Hij sloeg zijn nylon jack open om zijn penning te laten zien en zei: 'We zijn op zoek naar Zachary Archer.'

'Ik ook!' zei ik. Mijn stem klonk hoog en vrolijk en volslagen belachelijk.

'Mag ik u vragen waarom?'

'We geven samen les op de universiteit', zei ik. 'En hij kwam niet opdagen voor zijn colleges, dus ik kwam even langs – om hem te zoeken.'

Ik had het gevoel alsof ik meineed pleegde – en hij wist het. Hij kneep zijn ogen samen en knikte naar het schonkige joch, die zijn holster geen moment losgelaten had sinds ik de deur opengedaan had.

'Controleer dat even', zei de oudere man.

Het agentje knikte en haastte zich naar het overblijfsel van de boot als een enthousiast jochie dat belletje trek speelt. De andere agent keek mij strak aan.

'Ik ben rechercheur Updike', zei hij. 'En u bent?'

'Demitria Costanas – Demi', zei ik, maar alleen omdat ik geen valse naam kon bedenken. 'De deur zat op slot', zei hij. 'Hoe bent u binnengekomen?'

Mijn tong leek op te zwellen. 'Deze deur?' vroeg ik.

Hij keek achterom en toen weer naar mij, zijn wenkbrauwen opgetrokken.

Ik weet het, vriend, er is geen andere deur. Ik klopte op mijn jaszak. 'Ik heb een sleutel', zei ik. 'Zach – dr. – meneer Archer heeft me er een gegeven – voor het geval dat ik ooit –'

Mijn stem stierf weg. Rechercheur Updike trok opnieuw zijn wenkbrauwen op. 'Voor het geval dat u wat?'

'Dat ik mezelf binnen moest laten', zei ik.

Want weet u, had ik willen schreeuwen, *het was zo donker bij mij thuis, in mijn hart, dat ik zijn licht nodig had om mezelf niet te verliezen.*

'Maar – denkt u dat er iets met hem gebeurd is?' vroeg ik.

'Denkt u dat?'

Zijn ogen, klein en staalblauw, boorden een gat in mijn voorhoofd.

'Ik weet het niet', zei ik. 'Het is niets voor hem om te vertrekken zonder iets te zeggen tegen – iemand.'

'Dan kent u hem wel goed', zei hij.

'Ja, nou ja, we werkten samen.'

Hij wachtte.

'We zijn vrienden.'

Hij wachtte nog langer, maar ik perste mijn lippen op elkaar. Uiteindelijk haalde hij een notitieboekje en een potlood uit zijn zak. 'Zijn werkgever heeft hem opgegeven als vermist', zei hij. 'Wanneer hebt u hem voor het laatst gezien?'

'Donderdagavond, even na negenen.' Vanbinnen kreunde ik. Het klonk net alsof ik erop geoefend had.

'En waar was dat?'

'Hier.'

Hij keek over de rand van het boekje.

'Ik kwam om met hem te praten', zei ik. 'En toen ben ik – weggegaan.'

'En sinds dat moment hebt u niets meer van hem gezien of gehoord?'

Ik schudde mijn hoofd.

'Had u dat wel verwacht?'

Er ging een schok door me heen. Mijn tasje gleed van mijn arm en mijn blouse viel tussen ons in op de natte vloer. Het kostte me de nodige moeite om het kledingstuk op te rapen. Ik hoefde me ook niet te haasten; ik wist zeker dat rechercheur Updike de blouse in gedachte al bewijsstuk A genoemd had.

'Komt die hiervandaan?' vroeg hij.

'Hij hing daar aan een haakje. Maar hij is van mij. Ik heb 'm donderdagavond laten liggen.'

Ik was er zeker van dat er maar één reden was waarom de kade niet onder mijn voeten openspleet; ik werd gestraft voor een onvergefelijke zonde. De rechercheur trok onmiddellijk alle juiste conclusies.

'Ik heb uw adres en telefoonnummer nodig, mevrouw Costanas', zei hij. 'We willen u misschien nog meer vragen stellen.'

Er lag onmiskenbaar een nadruk op het woordje *mevrouw*. Ik gaf hem de informatie en ging er als een betrapte schurk vandoor toen hij de deur voor me opendeed.

***

Ik bleef tot de volgende ochtend in de weer. Ik ging die middag als een bezetene het hele huis door en maakte dingen schoon die niet eens vies waren – de schroefjes van de deurknoppen, de binnenkant van de droger. Ik had de hele nacht afschuwelijke dromen over Zach gehad, dromen waarin ik hem zocht en hem vond in vuilcontainers, visnetten en mijn eigen gangkast. Nadat de kinderen letterlijk stampvoetend naar school vertrokken waren, haastte ik me naar de supermarkt voor biologische asperges – met onderwijl constant het gevoel dat er iemand, iets, achter me aan zat.

Ik kon het gewoon niet bedenken. Moest ik Rich over de politie vertellen, met het risico dat ik mezelf daarmee nog verder in de nesten werkte? Het niet vertellen, maar voortdurend geplaagd worden door de misselijkmakende angst dat ze op een gegeven moment op de stoep zouden staan met een arrestatiebevel? Zelf proberen Zach te vinden?

Daar stopte mijn tredmolentje van gedachten altijd. Wanneer ik aan Zach dacht, aan zijn gekwelde gezicht die laatste avond aan boord van de *Testament*, de smekende klank in zijn stem, zelfs toen hij zei dat hij 'juist van me hield omdat ik het soort vrouw was dat uiteindelijk terug zou gaan naar haar man' – telkens als ik daaraan dacht, realiseerde ik me dat hij me in de steek gelaten had, dat ik deze ellende in mijn eentje moest dragen, en dan vervormde mijn beeld van hem. Zo kende ik Zach helemaal niet.

En vanaf dat punt wist ik niet hoe ik verder moest. Het trof me als een dolkstoot – dat er maar één persoon was die me kon helpen de dingen op een rijtje te krijgen, één persoon die elke vorm van waanzin kon terugbrengen tot iets logisch. En dat was Rich.

Zo was het vanaf het begin geweest, in New York al, toen ik een idealistische theologiestudente was en hij een brandweerman, met beide laarzen stevig op de grond.

'Wat was dat?' zei hij tegen me als ik na een overbezorgd telefoontje van mijn moeder de hoorn oplegde. 'Je moeder is je moeder. Het enige wat je haar verschuldigd bent is je liefde en je respect. Je hoeft je manier van leven niet te verantwoorden.'

'Waarom,' vroeg ik hem dan, 'ben ik zelf niet tot die conclusie gekomen?'

'Omdat je mij nodig hebt, schatje', had hij geantwoord.

Telkens opnieuw. Omdat het waar was.

Mijn zicht op de weg vervaagde terwijl ik naar huis reed, een vergeten voorraadje groente in een tas naast me. Het enige wat zin had, was naar Rich toegaan en hem alles vertellen. De toestand met de politie, de afschuw van mezelf omdat ik dit had laten gebeuren. Het maakte me niet uit wat het zou kosten, ik had Rich nodig.

Dat was altijd al zo geweest.

Ik knipperde met mijn ogen tot de mist weggetrokken was en ik ging rechtop in mijn stoel zitten. Goed. Ik functioneerde altijd beter als ik een plan van aanpak had, een PvA, zoals Rich het altijd noemde. Ga terug naar huis, maak de lunch voor hem klaar, zorg ervoor dat hij naar je luistert terwijl je over deze nieuwste verwikkeling vertelt. Hij zou in elk geval niet willen dat ik in aanwezigheid van de kinderen gearresteerd zou worden. Hij zou wel weten wat we moesten doen.

Maar ik voelde de kleur uit mijn gezicht wegtrekken toen ik het huis naderde en de auto uit liet rollen.

Voor ons huis stond een politieauto geparkeerd.

Hier was zo'n PvA voor, het gedrag waar elke vrouw van een brandweerman op terugviel wanneer er binnen een straal van honderd meter van haar huis een politieman gesignaleerd werd. Ik hees mezelf uit mijn stoel en wist op de een of andere manier de garage te bereiken. Rich was verbrand. Christopher had zijn pick-up in de kreukels gereden tegen een boom. Jayne was van het toneel gevallen. Als de tragedie je leven eenmaal is binnengedrongen, zijn er plotseling nog veel meer drama's mogelijk.

Ik stikte bijna toen ik de woonkamer binnenliep en Rich daar aantrof. Samen met rechercheur Updike en zijn maatje.

De agent zag er zo ongelofelijk zelfvoldaan uit dat ik zin had om te sissen. Ik wist mijn professorstem op te zetten en was vastbesloten mijn man niet nog verder te vernederen.

'Rechercheur Updike', zei ik. Ik knikte naar zijn partner. Het knulletje had zijn hand nog steeds belachelijk dicht bij zijn dienstpistool, alsof ik een sprintje zou trekken naar het messenblok.

Ze knikten allebei terug. Rich wilde me niet aankijken.

'We stelden uw man enkele vragen over Zachary Archer', zei Updike. 'Maar hij had nauwelijks antwoorden.'

'Dat komt doordat dit niets met hem te maken heeft', zei ik.

Ik liep naar voren en ging naast Rich staan. Ik voelde dat hij het liefst opzij wilde stappen. Ik wist dat hij in de war was en dat hij dat maar met moeite kon verbergen.

'Wat wilt u weten?' vroeg ik.

'Nadat we u gisteren bij de jachtclub hebben gesproken –' Rich verstijfde.

' – hebben we nog even rondgekeken –'

Updike knikte naar het agentje, dat een tas tevoorschijn haalde. Ik keek toe terwijl hij zijn hand in de tas stak en er twee natte lappen uit haalde. Diep uit mijn keel klonk een schraperig geluid.

'U herkent ze dus?' zei de jonge agent.

Alles in mij verstijfde toen hij, zich duidelijk verkneukelend, mijn bh en mijn hemdje uitrolde.

'Die hebben we uit de baai gevist, onder het toegangshek van de jachtclub.' Zijn ogen glinsterden. 'Ik neem aan dat ze van u zijn.'

'Goed, jullie punt is wel duidelijk.' Rich stak zijn kaak naar voren, in de richting van het agentje. 'Als je nog iets te zeggen hebt, moet je het zeggen – zo niet, verdwijn.'

Rechercheur Updike stak zijn hand op naar de jongere agent en hij keek Rich aan. 'We zijn bijna klaar. Mevrouw Costanas – zijn deze kledingstukken van u?'

Ik klemde mijn knieën tegen elkaar. 'Ja.'

'En hoe zijn ze in het water terechtgekomen?'

'Ik heb ze erin geschopt.'

'Wilt u dat uitleggen?'

Ik probeerde me te verharden. Deze man was een zak, en ik haatte hem. 'Nee, dat wil ik niet', zei ik. 'Maar ik zal het toch doen. Ze vielen uit mijn handen toen ik probeerde het hek te openen, dus ik schoof ze met mijn voet van de steiger. Ik was van streek en ik wilde daar weg.'

'Van streek omdat –'

Rich' arm verkrampte en schoot uit.

'Omdat er, toen ik bij meneer Archer aan boord was, iemand uit de duisternis tevoorschijn kwam en foto's van ons maakte. Ik graaide mijn kleren bij elkaar en terwijl ik dat deed, stootte ik een kaars om, waardoor de boot in brand vloog. Zach zei dat ik moest maken dat ik wegkwam en dus rende ik. En dat was de laatste keer dat ik hem zag.'

'Dus er was nog iemand bij jullie op de boot?'

'Ja, maar ik weet niet wie dat was.'

'Dus er zijn foto's van dit incident', zei de agent.

'Die waren er', zei Rich. 'Ik heb ze gezien.'

Ik wilde wel voor hem door de grond zakken.

'En waar zijn ze nu?' vroeg het jonkie.

'Ik heb ze verbrand', hoorde ik mezelf zeggen.

De jonge agent leek teleurgesteld en ik had zin om hem naar de keel te vliegen.

'Hoe bent u aan die foto's gekomen?' De rechercheur keek van mij naar Rich en van Rich naar mij, als iemand die probeert te kiezen tussen twee rotte meloenen.

'Iemand heeft ze bezorgd op de brandweerkazerne', zei Rich. 'Ik weet niet wie en ik weet niet waarom. Ik heb ze meteen mee naar huis genomen en mijn vrouw ermee geconfronteerd.'

De jongen gromde.

Rich keek hem aan. 'Zou ik erg verdrietig zijn als die vent iets overkwam? Nee. Ben ik blij dat hij verdwenen is? Ja. Maar denk ik dat mijn vrouw hem iets heeft aangedaan? Geen sprake van.' Rich vestigde zijn blik op mij. 'Ze is verliefd op hem. Oké? Als ze wist waar hij was, was ze nu waarschijnlijk bij hem. En – hadden jullie verder nog wat? Want ik moet eerlijk zeggen dat ik jullie aanwezigheid hier spuugzat ben.'

De rechercheur stond op. 'Dat was het wel, voor nu. Mevrouw Costanas, u mag de stad niet verlaten.'

Ik had mijn professorstem teruggevonden. 'Dat was ik niet van plan.'

'En u ook niet', zei hij tegen Rich.

Hij liep naar de deur en ik volgde hem, vastbesloten dat hij geen seconde langer dan noodzakelijk in ons huis zou verblijven. Hij bleef staan, zijn gezicht was nu zo dicht bij het mijne dat ik de nicotinevlekken op zijn tanden kon zien.

'Een vraagje nog. De beheerder bij u op school –' Hij keek in zijn notitieboekje. 'Sebastian Young. Hij zegt dat u gisteren zijn moedersleutel geleend hebt om Archers kantoor binnen te komen.'

Ik sloot mijn ogen.

'Waar was u naar op zoek?'

'Ik wilde wat boeken terugbrengen en dat heb ik ook gedaan', zei ik.

'En hebt u *daar* ook nog iets gevonden wat u had laten liggen?' vroeg het jonge agentje.

'Maak dat je wegkomt!'

Ik draaide mijn hoofd met een ruk in Rich' richting. Hij liep met grote stappen door de kamer, zijn tanden op elkaar geklemd en een dreigende blik in zijn ogen.

'U hoeft me niet uit te laten', zei Updike. Hij knikte naar het jonge agentje en liep achter hem aan.

Toen ze weg waren, leunde ik met mijn hoofd tegen de deur. Ik hoorde Rich niet bewegen, zelfs niet toen ik me omdraaide en probeerde hem door mijn brandende tranen heen aan te kijken.

'Dank je wel', zei ik.

'Hou alsjeblieft op. Dat deed ik voor de kinderen. Ik wil niet dat zij hier iets vanaf weten.' Hij haalde moeizaam adem. 'Heb je me deze keer gehoord? Zeg niets tegen de kinderen.'

'Ik ben het met je eens.' De professorstem had plaatsgemaakt voor een smekend stemmetje. 'Ik wilde *jou* vertellen wat er gisteren bij de jachtclub gebeurd was –'

'Je bent terug geweest – en ook naar zijn kantoor. Je zei dat het voorbij was en vervolgens ben je weer naar hem op zoek gegaan.'

'Om er zeker van te zijn dat hij *weet* dat het voorbij is!'

'Hoeveel kleren moet je nog uittrekken voor hij overtuigd zal zijn?'

Hij stormde de trap op.

7

⤳

Op dit moment voelde dr. Sullivan Crisp zich bijna geen psycholoog meer. En dat, zo zei hij tegen zichzelf, was precies wat hij wilde.

Hij had de juiste plek uitgekozen. Het strand van Point No Point, het noordelijkste deel van het schiereiland, strekte zich voor hem uit als een eindeloze speeltuin, bezaaid met bovenmaats speelgoed. Een grotere tegenstelling met de overbevolkte, veel te volwassen wereld was niet denkbaar.

Stukken drijfhout, overblijfselen van forten die jonge bouwvakkertjes afgelopen zomer gebouwd hadden, smeekten om opnieuw gebruikt te worden. Het glinsterende grijze zand lag bezaaid met gladde stenen, doodstil, hun smeekbeden alleen hoorbaar voor de oren van mensen die ze met het enthousiasme van kinderen over het water zouden laten dansen, opstapelen of in hun zak stoppen.

Sully zette zijn handen op zijn magere heupen en grijnsde. God had een speelplaats geschapen en magische voorwerpen in het rond gestrooid om de mooiste puzzels mee te maken. Hier kon hij vergeten dat hij 1.85 lang was, 45 jaar oud, en dat hij in zelfopgelegde ballingschap verkeerde.

Hier kon hij twaalf zijn, omdat in de wereld van een twaalfjarige de mogelijkheden eindeloos waren.

Hij liet de stenen in zijn zak rammelen. Ja. Hij kon wel even uitrusten op de boomstronk die door de wind en het zand tot een soort stoel was uitgesleten.

Dat deed hij. En toen dacht hij na over de grapjes die hij kon uithalen met de mollige vrouw die een paar meter verderop als een soort boeddha op een dekentje zat, in de kou, lezend in een boek.

Sully liet zich tegen het verweerde hout zakken. Hij kon alles doen, behalve vergeten waarom hij hier was en zich niet bezighield met het oppoetsen van de psyche van de wereld, de ene therapeutische methode na de andere.

'Misschien heeft deze psycholoog zelf een psycholoog nodig', zei hij hardop.

De boeddha-vrouw keek op van haar boek en sloeg haar ogen weer neer, zoals mensen doen wanneer ze niet betrapt willen worden op het staren naar iets ongewoons.

Sully zette het paarse petje recht die hij een dag eerder gekocht had bij Made in America, een apart winkeltje in Hoodsport. Had deze vrouw nog nooit een man van middelbare leeftijd met een gebatikt baseballpetje gezien? Misschien was het de geur van geoduck die haar was opgevallen. Hij had net zo'n wonderlijk gevormd schelpdier schoongemaakt en gemarineerd en de wind blies in haar richting.

Of misschien was het dat hij in zichzelf praatte. Als je gewend was de hele dag met mensen te kletsen, viel het niet mee om je mond te houden.

Sully verschoof een beetje in de boomstronkstoel. Het hout omsloot hem en hij voelde zich als een kikker in een grote hand. Hoeveel vliegers kon je oplaten – hoeveel schelpdieren kon je opgraven – hoeveel batik spul kon je kopen voordat je voldoende hersteld was om terug te gaan naar de depressieven, de schizofrenen en de narcisten en weer plezier te hebben in je werk?

'Lieve help, ik kan hier niet eens spelprogramma's ontvangen', zei hij, om de boeddha-vrouw een plezier te doen.

Ze raapte haar deken en haar boek bij elkaar en ging op zoek naar een ander plekje, dichter bij de vuurtoren. Terwijl Sully haar nakeek, zag hij Ethan Kaye boven de rand van de klif verschijnen, zijn ogen afschermend met zijn hand. Sully had de schoenen van de man kunnen zoenen. Hij strekte zijn lange ledematen en worstelde zich uit de door de natuur gevormde leunstoel. Hij liep met grote passen door het zand om hem te begroeten.

Het was nog maar maart, maar dr. Kaye leek bruin. Zo zag hij er altijd uit. Misschien kwam het door het contrast tussen zijn van nature olijfkleurige huid en zijn sneeuwwitte haar, dat vijfentwintig jaar geleden al net zo wit geweest was.

Toen Sully tegenover hem stond, glimlachte Ethan breed.

Op zijn ronde gezicht tekenden zich rimpeltjes af die Sully zich niet herinnerde, maar de ogen waren hetzelfde. Donker, direct en doordringend als röntgenstralen.

'Geven ze je geen eten in Colorado?' vroeg Ethan.

Sully greep Ethans stevige hand. 'Je ziet er nog steeds goed uit, kerel.'

'En jij bent nog steeds de slechtste leugenaar die ik ken.'

Sully sloeg hem op de schouder en knikte een paar keer. Wat moest je anders als je je mentor voor het eerst in vijf jaar terugzag en hij wel tien jaar ouder leek?

'Hoe gaat het met Joan?' vroeg Sully. 'Dat ben ik vergeten te vragen toen ik je aan de telefoon had.'

'Nog altijd even lief', zei Ethan. 'Ze is twee maanden op rondreis door Europa met haar quiltclub.'

Sully grinnikte. 'En jij had geen zin om mee te gaan?'

'Ik zou gaan breien als ik dacht dat dat ook maar iets aan mijn situatie zou veranderen.'

Sully probeerde maar niet om zich voor te stellen hoe dat er uit zou zien, de eerbiedwaardige Ethan Kaye met tikkende breipennen.

'Maar ik kan op het moment niet eens naar Seattle, laat staan het land uit', zei Ethan. 'Kevin St. Clair zou achter mijn bureau zitten nog voor ik mijn vliegtuiggordel omgedaan had.'

De lijntjes verdiepten zich. Kijken naar Ethans gezicht was altijd hetzelfde als het bekijken van een kaart van zijn ziel. Hij was zo transparant, daar kon Sully alleen van dromen.

'Hoe zit het daarmee?' vroeg Sully.

'Nog steeds hetzelfde. St. Clair heeft al drie mensen – alle drie mannen – uitgenodigd om te solliciteren naar de functie van dr. Costanas.'

'En die andere professor – hoe heette hij ook alweer?'

'Archer. We kunnen hem niet officieel vervangen totdat we zijn ontslagbrief hebben ontvangen.'

'En dat valt niet mee als je hem niet kunt vinden.'

Ethan trok een gezicht. 'O, St. Clair vindt hem wel. Hij heeft hem al als vermist opgegeven bij de politie. Niet dat ze nog niet naar hem op zoek waren, trouwens, na het uitbranden van zijn boot. Ze hebben het hele schoolterrein doorzocht.'

Ethan schudde zijn hoofd. De wind blies een lok haar op zijn hoofd omhoog. Hoewel het wel wat weg had van een hanenkam, deed het geen afbreuk aan zijn waardigheid.

'Ik twijfel er niet aan dat Archer gewoon met de noorderzon vertrokken is', zei Ethan. 'En hij heeft die arme vrouw achtergelaten om het allemaal in haar eentje op te lossen.'

Sully keek hem onderzoekend aan. 'Dus je beschouwt haar als slachtoffer.'

'Ik weet dat er voor zoiets twee mensen nodig zijn.' Hij wendde zijn blik af, verlegen, en Sully onderdrukte een grijns.

Ethan was altijd een toonbeeld van fatsoen geweest. Wanneer een vrouw een bezoekje bracht aan het toilet, had hij het nog altijd over het 'poederen van haar neus'.

'En waarom is zij een "arme vrouw"?'

'Omdat ik je kan garanderen dat ze niet in die situatie terecht zou zijn gekomen als niet iemand zich tot het uiterste had ingespannen om haar over te halen. En nu betaalt ze er de prijs voor.' Ethan verplaatste zijn blik van een voorbij-varende tanker naar Sully's gezicht. 'Ik zei al tegen je dat ze hulp nodig had. En jij zei aan de telefoon dat je rusteloos begon te worden.'

Sully haalde het petje van zijn hoofd, schudde het uit en zette het achterstevoren op. 'Ik bedoelde dat ik aan mijn volgende boek wilde beginnen, dat ik wat vernieuwingen wilde aanbrengen in de talkshow, een kliniek openen in Nashville – niet dat ik een nieuwe cliënt wilde aannemen.'

'Ik probeer je nergens toe te dwingen –'

'Natuurlijk wel.'

'Ik dacht dat je misschien, terwijl je hier bezig was om te herstellen –'

'Ik ben al hersteld.' Sully liet de stenen in zijn zak rammelen.

'Ik zie het', zei Ethan droogjes. Hij perste zijn lippen op elkaar en speurde Sully's gezicht af. 'Oké, dit was een slecht idee. Je hebt al genoeg op je bordje.'

'Lieve help – ik heb geloof ik nog vier weken staan om dat "bordje" leeg te krijgen, en er is nu al geen kruimeltje meer op te bekennen.'

Ethan hield zijn blik gevangen. 'Je zat behoorlijk in de knoop.'

'Ja, nou ja – ik bedoel maar, dit is de eerste patiënt die zelfmoord gepleegd heeft sinds we tien jaar geleden de eerste kliniek openden. Maar uiteindelijk komt het er toch op neer dat het zijn eigen keuze was om zichzelf het leven te benemen. Mijn mensen hebben gedaan wat ze konden.'

'En als ik het goed begrepen heb, gold dat ook voor jou.'

'In eerste instantie nam ik het allemaal op mijn schouders, maar uiteindelijk moeten we het toch loslaten. Het overgeven aan God.'

'Dus je bent er min of meer overheen.'

'Als een patiënt die vraag met "ja" zou beantwoorden, zou ik zeggen: "Bedankt voor het meespelen, maar dat is niet het juiste antwoord."' Sully produceerde het zoemende geluid uit een televisiespelshow.

Ethan grinnikte een beetje. 'Werk je nog steeds met die spelshowtrucjes als je met cliënten praat?'

'Als ik iets heb gevonden wat werkt, blijf ik het gebruiken.'

'Ik denk dat je jezelf verzekert van werkgelegenheid', zei Ethan. 'Als ze nog niet gek zijn als ze bij je binnenkomen, zijn ze het wel tegen de tijd dat jij klaar met ze bent.'

'En jij, ben jij klaar?'

'Nee. Je hebt mijn vraag nog niet beantwoord. Heb je verwerkt dat een van je patiënten zichzelf in zijn auto door het hoofd geschoten heeft terwijl hij geparkeerd stond naast een van jouw klinieken?'

Sully tuurde naar de tanker, die nu niet meer was dan een vaag stipje. Hij bewonderde Ethan Kaye om zijn oprechtheid. Hij was er alleen niet altijd blij mee.

'Zoals ik al zei, ik neem er nog een paar weken tijd voor. Om er zeker van te zijn dat ik geen verschijnselen vertoon van posttraumatische stress. Ondertussen ben ik op zoek naar dingen om te doen. Wat me bij de volgende vraag brengt – heb je honger?'

Ethan fronste. 'Niet als jij kookt.'

'Au. Kom mee, ik heb geoduck in de marinade liggen.'

'Ik hoop dat het lekkerder smaakt dan dat het klinkt.' Ethans glimlach werd breder en de rimpeltjes naast zijn ogen verdiepten zich. 'Ik neem je graag mee uit eten. Ik heb geen behoefte aan jouw wondermiddel tegen eetlust.'

'Dat doet pijn, meneer', zei Sully. 'Dat doet echt pijn.'

***

Voor het visrestaurant waar Ethan silthield, stond niet één oldtimer geparkeerd, en ook geen twee, maar vier. Sully liet een langgerekt gefluit horen.

Een zilverkleurige Corvette Stingray uit 1967. Een kersenrode Ford Fairlane uit 1957. Een blauwe Camaro Supersport uit 1966. En een goudkleurige Pontiac GTO uit 1966. Zwart vinyl schuifdak.

'Ik wist dat deze tent je zou bevallen', zei Ethan. 'Ze komen hier allemaal.'

Het viel niet mee om 'ze' te herkennen toen Sully eenmaal achter Ethan aan naar binnen was gelopen. Het restaurant was schemerig verlicht, met uitzondering van hier en daar een kaars in een glazen reddingsboei, of in een omhulsel van visnet, die reflecteerde op het kunststof tafelkleed. Voor zover Sully kon zien zat er volk van allerlei slag, drinkend uit plastic glazen en hun vingers aflikkend terwijl ze gebakken uienringen aten die glansden van het vet.

Toen ze aan een tafeltje waren gaan zitten, bestelde Ethan iets wat hij quasi-zielig een 'bordje cholesterol' noemde. Sully keek door het raampje en vergaapte zich aan een van de oldtimers.

'Daar heeft iemand goed werk geleverd', zei hij. 'Wedden dat die auto de originele, oprolbare bekleding nog heeft?'

'Is dat een goed teken?' vroeg Ethan.

'Jazeker.'

'Jij kunt het weten. Je hebt heel wat uurtjes aan je auto's besteed.'

Sully knikte naar de serveerster, die twee mokken op hun tafeltje zette, samen met een pot koffie.

'We moeten even wat herinneringen ophalen.'

'Veel plezier dan maar', zei ze. Ze knipoogde naar Ethan.

Toen ze wegliep, tikte Sully tegen Ethans hand. 'Ik zie dat de vrouwen nog steeds schaamteloos met je flirten.'

'Ze weet wie zo meteen de fooi neerlegt. Sleutel je nog steeds aan auto's?'

Sully schudde zijn hoofd en schonk de koffie in. 'Geen tijd. Jij hebt twee klontjes suiker, hè?'

'Zwart, tegenwoordig. Jammer zeg.'

'Wat?' vroeg Sully.

'Ik weet een Chevy Impala uit 1964 die volgende week geveild wordt. Openbare verkoop. Dan zou je iets te doen hebben terwijl je jezelf behandelt voor dat –'

'PTSS. Posttraumatisch stresssyndroom.' Sully nipte aan zijn koffie en door een wolk van stoom keek hij naar Ethan. Kaye staarde hem doordringend aan.

'Je doet alles om me over te halen om hier te blijven en met die vrouw te praten', zei Sully. 'Of niets soms?'

'Oké, ik geef het toe. Uit wat ik gehoord heb – en wat ik van jou persoonlijk weet – denk ik echt dat jij haar kunt helpen, Sully.'

'Je weet dat dit nogal ironisch is, hè?'

'Hoezo?'

'Jij bent degene die geprobeerd heeft me mijn plannen om psycholoog te worden uit het hoofd te praten. En "praten" is misschien te zacht uitgedrukt.'

Ethan klemde de mok in zijn handen en Sully kon zichzelf wel schoppen. In de loop der jaren was hij een meester geworden in het omzeilen van dit onderwerp wanneer hij met Ethan praatte, en nu had hij hem zelf die kant opgeduwd.

'Ik dacht dat het te snel was. Na wat er met Lynn gebeurd was', zei Ethan.

'Kijk, en *daar* ben ik dus overheen', zei Sully.

'Dat zou ik graag geloven. Maar als je me dan vertelt dat je bijna bent ingestort omdat je een patiënt verloren hebt, vraag ik me dat toch af.'

Sully zette zijn mok met een klap op tafel. 'Toen dat gebeurde stond ik al onder grote druk. Ik had te veel werk ingeroosterd en al geen vakantie meer gehad sinds – nou ja, dat weet ik niet eens. Het was de spreekwoordelijke laatste druppel en ik moest de dingen overdragen en even weggaan.'

Ethan nam een slok koffie.

'Dat is alles. Het heeft niets te maken met iets anders', zei Sully.

'Jij bent de psycholoog. Je had nooit bereikt wat je bereikt hebt als je niet zou weten hoe het er met jezelf voorstaat. Waarom ik ook –'

'Graag wil dat ik een afspraak maak met jouw vriendin de professor.'

Ethan kneep in zijn neusbrug. 'Het laat me maar niet los. Ik moest haar wel ontslag laten nemen – dat heb ik je verteld.'

'Inderdaad.'

'En ze moet de gevolgen van haar daden accepteren. Dat begrijp ik ook wel.' De lijn tussen zijn wenkbrauwen werd dieper. 'Maar ik voel me verantwoordelijk.'

Sully tuitte zijn lippen. 'Misschien ben jij degene die therapie nodig heeft.'

'Tegen de tijd dat dit allemaal voorbij is misschien wel.' Ethan liet zijn blik door het restaurant gaan. 'Ik wil er nog een ding over zeggen, daarna laat ik het onderwerp rusten.'

Dat betwijfelde Sully, maar hij knikte.

'Deze vrouw is een begaafde lerares en volgens mij is ze nog maar net begonnen met het ontdekken van de diepten van haar geestelijke reis. En dat heb ik al talloze keren gezien – op het moment dat iemand het gaat begrijpen, het echt gaat begrijpen, wordt hij beproefd.'

'En wat als ze gewoon niet geslaagd is?'

'Dan heeft ze nog een kans nodig.' Ethan schrok van de heftigheid in zijn eigen stem en hij schraapte zijn keel. 'Ik kan haar die niet geven', zei hij. 'Maar als er iemand is die het kan, ben jij het. En niet alleen omdat je de beste in je vakgebied bent. Maar ook omdat je hebt meegemaakt wat zij heeft meegemaakt.'

Sully fronste en keek in zijn koffiekopje.

'Ze denkt dat de oorzaak van deze puinhoop in zijn geheel bij haar ligt', zei Ethan. 'Ze neemt de volledige verantwoordelijkheid, zelfs voor de dingen die niet haar schuld zijn. Ik maak me zorgen over wat dat met haar zal doen.'

Hij stak zijn hand op om de serveerster tegen te houden. Ze bleef een paar meter van het tafeltje staan, met het dienblad wiebelend in haar handen.

'Daar was ik ook bang voor bij jou', zei hij, bijna fluisterend. 'Jij zegt dat je eroverheen bent, en ik geloof dat. Wat ook precies de reden is waarom niemand beter geschikt is dan jij om deze vrouw een tweede kans te geven om haar leven op te pakken.'

Ethan leunde achterover en glimlachte flauwtjes naar de serveerster.

'Het lijkt erop dat dat tijdreisje behoorlijk intensief geworden is', zei ze.

Sully keek naar de volgeladen borden die ze op de tafel zette. 'Kun je ons een emmertje brengen om die garnalen boven uit te wringen?' vroeg hij.

'Ik hoor dat je uit het zuiden komt', zei ze, met een niet geheel succesvolle imitatie van het Alabama-accent. 'Dus probeer me nou niet te vertellen dat je niet tegen een beetje vet kunt.' Deze keer knipoogde ze naar hem. 'Ik zal wat extra servetten voor jullie pakken.'

Sully bestudeerde een hoopje frituur. 'Zijn dit inktvisringen?'

Ethan gaf geen antwoord. Sully keek op.

'Ze heeft een dochter van dertien jaar', zei Ethan.

'Wie, de serveerster?'

'Dr. Costanas. Voor het geval dat wat uitmaakt.'

Sully stak zijn vork in een gepaneerde garnaal, die ook al glom van het vet. 'Ik zal erover nadenken, oké?'

'Meer hoef je me niet te beloven.'

8

∽

Ik ging die zondag niet naar de kerk. Rich was al meer dan een jaar niet geweest, maar als ik een dienst miste, was dat een teken dat er iets ernstigs met me aan de hand was.

Ik wist dat de mensen Christopher en Jayne vragen zouden stellen en dat ze ontwijkende antwoorden zouden moeten geven of zouden moeten liegen. Maar de kans dat ze uit mijn afwezigheid de waarheid zouden opmaken was kleiner dan wanneer ik naast mijn zoon in een kerkbank zou zitten. Met zijn veroordelende blikken stak hij dominee Jonathan Edwards naar de kroon. Christopher maakte er nog steeds geen geheim van dat hij mij beschouwde als de ergste zondaar ooit, gevallen in de handen van een boze God.

Dus ik koos ervoor om thuis te blijven toen hij met Jayne vertrok. Jayne zag eruit zoals ze er al dagen uitzag – alsof ze door een kogel getroffen was, maar niet wist hoe ze in moest storten.

Ik wilde haar helpen, maar ze had een muur opgetrokken waar ik misschien nog wel overheen had kunnen klimmen als ze me dichterbij liet komen. Maar dat lukte niet met Christopher die zich ongevraagd als lijfwacht had opgeworpen en haar beschermde tegen haar boosaardige moeder. Terwijl ik die zondagochtend uien stond te snijden, vroeg ik me af of hij dacht dat ik haar zou aansteken met het overspelvirus.

Toen Zach me het gevoel gaf dat ik het genot dat hij me gaf verdiende, probeerde ik er een ander woord voor te vinden, maar zelfs de Bijbel stond dat niet toe. Jezus sprak maar een enkele keer over het huwelijk, en een van die uitspraken ging er juist over dat een echtgenoot het recht had om van zijn ontrouwe partner te scheiden.

Dat had me ertoe gebracht om een punt achter de relatie te zetten. Ik wilde niet dwars tegen God ingaan. Ik wilde geen scheiding. Ik wilde Rich geen pijn doen.

Diezelfde angst en schuld en schaamte zorgde ervoor dat ik de bedden keurig strak bleef opmaken, dat ik zijn boxershorts bleef strijken en drie maaltijden per dag verzorgde, of die nou werden opgegeten of niet. Dat was de reden waarom ik aardappels schilde en me afvroeg waar de knoflookpers gebleven was.

Deze maaltijd zou Jamie Oliver beschaamd doen staan, maar ik wist dat het niets zou afdoen aan mijn schuldgevoel. Ik hoopte dat ik mijn gezin er door middel van stoofpotten, taarten en ovenschotels stukje bij beetje van kon overtuigen dat ik van ze hield en dat ik de rest van mijn leven zou investeren in het bewijzen daarvan. Toen ik Christopher de oprit op hoorde scheuren, stond er een stoofpot op het fornuis te pruttelen en in de oven stond een goudkleurige appeltaart te bakken. Hij kwam met gierende banden tot stilstand, iets wat zelfs voor hem overdreven was.

Ik luisterde terwijl hij elke deur die hem van mij scheidde achter zich dichtsmeet, tot hij voor me stond, puffend als een locomotief. Jayne sloop stilletjes binnen en keek om zich heen alsof ze op zoek was naar de nooduitgang.

'Is dit hem?' vroeg Christopher en hij smeet een krant op het aanrechtblad. Toen ik de foto op de voorpagina zag, stokte mijn adem.

Zachs officiële universiteitsfoto, zijn ogen helder in zijn intelligente gezicht, zich totaal niet bewust van de opschudding om hem heen. Ik voelde een onbekende vlaag van boosheid, die omsloeg in angst toen ik de kop las: *Vermissing professor roept vragen op.*

'Er staat niet in dat jij met hem naar bed bent geweest, als je daar soms bang voor was.'

Ik keek naar Christopher. Afgezien van twee felrode plekjes op zijn wangen was zijn gezicht lijkbleek.

'Ik maak me alleen maar zorgen om jullie', zei ik.

Christopher tikte met zijn vingers op Zachs foto. 'Dus dit *is* de man met wie je pa bedrogen hebt.'

Ik deed mijn mond open en sloot hem weer, omdat ik aan de haartjes in mijn nek voelde dat Rich achter me stond.

'Chris, gooi die in het vuur', zei hij.

Hij stond tussen Jayne en haar ontsnappingsroute in. Ze ging op een barkruk zitten en wikkelde haar lange, wijde rok strak om haar benen en de poten van de kruk. Ik wilde haar optillen en haar meenemen, ver hiervandaan. Ik zou willen dat we hier allebei weg konden. Ik hoefde niet naar hem te kijken om te weten dat Rich nu eindelijk zijn kookpunt bereikt had.

'Dat is een goed idee', zei ik. 'Laten we die krant verbranden en doorgaan met ons leven.'

'Welk leven?'

Toen moest ik wel kijken, om vast te stellen of die opmerking bij mijn man of bij mijn zoon vandaan kwam. De uitdrukking op Rich' gezicht was zo hard dat ik er bang van werd.

'Besteden ze nu zelfs in de zondagskrant al aandacht aan ons zogenaamde leven?'

'Er staat niets over ons in, pa', zei Christopher. 'Nog niet, tenminste.'

'Hou hiermee op, Christopher', zei ik.

'Wat verwacht je dan van hem?' Rich' stem klonk diep en duister.

Jayne begon te jammeren.

'Ik denk dat jij en ik even naar boven moeten gaan', zei ik tegen Rich.

'O – dus nu wil je de kinderen opeens beschermen.' Hij zette een stap in mijn richting. 'Luister goed, Demitria – als jij ook maar *iets* om Jayne en Chris gaf, had je aandacht aan hen besteed. Dan was je *hier* geweest, in plaats van alles wat *onze* kinderen toekwam in je leerlingen te steken.'

Zijn vinger raakte mijn gezicht bijna en zijn adem voelde heet aan. Heel even dacht ik dat hij me zou slaan. Het was de eerste keer dat deze gedachte door mijn hoofd schoot.

'Kun je me in de ogen kijken en eerlijk zeggen dat deze dingen ooit gebeurd zouden zijn als jij je niet zo op je werk had gestort, op die school en op die kinderen?'

Daar had ik niets op te zeggen. Ik had helemaal niets te zeggen. Mijn hart bonkte in mijn keel.

Rich siste. 'Ik weet het niet. Misschien evengoed wel.'

Hij griste de krant van het aanrecht en staarde woest naar Zachs gezicht. De woede in zijn ogen glinsterde en verhardde, tot het geen woede meer was, maar ijskoude haat.

'Christopher', zei ik. 'Zouden jij en Jayne alsjeblieft naar boven willen gaan?'

'Wat wil jij, pa?' vroeg Christopher.

Met de zijkant van zijn hand veegde Rich de krant van het aanrecht, waarbij hij Jayne, die nog steeds als in een coconnetje op haar kruk zat, op een haar na miste.

'Jij bent niet de vrouw met wie ik getrouwd ben', grauwde Rich, met zijn blik nog steeds gevestigd op het gezicht dat hem nu vanaf de vloer leek te bespotten. 'Ik dacht dat jij aan mijn kant stond.'

Ik keek nogmaals naar Christopher. 'Jij en Jayne, naar boven.'

'Niet nodig – we zijn wel klaar hier', zei Rich. 'Ik blijf voorlopig op de kazerne.'

'Waarom zou *jij* weg moeten?' vroeg Christopher.

Rich draaide zich om in de deuropening, zijn borst stijgend en dalend als een massa lava. De paniek vloog me naar de keel.

'Zij is degene die het verknald heeft.' Christopher priemde met zijn duim in mijn richting en heel even was de zoon die zo op mij leek het evenbeeld van zijn vader. 'Ik snap niet hoe je les kunt geven over de *Bijbel* en al die gedeeltes over overspel over het hoofd zien. Het is zo ongeveer een hoofdthema.'

'Ik weet het, Christopher', zei ik. 'Je vader en ik hebben het hier al over gehad.'

'Ja, maar ik denk toch dat je het nog niet begrepen hebt.' Hij schudde zijn blonde haar naar achteren. 'We kunnen niet doen alsof dit nooit gebeurd is. Het lijkt wel alsof je je excuses aan wilt bieden en van ons verwacht dat we dan allemaal zeggen: "Het zit wel goed, mam" en dan – ik weet niet – ' Hij wuifde in de richting van de pan op het fornuis. 'Dat we dan als een knus gezinnetje aan tafel gaan zitten voor de zondagse maaltijd.'

'Goed', zei ik. 'Zo is het wel genoeg.'

Christopher maakte een binnensmonds geluid, waarmee hij alle conclusies – behalve die van hemzelf – van tafel veegde. 'Het recht om te bepalen wanneer iets voor mij genoeg geweest is, heb je verspeeld toen je ermee ophield je als een moeder te gedragen.'

Abrupt draaide ik mijn hoofd in Rich' richting, waarbij ik al mijn spieren overstrekte. Hij zei niets. Hij keek niet eens op van de krant, die nu over de keukenvloer verspreid lag als de slingers van een feestje dat helemaal verkeerd was afgelopen.

'Weet je wat, pa?' zei Christopher. 'Als jij gaat, ga ik mee. Ik blijf hier niet bij haar. En dat zou ook niet goed zijn voor Jayne.'

Nog steeds niets. Geen enkele reactie van Rich terwijl ons hele leven door de papierversnipperaar ging.

'Jayne en ik staan aan jouw kant.'

Er werd een grens getrokken tussen mij en mijn gezin. Bijna hoorbaar, als nagels die over een schoolbord schraapten. Mijn man worstelde met zijn haatgevoelens en hij was aan de verliezende hand. Mijn lieve dochter zat met een krijtwit gezicht naar het aanrechtblad te staren. Nog één hatelijk woord en ze zou in duizend stukjes uiteenvallen.

'Er gaat hier niemand weg,' zei ik, 'behalve ik. Het zou niet eerlijk zijn als jij zou moeten vertrekken, Rich. En tot we onze gevoelens allemaal weer een beetje onder controle hebben, kunnen we hier niet over praten zoals we zouden moeten.'

Ik hoorde mezelf praten. Ik keek naar mezelf terwijl ik een koffer inpakte. Ik voelde Jaynes koude wang tegen mijn lippen toen ik haar een afscheidskus gaf. Ik zag Rich' silhouet in het raam van onze slaapkamer toen ik de oprit afreed en aan de manier waarop hij zijn schouders gerecht had, zag ik dat hij vastbesloten was.

Maar dit kón ik gewoon niet echt zijn, deze vrouw die haar eigen huis verliet, die naar het Suquamish Clearwater Hotel in Poulsbo reed en daar incheckte. De echte Demitria had een gezin dat haar nooit zou laten gaan.

Het enige waar ik die nacht aan kon denken, terwijl ik trillend van angst in het hotelbed lag, was dat niemand geprobeerd had me tegen te houden.

9

⁓

Sully constateerde dat dr. Ethan Kaye uitstekend in staat was om iemand in de val te lokken zonder ook maar één woord te zeggen. Op het uithangbord naast de tent stond de volgende boodschap: *Veiling Nalatenschap van Edith Allen Estes.* Sully moest het zijn oude vriend nageven.

Hij had al staan likkebaarden bij de Chrevolet Impala uit 1964 waar Ethan hem op afgestuurd had. Het ding stond op blokken, maar dat gaf niet. Volgens de beschrijving had de motor al tien jaar niet meer gelopen, maar het koetswerk was perfect: geen deuken, geen krassen en geen roestplekjes. Een beetje polijsten en ze zou schitterend zijn. Hij had zo'n zin om onder haar motorkap te duiken dat hij de moersleutel al in zijn hand kon voelen.

Maar wat het bijzonder maakte, was het feit dat de auto door de familie Estes verkocht werd. Echt iets voor Ethan Kaye. Sully grijnsde en hij liep de tent in. Hij twijfelde er niet aan dat dit de Estes was met wie Ethan op zijn universiteit in de clinch lag. Hij en die andere bobo – hoe heette hij ook weer – Sint Bernard? Die twee mannen waren duidelijk uit op Ethans baan. Stelletje jakhalzen.

Vooruit dan. Hij was Ethan tenslotte nog wel iets verschuldigd. Hij zou voor hem nagaan hoe de zaken ervoor stonden.

Binnen stond een jonge vrouw die Sully een bordje gaf. Ze zag eruit alsof ze liever een wortelkanaalbehandeling zou ondergaan.

'U weet hoe het werkt?' vroeg ze, terwijl ze hem uitdrukkingsloos aankeek. Alleen haar oorringen van kraaltjes gingen heen en weer. Zelfs de highlights in haar haar bewogen niet, alsof iemand ze dat verboden had.

'We zijn hier voor een potje tafeltennis, toch?'

'Heel leuk.' Ze leek de fase van het rollen met haar ogen voorbij. 'Bent u van plan te gaan bieden?'

'Jawel, mevrouw', zei Sully.

'En u weet hoe dat moet?'

'Jazeker.'

'Ga dan maar ergens zitten', zei ze en ze wachtte. Ze had het duidelijk gehad met hem.

Toen hij was gaan zitten, merkte Sully op dat alle vrouwen die betrokken waren bij de organisatie van de veiling controlfreaks waren. Er zouden heus wel wat ingehuurde krachten bij zijn, maar de kern van het groepje moest afkomstig zijn uit hetzelfde geslacht, waarschijnlijk de Estes. Elke haardos had een goudgele kleur, hoewel Sully ervan overtuigd was dat het grootste deel van de vrouwen al in geen tientallen jaren meer over natuurlijke blonde lokken beschikte. Ze bewogen zich allemaal snel, alsof ze geen tijd hadden voor flauwekul, maar hun ogen troffen hem; groot, blauw en met een spottende blik.

Hij rekte zich uit zodat hij over de mensen heen kon kijken en hij bestudeerde de menigte. Ethan had gezegd dat Wyatt een succesvolle zakenman was, dus Sully verwachtte niet dat hij hier zelf aanwezig zou zijn om toezicht te houden op de veiling van het porselein van een familielid. Toch kon hij het niet laten om te speuren naar een man die eruitzag alsof hij geld als water had, en een hele universiteit in zijn achterzak. Zo'n man zag hij niet – maar de Estes-vrouwen voldeden allemaal aan die omschrijving. Inclusief het meisje met de bordjes, die een of andere arme stakker bied-instructies leek te geven. Goeie genade. Als hij het binnen zeven seconden nog niet zou snappen, zou ze hem aan stukken scheuren met die ogen.

Interessant. Achter dat effen uiterlijk bevond zich blijk-baar nog een laag, die van tijd tot tijd tot uitbarsting kwam – maar Sully schatte in dat ze zich nooit helemaal liet gaan. Hij gromde. Hij kon het nooit laten om een vlugge analyse te doen.

Het meisje verdween naar achteren toen het bieden op de Impala begon. Er waren een paar bieders die duidelijk alleen op onderdelen uit waren. Sully kromp ineen bij de gedachte dat de auto uit elkaar gehaald zou worden. Een paar van hen deden een belachelijk laag bod, maar vielen al snel af, onderling mompelend toen twee serieuze kopers de aandacht trokken. Ze wisten blijkbaar welke mogelijkheden deze schoonheid te bieden had en ze hielden vol zo lang ze konden – tot Sully er genoeg van had en vijfduizend dollar bood.

De menigte hapte naar adem, maar Sully wist dat hij de auto in feite zo goed als gestolen had. En dat wisten zijn rivalen ook. Ze staken hun bordjes naar hem op bij wijze van groet en staarden hem met onverholen jaloezie aan.

Hij bleef zitten terwijl de andere aanwezigen als bezete-nen op servieskasten en antieke tafeltjes boden, gewoon om de bizarre verscheidenheid in gedrag te observeren, maar in de pauze vertrok hij. Hij ging op zoek naar het meisje van de bordjes. Een mannelijke versie van de Estes-vrouwen, zonder de geblondeerde lokken, stond met haar te praten. Hij was een jaar of zeventig en zijn golvende grijze haar begon dunner te worden. De ogen en de onbewogen gezichtsuitdrukking waren zonder twijfel afkomstig uit dezelfde genenpool. Ze leken verwikkeld in een nogal hef-tig gesprek, maar Sully liep toch in hun richting. Hij wist niet precies hoe hij erachter kon komen of dit Wyatt Estes was, of wat hij zou zeggen als dat het geval was. Dat soort dingen kwamen meestal vanzelf wel goed.

Toen Sully de laatste twee rijen passeerde, zag hij dat het gesprek wat het meisje betreft voorbij was. De man hield zijn gezicht vlak bij het hare en bleef stug doorpraten, maar zij keek een andere kant op en deed niet eens alsof ze luisterde. Sully mocht dit meisje wel.

Hij baande zich een weg door de rij die voor het kraampje stond. Het meisje liet haar blik ongeïnteresseerd over de menigte glijden tot ze hem ontdekte. Sully stak zijn bordje omhoog.

'Ben je klaar?' riep ze in zijn richting. 'Pardon', zei ze tegen de man en ze duwde drie mensen opzij om bij hem vandaan te komen. De oude man keek haar net zo onbewogen na als zij hem achterliet.

'Volgens mij ben je mij wat schuldig', zei Sully terwijl hij haar zijn bordje overhandigde.

'Hoe kom je daarbij?'

Van dichtbij zag Sully dat ze een gouden randje om haar pupillen had. Haar houding kon niet verhullen dat ze bijna beeldschoon was.

'Ik heb je gered van die ouwe zeurkous.'

'Ja, nou ja, daar kom je niet erg ver mee.'

'Ik wil ook niet erg ver', zei Sully. 'Kun je me aanwijzen bij wie ik moet zijn om de auto op te halen?'

'Kom maar mee.'

Ze leidde hem langs een rij stoelen, nu leeg, en door een opening in het tentdoek die verder niemand opgemerkt leek te hebben. Sully vermoedde dat ze op de hoogte was van alle sluipweggetjes van het leven.

Hij wachtte tot ze de binnenplaats overstaken en vroeg: 'Wie was die oude vent eigenlijk? Volgens mij heb ik hem weleens eerder gezien.'

'Kan niet anders, als je hier in de buurt woont', zei ze.

'Maar dat is niet zo.'

'In elke straat in South Kitsap County staat wel een gebouw dat van hem is.' Ze leek niet erg onder de indruk.

'Is hij een Estes?' vroeg Sully.

'Zou je denken? Dat is Wyatt. De vrouw die gestorven is, is zijn tante. Aangetrouwd. Hij is hier om zich ervan te ver-

zekeren dat wij vrouwen de afhandeling van haar nalatenschap niet verprutsen.'

'Hoe groot is de kans dat jullie vrouwen dat zouden
doen?'

'Hoe moeilijk is het om het geld in een zak te stoppen en
aan hem te overhandigen?'

Het meisje bleef staan bij de Impala en ze keek naar de
wielen, waar geen banden omheen zaten. 'Je was toch niet
van plan om er zo mee de weg op te gaan, hè? Oké – zie je
die blonde vrouw daar?'

Sully probeerde niet te grinniken. 'Ze zijn allemaal
blond.'

'Goeie. Ik bedoel de vrouw met dat leren jasje –'

'Begrepen.'

'Zij neemt je cheque aan, of waar je ook mee wilt betalen.'

'Dank je', zei Sully. Hij glimlachte naar haar. Ze had hem
niets nuttigs verteld, al wist hij ook niet waar hij precies
naar op zoek was.

Hij verwachtte dat ze terug zou lopen naar haar stapel
bordjes, maar ze sloeg haar armen over elkaar en keek
opnieuw naar de Impala.

'Even serieus', zei ze. '*Wat* ben je van plan met dat ding?
Hij staat al, weet ik veel, dertig jaar bij oma in de garage.'

'Ik ga haar opknappen tot ze weer net zo mooi is als
vroeger. Denk je dat oma daarmee in zou stemmen?'

'Meen je dat nou? Oma heeft er zelf wel honderdduizend dollar aan uitgegeven om dat voor elkaar te krijgen.'

Dus hij had het goed gehoord. Ellen Estes was haar
grootmoeder, dus Wyatt Estes was haar –

Hij probeerde dat nog steeds uit te vinden toen het meisje zei: 'Maar als je hier niet woont, wat ga je er dan mee
doen? De auto ergens heen laten slepen?'

'Ik ga op zoek naar een garage die ik kan huren', zei hij.

'Dan wens ik je veel succes.'

'Hoezo?'

'Zoiets zul je hier in de omgeving niet vinden.'

'Waar moet ik dan zoeken?'

Ze frunnikte aan haar oorring, de eerste beweging die hij haar zag maken waar ze zich niet van bewust leek te zijn.

'Ik zou Callow proberen', zei ze. 'Absoluut. Callow. Daar staan een heleboel gebouwen leeg – al weet ik niet of er garages bij zijn.'

'Bedankt voor de tip.'

'Geen dank. En ik moet zeggen – het is verfrissend om met een vent te praten die niet meteen probeert me te versieren.'

Sully lachte hardop. 'Ik ben twee keer zo oud als jij.'

'Maakt niet uit. Ik heb mannen van zeventig meegemaakt die me vroegen om met ze te gaan lunchen.' Ze keek hem recht aan. 'Ik heb er een hekel aan om versierd te worden.'

Sully geloofde haar direct.

***

Jammer dat hij haar niet kon bedanken, dacht Sully de volgende dag. Ze had gelijk gehad over Callow. Niet alleen stond er een garage te huur, geflankeerd door twee leegstaande garageboxen, maar achter de garage stond ook nog eens een caravan die erbij hoorde en die zo op het eerste gezicht bewoonbaar leek. Hij was de motels zat en dit had – wel iets. Hij zou overdag toch bezig zijn met de Impala, als hij tenminste geen klusjes voor Ethan Kaye hoefde op te knappen.

Daar kon hij niet onderuit. Niet nadat hij Ethan verteld had dat hij de auto gekocht had en dat hij een poosje in de stad zou blijven. Niet nadat hij de onuitgesproken nood in Ethans stem gehoord had, de behoefte aan iemand die naast hem stond en hem kon helpen om erachter te komen waar hij eigenlijk mee te maken had.

'Kom maar hierheen als ze wordt afgeleverd', zei Sully over de Impala. 'Dan kunnen we het hebben over onze strategie.'

'Strategie', zei Ethan.

'Om uit te vinden wat die ouwe Estes en de Sint Bernard van plan zijn voordat ze weer toeslaan. Ome Wyatt is een controlefreak, dat heb ik wel ontdekt. Als die wat te pakken heeft, laat-ie niet los.'

Ethan grinnikte in de telefoon. Sully wist dat hij hem aan het lachen zou maken met zijn Tennessee-accent.

'Wanneer komt ze?' vroeg Ethan.

'Ze bezorgen haar morgenochtend vroeg.'

'Besteden jullie eerst maar eens wat tijd aan het hechtingsproces', zei Ethan droogjes. 'Dan kom ik langs als ik klaar ben op kantoor.'

'Haal je dan onderweg even broodjes?' vroeg Sully.

'Geen enkel probleem. Ga alsjeblieft niet koken.'

***

Toen de Impala van de sleepwagen getakeld werd, zag ze er zelfs nog beter uit dan tussen het allegaartje van golfbenodigdheden en tuinmeubelen van Edith Allen Estes. Het was alsof ze wist dat ze op het punt stond om in haar vroegere glorie hersteld te worden. Sully was er zeker van dat hij een verlangende zucht hoorde toen de vrachtwagenchauffeur haar op de blokken liet zakken die Sully daar speciaal voor haar had neergezet.

'We zullen nieuwe schoenen voor je regelen, schatje', zei hij tegen haar. 'Zodra je genoeg hersteld bent om op te kunnen staan.'

'Dat ding is in bijzonder goeie staat, zeker als je bedenkt hoe oud 'ie is', zei de vrachtwagenchauffeur. Hij duwde de pluk pruimtabak die hij in zijn wang had opzij. 'De elektriciteit doet het nog.'

'Dat meen je niet', zei Sully.

'Moet je kijken, man. Ga d'r maar eens achter staan.'

Sully ging achter *haar* staan – deze man wist blijkbaar niet met wie hij hier te maken had – terwijl de man op de voorstoel plaatsnam. De Impala had aan beide zijden drie remlichten, die plotseling tot leven kwamen, glinsterend onder de laag stof die op het rode glas lag.

'Niet te geloven, hè?' schreeuwde de chauffeur naar achteren.

De lichten knipperden. Zes rode achterlichten. Nog een keer. En nog een keer.

Sully knipperde en opende zijn mond om tegen de man te zeggen dat hij moest stoppen. Maar het lukte niet.

Ze knipperden nog een keer – het leek wel een waarschuwingssignaal. Paniekerige rode flitsen in het donker.

'Stop! Nee – stop – er is iets mis!'

De lichten gingen uit, maar het schreeuwen hield aan en de duisternis slokte de wagen op. Sully sprong naar voren.

'Rustig maar, man – ik ben al gestopt.'

Sully hoorde zijn eigen geschreeuw weerkaatsen en hij staarde naar zijn handen, waarmee hij de achterbumper omknelde. Zijn kin schoot omhoog. De chauffeur van de sleepwagen stond bij het achterwiel van de Impala. Afgezien van zijn slordige stoppels was alle kleur uit zijn gezicht verdwenen. De achterlichten waren uit, de Impala maakte geen geluid en Sully beefde.

'Schrok je daarvan?' vroeg de man.

Sully duwde zijn handen met geweld in zijn zakken. 'Nou, man, wie had kunnen denken dat ze daar nog steeds toe in staat was?'

'Ja. Niet te geloven.'

De chauffeur keek Sully onderzoekend aan en deed een stap achteruit. Sully probeerde te grijnzen, maar hij wist dat dat het trillen van zijn lippen niet kon verbergen.

'Je wilt niet weten hoe ik tekeerga als ik haar straks aan de praat heb gekregen', zei Sully. 'Maar goed – wat krijg je van me?'

De jongen nam het geld aan en ging ervandoor, hoewel hij nog even omkeek toen hij in zijn truck klom. 'Ik ben eerder jongens tegengekomen die stapel waren op oude auto's, maar man, jij neemt het wel heel serieus.'

Sully dwong zichzelf om terug te lopen naar de achterkant van de auto. Hij liet zijn vingers over de achterlichten glijden en wreef het vettige stof weg tot het rode glas helder glom. Dit was *deze* auto, niet die andere. En ze stond hier, op *deze* plek, in *deze* tijd, net als hij.

Dat had hij tegen zijn patiënten gezegd – hij had erover geschreven – hij had het beest van het verleden gesust in het hart van mensen die naar zijn programma luisterden en hem huilend opbelden. Maar nu vroeg hij zich af of zij daar net zo weinig geloof aan hechtten als hij op dit moment.

Sully pakte een lap en poetste de achterlichten verder op. Hij moest het geloven, want het was waar. De flashback was het bewijs dat hij nog niet klaar was om terug te keren naar Colorado en weer aan het werk te gaan. Geen probleem. Hij moest zich concentreren op het nu. Op het tot leven wekken van een oude passie. Op het inlossen van een schuld aan een vriend. Misschien zelfs op het helpen van iemand anders, om haar uit de duistere diepte te halen waar hij zelf ook in gezeten had. Dat was tenslotte de reden waarom hij dit werk was gaan doen.

Sully stond op, met de doek nog in zijn handen en hij keek naar het armoedige kantoortje achter de derde garagebox. De verhuurder had gezegd dat hij dat ook kon gebruiken. Als hij het schoonmaakte en op een rommelmarkt wat stoelen op de kop tikte, kon het een prima plek worden om deze dr. Costanas te ontmoeten.

***

Ethan arriveerde rond een uur of zes met de broodjes. Sully had twee metalen klapstoelen gevonden, die hij aan weerskanten van een omgekeerde doos neerzette. In de doos zaten de flessen motorolie die hij binnenkort als verjongingsserum aan de Impala zou toedienen.

Ethan zette de tas op het geïmproviseerde tafeltje en hij maakte wat lovende opmerkingen over de auto.

'Nu ik deze garage toch heb,' zei Sully, terwijl hij zijn broodje uitpakte, 'kun jij je auto ook wel even langsbrengen voor een grote beurt.'

'Ik ben al aan een nieuwe auto toe voor jij klaar bent met dat –'

'Rustig aan. Ze is erg gevoelig.'

Ethans ogen glimlachten terwijl hij at.

'Maar laten we het even over de foto's hebben', zei Sully. 'Heb je ze meegenomen?'

Ethan knikte, zijn mond vertrok tot een rechte streep.

'Hoe denk je dat Estes en Sint Bernard eraan gekomen zijn?'

Ethan grabbelde in de plastic zak en haalde een stapel servetten tevoorschijn. 'Estes zei dat iemand ze aan hem gegeven had. Hij wilde niet zeggen wie, maar ik denk dat-ie ze bezorgd heeft direct nadat ze genomen waren. Estes zei dat die persoon de foto's laat op de avond had afgeleverd.'

'Een flinke oppepper voor zijn humeur, schat ik in.' Sully ving nog net een plukje zuurkool op, voordat het op tafel viel. 'Hij ziet eruit als een ouwe zuurpruim.'

'Hij is nog goed bij de pinken. Gaat elke dag naar kantoor en heeft de touwtjes van zijn bedrijf stevig in handen.'

'In dit geval gaat hij behoorlijk listig te werk.'

'Hij zal ons echt geen namen geven, als je dat bedoelt.'

'En hoe zit het met de Sint –'

'St. Clair.' De rimpeltjes rond Ethans ogen werden dieper en hij veegde zijn mond af. 'Kevin is misschien kortzichtig, maar hij is wel eerlijk. Als hij zegt dat hij niet weet waar de foto's vandaan komen, weet hij het niet.'

'Dus Estes – en de fotograaf – zijn de enigen die het weten.' Sully legde zijn sandwich op het vetvrije papier en hij wreef in zijn handen. 'We hadden een patiënt – nog niet eens zo lang geleden – wiens vrouw een detective in dienst had genomen om hem te volgen en foto's te maken van wat hij deed.'

'Ik dacht dat dat alleen op tv gebeurde', zei Ethan.

'Dit was echt.'

'En wat deed die man dan allemaal?'

'Hun spaargeld verkwanselen aan weddenschappen. Maar wat als dat hier ook het geval is?'

Ethan gromde. 'Ik zou er *mijn* spaargeld om durven verwedden dat Rich Costanas geen privédetective heeft ingehuurd om zijn vrouw te volgen. Al was het maar omdat de fotograaf volgens Demi al aanwezig was toen zij aankwam. Hij had zich verstopt op de boot.'

'En als Estes hem had ingehuurd?'

'Waarom zou hij dat doen? Niemand wist wat er zich tussen Archer en Demi afspeelde.'

'Ben je daar zeker van?'

Ethan plukte een stukje kaas van het papier. 'Luister, Estes heeft nogal sterke overtuigingen over de manier waarop dingen gedaan moeten worden en hij maakt zeker gebruik van zijn macht om zijn zin te krijgen. Dat maakt hem tot een opportunist, maar niet tot stalker. Ik geloof echt dat de foto's hem in de schoot geworpen zijn en dat hij toen een geweldige mogelijkheid zag om mij te ontslaan.'

'Denk je dat hij teleurgesteld was toen je professor ontslag nam in plaats van jij?'

'Kevin St. Clair wel. Ik denk dat Wyatt Estes echt wil dat de UvV een degelijk, moreel verantwoord onderwijsinstituut is, koste wat het kost.'

'Dat wil jij ook', zei Sully.

'We hebben andere ideeën over de manier waarop we dat kunnen bereiken.'

'En Kevin St. Clair?'

'Hij wil dat ook – en meer.'

'Jouw baan.'

'Alleen omdat hij denkt dat hij het beter kan.' Ethan schudde zijn hoofd. 'Hun hart zit wel op de juiste plek. Daarom denk ik ook niet dat een van hen iets te maken had met het nemen van de foto's.'

Sully knikte naar de envelop die tegen Ethans stoel geleund stond. 'Zijn dat ze?'

Hij maakte de doos die als tafel diende leeg en Ethan haalde een dun stapeltjes foto's tevoorschijn en legde ze erop. Sully keek naar de eerste foto en voelde hoe zijn ogen zich opensperden.

'Nogal belastend.'

De man op de foto ging grotendeels schuil achter de vrouw, zijn gezicht tegen haar blote hals gedrukt. Sully zag alleen haar naakte schouder en het korte blonde haar dat naar achteren viel terwijl ze hem naar zich toetrok. Dit was geen Estes-blond. Haar haarkleur was net zo echt als de rest van het plaatje.

Ethan schoof de foto opzij, waardoor een tweede zichtbaar werd. De vrouw keek Sully recht aan, alsof hij haar had laten schrikken. Haar ogen waren bruin en haar blik was zacht en droevig, zelfs in de schok van het moment. Sully kon het gezicht van de man nog steeds niet zien; ze verborg het door het tegen zich aan te drukken, haar handen begraven in zijn haar. Hij zou toch niet naar de man gekeken hebben. De pijn in de blik van de vrouw hield zijn aandacht gevangen.

'Moet ik er nog meer bekijken?'

Ethan schudde zijn hoofd en hij schoof de foto's terug in de envelop.

Sully ging zitten en hij vouwde zijn handen op de bovenkant van de doos. 'Ik denk niet dat er sprake was van dwang.'

Ethan slaakte een diepe, langgerekte zucht. 'Nee, dat heb ik ook nooit gedacht.'

'Het lijkt erop dat – ik bedoel, voor zover je dat uit een foto kunt opmaken – maar ik durf te wedden dat haar worsteling vooral psychisch, vanbinnen was.' Sully haalde zijn schouders op. 'Geef haar mijn nummer maar. Zorg ervoor dat ze me belt.'

Ethan draaide wat in zijn stoel. 'Dat doe ik zodra ik haar ervan kan overtuigen dat ze jou nodig heeft.'

Sully haalde zich de foto nogmaals voor de geest en hij leunde naar voren. 'Laat haar niet te lang wachten, Ethan', zei hij. 'Zo veel tijd heeft ze niet.'

10

~

Souterrain met daglicht.

Die term had ik al in geen jaren meer gehoord. Maar hoe lang was het al niet geleden dat ik op zoek was geweest naar een appartement?

Dat bedenken was deprimerend. De hotelkamer ook. En het saldo van mijn spaarrekening eveneens.

'Zorg dat je altijd een beetje eigen geld hebt, op een aparte rekening.' Het enige advies dat ik van mijn moeder overnam toen ik trouwde. Toen ze in 1998 aan darmkanker overleed had ik het grootste deel van de erfenis, de opbrengst van het huis en haar spaargeld, op die aparte rekening gezet, als een manier om haar te eren. Ik voelde me daar prettig bij, juist omdat ze het me tijdens haar leven zo moeilijk gemaakt had om haar te eren.

Maar 'een beetje geld' was nu wel een adequate omschrijving. Ik had het grootste deel ervan gebruikt om een boot voor Rich te kopen – mijn laatste grote inspanning om hem uit zijn depressie te halen – en de afgelopen week had ik er opnieuw een flink gat in geslagen. Ook al kon ik niet slapen en at ik niet, de hotelkamer en de maaltijden moest ik wel betalen.

Rich had me niet gebeld, niet uit zichzelf en ook niet om te reageren op de berichtjes die ik had achtergelaten. Ik liet geen berichtjes achter op de kazerne. Rich kennende had hij niemand verteld dat we uit elkaar waren, en zoals ik er nu aan toe was zou mijn stem dat onmiddellijk verraden.

Ik concentreerde me weer op de advertenties die ik op het bed had uitgespreid. Het zou op langere termijn goedkoper zijn om een appartementje te huren. Hoe lang kon die langere termijn nou helemaal duren? Het grootste deel van de tijd was ik er niet zeker van dat ik het nog een minuut langer kon verdragen. Ik verstijfde telkens wanneer er op de deur geklopt werd, uit angst dat het een hulpsheriff zou zijn die de scheidingspapieren kwam afleveren. Rich' stilte was martelend, maar het was beter dan een definitieve beslissing. En hoelang ik misschien ook nog in het ongewisse zou verkeren, ik kon dat in elk geval op een goedkope manier doen.

Als mijn berekeningen klopten, kon ik misschien nog twee maanden vooruit voor ik een baan moest zoeken. Ik vocht tegen de opkomende paniek. Het zou geen twee maanden duren – of zelfs maar een – voordat Rich me terug zou laten komen en we onze problemen zouden kunnen oplossen. Het was nog niet nodig om over werk na te denken. Ik leek te balanceren op het randje van een afgrond. Als ik over werk nadacht, zou ik zeker mijn evenwicht verliezen.

Souterrain met daglicht. Een slaapkamer. Uitzicht op Pudget Sound. $700 per maand, inclusief g.w.licht. Omgeving Port Orchard.

Ik omcirkelde het telefoonnummer, maar ik kon nog niet bellen. Misschien moest ik Rich nog een keer proberen, hem laten weten welke plannen ik maakte. Hij zou me deze stap niet laten zetten. Het was te permanent, het week te zeer af van alles wat we ooit voor mogelijk hadden gehouden.

Maar dat gold natuurlijk ook voor mijn verhouding.

Ik liet mijn hoofd op de kussens zakken en liet de tranen uit mijn ooghoeken stromen.

'*I've Got Tears In My Ears (From Lying On My Back In Bed While I Cry Over You).*' (Ik heb tranen in mijn oren, omdat ik op mijn rug in bed lig en huil om jou.)

Rich en ik hadden dat liedje meegebruld, telkens als we naar de herhalingen van het bijbehorende tv-programma keken, toen we te arm waren om naar de film te gaan en ervan genoten om thuis te blijven en naar ons aftandse kleine tv'tje te kijken. Als Rich met zijn hardnekkige Brooklyn-accent probeerde de nasale countryklank te imiteren, brulde ik zelfs nog harder.

Toen lachten we nog samen. Ik had al twee weken niet meer gelachen. De laatste keer was toen Zach en ik elkaar twee weken geleden tijdens een bestuursvergadering veelbetekenend aan hadden gekeken en de bijbehorende opmerkingen hadden bewaard tot we ze hardop konden uitspreken. Zo hardop als onze relatie toeliet.

Hoe was het mogelijk dat ik daar zo van genoten had terwijl ik stiekem had moeten doen en had moeten liegen om die relatie te hebben? Hoe was het mogelijk dat ik er nu zo'n spijt van had – en het tegelijkertijd miste?

Ik ging met een ruk rechtop zitten. Ik had de antwoorden niet. Ik kon de vragen nauwelijks verdragen. Ik zou het nummer draaien en naar het appartement vragen. Ik zou mijn ene voet voor de andere zetten –

Ik reikte naar de advertenties, maar ze gleden van het voeteneind van het bed, waardoor de onderliggende pagina, die met ingezonden brieven, zichtbaar werd. Een van de koppen luidde: *Wat is er werkelijk aan de hand op de Universiteit van het Verbond?*

Sommige mensen, zo stond er, *schrijven dat de recente veranderingen binnen de staf van de UvV uitwijzen dat adjunctdirecteur Kevin St. Clair gelijk heeft over de manier waarop directeur Ethan Kaye het instituut leidt.*

Ik vouwde de bladzijde dubbel, en toen nog een keer, en gooide hem in de prullenmand naast het bed, boven op een prop vochtige, verfrommelde tissues. Ik had geen behoefte aan nog meer meningen over mij.

Ik raapte de advertenties van de grond en draaide het nummer dat onder *'Souterrain met daglicht'* stond.

***

Sully zette de verwarming in het kantoortje opnieuw hoger en schonk zichzelf nog een kop gloeiend hete koffie in. De caravan was geen goed idee. Hij maakte geen gebruik van het petroleumkacheltje omdat hij bang was dat hij verkoold wakker zou worden – als hij nog wel wakker zou worden. Daarom lag hij elke nacht te rillen onder de twee dekens die hij bij een tweedehands winkeltje had gekocht en had hij het grootste deel van de ochtend die volgde nodig om te ontdooien. Hij nam huiverend een slok koffie en sloeg de krant open. Hij moest wachten tot het gevoel in zijn handen was teruggekeerd voor hij aan de slag kon met Isabella.

Zo noemde hij haar. In de week die hij haar nu had, had hij al een complete bedradingsset op de kop getikt, samen met een nieuwe rotor en een nieuwe verdelerkap, contactpunten, bougies, een thermostaat en gereedschap om de carburateur te repareren. Hij was nog maar net aan de carburateur begonnen, maar in zijn hoofd kon hij de motor al horen zoemen.

Hij bladerde de krant door tot hij bij de ingezonden brieven was aangeland, waarin werd geschreven over alles wat er in Kitsap County gebeurde. Naast de standaardbrieven over de steeds absurder wordende televisiereclames van een of andere matrassenfabrikant, was iedereen in de pen geklommen om iets te zeggen over de Universiteit van het Verbond.

De druk op Ethan nam steeds verder toe, vooral omdat Kevin St. Clair en consorten zo veel mogelijk mensen warm probeerden te maken voor een verscherping van de regels.

Sully las een van de brieven door. *Kweken we hier christenen of revisionisten?* vroeg de schrijver zich af.

Een andere briefschrijver had een lijst gemaakt van de onderwerpen waar Ethan Kaye zijn studenten tijdens openbare forums over liet discussiëren: scheiding, de doodstraf, of Gods genade ook bestemd was voor homoseksuelen, Intelligent Design. Het hele artikel was een litanie over het gevaar van het ter discussie stellen van zaken die volgens de schrijver gewoon aan de studenten voorgeschreven zouden moeten worden, zodat ze hun tijd tenminste konden besteden aan het verspreiden van het Goede Nieuws in de wereld.

'Goed nieuws?' mompelde Sully in zijn koffiemok. 'Ik heb het gevoel dat ik zojuist in geestelijk opzicht beroofd ben.'

Een van de laatste brieven, weggemoffeld in een hoekje onderaan, had een andere toonzetting.

Sommige mensen schrijven dat de recente veranderingen binnen de staf van de UvV uitwijzen dat adjunct-directeur Kevin St. Clair gelijk heeft over de manier waarop directeur Ethan Kaye het instituut leidt. Ik denk niet dat deze beide zaken ook maar iets met elkaar te maken hebben.

Sully zette zijn mok op de omgekeerde doos.

Natuurlijk, het klinkt een beetje verdacht. Een docent is verdwenen en een andere neemt ontslag. Maar zou het geen toeval kunnen zijn dat er, op het moment dat dr. St. Clair zijn campagne tegen directeur Kaye flink aanzwengelt, twee professors vertrekken? Niemand praat over de reden van hun vertrek. Als er een verband was, zou Kevin St. Clair dat dan niet van de daken schreeuwen? Dr. Costanas en dr. Archer zijn blijkbaar gewoon de weg kwijt. Ik stel voor dat we hen vergeten en ons erop richten om een goeie vent als Ethan Kaye in het zadel te houden – en daarmee bedoel ik in de directiekamer.

Lieve help. Wie was dit?

Sully zocht naar een naam, maar de brief was ondertekend met *'Een lezer die het zat is'*. In tegenstelling tot de meeste kranten, waar brieven zonder afzender niet gepubliceerd werden, was de pagina met ingezonden brieven in de eigenzinnige *Port Orchard Independent* een en al anonimiteit. Toch had Sully graag willen weten wie deze 'zatte lezer' was. Dan had hij hem op een lunch getrakteerd.

Hij reikte naar zijn mobiele telefoon om Ethan te bellen, voor het geval die de steunbetuiging niet had gelezen, maar terwijl hij de telefoon pakte, begon het ding te piepen. Hij keek naar het nummer.

'Goeiemorgen, dr. Ghent.'

Het gegrinnik van de beller galmde na in Sully's oor. De stem van dr. Porphyria Ghent was zo diep dat zelfs in haar subtiele lach een zekere wijsheid doorklonk.

'Het is hier bijna middag', zei ze. 'De dag is al half voorbij.'

Sully sloot zijn ogen en hij liet de volle klank op zich inwerken. Hij zei altijd dat als angstige patiënten een uur naar Porphyria's stem konden luisteren, ze geen antidepressiva meer nodig zouden hebben.

'Het is hier nog maar tien uur', zei Sully.

'Aha.'

Ze wachtte. Sully grinnikte. Zij was de enige persoon ter wereld die hem geen uitweg liet. Hoe eerlijk Ethan ook was, Sully kon hem nog steeds zover krijgen dat hij niet verder spitte. Porphyria liet zich op geen enkele manier beetnemen.

'Ik zit in de staat Washington', zei hij.

'Dus daar ben je neergestreken.'

'Jij zei tegen me dat ik weg moest gaan en niet terug mocht komen voor ik een uur lang naar een countryzender kon luisteren zonder te huilen.'

'En hoe staat het daarmee?'

'Ik heb zo'n zender nog niet gevonden.'

Hij kon haar bijna horen knikken, met haar ogen gesloten. Ze zou in haar favoriete tuinstoel zitten, gewikkeld in een geweven indianendeken, kijkend naar de mist boven de Smoky Mountains en simpelweg knikken.

'Het zit me nog steeds wel een beetje dwars', zei Sully. 'Maar ik kom er wel uit. We kunnen niet iedereen redden. Dat is me wel duidelijk.'

'Nu wel.'

Dat was geen vraag, en ook geen bewering, het was een weerlegging.

'Maar wat doe je daar, in het land van onze Heer?'

Sully stond op en liep de garage in. 'Het doet je vast goed om te horen dat ik bezig ben met het opknappen van een Chrevolet Impala uit 1964.'

'Dat klinkt volkomen logisch. Er komt weer een gedenkdag aan.'

'Ja', zei Sully. 'Ik weet het.' Hij liet zijn hand over Isabella's chassis glijden. 'Ik denk dat ik op die dag haar carburateur in elkaar ga zetten. Passend, vind je ook niet?'

'Hm-hm.'

Het was een geluid dat alleen een zwarte stammoeder kon voortbrengen. Sully kon er geen weerstand aan bieden.

'Ik weet niet of ik deze keer toekom aan mijn jaarlijkse bedevaart naar Mekka', zei hij. 'Dit voelt goed. Herinner je je Ethan Kaye?'

'Natuurlijk. O, je bent bij hem op bezoek.'

'Hij heeft het nogal moeilijk op het moment – het is een puinhoop op de universiteit.'

'Erger niet?' zei ze en ze grinnikte opnieuw.

'Ik heb het gevoel dat ik nu even naast hem moet staan', zei Sully. 'Zijn vrouw is in Europa en zijn belangrijkste steunpilaren op de universiteit zijn verdwenen, wat weer een heel ander verhaal is –'

'Sully schiet te hulp?' vroeg Porphyria.

'Nou, meer "Sully loopt mee". Ik behandel hem niet, als je dat soms bedoelt.'

'Mmm.'

Ze liet een fluwelige stilte vallen, die Sully niet probeerde op te vullen – tot hij voelde hoe ze via de telefoonlijn door hem heen probeerde te kijken.

'Als je het goed vindt,' zei hij, 'wilde ik het dit jaar maar bij telefonisch contact houden.'

'O, dat vind ik prima', zei ze. 'Als jij tenminste zeker weet dat jij dat ook vindt.'

'Dat weet je wel', zei Sully.

'Hm-hm', zei ze. 'Hm-hm.'

11

～

Twee dagen later verhuisde ik naar het 'souterrain met daglicht'.

Al was de term 'verhuizen' wat overdreven. Binnen dertig minuten had ik mijn pyjama en de kleine toiletartikelen die ik uit mijn hotelkamer had meegenomen uitgepakt, samen met de drie stelletjes kleding die ik al tien dagen droeg. Ik bleef mezelf voorhouden dat ik er maar even zou blijven. Heel even.

Het appartement was ingericht met meubels waar iemand waarschijnlijk zijn huwelijk mee begonnen was – een excentrieke verzameling die bestond uit een eethoek uit een postordercatalogus, een afgedankte bank, en een loveseat. Het hoofdeinde van het bed was een oud hek – duidelijk een poging om een kunstwerk uit een woonmagazine na te bootsen. Niets paste bij elkaar, en dat paste wel weer bij mij. De delen waaruit ik bestond vormden ook bepaald geen eenheid.

Bovendien trok het uitzicht over de Puget Sound-rivier me onmiddellijk naar het ingebouwde zitje bij het raam. De kussens waar ik op zat waren bekleed met een muf stofje, maar ondanks dat voelde ik de aantrekkingskracht van de

Sound en ik liet die op me inwerken. De rivier had zijn eigen groenblauwe kleur, een kleur die ik nergens anders gezien heb, waar ook ter wereld. De wind vormde kleine golfjes in het water, als een miniatuurversie van de majestueuze Mount Rainier, die in de verte boven het landschap uittorende, een magisch gebergte dat tot leven leek te zijn gekomen en over grote wijsheid leek te beschikken.

Puget Sound was een enorme rivier, maar ondanks dat was het stil op het water. Mysterieus kalm. Olietankers werden uit dit gebied geweerd – één lekkage en een heel ecosysteem zou zijn vernietigd. Maar het was niet de afwezigheid van iets dat voor de rust zorgde. Ergens in de diepte van de rivier moest kennis verborgen zijn – want alleen een wezen met grote wijsheid zou zo reusachtig groot kunnen zijn en tegelijkertijd zo'n diepe vrede uitstralen.

Puget Sound deed me denken aan God.

Daar, in het zitje bij het raam, werd ik zelf stil vanbinnen. Ongemakkelijk stil. Ik had het in de afgelopen twee weken heel wat keren uitgeschreeuwd naar de hemel. Meestal alleen een kreet als: 'God, vergeef me!' 'God, help me!' of 'God, waarom heb ik dit gedaan?' Ik wist echter dat deze uitbarstingen niet veel te maken hadden met God, maar alles met mijn zelfverachting. Ik verwachtte niet dat mijn hemelse Vader me antwoord zou geven.

Maar hier was de Sound, stil, en vol van de wetenschap dat God God was. Een veilig thuis voor zijn mysterieuze schepselen – van de door hem geschapen reuzenoctopus tot de bruinvis en de prachtige, zilverkleurige zalm. Het water dat zijn constant veranderende hemel weerspiegelde, het ene moment stralend blauw en het volgende moment overdekt met witte regenwolken. De Sound deed eenvoudigweg wat God van hem vroeg.

Die waarheid kwam op me af als een beschuldigende vinger. Toen er iemand op de deur klopte, ging er een schok door me heen. Daarna riep ik: 'Kom binnen!'

'Dit is een veilige buurt,' zei de stem die door de kamer klonk, 'maar je moet echt altijd eerst even kijken wie er voor je deur staat voor je hem binnen laat.'

Het was Mickey Gwynne, mijn nieuwe hospita. Ze woonde boven me, samen met haar man Oscar die ik nog niet ontmoet had.

'Eigenlijk heet ik Michelle', had ze gezegd op de dag dat ze me het appartement liet zien. 'Maar niemand noemt me zo, behalve de belastingdienst.'

Ze was klein en springerig als een elfje. Naast haar voelde ik me een soort Loebas de hond. Haar glimlach was haast te groot voor haar engelengezichtje en ze had een wilde bos chocoladebruin haar. In haar strakke spijkerbroek en wijde, groene kabeltrui zag ze eruit als een tiener. Alleen aan haar huid, verweerd door de zon en door het leven, kon je zien dat ze achter in de dertig moest zijn.

'Even voor de duidelijkheid,' zei ze nu, 'het is niet mijn gewoonte om binnen te vallen bij huurders. Ik wilde alleen even zeker weten dat je je plekje gevonden had, en vragen of je nog iets nodig had.'

'Het gaat prima', loog ik.

Ze knikte in de richting van de keuken, achter de slaapkamer. 'Heb je de spullen in de koelkast gevonden?'

'Nee!' zei ik. Ik wilde opstaan, maar ze gebaarde dat ik moest blijven zitten en ze liet zich vallen in een schommelstoel die al zeker honderdduizend kilometer op de teller had staan.

'Geeft niks', zei ze. 'Ik weet dat mensen geen tijd hebben om naar de winkel te gaan als ze aan het verhuizen zijn, dus ik heb wat fruit voor je neergelegd – een paar potten jam – een artisjok. Ze waren in de reclame bij de supermarkt.'

'Dat had je niet hoeven doen.' Mijn stem klonk verstikt.

'Als je de koelkast nog niet opengedaan hebt, is het maar goed dat ik dat wel gedaan heb.' Ze keek om zich heen en verbaasde zich waarschijnlijk over het gebrek aan persoonlijke accenten. 'En,' zei ze, 'wat vind je van het uitzicht?'

'Het is echt spectaculair.'

'Op een heldere dag – wat, voor het geval je dat nog niet wist, bijna nooit voorkomt – kun je hiervandaan Seattle zien.'

'Dat weet ik', zei ik. 'Ik woon – nou ja, ik ben hier opgegroeid. Ik heb op South Kitsap gezeten. In 1983 mijn diploma gehaald.'

Als Mickey dacht dat ik als een idioot zat te ratelen, wist ze dat goed te verbergen.

'Heb je hier ook op de universiteit gezeten?' vroeg ze. 'Je ziet er slim uit.'

'Nee, ik heb gestudeerd aan de Universiteit van New York.'

'Dat meen je niet.'

'Jawel –'

'De mensen van wie we het restaurant gekocht hebben kwamen uit New York, dat is de reden dat ze het de New Yorker genoemd hebben. Ze wilden er een ouderwets cafétje van maken, in jarenvijftigstijl, maar dat paste hier niet echt.' Ze gromde. '*Zij* pasten hier niet echt – het waren nogal onaangename mensen. Maar zo ben *jij* natuurlijk niet – jij zei dat je oorspronkelijk hiervandaan kwam.'

Ik mocht deze vrouw wel. Ik hoefde niet direct iets terug te zeggen en op dit moment vond ik dat heerlijk.

'Dus daarom noemen we het restaurant nu *Daily Bread*', zei ze.

Ze stopte even om adem te halen en ik had het gevoel dat ik nu ook iets moest zeggen.

'Is dat dat tentje aan Main Street?' Ik was er nog nooit geweest, maar het restaurantje had de reputatie dat het supergezond voedsel serveerde dat toch niet naar gras smaakte.

'Beste biologische gerechten in de hele stad', zei Mickey. 'We bereiden alles zo natuurlijk mogelijk, op de manier zoals God het bedoeld heeft.'

'Jammie', zei ik dommig.

'Kom eens langs, dan maak ik een van mijn beroemde synergetische smoothies voor je. Van het huis.' Ze bekeek me kritisch. 'Met extra kokosmelk. Eet jij eigenlijk wel?'

Voor ik antwoord kon geven, stak ze haar hand op. Een setje rubberen armbanden gleed over haar arm omlaag en verdween in haar mouw. 'Zeg het alsjeblieft als ik me met mijn eigen zaken moet bemoeien, maar ik krijg het gevoel dat dit niet de gelukkigste periode van je leven is.'

Ik probeerde niet in elkaar te krimpen. 'Het gaat wel weer voorbij.'

'Je gaat er zelf aan onderdoor. Je hebt dringend behoefte aan wat omega-3 vetzuren en proteïne.' Ze stak opnieuw haar hand op. 'Sorry. Zo zit ik nou eenmaal in elkaar. Sommige vrouwen hebben oog voor je kleding, ik voor je vitaminegebrek.'

'Dan doe je in elk geval werk dat bij je past.'

Haar open gezicht nodigde me uit om meer te zeggen, maar ik voelde me plotseling uitgeput. Ik had het gevoel alsof ik letterlijk garderobekasten en hutkoffers vol snuisterijen naar binnen had gezeuld. Mijn ogen, die ik een week lang nauwelijks dicht gedaan had, werden opeens zo zwaar dat ik ze nauwelijks open kon houden.

Mickey zat met haar elfenbeentjes achter het dwarshout van de schommelstoel gehaakt, maar nu stond ze op en opende de cederhouten kist die dienst deed als salontafel. 'Deze is geweldig geschikt om een dutje onder te doen, als je tenminste geen bezwaar hebt tegen een paar mottengaatjes', zei ze, terwijl ze een gehaakte sprei tevoorschijn haalde die zulke felle kleuren had dat ik me afvroeg hoe iemand daar ooit onder kon slapen.

Ze spreidde hem uit over mijn schoot en knikte als een oudere, wijze elf. 'Volgens mij kun je hier heerlijk slapen.'

En toen ze weg was, deed ik wat ze zei.

Tot ik met een schok wakker werd in een donkere kamer. Verward dacht dat ik dat ik vast wakker geworden was van de ondergaande zon. Maar toen realiseerde ik me dat er iemand op de deur geklopt had. Ik strompelde door de kamer en zocht op de tast naar een lichtknopje. Toen ik geen knopje vond, deed ik de deur open. In het schijnsel van de buitenlamp zag ik een boodschappentas staan.

Ik keek erin en zag een pak koffie, een emmertje dat rook naar zelfgemaakte kippensoep en de krant, de *Port Orchard Independent*. Onderaan was gekrabbeld: *Ik hoop dat je vandaag een betere dag hebt. Ik beloof dat ik je niet lastig zal vallen.*

Toen ik weer in het appartement was, tuurde ik naar de klok op de magnetron. Het was zes uur 's ochtends.

Ik huilde bijna. Ik had de afgelopen twaalf uur niet aan Rich gedacht, of aan mijn kinderen of aan het huis waar ik uit verbannen was. Gedurende een hele halve dag was ik ontsnapt aan de zelfhaat. Een regelrecht geschenk.

Omdat ik nu een reden had voor cafeïne, stak ik de stekker van het kleine koffiezetapparaatje in het stopcontact en ik zette koffie, zo sterk als espresso. De krant gooide ik in de vuilnisbak, want de afgelopen dagen had die krant niets anders gedaan dan mij kwellen. Maar terwijl het deksel dichtviel, las ik het onopvallende kopje onder aan de voorpagina: *Verdwijning prof waarschijnlijk geen misdrijf.*

Ik viste de krant uit de vuilnisbak en begon te lezen terwijl de koffie doorliep. Rechercheur Updike zei dat er met betrekking tot de plotselinge verdwijning van dr. Zachary Archer geen aanwijzingen voor een misdrijf gevonden zijn. Ik bespeurde enige teleurstelling in zijn woorden, maar ik was hem en zijn minderjarige partner toch dankbaar. Die dag in onze woonkamer hadden ze Rich in elk geval zover gekregen dat hij gedurende zeven seconden enig teken van leven vertoonde.

Ik vroeg me af of Rich het nieuwe adres dat ik had doorgegeven zelfs maar opgeschreven had. Tot nu toe had hij niet geprobeerd om contact met mij te zoeken, en de kinderen ook niet. Na een nacht slaap en wat cafeïne in mijn systeem kon ik de verwijdering geen minuut langer verdragen.

Ik rommelde in de lades en vond een potlood en een notitieblokje. Ik ging aan de wiebelige eettafel zitten. De eerste stap wanneer je iets op orde wilt krijgen: maak een lijstje.

- Zach vergeten
- Rich terugkrijgen
- Me concentreren op de kinderen
- Een nieuwe baan zoeken

Het eerste actiepunt liet ik nog maar even liggen. Het feit dat ik het zelfs maar in mijn lijstje had opgenomen bezorgde me meer schuldgevoel dan de andere drie punten samen. Ik concentreerde me op het tweede punt en probeerde dat te analyseren.

Ik ondernam enkele frustrerende pogingen, waarbij de rest van mijn koffie koud werd, en kwam toen tot het briljante inzicht dat het tijd zou kosten.

Ik keek naar de kale ruimte om me heen. Als ik hier zou moeten wonen totdat Rich' hart weer openstond voor mij, had ik een paar dingen nodig die ervoor zouden zorgen dat ik me geen vreemde voor mezelf zou voelen.

***

De volgende dag ging ik 's middags om half drie terug naar ons huis, een moment waarop ik zeker wist dat Rich zou slapen en de kinderen op school zouden zitten. Ik was bang dat als ze me mijn kussen naar buiten zouden zien sjouwen, samen met mijn grote koffiemok en mijn versleten wollen jas die ik alleen droeg als ik de compost wegbracht, ze de conclusie zouden trekken dat ik mijn uitzetting als blijvend aanvaard had.

Maar Christopher had zich in Rich' stoel genesteld, in het gedeelte van de kamer waar ook de tv stond. Hij keek chagrijnig naar de *Port Orchard Independent*, een krant waar ik echt een hekel aan begon te krijgen. Ik voelde me misselijk, zoals vroeger als ik naar het kantoor van het schoolhoofd geroepen werd.

'Ik had je auto niet zien staan', zei ik.

'Heb je *dit* gezien?'

Hij vouwde de krant dubbel en gooide hem tegen mijn been.

Met het overweldigende gevoel dat ik dit al eerder had meegemaakt, zei ik: 'Wat is het deze keer?'

Christopher liet een spottend gesis horen dat van Rich zelf afkomstig had kunnen zijn. Met zijn onderbenen duwde hij de voetsteun omlaag. 'Verbrand 'm als je klaar bent, zodat pa het niet ziet.'

Als de kachel aan geweest was, had ik de krant onmiddellijk in het vuur gesmeten. Terwijl Christopher naar boven liep en zijn voetstappen wegstierven, liet ik me zakken op de armleuning van Rich' stoel. Ik dwong mezelf de krant open te vouwen en recht voor me te houden.

De kop luidde: *St. Clair sluit doofpotaffaire UvV niet uit.*

Zach staarde me aan vanaf de foto. Hij leek minder echt dan de vorige keer. Ik bedekte zijn gezicht met mijn duim en las verder.

Dr. Kevin St. Clair, adjunct-directeur van de Universiteit van het Verbond en hoofd van de factulteit godgeleerdheid, kwam na een vergadering met de raad van bestuur, afgelopen woensdagavond, terug op zijn eerdere standpunt om geen commentaar te geven. Toen de voorzitter van het bestuur, Peter Lamb, hem vroeg een officiële verklaring af te leggen over het recente ontslag van dr. Demitria Costanas en de verdwijning van dr. Zachary Archer, beiden werkzaam aan de UvV, zei St. Clair: 'Er is niet aan mevrouw Costanas gevraagd om ontslag te nemen. Ze heeft haar functie neergelegd om persoonlijke redenen. Aan dr. Archer is niet gevraagd om zijn ontslag in te dienen en op dit moment zijn wij niet op de hoogte van zijn verblijfplaats.'

In reactie op speculaties dat er wellicht een verband bestaat tussen deze twee voorvallen, heeft de UvV St. Clair met klem verzocht om bewijzen van enige vorm van onethische activiteiten nader te onderzoeken. Zijn reactie: 'Dat kunnen we niet uitsluiten.'

Ik hoorde iets scheuren en realiseerde me toen dat ik een stuk krantenpapier tussen mijn duim en wijsvinger hield. Dus dat was St. Clairs idee van 'geen publiciteit'. Waarom had hij het niet gewoon gezegd? 'Deze twee mensen zijn uitschot, regelrecht afkomstig uit Sodom en Gomorra, en u zult zeker nog van mij horen.'

Hij was er zo op bedacht om niet te liegen en tegelijkertijd zo vastbesloten twijfel te zaaien. Ik bood weerstand aan de neiging om de voorpagina aan flarden te scheuren alsof het Kevins dikke, leverkleurige lippen waren. Boven mij klonk een langgerekt gepiep, als het janken van een puppy. Christophers deur piepte al zo sinds de dag dat we hier waren komen wonen. Ik richtte mijn blik op het plafond. Hij was nu in elk geval niets stiekems van plan. Ik hoorde zijn voeten met kracht neerkomen op de overloop en in de richting van onze slaapkamer gaan. Ik spande me in om alles te horen.

Maakte hij Rich hiervoor wakker? Het verlangen om ma te kwellen moest sterker zijn dan de behoefte om pa te beschermen.

Ik overwoog te vluchten. Direct daarna verscheen er een ander beeld voor mijn ogen; dat ik de trap oprende en Christopher uit onze kamer sleurde, met mijn armen rond zijn enkels geklemd. Maar ik kon alleen maar naar de krant staren.

En er was nog meer. Weerhouden door misselijkmakende angst, maar aangespoord door de behoefte tot boetedoening las ik verder.

Ethan Kaye, de omstreden directeur van de UvV, was aanwezig bij de vergadering, maar weigerde commentaar te geven op de plotselinge vacatures aan de faculteit. Hij vertelde het bestuur dat hij bedroefd was over het effect dat de veronderstellingen hadden op de studenten en hij sprak over zijn verlangen om 'zich weer bezig te houden met het onderwijzen van deze studenten'.

Kevin St. Clair antwoordde: 'Nee – laten we er nu mee beginnen ze te onderwijzen.'

Ik schudde mijn hoofd.

Brandon Stires, student theologie aan de UvV, vertelde deze verslaggever dat er talloze geruchten de ronde doen over de baan van Ethan Kaye en de vraag of hij deze zal behouden.

'Ik weet niet of ze (de geruchten, red.) waar zijn,' zei Stires, 'maar als ze hem de laan uitsturen, verliezen wij de kans om te ontdekken waar het in het christendom eigenlijk om gaat en om te groeien in onze relatie met God. Dat zullen we niet leren van dr. St. Clair.'

Ethans eigen woorden, haast letterlijk geciteerd door Brandon, drukten als een steen op mijn hart.

Dit had ik gedaan. Ik had een droom in gevaar gebracht, terwijl ik het recht niet had om dat te riskeren. En nu trilden de overblijfselen op hun grondvesten, klaar om in te storten als gevolg van de aanslag die ik had gepleegd. En niet alleen ik zou onder het puin bedolven worden.

Of was alles al ingestort? De druk op mijn borst was zo intens dat ik haast niet meer kon ademen. Ik hapte naar lucht en merkte dat mijn benen gevoelloos werden.

Met mijn handtas nog aan mijn arm schoot ik omhoog, klauwend naar de krant om het stapeltje papier van me af te slaan. De achterpagina's raakten verspreid over de vloer en ik gleed erover uit terwijl ik naar de voordeur stoof. De pijn was zo verstikkend dat ik hijgde. Mijn handen waren haast te verdoofd om de deurknop vast te pakken.

Eindelijk voelde ik een vlaag vochtige, koude lucht op mijn gezicht en ik zakte net niet in elkaar op de veranda. Lieve help – had ik een hartaanval? Ik duwde mijn hoofd tussen mijn knieën en probeerde mijn hartslag te vertragen, want ik was er zeker van dat mijn hart anders letterlijk kapot zou gaan. Ik weet niet hoelang ik daar zat, langzaam bij het randje van volslagen paniek vandaan kruipend, toen iemand tegen me zei: 'Gaat het wel?'

Ik schudde mijn hoofd, dat nog steeds op mijn knieën rustte.

'Moet ik het alarmnummer bellen?'

Ik herkende de stem niet en omdat mijn borstkas niet langer dreigde te exploderen, keek ik op. Voor mij, op de stoep, stond een gedrongen man. Hij was ergens in de dertig, met een terugwijkende haarlijn, tot waar zijn hoge voorhoofd plotseling overging in een dichte bos donkerbruine krullen. In de blauwe oogjes achter de montuurloze bril las ik oprechte bezorgdheid.

'Gaat het echt wel met u?' vroeg hij.

'Ik heb geen ambulance nodig.'

Hij knikte zo ernstig dat ik verwachtte dat hij een identiteitskaart voor ambulancepersoneel tevoorschijn zou halen, samen met een stethoscoop. 'Een hartkwaal?'

Ik veegde de tranen weg die zich in mijn ogen verzameld hadden. 'Niet dat soort.'

'Wilt u dat ik u naar binnen breng?'

Dat was wel de laatste plaats waar ik heen wilde.

'Nee', zei ik. 'Ik moet hier weg.'

'Autorijden, bedoelt u?'

Ik knikte en staarde naar mijn Jeep. Als de auto zijn deuren nou eens open zou zwaaien, mij naar binnen zou trekken en me mee zou nemen.

'Misschien moet u nog heel even blijven zitten voor u dat doet', zei de krullenbol. 'Ik ben geen dokter, maar ik denk dat u misschien een paniekaanval gehad hebt. Probeer een paar keer diep adem te halen.'

Ik deed het en voelde hoe mijn zenuwen iets van hun dodelijke greep op mijn schouders kwijtraakten.

'Nog een paar keer. En concentreer u op het uitademen.'

'U had dokter moeten zijn.' Mijn stem leek van heel ver weg te komen.

'Dat is een goeie. Hoe voelt u zich nu?'

'Beter.'

'Nog een paar keer ademhalen. Geef uw hartslag de kans om wat te zakken.'

Langzaam maar zeker daalde mijn hartslag, tot hij niet meer in mijn oren dreunde. Ik probeerde te glimlachen naar de krullenbol, die me nauwlettend in de gaten hield.

'Als u geen dokter bent, wat bent u dan?' Ik wreef over mijn voorhoofd. 'Dat was nogal onbeleefd – *wie* bent u? Bent u een vriend van Rich?'

'Om eerlijk te zijn,' zei hij, 'was ik op zoek naar Demitria.'

Ik was nog steeds overstuur, maar ik voelde mijn ogen versmallen. Niemand noemde mij Demitria, behalve Rich en de mensen die mijn naam van een adreslijst voor telemarketeers lazen.

Of misschien iemand die de scheidingspapieren kwam afleveren. Mijn hartslag begon weer te stijgen.

'Bent u dat toevallig?' vroeg hij.

'Wat *bent* u?'

'Ik ben Fletcher Bassett. Verslaggever voor de *Independent* –'

'Ga weg', zei ik.

Ik stond op en rechtte mijn schouders, één onverzettelijke brok woede.

'Dus u bent Demitria Costanas?'

'Maak dat je wegkomt. En laat mijn gezin met rust. Zij hebben hier niets mee te maken.'

Hij keek me kalm aan. 'Waarmee?'

Ik zette mijn voet op de eerste traptrede en hij deed een stap achteruit. Zijn gezichtsuitdrukking was nog even rustig.

'Met wat het ook is dat je hier dacht te zullen ontdekken. En nu mijn erf af voor ik de politie bel.'

'Hé –' Hij stak zijn hand op. 'Prima. Ik ben al weg.'

Hij bleef me aankijken terwijl hij nog een paar stappen achteruit deed en zich omdraaide om weg te gaan. Ik zag hem in zijn jaszak rommelen en iets tevoorschijn halen waar hij in mompelde terwijl hij kalmpjes naar zijn auto liep.

Ik bleef staan totdat hij weg was, hoewel ik het verslag van mijn bijna-inzinking al voor me zag, op de voorpagina van de *Port Orchard Independent*. Kon het nog erger worden?

Blijkbaar wel, want op dat moment ging de voordeur open en Christopher kwam naar buiten.

'Wat ben je aan het doen?' Hij sloeg zijn armen over elkaar en zette zijn benen een eindje uit elkaar, als een uitsmijter van een nachtclub.

'Aan het weggaan', zei ik. 'Maar ik wil dat je naar me luistert.'

Zijn schouders schokten.

'Er was hier net een verslaggever. Zijn naam is Fletcher nog iets – een hondennaam.' Lieve help, ik klonk als een idioot. 'Praat niet met hem – en laat hem onder geen beding binnen. Zorg ervoor dat hij niet bij je vader of bij Jayne in de buurt komt.'

'Waarom, *mam*?' zei Christopher. 'Ben je bang dat we hem de waarheid zullen vertellen?'

Hij had me net zo goed midden in mijn gezicht kunnen slaan.

'Maak je maar geen zorgen', zei hij. 'Ik zal ervoor zorgen dat wij niet worden meegesleurd in jouw ondergang.'

Hij duwde de voordeur dicht en daar stond ik, zo buitengesloten als je je maar zou kunnen voelen. Ik balde mijn handen tot vuisten, waardoor ik ontdekte dat ik het stuk

papier dat ik van de krant gescheurd had nog steeds vast-
geklemd hield. Ik keek ernaar.

Mijn klamme vingers hadden de inkt uitgesmeerd, maar
het plaatje was duidelijk – Zachs gezicht – onveranderd,
onaangetast. Ik plukte het papier los en verfrommelde het
tot een balletje, maar mijn handen waren zwart van de inkt.
Hoezeer ik het ook probeerde, ik kreeg het er niet af.

Ik vond mijn mobiele telefoon en belde Ethan voor het
nummer van dr. Sullivan Crisp.

12

～

Ik deed een stap naar achteren en nam mijn poging om het interieur te verfraaien in ogenschouw: het inrichten van de eethoek. Uitgebreid gegeten zou er niet worden aan de krakkemikkige gefineerde tafel, dus ik had een van de al net zo wiebelige stoelen laten staan, een Daily Breadmok gevuld met potloden en pennen en mijn laptop zo neergezet dat ik uitzicht had op Puget Sound. De eethoek was nu mijn werkplek.

Ik tikte op het touchpad van de computer en mijn 'werk' verscheen op het scherm: De Lijst. Dit was alles wat ik te doen had – en dat feit daalde op me neer als de mist die koppig boven de Sound bleef hangen.

Ik bewoog mijn vingers over het oppervlak van de toetsen en ik miste het klikkende geluid dat mijn nagels altijd maakten. Ik had ze afgeknaagd tot aan het vlees. En ik had er ook een gewoonte van gemaakt om elke dag dezelfde trainingsbroek aan te trekken. Ik was gestopt met het epileren van mijn wenkbrauwen en het bleken van mijn tanden. In drie weken tijd was ik iemand geworden die ik nauwelijks herkende als ik in de spiegel keek. Ik werd elke dag wakker op het bankje onder het raam, met helemaal niets in het vooruitzicht.

Behalve De Lijst.

Ik hees mezelf in de stoel en nam mijn professionele houding aan. Ik maakte een nieuw document. *Rich terugkrijgen* zette ik nu bovenaan. Daaronder typte ik:

- *Een afspraak maken met dr. Sullivan Crisp*
- *Doen wat hij zegt*

Ik las de lijst opnieuw en mijn ogen werden vochtig. Rich terugkrijgen was het allerbelangrijkste dat ik ooit zou doen.

Goed. Volgende bladzijde. Ik typte:

- *Me concentreren op de kinderen.*
- *Jayne opbellen*
- *Christopher opbellen*

Lieve help. Hier zat een vrouw die een doctoraalscriptie geschreven had over de rol van het verhaal in geestelijke groei, en toch was de aanblik van deze vier woorden genoeg om als verlamd in mijn stoel te blijven zitten. Het enige wat ik hoefde te doen was de telefoon pakken. En alles wat zij hoefden te doen was – wat? Ophangen?

Ik reikte naar mijn mobieltje, dat in de oplader stond, volmaakt evenwijdig aan de laptop. Ik moest deze stap zetten, wat ik misschien ook te horen zou krijgen van de persoon die opnam. In elk geval zou het een stem zijn waar ik van hield – zelfs als de persoon achter die stem niet van mij hield.

Terwijl de telefoon overging, oefende ik. *Hé Jay. Het is nog vroeg – wat zou je ervan vinden als ik je naar school zou brengen, dan kunnen we bijkletsen –*

'Hallo?'

Gedurende een moment van shock dacht ik dat het Rich' stem was. De toon was gehaast en nors en klonk alsof de persoon erachter de baas was over het huis. Maar het was Christopher.

'Hoi!' zei ik.

Bah. Te vrolijk. Te enthousiast.

'Luister, Demitria,' zei hij, 'ik heb je eigenlijk niets te zeggen.'

Demitria? Had mijn zoon me zojuist *Demitria* genoemd?

'En Jayne?' vroeg ik.

'Zij wil ook niet met je praten.'

'Nee, ik bedoel of ze thuis is.'

'Ze is al weg. Ben je haar rooster soms vergeten – als je het tenminste ooit geweten hebt?'

Mijn keel werd stroef. 'Ik weet wat haar rooster is, Christopher', zei ik. 'Ze heeft vanavond de generale repetitie en ik wil haar daarna graag ophalen, dus zeg maar tegen je vader –'

'Ik haal haar op', zei hij. 'Het zou ook veel te moeilijk voor haar zijn.'

'Moeilijk?' vroeg ik.

'Luister, wil je haar dwingen om jou in je gezicht te zeggen dat ze je niet in haar buurt wil hebben?'

Ik kneep de mobiele telefoon bijna fijn en ijsbeerde door het appartement. Mijn andere hand hield ik tegen de achterkant van mijn nek gedrukt.

'Waar heb je het over, Christopher? Zeg het dan maar rechtstreeks.'

'Oké. Ze wil niet dat je naar haar toneelstuk komt.'

Mijn nekspieren verstrakten onder mijn vingers.

'Na alles wat er in de krant heeft gestaan, denkt ze dat iedereen van jouw "toestand" af weet en ze wil niet dat de mensen daarover gaan staan roddelen als ze jou zien. Echt – het zou heel onprettig voor haar zijn als ze je dat recht in je gezicht moest zeggen.'

Dus daarom doe jíj het met alle liefde voor haar, dat wilde ik zeggen, en ik zou het ook gedaan hebben als mijn keel niet zo dicht had gezeten.

'Ik moet ervandoor', zei Christopher. 'Verder nog iets?'

Ja, wilde ik schreeuwen terwijl hij ophing. *Alles.*

Ik voelde een golf van paniek toen ik opnieuw naar de lijst keek.

Aandacht besteden aan de kinderen

Hoe moest ik aandacht besteden aan mijn dochter als ik haar niet eens kon zien? Als Christopher haar als een betonnen muur voor mij afschermde? Ik realiseerde me dat ik de telefoon nog steeds vast had – glibberig van het zweet in mijn handen.

Ik wilde het ding door de kamer gooien. Het was een vreemd gevoel, maar toch niet zo onbekend als het gevoel dat erna kwam; dat als mijn zoon die telefoon toevallig tegen zijn hoofd zou krijgen, me dat geen moer interesseerde.

Ja. Het was tijd om weg te gaan. En er was echt maar één plaats waar ik naartoe kon gaan.

***

Christopher werkte parttime bij The Good Word, een christelijke boekenwinkel in Bremerton, een van de vele kleine stadjes die samen de puzzel van Kitsap County completeerden. De winkel, in de vorm van een kasteeltoren, trok vooral vrouwelijke klanten aan die op zoek waren naar de nieuwste christelijke romans of een leuk tegeltje voor de zondagsschooljuf. Christophers baan, zoals ik zelf gezien had en waarbij ik een glimlach moest onderdrukken, bestond uit het overtuigen van de klanten dat ze zulke goede keuzes maakten dat ze wellicht geïnteresseerd waren in het nog verder verbreden van hun horizon.

Hij was juist bezig met het opvoeren van die act toen ik mijn auto vlak voor het opzichtig gedecoreerde raam in een parkeervak zette en door de vochtige voorruit naar binnen staarde. Hij stond achter de kassa en glimlachte naar een vrouw van middelbare leeftijd met een uitgezakt permanentje, die naar hem staarde alsof zijn frisgewassen haar en zijn oprechte knikken haar vertrouwen in de jongere generatie hersteld hadden.

Mijn hart begon te bonken en ik werd opnieuw overweldigd door de misselijkmakende drang om te vluchten voor iets waar ik toch niet aan kon ontsnappen. Ik trok als een bezetene aan het portier, sprong uit de Jeep en stak zonder op of om te kijken het parkeerterrein over.

Tegen de tijd dat ik de veranda van het Victorian Teahouse bereikt had, tegenover de boekenwinkel, kon ik weer ademhalen. Ik rook aardbeien-rabarbertaart, geurkaarsen en het parfum van de vrouwen die rustig van hun thee nipten, pratend over dingen die ik slechts een paar weken terug, maar een heel leven geleden, ook belangrijk had gevonden. Normale dingen.

Ik verlangde naar het doen van iets normaals. Dus ik ging met een kop kamillethee en een punt frambozenkwarktaart aan een tafeltje in de hoek zitten. Ik frunnikte aan het kanten randje van het tafelkleed en keek naar buiten. Ik bleef kijken tot ik mijn zoon uit The Good Word naar buiten zag komen, huiverend in zijn dikke winterjas. Hij slingerde zijn rugzak over zijn magere schouders, die breder zouden worden als hij eenmaal een volwassen man was. Hij had nog steeds hetzelfde loopje – grote, slingerende stappen, nog net als toen hij tien was en zo zijn best deed om geen kleine jongen meer te zijn.

Hij stopte plotseling en terwijl ik zijn blik volgde, realiseerde ik me dat hij de Jeep gezien had. Hij liep er met grote stappen naartoe en gluurde naar binnen, met zijn handen op het dak, waarna hij rechtop ging staan en zijn blik over het parkeerterrein liet glijden.

Wie was deze stekelige jongeman, die de omgeving afzocht alsof ik iemand was die zijn leven wilde binnendringen?

Ik schoof bij het raam vandaan. Ik had geen flauw idee. En ik wist niet meer wanneer ik voor het laatst geweten had wie hij was.

***

De twee dagen die volgden kwam ik het appartement niet uit. De Lijst stond nog steeds op mijn computerscherm, hoewel de laptop na verloop van tijd automatisch op standby ging, net als ik. De enige keer dat ik tevoorschijn kwam, was op zondagochtend, toen ik naar buiten ging om de vuilnisbak te legen, die tjokvol zat met de verpakkingen van de kant-en-klaarmaaltijden die Mickey in de koelkast gezet had. Bijna op hetzelfde moment dat ik de deur opendeed, sprong zij tevoorschijn, alsof ze al uren onder aan de trap van haar veranda op de uitkijk stond. Ze verdronk bijna in een enorme trui. De opstaande kraag reikte tot aan haar wangen.

'Ik zei dat ik je niet lastig zou vallen – maar dat betekent niet dat ik nooit mag komen controleren of mijn huurder misschien dood in haar appartement ligt.'

Ze nam me van top tot teen op en ik verbaasde mezelf met een kakelende lach. 'Ja, want dat kun je niet uitsluiten, natuurlijk.'

Mickey glimlachte als een wijze elf, met een droevige blik in haar ogen. 'Luister, ik weet niet wat je allemaal doormaakt – en je hoeft het me niet te vertellen –'

Ze wachtte even en ik wist dat ze hoopte dat ik dat toch zou doen. Ik moest alweer lachen. Ik leunde tegen de muur en sloeg mijn armen over elkaar, over het sweatshirt dat ik al drie dagen achter elkaar aanhad.

Ze keek me onderzoekend aan, van onder haar wilde bos haar, die ter hoogte van haar wenkbrauwen deels linksaf en deels rechtsaf ging. 'Dan ga ik maar gewoon verder. Ik was alleen maar van plan dit even te zeggen', zei ze. 'Ben je werkeloos? Ik meen het, is dat de reden waarom je je in de kelder opsluit?'

Tegen iemand met zo'n gezicht kon je niet liegen.

'Ja', zei ik.

Toen ik dat zei, voelde het vreemd genoeg alsof er in mijn hoofd een stukje versteende aanslag weg gebikt werd. Het voelde alsof ik lucht kreeg, alsof er een stukje vrijheid ontstond. Dus ik voegde toe: 'Ik moest ontslag nemen.'

'Je bedoelt dat ze je op straat gezet hadden als je niet zelf een ontslagbrief geschreven had', zei ze. 'Wat ontzettend rot voor je.'

'Ik had het aan mezelf te danken.' Er kwam nog een brok los. 'Ik moest doen wat juist was.'

'Zodat je je rekeningen niet kunt betalen en geen reden meer hebt om van de bank te komen.' Ze strekte haar nek tot boven de opstaande kraag. 'Ik wil je een voorstel doen. Oscar en ik hebben het erover gehad en we willen je een baan aanbieden in het restaurant.'

Wat ik toen deed, gaf de uitdrukking 'in tranen uitbarsten' een geheel nieuwe dimensie.

Haar glimlach was aarzelend. 'Betekent dat ja?'

'Ik weet niet wat het betekent', zei ik.

'Dan kom je tenminste af en toe die deur uit. Je kunt het een dag of twee proberen en als je het vreselijk vindt, zal ik je dat niet kwalijk nemen. Nadat ik je eerst een flink schuldgevoel heb aangepraat, natuurlijk.'

Een ondeugend lachje borrelde op in haar keel en ik knikte.

'Gaaf', zei ze en ze pakte een tas met hengsels van de trede en gaf die aan mij. 'Dan zien we je morgenochtend om zeven uur. En eh, hoe charmant die outfit van je ook is, we hebben liever dat je het uniform draagt. Dit moet ongeveer jouw maat zijn.'

Ze bekeek me nogmaals, met haar open, onbeschaamde blik, zoals een kind in een restaurant je aan kan staren. 'Hoewel ik denk dat je al een maatje minder hebt sinds je hier woont. Het is verplicht om de lunch die ik op het werk klaarmaak op te eten. Anders word je ontslagen.'

'Ja, baas', zei ik. Ik voelde hoe er nog een stukje van de harde laag afbrokkelde en ik merkte dat ik zelfs glimlachte. 'Dit zijn toch geen hotpants, mag ik hopen?'

'Wij doen niet aan dat soort kleding', zei ze.

***

Ik was misschien al wel honderd keer langs Daily Bread gelopen, gevestigd aan Main Street in Port Orchard, maar ik had niet meer dan een vaag idee van wat er daarbinnen gebeurde. Het feit dat het restaurantje een bepaalde klasse uitstraalde, ondanks de manier waarop Main Street in de verf was gezet, was een pluspunt.

In de jaren negentig, tijdens een renovatie van de binnenstad, had het stadsbestuur ontzettend veel moeite gehad om een keuze te maken uit alle ontwerpen voor deze renovatie. Op zekere nacht, nadat de kleinzielige machtsstrijd maandenlang had voortgewoed, hadden een tandarts en zijn zoon de balkons en de winkelpuien in de meest afschu-welijke kleur blauw geverfd die je je maar voor kunt stel-len.

Niets kon de liefelijke charme van de glooiende, aan het water grenzende heuvel tenietdoen, maar het contrast met de niet bij elkaar passende gebouwen en het afschuwelijke kleurenschema was ergerlijk – en wij, de 8650 inwoners van het stadje, schaamden ons er zelfs wel een beetje voor.

Maar volgens het stadsbestuur was het hiermee afge-daan – en de bestuursleden praatten weer met elkaar.

Daily Bread stond daar boven. Op de nette, handge-schreven bordjes die met henneptouw aan het grotere bord waren bevestigd, stond *Biologisch voedsel dat zijn weerga niet kent* en *Voedsel zoals onze Maker bedoeld heeft*. Eerder had ik bij dit restaurantje een visioen gehad van lavalampen, ein-deloos herhaalde deuntjes en te veel windorgels, dus ik was niet voorbereid op de subtiele eenvoud die me binnen te wachten stond.

De muren waren zachtgeel van kleur en straalden gezondheid uit. Op de ronde tafeltjes, die niet al te dicht bij elkaar stonden, stonden lampen van zoutkristal. Even later vertelde Mickey me dat deze lampen negatieve ionen pro-duceerden, die de schadelijke effecten van elektrische stra-ling, zoals bij neonverlichting, neutraliseerden. Vanaf het moment dat ik de lucht daar inademende – lucht die met me mee leek te ademen en die gevuld was met de geur van rozemarijn en gedroogde basilicum – geloofde ik haar.

Mickey zei dat ik mijn jas uit moest trekken en ze gaf me een rondleiding.

In de potten die op het keurig opgeruimde buffet ston-den, stond alleen maar thee te trekken. Elke thee had een andere kleur, afhankelijk van het kruidenmengsel.

'Koffie is een enorme belasting voor de adrenalineklie-ren', zei Mickey tegen me. 'We serveren niets wat schadelijk kan zijn voor de maag en de slokdarm, met al dat zoutzuur dat omhoog borrelt wanneer de sluitspier ertussen te zeer verslapt.'

Ik staarde naar haar rug terwijl ze me naar de bar bracht. 'We zijn hier in Washington', zei ik. 'Hoe kun je een restaurant runnen zonder koffie te serveren?'

'Omdat mensen van nature eigenlijk gezond willen leven. En als ze ontdekken dat je daar geen groenvoer voor hoeft te eten dat eruitziet alsof het net uit de tuin getrokken is, zijn ze bereid om het uit te proberen.' Ze draaide zich om in de deuropening en glimlachte, met haar ogen dicht, zodat ze er meer dan ooit uitzag als een elfenvrouwtje. Ze opende haar ogen en grinnikte naar me. 'Goed. Ik zal je eerst leren hoe je drankjes moet maken, want ik heb al uitgepuzzeld dat je nog nooit als serveerster gewerkt hebt. Klopt, hè?'

Ik grijnsde terug – en vroeg me af wat ze nog meer over me had uitgepuzzeld. Mijn hart ging naar haar uit en ik hunkerde ernaar om haar te vertellen wat me dwarszat. Een vrouw die zich druk maakte over de slokdarm en de sluitspier van volslagen vreemden zou mij misschien ook begrijpen. Zelfs als ik het zelf niet begreep. Ik verlangde er enorm naar om alles eruit te gooien – net als de gifstoffen waar zij en Oscar hun klanten zo graag van wilden verlossen.

Ik ontmoette Oscar Gwynne voor het eerst toen ik bezig was mijn eerste voorraadje 'wortelsap cocktails' te brouwen. Verrassend genoeg werden deze cocktails daadwerkelijk door mensen gekocht en, nog verbazingwekkender, ook werkelijk opgedronken. Ik stond bij de gootsteen en probeerde het impressionistische spetterschilderij van mijn T-shirt van organisch katoen te schrobben – het bovenste deel van mijn Daily-Breaduniform – toen hij opeens uit de keuken tevoorschijn kwam. Hij deed me denken aan een beer. Een vacht van wollig, grijsbruin haar kroop langs zijn nek omhoog en ging over in een stoppelbaard die alle oneffenheden van zijn verweerde, mollige gezicht bedekte. Uit de halsopening van zijn T-shirt piepte nog meer haar tevoorschijn en ook de massieve arm die hij naar mij uitstrekte was ermee bedekt.

'Jij moet Demi zijn', zei hij.

'En jij bent Oscar', zei ik, terwijl mijn hand in zijn klauw verdween.

'Klopt. En bedankt dat je daar niet "de brombeer" aan toevoegt.' Hij lachte geluidloos, met schuddende schouders. 'Dat doet Mick altijd.'

'*Ben* je een brombeer?' vroeg ik.

'Absoluut niet.' Hij reikte naar de bovenste plank, waarbij nog een flinke pluk haar op zijn onderarm zichtbaar werd. Ik wilde hem over zijn bolletje aaien.

'*Brommen* is Micks afdeling', zei hij, terwijl hij met een hand een fles olijfolie van tweeënhalve liter van de plank tilde.

'Dat hoorde ik!' Mickey verscheen met een handvol papiertjes en ze klemde ze handig in het molentje met bestellingen. 'Ik zal het meteen even demonstreren – maak dat je in de keuken komt, daar hoor je thuis. Twee Synergie Smoothies graag en een Walla-Wallaomelet met zuurkool.'

Ik zette grote ogen op. 'Zuurkool bij het ontbijt?'

Mickey knikte. 'Het grootste deel van onze vaste klanten eet –'

'– lacto-gefermenteerde groente –'

'– bij elke maaltijd.'

'Goed voor de spijsvertering', zeiden ze tegelijk.

Ze keken elkaar aan, plagerig en tegelijk liefdevol. Mickey stompte tegen een van zijn donzige armen. 'Dus zou je onderhand niet eens de keuken ingaan om daarvoor te zorgen?' zei ze.

'Misschien doe ik dat wel.' Oscar wierp me een harige grijns toe en sjokte in de richting van de keuken.

'Grote lummel', zei Mickey.

Ze verdween naar de eetzaal en ik wist dat ik zojuist een dolverliefd stel gezien had.

Hoe heb je dat voor elkaar gekregen? wilde ik haar naroepen. *Hoe heb je ervoor gezorgd dat het zo bleef?*

Er was in elk geval een ding waar ik zeker van was: Mickey Gwynne had haar grote lummel nooit bedrogen. En dat zou ze ook niet doen, wat hij ook deed.

Ik streek mijn haar achter mijn oren en concentreerde me op de sapcentrifuge. Ik zette het ding zo hard mogelijk, zodat ik de gedachten die volgden niet zou hoeven horen.

Mijn enige hoop was dat die dr. Sullivan Crisp me zou kunnen helpen ze voorgoed het zwijgen op te leggen.

13

〜

Sully bad altijd voor een afspraak met een cliënt – of wanneer hij een van zijn therapeuten counselde – of wanneer hij ook maar iets deed wat van doen had met mensen helpen zichzelf te begrijpen. Zijn visie was eenvoudig: Als God er niet bij was, wat viel er dan te begrijpen?

Hij zat die maandagmiddag in een grijsgroene kuipstoel die hij gekocht had in de grootste tweedehandswinkel die hij ooit bezocht had, en hij beschouwde zichzelf als een kenner. Met behulp van spullen die hij daar had gevonden, had hij het groezelige kantoortje veranderd in een spreekkamertje. Hij moest toegeven dat het was alsof hij vijftien jaar terug in de tijd ging, zeker als hij het vergeleek met de klinieken van tegenwoordig. Maar hoewel de twee stoelen niet bij elkaar pasten, de lamp van een oude parkeermeter gemaakt was en de kapstok met een kettingzaag bewerkt was om het gewei van een rendier na te bootsen, was het een enorme verbetering in vergelijking met de stoelen van oranje plastic die hij door de achterdeur naar buiten gesmeten had, samen met de twee jaar oude Playboykalender die een ereplaatsje aan de muur van het kantoor had ingenomen. Hij had het geheel afgemaakt met een rivierkei die hij bij Hood Canal gevonden had en als presse-papier gebruik-te, en een mok met de afbeelding van de Point No Point-vuurtoren voor zijn pennen. Eclectisch, dat was de juiste omschrijving.

Sully vouwde zijn lange benen over elkaar, zodat hij in kleermakerszit in de kuipstoel zat en zijn ellebogen op zijn knieën konden steunen. Hij verborg zijn hoofd in zijn handen en concentreerde zich op het beeld dat hij van God had.

Licht. Voor hem was God licht, de enige manier om het bestaan van leven te kunnen verklaren. En Jezus – Jezus, het Licht dat uit dat Licht afkomstig was en dat het enige was wat het pad van het leven voor hem begaanbaar maakte.

Hij keek naar het licht dat achter zijn oogleden danste en hij begon te bidden. *God in Jezus, het enige Licht, schijn door mij heen. Laat een lichtstraaltje van mij op haar pad vallen – dit kind van U dat U naar mij toe gestuurd hebt –*

En als Ethan gelijk had, spande de vrouw die hij straks zou spreken zich in om zich een weg te banen door een tunnel waarin niet eens een kiertje –

Bliksems. Sorry, God. Zijspoortje.

Alstublieft – U bent het Licht – schijn door mij heen – schijn door mij heen –

Er stopte een auto en Sully keerde terug naar het hier en nu. Hij kon de verleiding niet weerstaan. Je kon zo veel over een cliënt zeggen als je wist in wat voor auto ze reed.

De motor klonk een beetje schel, waarschijnlijk een vier-cilinder, vrij hoog op de wielen. Een speelgoedautootje, dacht hij, die met een bepaald doel gekocht was, maar waarschijnlijk niet voor het doorkruisen van staten, zoals Isabella. Praktisch, maar niet zonder grillen. Waarschijnlijk was het geen goed idee om zichzelf aan de bestuurder voor te stellen met: 'Hoi. Laten we beginnen met een stevige huilbui.'

Hij kwam overeind uit de stoel en glipte tussen zijn groene kuipstoel en de kiezelgrijze die hij voor haar gekocht had door. Hij liep naar de deur die uitkwam in de garage en ging in de deuropening staan. Door het glas van de grote deuren zag hij een witte Jeep Wrangler en hij grijnsde. De spijker op z'n kop.

Een vrij lange vrouw stapte uit en bleef even staan, schuilend onder een donkergroene paraplu. Ze tuurde tussen de druppels door naar zijn gebouw. Ze wierp een blik op het papiertje in haar hand en keek weer op. Haar gezichtsuitdrukking was verbaasd, haast spottend.

Sully grinnikte. Zijn verblijfplaats was duidelijk anders dan zij verwacht had.

Toen ze uiteindelijk besloot dat dit het juiste adres moest zijn en ze dichterbij kwam, trok Sully zijn wenkbrauwen op. Hij had de foto's van de boot bewust naar een uithoek van zijn geheugen verbannen, maar hij dacht aan de universiteitsfoto die Ethan hem had laten zien. Deze dr. Demitria Costanas leek daar in de verste verte niet op.

De Demitria op de foto blaakte van zelfvertrouwen. Haar haar was opgestoken op een stijlvolle manier – zodat het er in elk geval *uitzag* alsof ze geen uren voor de spiegel door hoefde te brengen. Doordringende bruine ogen die je uitnodigden om te vertellen over je overtuigingen en die je beloofden dat haar ideeën de jouwe zouden omarmen. Een vlakke kin en rechte schouders die leken te zeggen dat ze een vracht hout konden dragen en een veilige haven konden zijn voor een slapende baby, misschien zelfs wel tegelijkertijd.

Lieve help. Nu hing haar haar in slierten naar beneden en haar schouders waren gebogen. Haar gezicht was een gespannen masker en ze deed haar best, dat dacht hij tenminste, om haar emoties onder de oppervlakte te houden. Uit de manier waarop ze haar hoofd liet hangen maakte hij op welke emotie dat was. 'Als een hond die een schaap te pakken genomen heeft', zou Porphyria zeggen.

Demitria Costanas – kom maar naar beneden. Jij bent de volgende kandidaat voor ons programma *De Reis van je Leven*.

Je weet het alleen nog niet.

Ze hield het masker stevig op zijn plaats terwijl ze in zijn richting liep en haar gympen een piepend geluid op de garagevloer maakten. 'Ik ben Demi Costanas', zei ze. 'Ik heb u aan de telefoon gehad?'

Ze stak haar hand uit.

'Was ik dat?' vroeg Sully, terwijl hij haar hand schudde. 'Of mijn secretaresse?'

Ze trok haar wenkbrauwen op, duidelijk verrast. Heel even zag hij een lichtje – nauwelijks waarneembaar – maar het doofde weer. Haar mond vertrok wel een beetje toen ze haar blik door de garage liet glijden en zei: 'U hebt er wel wat gezelligs van gemaakt.'

'Je hebt de spreekkamer nog niet eens gezien', zei Sully.

Hij wees in de richting van het kantoortje en liep achter haar aan naar binnen. Ze keek nauwelijks om zich heen, ze was duidelijk niet gekomen om zich te vergapen aan het meubilair. Waar ze *wel* voor was gekomen, flapte ze eruit nog voor Sully was gaan zitten.

'Ik heb geen zin in een psychoanalyse of een of andere therapie of wat het ook precies is dat u doet', zei ze.

We hebben een toespraakje voorbereid, dacht Sully bij zichzelf. In gedachten liet hij een zoemer afgaan. Sorry, mevrouw Costanas, hier bij mijn programma *Neem een beetje Risico* moet je dat formuleren als vraag.

'Het enige wat ik wil, is mijn gezin terugkrijgen. Daar ben ik voor gekomen. Wat ik aan mezelf moet veranderen om dat voor elkaar te krijgen wil ik graag van u horen. Als u me dat kunt vertellen, wil ik met u praten.'

Sully onderdrukte een grijns. Ze had nog steeds pit.

'Doelen zijn goed.' Hij voegde er niet aan toe dat de therapeut en de cliënt deze doelen meestal sámen formuleerden – nadat ze geprobeerd hadden elkaar een beetje te leren kennen. Hij besloot in te gaan op haar strijdlust, omdat dat het enige leek te zijn wat haar overeind hield.

'Mooi', zei hij. 'Heb je enig idee welke dingen er volgens jou moeten veranderen?'

'Er is iets afschuwelijks gebeurd. U kent mijn verhaal – ik weet zeker dat Ethan het u verteld heeft en ik wil daar echt niet verder op ingaan.'

Helemaal tegen de regels van het spel. Ik moet het van jou horen.

Maar opnieuw besloot Sully de regels links te laten liggen en hij leunde voorzichtig achterover in de kuipstoel. 'Dus de dingen die met je gebeurd zijn hebben een afschuwelijk mens van je gemaakt?'

'Nee. De dingen die ik gedaan heb, heb ik gedaan omdat ik al een afschuwelijk mens *was.*' Ze keek strak naar zijn knieën. 'Er moet iets vreselijk mis met mij zijn. Iets dat ervoor gezorgd heeft dat ik mijn gezin dit heb aangedaan na alles wat ze eerder al hebben meegemaakt.'

Ze.

'Ze' bracht de emotie onder het masker dichter aan de oppervlakte. *We kiezen een vraag uit die categorie.*

'Je bedoelt voordat je overspel pleegde', zei Sully.

Het masker bevroor.

'Wat gebeurde er – daarvoor?'

Ze ging iets verder naar achteren zitten, hoewel haar rug het kussen van de rugleuning nog niet raakte. Haar handen omklemden de handtas op haar schoot en Sully realiseerde zich dat ze nog steeds een marineblauwe trenchcoat droeg, waarvan ze de knopen niet eens had losgemaakt.

'Zal ik trouwens je jas aannemen?' vroeg hij. Hij beschikte tenslotte over een prachtige kapstok.

Ze schudde haar hoofd, maar ze trok de jas wel uit en schoof hem onder de handtas, op haar schoot. Nu had ze twee lagen om zich achter te verschuilen.

Sully was verbaasd toen hij haar kleding zag. Het leek het uniform van een serveerster. Met het T-shirt, bedrukt met de woorden Daily Bread, en de wijde trainingsbroek zag ze eruit alsof ze de kleren van iemand anders had aangetrokken.

'Wil je me je verhaal vertellen?' vroeg Sully. 'Over de periode *voor* je verhouding?'

Uit de manier waarop ze de vloer bestudeerde voor ze begon, maakte Sully op dat ze dit gedeelte niet had voorbereid.

'Ik weet niet of Ethan het je heeft verteld,' zei ze, 'maar mijn man –'

'Sorry, Demi. Hoe heet je man?'

'Rich. Op 11 september werkte hij als brandweerman in New York. Hij kwam aan op de plek van de ramp nadat de tweede toren was ingestort.'

Ze stopte, alsof dat voor een mens genoeg verschrikkingen waren voor een heel leven. Sully kon niet anders dan daarmee instemmen. Ze hield alles wat ze zei angstvallig onder controle, dat was wel duidelijk, maar haar handen, waarmee ze haar tas constant open en dicht klikte, spraken ook.

'Hij heeft vast een hoop vrienden verloren', zei Sully.

'Hij heeft zijn tweelingbroer verloren. Eddie. En hij is nooit meer de oude geworden.'

'Omdat hij ook niet meer dezelfde is.'

Eindelijk keek ze op. Hij zag schaamte, maar het beeld was troebel. Alsof nog iets anders te kop opstak, wat zich met de schaamte vermengde.

'Ik bedoel niet dat het lijkt alsof hij iemand anders is', zei Demi. 'Het is alsof hij helemaal geen mens meer is.'

Sully huiverde inwendig.

'Er was een therapeut die met ons echtgenotes praatte. Hij vertelde ons dat het kwam door schuldgevoelens omdat zij het overleefd hadden.' Haar stem werd helderder, alsof ze zich nu op bekend terrein bevond. 'Bijna drieduizend mensen zijn gestorven, waarvan 343 brandweermannen. En degenen die het overleefd hadden, konden er niets aan doen dat ze het gevoel hadden dat het hun fout was – waarom waren zij niet overleden?' Haar ogen schoten opzij. 'Bij sommigen hielp het besef dat achttienduizend mensen de ramp overleefd hadden, maar bij Rich niet. Hij had tenslotte zijn tweelingbroer verloren.'

Ze keek Sully vluchtig aan. Hij knikte haar toe.

'Want weet je, de enige reden dat Eddie brandweerman werd, was omdat Rich dat ook werd. En natuurlijk omdat hun vader ook brandweerman was. Het zat hem misschien wel in het bloed, maar niet in zijn ziel.' Haar stem klonk verstikt. 'Dat zei hij zelf altijd.'

'Is Rich in therapie gegaan?' vroeg Sully.

Ze schudde haar hoofd. 'Dat wilde hij niet. Ik heb alles geprobeerd, behalve dreigen dat ik bij hem weg zou gaan.'

Sully hoorde hoe ze naar adem hapte. Nog niet, zei hij tegen zichzelf.

'En wat bracht jullie naar Washington?'

'Toen Rich eenmaal geschorst was bij de brandweer was er niets meer dat ons aan New York bond. Daarvoor bleef hij gewoon werken, ondanks dat zijn commandant hem adviseerde – smeekte, bijna – om verlof te nemen en hulp te zoeken.'

'En dat deed hij niet.'

'Nee, dat deed hij niet. Op zekere avond had hij de leiding over een blusactie en hij maakte een tactische fout – hij zette een luchtsluis open op een verkeerde plek en een van de andere brandweermannen kwam bijna om het leven.'

Nu liet ze zich voor het eerst tegen de rugleuning zakken. 'Ik weet dat het zijn fout was en het was niet de eerste fout die hij na 11 september maakte. Maar het verlies van Eddie heeft hem verscheurd. Heeft ons allemaal verscheurd.'

Verscheuren was precies het juiste woord. Sully kon het bijna horen.

'En toen kwam hij in een diep dal terecht?' vroeg Sully.

'Het was meer alsof hij verdween waar we bij stonden.'

Sully zag haar nekspieren verstrakken. Hij moest haar niet te veel onder druk zetten, want dan zou ze het met haar tas, haar regenjas en haar gebarricadeerde hart op een lopen zetten en verdwijnen met een snelheid die het rad van fortuin in beweging zou zetten. Veiligheid was hier het allerbelangrijkste.

'En – wat deed dat met jou?' vroeg hij.

'Met mij?' Ze haalde haar schouders op. 'Ik was wanhopig. Ik dacht dat ik hem zou verliezen, maar ik wist niet eens waaraan. Ik wist hem over te halen om hierheen te verhuizen, zodat we opnieuw konden beginnen. Ik kom hier oorspronkelijk vandaan en het is hier heel anders dan in New York City. Het was het enige wat ik nog kon bedenken.'

Sully zette zijn voet op het randje van de stoel. Hij hield van dit onderdeel – een verhaal horen en dan proberen de puzzelstukjes in elkaar te passen. Maar het was nog te vroeg in de quiz om een letter te kopen.

'En wat voor gevoelens had *jij* over New York?' vroeg hij.

Ze knipperde. 'Hoe *ik* me voelde?'

'Ja.'

'Ik was dol op New York', zei ze. 'Ik heb gestudeerd aan de universiteit van New York en Rich en ik hebben elkaar in de stad ontmoet. We hebben daar ons hele huwelijk gewoond, in de buurt van mijn schoonfamilie, maar na Eddies dood, en de dood van Rich' ouders, hadden we er niets meer.'

'Wanneer zijn zij overleden?' vroeg Sully.

Ze trok rimpels in haar voorhoofd. Dit stond blijkbaar ook niet in het script. Maar ze zei: 'Papa Costanas – mijn schoonvader – had een zware hartaanval in 1997. Mama stierf voor 11 september – aan Alzheimer. Ze zat in een verzorgingstehuis. En toen stierf Eddie, natuurlijk.'

'Dat zijn heel wat verliezen', zei Sully.

'Wat natuurlijk ook de reden was waarom Rich hulp nodig had –'

'Nee, ik bedoel heel wat verliezen voor jou.'

Ze wiebelde heen en weer, waardoor de stoel overhelde. Ze ging rechtop zitten en zei: 'Rich heeft veel meer geleden dan ik. Ik wil hem gewoon helpen.'

Sully wachtte.

'Nu weet ik dat ik het alleen maar erger gemaakt heb.'

'Hoezo?'

Demi boorde haar bruine ogen in de zijne. 'Ik had een verhouding. Ik denk dat dat wel in de categorie "erger" valt.'

Deze dame was vastbesloten alle schuld naar zich toe te trekken. Sully wilde niets liever dan die weg met haar inslaan, maar in plaats daarvan zei hij: 'Laten we het heel even over die verhouding hebben – vind je dat goed?'

'Jawel – denk ik.' Ze woelde met haar hand door haar haar alsof ze alles wat daar verstopt was tevoorschijn wilde halen.

'Vertel me over je relatie met Rich toen je eenmaal hierheen verhuisd was, vóór de verhouding.'

'In eerste instantie dacht ik dat het werkte.' Ze leek gedachten tevoorschijn te halen die ze zorgvuldig had opgeborgen. 'We kochten het houten huis waar hij altijd al van gedroomd had. Ik nam een baan als professor aan de UvV, zodat hij zich geen zorgen hoefde te maken over de teruggang in salaris als hij hier ging werken.' Ze stopte. 'En daar is het misschien wel begonnen. Hij zat er nooit mee dat ik beter opgeleid was dan hij, of dat ik meer verdiende. Maar hier begon het hem dwars te zitten. Heel erg dwars. En toen ging ik ook nog eens met een *professor* naar bed.'

Ze stak haar hand op. Sully was er niet zeker van wie ze de mond probeerde te snoeren.

'Wil je dat ik verder ga?' vroeg ze uiteindelijk.

'Ik wil nog wel meer horen.'

Ze friemelde aan haar tas. 'In eerste instantie was iedereen op de kazerne – Orchard Heights – super aardig tegen hem. Hij had de ramp op 11 september meegemaakt. Hij was een held.'

Geen druk uitoefenen, dacht Sully.

'Maar dat sleet – en toen kreeg hij geen promotie.'

'Hoe kwam dat?' vroeg Sully.

'Iets met zijn houding. Ik weet het niet – maar dat was rond dezelfde tijd dat hij zich weer begon af te sluiten.'

'En wat deed dat met jou?'

'Het gaat hier niet over *mij*!'

De plotselinge uithaal leek haar zelf ook te verbazen. Er ging een schok door haar heen en ze probeerde zichzelf met beide handen in evenwicht te houden, maar de kuipstoel helde weer over.

'Luister –' zei ze. 'Ik wil weten waarom ik een man zou willen kwetsen die al door een hel gegaan is en daar niet uit kan komen.' Ze praatte met opeengeklemde tanden. 'Ik wil weten wat er mis is met mij, zodat ik het in orde kan maken en hem terug kan krijgen.'

'Dus,' ging Sully behoedzaam verder, 'als jij jezelf weet op te lappen, komt de rest automatisch ook weer goed?'

Haar blik maakte hem bijna aan het lachen. Het scheelde niet veel of ze had er 'nogal wiedes' aan toegevoegd.

'Dat lijkt me logisch', zei ze. 'Ik ben degene die het verknald heeft.'

'Goed', zei Sully. 'Dan wil ik je graag een vraag stellen – gewoon iets om even over na te denken.'

Ze knikte krachtig.

'Kun je je iemand herinneren uit je verleden – iemand die belangrijk voor je was – die zichzelf voor je afsloot – en wat jou pijn heeft gedaan?'

Demi's hoofd schoot zo abrupt naar voren dat Sully zeker wist dat het niet lang meer zou duren voor ze hem iets zou toebijten in de geest van: *Snap je er dan helemaal niets van?*

'Waarom zouden we mijn verleden opgraven?' vroeg ze. Ze zuchtte geïrriteerd. Er kwam nog net geen rook uit haar oren. 'Ik was een ideaal kind toen ik opgroeide. Ik heb me nooit misdragen of een puinhoop van mijn leven gemaakt, tot zes maanden geleden.'

Sully wurmde zich door het kiertje dat hij met zo veel moeite open gewrikt had. 'Je zegt dat je wilt weten wat er op dit moment "mis" is met je. Nou – je verleden is je heden, en als we dat niet opgraven, is het wellicht ook je toekomst.'

Ze keek hem aan en Sully zag de aarzeling die haar waarschijnlijk elk moment dat ze wakker was kwelde – en ongetwijfeld ook een groot deel van de tijd dat ze sliep.

'Ik kan je niet helpen ontdekken waarom je gedaan hebt wat je gedaan hebt, als ik niet wat meer over je weet', zei hij. 'Dat is alles.'

Ze gaf geen antwoord.

'En zelfs dan ben jij degene die erachter moet komen –'

'Als ik dat zou kunnen, denk je dan niet dat ik dat inmiddels gedaan zou hebben?'

'Nee – want je hebt iemand nodig die meerkeuzevragen stelt. Durf je het aan?'

Ze schoof twee plukken haar achter haar oren en leek voor het eerst te overwegen om de tas los te laten, en ook haar jas, die een tweede barrière vormde. Dat was goed, want wat hij nu ging proberen zou misschien maken dat ze hem aan wilde vliegen.

Hij leunde naar voren. 'Ben je klaar voor een spelletje *Deal or No Deal*?'

Haar wenkbrauwen schoten omhoog. 'Pardon?'

'Spelshowtheologie.' Met een schuin hoofd keek hij haar aan. 'Luister, Demi – het is niet mijn bedoeling om te bagatelliseren wat jij meemaakt. Maar ik heb het gevoel dat je uitgeput bent van je worsteling hiermee – het uit elkaar halen, het uitwringen en vervolgens weer proberen in elkaar te passen – en op dit moment liggen er allemaal losse stukjes om je heen. Ik weet niet zeker of we er een nieuw plaatje van kunnen maken tenzij we er een beetje mee spelen. Dus dat wil ik graag doen.'

'Spelen?' vroeg ze.

'Alleen maar spelen', zei hij.

Hij wist zeker dat haar mondhoeken omhoog wilden krullen, maar ze had gewoon geen glimlachje meer over.

'Blijf zitten', zei hij. 'Ik ben zo terug.'

Hij rende de garage in en keek snel om zich heen. Twee gereedschapskoffers – wat nog meer? Hij pakte de koffers en duwde nog een metalen emmer onder zijn arm. Hij zette ze in het kantoortje, naast zijn stoel. Demi wierp een ongelovige blik op de verzameling.

Sully liet zich in zijn stoel zakken en pakte de lege gereedschapskoffer.

'In de eerste koffer,' zei hij, 'zit de mogelijkheid dat je geboren bent met een afwijkend gen, wat maakt dat je geneigd bent tot overspel.'

'Hallo!' zei ze.

'Ik neem aan dat we niet voor de eerste koffer kiezen.'

'Ik dacht het niet!'

'In de tweede koffer', hij pakte de andere koffer op, 'de mogelijkheid dat je geen van de dingen die in de Bijbel staan werkelijk gelooft, ook al zeg je van wel. Je bent al die tijd een huichelaar geweest.'

Ze knipperde gespannen. Dat was een mogelijkheid die ze duidelijk had overwogen. Hij was opgelucht toen ze deze optie van de hand wees.

'Tot zover koffer nummer twee', zei Sully, voor ze erop terug kon komen. Ze raakte hem diep in zijn hart.

'En wat dacht je van koffer nummer drie?' zei hij. 'Overigens de enige koffer die nog over is.'

Demi keek ernaar, met een zweempje melancholie in haar ogen. Mooi zo.

'In koffer nummer drie' – Sully pakte de metalen emmer op – 'de mogelijkheid dat het feit dat je man zich heeft teruggetrokken het misschien makkelijker gemaakt heeft voor jou om je verhouding te rechtvaardigen. Anders had je zoiets nooit kunnen doen.'

Ze greep haar jas vast.

Ding-ding-ding-ding-ding, zei Sully zachtjes bij zichzelf. De bel voor het goede antwoord – goed omdat het het antwoord was waar ze zich tegen verzette. Ze kneep nu ook in haar handtas. Als hij ook nog maar iets verder doordrukte, zou ze hem zonder pardon naar zijn hoofd gooien – hoewel hij van mening was dat er in therapie de beste resultaten behaald werden op het moment dat er projectielen in het rond vlogen.

Toen ze voorover boog en de rivierkei van het bureau pakte, maakte hij aanstalten om te bukken.

'Gooi deze alsjeblieft naar mij', zei ze.

Sully lachte van verbazing. 'Pardon?'

'Dan hebben we het maar achter de rug. Je weet wel – zoals ze in de Bijbel met overspelige vrouwen afrekenden.' In haar stem trilde een droevig soort humor. Ze zou deze sessie waarschijnlijk niet huilen, maar dit kwam er heel dicht bij.

'Misschien wil ik niet weten waarom ik het gedaan heb', zei ze. 'Misschien heb ik gewoon therapie nodig om in orde te maken wat er mis is met mij.' Ze keek quasi-zielig naar de steen. 'Of misschien heb ik iemand nodig die me een klap voor mijn kop geeft en zegt dat ik niet goed wijs ben dat ik het zelfs maar probeer.'

'En hoe zouden al die dingen jou kunnen helpen?' vroeg Sully.

'Ik weet het niet', zei ze. 'Ik weet niets.'

Ding-ding-ding, dacht Sully opnieuw. Daar konden ze beginnen.

Ze keek nog steeds naar de steen en Sully grinnikte.

'Even voor de duidelijkheid,' zei hij, 'ik heb dat ding nog nooit naar iemand gegooid.'

Ze snoof zachtjes. 'Bijna alle andere mensen in mijn leven hebben er intussen een naar mij gegooid. Misschien heb je gewoon nog nooit iemand ontmoet die zo slecht is als ik.'

'Hoe slecht denk je dat je bent?'

'Ga maar na. Ik ben een christen. Professor aan een christelijke universiteit. Moeder. Echtgenote – dat dacht ik tenminste. En trouwens' – ze hield haar hoofd schuin. 'Ethan heeft me verteld dat jij een christelijke therapeut bent. Daar heb ik tot nu toe nog niets van gemerkt.'

'Omdat ik geen bijbelteksten citeer?'

'Nou, ja. We zijn niet eens begonnen met gebed.'

'Wil je bidden?'

'Nee', zei ze, nog voor hij was uitgesproken. Dus op dit moment hield ze God op een afstand.

Sully sloeg zijn benen opnieuw over elkaar. 'Ik kan je wijzen op precies de juiste hoofdstukken en verzen. Sommige van mijn collega's zouden dat doen. Maar zoals je zelf al zei, je bent professor aan een christelijke universiteit. Je hebt een graad in de theologie.' Hij glimlachte naar haar. 'Jij zou me waarschijnlijk ook kunnen vertellen welke teksten in deze situatie van toepassing zijn.'

'We zouden kunnen beginnen met de Tien Geboden', zei ze droogjes. 'Nummer acht, om precies te zijn.'

'Een gebod dat je al kende voor je het brak. Dus wat zou het opleveren als ik je daar nu mee om de oren zou slaan?'

'Dat is precies wat ik bedoel. Als ik dan een christen ben, maar ik ben in staat om zo'n zonde te begaan, dan ben ik misschien gewoon een lellebel.'

'Denk je echt dat je een lellebel bent?'

'Nee.'

'Dus dan had je daarnet toch gelijk.' Hij haalde zijn schouders op. 'Je hebt dit gedaan met een reden, maar op dit moment begrijp je er niets meer van.'

'Zou je denken?'

'Op dat moment begreep je het ergens wel, want wat je deed was gebaseerd op een vooronderstelling waar je toen in geloofde. Volg je het nog?'

'Ga verder.'

'Misschien kunnen we er samen achter komen wat die vooronderstelling was en hoe je daar sowieso bij kwam.'

Ze liet haar stem dalen en deed hem na. 'En hoe zou dat helpen?'

'Omdat je toen je die verhouding had, handelde in overeenstemming met wat je geloofde. Het was wat je geloofde – de vooronderstelling – die niet klopte.'

'Geef me eens een voorbeeld.'

Sully ging verzitten. 'Als ik geloof dat het ieder voor zich is, zal ik me waarschijnlijk niet aanmelden bij een gaarkeuken om soep uit te delen aan daklozen.'

In haar ogen verscheen de intelligente glans die hij op de foto gezien had. 'Dus als ik niet geloofde dat ik in staat was mijn man ontrouw te zijn, waarom gedroeg ik me dan alsof dat wel zo was? Daar zijn we naar op zoek, toch?'

'Klopt helemaal. Maar ik waarschuw je, het kan even duren voor je ontdekt hebt wat je vooronderstelling was. En als je daarna nog steeds geïnteresseerd bent in verandering, kunnen we je helpen om er eentje te ontwikkelen die gebaseerd is op waarheid. En dat is waar God om de hoek komt kijken, waar Hij begint met het vormen.'

'En zal dat me helpen om mijn gezin terug te krijgen?' vroeg ze.

Hij schoof naar het puntje van zijn stoel.

'Je zult *jezelf* terugkrijgen. Je hebt niet alleen je man bedrogen, Demi. Je hebt jezelf bedrogen.'

Ze keek hem hulpeloos aan, alsof ze tien jaar jonger geworden was sinds ze binnen gekomen was. Misschien piepte er iets van Gods licht tussen de kieren door.

'Heb je ooit weleens naar de *Familiespelshow* gekeken?' vroeg Sully.

'Wat is dat toch met die tv-spelshows?' Eindelijk liet ze toe dat haar mondhoeken omkrulden. 'Vooruit dan. Ja, een aantal jaar geleden.'

'Bij die spelshow heb je binnen dertig minuten een winnaar en een verliezer en iedereen begint zich meteen aan te passen aan de nieuwe situatie. Snap je wat ik daarmee wil zeggen?'

'Jawel …'

'Zoals ik het zie, spelen jullie je eigen familiespelshow – alleen zal het meer dan een half uur kosten om te bepalen wie er wint.' Hij leunde naar haar over, zo ver dat zijn eigen stoel bijna omkieperde. 'Ik hoop dat iedereen wint, Demi.'

En toen wachtte hij af.

Ze trok zich terug in zichzelf, alsof ze alles wat hij in haar schoot had laten vallen verzamelde zodat ze het mee kon nemen voor verder onderzoek.

'Dus ik moet terugkomen?' zei ze. Ze glimlachte aarzelend, in gedachten verzonken. 'Het lukt niet om me vandaag op te lappen?'

'Als je terug wilt komen, ben ik er voor je.'

'Wat vind je van morgen?'

'Misschien heb je iets meer tijd nodig om de dingen die we besproken hebben te verwerken.'

'Hoe moet ik dat verwerken?' Ze duwde met haar vingers tegen haar slapen. 'Zeg maar wat ik moet doen.'

'Ding! Ding! Ding!'

'*Wat?*'

'Dat gebeurt er als je de juiste vraag stelt.'

'Heb jij het juiste antwoord?'

'Nee – maar jij wel. We zetten 500 dollar in op je kindertijd. Kun je een foto opzoeken van jezelf als klein meisje? Jonger dan tien?'

Ze bewoog haar kin. 'Meer niet?'

'Zet haar ergens waar je haar kunt zien en praat vaak met haar.'

Deze keer geen ongelovig *Wat?* Ze leek zich neer te leggen bij zijn fratsen. 'En waar wil je dat ik met haar over praat?'

Sully keek haar aan en stelde zich haar karamelkleurige ogen voor in een kindergezichtje.

'Vraag haar welke ideeën ze heeft over zichzelf', zei hij.

Ze rechtte haar schouders en stond op, opnieuw met uitgestoken hand. Het professorsmasker gleed weer op zijn plaats.

'Dank u. Ik zal erover nadenken.'

'Wil je over een week terugkomen? Om me te vertellen wat je bedacht hebt?'

'Wie weet', zei ze. 'Ik bel je als ik niet kom.'

Sully knikte. 'Dat klinkt redelijk.'

Hij liep met haar mee de garage in, tot ze haar pas versnelde en het laatste stukje alleen aflegde.

In de vrouw die wegreed in het speelgoedautootje waarmee ze ook gekomen was, was geen klein meisje meer te bekennen. Sully leunde tegen Isabella. Kleine Demi had de antwoorden. Hij hoopte dat hij de kans zou krijgen om te ontdekken wat die antwoorden waren.

14

∾

Hoi Jay,

Ik heb net de meest vreemde ervaring van mijn leven achter de
rug. Zoals jij zou zeggen, ik ben helemaal de kluts kwijt.

Ik ben naar een therapeut geweest. Counselor, zielenknijper –
ik weet zeker dat jij er een mooi woord voor hebt. Dat was op zich
al vreemd genoeg – gewoon naar iemand toe gaan die ik niet eens
ken en hem vertellen over mijn diepste verlangen – jou terugkrijgen, Jay. Jou en pa en Christopher. Dat is het enige wat ik wil, op
de hele wereld – en dat is de reden waarom ik naar hem toe gegaan
ben, omdat ik hoop dat hij me kan helpen.

Maar het was zó anders dan ik verwacht had. Ik weet niet eens
zeker of jij er wel een woord voor zou hebben. Het leek helemaal niet op
wat je op tv of in films ziet. Het was meer een soort spelshow – je weet
wel, Rad van Fortuin, gecombineerd met Weekend Miljonairs.
Ik was de kandidaat en het geheel werd gepresenteerd door iemand die
een mix is van minstens drie bekende presentators in één.

Voel je een beetje aan hoe wanhopig graag ik erachter wil
komen waarom ik jou zo verraden heb – in de hoop dat we dan
weer samen kunnen zijn? Jay, alsjeblieft –

Mama

Ik legde de pen neer, vouwde de brief dubbel en stopte hem in mijn tas, bij de tien andere brieven die ik inmiddels aan mijn dochter geschreven had. De brieven aan Christopher zaten in een ander vakje. En die aan Rich ook. Ik had er niet een verstuurd. Elk sms'je en iedere e-mail die ik hun alle drie apart gestuurd had – elke dag – was genegeerd. Als ik de brieven niet opstuurde, liep ik ook niet het risico dat ze teruggestuurd werden.

'Demi – ik wil je voorstellen aan mijn dochter.'

Ik stond op en draaide me om om het jonge meisje te begroeten. Mickey had me verteld dat zij als ze geen colleges had ook bij Daily Bread kwam helpen. Ik had een jongere elf verwacht, iemand die bij dit sprookjesgezin zou passen. Ik had geen vroegere studente van mij verwacht.

'Dr. Costanas!'

'Audrey?'

Het was het kleine, tengere meisje dat aan het begin van het semester bij ons op school gekomen was. En ze was duidelijk Mickeys dochter, met haar prachtige mond die de onderste helft van haar gezicht in beslag nam en de dikke bos karamelkleurig haar dat wild om haar gezicht viel en waar waarschijnlijk ook niets anders mee te beginnen was.

'Wat doet *u* hier?' Haar ogen waren groter en ronder dan die van Mickey, vooral nu.

Mickey kneep haar ogen tot spleetjes. 'Jullie kennen elkaar?'

'Dit is dr. C.!' Audrey sprong op me af en sloeg tot mijn verrassing haar armen om mijn nek. 'Ik heb u gemist – iedereen heeft u gemist.'

'Oké – mag ik ook meedoen?' vroeg Mickey. Ze pakte een bolletje knoflook uit de streng die vlak bij haar hoofd bungelde, maar ze bleef naar ons kijken.

'Dit is dr. Costanas, mam', zei Audrey. 'Ze is – was – een van mijn docenten aan de UvV.' Audrey deed een stap achteruit en liet haar armen naast haar lichaam bungelen alsof ze niet wist wat ze er nu mee aan moest. 'En de enige die een beetje de moeite waard was. Joost mag weten waar ze die vent die u nu vervangt hebben opgeduikeld.'

Ik moet eruit gezien hebben alsof iemand zojuist mijn neusharen had uitgetrokken, want ze legde haar hand op haar mond en sloeg haar ogen neer. 'Het spijt me – ik denk dat u daar niet over wilt praten, hè?'

Ze kon zich onmogelijk voorstellen hoezeer ik daar inderdaad niet over wilde praten. Dat Mickey nu wist *waar* ik ontslagen was, was een ding. Maar als ze ontdekte waarom, zou er nog iemand zijn die ik niet recht in de ogen kon kijken. En dat waren er inmiddels zo veel dat ik wel koppen kon gaan tellen.

'Maar het is wel onwijs gaaf dat u hier terecht bent gekomen, niet dan?' zei Audrey.

'O – enorm gaaf, ja', zei ik.

'Ik bedoel, dit is echt fantastisch voor mij. Ik zei al dat we u missen. Het is gewoon een ramp, zonder u en dr. Archer. Maar nu kunnen we, weet ik veel, lekker kletsen –'

'Maar nu ga jij eerst eens even lekker kletsen met de klanten', zei Mickey.

'We praten later wel verder', zei Audrey over haar schouder, half fluisterend, terwijl Mickey haar de deur uit werkte.

Daar was ik nou juist bang voor.

Ik reikte naar de selderij en draaide me om naar de sapcentrifuge. Mickey ging ervoor staan, met haar armen over elkaar.

'Haal die "wat-ben-ik-toch-een-prutser-blik" van je gezicht', zei ze. Ze knikte in de richting van de eetzaal, waar Audreys stem te horen was. Het leek wel alsof ze een liedje zong. 'Wil je dat ik haar bij je vandaan houd? Ze kan meer vragen stellen dan een openbaar aanklager.'

Ik wist niet wat ik moest zeggen. Ik had het gevoel dat mijn hersens door de sapcentrifuge gehaald waren.

'Geregeld', zei ze. 'Maak maar een sapje van appel en selderij – en gebruik de Granny's.'

Terwijl ze naar de deur liep, leunde ik tegen het aanrecht en keek neer op de stapel stengels. De eenzaamheid die me overviel deed letterlijk zeer. 'Ik wil niet dat ze niet met me praat', zei ik. 'Ik heb niet de kans gehad om haar te leren kennen voor ik wegging.'

'Voel je vrij om alles over haar te weten te komen', zei Mickey, terwijl ze de klapdeur naar de keuken met haar schouder openduwde. 'Er zijn wel een paar dingetjes die ik ook zou willen weten. Maar je zit er op dit moment niet op te wachten dat zij *jou* beter leert kennen. Klopt dat?'

'Dank je', zei ik tegen de selderij.

'Niets te danken', zei Mickey.

***

Ik wist niet wat Mickey tegen Audrey gezegd had. In de dagen die volgden werkten Audrey en ik zij aan zij, maar ze vroeg me niets over de reden waarom ik vertrokken was, wat er met Zach gebeurd was en of ik nog terug zou komen.

Ze praatte echter wel. Terwijl ze citroenen raspte – tijdens het wassen van de kool – en tussen het doorgeven van de bestellingen door, die ze Oscar via een luikje toeschreeuwde. Ik had trouwens al snel in de gaten dat Oscar haar stiefvader was.

'Zij kan langer praten dan jij kunt luisteren', had Mickey tegen me gezegd.

De eerste dag hoorde ik alles over haar kamergenootje in de studentenflat, die naar de muziek van Kelly Clarkson luisterde en die haar afgeknipte teennagels op de vloer liet liggen – en wie knipte er in vredesnaam zo vaak zijn teennagels?

Ik moest wachten tot de volgende dag, op een rustig moment, voor ze me over 'Boy' vertelde, de nieuwe jongen waar Audrey af en toe mee uitging.

'Boy is *zo'n* schatje', vertelde ze me boven een gootsteen vol sop en muffinvormpjes die afgewassen moesten worden. 'Ik ben nog nooit uitgeweest met een jongen die zo schattig is – nee, niet schattig, hij is gewoon fantastisch. Ik meen het.'

'Heeft Boy ook een naam?' vroeg ik.

'Jawel. Maar ik noem hem nog niet bij die naam – je weet wel, niet als ik met familie praat, of met vriendinnen zoals jij. Ik noem hem gewoon Boy.'

Ik bleef staan, met mijn handen uitgestoken en onder het sop. 'En dat is omdat …'

'Omdat ik het graag een beetje onpersoonlijk hou tot ik zeker weet dat een relatie echt wat wordt. Als ik zeg "Het is niets geworden met Boy", zeggen mensen: "O, dat is jammer. De volgende?"'

'Maar als je hem bij zijn naam noemt …'

'Dan zeg ik daarmee dat we een relatie hebben en als het dan niet lukt, is het veel lastiger om te zeggen: "Percival en ik zijn uit elkaar."' Ze zuchtte.

Ik nam aan dat dat betekende dat ze al een serie Percivals achter de rug had. En hoe oud was ze? Negentien?

'Maar goed – vertel nog eens wat over Boy', zei ik. Alsof ze aanmoediging nodig had.

Terwijl ik luisterde, raakte ik steeds geïnteresseerder. Er klonk iets bekends en troostends in haar vrouwelijke, maar toch meisjesachtige stem, die omhoog en omlaag ging, langs een soort toonladder. Haar stemgeluid en de woorden die ze gebruikte konden alleen maar afkomstig zijn van een meisje dat tegelijk kind en vrouw probeerde te zijn en haar best deed om te ontdekken wie zijzelf was.

We zaten midden in een analyse van het feit dat Boy zo, nou ja, uitzinnig intelligent was, en tegelijkertijd ook zo'n – tja, nou ja, lekker ding, toen ik me realiseerde dat er een brok in mijn keel zat. Doordat ik bij haar was, miste ik mijn eigen dochter. Jayne was wat stiller, wat serieuzer en ze maakte zich voor zover ik wist minder druk over wat 'lekker' was of niet. Toch had ze Jayne kunnen zijn – maar ze was het niet. Ik stond jasmijnthee te zetten met de dochter van iemand anders, niet met die van mij.

'Gaat het, dr. C.?'

'Werkt die jasmijngeur op je traanbuisjes?'

'Nee – maar –' Ze liet haar stem zakken tot hij samenzweerderig klonk. 'Van die smerige ginseng bende krijg ik altijd het gevoel dat ik moet overgeven. Niet aan mijn moeder vertellen, hoor.'

'Je geheim is veilig bij mij.'

'Wat staan jullie daar te bekokstoven?' riep Mickey, die een stukje verderop een tafel af stond te nemen. 'Volgens mij hebben jullie het niet over thee.'

Audrey en ik keken elkaar aan en we giechelden. Zodra ik de kans kreeg ging ik naar het toilet, waar ik diep zuchtte tot de tranen weer wat minder hoog zaten.

Audrey was vrij vanaf twee uur. Ik eigenlijk ook, maar omdat ik toch geen plek had om naartoe te gaan, bleef ik hangen. Ik ging in de keuken op een krukje zitten en maalde Himalaya-zout terwijl Mickey de lekkernijen voor die middag klaarmaakte.

'Dus,' zei Mickey, 'mijn dochter heeft een nieuw vriendje?'

Ik keek op van het molentje, maar ze had haar hand al opgestoken om me de mond te snoeren. 'Sorry. Daar moet ik mijn grote neus niet in steken. Wat ze jou verteld heeft, heeft ze natuurlijk in vertrouwen verteld. Ik zou niet weten hoe dat voelt, trouwens. O – een late klant.'

Ze haastte zich naar de eetzaal, met haar opschrijfboekje in de hand.

Aha – dus die moeder-dochterrelatie stelde niet zo veel voor. Dat verbaasde me. Zelf was ik bijna zover dat ik mijn hart bij Mickey uit zou storten. Sinds Mama Costanas was overleden had ik niemand meer ontmoet die zo niet-veroordelend en zo gevoelig was.

Ik verstijfde, met een hand vol zoutkristallen. Wat zou mijn schoonmoeder nu van mij vinden? Zelfs de herinnering aan haar mollige, sproetige, rimpelloze gezicht was als een strop om mijn nek. Ik was met een man getrouwd, maar tegelijkertijd met een familie, met aan het hoofd een oermoeder die haar armen om me heen sloeg en die, terwijl haar zijdezachte huid zich om mij heen plooide, de afstand overbrugde die mijn eigen moeder tussen haarzelf en mij geschapen had.

Ik landde weer in de keuken van Daily Bread, waar Mickey teruggekomen was om een lap deeg uit te rollen. Mama Costanas zou me nu wel iets te zeggen hebben. Ik kon het niet horen. Ik kon alleen mezelf horen huilen.

'Ik vroeg me al af wanneer je dat nou eindelijk eens zou doen', zei Mickey.

'Het spijt me.'

Ik reikte naar een keukenrol. Ze hield me tegen door hard in het deeg te knijpen. 'Als je die rol aanraakt, hak ik je hand eraf.'

'Je betaalt me om te werken, niet om –'

'Op dit moment betaal ik je om daar te zitten en je ogen uit je hoofd te huilen, en hopelijk iets aan mij te vertellen over wat je bezighoudt.'

'Dat kan ik niet', zei ik. 'Je zult denken dat ... Ik kan het niet.'

'Zoals ik het zie, kun je het niet *niet* doen.' Ze keek niet op van de kluit amandelboter die ze over een tweede lap deeg uitsmeerde. Ze keek nog steeds niet naar me terwijl ze een pakketje van het deeg maakte – ze rolde het op, vouwde het dicht en rolde nogmaals, voorzichtig deze keer. 'Ik begin maar vast met te zeggen dat ik weet wat zich in dat appartement afspeelt.' Ze rolde, vouwde en streek het pakketje glad. 'Je hebt het geprobeerd met ijsberen en handenwringen en vergeten te eten. Toen kwam de eenzame opsluiting. En nu probeer je een vrolijk gezicht op te plakken terwijl je kapotgaat aan de pijn vanbinnen.'

Ze gebruikte een apparaatje dat eruitzag als een driedubbele pizzasnijder om de rol in plakken te snijden. Stukjes pecannoot piepten aan de randen tevoorschijn. Ik bleef huilen.

'Je denkt dat ik mijn verstand kwijtraak', zei ik.

'Nee – ik denk dat je je uiterste best doet om het te vinden.' Ze pakte de rolletjes en duwde ze een voor een in muffinvormpjes. 'Dat is de reden waarom je in ons appartement en in ons restaurant terechtgekomen bent.'

Ik snotterde.

'En nu word je echt.' Mickey schoof de muffinpan in de oven, deed de deur dicht en legde haar met bloem bedekte handen kruislings op haar armen. 'Je bent hier omdat dit deel uitmaakt van het proces om jezelf te vinden.' Ze knikte naar de kaneelstokken die in bosjes boven haar hoofd hingen. 'Alles hier is echt. Je zult niets vinden wat nep is. En dat geldt ook voor jou.'

Ik boog voorover op de kruk, tot ik bijna dubbel klapte. Ze ving me op in haar met bloem bestoven armen, zacht als het deeg dat onlosmakelijk bij haar leek te horen. Ik voelde haar hand op mijn achterhoofd, wrijvend en aaiend.

'Praat tegen me, liefje', zei ze. 'Alles wat je in deze keuken zegt, gaat dwars door mij heen en verdwijnt regelrecht in de atmosfeer.' Ze trok me dichter tegen zich aan, tot ik me overgaf aan haar aanraking en ik huilde als een kind, dikke tranen, zonder me in te houden.

Tegen de tijd dat de pecanrolletjes uit de oven kwamen, had ik Mickey Gwynne alles verteld. En toen ik klaar was, zei ze alleen maar: 'Ach liefje, ik vind het zo erg.'

'Niet half zo erg als ik', zei ik.

'Nee – nou moet je eens goed luisteren.'

Ze nam mijn gezicht in haar handen en ik wist dat ik onderhand net zo onder de bloem en de zoetigheid zat als zij. 'Je bent een mens en je hebt een fout gemaakt –'

'Een grote fout –'

'En niemand heeft ook maar een beetje medelijden met je. Dat is wat ik zo erg vind.'

Haar zachte woorden maakten me weer aan het huilen.

'Goed zo', zei ze. 'Het is nu op gang – en ik denk niet dat je moet stoppen.'

'Ik kan geen medelijden hebben met mezelf', zei ik.

'Laat mij dat dan doen. Laat mij degene zijn die inziet dat er in je hele omgeving niemand is die jou beschouwt als een vrouw die pijn heeft en die een verkeerde keuze gemaakt heeft – zoals elk ander menselijk wezen doet.' Mickey tikte met haar duim tegen haar borst. De uitdrukking op haar elfengezicht bleef ernstig, alsof iemand die bijzonder wijs was een uitspraak deed. 'Je zei dat je met een psycholoog praat?'

'Ja.'

'Ga naar hem – of haar – wie het ook is – toe als je hieruit wilt komen. Je bidt wel, toch?'

Ik deed mijn ogen dicht. 'Ik weet het niet.'

'Zeg je: "Alstublieft, God"?'

'Dat is zo'n beetje het enige.'

'Dan bid je dus. Ga naar God wanneer je niet weet wat je met jezelf aan moet. Maar luister –' Ze raakte mijn wang aan. 'Als je gewoon even een klein meisje wilt zijn en wilt ontsnappen aan de woede-uitbarstingen die op je worden afgevuurd omdat niemand je wil vergeven – kom dan hierheen – bij mij. Het kan me niet schelen of je de hele dag zit te huilen terwijl je noten fijnhakt en de afwas doet. Ik beloof dat ik steeds tegen je zal zeggen dat het goed is om te blijven huilen. En –'

Ze stak een vinger op en draaide zich om naar de bakvorm. Ze pakte een rolletje, en langs de vouw rolden pecannoten en bruine suiker naar buiten. Ze hield het me voor, in haar beide handen. 'En ik zal zorgen dat ik altijd, altijd een koekje voor je heb. Iets beters dan dat is er niet.'

Ik drukte het rolletje tegen mijn lippen. Op dat moment was er inderdaad niets beters.

15

❧

Sully kon Demitria Costanas maar niet uit zijn hoofd zetten.

Zelfs vier dagen na hun gesprek, terwijl hij zich verdiepte in de vraag waarom Isabella's motor niet aansloeg en hij de stroomverdeler van de Impala losgemaakt had, kon hij alleen maar aan Demi denken. Ze zag er net zo verdrietig en zwak uit als het voorwerp dat hij in zijn hand had, met de losse verbindingsstukken die nu doelloos omlaag bungelden.

'Wat is er mis met jullie?' zei hij hardop. 'Waarom werkt de verbinding niet?'

Het gat waar hij in tuurde deed hem denken aan de ruimtes diep in haar ziel. Toen hij de verdelerkap verwijderd had en zag dat die onder de roest zat, kon hij niet anders dan zich afvragen welke leugen ze zichzelf verteld had, die haar leven zo plotseling had stilgezet. Toen zelfs de onderdelen van de kapotte carburateur die hij op het tafeltje uit elkaar gehaald had hem aan haar deden denken, besloot hij dat het genoeg geweest was voor vandaag.

Lieve help, je lijkt wel geobsedeerd, zei hij tegen zichzelf. *Maak dat je wegkomt en –* hij grijnsde terwijl hij zijn handen afveegde aan een oude lap – *verdiep je in een andere obsessie.*

De situatie van Ethan Kaye leek hem een logische volgende keuze. Ze hadden die woensdag samen geluncht en Sully was van mening dat Ethan maar magertjes had meegedaan met het verorberen van de schotel spareribs voor twee personen. Een duidelijk teken dat hij zat te piekeren. Dat, en de rechte lijn tussen zijn wenkbrauwen die dieper leek dan ooit tevoren.

'Zitten de jakhalzen nog steeds achter je aan?' vroeg Sully.

Ethan knikte. 'St. Clair heeft een interim aangenomen om Demi te vervangen. Op papier leek hij wel geschikt, maar deze professor is helemaal geobsedeerd door de Apocalyps. Natuurlijk, dat onderwerp leent zich prima voor geestelijke gesprekken, maar hij heeft de studenten opdracht gegeven om het boek Openbaringen samen te vatten in een tijdbalk.'

Sully grijnsde half. 'Dat meen je niet.'

'O, ik ben bloedserieus.'

'En hoe zit het met Wyatt Estes?' vroeg Sully. 'Heb je nog wat van hem gehoord?'

Ethan besteedde uitgebreid aandacht aan het schoonmaken van zijn vingernagel, waar een piepklein beetje barbecuesaus onder zat. 'Weet je zeker dat je nu niet een of andere grens overschrijdt – omdat je Demi nu als cliënt hebt, bedoel ik?'

'Daar heb ik over nagedacht.' Sully zoog op een afgeknaagd ribbetje en legde het op zijn bord. 'A – ik ben niet van plan om fundamentele regels aan mijn laars te lappen, maar mijn contact met Demi is niet bepaald conventioneel. De grenzen zijn niet helemaal duidelijk. En B – mijn interesse in Wyatt Estes heeft met jou te maken, Ethan, niet met Demi.'

Ethan keek hem doordringend aan. 'Dan laat ik de ethische overwegingen aan jou over. Je weet wat je doet.'

'Als ik een goeie dag heb wel, ja.' Sully grinnikte. 'Maar hoe zit het met Wyatt?'

'Ik ben er nog niet helemaal uit. Ik weet dat hij de school wettisch wil maken, wat betekent dat ik zal moeten verdwijnen. Maar iemand met zijn positie in de gemeenschap – Ik kan me niet voorstellen dat hij iets te maken had met het nemen van die foto's.'

'Je bedoelt de foto's van Demi en – hoe heet-ie ook alweer – Zak Archer?'

Ethans wenkbrauwen raakten elkaar bijna. '*Zach* Archer.' Hij keek Sully onderzoekend aan. 'Ik denk dat mijn mening over dr. Archer jou een beetje beïnvloed heeft.'

Dat, en de toestand van Demi Costanas. Waar *was* die vent, die deze vrouw zover gekregen had dat ze een risico genomen had dat uiteindelijk haar hele leven op zijn kop gezet had? Maar nu Demi zijn cliënt was, kon hij daar niet met Ethan over praten.

'Hoe dan ook,' zei Ethan, 'dat is me nog steeds een raadsel. Het lijkt wel alsof –'

'Ik weet het – we moeten erachter zien te komen waar die foto's vandaan gekomen zijn. Ik wil graag eens kijken hoever ik kan komen.'

Ethan leunde achterover. 'Ga je echt voor detective spelen, terwijl je al een oude auto aan het restaureren bent en gesprekken hebt met Demi omdat ik je dat gevraagd heb? Het was niet mijn bedoeling dat je tweederde van je tijd hier zou besteden aan mijn problemen. Je bent hier gekomen om je eigen problemen aan te pakken.'

Daar ging Sully niet op in. 'Ik weet niet hoe veel zin het heeft, maar ik ga op zoek naar fotografen – eens kijken of ik erachter kan komen wie verantwoordelijk is voor de bewuste kiekjes. Dat moet een bepaald type zijn.' Hij likte bedachtzaam langs zijn lippen. 'Iemand uit de categorie gluiperds.'

'Als je iets kunt vinden, waardeer ik dat enorm.'

Dus op donderdag draaide Sully de garage op slot en hij ging op zoek naar gluiperige fotografen. Callow leek een geschikte omgeving om te beginnen. Sinds hij daar was gaan wonen had hij al twee keer had gezien hoe de wasserette aan de overkant van de straat beroofd werd en de koffieshop om de hoek was of een plaats waar drugs gedeald werd, of een plek waar mensen domweg wachtten tot ze hun laatste adem uit konden blazen.

Terwijl hij langs Callow Avenue over de stoep liep, was duidelijk te merken dat dit ooit een knus Amerikaans stadje was geweest – het soort stadje waar mensen hun hele leven woonden, waar ze hun vlees altijd bij dezelfde slager haalden en waar ze in een en hetzelfde kerkje werden gedoopt, in de echt verbonden en begraven.

Er waren geen fotografen en hij stond op het punt om een zijstraatje in te lopen toen hij een winkeltje zag dat blijkbaar nog steeds in bedrijf was.

McGavocks Bakery, stond te lezen op het roze uithangbord. Sinds 1942.

Zo'n bakkerswinkeltje had Sully niet meer gezien sinds hij als kind in Birmingham woonde. Achter de twee grote etalageruiten waren papieren onderleggers zichtbaar, waarop de restjes van het banket van vandaag waren uitgestald. Op de ruit stond geschilderd: *Bereider van de beroemde roze champagnetaart.*

De gedachte alleen al deed zeer aan zijn tanden. Lieve help, dat klonk als een recept voor diabetes. Hij wilde doorlopen toen iets anders zijn aandacht trok.

Een meisje achter de toonbank liet bovenmaatse koekjes in een zak vallen, maar hield haar lichaam daarbij zo bewegingloos dat zelfs haar enorme kralen oorbellen, die bijna tot aan haar schouders reikten, nauwelijks bewogen. Sully gluurde brutaal door het raam. Hij besloot dat Ethan het woord *detective* te makkelijk in de mond genomen had.

De deur ging open en een verschrompeld oud vrouwtje kwam naar buiten. Ze zag er zelf ook nogal roze uit en Sully dacht dat ze haar koekjes misschien al bij deze banketbakkerij kocht sinds de grootse opening. Hij glipte naar binnen en keek naar het meisje achter de toonbank, die het blad koekjes weer op zijn plek zette, tussen de uitgestalde roombroodjes en petitfours die eruitzagen alsof ze van plastic waren. Ze keek naar hem op en haar ogen namen alle twijfel weg. Niemand anders had zulke grote, blauwe, spottende ogen met gouden vlekjes. Dit was het meisje van de Estes-veiling.

'Kan ik u helpen?' vroeg ze, hoewel Sully aanvoelde dat ze hem eigenlijk wilde vragen om een foto te maken – daar had hij langer wat aan – of door te lopen. Maar terwijl ze hem aankeek, leek ze hem te herkennen. Een glimlach kon er niet af – maar ze leek het niet heel erg te vinden om hem te zien.

'En,' zei ze, 'hoe is het met je auto? Je bent toch zeker niet in dat ding hierheen komen rijden?'

Ze keek uit het raam met een verbijsterde uitdrukking op haar gezicht. Ze verwachtte blijkbaar niet dat de Impala langs de stoep geparkeerd zou staan. Nu niet en nooit niet.

'Ze is nog niet klaar voor de onthulling', zei Sully. 'Maar mag ik je vragen –'

'Waarom ik hier werk als ik een Estes ben?'

Sully deed geen poging om zijn verbazing te verbergen.

'Je weet dat je dat wilt weten.'

'Goed.' Sully leunde op de toonbank. 'Waarom werk je hier als je een Estes bent?'

'Eigenlijk ben ik officieel geen Estes. Ik ben een Farris.'

'Heb je ook een voornaam?' vroeg Sully.

Ze trok haar roze schort recht. Het T-shirt onder het schort had precies dezelfde kleur. Sully wist zeker dat ze deze kleur niet zelf uitgekozen had.

'Hebben we vastgesteld dat je niet probeert om me te versieren?' vroeg ze.

'O, ja – daar waren we het tijdens de veiling al over eens.'

'Dan is het Tatum.'

'Wat?'

'Mijn voornaam. En ik ben hier omdat ik op dit moment even helemaal niets te maken wil hebben met het feit dat ik een Estes ben. Wilde je de roze champagnetaart nog proberen, of hoe zit dat?'

Sully kon zijn grijns niet bedwingen. Meestal was hij degene die anderen in verwarring bracht, maar nu had hij het gevoel dat zij met een mixer in zijn hoofd tekeerging.

'Welja, ik probeer wel een stukje.' Zijn maag begon waarschuwend te rommelen.

Ze begon te snijden in een roze gedrocht dat op een standaard stond, en nog het meest weg had van een kasteel van suikerspin, versierd met toefjes glazuur. Terwijl het stuk taart op het schoteltje viel, werd Sully's grootste angst bewaarheid: de binnenkant was ook roze. Dat paste goed bij de kleur van het maagtabletje dat hij later zou moeten nemen.

'En – wil je er nog een kop koffie bij, of ga je proberen het droog weg te krijgen?'

'Pardon?'

Ze boorde haar ogen in de zijne. 'Je ziet eruit alsof je op het punt staat om een of ander gif naar binnen te werken. Het is maar taart.'

'Ik kan haast niet wachten.'

Het enige wat deze toestand de moeite waard maakte, was de mogelijkheid om iets te weten te komen over Wyatt Estes.

Toen hij halverwege zijn tweede stuk taart was, wist hij dat Wyatt Tatums oom was, de broer van haar moeder en dat hij – meer dan alle anderen sinds de dood van zijn grootvader – verantwoordelijk was voor de opbouw van het financiële imperium dat de Estes in Kitsap County hadden.

'Dus ik neem aan dat jouw baantje hier iets te maken heeft met strijd binnen de familie', zei Sully. Het kostte hem moeite om zijn spelshowtheologie niet toe te passen. Er glinsterde iets onder de oppervlakte bij dit meisje, en dat fascineerde hem.

'Zoiets', zei ze.

Sully deed net alsof hij van zijn volgende hap genoot en wachtte even.

'Er zitten voor- en nadelen aan', zei ze. 'Op dit moment heb ik vooral te maken met de nadelen.'

'Mooi gezegd', zei Sully.

'O, ja, ik ben uitzonderlijk welbespraakt.'

'En ook nog bescheiden.'

'Je zegt het maar.' Tatum pakte het lege schoteltje dat hij in haar richting geschoven had. 'Weet je,' zei ze, 'ik snap eigenlijk niet waarom ik je dat allemaal verteld heb.'

'Omdat ik nieuw ben in de stad en omdat ik wilde weten wie hier de hotemetoten zijn, en jij was zo vriendelijk om me dat te vertellen.'

'Alsof de hotemetoten jou interesseren', zei ze. 'Je woont in Callow en je hebt een auto van dertig jaar oud.'

'Laat ze het maar niet horen', zei Sully. 'Ze is nogal gevoelig als het over haar leeftijd gaat.'

'Prima', zei Tatum.

'Maar ik heb gehoord ...' zei hij, terwijl hij zijn portemonnee tevoorschijn haalde om te betalen voor de afstraffing van zijn slokdarm. 'Ik heb gehoord dat Wyatt Estes een hoop geld aan die universiteit geeft – hoe heet het ook alweer – de Universiteit van het Verbond? Is hij een belangrijke donateur?'

Er was geen enkele hapering merkbaar terwijl ze zijn geld aannam, de knoppen van de kassa afranselde en hem zijn wisselgeld gaf. Maar toen haar blauwe ogen de zijne weer ontmoetten, was het goud erin op de een of andere manier gestold.

'Daar weet ik niets van', zei ze. 'Nou, ik moet weer aan het werk.'

Ze verdween naar achteren, zonder te wachten tot Sully vertrokken was.

16

༺

Ik bekeek mezelf in de achteruitkijkspiegel voor ik uit de auto stapte. Mijn wenkbrauwen waren geëpileerd, maar ik had geen potlood gebruikt. Ik deed mijn best om er verzorgd uit te zien, maar niet opgeschilderd. Rich zei altijd dat zulke vrouwen eruitzagen alsof ze door een of ander apparaat van een laklaag voorzien waren. Ik kon niet mijn hele gezicht zien, maar ik zag dat mijn pony over mijn voorhoofd viel – opzettelijk nonchalant – en mijn lippen glansden, maar waren niet kleverig. Rich zou me nooit een kus geven als ik lipstick op had.

'Alsof er ook maar één procent kans is dat hij me vandaag gaat kussen', zei ik tegen mijn lippen.

Of ooit. Die gedachte stak als een mes in mijn maagstreek, telkens opnieuw. En dat was de reden waarom ik ervoor gekozen had om naar het huis gaan, om een foto op te halen van mezelf als kind, op het moment dat Rich op zou staan en de kinderen opnieuw niet aanwezig zouden zijn. Hoewel ik me begon af te vragen of Christopher misschien een chip bij me had ingebracht waardoor hij mijn bewegingen precies kon volgen en kon opduiken telkens wanneer ik een paar seconden alleen met zijn vader probeerde los te peuteren.

Ik klom uit de Jeep en bekeek mezelf nog een laatste keer in de zijspiegel. Ik zag mezelf van top tot teen, tussen de druppeltjes van de motregen door, en tot mijn verbazing zag ik er niet zo hopeloos uit als ik me vanbinnen voelde. Dat had in elk geval voor een deel te maken met mijn huilbuien in de keuken, bij Mickey.

Ik had de vorige twee middagen tussen de lunch en de drukte rond het avondeten ongegeneerd zitten huilen terwijl zij chocoladesaus maakte. En met huilen bedoel ik blèren, jammeren en knarsetanden. Zij knikte steeds bemoedigend, terwijl ze ondertussen zeefde en raspte en me af en toe een koekje gaf.

Ik liet mezelf binnen en besloot dat het een goed teken was dat Rich de sloten niet veranderd had. Net als het feit dat Christopher niet aanwezig was.

Maar Rich was ook niet thuis, en dat verbaasde me. Hij zou nu onderhand op moeten staan, een kop koffie moeten pakken en de televisie aan moeten zetten, terwijl hij ondertussen onder zijn oksels krabde zoals hij het eerste uur nadat hij uit bed gekomen was altijd deed. Het deed pijn dat ik hem zo goed kende.

Maar de koffiepot was koud en zijn bed was niet beslapen. En toen ik de Harley al ronkend de oprit op hoorde rijden, haastte ik me de slaapkamer uit – onze slaapkamer – alsof ik daar niet thuishoorde.

Op het moment dat ik in de keuken arriveerde, kwam Rich net via de bijkeuken binnen. Het gekmakende schuldgevoel dat ik had moest duimendik op mijn gezicht liggen, daar was ik zeker van. En daarom koos ik voor een uitzonderlijk doeltreffende manier om onze relatie weer op poten te krijgen. Ik zei: 'Waar kom je vandaan?'

Zijn ogen werden spleetjes en zijn mond verstrakte tot een harde streep. Ik moest terugnemen wat ik eerder gedacht had. Ik kende deze man blijkbaar toch niet zo goed – want deze hardheid had ik nooit eerder bij hem gezien. Nooit.

Iets in mij stortte in. 'Zo bedoelde ik het niet', zei ik. 'Ik dacht dat je net uit je bed zou komen.'

'Ik ga nu naar bed', zei hij.

Hij liep langs me heen. Ik ging opzij en probeerde niet te denken dat hij me weggeduwd zou hebben als ik dat niet gedaan had.

'Ga je niet naar je werk?'

'Ik *kom* net van mijn werk.' Hij was nog steeds in beweging. Hij liep de keuken uit, de woonkamer door, in de richting van de trap. Zijn armen maaiden door de lucht als molenwieken.

'Je hebt *nachtdienst* gedraaid?' zei ik.

'Ik ben gedegradeerd.'

'Dat is geen degradatie –'

We stonden nu onder aan de trap. Hij bleef staan, maar in zijn ogen las ik een bevel om te blijven waar ik was. Ik verstijfde, met een hand op de trapleuning.

'Je bent de vrouw van een brandweerman, Demitria', zei hij. 'Je weet het vast nog wel – in het begin wijzen ze je de plek toe die zij geschikt voor je vinden – tot je jezelf bewezen hebt – en dan kies jij de plek waarvan je weet dat je daar moet zijn.' Hij draaide zijn hoofd in mijn richting, over zijn schouder, maar hij keek me niet aan. 'Heb ik ooit voor de nachtdienst gekozen? Of zelfs maar voor een avonddienst?'

Nooit. En de reden waarom was iets wat we geen van beiden hoefden uit te spreken. Hij wilde altijd thuis zijn wanneer zijn gezin thuis was.

Hij was halverwege de trap toen ik zei: 'En Jayne?'

'Wat is er met haar?'

'Is zij 's nachts alleen thuis?'

'We hebben het allemaal geregeld, Demitria. Ik ga naar bed.'

Ik zou waarschijnlijk gehuild hebben – of de trap gesloopt hebben en de deur uit zijn scharnieren getrokken – als twee dingen in dat gesprek anders geweest waren. Ik klampte me eraan vast op dezelfde manier als ik me aan de trapleuning vastklemde.

Je bent de vrouw van een brandweerman, had hij gezegd.

Niet je *was*. Je *bent*.

Nogal mager voor een laatste strohalm, maar ik greep hem toch met beide handen vast – terwijl ik daar stond en de echo hoorde van dat andere woord waar ik mijn hoop op vestigde.

Demitria. Hij noemde me nog steeds Demitria, op de manier zoals niemand anders dat deed.

En toen werd de deur dichtgesmeten en ik was opnieuw buitengesloten. Maar dat was niet de plek waar ik van plan was te blijven.

Ik maakte mezelf los van de trapleuning en keek naar de cederhouten kist waar ik de familiefoto's in bewaarde. Dat ik naar het huis gekomen was, had eigenlijk niets te maken met die foto van mezelf toen ik een jaar of tien was. Hoe meer ik nadacht over Sullivan Crisp en zijn bizarre spelshowtherapie, hoe meer ik me afvroeg of ik eigenlijk wel iets aan hem zou hebben. Het zoeken van een foto was gewoon een excuus om naar huis te gaan.

Ik bleef vlak voor de kist staan. Had ik een excuus nodig om naar mijn eigen huis te gaan en mijn eigen man te spreken? Had ik niet het recht om voor mijn gezin te vechten? Of dat gezin dat nu wilde of niet?

Ik tilde het deksel van de kist. Was die ijzige hardheid die ik op Rich' gezicht gezien had iets waar hij blij mee was? Vond Christopher het leuk om me in het stof te zien kronkelen? Had Jayne een voldaan gevoel nu ze mij uit haar leven gebannen had?

Ik kon die vragen niet met ja beantwoorden. En daarom begon ik te graven.

Maar naarmate ik dichter bij het stapeltje albums kwam die Jayne 'de oudheid' noemde, greep de angst me naar de keel. Naar mijn eigen onschuldige gezicht kijken zou de grens die ik in mijn geheugen getrokken had alleen maar meer benadrukken, de grens die alles in mijn leven scheidde in het deel 'voor mijn verhouding' en het deel 'na –'

'Stop', zei ik hardop.

De eerste foto's waren van een heel jonge Demitria, verkleed als prinses, die de familie vermaakte met een show die ze in haar eentje opvoerde. Er was een foto van mij waarop ik stond te grijnzen, met hier en daar een tandje minder, en een certificaat vasthield omdat ik uitblonk in een of ander vak. En een foto van mij met een trofee voor een sport- of spelactiviteit waarbij ik als eerste geëindigd was. En niet te vergeten een foto waarop ik achter de piano zat en een hele vakantiebijbelclub begeleidde bij het zingen. Om de een of andere reden zag ik in geen van de foto's iets wat ik over mezelf zou kunnen geloven – behalve dan dat ik alles kon en overal als eerste kon eindigen. En tegelijkertijd kon zorgen dat iedereen dol op me was.

Ik wist niet of Sullivan Crisp dat bedoelde, maar ik bleef zoeken. De foto die ik in mijn hand hield en waar ik het langst naar staarde, was de foto waarbij ik dat het minst verwacht had.

Het was een nogal stijve foto van mij, mijn moeder en mijn twee broers. We droegen allemaal onze beste kleren, want als ik het me goed herinnerde zouden we even later naar een spreekbeurt van mijn vader gaan luisteren. Ik kon een glimlachje niet onderdrukken. We hadden zo op een aanplakbiljet gekund. Het ideale gezin. Mijn moeder met haar golvende haar en haar polyester pakje – met een rok, uiteraard. Geen broek. Mijn oudere broer Liam, met zijn te grote voeten en zijn te korte haar en zijn aarzelende glimlach die nog niet uitgegroeid was tot een exacte kopie van die van mijn vader. Mijn jongere broer Nathan, met de kuiltjes in zijn wangen en zijn mollige roze handen die later een bron van zorgen en gefluister zouden zijn, omdat hij 'ook al zo gevoelig' was.

Ik ging in kleermakerszit zitten en liet mijn vingers langs de rand van de foto glijden. En daar was ik. Was ik niet het spichtigste, meest kwetsbare grietje dat op aarde rondliep? Mijn tanden, zichtbaar in een glimlach die gereserveerd was voor de fotograaf die al papa's publiciteitsfoto's maakte, waren groot genoeg voor twee kinderen, en ik leek er ook nog wel meer te hebben dan de meeste anderen. Mijn haar was in een veel te keurige boblijn geknipt en ik herinnerde me met pijn in mijn hart dat alle andere meisjes losse krullen hadden waarmee ze in het rond konden zwieren als ze het gevoel hadden dat ze, zoals Jayne het zou zeggen, 'heel wat' waren.

En dan de kleding. Ach, mijn kleding. Kniekousen. Een plooirok die over de bovenkant van de kousen viel. En wat een borduurwerk op mijn blouse! *Wie heeft me aangekleed?* dacht ik. Hoewel ik het wel wist. Ik wierp een woeste blik op het gezicht van mijn moeder en misschien had ik haar daar ter plekke de les gelezen over de outfit waar ze me in gehesen had – als ik niet op dat moment had opgemerkt wie er op de foto ontbrak. Dr. Theodore Haven. Mijn vader. Waar was zijn altijd zo oprechte glimlach? Zijn lichtblonde haar dat rook naar de Palmolive-shampoo waarmee hij het altijd waste, tot grote ergernis van mijn moeder? Ook al vormden we een keurig groepje met zijn vieren, zijn afwezigheid was opvallend. Ze hadden een stippellijntje moeten tekenen op de plek waar hij had moeten staan.

Ik keek naar de achterkant van de foto, naar de datum. Maart 1975. Dat moest vlak voor de grootse samenkomst van alle samenwerkende kerken uit Washington geweest zijn, toen ze bij elkaar kwamen in het kader van de oecumene. Het moest de dag geweest zijn waarop de fotograaf langskwam om een familiefoto te maken voor de krant, voor de grote openingsceremonie. Ik wist het weer: papa had het druk met het counselen van iemand die kanker had, of een vrouw die door haar man bedrogen en verlaten was – hoewel ik in die tijd niet van dat soort dingen op de hoogte was. Hij zei dat we maar zonder hem moesten gaan – dat wij toch al het knapste deel van het gezin waren.

Ik herinnerde me dat ik die dag tijdens het poseren niet had geweten waar ik mijn elleboog moest laten. En zelfs nu zag ik hoe ongemakkelijk ik met mijn arm op mijn knie steunde.

Ik scheurde mezelf los van de herinneringen, met de foto nog in mijn hand, en stond op. Dit was de juiste foto. Ik wist niet waarom, maar dat kleine meisje leek me te smeken om uit te zoeken wat ze op die dag over zichzelf dacht.

Op dit moment was ze de enige persoon van mijn familie die überhaupt een beroep op mij deed.

De bestuurder van de pick-up die met gierende banden de oprit opreed inbegrepen. Ik had vast gelijk over die chip. Ik keek op mijn horloge. Ging die jongen nooit meer naar school of naar zijn werk tegenwoordig? Ik hoorde hoe de ene na de andere deur tussen Chris' auto en de keuken werd dichtgesmeten. En plotseling had ik zelf ook zin om ergens mee te smijten.

'Zo, Demitria', zei hij, terwijl hij de woonkamer in marcheerde. Hij spreidde zijn armen, zijn lip krulde minachtend op en hij stond op het punt om er alles uit te flappen wat hem maar voor de mond kwam.

Tot ik het deksel van de houten kist liet vallen. Zijn gezicht vertrok van schrik.

'Christopher,' zei ik, 'hoe jij ook besloten hebt mij te noemen, ik ben nog steeds je moeder – dus dit gedrag pik ik niet. Als je me niet enigszins fatsoenlijk kunt behandelen, praat je maar helemaal niet tegen me.'

Ik kon nauwelijks geloven dat die woorden echt uit mijn mond kwamen. Hij blijkbaar ook niet, want hoewel hij op weg ging naar de trap, waren zijn bewegingen aarzelend, waardoor ik zei: 'Nu ik erover nadenk – je gaat *wel* met me praten. Ik neem je mee uit eten. We gaan naar Metzel's.'

'Ik wil nergens heen met jou', zei hij.

'Hoe kom je erbij dat jij op dit moment iets te willen hebt?'

Hij probeerde zich te verharden – ik zag het in zijn gezicht – en in een vlaag van waanzin vroeg ik me af of hij dat van Rich geleerd had, of dat het andersom was. Maar hij kreeg het niet voor elkaar.

'Luister, ik zie niet in hoe we hier iets mee zouden bereiken. Je hebt je losgemaakt van alles waar ik –'

'O, Christopher, hou alsjeblieft je snavel', zei ik. 'Stap in de Jeep – en ik rijd.'

Mijn bravoure was verdwenen zodra we in de auto zaten en we reden in stilte naar Metzel's, een van onze favoriete restaurants in Poulsbo. Ik besloot dat ik tegenover hem aan tafel wilde zitten, met flink wat andere mensen om ons heen. Hun aanwezigheid zou hem er wellicht van weerhouden om een scène te trappen. Helaas gaf het gebrek aan conversatie hem de gelegenheid om zijn wapens opnieuw te laden.

'Ik ga daar niet met jou naar binnen', zei hij toen ik het parkeerterrein opreed.

'Prima', zei ik. 'Dan geen bessentaart. We kunnen hier ook praten.'

'Ik wil niet praten.'

Hij had zijn tanden zo stevig op elkaar geklemd dat hij de woorden haast niet uit kon spreken. Ik hoefde ze trouwens ook niet te horen. Ik had dit eerder gezien, dat hij uit alle macht zijn best deed om iets niet te vertellen. Het had zomaar 2001 kunnen zijn, eind september, en Christopher had tien jaar oud kunnen zijn – opgerold tot een balletje om de pijn te verdringen, terwijl zijn hele lichaam het uitschreeuwde: *En wat gebeurt er nu met mij? Wat er gebeurt er met wie ik dacht dat ik was?* Dit had die avond kunnen zijn waarop ik hem op schoot probeerde te trekken en zei: 'Alsjeblieft, mannetje, als je verdrietig bent, praat dan met me.'

'Ik wil niet praten', zei hij nog een keer.

En net als toen was er niets wat ik kon doen om hem te dwingen.

'Goed dan', zei ik. 'Dan praat ik wel. Ik wil zeggen –'

'Weet je dat op papa's werk alles in het honderd loopt sinds jullie uit elkaar zijn?'

'We zijn niet "uit elkaar"', zei ik. 'Je vader heeft duidelijk tijd nodig om te kalmeren –'

'Je meent het', zei hij.

'Ja – ik meen het – en het is moeilijk voor hem. Je weet hoe moeilijk hij het vindt om om te gaan met de dingen –'

'Nee, ik bedoel of jij echt denkt dat jullie niet uit elkaar zijn?'

'Nee, zo zou ik het niet willen noemen.'

'O', zei Christopher.

Om zijn mond verscheen een gemene grijns, die hele-maal niet bij hem paste. Ik begon een hekel te krijgen aan mijn eigen zoon.

Hij keek me aan en ik zag hoe hij expres een triomfante-lijke grijns tevoorschijn toverde. 'Als jullie niet uit elkaar gaan,' zei hij, 'waarom heeft pa dan een advocaat inge-huurd?'

17

'Ik heb een foto van mezelf meegenomen', zei Demi.

Sully probeerde te voorkomen dat hij zijn wenkbrauwen optrok. Ze was binnen komen lopen, haast zonder hem te begroeten, had haar jas uitgetrokken en was gaan zitten. En nu haalde ze een foto uit haar handtas – en dat allemaal met robotachtige precisie.

'Hallo, Demi', zei Sully. 'Goed je weer te zien.'

Ze keek naar hem, liet de hand met de foto halverwege bungelen en wierp hem een grimmig lachje toe. 'Het is vandaag niet goed om mij te zien. Het enige wat ik wil, is aan het werk.'

'Prima', zei Sully.

'En geen spelletjes vandaag, oké? Daar heb ik geen tijd voor.'

Sully hoorde haar moeizaam slikken.

Ze schoof de foto in zijn richting. 'Mijn man heeft een advocaat ingehuurd. Kunnen we nu misschien beginnen, alsjeblieft?'

'Dat spijt me voor je, Demi.'

Hij zag dat ze weigerde haar schouders te laten hangen. Ze zou het nu zeker niet opgeven.

'Dan kunnen we maar beter aan de slag gaan', zei hij.

Ze knikte en schoof een heel klein stukje naar achteren. Hij voelde dat ze hem gespannen in de gaten hield terwijl hij naar de foto keek.

Lieve help – dit gezin kon zo van het witte doek zijn weggelopen. Alleen jammer van de vader.

'Je was ongeveer voor de helft schattig', zei Sully.

'Ik was onbetaalbaar', zei Demi droogjes. 'Maar wat maak je hieruit op?'

'Dat weet ik nog niet.' Sully bewoog zijn wenkbrauwen op en neer. 'Laten we er maar eens induiken.'

Hij vroeg haar te vertellen wie de mensen op de foto waren, zonder de voor de hand liggende vraag te stellen.

Uiteindelijk zei ze: 'Mijn vader zou er ook bij zijn, maar hij werd op het laatste moment weggeroepen.'

'Bezig baasje, jouw vader.'

Demi sloeg haar armen over elkaar, hoewel ze nog steeds op het randje van de kuipstoel zat, waardoor die nu naar voren helde.

'We hoeven ons niet te verdiepen in het "onderdirecteur-die-het-te-druk-had-voor-zijn-gezin-syndroom"', zei ze. 'Mijn vader was toegewijd aan ons.'

'Hoe noemde je hem?'

'Papa', zei ze.

Dat raakte Sully diep. Alleen een meisje dat dol was op haar vader kon dat op die manier zeggen.

'En – waar werd hij voor weggeroepen?' Sully stak zijn hand op toen ze haar stekels opzette. 'Niets van wat ik zeg is bedoeld als oordeel, oké? Ik verzamel informatie, ik probeer geen schuldige aan te wijzen. We zijn hier om meer te weten te komen over jou. Deal?'

Ze keek om zich heen. 'Je hebt hier vandaag geen koffers staan, hè?'

Sully grijnsde. 'Geen rekwisieten vandaag.'

Ze liet haar blik nogmaals door het kantoortje glijden. 'Papa was een belangrijk predikant. Hij had een grote kerk – de Port Orchard Community – en toen ik zes was liet hij die kerk achter voor een nieuwe, grotere bediening in de Pacific Northwest.

Sully knikte. Ze was zo enorm trots op haar vader dat het door haar verdriet heen brak.

'Hij was toen nog maar in de dertig', zei ze. 'Maar wat hij zei was zo diep en zo wijs – toen ik volwassen was heb ik naar bandjes van hem geluisterd. Als hij iets organiseerde stroomden de mensen toe, zelfs begin jaren zeventig toen de traditionele kerk het moeilijk had.' Ze ging eindelijk naar achteren. 'Ik was me daar toen niet echt van bewust – maar ik herinner me wel dat we een feestje hadden toen ik een jaar of acht was, omdat zijn eerste boek zo goed verkocht dat mijn ouders ons hele huis konden laten verbouwen.' Ze trok haar neus op.

'Was je niet blij met die verbouwing?'

'Ik hield van het huis zoals het was. Oud – begin twintigste eeuw gebouwd – en het had allerlei hoekjes en gangetjes die de huizen van andere kinderen niet hadden. En de achtertuin, die was helemaal geweldig. Oude fruitbomen die een afdak vormden. Mijn broers en ik klommen in die bomen en soms aten we er ook in.' Ze glimlachte bijna. 'We hadden zelfs namen voor ze bedacht.'

Sully knikte om haar aan te moedigen. Hij wilde de glans die op haar gezicht verscheen en alles veranderde niet onderbreken.

'De lente was de mooiste tijd. Ik maakte kroontjes van bloesem en zette die op mijn hoofd en dan rende ik rond als een boself. Nathan – dat is mijn jongere broer – liep de hele tijd achter me aan. Ik noemde hem altijd mijn elf in opleiding.'

'En je oudere broer?'

Ze glimlachte, in gedachten verzonken. 'Liam – een afkorting van William – was net zo in de ban van die dingen als wij. Hij vond het leuk om met ons in de tuin te spelen, maar dat hield hij altijd verborgen voor papa. Het leek wel of hij bang was dat papa hem naar een of ander militair instituut zou sturen als hij erachter zou komen dat hij verhaaltjes en liedjes voor Nathan en mij verzon.'

Sully sperde zijn ogen open.

'Dat zou hij natuurlijk nooit gedaan hebben', zei Demi snel. 'Ik weet dat papa teleurgesteld was toen Liam geen atleet bleek te zijn, maar Liam gelooft tot op de dag van vandaag dat papa wilde dat hij in zijn voetsporen zou treden en evangelist zou worden. Liam heeft gewoon niet het karakter van een predikant.'

'Denk je dat dat waar is? Dat je vader teleurgesteld was?'

Ze richtte al haar aandacht op een onzichtbare gedachtegang. Geen wonder dat ze zo goed was in haar werk. Deze mate van concentratie zag Sully bijna nooit bij zijn cliënten.

'Ik denk niet dat Liam voorbestemd was om hetzelfde werk te doen als papa, nee, maar dat is niet erg. Hij is een succesvolle auteur – er zijn zes boeken van hem uitgegeven – en hij woont in New Mexico. Hij heeft een geweldige vrouw – een kunstenares. En ze hebben een dochter.'

Sully sloeg zijn benen over elkaar en nam zijn 'ik heb het in de gaten-houding' aan. 'Dus de teleurstelling van je vader kan echt geweest zijn, maar het kan ook zijn dat dat alleen Liams beleving was. Wat denk jij?'

'Ik weet het niet', zei ze. 'Die kant van mijn vader heb ik nooit leren kennen. Ik was nog maar veertien toen hij overleed.'

Sully moest moeite doen om niet uit zijn stoel te vallen. *O, trouwens, een van de belangrijkste mensen in mijn leven ging het hoekje om toen ik midden in de heftigste fase van mijn puberteit zat. Heb ik dat niet genoemd, toen ik tijdens de vorige sessie opsomde wie ik verloren had?*

'En dan Nathan', zei ze. 'Hij is acteur. Hij doet het goed in de kleinere theaters in Seattle. Hij heeft geen partner – dat weet ik zeker. En hij is een van de eenzaamste mensen die ik ken.'

'Je weet natuurlijk niet of je vader ooit iets gezegd heeft over –'

'Ik weet niet of Nathan homoseksueel is, als je dat bedoelt', zei ze. 'Maar hij is niet bepaald een macho en ik weet dat hij het gevoel had dat papa ook teleurgesteld was in hem.'

'En jij?'

'Ik ben niet teleurgesteld in mijn broers. Ik vind hen allebei geweldig.'

Sully stuurde een beetje bij. 'Ik bedoel wat zij van jouw huidige situatie vinden?'

Haar gezicht kreeg die ongelovige uitdrukking die Sully begon te waarderen.

'Je hebt het ze niet verteld?'

'Nou – ik dacht het niet, nee! Ik wil graag dat ze blijven denken dat *ik* ook geweldig ben.'

Dat was ongeveer de meest onthullende uitspraak die ze tot nog toe had gedaan – maar Sully keerde terug naar het paadje dat ze met zo veel succes bewandelde.

'Maar even terug naar je vader', zei hij. 'Wat herinner je je van hem?'

Haar concentratie was opnieuw goed zichtbaar. 'Zelfs als kind was ik me er al van bewust dat de mensen hem respecteerden, dat hij bijzonder was.' Ze zuchtte. 'Zoals ik al zei, toen ik volwassen was heb ik opnames van zijn preken gezien, en ik begrijp waarom mensen dat vonden. Hij was knap, charismatisch – maar wat hem echt bijzonder maakte is dat hij oprecht was.'

'Geef eens een definitie van oprecht', zei Sully.

'Hij gebruikte nooit vrome taal, als je begrijpt wat ik bedoel. Hij wilde dat mensen de verlossende genade van onze Heer zouden aannemen, maar hij propte dat nooit samen in een ellenlange formule als: "Nodig Jezus Christus in je hart en maak hem tot heer van je leven." Hij pakte de boodschap uit en maakte er iets van wat mensen konden omarmen – en dat deden ze ook.'

Sully zag de glinstering in haar ogen. Hij knikte haar toe.

'Hij was iemand die niet-christenen nooit veroordeelde of bekritiseerde. Hij was zijn tijd vooruit.' Ze stopte, wellicht omdat haar stem begon te beven. Het kind dat een oorkonde had gekregen voor zelfbeheersing gaf niet gemakkelijk op.

'Uit wat Ethan me verteld heeft,' zei Sully, 'maak ik op dat jouw theologie – jouw levenswerk, eigenlijk – te vergelijken is met die van je vader. Klopt dat?'

'Absoluut.'

Hij wist zeker dat ze niet in de gaten had dat ze rechtop in haar stoel was gaan zitten, alsof er iets waar ze op kon rekenen in haar buurt was.

'Hij geloofde dat God, onze Schepper, ons liefheeft. Vurig. En dat onze hoop in deze wereld en in de volgende te vinden is in een diepgaande relatie met Hem – iets wat verder gaat dan het opvolgen van de geboden die God gegeven heeft. We mogen twijfels en angsten hebben en worstelen met ongeloof. Al die dingen mogen we bij Hem brengen. Papa zei altijd dat het Oude Testament de geschiedenis was van Gods relatie met zijn volk – en dat als we het lezen als onze eigen, individuele reis met God – dat we beloven om God te dienen, maar toch afdwalen en dan weer terugkomen, ontmoedigd, maar klaar om sterker te worden – dat dat de manier was waarop de Bijbel voor ons bedoeld was.'

'En dat geloof jij ook.'

'Inderdaad.' Voor het eerst sinds haar binnenkomst sloeg ze haar ogen neer. 'Dat zou je niet zeggen als je naar mijn gedrag kijkt, maar ik geloof dat echt.'

Sully liet haar heel even met rust. Toen zei hij: 'En wat vond je vader van het Nieuwe Testament?'

Ze hapte naar lucht, alsof ze vergeten was adem te halen. 'Daar was hij dol op. Hij vond het geweldig hoe Jezus een relatie aanging met de mensen. Hij vond het heerlijk om over vergeving te praten.'

Sully wachtte tot ze het verband zou leggen. Dat gebeurde niet.

'Zou je hier met je vader over praten als hij nog leefde?' vroeg hij.

Er ging een schok door haar heen. 'Je bedoelt of ik hem over mijn verhouding zou vertellen?'

'Ja.'

Ze sloeg haar hand voor haar mond. Sully zag een paniekerige blik in haar ogen verschijnen.

'Dat kan ik me niet eens voorstellen', zei ze tussen haar vingers door. 'Hij zou zo teleurgesteld zijn.' Ze drukte haar hand tegen haar gezicht tot de knokkels wit waren. 'Waarom vroeg je dat nou? Nu kan ik alleen nog maar aan hem denken, daar in de eeuwigheid, en dat hij al deze afschuwelijke dingen over mij weet.'

'Maar je niet vergeeft?' vroeg Sully.

Demi zweeg. Haar mond bewoog wel, maar er kwamen geen woorden.

Ding-ding, dacht Sully bij zichzelf. *Houd dat in je achterhoofd, Demi. Luister daarnaar.*

Laat het Licht verspreiden.

Toen ze nog steeds niets zei, deed Sully voorzichtig een volgende stap.

'Dat is een hoop om over na te denken', zei hij. 'Vooral omdat je niet weet hoe hij zou reageren in een gesprek van volwassene tot volwassene.'

Hij zag dat ze moeizaam slikte.

'Ik weet niet wat ik ermee aan moet', zei ze. 'Ik weet niet wat ik met al die dingen aan moet.'

'Laten we daar even tijd voor nemen dan', zei Sully. 'Ik wil je een paar vragen stellen – makkelijke vragen.'

Ze verraste hem met een poging tot een glimlach. 'De duizend-dollar-vragen,' zei ze, 'in tegenstelling tot die van een miljoen.'

Sully glimlachte terug en steunde op zijn knieën. 'Zorg je goed voor jezelf?'

'Hoe bedoel je?'

'Eet je, neem je je rust?'

Ze knikte en wees op haar shirt, hetzelfde Daily Bread T-shirt dat ze tijdens hun vorige afspraak ook gedragen had. 'Mijn nieuwe werkgevers geven me te eten – ze zijn ook mijn huisbazen. En mijn schouder om op uit te huilen.'

Dat was een opluchting. Dat betekende dat ze nog steeds stapjes vooruit zette.

'Verder nog iets?' vroeg Sully. 'Wat doe je als je niet werkt of tijd met hen doorbrengt?'

'Ik probeer mijn gezin terug te krijgen', zei ze, een beetje fel.

'Hoe dan?'

Ze klemde haar lippen op elkaar.

'Je vindt dit vast gestoord', zei ze.

'Gestoorde dingen zijn mijn werk.'

'Ik ga in het Victorian Teahouse bij het raam zitten en daar schrijf ik brieven aan mijn gezin. Soms schrijf ik ze op mijn werk, als ik pauze heb – maar meestal ga ik naar het theehuis.'

'En krijg je reactie?'

Nu lachte ze zelfs. 'Nee. Dat is juist het gestoorde – ik stuur ze niet echt op. Ik schrijf gewoon op wat ik tegen hen zou willen zeggen.'

Sully kon zich niet langer bedwingen. 'Ding-ding-ding-ding-ding!' zei hij.

'Ik had al zo'n voorgevoel dat je het nooit de hele sessie vol zou houden om dat niet te doen.'

'Ik vind het fantastisch! Weet je dat psychologen er een opleiding van jaren voor nodig hebben om te leren dat ze hun cliënten brieven moeten laten schrijven? Meisje, jij hebt een natuurlijke gave voor genezing.'

'Waarom knap ik dan niet op?' zei ze met samengebalde vuisten, al even fel als eerst. 'Waarom verandert mijn situatie niet?'

'Misschien knap je wel op, maar voel je dat nog niet. Dat gebeurt wel vaker – of misschien schrijf je aan de verkeerde mensen.'

Ze schudde haar hoofd. 'Ik snap het niet.'

'Misschien is dit de persoon aan wie je op dit moment zou moeten schrijven.' Hij wees naar het kind met het page-kopje op de foto. 'Schrijf een brief aan kleine Demi – zeg tegen haar wat je maar wilt.'

'Waarom?'

'Omdat zij de enige is die al lang genoeg met je meeloopt om je te helpen inzien hoe je hier gekomen bent. En trouwens …' Hij tikte speels op de foto. 'Heb je haar gevraagd wat ze van zichzelf dacht?'

'Nee', zei Demi. 'Ik vond het moeilijk om tijd vrij te maken voor een gesprekje met een foto toen ik ontdekte dat mijn man zojuist een advocaat ingehuurd had.'

'Prioriteiten.'

'Eh, ja.'

Sully zette zijn handen tegen elkaar en liet zijn kin erop rusten. 'Er zijn op dit moment twee dingen die je aandacht vragen. Je moet iets doen met de huidige, concrete situatie – maar om dat te kunnen doen, moet je ook wat tijd besteden aan het onderzoeken van jezelf. Waar sta je op dit moment ten opzichte van God?'

Ze keek hem aan alsof hij zojuist een groepje danseressen tevoorschijn getoverd had.

'Praat je met God?' vroeg Sully. 'Verstop je je? Zwaai je met je vuisten?'

'Geen van die dingen.' Ze richtte haar blik opnieuw op haar schoot. 'Hoeveel ik ook onderwezen en geschreven heb over een God die van ons houdt en een relatie met ons wil – op dit moment kan ik Hem niet onder ogen komen. Ik weet dat het belachelijk is – maar ik zie Hem soms voor me, in de rij met alle anderen, klaar om een steen in mijn richting te gooien.'

Ze keek Sully recht aan, alsof ze hem uitdaagde haar tegen te spreken. Sully keek gewoon terug.

'Ik begrijp helemaal waarom je je zo voelt', zei hij. 'Dat je God om vergeving vraagt – of in elk geval dingen bij hem neerlegt – betekent niet dat je je meteen beter voelt. Vooral niet als de rest van de wereld stenen verzamelt.'

Ze verstrakte. Sully dacht dat ze een beetje bleek werd.

'Rich doet meer dan alleen maar stenen verzamelen', zei ze. 'Of misschien is een advocaat een van die stenen.'

'Een wapen om jou mee te straffen.'

De paniek verscheen opnieuw in haar ogen en Sully voelde de behoefte om haar te helpen zich te concentreren, voor ze zou toestaan dat de angst haar te veel werd en haar in beslag nam.

'Het werk dat we hier doen,' zei hij, 'is geen theoretische handeling die je helpt om inzicht in jezelf te krijgen. Het gaat om begrip. Dat is een essentieel onderdeel van het omgaan met dingen die jij niet in de hand hebt.' Hij ging zachtjes verder. 'Zoals Rich die een advocaat in de arm neemt.'

'Ik wilde dat er iets was wat ik kon doen.' Ze knikte naar de foto die nog steeds op Sully's schoot lag. 'Behalve een brief schrijven aan iemand die ik vroeger was.'

'Doe dan eerst iets anders.' Sully stond op uit zijn stoel en hij pakte de rivierkei van zijn bureau. 'Maak een lijst van alle mensen die zo'n steen in hun hand lijken te hebben en die klaarstaan om 'm jouw kant op te gooien. Ook de mensen die niet langer in de buurt zijn.'

'Zoals mijn vader.'

'Of je moeder. Over haar hebben we het nog niet gehad.'

'Eh, en dat willen we ook niet', zei Demi.

Sully probeerde zich niet al te erg te verheugen op het moment waarop ze zouden praten over de vrouw op de foto, die wel van plastic leek.

'Probeer zo'n lijst te maken', zei hij. 'Zelfs als je ervan moet huilen, als je er boos van wordt of als je zin krijgt om die hele lijst te verfrommelen en door het toilet te spoelen – doe het toch maar.'

'Oké, maar zeg me …' Ze woelde met haar beide handen door haar haar. 'Vertel me iets over de manier waarop dat me zou helpen.'

'Het zal je helpen in te zien waar je precies mee te maken hebt', zei Sully. 'Als je deze ronde wint –'

'Daar komt-ie.'

'Je moet weten wie je tegenstanders zijn. Dit zal je helpen je te concentreren. Vertrouw me maar.'

Dat *vertrouw me maar* was een automatische toevoeging, maar hij zag dat ze deze uitspraak oppikte en onderzocht.

'Ik kan mezelf niet eens vertrouwen', zei ze. 'Hoe kan ik jou dan vertrouwen?'

'Begin om God te vertrouwen. Volg je routine, als dat nodig is. Zeg tegen Hem dat je die lijst voor Hem maakt – dat je tegen Hem aan wilt praten over al die mensen die niet doen wat Hij zegt dat we zouden moeten doen.'

'Je bent een rare snuiter, weet je dat?' zei ze.

'Dat heb ik vaker gehoord. Maar raar of niet, wat ik zeg is waar. Je moet geduld hebben met jezelf als je deze klus wilt klaren.'

'Heb ik tijd om geduldig te zijn?' vroeg ze.

Er gleed een grijns over zijn gezicht en hij zag hoe ze met haar ogen rolde.

'Goed dan', zei ze. 'Kom maar op met die spelshow van je. Het is wel duidelijk dat je je de hele tijd in hebt zitten houden.'

'*Waarheid of Gevolgen*', zei hij. 'Herinner je je dat programma nog? Als je niet de waarheid vertelt, heeft dat meteen gevolgen, toch?'

'Ja.' Ze huiverde. 'Dat heb ik wel begrepen.'

'Maar als je de waarheid niet *weet*, moet je wachten op de gevolgen – en die gevolgen hoeven niet negatief te zijn.'

'Ik ben op zoek naar de waarheid', zei ze.

'Ja.'

'De waarheid die ik eerder niet wist.'

Ze stak haar hand in de lucht en maakte een draaibeweging, nog voordat hij het zei.

'Ding-ding-ding–'

'Ding-ding', maakte ze af.

18

❦

'Eentje voor Rich Costanas', zei Sully. 'Een voor Christopher Costanas. Een voor Jayne. Een voor Kevin –'

Sully liet de laatste steen in de juten zak vallen, bij de andere, en hij schudde zijn hoofd. Waarom kon hij de naam van die man niet gewoon onthouden? Het enige wat bij hem opkwam, was Sint Bernard – maar in elk geval moest Ethan daarom lachen, wat tegenwoordig niet al te vaak voorkwam.

En waarom zou hij ook lachen? St. Clair, zo heette hij, liet hier en daar vallen dat hij het bestuur om Ethans ontslag zou vragen. Studenten demonstreerden voor Huntington Hall – *Terug naar de Bijbel*, stond op hun spandoeken te lezen. Waar dachten ze dat Ethan Kaye vandaan kwam – regelrecht uit de hel?

Het waren net roofdieren, de mensen op die school – alleen was hun manipulatie zo subtiel dat de halve stad al aan hun kant stond zonder zelfs maar door te hebben dat ze waren overgelopen. Het was tijd om hen uit hun tent te lokken – Estes en St. Clair en de anderen. Dat was dan ook precies de reden waarom hij deze plek had uitgekozen, dacht Sully bij zichzelf, terwijl hij zijn hand in de zak met stenen stak en een kleine schep tevoorschijn haalde. Het maakte niet zo veel uit waar hij de stenen voor zijn volgende gesprek met Demi verzamelde, of dat hij al geoduck opgroef terwijl het water nog niet op zijn laagst was, zolang hij zich maar vlak voor het huis van Kevin St. Schijnheilig bevond.

Sully leunde op de schep en keek uit over Hood Canal. Hij hield van dit deel van Puget Sound, zo veel dat hij het eigenlijk jammer vond dat de omgeving verontreinigd werd door tegenstanders van Ethan. Het kanaal, eigenlijk een zoutwaterfjord, liep landinwaarts en omgaf het Olympic Peninsula als een soort ketting, met als kralen kleine stadjes met namen als Lilliwaup en Duckabush en Rosewallips. De huizen vormden speelse vlekjes langs de kustlijn. Als het water hoog stond, reikte het bijna tot aan de huizen en als het laag stond, had je uitzicht over het moeras.

Het water had nu bijna het laagste punt bereikt, het moment waarop er hier en daar mensen naar mosselen stonden te graven of de oesters oogstten die ze eerder als oesterzaad 'geplant' hadden en in het water uitgezet.

'Kevin heeft zijn huiswerk niet goed gedaan toen hij dat huis kocht', had Ethan tegen Sully gezegd. 'Hij was zo onder de indruk van de oppervlakte en het granieten aanrechtblad dat ik denk dat hij niet stilgestaan heeft bij het feit dat hij de helft van de tijd uitkijkt op modder.'

Zelf was Sully dol op modder. Het was april, en lekker vochtig. De modder maakte een zuigend geluid onder de zolen van zijn rubberen laarzen. Hij was dol op het zoeken naar geoduck. Het straaltje water ontdekken dat door het beest de lucht in gespoten werd – dan rennen om de mossel te vinden voor hij stopte met spuiten om zich te begraven en je niet meer wist waar je hem precies gezien had – en vervolgens naar beneden turen, op zoek naar het tongetje dat zich verstopte. Het was een spelletje waar Sully geen weerstand aan kon bieden. En met een beetje geluk zou Kevin de aasgier ook nog tevoorschijn komen.

Sully deed net alsof hij een veelbelovend straaltje water zag, rende erop af en begon te graven. Hij had eens een oude man ontmoet die bij Hana Hana werkte, een bedrijf in zeevruchten, en die zelf haast met eendenmossel overgroeid was. Op zijn bijzonder trage manier had die man hem verteld dat je soms wel een meter diep moest graven om het uit zijn krachten gegroeide mosselachtige schelpdier op te graven, dat voor de helft uit zijn schaal stak.

Ethan had hem verzekerd dat hoe langer en hoe dieper hij groef, recht voor Kevins huis, hoe groter de kans was dat Kevin naar buiten zou komen, met al zijn stekels overeind. Vooral op dinsdagmiddag – de dag waarop St. Clair thuiswerkte. Ethan had voorspeld dat hij in zijn torentje zou zitten, achter zijn computer, terwijl hij ondertussen zijn grondgebied in de gaten hield. En hij zou niet blij zijn als hij zag dat Sully gaten stond te graven in 'zijn' strand.

Sully floot en groef ondertussen naar de geoduck die er helemaal niet was, waarbij hij scheppen vol nat zand in het rond slingerde.

'Het zal niet langer dan een minuut of dertig duren voor hij buiten staat', had Ethan voorspeld.

Binnen vijftien minuten was hij er.

Sully deed alsof hij de slungelige figuur in de beige broek en sweater niet opmerkte tot hij bijna tegen hem opbotste en 'pardon' zei.

Kevin keek chagrijnig uit zijn lodderige ogen. De gedachte kwam bij Sully op dat deze man nu al geen rek meer in zijn spieren had, en dat terwijl hij nog maar half veertig was.

'Prachtige middag, vindt u niet?' zei Sully. 'Normaal hebben jullie hier in april niet dit soort weer, of wel soms?' Hij grinnikte een beetje dom, met opzet. 'Al is het natuurlijk ook nog maar 1 april.'

'Bent u zich ervan bewust dat u precies voor mijn huis staat te graven?' zei Kevin.

'Is dat uw huis?' Sully schermde zijn ogen af met de schep, hoewel dat niet nodig was, en de modder drupte vlak voor de neuzen van Kevins instappers op de grond. Wie droeg er in vredesnaam instappers als hij over een moddervlakte liep?

'Inderdaad.' Kevin deed een stap naar achteren. 'Dit is geen privéstrand.'

'Nee, dat dacht ik al. Beetje moeilijk om een strand in bezit te hebben, hè?' Sully zwaaide met zijn schep in de richting van de bundeltjes oesterzaad, waarbij de modder opnieuw in het rond vloog. 'Al zou u dat vast wel willen. Ik denk dat u een hoop geld zou kunnen verdienen met het verkopen van oesters en mosselen. Om nog maar niet te spreken van deze snoepjes.' Sully tuurde in het lege gat. 'Ik ben dol op geoduck, snel gebakken in olijfolie met van die – hoe noemen jullie dat ook alweer? – croutons?'

'Luister.' Kevin haalde zijn hand over zijn dunner wordende haar zonder het werkelijk aan te raken. Geen haartje raakte van zijn plek. 'Zoals ik al zei, dit is geen privéstrand, maar er komt hier vanmiddag een fotograaf langs om wat foto's van mijn huis te maken.'

Een fotograaf. Niet te geloven dat het zo gemakkelijk was. Sully moest zich inhouden om er niet gelijk bovenop te springen.

'U gaat de boel toch niet verkopen?'

Kevin schudde ongeduldig zijn hoofd. 'Nee, natuurlijk niet. Een plaatselijk tijdschrift wil er een artikel over schrijven.'

'Is dat eventjes geweldig', zei Sully. Hij probeerde niet al te breed te grijnzen, maar dit was gewoonweg fantastisch.

'Het *wordt* zeker geweldig,' zei Kevin, 'als er tenminste niet overal gaten gegraven zijn.' Als hij fronste, leek zijn mond nog groter te worden. Sully keek gefascineerd toe. 'Ik wil u vragen om een stukje verderop verder te gaan – als u dat niet erg vindt.'

'Helemaal niet erg.' Sully propte zijn schep in de zak met stenen en hij bewoog hem expres wild op en neer, zodat de stenen rammelden. 'U hebt echt een heel mooi optrekje.'

'Dank u', zei Kevin op ijzige toon en hij keek chagrijnig naar de zak, scherp luisterend.

Het was duidelijk dat hij graag wilde weten wat er nog meer in zat. Sully begon bijna te grinniken.

'Mag ik vragen wat voor werk u doet, dat u zo'n huis kunt betalen?' Hij wachtte tot Kevin hem zou vertellen dat hij daar niets mee te maken had, maar de man sloeg zijn armen over elkaar en zette een hoge borst op.

'Ik zit in het bestuur van een christelijke universiteit', zei hij.

Sully floot. Zelfgenoegzaam grijnzend ging Kevin door.

'Eigenlijk ben ik een zendeling.'

'Ik dacht dat zendelingen in krotten woonden.'

'Ik ben zeer gezegend. Het soort zendingswerk dat ik doe, betaalt goed – hoewel ik het belangrijk vind om terug te geven.'

'Maar natuurlijk', zei Sully. 'Tien procent waarschijnlijk.'

'Bent u een christen?' vroeg Kevin.

'Absoluut.'

Kevin keek hem onderzoekend aan, waarbij hij zijn ogen samenkneep en de losse huid eronder strak trok.

'Fijn om een medegelovige te ontmoeten. U bent een gelovige, toch? Meer dan alleen een "culturele christen"?'

Lieve help.

'Jawel, meneer', perste Sully eruit. 'En – wat is precies uw missie?'

'Weet u iets van de Universiteit van het Verbond?'

'Ik ben hier nieuw.'

'U zult meer te weten komen als u de kranten leest.' Kevin schudde zijn hoofd, zogenaamd bedroefd. 'Het zou een van de beste bijbelgetrouwe onderwijsinstituten in het land kunnen zijn – en dat zal het ook worden als ik mijn zin krijg.'

'Wat staat dat in de weg?' vroeg Sully.

'Vrijzinnige mensen.'

'Als u het hebt over vrijzinnig,' zei Sully, 'bedoelt u dan –'

'Vrijzinnige mensen geloven dat alles moet kunnen, als jij je er maar prettig bij voelt', zei Kevin. 'Er zijn geen absolute waarheden – ze gebruiken de Bijbel om zelf uit te kiezen wat ze geloven en daar leven ze naar, in plaats van te leven in overeenstemming met de enige werkelijke waarheid dat Jezus Christus de eniggeboren Zoon van God is, en dat de enige weg tot het eeuwige leven bestaat uit een vast en onwankelbaar geloof in Hem.'

'En jullie hebben mensen op die universiteit die denken dat dat allemaal niet uitmaakt?' vroeg Sully. Het kostte hem niet veel moeite om ongelovig klinken.

Tot zijn verrassing boog Kevin zich naar hem toe alsof hij op het punt stond hem nog een absolute waarheid mee te delen. Sully rook de wasverzachter waarmee zijn sweater gewassen was.

'Je zou je erover verbazen hoe ze het verbergen', zei hij. 'Ze zeggen dat ze de studenten alleen maar gelegenheid willen geven om hun twijfels te onderzoeken.' Hij gromde. 'Ze zouden ze zonder meer hun weg naar de hel laten onderzoeken als het aan hen lag.'

'En met "ze" bedoelt u de huidige raad van bestuur', zei Sully.

Kevin knikte ernstig en knipperde tegen de wind die boven het kanaal opstak. Het trof Sully dat Kevin St. Clair hier blijkbaar echt over inzat. Hij leed vanwege zijn geloof en vanwege de mensen die water bij de wijn wilden doen.

Maar in de ogen van deze man was ook angst te lezen. Blinde angst.

'Maar we krijgen ze wel.' Kevin keek Sully aan, het was alsof hij hem nu anders zag. 'Excuses als ik eerder een beetje onaardig tegen u was. Ik wil graag dat die foto's mensen aansporen om het artikel te lezen, want in het interview heb ik ook een paar van deze dingen kunnen zeggen. Ik wil dat de mensen weten wat er aan de hand is. Op die manier heb ik vier andere scholen gered.'

En opnieuw kostte het Sully weinig moeite om te doen alsof hij verbaasd was.

'Ik hoop dat dat niet opschepperig klinkt', zei St. Clair. 'Alle eer is aan God.'

Sully kon niets meer uitbrengen.

Hij wist niet hoe snel hij weg moest komen.

***

Ik had de lijst met stenengooiers, die ik van Sullivan Crisp moest maken, in mijn hoofd al zo'n zeventien keer opgesteld voor ik hem daadwerkelijk op papier zetten. De gedachte om het op te schrijven had me in eerste instantie te veel angst aangejaagd, maar ik had die middag een afspraak met hem – en Demitria Costanas ging nooit naar school zonder dat ze haar huiswerk gedaan had.

Toen ik in de keuken van Daily Bread met een kop jasmijnthee in een hoekje ging zitten, brak het zweet me uit. Waarom was dit zo moeilijk?

Omdat ik bang was dat er meer namen op de lijst zouden staan dan ik wilde toegeven.

Allereerst deed ik wat Sullivan had voorgesteld. Ik zei in stilte tegen God dat ik dit voor Hem deed. Er kwam geen antwoord, dus ik ging door.

Allereerst waren er de vaste deelnemers, zoals Sullivan ze zou noemen.

- *Rich Costanas*
- *Christopher Costanas*
- *Jayne Costanas*

Daar stopte ik even. Hoe kon ik weten wat mijn dochter dacht? Het was al een paar weken geleden sinds ik haar haperende puberstem gehoord had of de subtiele stemmingswisselingen in haar ogen had gezien, als vlinders die net uit hun cocon gekropen waren en op zoek waren naar een plekje om te landen. Ze zat midden in het proces waaruit uiteindelijk één hele Jayne tevoorschijn zou komen – hoe kon zij in vredesnaam weten wat ze van mij vond als haar buien zo snel wisselden?

Mijn hand klemde zich om de pen. Misschien moest ik niet bij elke naam stoppen en er met mezelf over in gesprek gaan. Wat Sullivan ook zei, ik had daar gewoon geen tijd voor. Elke keer als ik het belletje hoorde omdat er een klant het restaurant in kwam, was ik er zeker van dat het de sheriff was die de scheidingspapieren kwam afleveren.

Goed, wie nog meer?

- *Kevin St. Clair*
- *Wyatt Estes*

Ik rolde de pen op en neer tussen mijn handpalmen, die nu glinsterden van het zweet. De lijst was niet zo lang. Het ging alleen zo diep.

- Mijn moeder

Daar kon ik niet meer terecht – hoewel ik ergens geloofde dat ze mijn ontrouw aan Rich in stilte toegejuichd had. Zo'n hekel had ze aan hem.

- Mijn broers

Zij zouden op z'n minst teleurgesteld zijn. Nathan zou waarschijnlijk zeggen dat de kerk het me had aangedaan. Hij gaf de kerk overal de schuld van – zelfs van de dood van onze vader. Het vroeg de nodige verbeeldingskracht om een botsing met een vrachtwagen met oplegger, in combinatie met een glad wegdek zo uit te leggen. Papa was uitgeput geweest na een dag strijden om de kerk zover te krijgen dat ze een actievere rol zou gaan spelen in het aanpakken van huiselijk geweld. Maar Nathan had die afstand weten te overbruggen en hij was daar nooit van teruggekomen.

Liam – ik kende hem niet goed genoeg meer om te voorspellen hoe hij zou reageren op iets wat ik deed. Hoe kon dat eigenlijk?

Ik veegde mijn handen af aan mijn trainingsbroek. Ik zat te treuzelen. Ik stelde het opschrijven van de volgende naam uit …

- Papa

Een golf van pijn sloeg over me heen, als een ware tsunami. Niet omdat ik wist wat hij zou denken of zou zeggen, of hoe hij naar me zou kijken als ik hem dit vertelde. Het was pijn omdat ik dat *niet* wist. Ik kende hem helemaal niet.

Het had niet veel gescheeld – mijn moment om hem te leren kennen was bijna aangebroken. Twee weken voor hij stierf had hij tegen me gezegd dat hij me mee zou nemen naar een evenement in New York. Het enige waar ik aan kon denken was dat ik hem voor mezelf zou hebben. Mijn koffer was al gepakt, alleen mijn tandenborstel nog niet. Zes weken na de dood van mijn vader, ontdekte mijn moeder de koffer en pakte ze hem weer uit. Ik wist niet zeker of ik haar dat ooit vergeven had. Ik had zelfs een lijstje gemaakt met onderwerpen die ik met hem wilde bespreken terwijl we naar de andere kant van het land vlogen, samen een echte New Yorkse pizza zaten te eten of een ritje maakten in de metro. Op de dag dat mijn moeder mijn koffer uitpakte, vond ik die lijst verfrommeld in mijn prullenbak. Het was zo'n schending van de nagedachtenis aan mijn vader dat ik de lijst stiekem gestreken had en hem in mijn King-James-bijbel bewaarde. En sinds die dag was het lijstje meeverhuisd, telkens als ik een nieuwe bijbelvertaling ging gebruiken.

'Hallo – ik kom zo bij u', zei Audrey.

Ik keerde terug naar de werkelijkheid, naar Daily Bread, en ik keek op naar de klant die Audrey begroette. Een man met een hoog, glimmend voorhoofd en een dichte bos krullen. Voor ik weg kon duiken achter de zwaaideuren, hadden zijn scherpe oogjes de mijne gevonden.

'Precies de persoon die ik zoek', zei hij.

Audrey keek naar me, met schuingehouden hoofd, als een puppy die op instructies wacht.

'Het is wel goed', zei ik, hoewel mijn stekels een voor een omhoog kwamen. Terwijl ik zijn kant op liep, vouwde ik de lijst op en stak hem in de zak van mijn schort.

Hij bleef staan, met zijn handen in zijn zakken, en liet zijn blik door het restaurant glijden. Hij leek oprecht geïnteresseerd, wat me verraste.

'Geweldige tent', zei hij.

'U wilde hier lunchen?' vroeg ik. Hopen kon altijd.

'Prima – zolang ik hier ben, kan ik net zo goed eten.' Zijn ogen gleden over het menu dat Audrey uiterst zorgvuldig op het krijtbord geschreven had. 'Wat is lekker?'

'Alles', zei ik stijfjes.

'Verras me maar.'

Hij liep naar een tafeltje, terwijl hij het interieur nog eens in zich opnam. De verschillende soorten thee, de vitrine met gebak. Toen hij ging zitten, liep ik met grote stappen op hem af en ik ging tegenover hem zitten.

'Goed', zei ik. 'Laten we niet net doen alsof u hier bent gekomen voor de erwtensoep.' Ik boog me over de zoutlamp heen en liet mijn stem dalen. 'Ik heb gezegd dat u mij – en mijn gezin – met rust moet laten. En dat geldt ook voor mijn vrienden, van wie dit restaurant is. Zij hebben geen behoefte aan een scène.'

Hij schudde zijn hoofd en stak zijn handen op. 'Ik was niet van plan om een scène te schoppen. En ik ben hier niet om rond te snuffelen.'

'Je bent verslaggever. Natuurlijk ben je hier om rond te snuffelen.'

'Maar niet in uw persoonlijke leven – alstublieft – zo ben ik niet.'

Aan mijn gezicht moet te zien geweest zijn dat ik er niets van geloofde, want hij hield op met glimlachen en hij keek me ernstig aan.

'Luister, we hebben elkaar laatst onder nogal ongunstige omstandigheden ontmoet.'

'Je bedoelt toen je probeerde misbruik van me te maken toen ik midden in een emotionele crisis zat?'

'Het was niet mijn bedoeling dat u dat zo op zou vatten.'

'Was het dan niet zo?'

De krullenbol boog zijn hoofd. 'Deels, misschien.'

'Dank je.'

'Maar ik zit nu op een ander spoor. Ik denk dat ik u kan helpen.'

Ik kneep mijn ogen samen. 'Hoe wilde je me helpen?'

'Kunnen we opnieuw beginnen?' Hij stak zijn hand naar me uit. 'Ik ben Fletcher Bassett.'

Ik schudde zijn hand, zij het met tegenzin. 'Die naam heb je verzonnen, hè?'

'Nee, ik denk dat ik 'm gewoon eer aan doe.'

'Door rond te snuffelen in de zaken van iemand anders?'

We klemden allebei onze kaken op elkaar.

'Ja, dat doe ik ook', zei hij. 'Maar zoals ik al zei, ik heb misschien informatie waar u wat aan hebt.'

'Wat wil onze vriend bestellen?' vroeg Mickey vanuit de deuropening. Ze had haar 'zit deze vent je dwars'-blik in haar ogen.

'Erwtensoep, alstublieft', zei Fletcher. 'Die hebben ze me aangeraden.'

Mickey keek naar me en ik knikte. Toen ze verdween, met een laatste argwanende blik op de speurhond, leunde ik met over elkaar geslagen armen op tafel.

'Waarom zou jij me willen helpen?' vroeg ik.

'Omdat ik de waarheid boven water wil hebben.' Hij keek me aan met zijn felblauwe oogjes. 'Ik probeer de waarheid te ontdekken over wat er op de universiteit gebeurt.'

'Ik ben er niet meer van op de hoogte', zei ik. 'Ik heb me – teruggetrokken.'

Hij keek naar mijn shirt. 'Dat zie ik.'

Ik schoof de stoel naar achteren, maar hij legde zijn hand op tafel. Er verscheen een warme blik in zijn ogen.

'Alsjeblieft', zei hij. 'Als je de waarheid zou weten, denk ik dat je zowel jezelf als mij zou kunnen helpen.'

'Wat voor hulp heb ik nodig?'

'Ze hebben je nodig, daar op school', zei hij. 'Elke student die ik heb gesproken – behalve degenen die buiten stonden te protesteren en die jou, zoals later bleek, nog niet eens zouden herkennen als ze over je struikelden, en die ook geen idee hadden waarom ze daar eigenlijk stonden – behalve één ettertje met de naam –' Hij haalde een opschrijfboekje uit zijn jaszak en bekeek het fronsend. 'Travis Chapman. Ken je die?'

Ik knikte. Hij zat niet bij het Geloof en Twijfel project, maar ik had hem in de klas gehad tijdens mijn godsdienstlessen. Over het algemeen behandelde hij me alsof ik inbreuk maakte op zijn dag, maar ik had geen idee waarom. We hadden nooit een woord gewisseld.

'De rest van hen,' ging Fletcher verder, 'zegt dat jij en dr. Archer de ruggengraat van het programma vormden.'

'Nou, dat is nu dus niet meer zo', zei ik. 'Luister – het is voorbij. Ik heb belangrijkere dingen aan mijn hoofd.'

Ik stond op, ondanks de hand die hij in protest ophief. Hij liet zich achterover zakken, tegen de stoelleuning, maar in zijn ogen zag ik dat hij de uitdaging graag aannam. Ik wilde hem slaan. Die neiging had ik nogal vaak, de laatste tijd.

'Ik geloof niet dat er ook maar iets belangrijker is dan wat jij op die universiteit deed', zei hij. 'Tenminste, niet voor je studenten. En ik denk dat je moet weten dat je partner –'

'Welke partner?' Mijn stem klonk schril en het kon me niet schelen.

'Zachary Archer', zei hij. 'Hij is niet van plan om de scherven van het programma bij elkaar te vegen – dus als jij het niet doet, is dat het einde. En het lijkt mij –'

Ik greep de achterkant van mijn stoel vast. 'Hoe kun jij in vredesnaam weten wat hij van plan is? Hij is verdwenen. Niemand weet zelfs maar waar hij is.'

'Dat deel is waar. Ik weet niet waar hij is. Maar hij is niet verdwenen. Ik heb hem telefonisch geïnterviewd.'

De wereld leek stil te staan.

'Ik kan niet onthullen hoe ik met hem in contact gekomen ben.' Fletcher keek me onderzoekend aan. 'Je wist echt niet dat hij in de buurt was, hè?'

'En het kon me ook niet schelen', dwong ik mezelf te zeggen. 'Wat zou het?'

'Werkten jullie niet nauw samen?'

Ik zette een stap bij de tafel vandaan. 'Ik zal ervoor zorgen dat je je lunch krijgt', zei ik. 'En daarna – moet je uit mijn buurt blijven.'

'Toe nou. Ik wilde je niet van streek maken. Ik wil je helpen –'

'Help me door uit mijn leven te verdwijnen.'

Ik wist het trillen te bedwingen tot ik in de keuken was aangekomen en de deuren achter me dicht zwaaiden. En zelfs toen kon ik er niet aan toegeven. Audrey stond met haar rug naar me toe, gebogen over het werkblad, met schokkende schouders.

'Audrey?' zei ik.

Ze ging met een ruk rechtop staan en draaide zich naar me om. Met haar vingers veegde ze de tranen weg en ze probeerde haar gezicht in een glimlach te plooien, wat overigens absoluut niet lukte.

'Wat is er, liefje?' vroeg ik.

'Mannen. Heb je soms geen enorme hekel aan ze?'

'Vaak. En waarom hebben we vandaag een hekel aan mannen?'

Haar gezicht vertrok. 'Omdat ze je het gevoel geven dat ze van je houden en ze ervoor zorgen dat je je voor hen openstelt. En dan bellen ze je niet meer, en ze reageren niet meer als jij belt en ze maken een enorme puinhoop van je leven.'

Oscar kwam uit de vriescel, wierp een blik op ons, en liep de cel weer in.

'Hebben we het over Boy?' vroeg ik.

Ze knikte en sloeg haar armen om me heen, terwijl ze haar gezicht in mijn T-shirt verborg. 'Ik weet niet of hij ooit de voornaamstatus zal krijgen. Maar de eerste letters zijn C.J. – en ik denk dat ik van hem hou, dr. C.'

Ik drukte haar tegen me aan. 'Ik vind het erg dat je verdriet hebt.'

'Ik haat dit. Ik heb niets verkeerd gedaan, maar ik voel me zo'n prutser.'

Ze huilde op dezelfde manier als ik de afgelopen dagen urenlang gedaan had. Eindeloze dagen. Haar gehuil overspoelde me en raakte me diep vanbinnen, en opeens hield ik haar vlak voor me, met mijn beide handen op haar schouders.

'Luister naar me, Audrey', zei ik. 'Je bent geen prutser – dat is het meest belachelijke wat ik ooit gehoord heb. Je mag niet toestaan dat een of andere jongen die niet eens weet wat toewijding is bepaalt wie jij bent. Hoor je me?'

Ze keek me haast bang aan, wat misschien te maken had met het feit dat ik haar biceps bijna fijnkneep.

'Hij heeft tegen je gelogen met zijn mooie beloften, en nu ben jij degene die allerlei onzin uitkraamt en zichzelf de grond in stampt. Doe dat niet.' Ik trok haar weer naar me toe en hield haar vast. 'Beloof me dat je dat niet doet.'

Uit haar reactie kon ik niet opmaken of ze dat beloofde. Ze huilde in mijn armen en maakte dat ik mijn Jayne miste – en voor de eerste keer haatte ik Zachary Archer. Uit het diepst van mijn verscheurde ziel.

19

∽

Sully legde net de laatste steen op de piramide die hij op zijn bureau gebouwd had toen ze op de deur van het kantoor klopte – zo hard dat de hele piramide omviel en de stenen over het bureaublad stuiterden.

'Kom binnen,' zei Sully, 'maar alleen als je niet gewapend bent.'

Demitria duwde de deur open en daar stond ze, met rode wangen en een woeste blik in haar ogen.

Lieve help. De beheerste dr. Costanas op de rand van een woede-uitbarsting.

'Je wilde dat ik zou praten', zei ze. 'Ik ben klaar om te praten.'

Ze liet zich in de kuipstoel vallen en schommelde naar achteren in een poging zich te herstellen, als een kind dat vastbesloten is niet van de schommel te vallen. Sully zette zijn handen tegen zijn bureau.

'Wil je eerst even een minuutje tijd hebben om op adem te komen – om je te concentreren?'

'Nee, dat wil ik niet. Ik wil dit kwijt voor ik uit elkaar barst.' Ze trok met beide handen aan haar haar. 'Hoe kan ik zo stom geweest zijn? Dit wordt alleen maar erger.'

'Goed, laten we dan –'

'Hij is gewoon in de buurt!' zei ze.

'Hij is in de buurt.'

'Ja, hij hangt een beetje rond en laat mij in mijn eentje opdraaien voor deze hele ellende. Hij is helemaal niet "verdwenen". Hij is gewoon totaal gestoord – en ik dacht dat ik van hem hield! Ik heb mijn hele leven vergooid!'

Ze stopte abrupt en haar borst zwol terwijl ze diep inademde. Hij zag dat ze zichzelf dwong om zich in te houden.

'Sorry', zei ze.

'Waarvoor? Dit is precies wat je volgens mij zou moeten doen.' Hij grijnsde. 'Als ik niet bang was dat je me tegen de grond zou slaan, zou ik *ding-ding-ding* roepen.'

Ze trok haar knieën op, tegen haar borst.

'Ik neem aan dat we het over Zach Archer hebben', zei Sully.

Ze huiverde. 'Een verslaggever vertelde me dat hij contact met hem gehad heeft – en dat hij niet van plan is om terug te komen.'

Sully liet zich in zijn eigen stoel zakken. 'Wil je dat hij terugkomt?'

'Nee!'

Sully wachtte.

'Ja – ik wil dat hij zijn deel van de verantwoordelijkheid op zich neemt.'

Sully wachtte nog langer.

'Hoewel ik niet weet waarom. Wat voor verschil zou het maken?'

Ze haalde haar schouders op, maar Sully stak zijn hand omhoog. 'Probeer dat niet te doen, Demi', zei hij.

'Wat niet?'

'Iets van je afschudden omdat het geen zin heeft om je er druk over te maken. Als je van streek bent, moet je jezelf ruimte geven om dat te voelen. Dan kunnen we het tenminste echt onderzoeken.'

Ze keek hem aan. 'Ik ben van streek.'

Sully glimlachte. 'En hoe. Je doet het prima.' Hij zette zijn voet op het randje van de stoel. 'Ik hoopte al dat je boos zou worden op iemand anders dan jezelf.'

'O, ik baal nog steeds wel van mezelf', zei Demi. 'Hoe kan ik zo dom geweest zijn? Ik lijk wel een studentje dat voor de mooie praatjes van een of andere knul gevallen is – alleen had ik beter moeten weten. Weet je wat me echt boos maakt?'

'Vertel.'

'Hij is ervandoor gegaan zonder te geloven dat ik het meende. Dat het over was tussen ons. Waarom zit dat me zo dwars?'

'Wil je dat echt weten?'

Ze keek hem veelbetekenend aan. 'Waarom zit ik hier anders?'

Hij wist niet zeker of ze dit zou willen horen, maar hij moest erop ingaan. Hij zette een voorzichtige eerste stap.

'Zolang jij nog iets van Zach wilt, is die verhouding niet voorbij.'

'Nee, dat is niet waar.'

Hij stopte.

'Oké – oké – ga verder.' Ze kauwde op haar onderlip.

'Ik krijg het gevoel dat je het het liefste netjes zou afsluiten, met strik en al.'

'Klopt.'

'Maar dat is het hem nou juist – als je het netjes afsluit, vertrek je met een laatste kus en het gevoel dat je iets goeds achterlaat.'

Sully ging voorover zitten. 'En wat voor gevoel blijft er dan achter? Dat het voorbij is – of is het in je herinnering nog steeds iets moois?'

Ze keek hem weer aan met diezelfde concentratie die ze ook moest hebben als ze lesgaf.

'Keurig netjes', zei ze uiteindelijk. 'Maar als het afschuwelijk was, zoals in dit geval, zou ik niet wensen dat ik het terug kon krijgen.'

'Ding-ding', zei Sully.

'Ja.' Haar stem begaf het. 'Laten we maar snel aan de slag gaan met die vooronderstelling, anders moet ik nog gaan geloven dat ik totaal krankzinnig geweest ben.'

'Ben je klaar om aan het werk te gaan?'

Ze knikte. Sully wachtte tot ze haar gezicht weer in de plooi had.

'Je hebt mijn verzameling stenen vast wel opgemerkt', zei hij.

'Ja', zei ze, nog voor ze haar blik erop richtte.

'Er is er een voor elke persoon op je lijst.'

'Zoals in het verhaal van de overspelige vrouw.' Ze vertrok haar mond. 'Al ben ik er niet zeker van dat je er genoeg hebt. Wat gaan we ermee doen?'

'Daar is nou juist het punt', zei Sully. 'Je kunt niets beginnen tegen de mensen die die stenen vasthouden. Jezus gaf ze niet eens bevel om hun wapens neer te leggen.'

Haar blik was nu op de omgerolde stapel gericht.

'Hij zei: "Wie van jullie zonder zonde is, laat die als eerste een steen naar haar werpen."'

Haar gezicht werd somber, alsof iemand aan het juiste touwtje getrokken had. 'Ik wilde dat Hij nu hier was.'

'Wie zegt dat dat niet zo is?'

Van die gedachte leek ze te schrikken.

'Je vindt het nog steeds moeilijk om hiermee naar Jezus te gaan?' vroeg Sully.

'Wat denk je?' Haar blik ging van de stenen naar haar schoot.

'De vrouw uit het verhaal ging niet bepaald uit vrije wil naar Hem toe', zei Sully. 'Ze werd er zo ongeveer heen gesleept.'

Hij liet dat even bezinken. Uiteindelijk keek Demi hem aan.

'Ik ken het gevoel', zei ze.

'Dus wat denk je dat Hij, nu jij hier bent – op de grond, aan zijn voeten, als het ware – tegen je zegt?'

Ze sloot haar ogen, alsof de tekst aan de binnenkant van haar oogleden geschreven stond. '"Ga naar huis en zondig vanaf nu niet meer" – ik denk dat het zo in de Bijbel staat.'

Sully zei niets en hij zag hoe haar gezicht een ongeduldige uitdrukking kreeg.

'Maar dat doe ik ook!' zei ze. 'Ik zondig niet meer – ik kan mezelf wel kunnen slaan omdat ik dat gedaan heb!' Ze balde haar vuisten en sloeg ermee op haar schoot. 'Ik zal dat nooit meer doen – maar wat heeft het voor zin om dat nu te zeggen?'

Sully koos zijn volgende woorden zorgvuldig. 'Hoe weet je dat je het niet weer zult doen?'

Ze schokte zo hevig dat ze bijna uit haar stoel viel.

'Wacht even, er is nog meer', zei Sully.

'Dat is maar goed ook.'

'Je weet niet dat je het niet nog een keer zult doen, tenzij je weet waarom je het de eerste keer deed. Ik denk zelf dat dat de reden is waarom je het niet bij Jezus gebracht hebt.'

'Maar waarom heb ik het dan gedaan?' Haar stem brak en de woorden rolden van haar lippen als stenen. 'Ik moet het weten.'

'En daar help ik je bij, weet je nog?'

'Doe dat dan maar.' Ze schudde haar hoofd. 'Ik weet niet of ik wel bestand ben tegen dat wat ik over mezelf zal ontdekken.'

'Demi,' zei Sully, 'hier durf ik alles onder te verwedden: je zult niets ontdekken dat puur kwaadaardig is, want dat zit niet in jou.'

Ze greep de zijkanten van de stoel vast en perste haar lippen op elkaar. 'Laten we het dan doen', zei ze.

'Weet je het zeker?'

'Ja.'

'Goed dan. Terug naar de dagen na 11 september. Je zei dat Rich zich zo ver in zichzelf terugtrok dat je hem niet eens meer kon zien. Hoe zei je het ook alweer – alsof hij verdween waar jullie bij stonden.'

'Ja.'

'Je probeerde hem uit zijn depressie te trekken – je liet zelfs je hele leven achter om hem hiernaartoe te brengen in de hoop dat dat zou helpen.'

'Ja.'

'Maar het hielp niet. Dus – hoe voelde je je in die periode over jezelf?'

'Ik voelde me de meest ongeschikte, incompetente vrouw die ik me maar voor kon stellen.'

Ah, ze scoorde flink wat punten.

'Je was niet boos op Rich?'

'Nee.' Ze kauwde opnieuw op haar lip. 'Oké, jawel – maar daarna voelde ik me schuldig. Hij had zo veel verloren, waarom zou hij niet depressief zijn?'

'Had jij niet ook heel wat verloren?'

'Nou, jawel, maar ...'

'Jij raakte hem kwijt.'

Ze hoefde geen antwoord te geven. Alle pijn trok weg uit haar gezicht en verdween in de droevige holte van haar borst.

'En op welk moment in deze tragedie verscheen de nobele ridder op het toneel?'

Hij had niet verwacht dat ze zou lachen. 'Dat is nu ongeveer negen maanden geleden – toen werden we goede vrienden.'

'Heb je Zach verteld wat er met Rich aan de hand was?'

'Ja, zo stom was ik wel.'

Sully maakte een zoemend geluid.

Ze keek hem woest aan. 'Ik zal mezelf niet meer uitschelden als jij dat afschuwelijke geluid niet meer maakt.'

'Ik beloof niets.' Hij knikte ter aanmoediging.

'We waren vrienden – goede vrienden', zei ze. 'Tot mijn vriendschap met hem op een gegeven moment beter was dat mijn relatie met Rich. Ik begon hem in vertrouwen te nemen – waar zat ik met mijn verstand?'

'Bzzz!'

'Hou op!'

Sully hield zijn hoofd schuin. 'Ik wil dat je in de gaten krijgt hoe vaak je jezelf op je kop geeft. Ik weet dat je je realiseert dat het verkeerd was wat je gedaan hebt. Maar je schuldgevoel zal je niet noodzakelijkerwijs de antwoorden opleveren waar je naar zoekt.'

Ze zuchtte – een zucht zo diep dat Sully hem in zijn eigen borst voelde.

'Oké', zei ze. 'Laten we maar gewoon verder gaan.'

'Wat zei Zach tegen je toen je hem in vertrouwen nam – behalve dat hij Rich een idioot vond omdat hij niet aannam wat jij allemaal te bieden had?'

Ze trok haar knieën weer op, haar voeten steunden op de rand van haar stoel en ze sloeg haar armen om haar bovenbenen. 'Dat Rich zijn eigen glazen ingooide. Dat ik de meest zorgzame vrouw was die hij ooit ontmoet had. Dat ik wist hoe ik in de behoeften van een man moest voorzien.'

'En wanneer hield hij op met het praten over Rich' behoeften en begon hij over die van hemzelf?'

Sully zag haar daarmee worstelen.

'Ik weet het niet', zei ze.

'Ding-ding. Het gaat allemaal zo subtiel als iemand je de kans geeft om te zijn wie je zo graag wilt zijn.'

Demi drukte haar voorhoofd tegen haar knieën. 'Maar waarom heb ik het zover laten komen?'

'Je hebt het nu over seks', zei Sully.

Ze keek niet op. 'Ik begin een hekel aan dat woord te krijgen.'

'Seks?'

'Bah. Ik heb een afkeer van mezelf als ik eraan denk dat ik bij Zach ben geweest.'

'Ik wil je iets vragen,' zei Sully, 'en je hebt het recht om deze ronde over te slaan, als je 'm niet wilt spelen.'

'Wat maakt het uit. Ik heb mezelf al zo diep vernederd – daar kan nog wel wat bij.'

Sully keek naar de bovenkant van haar hoofd. 'Hoe was de seks met Rich voor je verhouding begon?'

Haar hoofd schoot omhoog. 'Wat heeft dat ermee te maken? Als je me probeert te vertellen dat de reden dat ik met Zach Archer naar bed ging was omdat ik – niet genoeg –'

'Dat zei ik niet, maar als je het daarover wilt hebben …'

'Oké – nee. Het was twee jaar geleden dat Rich en ik voor het laatst – intiem geweest waren.'

Sully wist net aan te voorkomen dat zijn mond openviel.

'Maar dat is nog steeds geen excuus voor wat ik gedaan heb. Ik ben een christen! Ik weet beter!'

'Het is geen excuus,' zei Sully, 'maar, Demi, het is wel een verklaring voor de verleiding. Het laat zien waarom je daar vatbaar voor was.' Hij stak zijn hand uit. 'Het was niet de verleiding zelf die verkeerd was. Zach en Rich hadden daar allebei een aandeel in.' Hij stak zijn andere hand uit. 'Het was het toegeven aan de verleiding, de zonde, waardoor je in de problemen geraakt bent.'

'Ik had me moeten verzetten.' Demi's gezicht betrok direct weer.

'Nee, je had moeten vluchten – als we het dan hebben over wat had gemoeten. Enig idee waarom je er niet vandoor gegaan bent?'

'Het voelde gewoon goed – en dan heb ik het niet over de seks – maar over alles.' Ze keek naar haar schoot. 'Wie ik was als ik bij hem was. Ik vond het fijn om zo te zijn. Het was alsof ik daar de persoon was die ik wilde zijn.'

'Het is bijna onmogelijk om daarvoor te vluchten', zei Sully. 'Vooral als je de beslissing om te vluchten in je eentje moet nemen.' Hij keek naar haar tot ze haar gezicht ophief. 'En Demi, je was helemaal alleen.'

'Ik begrijp niet wat je bedoelt', zei ze.

'Toen je je voor het eerst aangetrokken voelde tot Zach had je dat aan Rich moeten bekennen. Dat was het juiste geweest. Dan had je hem kunnen vragen om je te helpen en hem de kans gegeven om voor je op te komen.'

Demi liet haar kin zakken tot ze hem recht in de ogen keek. 'Je maakt een grapje, hè?'

'Nee. Ik ben volkomen serieus.'

'Ik weet niet wat Rich gedaan zou hebben als ik dat tegen hem gezegd had.' Haar kin begon te trillen.

'Wat denk je dat hij gedaan zou hebben?' vroeg Sully. 'Onder die omstandigheden, rekening houdend met zijn stemming?'

Ze knikte, alsof ze allebei het antwoord al wisten. 'Ik denk dat hij me niet eens gehoord zou hebben.'

'Ding-ding-ding', zei Sully zachtjes. 'En dat bedoel ik niet als uitweg, Demi – dit is je eerste stap in het begrijpen en het vergeven van jezelf. En dat brengt ons ook weer een stapje dichter bij die vooronderstelling waar we naar op zoek zijn.'

Geen tegenstand deze keer, geen tegenspraak. 'Ik ben moe', zei ze. 'Ik weet niet of ik nog wel kan denken.'

'Goed dat je dat aangeeft', zei Sully. 'Maar ik wil dat je nog even een paar minuten blijft zitten, tot je je wat minder verscheurd voelt.'

'Alsof ik me zelfs maar kan bewegen.'

Ze sloot haar ogen en Sully liep naar zijn bureau, waar hij de stenen weer in de zak stopte. Allemaal, behalve één. Het was de laatste grote steen die hij had opgeraapt nadat Kevin St. Clair hem op het strand had achtergelaten om zijn fotograaf te begroeten. Hij hield de steen vast tot ze opkeek.

'Wil je een opdracht?'

'Ik heb de eerste nog niet af. Ik praat niet tegen de foto.' Ze zuchtte. 'Zou dat me helpen om uit deze toestand te komen?'

'Dat weten we niet tot je het probeert.'

Ze maakte een langgerekt, zoemend geluid. Sully kon zijn lachen niet houden.

'Verkeerd antwoord, Sullivan', zei ze. 'Je had moeten zeggen: "Zeker weten. Dit zal je helpen om jezelf niet langer te zien als een onverbeterlijke sukkel."'

'Het zou zeker *kunnen.*'

'Is dat alles wat je hebt?'

'Dat is alles.'

Ze ging rechtop zitten en keek naar de steen. Sully hield hem met twee handen omhoog, rustend op zijn lange vingers.

'Ik wil dat je deze steen meeneemt', zei hij. 'En dat je iets verzint om ermee te doen, behalve hem naar jezelf gooien. Gebruik 'm als deurstopper of schuur er je voeten mee.'

'Mijn voeten schuren?'

'Doen vrouwen dat niet – stenen gebruiken om het eelt van hun voeten te schuren?'

Ze stak haar hand omhoog. Ze had die ironische blik weer in haar ogen. 'Houd het bij psychologie, oké? Geef maar geen schoonheidstips.'

'Genoteerd', zei Sully. 'Welke toepassing je ook verzint, gebruik hem daarvoor, elke keer als je de neiging hebt om jezelf ermee te bekogelen. Als je jezelf begint uit te schelden of vragen stelt die je alleen maar kunt beantwoorden met nog meer scheldwoorden – concentreer je dan op deze steen, al is het maar in je gedachten. En onthoud dat je een fout gemaakt hebt, maar dat die fout kan leiden tot iets anders dan het stenigen van jezelf. Je kunt hem gebruiken om jezelf beter te gaan begrijpen.'

'Vertel me nog eens hoe dit me zal helpen om mijn gezin terug te krijgen.'

'Je kunt alleen die opdracht uitvoeren die Jezus *jou* gegeven heeft: ga naar huis en zondig niet meer. Of de anderen hun stenen neerleggen, is aan hen.'

Ze legde haar hoofd op haar knieën en begon langzaam heen en weer te wiegen.

'Ik haat dit, Sullivan', zei ze.

'Ja, Demi', zei hij. 'Ik vind het ook heel erg. Voor jou.'

Terwijl hij haar heen en weer zag schommelen, moest hij vechten tegen de neiging die nooit leek te verdwijnen, ondanks de jaren van training en de wijze woorden die hij zelf had geschreven. *Raak niet te zeer betrokken bij je cliënt. Laat haar voelen wat ze moet voelen – probeer het niet weg te nemen. De enige manier om eruit te komen, is erdoorheen gaan.*

Maar lieve help, wat was het moeilijk om niet zijn hand onder de kin van deze verdrietige vrouw te leggen en te proberen alles in orde te maken.

***

Zo moeilijk zelfs, dat hij Isabella's cilinderkoppen wegbracht om ze te laten schoonmaken en de kleppen te laten bijstellen. Hij moest Demi zelf haar weg door de modder laten banen, maar die aanpak gold niet voor Ethan Kaye. Aan die situatie kon hij iets doen. Tijd om achter dat fotografengedoe aan te gaan.

Sully wist nu wel zeker dat Kevin St. Clair niets te maken had met het tot stand komen van de foto's. Hij was bereid om ze te gebruiken, maar hij wilde zo graag dat mensen op de hoogte waren van zijn missie dat hij niet in staat zou zijn tot een stiekem complot. Dan had hij iedereen die maar wilde luisteren precies willen vertellen wat hij van plan was.

Het antwoord moest bij Wyatt Estes liggen en Sully's enige aanknopingspunt, een heel dun lijntje, was Tatum Farris. Sully zou nog liever een hele fles stroop naar binnen gieten dan nog een stuk roze champagnetaart eten, maar hij gebruikte het als smoes om terug te gaan naar de banketbakkerij. Hij zou het deze keer wat voorzichtiger aanpakken.

Hij staarde naar de vitrine vol luchtige suikerkastelen en probeerde enthousiasme op te brengen voor roze glazuur toen Tatum erachter verscheen. Haar kin kwam nauwelijks boven de rand van de vitrine uit en aan haar oren bungelden oorhangers met veren. Sully vroeg zich af of er eigenlijk nog wel iemand anders werkte.

'Dat je teruggekomen bent', zei ze verbaasd. 'Hetzelfde als de vorige keer?'

Sully wees naar een klein stukje vooraan en probeerde niet te kokhalzen. Ze haalde de grootste punt die ze kon vinden uit de vitrine. Sully had een visioen van het flesje maagtabletten dat hij in de nabije toekomst weg zou werken.

'Waarom zou ik niet terugkomen?' vroeg hij.

'Omdat ik me de vorige keer dat je hier was afschuwelijk heb gedragen.'

Hij haalde zijn portemonnee tevoorschijn, maar ze schudde haar hoofd. Haar gezicht was uitdrukkingsloos.

'Deze krijg je van mij.'

Sully haalde zijn schouders op. 'Mij best – deze ene keer.'

Hij ging zitten en slikte moeizaam toen ze achter de toonbank vandaan kwam en het stuk taart voor hem neerzette. Misschien kon hij het in stukken prikken en ermee over zijn bord schuiven, zoals hij vroeger altijd met zijn spinazie deed, zodat zijn moeder zou denken dat hij er iets van gegeten had.

'Koffie met drie klontjes suiker en twee kuipjes melk, toch?' Ze trok een wenkbrauw op. 'Ik snap niet waarom je nog de moeite neemt om er koffie bij te doen.'

'Koffie, zeker. Maar laat die suiker maar zitten.' Terwijl ze naar de koffiepot liep, zei Sully: 'Ik kwam eigenlijk om jou mijn excuses aan te bieden.'

'Waarom?'

'Omdat ik in je privéleven zat te snuffelen.'

'Ik heb niet eens een privéleven meer, dus je zou niet erg ver gekomen zijn.'

Sully knikte en hij prikte met zijn vork in een klein brokje taart, klaar voor een diabetes-coma.

Tatum zette zijn koffie op het tafeltje en sloeg haar armen over elkaar, over haar schort, terwijl ze tegen een vitrinekast met paasgebak leunde. 'Ik ben degene die z'n excuses zou moeten aanbieden,' zei ze, 'hoewel dat niet mijn stijl is.'

'Je meent het', zei Sully.

'Maar omdat jij de eerste fatsoenlijke vent ben die ik in, nou ja, jaren tegengekomen ben, denk ik dat ik je in elk geval een verklaring verschuldigd ben.'

Sully schoof een brok in zijn mond, waardoor hij niets anders kon doen dan fronsen en zijn hoofd schudden.

'Ik had een van mijn "ik haat mannen"-dagen. Niks persoonlijks. Ik heb net een relatie beëindigd die helemaal nergens toe leidde. Twee, eigenlijk. Maar om jouw vraag over mijn oom te beantwoorden –'

Sully drukte een servet tegen zijn lippen, spuugde de helft van de taart uit, frommelde wat en legde het hele pakketje op zijn schoot. 'Je oom – o, we hadden het over Wyatt Estes.'

'Daddy Warbucks.' Tatum pakte zijn bordje en liep opnieuw in de richting van de vitrine. Sully protesteerde niet, niet nu ze hem precies dat vertelde wat hij graag wilde horen.

'De miljonair uit de film *Annie*? Dan *is* hij dus nogal gul met zijn geld.'

Tatum gromde. 'Laten we zeggen dat hij een ton aan de UvV geeft.'

'Aha.'

'Maar hij verwacht ook een ton terug, als je begrijpt wat ik bedoel.'

'Ik denk het niet.'

Ze keek hem veelbetekenend aan terwijl ze dichterbij kwam met een nieuwe homp taart. 'Ja, je begrijpt het wel. Zolang ze de dingen daar blijven doen zoals hij het graag ziet, haalt hij zijn chequeboek tevoorschijn.'

'En hoe wil hij dan dat ze het doen?'

Ze keek hem recht in zijn ogen. 'Voor een automonteur ben je nogal geïnteresseerd in de academische wereld.'

'Ik hou ervan om mijn horizon te verbreden.'

'Nou, als je rekent op de UvV zou je horizon nog wel eens kunnen verschrompelen en verdwijnen.'

'Dat meen je niet.' Sully bracht zijn pokerface in stelling, geperfectioneerd door jarenlange ervaring als psycholoog. 'Is het zo erg?'

'Dat wil je niet weten. De kans is groot dat ome Wyatt zijn chequeboek voorgoed gesloten heeft.' Er verscheen een schaduw in haar ogen. 'Niet dat ik daarmee zit. Ik heb nog wel een appeltje te schillen met die school.'

Ze pakte de rugleuning van de stoel tegenover Sully stevig vast. Haar lippen weken uiteen alsof ze op het punt stond iets over tafel te spugen. Maar buiten klonk het brullen van een motor die op maar drie cilinders liep en ze keken allebei op. Tatum gooide de stoel bijna om toen ze hem losliet en in de richting van de keukendeur stormde. Haar schoenzolen piepten toen ze halverwege tot stilstand kwam. Ze zwaaide haar arm in Sully's richting, haar wijsvinger uitgestoken.

'Niet weggaan', schreeuwde ze tegen hem. 'En zorg ervoor dat hij ook niet weggaat. Zeg maar dat ik nog iets voor hem heb.'

Nog voor ze uitgepraat was, duwde ze de zwaaideur open en verdween in de keuken.

Sully kwam een stukje omhoog en zag een jongen van een jaar of twintig die zichzelf uit een roestige pick-uptruck hees. Zijn lijf leek te lang voor hem. Terwijl hij naar de deur sjokte, zijn handen in zijn zakken gestoken, leek niets zijn groei te hebben bijgehouden, zelfs zijn ogen niet. Hij keek zes verschillende kanten op voor hij de deurknop pakte. Hij stapte naar binnen en keek knipperend om zich heen.

Sully kon niet vaststellen of hij hier voor het eerst kwam, of dat hij gewoon nieuwe lenzen nodig had. Hoe dan ook, hij kon niet het voorwerp van Tatums woede zijn.

'Is Tatum er ook?' vroeg hij, hoewel hij Sully niet aankeek.

'Ze is achter.'

Sully was in de verleiding om toe te voegen: 'Ren voor je leven, jongen', maar hij zei alleen: 'Ze zei dat je niet weg moest gaan. Ze heeft iets voor je.'

'Daar kun je vergif op innemen.' Tatum kwam door de zwaaideuren met een doos die haast nog groter was dan zijzelf. Aan de bovenkant stak er van alles uit, van een groengele teddybeer tot een bedorven stokbrood. Tatum beende met grote stappen in de richting van het knipperende joch en ze dumpte de doos zonder pardon boven op zijn voeten.

Hij gaf een schreeuw, maar het duurde tien seconden voor hij zelfs maar aanstalten maakte om zijn tenen onder de doos vandaan te trekken.

Tatum bleef vlak voor hem staan, met haar handen op haar heupen en zwaar ademend.

'Waarom deed je dat nou?' vroeg hij.

'Breek me de bek niet open, Van', zei Tatum. 'Want jij wilt mijn lijst met redenen waarom ik alles hier op jouw kop stuk zou willen slaan niet eens *horen*. En als je niet maakt dat je wegkomt, doe ik het misschien alsnog.'

Haar borst ging zichtbaar op en neer, en de woede in haar stem grensde aan het moorddadige. Sully achtte haar ertoe in staat om de jongen te lijf te gaan met het stokbrood.

Hij schraapte zijn keel, maar ze keken geen van beiden naar hem.

'Ik begrijp nog steeds niet waarom je kwaad bent op *mij*', zei hij. 'Ik ben niet degene die –'

'Ja, vertel dat even aan iedereen hier in de bakkerij, Van!' Tatum wapperde in Sully's richting en Van leek in zijn katoenen shirt te verdwijnen.

Sully kon bijna niet geloven dat Tatum ooit iets met deze jongen gehad had.

Vans kin trilde.

'O, alsjeblieft, zet jezelf niet voor gek', zei Tatum. 'Maak gewoon dat je wegkomt. En zorg ervoor dat je niet tegen de deur botst op weg naar buiten.'

Sully had medelijden met het joch dat de doos oppakte en zich omdraaide naar de deur. Uiteraard viel de helft van de inhoud eruit, wat al net zo voorspelbaar was als Tatums reactie, die met haar ogen rolde en in de keuken verdween.

'Ik zal je even helpen', zei Sully.

Van pakte twee boeken op, samen met een enorme valentijnskaart, maar voor hij bij de doos was liet hij een van de boeken vallen. Sully bukte om het rechthoekige ding dat in zijn richting zeilde op te pakken – een foto van Tatum, duidelijk in gelukkiger tijden. Ze glimlachte plagerig naar de camera en zelfs nu lichtte de foto het donkere hoekje van de bakkerswinkel op.

'Wil je deze nog?' vroeg Sully.

Van graaide de foto uit zijn hand en wist hem na drie pogingen in zijn achterzak te steken. Op de een of andere manier lukte het hem om buiten te komen.

Tatum kwam tevoorschijn uit de keuken op het moment dat de drie cilinders knalden en de pick-up over Callow Avenue verdween.

'Nu snap je waarom ik mannen haat', zei ze. 'Niet rot bedoeld.'

'Dat zit wel goed.'

Sully zag het masker weer voor haar gezicht glijden.

'Bedankt dat je gebleven bent.'

'Het zag er anders niet naar uit dat je bescherming nodig had.' Sully schoof zijn stoel snel naar achteren en hij stond op. 'Wat krijg je van me voor de koffie?'

'Er zat niet genoeg koffie in dat kopje om iets in rekening te brengen.' Ze glimlachte bijna.

Terwijl Sully langs de met spinrag overdekte gereedschapswinkel liep, dwong hij zichzelf de appeltjes die Tatum overduidelijk te schillen had los te laten en zich te concentreren op Wyatt Estes.

Misschien stond ome Wyatt op het punt om zijn steun in te trekken. Rook hij een nieuw schandaal? Zou Kaye vandaag of morgen opnieuw in de rug aangevallen worden?

Sully veegde zijn mond af met de achterkant van zijn hand. Bah. Dit was helaas niet de laatste keer dat hij de champagnetaart van dichtbij gezien had.

20

Ik probeerde te verzinnen waar ik die stomme steen voor kon gebruiken. Ik nam hem mee in de auto om mezelf er daar tenminste aan te herinneren dat ik mezelf niet omlaag moest halen, maar dat werkte niet echt. Op woensdag nam ik hem mee naar de keuken om ernaar te kijken terwijl ik het tafelzilver poetste. In het begin voelde het een beetje gek – logisch – tot ik ontdekte dat het bestuderen van een levenloos object iets heel geruststellends had. Het kon me in elk geval niet beschuldigen.

Misschien was de steen verantwoordelijk voor mijn idiote opwelling van moed, waardoor ik Rich belde. Of misschien wogen mijn zorgen over Jayne zwaarder dan wat hij tegen me zou kunnen zeggen.

Bijna.

In eerste instantie gaf hij eenlettergrepige antwoorden, tot ik zei dat ik me er zorgen over maakte dat ze zo veel tijd in haar eentje doorbracht.

'Je moet het er even inwrijven, hè?'

Ik zweeg.

'Het komt door jou dat ik nu 's nachts werk, Demitria.'

'Dit gaat niet over jou', zei ik. 'Ik probeer met je te praten over onze dochter.'

'Het gaat goed met haar. We komen er wel uit. Verder nog iets?'

Ik klemde mijn vingers om de telefoon. 'Dat ik als echtgenote ontrouw geweest ben, betekent niet dat ik een slechte moeder ben.'

'O, je bent een fantastische moeder.' Het vlijmscherpe sarcasme sneed door mijn ziel. 'Behalve dat geweldige moeders niet tegen hun kinderen liegen zodat ze ervandoor kunnen gaan om naar bed te gaan met iemand die niet hun vader is.'

'Rich – alsjeblieft, zeg!' zei ik. En toen hoorde ik de klik van de telefoon. Ik had opgehangen.

***

Sullivan draaide een cilinderbout vast en bedacht hoe jammer het eigenlijk was dat hij geen gezinstherapie kon doen met de hele Costanas-clan. Hij wierp een blik op de handleiding die hij tegen een steekwagentje had gezet. De bouten moesten in de juiste volgorde worden vastgedraaid ...

Rich had waarschijnlijk jarenlang intensieve hulp nodig om te genezen. Sully kende mensen die wonderen bij hem zouden kunnen verrichten.

En dan waren er nog de twee kinderen.

Sully draaide aan de moersleutel.

Ze moesten eerst uit dat afschuwelijke huis gehaald worden, bij hun depressieve vader vandaan – en vervolgens moest dat joch, die Christopher, net zo lang door elkaar geschud worden tot zijn arrogante houding verdwenen was.

Was die bout soms dolgedraaid of zo?

Het was normaal dat kinderen van die leeftijd zich afzetten tegen de ouder die over de schreef gegaan was, maar deze twee leken geen seconde stil te staan bij alles wat hun moeder met een depressieve echtgenoot had doorgemaakt – wat opvallend was, vooral omdat ze zelf ook te lijden hadden gehad onder het feit dat hij zo in zichzelf gekeerd was.

Sully veegde zijn handen af en hij bekeek fronsend de handleiding. Hij had het met deze koppen net zo moeilijk als met die van zijn auto.

Hij gooide de lap weg en liep het kantoor in, waar in het koelkastje dat hij bij een kerkbazaar op de kop getikt had een ijskoude frappucino op hem wachtte. Tijdens hun sessie gisteren had hij er Demi een aangeboden, maar zij had het te druk gehad met ijsberen – tot hij haar de vraag stelde die ervoor had gezorgd dat ze er als een haas vandoor ging.

Hij somde, met haar hulp, alles op wat ze in deze crisis was verloren – ook het feit dat Zach haar ego oppepte. Ze had Sully woest aangestaard bij die laatste opmerking, maar ze was niet weggegaan. Toen nog niet.

'Je hebt het gevoel dat je alles kwijt bent', zei Sully tegen haar. 'Onder andere jezelf.'

'Dat is ook zo.'

'Dus, als …'

Hij aarzelde, maar ze hield op met ijsberen en gebaarde dat hij door moest gaan.

'Als Rich van je wil scheiden – wat maakt dat dan nog uit?'

Haar bruine ogen stonden op exploderen.

'Vroeg je me nou net *wat dat uitmaakt?*'

'Ik weet dat het wel uitmaakt, Demi. Maar je zegt dat je alles al kwijt bent. Een deel ervan kun je misschien niet terugkrijgen. Een deel ervan wel, met of zonder Rich.' Hij hield zijn adem in.

Ze sloeg haar armen over elkaar en drukte ze tegen haar borst. 'Je vraagt of ik de moeite van het oplappen waard ben, ook als ik mijn familie niet terugkrijg.'

Sully wreef met zijn vinger over zijn neus.

'Ik weet het niet', zei ze.

'Dat is beter dan nee.'

'Is dat zo?'

'Het is de enige vraag die je hoeft te beantwoorden.'

Ze rechtte haar tengere schouders. 'Heb je hier ook een speciale spelshow voor?'

Sully knikte langzaam. '*Overleven*, denk ik, Demi.'

'Ik heb een hekel aan die spelshow.'

'Uh-uh.'

'Ik heb een hekel aan *deze* show.'

'Ik begrijp het.'

'Ik moet gaan.'

Hij zag geen wanhoop in haar ogen, dus hij had haar laten gaan zodat ze met zichzelf kon worstelen.

Hij hoopte dat ze het zou winnen.

Hij gooide de rest van de frappucino achterover en liep terug naar de garage. Toen hij vooroverleunde om de handleiding die op de vloer gegleden was op te rapen, zag hij dat de voordeur op een klein kiertje stond. Op de drempel lag een papieren tas met de opdruk Daily Bread.

Brood? Een stinkbom? Een 'bedankt voor alles'-briefje?

Toen hij de tas leeggooide op zijn werktafel, ontdekte hij dat er meer dan één brief in zat. Het waren er minstens twintig, allemaal netjes opgevouwen en voorzien van een naam, elk met een andere kleur inkt geschreven. Er dwarrelde een los blaadje op de stapel.

Sullivan,

Wie was dat die er als een haas vandoor ging? Ik weet niet eens meer wie ik ben. Misschien moet ik daar achter zien te komen. Deze brieven geven weer wie ik denk dat ik ben. Het is een begin, hè?

Gods zegen,
Demi

Sully's handen zaten onder het smeer, maar met zijn vingertoppen vouwde hij een paar brieven open. Een paar waren gericht aan Rich. Ongeveer evenveel aan Christopher. Er was er zelfs een voor Ethan Kaye. De meeste brieven waren echter gericht aan Jayne – allemaal in paarse inkt en geschreven in een krullerig, schuinlopend handschrift.

Hij draaide zich om naar de Impala en grijnsde. 'Asjemenou, Isabella', zei hij. 'Asjemenou.'

21

⤫

Vrijdagochtend wekte een gillende sirene me uit mijn diepe slaap. Ik kwam omhoog in de nis bij het raam en reageerde zoals te verwachten was van een vrouw die al 21 jaar met een brandweerman getrouwd was. Ik had mijn deken in mijn handen geklemd en mijn hart bonkte in mijn keel. Ik bad al nog voor ik werkelijk wakker was.

God – alstublieft, niet Rich!

Ik kneep uit alle macht om te voorkomen dat de angst me mee zou sleuren naar plaatsen waar niemand die een brandweerman liefheeft zou moeten komen: verstikkende rookwolken, allesverterende vlammen en in fakkels veranderde balken die neerstortten op hoofden en waartegen zelfs geen helm opgewassen was. Sommige vrouwen wilden niets weten over de vurige monsters waartegen hun mannen het opnamen en de meesten wilden geen scanner in huis hebben. Anderen gingen mee naar elke brand waar hun man opaf moest, met een camera bij de hand. Ik bleef altijd stil liggen, luisterend naar het gejammer van de sirene en wachtend op het telefoontje.

Alleen zou er vannacht geen geruststellend telefoontje van mijn man komen. De gedachte dat dat misschien nooit meer zo zou zijn dreef me naar de keuken, waar ik de ruimte, en mijn verwarde geest, overspoelde met licht.

Vier uur 's ochtends. Een acceptabel tijdstip om koffie te zetten en de dag te beginnen.

Een tweede sirene verscheurde de stilte, gilde de slapende stad wakker en verdween in de verte, naar de plaats des onheils. Een tweetonig signaal.

Ik merkte dat ik boos was op Sullivan Crisp om zijn 'Als Rich van je wil scheiden – wat maakt dat dan nog uit?'

Dit 'maakte het uit'. Ik zou nooit weten wat er met hem gebeurde. Ik zou hem niet meer horen ademen of boeren en ik zou afgesneden zijn van zijn stille aanwezigheid op wat voor moment dan ook.

Ik pakte de koffiepot. Met of zonder hem, ik zou blijven ademhalen en koffie blijven zetten.

Wat maakte het uit als hij van me zou scheiden? Ik zou blijven leven. Maar wie zou ik zijn?

Ik keek naar de prop lakens die ik op de vloer gegooid had, onder de nis bij het raam. Ik zat vast aan Rich, zelfs in mijn slaap. Welke 'vooronderstelling' me ook in bezit had gekregen en me opdracht gegeven had dat te riskeren door een deel van mezelf aan Zach Archer te geven – ze was nu verdwenen.

Wat maakte het uit als Rich van me zou scheiden? Er zou een leegte in mijn ziel zijn die ik nooit meer kon vullen. Ik liet mijn hoofd zakken tot ik het koele aanrechtblad raakte en ik huilde – omdat ik misschien mijn man zou verliezen.

Het was een Mickey-huilbui, besloot ik, toen ik klaar was en de tranen en alle rommel van mijn gezicht en het aanrecht geveegd had. Het was een van die reinigende huilbuien die me iets lieten ontdekken.

Ik had lief. Was dat niet een stukje goedheid in mij, dat ik op deze manier kon liefhebben?

Ik was niet de verdorven vrouw voor wie ik mezelf gehouden had. Ik wist niet wat ik met die wetenschap aan moest. Ik wist het alleen.

Wat de reden was waarom ik me ook vandaag weer aan-
kleedde, in mijn auto stapte en door de ochtendmist naar
Daily Bread reed.

Onderweg realiseerde ik me dat ik de kop koffie die ik
had ingeschonken niet had opgedronken. Ik zette mijn
knipperlicht aan en reed een parkeerterrein op, op weg naar
het kleine winkelcentrum, waar ik ongetwijfeld een vesti-
ging van een of andere koffieleverancier zou vinden.

Terwijl ik voor het winkeltje parkeerde, zag ik binnen
een rij mensen staan die allemaal wachtten tot ze hun koffie
met melk konden bestellen. Ik leunde achterover en sloot
mijn ogen – tot het plastic raam van de Jeep rammelde en ik
overeind schoot. Ik zag iemand met een capuchon op en
met een brutale hand als een afdakje boven zijn ogen, zodat
hij naar binnen kon gluren.

'*Wat?*' zei ik.

'Doe je dít de hele dag?' vroeg een bekende stem.

'Christopher?'

Ik morrelde aan de hendel en draaide het raam omlaag.

'Je hangt een beetje rond bij koffiehuizen?' zei hij toen
het raam open was.

Ik keek om me heen. 'Nee – wat ben jij aan het doen?'

Hij stak zijn achterwerk achteruit, zodat hij zijn slungelige armen op de deur van de Jeep kon leggen.

'Ik zag je rijden', zei hij.

'En toen ben je me gevolgd?'

'Ik wilde weleens zien wat jij de hele dag doet.'

Ik greep het stuurwiel beet. 'Ik heb je in mijn e-mails
verteld dat ik een baan heb aan Main. Ik heb je zelfs mijn
rooster gegeven –'

'Ik open jouw mailtjes niet.'

Ik kneep nog harder in het stuurwiel. 'Maar je volgt me
wel een parkeerterrein op om erachter te komen wat ik doe.'

Het was belachelijk, en ik zou gelachen hebben als hij
zijn ogen niet had afgewend. Het was de gezichtsuitdrukking die hij als klein jongetje altijd had als hij wist dat ik op
het punt stond zijn verborgen motief te ontdekken voor het
delen van een koekje met zijn zusje of het van tafel stuiven

om zijn huiswerk te doen zonder dat daar dwang voor nodig was.

Ik ging rechter op zitten. 'Je houdt me in de gaten om te zien of ik geen afspraakjes heb.'

'Zou ik dat *moeten* doen?'

'Jij denkt blijkbaar van wel.'

'Waarom zou ik het niet doen, mam? Met jouw staat van dienst – als het eruitziet als een ordinaire geheime ontmoeting – en het zo ruikt – en zo klinkt –'

'Christopher', zei ik. 'Ik wil dat je je mond houdt – nu.'

Hij was geschokt genoeg om de deur los te laten. Hij ging koppig verder. 'Ik vond dat je moest weten wat je Jayne hebt aangedaan.'

Zijn woorden prikten als een ijspriem, maar ik zwaaide de passagiersdeur open. 'Kom zitten.'

'Ik wil niet –'

'Ik zei kom zitten.'

Hij sloeg met twee handen tegen mijn deur, zijn manier om het laatste woord te hebben. Mijn gedachten maakten overuren terwijl hij voor de Jeep langsliep, zijn schouders voorovergebogen. Hoe kon ik Jayne iets aandoen als ik niet eens met haar mocht praten?

Christopher vouwde zijn lange lijf voor de helft in de auto. Zijn andere been hing buiten, in de motregen.

'Wat is er met Jayne?' vroeg ik.

'Ze is helemaal ondersteboven van deze hele toestand.'

'Je hebt genoeg ingespeeld op mijn schuldgevoel. Wat is er aan de hand?'

'Ze heeft huisarrest tot zo'n beetje haar zestiende verjaardag. Ik heb tegen pa gezegd dat hij haar mobieltje in beslag moest nemen en dat heeft hij gedaan.'

'Ze is 's nachts alleen en ze mag haar telefoon niet gebruiken?' Ik woelde door mijn haar. 'Wat als er iets gebeurt?'

'Ik ben er.' Zijn mond vormde een grimmige streep.

'Waarom heeft ze zo veel straf?' vroeg ik. 'Wat kan ze in vredesnaam gedaan hebben?'

'Ze verandert in jou.'

'Wat?'

Hij kneep een oog dicht, alsof ik zijn trommelvlies had opgeblazen. 'We zijn naar haar toneelstuk wezen kijken.'

Dat wist ik. Ik had dat hele weekend op mijn horloge gekeken en me voorgesteld hoe ze op het podium zou staan, krimpend onder een vermeende vloek, en buigend voor het publiek, telkens als ze werd teruggeroepen. En ik had mijn ogen uit mijn hoofd gehuild.

'Ze speelde een – nou ja, zeg maar een hoer.'

'Ze speelde Abigail Williams', zei ik. 'Een verward, verknipt tienermeisje!' Ik schudde mijn hoofd. 'Lieve help, dat was een *rol*.'

'Ja, nou, pa was kwaad op jou omdat jij haar toestemming had gegeven voor die rol.'

Ik kauwde op mijn lip. Ik had geen zin om in te gaan op het feit dat ik geprobeerd had alles wat Jayne deed met Rich te bespreken en dat hij 'Je doet maar' gegromd had. Ik wapperde met mijn hand om Christopher aan te sporen om door te gaan.

'En na afloop van het toneelstuk kwam ze naar ons toe, in de hal, om aan pa te vragen of ze naar een feestje speciaal voor de cast mocht. Ze had niet in de gaten dat hij al woedend was. Hij zei nee en zij ging uit haar dak.'

'En daarom heeft hij haar huisarrest gegeven?'

'Nee, hij heeft haar huisarrest gegeven omdat ze aan haar vriendje gemaild had dat pa een zak was.'

'Haar vriendje?' zei ik.

'O, het wordt nog erger', zei Christopher.

Het scheelde niet veel of hij likte zijn lippen terwijl hij informatie op me afvuurde waarvan hij blijkbaar wist dat het mijn hart zou breken.

'Welk vriendje?' vroeg ik op neutrale toon.

'Dat joch dat John Proctor speelde. Josh nog iets.'

'Josh Elliston?' vroeg ik. 'Ze zijn al bevriend sinds groep acht.'

'Maar nu zijn ze meer dan vrienden. Ze heeft die jongen in een mailtje alles verteld over de huidige "kwesties" in ons gezin – dus wie weet wie het inmiddels allemaal nog meer weet.'

'Wacht even.' Ik haalde mijn hand langs mijn ogen. 'Hoe heeft je vader ontdekt wat zij online heeft geschreven? Hij weet nauwelijks hoe hij een computer aan moet zetten.'

Christopher hoefde geen antwoord te geven.

'*Jij* hebt het hem verteld', zei ik. 'Jij hebt ingebroken in haar account –'

'Iemand moet –'

'Niet *jij*!'

'Wie dan? Pa functioneert nauwelijks. Hij zou niet eten als ik niet zou koken. Hij zou niet douchen als ik hem niet afspoelde –'

'Maar jij bent niet Jaynes vader. Ze heeft nog een ouder.' Ik plantte mijn duim in mijn borst. 'Ik ben nog steeds haar moeder, Christopher. En vertel me nu maar –' Ik kwam nog dichterbij, tot ik zijn adem langs mijn kin voelde strijken. 'Wat je haar over haarzelf verteld hebt? Zeg alsjeblieft dat je tegen je zusje niet het woord *hoer* gebruikt hebt.'

'Wie denk je wel dat ik ben?'

'Ik weet het niet', zei ik. 'Op dit moment weet ik het niet. Vertel jij het me maar.'

Hij trok zich terug, zo ver dat ik kon zien dat zijn blik iets van zijn arrogantie had verloren. 'Ik heb niets tegen haar gezegd. Ze sluit zich de hele tijd op in haar kamer.'

'Geef je *haar* te eten? Spoel je *haar* af?'

'Zo erg is het ook weer niet.'

'Ik kan me niet voorstellen dat het minder erg zou zijn.'

Ik kneep opnieuw in het stuurwiel om te voorkomen dat ik zou schreeuwen. Christopher trok zich terug in zichzelf, op dezelfde manier als Rich altijd deed.

'Luister naar me', zei ik. 'Ik haal Jayne vandaag op uit school. Probeer me daar niet van te weerhouden en haal het niet in je hoofd om de school te bellen om te zeggen dat ze haar niet aan mij mee mogen geven. Jij hebt niet het recht om je te bemoeien met mijn contact met je zusje. Is dat duidelijk?'

'Je zegt het maar.'

'Christopher. Is. Dat. Duidelijk?'

Zijn hoofd schoot opzij, deze keer bij mij vandaan. 'Jawel', zei hij.

Hij wurmde zich uit mijn auto en boog voorover om me woest aan te kijken. 'Ik snap niet waar jij al die eigendunk vandaan haalt', zei hij. Toen liep hij weg.

Ik snapte het ook niet. Ik wist alleen wat ik voelde – wat ik hoorde – wat ik wist – omdat ik liefhad.

***

'Vandaag is-ie van het huis', zei Tatum tegen Sully toen hij die vrijdagmiddag de bakkerswinkel binnenwandelde.

Dat had slecht nieuws kunnen zijn, als hij onderweg niet al een half dozijn maagtabletten had weggewerkt. 'Ter ere van wat?' vroeg hij.

'Om je te bedanken dat je me geholpen hebt met Van.'

'Het ex-vriendje?'

'De griezel.' Ze liet het mes in een enorme punt roze champagnetaart glijden, die ze zojuist onder een glazen stolp vandaan gehaald had. 'Doordat jij hier was, werd het niet helemaal dramatisch. Je gebruikelijke suiker en melk met een scheutje koffie?'

Sully grijnsde. Hij ging aan een tafeltje zitten en haalde een van Demi's brieven uit zijn jaszak. Wie zei dat mannen niet in staat waren om meer dingen tegelijk te doen? Tatum verdween in de keuken en kwam terug met een stapel bakplaten die vol lagen met koekjes in de vorm van paaseieren. Terwijl zij ze op de koekjesrekken legde, begon Sully te lezen.

Lieve Christopher,

Ik weet niet waarom – na alles wat er gebeurd is, zou je denken dat dit het laatste is waar ik mee bezig ben – maar ik heb de laatste tijd veel nagedacht over jou en mij op 11 september. Ik heb me afgevraagd of jij je alles herinnert zoals ik het me herinner, alsof elk detail in mijn geheugen is ingegraveerd.

Toen ik hoorde dat de eerste toren geraakt was, heb ik mijn lessen afgelast en ben ik naar jouw school gegaan. Weet je nog? Ik heb jou en Jayne opgepikt en we waren op weg naar huis toen de tweede toren instortte, en we stapten net het huis binnen toen het Pentagon geraakt werd. Een zorgeloze dag, een strakblauwe lucht, en opeens was het einde van de wereld aangebroken.

Ik zal je gezichtsuitdrukking nooit vergeten, jongen. Je had een leven vol liefde, veiligheid en zekerheid gehad, met opa en oma Costanas en ome Eddie, van wie je bijna net zo veel hield als van je vader. Ik had nooit eerder paniek in je ogen gezien. Je werd lijkbleek en je ogen schoten alle kanten op, en ik kon je niet vasthouden. Jayne kroop bij me op schoot en wreef voortdurend over mijn arm, alsof ze zich meer zorgen maakte over mij dan over zichzelf en haar vader. Maar jij – je bleef maar zeggen: 'Papa zit daar binnen, oom Eddie zit daar binnen. We moeten iets doen!'

Een telefoontje van de ombudsman bevestigde dat iedereen was opgeroepen. Ik kon haast niet voorkomen dat je de deur uitracete en helemaal naar het World Trade Center zou rennen. We kropen met z'n drieën bij elkaar voor de tv, in dat kleine, lichte woonkamertje in ons rijtjeshuis in Queens. Ik probeerde zachtjes te praten, zo rustig mogelijk, terwijl ik aan jullie tweetjes uit probeerde te leggen wat er gebeurde. Ik dacht niet dat het zin had om te proberen jullie af te leiden. Jullie waren de kinderen van een brandweerman. Jullie waren altijd op de hoogte geweest van de gevaren. Jullie hadden altijd geweten wat het geluid van sirenes voor ons kon betekenen. Het zat in jullie bloed om alert te blijven tot iedereen veilig teruggekeerd was naar de kazerne.

Ben je het met me eens dat het voor ons allebei de langste dag was die we ons kunnen herinneren? Telkens als ik een sirene hoorde, wilde ik gillen. Mijn nek was stijf omdat ik zo ingespannen zat te kijken of ik je vader misschien op tv zag. Ik gaf mijn pogingen om jou op de bank te houden op. Je wilde vlak voor de televisie zitten, en om de paar minuten raakte je het scherm aan, alsof je daar het leven van je vader kon voelen. Je was nog maar twaalf, jongen. Je was echt nog een jochie, maar die dag begon je gezicht trekken van een man te vertonen. De hoeken van angst namen de zachtheid weg en ik wist dat je nooit meer een onschuldig kind zou zijn. Dat raakte mijn hart net zo diep als alle andere dingen.

Toen de telefoon ging, pakte jij 'm op nog voor ik de kans kreeg. Ik kon de stem van de vrouw van kapitein Reardon horen en ik trok de telefoon uit je handen. Ik weet dat je je dat herinnert. Je schreeuwde: 'Ik wil weten wat er aan de hand is, mam!' Het was een stem die ik niet eens herkende. We waren veranderd in versies van onszelf die we niet herkenden.

Lydia Reardon had geen nieuws, behalve dat zowel je vader als oom Eddie op de plaats van de ramp aanwezig waren. Ze nodigde ons uit om naar haar huis te komen, met alle andere vrouwen, waar meer dan voldoende slaapruimte was voor de kinderen. Ik wilde daar wel heen – we hadden er behoefte aan om bij andere mensen te zijn die hetzelfde doormaakten als wij. Maar ik wist dat als ik zou proberen jou uit ons huis te halen – waar je moest zijn op het moment dat je vader thuiskwam – ik dat niet voor elkaar zou krijgen.

Vanaf dat moment ging je een eindje bij me vandaan zitten en met elke vezel in je onhandige puberlichaam nam je in je op wat ze ons op CNN vertelden. Als de telefoon ging, nam jij op. Als het voor mij was, luisterde je mee. Ik hield de hoorn opzij zodat jij het kon horen, want dat leek de enige manier om te voorkomen dat je in zou storten.

Uiteindelijk gaf je je om twee uur 's nachts over aan de slaap. Je werd niet wakker toen de politie aan de deur kwam. Ik herinner me dat ik de veranda op stapte en dat ik moest vechten om te voorkomen dat alles wazig werd. Dat was me overkomen toen ik veertien was, toen ik de deur opendeed voor een politieman die me vertelde dat mijn vader was omgekomen bij een ongeluk. Alles werd onwerkelijk en ik kon niet eens rouwen. Dat kon ik deze keer niet laten gebeuren. De arme agent zag helemaal grijs – van de as én van de shock waar hij in verkeerde. Hij kende je vader en oom Eddie en hij deed zijn uiterste best om zijn gezicht in de plooi te houden, om te voorkomen dat de pijn hem zou overweldigen.

'Zeg het maar meteen', zei ik tegen hem. 'Is het Rich?'

'Rich is in orde', zei hij. 'Het gaat om zijn broer.'

Hij vertelde dat pa eruit was gekomen en oom Eddie niet. Hij zei dat hij gezien had hoe Rich iedereen van zich afsloeg, dat hij terug naar binnen ging om het verkoolde, gebroken lichaam van zijn broer uit het puin te slepen.

Ik wilde verdoofd raken, Christopher. Het was bijna meer dan ik kon verdragen. Maar het enige waar ik aan kon denken, was je

224

vader. Ik zag helder voor me hoe die lieve, lieve man zijn tweeling-broer vasthield zonder een hartslag te voelen. Hoor je me, Christopher? Het enige waar ik aan kon denken was naar hem toe gaan, omdat niemand dat soort pijn in zijn eentje kan dragen.

Daarom belde ik Lydia Reardon terug en vroeg ik of er iemand kon komen om op jullie te passen. Daarom ging ik met de politie-man mee zonder jou wakker te maken om het je te vertellen. Het was niet mijn bedoeling om je buiten te sluiten, jongen. Ik ben je moeder, maar ik ben ook de vrouw van je vader. Ik moest bij hem zijn, alleen bij hem – en hij had mij nodig, alleen mij.

Ik heb je dit nooit verteld, maar ze hebben me in laten stappen in een brandweerauto, zodat ik bij het werkterrein van de reddingswerkers kon komen. Ik kan niet eens beschrijven hoe het er daar uitzag. Het was een optelsom van alle films over belegerde derdewereldlanden die ik ooit gezien had – samengebracht op onaantastbaar Amerikaans grondgebied. Die heldere zomerdag werd een verstikkende grijze nacht, en daar zag ik mijn geliefde Yorkies, hun gezichten zwart van de as en de rook, met hier en daar lichtere strepen van het zweet en de tranen.

Ik vond je vader zittend op een veldbed, met een deken over zijn schouders en zijn hoofd in zijn handen. Hij was zo overdekt met as dat ik hem niet herkend zou hebben, behalve dan aan zijn schouders. Verschillende brandweermannen die ik niet kende stonden vlakbij, maar uit hun vermoeide blikken kon ik opmaken dat ze al hadden ingezien dat dit een privéruimte was. Maar ik drong door in zijn cirkel van stilte en ik ging naast hem zitten en sloeg een arm om hem heen. Zo was het tussen ons, in die tijd. Ik was nooit bang om naar hem toe te gaan en te zeggen: 'Hé, wat is er aan de hand? Wat zit je dwars?' Niet zoals ik daarna was.

In eerste instantie was zijn lichaam een soort bal. Het enige wat hij zei, was: 'Ze willen me er niet meer inlaten.'

'Dat is ook beter voor je', zei ik.

Hij keek me aan en zei: 'Eddie is dood, Demitria.'

En toen, Christopher, huilde hij. Hij snikte – hartverscheu-rend, vanuit het diepst van zijn ziel. Ik huilde met hem samen en ik wist dat het, op het moment dat hij zijn identieke tweelingbroer uit de overblijfselen van het World Trade Center haalde, was alsof hij zijn eigen lichaam borg. Hoe zou hij daar ooit mee kunnen leven?

Dat verdriet heb jij nooit bij hem gezien. Zelfs ik heb het daarna niet meer gezien. Misschien was dat het begin van alle veranderingen in ons gezin.

Ik bleef de rest van de nacht bij hem – ik dwong hem om op het veldbed te gaan liggen terwijl ik op de vloer zat. Toen het ochtend werd, lieten ze hem weer toe in het rampgebied en ik ging naar huis, naar jullie. Jayne lag opgekruld op de bank, in foetushouding. Jij was net wakker geworden en ik denk niet dat ik je hoef helpen herinneren dat je woedend was omdat ik je niet meegenomen had. Ik probeerde je zover te krijgen dat je bij me kwam zitten terwijl ik het nieuws over oom Eddie vertelde, maar jij bleef met je rug naar de open haard staan terwijl ik Jayne op schoot nam. Toen ik het verteld had, liep jij naar de achtertuin en je smeet je honkbal tegen het hek, telkens opnieuw. Je had zo ontzettend veel pijn en ik wist niet wat ik moest doen, behalve jou de ruimte geven om het te voelen. Dat was het enige wat ik kon bedenken, Christopher. Als ik het verkeerd gedaan heb, jongen, dan spijt dat me vreselijk.

Ik wil dat je weet dat ik echt geloof dat ik samen met jou in die pijn verdronk. Met jou en je vader en Sissy. Met jullie allemaal, Christopher. Alle pijn, de hele tijd – dat is al zo lang mijn enige ervaring. Als ik in die periode fouten gemaakt heb, spijt dat me zo ontzettend.

Mama.

Sully vouwde de brief dicht en stopte hem in de envelop. Maar de echtheid ervan bleef hij voelen, in zijn handen en in zijn binnenste. Was er geen einde aan de pijn die deze vrouw en haar gezin in de afgelopen zes jaar te verduren hadden gekregen? Hij hoestte en liet de tranen in zijn ogen springen.

'Alles oké?'

Sully keek op en zag een iets vervormde versie van Tatum.

'Eigenlijk niet', zei hij. 'De tragedies in het leven van mensen zijn helemaal niet oké.'

'Dat hoef je mij niet te vertellen.'

Sully hield verrast zijn hoofd schuin toen ze de stoel tegenover hem omdraaide en er schrijlings op ging zitten, met haar onderarmen op de leuning.

'Het verschil tussen jou en mij,' zei ze, 'is dat jij er emotioneel van wordt. Ik word bitter.'

Sully schoof de envelop opzij. 'Bitter waarover?'

'Mannen in het algemeen.'

'En Van in het bijzonder.'

Ze deed alsof ze huiverde. 'Ik weet ook niet wat ik me in mijn hoofd haalde met hem. Of eigenlijk wel – ik had hem als vriendje om iemand anders te vergeten. Dat is nooit goed.'

'Hij hoopte duidelijk dat er meer inzat.' Sully leunde quasinonchalant achterover. 'Ik vraag me af wat hij zal doen met die mooie foto van jou.'

Ze zat aan haar oorring te frummelen, maar stopte abrupt. Slingeraapjes waren het deze keer.

'Hij liet er eentje vallen', zei Sully.

'Ik hoop dat hij de hele stapel verbrandt. Hij heeft er wel een paar honderd. Hij denkt dat hij zo'n geweldige fotograaf is. Het was alsof ik uit was met de paparazzi.'

Onmogelijk. Absoluut *onmogelijk*.

'Heeft Van een studio?' vroeg Sully.

Tatums gezicht vertrok. 'Grapje zeker? Nee – hij zit nog op school – als je het tenminste een school wilt noemen. Hij zit op de UvV.'

Echt, absoluut, volstrekt *onmogelijk*.

Tatum pakte Sully's bordje en ze stond op. 'Ik weet niet waarom ik elke keer tegen je begin te kletsen als je hier binnenkomt. Misschien omdat je echt luistert.'

Sully pakte de folder op. 'Het is prettig om naar jou te luisteren. Hé, bedankt voor de taart.'

'Op een dag moet je me vertellen waarom je deze troep blijft eten', zei ze.

'Ik ben er verslaafd aan.'

'Leugenaar', zei ze en ze verdween achter de toonbank.

22

∽

Die middag belde ik naar de middelbare school van South Kitsap. Ik vroeg de administratie om aan Jayne door te geven dat ik haar die middag na schooltijd bij de ingang zou opwachten. Daarna ging ik naar Daily Bread, waar ik mezelf de hele dag pijnigde met redenen waarom dit een vergissing was.

Wat als ze van school wegliep omdat ze liever geschorst werd wegens spijbelen dan dat ze mij onder ogen moest komen?

Wat als Christopher het aan Rich verteld had, en Rich de schoolleiding opdracht had gegeven te voorkomen dat ik haar zou zien?

Wat als de kinderbescherming haar via een achterdeur meesleepte voor ik bij haar kon komen omdat Rich gemeld had dat ik ongeschikt was als moeder?

'En wat als er apen uit mijn neusgaten tevoorschijn komen?' zei ik tegen de linzen die ik in een pot goot.

'Dat zou nog eens een leuk gezicht zijn.' Oscar was op weg naar het gasfornuis, maar hij vertraagde zijn pas. 'Ik hoop dat je dat gevecht met jezelf zult winnen.'

Ik keek naar zijn donzige engelengezicht. Zou ik ooit ergens meer medeleven vinden dan hier?

'Ik probeer om vandaag een ontmoeting met mijn dochter te regelen', zei ik tegen hem. 'En eerlijk gezegd weet ik niet waar ik het zoeken moet.'

Zijn krullenbol bewoog op en neer. 'Dat snap ik wel. Mickey heeft de hele nacht liggen woelen omdat ze zo bezorgd was over Audrey.'

Ik verplaatste mijn aandacht – dankbaar – naar zijn afhangende oogleden. 'Nog steeds problemen met mannen?'

'Wie zal het zeggen?' zei Oscar. 'Er zit haar iets vreselijk dwars, maar ze wil er niet met ons over praten.'

'Wat vervelend', zei ik. Ik draaide het deksel op de pot met linzen en liep naar de deur.

'De enige met wie ze praat, ben jij', zei hij.

Ik bleef in de deuropening staan. 'Is dat een hint?'

'Nee.' Hij keek niet op van de dampende pan. 'Het is een rechtstreeks verzoek. Mickey wil het je niet vragen, maar ik vind het vreselijk om dat grietje te zien lijden.'

Ik was een expert op het gebied van lijden, maar dat maakte me nog geen expert in het oplossen ervan. Ik begon te denken dat er geen oplossers *bestonden.* Alleen mensen die konden luisteren.

Maar ik ging op zoek naar Audrey en ik vond haar starend in een pot woeloengthee die al veel te lang stond te trekken. 'Voor wie is deze pot?' vroeg ik.

Ze sprong op van schrik.

'Schenk een kop kamillethee voor jezelf in', zei ik. 'En kom dan weer hierheen. Ik breng deze bestelling wel weg.'

Toen ik het stelletje in de hoek voorzien had van hun couscous, hun courgettebrood en hun woeloengthee, fluisterde ik tegen Mickey dat Audrey even pauze nodig had.

Ze fluisterde terug: 'Je bent een engel uit de hemel.'

Tegen de tijd dat ik bij Audrey en de kamillethee arriveerde, stond ze te huilen. Diepe, langgerekte uithalen waar haar hele lichaam van schudde. Ik trok haar tegen me aan en wiegde haar heen en weer. En heel even kon ik alleen maar denken dan aan Jayne. Deed iemand dit ook voor haar?

'Het is definitief', huilde ze tegen mijn borst. 'Boy heeft me gedumpt.'

'De schoft.'

'O, zeg dat alsjeblieft niet, dr. C.' Ze schudde haar hoofd. 'Ik hou van hem. Hij kan geen schoft zijn als ik van hem hou.'

Natuurlijk kon dat wel. Ik kreeg een bittere smaak in mijn mond, maar ik zei niets.

'Wat heb ik verkeerd gedaan?'

Ik drukte haar steviger tegen me aan – om haar te troosten op een manier die tot diep in haar ziel zou doordringen, maar ook om mezelf ervan te weerhouden op zoek te gaan naar die jongen en hem een flinke mep te verkopen.

'Ik heb het aan hem gevraagd', zei ze. 'Maar hij zei dat hij het gewoon niet vond werken tussen ons.'

'Soms passen twee mensen niet bij elkaar', zei ik met opeengeklemde tanden.

'Maar ik heb alles geprobeerd! Ik was de ideale vriendin!'

Ik hield haar een eindje van me af en pakte haar bij de schouders. 'Je hoeft niet perfect te zijn om leuk gevonden te worden door een jongen, vriendinnetje van me. Hij houdt van je om wie je bent, of niet.'

Haar gezwollen, behuilde ogen keken me onderzoekend aan, alsof ze wachtte op meer.

'Ik weet dat dit zo veel pijn doet dat je het gevoel hebt dat je in tweeën splijt', zei ik.

'Dat doet het ook.'

Ik nam haar gezicht in mijn handen voor ze weer in tranen uit zou barsten. 'Maar als dat eenmaal voorbij is, zul je zo blij zijn dat je van deze persoon af bent, Audrey.'

Ze probeerde haar hoofd te schudden, maar ik hield haar stevig vast. 'Ik ken dat soort. Hij dacht misschien dat hij van je hield, maar hij kent zichzelf niet eens. Dus hoe kan hij jou dan kennen? Hij heeft je gewoon gebruikt.'

'Dan ben ik een ongelofelijke sukkel!'

'Nee. Hij heeft je laten geloven dat hij de ideale man was. Niemand is slim genoeg om daardoorheen te prikken.'

Eindelijk knikte ze en haar gezicht ontspande – maar dat was maar voor heel even, tot de volgende gedachte haar aanvloog. Ze trok zich los en begroef haar gezicht in haar handen.

'Wat is er?' zei ik.

'Dat kan ik je niet vertellen.'

Ik zag haar schouders naar voren buigen, tot ze elkaar bijna raakten, en ik wist wat ik zag. Ze was op weg naar een donkere grot die ik zelf regelmatig bezocht had. Dat kon ik niet toelaten. Ik voerde haar door de keuken, naar de achterdeur, en ik nam haar mee naar buiten. Ik hield haar gezicht opnieuw vlak bij het mijne.

'Je hoeft het me niet te vertellen', fluisterde ik tegen haar. 'Maar als je dat wel doet, beloof ik dat ik je niet zal veroordelen.'

'Jij zou nooit zoiets als dit doen, dr. C. Ik zou het je niet kwalijk nemen als je me een slet vond.'

'Stop', zei ik. 'Het kan me niet schelen wat je gedaan hebt, je bent geen slet. Hoor je me?'

Ze knikte zielig. 'Ik ben met hem naar bed geweest. Ik wist dat het verkeerd was, maar ik wilde hem alles geven – en ik wilde alles van hem hebben.' Ze kromp in elkaar en ik hield haar vast tot ze weer uit zichzelf overeind kon staan. 'Maar nu voel ik me zo … smerig.'

Ik liet haar huilen. We stonden daar een hele tijd – lang genoeg voor Oscar om zijn hoofd uit de achterdeur te steken, me met een gebaar te vragen of alles in orde was en weer te verdwijnen nadat ik geknikt had. Mickey verscheen ook en drukte haar gevouwen handen tegen haar lippen, om te laten zien dat ze bad. Dit probleem was niet groter dan de liefde waar Audrey mee omringd was.

Ze rilde nog na en ik keek in haar gezicht, vlekkerig en rood door de chaos bij haar vanbinnen.

'Laat de schaamte los', zei ik tegen haar. 'Je hebt een fout gemaakt, maar het is nou eenmaal gebeurd. Laat het los.'

'Hoe moet ik dat doen?'

Ik beet op mijn lip. Wist ik dat? Goed genoeg om te voorkomen dat dit meisje zichzelf zou verliezen in de diepe put die ik maar al te goed kende? Wat *wist* ik eigenlijk?

Dat ik liefhad. Dat moest ik onthouden. Ik kon liefhebben.

'Ik zal zeggen wat je moet doen', zei ik tegen haar. 'En het zal niet makkelijk zijn.'

'Vertel het me.' Haar ogen werden weer vochtig.

'Ga er rechtstreeks mee naar God', zei ik. 'En laat het aan zijn voeten vallen. Ga ermee tot de bodem, als het nodig is.' Ik kneep in haar schouders. 'En laat het dan daar. Ga door met leven en doe vanaf *nu* wat je weet dat juist is. Wat gebeurd is, is gebeurd. Maar dat maakt je niet tot wie je bent. Het leert je alleen maar wie je moet zijn.'

Ze sloeg haar armen om mijn nek en de tranen begonnen opnieuw te stromen. Als ik zelf de afgelopen tijd geen wandelende waterval was geweest, had ik me afgevraagd waar ze in vredesnaam vandaan kwamen. Maar ik wist het.

***

'Het is absoluut uitgesloten dat Wyatt Estes het risico zou nemen om hier een student voor te gebruiken', zei Ethan Kaye. 'Ik ken Van Dillon. Estes zou zijn verstand kwijt zijn als hij dat joch vertrouwde. Of een van de andere jongelui die hier op school zitten, trouwens.'

Sully stond voor het raam van Ethans kantoor. Hij draaide zich half om en klopte op het glas. 'De studenten daar beneden worden anders ook door iemand gebruikt.'

Ethan hees zich uit zijn bureaustoel, wat hem duidelijk moeite kostte, en hij ging naast Sully voor het grote raam staan. Beneden hen stond een rijtje eerstejaarsstudenten, voorovergebogen, waardoor ze wel wat weg hadden van vraagtekens. Ze hielden houten borden met opschrift omhoog, hoewel ze moe leken van het tillen – tenminste, voor zover Sully het kon bekijken.

'Wat staat er op die ene?' vroeg hij, terwijl hij wees op een affiche dat vastgehouden werd door een studente met een mobieltje in haar andere hand.

Ethan tuurde ingespannen. De rimpels rond zijn ogen werden dieper. 'Voed je geloof en je twijfels zullen verhongeren', las Ethan. Hij haalde zijn schouders op. 'Daar is niets tegen in te brengen.'

'Waarom zou je willen dat je twijfels van honger omkomen?' vroeg Sully. 'Het zijn de vragen die je aan het denken zetten, die maken dat je gaat graven.'

'Dat weet jij, omdat je niet door angst gedreven wordt.'

'Daar gaat het hier om, denk je niet?' zei Sully. 'Angst.'

Ethan stak zijn handen in zijn zakken. Sully keek naar zijn gezicht – betrouwbaar, vastbesloten, en toch werden de lijntjes dieper terwijl de gedachten zich ophoopten. Hij had dat vaker gezien bij zijn mentor, maar dit verdriet was nieuw. Ethan Kaye zag eruit alsof hij rouwde.

'Ik kan het mensen niet kwalijk nemen dat ze bang zijn. We leven in een chaos.'

Sully wierp een blik uit het raam. 'Of op de automatische piloot.'

'Ze gaan over op de automatische piloot omdat ze bang zijn.' Ethan zuchtte. 'Voor Kevin St. Clair aan boord kwam, ging het juist de goede kant op. Maar ik wijt het niet alleen aan hem – hij wordt door anderen gesteund.'

'En niet in het minst door Wyatt Estes.'

'Op de faculteit ook. Maar ik boekte daar vooruitgang.' Hij streek met zijn gebruinde hand door zijn haar. 'De studenten begonnen te praten over hun zorgen – de oorlog in Irak, milieuverontreiniging, over hoe ziek onze economie eigenlijk is. Ze begonnen te beseffen dat we niet langer kunnen vasthouden aan de mythe van de onschuld van Amerika, dat we zelfkritiek moeten toepassen en naar onze systemen moeten kijken – de vooronderstellingen die bepalend zijn voor onze waarden.'

Sully zweeg – vol eerbied. Dit was de Ethan Kaye die hem als jonge man beïnvloed had. Dit was de wijsheid die

Sully toen hij begin twintig was in zijn leven had geïntegreerd – en waar hij nog steeds aan vasthield.

'We kregen de studenten zover dat ze naar Jezus keken, wie Hij was in de evangeliën, om het antwoord op hun vragen te vinden – ernstige, moedige vragen.'

'En met *wij* bedoel je –'

'Verschillende stafleden, onder wie Demi. En Zach Archer, dacht ik.'

'Hij was een nepper', zei Sully.

Ethan grinnikte. 'Je klinkt net als de kinderen.'

'Soms hebben kinderen een haarscherp inzicht.'

'Ik denk dat *jij* een haarscherp inzicht hebt.' Ethans gezicht betrok. 'Ik had Archer moeten ontslaan toen ik hem voor de eerste keer van een verhouding verdacht.'

Sully bewoog zijn kin heen en weer. 'Hij had al een verhouding voor Demi?'

'Waarschijnlijk. Afgelopen voorjaar. St. Clair zat er toen bovenop, maar ik had geen bewijs. Ik had mijn instinct moeten volgen.'

'En een rechtszaak op je dak krijgen.' Sully keek Ethan schuin aan. 'Je denkt dat al deze dingen Demi niet zouden zijn overkomen als je hem toen op straat gezet had.'

'Ja, dat denk ik inderdaad. Maar goed, uiteindelijk is niemand van ons volledig verantwoordelijk voor de beslissingen van iemand anders.'

Ethan liep nog wat dichter naar het raam toe en hij staarde omlaag. Het bleke zonlicht viel op zijn gezicht, waardoor de lijntjes van verdriet zich nog scherper aftekenden. 'Ik ben niet blij met de wending die dit neemt. Maar ik moet geloven dat God erbij is – dat het een doel heeft.'

Hij sloot zijn ogen en Sully liet zijn eigen ogen ook dichtvallen.

'We moeten in de kerk ons eigen leerstuk over zonde kritisch onder de loep nemen. Als je het evangelie erop naslaat, vind je geen enkele uitspraak van Jezus waaruit je zou kunnen opmaken dat er voor bepaalde mensen geen vergeving is.' Zijn stem daalde en Sully moest zijn best doen om het gesprek te volgen dat Ethan blijkbaar met God zelf voerde. 'Ik wil niet dat mijn studenten verblind raken door een giftig geloof dat mensen, wie dan ook, uitsluit van Gods bemoeienis – een geloof dat geweld, seksisme, racisme en hebzucht rechtvaardigt.'

Sully opende zijn ogen en zag dat Ethan stond te staren naar de smalle rij studenten beneden.

'Ze kunnen een waarachtig leven leiden, maar niet door domweg dogma's aan te nemen die ze niet mogen onderzoeken of ervaren.'

Zijn blik ging naar Sully, hoewel Sully er zeker van was dat de gebrokenheid onder zijn raam nog steeds op zijn netvlies gegrift stond. 'Wanneer we met hen omgaan, moeten we ervoor strijden om meer te gaan lijken op Jezus – Hij heeft genade voor iedereen.'

In de stilte die volgde wachtte Sully, maar hij kwam niet tot rust. Niet totdat hij de weg voor Ethan Kaye gebaand zou hebben.

***

Ik stond nog geen twee minuten in de rij van moeders die zich in hun auto's bij het hek van Cedar Heights hadden opgesteld toen Jayne zich als een rookpluim uit de groep leerlingen losmaakte en in mijn richting kwam. Ik hapte naar adem toen ik haar zag.

Jayne had altijd iets betoverends gehad. Slank en lenig, zoals alle tere, ongrijpbare dingen die de natuur rijk is. Wilgen die heen en weer wiegen in de wind – mistslierten – vlagen seringengeur – ze vielen allemaal in het niet wanneer Jayne voorbij zweefde, haast zonder de grond te raken. Ze was niet van deze wereld, mijn dochter – hoezeer ze ook probeerde om een onhandelbare puber te zijn.

Het kind dat op me afkwam was niet die Jayne. In vierenhalve week tijd waren haar wangen ingevallen en was haar huid vaalgeel geworden. Haar haar, vettig zoals bij haar leeftijd paste, hing in futloze slierten langs haar gezicht dat ik nauwelijks kon zien omdat ze het naar de grond gericht hield. Ik dwong mezelf om niet uit de Jeep te springen, haar in mijn armen te nemen en haar naar het dichtstbijzijnde ziekenhuis te brengen.

Ze keek me niet aan door het raam. Ze klom gewoon in de auto en ging zitten, met haar blik op haar knieën gevestigd. Ze rook zelfs niet als mijn dochter.

Ik ving de geur op van ongewassen kleding en bespeurde een nerveuze ademhaling. Ik deed mijn best mijn opkomende shock te onderdrukken en ik probeerde te glimlachen naar haar profiel.

'Hé, Jay', zei ik.

'Hé.'

'Bedankt dat je er niet vandoor gegaan bent.'

Ze haalde haar schouders op, alsof ze daarop had geoefend.

'Gaat het een beetje?'

Ze haalde haar schouders weer op.

Ik had het even moeilijk. 'Alsjeblieft, Jay, praat met me. Al zeg je maar ja of nee.'

'Kunnen we hier eerst vandaan gaan? Iedereen kijkt naar ons.'

'Ik ken het gevoel. Waar wil je heen?'

'Weet ik niet! Ik ben het zat om dingen te bedenken!'

Het knalde eruit, als opgehoopt uitlaatgas – mistig, stinkend en ongewenst. Ik zette de Jeep in de versnelling, reed het parkeerterrein van de school af en ging via achterafstraatjes naar de hoofdweg. Jaynes gezicht had ondertussen een grijze tint gekregen en ze greep de deurhendel vast.

'Moet je overgeven?' zei ik.

Ze knikte en duwde haar hand tegen haar mond. Ik stuurde de Jeep met een ruk het parkeerterrein van een winkel op en reikte voor haar langs om haar deur open te doen. Ze dook naar buiten, de stoep op, en sloeg haast dubbel. Ik was bij haar op het moment dat ze net klaar was met kokhalzen. Het kon me niet schelen hoe ze zou reageren – ik sloeg mijn armen om haar heen. Het was alsof ik een bezemsteel omhelsde.

'Wat heb je vandaag gegeten?' vroeg ik.

'Niets.'

'En gisteren?'

'Ik kan niet eten!'

Niet te geloven. Ik liet mijn hand langs haar zij glijden en zelfs door de slobbertrui waar ze haar lichaam in verborg heen kon ik haar ribben voelen. Het waren net sporten van een ladder.

'Kom maar, liefje', zei ik.

Ik probeerde haar op te tillen, maar ze verstijfde, dus ik liet haar op me leunen terwijl ik haar min of meer naar de Jeep droeg. Eenmaal in de auto draaide ik de stoel zo ver mogelijk naar achteren en ik legde mijn jas over haar heen.

'Ik voel me zo stom.' Haar stem was flinterdun, als spinrag.

Jij bent niet degene die stom is, wilde ik zeggen. En deze ene keer had ik het niet over mezelf.

Ik nam haar mee naar Daily Bread, waar de middagdrukte net was losgebarsten, en ik bracht haar door de achterdeur naar binnen. Mickey wierp één blik op ons en zette een kop kippensoep voor Jayne neer, nog voor ik haar goed en wel geïnstalleerd had op de kruk bij het aanrecht, waar ik mijn huilbuien had.

Met een hoofdbeweging gaf Oscar Mickey opdracht ons met rust te laten. Ze vertrok met een onwillig: 'Roep maar als je iets nodig hebt.' En ze kon het niet laten om tegen Jayne te fluisteren: 'Je moeder is een goed mens.'

Jaynes ogen waren inmiddels zo groot als schoteltjes, en ze was nog steeds bleek. 'Waar zijn we?' vroeg ze.

'Op een veilige plaats. En nu wil ik dat je iets probeert te eten.'

Ik voerde haar soep, lepeltje voor lepeltje. Eerst ging het slikken moeizaam, maar daarna opende ze haar mond als een babyvogeltje en ze sloot haar ogen toen ze de soep proefde. Het moment was zo teer dat mijn hart leek te breken.

En dat gebeurde ook toen de stroefheid terugkeerde nadat ze een plak van Mickeys courgettebrood had weggewerkt en de helft van de smoothie had opgedronken die Mickey op tafel zette terwijl ze 'langsliep'. Ik hoorde Oscars waarschuwende stem vanuit de keuken.

Jayne duwde het halflege glas van zich af en vouwde haar armen, zo afschuwelijk mager, over haar ingevallen borstkas.

'Beter?' vroeg ik.

'Ik denk het.'

Moest ik haar de tijd geven? Proberen om een gesprek te forceren? Op mijn knieën vallen en om vergeving smeken? Het feit dat ik niet wist hoe ik met mijn eigen dochter moest praten was het meest deprimerende wat ik me op dat moment kon voorstellen. Maar als ik niets zei, zou ze zich terugtrekken in haar cocon.

'Ik kom maar meteen ter zake', zei ik. 'Oké?'

Ze zette alleen haar voeten op de steun van de kruk en ze spreidde haar lange rok als een tent uit over haar knieën.

'Jayne, het spijt me echt verschrikkelijk', zei ik. 'Ik heb iets gedaan wat heel, heel verkeerd was. Het is het meest betreurenswaardige dat ik ooit in mijn leven gedaan heb.'

Ze richtte haar blik op de muur boven mijn hoofd.

'Ik zou alles wel willen doen om het ongedaan te maken, want ik heb jullie allemaal vreselijk gekwetst en dat vind ik afschuwelijk. Ik vind het afschuwelijk.'

Nog steeds niets. Alleen een bestudeerde hardheid rond haar mond.

'Maar ik kan het niet ongedaan maken. Weet je nog, uit *West Side Story*, dat Maria op een gegeven moment ontdekt dat Tony Chino vermoord heeft en ze aan God vraagt of Hij het ongedaan wil maken?'

Jayne hield haar ogen op de muur gericht. 'Bernardo.'

Mijn ogen knipperden. 'Sorry?'

'Hij had Chino niet vermoord. Hij had Bernardo vermoord. En dat was niet zijn bedoeling.'

Ik hield mijn adem in.

'Ik wil hier niet over praten', zei ze.

'Prima. Kunnen we dan praten over hoe het met jou gaat?'

Ze keek me eindelijk aan. In haar ogen vonkte iets. 'Je wilt weten hoe het met me gaat', zei ze.

'Natuurlijk wil ik dat. Jayne, ik ben nog steeds je moeder. Wat ik ook gedaan heb, het betekent niet dat ik niet van je hou.'

'Waarom ben je dan niet eens naar mijn toneelstuk komen kijken?'

Er viel een doodse stilte – afgezien van Christophers stem die in mijn hoofd echode. Ze wilde me er niet bij hebben, had hij gezegd. Ze zou zich schamen.

'Christopher zei dat je vast te bang was om je gezicht te laten zien', zei Jayne. 'Omdat er misschien mensen over je zouden praten, en dat je je dan zou schamen.'

Aha. Wat ik in haar ogen gezien had, was woede – alleen mijn Jayne wist niet hoe ze woede moest voelen en de gedachte eraan zoog haar helemaal leeg.

Ik, daarentegen, zou mijn woede de vrije loop laten – later. Op dit moment bracht ik mijn gezicht vlak bij dat van mijn dochter.

'Ik had er iets naars over gehoord', zei ik. 'En het spijt me dat ik daarnaar geluisterd heb. Maar Jay, als het nodig was geweest, was ik zelfs in mijn nakie gekomen.'

'Christopher had tegen je gezegd dat je niet moest komen, hè?' Haar ogen flitsten en haar hand, bijna doorzichtig, vloog door de lucht. 'Ik ben hem zo zat! Hij probeert mijn hele leven te regelen!'

Ik knikte.

'Ik mag je niets vertellen over hoe het er thuis aan toegaat. Hij zegt dat pa dat niet wil.'

'Maar je hebt het je vader niet zelf horen zeggen.'

'Pa zegt niets. Helemaal niets.'

Ik wachtte terwijl ze haar knieën optrok en tegen haar borst drukte. Ze was bezig een beslissing te nemen.

'Oké, luister', zei ik. 'Christopher doet blijkbaar zijn best om de boel bij elkaar te houden omdat jullie vader het moeilijk heeft. Maar, Jay, hij is niet de baas over jou. Hij heeft het net zo moeilijk als wij allemaal.'

Ze schudde langzaam haar hoofd. 'Dat zeg ik niet meer.'

'Wat niet?'

'Dat hij niet de baas over mij is. Dat klinkt zo kinderachtig.'

Mijn stem trilde van plotselinge hoop. 'Wat zeg je tegenwoordig dan?'

'Dat Christopher een vreselijke dweil is en dat ik hem niet uit kan staan. Dat ik naar mijn kamer ga en daar blijf omdat hij een slechte ziel heeft.'

Ik hield mijn hand voor mijn mond. Ik mocht niet lachen – zelfs niet nu ik een vloedgolf van opluchting voelde.

'Hij regelt zo'n beetje alles in huis. Hij denkt dat hij een geweldige kok is, maar hij bakt er helemaal *niets* van – zelfs als ik iets zou maken, zou dat beter smaken dan de prut die hij op tafel zet. Maar nee, ik moet de was doen en de badkamers schoonmaken. Ik ben net een slaafje!'

'Wat zegt je vader van al die dingen?'

'Ik weet het niet. Ik zie hem nooit.' Ze liet haar schouders weer hangen. 'Christopher zal zo boos op me zijn omdat ik je dit allemaal verteld heb.'

'Wat – ga je naar hem toe om het op te biechten?' Ik legde een hand op haar knie. Ze trok zich niet terug. 'Je hoeft geen verantwoording af te leggen aan je broer.'

'Aan wie dan wel?'

De klagelijke vraag sneed door me heen, een uitroep van diepe eenzaamheid.

'Je kunt bij mij komen, Jay', zei ik. 'Als je dat wilt.'

'Ik dacht dat je niet met me wilde praten.'

'Liefje – ik heb je elke dag gebeld. E-mails gestuurd.'

Ze staarde en perste haar lippen op elkaar tot het bloed eruit getrokken was. 'Ik heb nooit iets gekregen. Ik begrijp er niets van.'

Ik wel. Ik drukte mijn hand tegen mijn borst om te voorkomen dat ik in duizend woedende stukjes uit elkaar zou barsten.

'Ik ben er nu', zei ik. 'En jij ook. Ik wil dat we –'

'Waarom heb je een verhouding gehad, mam?' vroeg ze. 'Dat is alles wat ik wil weten.'

23

⌒

Sully keek naar de officiële bestuursfoto van Wyatt Estes. Achterop was de naam van de fotostudio gestempeld, samen met het adres en het telefoonnummer. Dat had Sully een goede plek geleken om te beginnen. Net als de fotografen die vermeld stonden op de website van Estes Enterprises. Maar het had niets opgeleverd. De fotografen van het bedrijf waren van buiten de stad en hadden minstens zo veel prijzen gewonnen als Ansel Adams. De plaatselijke fotograaf was zo oud en zo doof dat Sully een zere keel had van zijn pogingen om via de telefoon met hem te communiceren.

'We zijn van het verhevene afgedaald naar het belachelijke, Isabella', zei Sully tegen de Impala. Hij stopte zijn mobieltje in zijn zak en liep om haar heen.

Als hij afging op zijn eerste Impala, zou deze ook ronken als een leeuwin wanneer hij het sleuteltje omdraaide. Ze zou zich over het beton buigen, terwijl zich onder de motorkap een enorme, hartstochtelijke kracht verzamelde. Ze zouden op jacht gaan in de straten van Callow, de motor zacht grommend ...

'Ja, schatje', zei Sully tegen de auto. 'Net als vroeger. Heb ik je verteld dat ik vroeger een ondeugende jongen was?'

'Je *bent* een ondeugende jongen', had Lynn tegen hem gezegd op de avond dat hij haar de auto gaf.

Hij had naar haar gegrijnsd, zijn brede, nonchalante grijns, waar ze altijd voor door de knieën ging. 'Niet meer sinds jij me getemd hebt.'

'Ik wil je niet tam – ik wil je zoals *jij* bent.'

Hij had haar tegen zich aangetrokken en zijn kin laten rusten op haar roodblonde haar, dat altijd rook alsof het net gewassen was. 'Ben je blij met je auto?'

'Ik ben dol op mijn auto – omdat jij haar voor me gemaakt hebt.'

'Denk je dat zij jou is?'

Ze had net zo lang geworsteld tot ze hem aan kon kijken en haar armen om zijn nek geslagen. Haar bruine ogen glinsterend van de tranen die altijd zo gemakkelijk vloeiden.

'Wat?' had hij gevraagd. 'Moet je huilen?'

'Ze is ons, Sullivan', had ze gezegd. 'Zoals alles ons is.'

Hij had naar haar geglimlacht. 'Dus je zult er niet als een idioot in rijden?'

'In elk geval niet als jij kijkt', had ze met gerimpelde neus gezegd.

Sully depte het zweet van zijn bovenlip. Herinneringen zijn als elke andere emotioneel geladen gedachte, had hij tegen meer dan een cliënt gezegd. Verwacht dat er met de herinneringen ook gevoelens loskomen. De enige manier om daaruit te komen, is erdoorheen gaan.

'Maar voor nu ben ik klaar', zei hij tegen Isabella. 'Welterusten, schatje.'

Maar hij was nog niet moe. Het was nog maar zeven uur en ongewoon warm. Hij sleepte de groene kuipstoel naar buiten en ging onderuit zitten met een frappucino en een van Demi's brieven.

Lieve Jayne,
Ik mis je zo erg dat ik het bijna niet kan verdragen.

Sully wreef met zijn vinger langs zijn neus. Een heel andere
benadering dan bij haar zoon, waar ze als een onzekere kat
omheen sloop. In deze brief was ze zo openhartig als een
klein kind.

*Maar zolang ik het moet verdragen – zolang als het duurt voor jij
me vergeven hebt, of in elk geval naar me wilt luisteren, helpt het
me om terug te denken aan hoe het tussen ons was – dat we sámen
waren.*

*We konden het altijd goed met elkaar vinden, toch? Bij
Christopher en mij ging het af en toe hard tegen hard. En soms,
toen jij nog klein was en hij en ik steeds harder tegen elkaar begonnen te praten, alsof we elkaar in de hoek probeerden te drijven,
bedekte jij je ogen met je kleine roze handjes en kneep je je lipjes
samen. Zo heb je mij geleerd om niet tegen Christopher te schreeuwen.*

*En dat is niet het enige wat ik van je geleerd heb. Jij hebt me
laten zien hoe ik eerlijk moest zijn – om na te denken over wat ik
wilde zeggen en het dan te zeggen. Ronduit. Jij was degene die het
uiteindelijk hardop zei, na een van onze bezoekjes aan Washington toen je vijf jaar was: 'Waarom vindt oma Haven papa niet
aardig?' Ik kon daar geen antwoord op geven omdat ik het niet
wist. Ik weet het nog steeds niet. Ze heeft dat droevige gevoel meegenomen haar graf in, ben ik bang. Maar je stelde de juiste vraag
– jij zorgde ervoor dat ik erkende dat ze papa niet aardig vond,
waardoor ik ophield met doen alsof alles fantastisch was. Jij doet
nooit alsof.*

*Daarom was jij degene die bij Mama Costanas vandaan kwam
en tegen me zei: 'Mama doet zo raar.' Ik weet niet of Christopher
het opgemerkt had of niet. Hij is een echte jongen, vind je ook
niet? Nee, jij was degene die zei dat Mama vergeten was je eten te
geven, en dat je daarom chipjes als middageten gegeten had, en
dat ze je de hele dag tv liet kijken. Geen wonder dat Christopher
het me niet vertelde!*

Maar jij wilde de oude Mama terug, die je verhaaltjes vertelde 'met haar mond', zoals jij altijd zei, niet uit een boek, en die jou liet helpen de lakens op te vouwen zoals grote meisjes dat deden. Niemand anders wilde geloven dat ze ziek was – en toen ze in het verpleeghuis was opgenomen – nadat oom Eddie haar in haar nachthemd in de tuin had gevonden, waar ze midden in januari op zoek was naar courgettes – was jij de enige die nog steeds graag bij haar op bezoek ging. Je versierde haar kamer met je glitterteke- ningen en je ballonfiguren. Telkens als ze lelijk werden, maakte jij nieuwe. Je zei dat ze ze nodig had.

En zo leerde jij me, Jay, om respect te hebben voor het leven in elke fase. Je hebt me iets geleerd over de ziel – dat die er altijd is. Je hebt me geholpen om het verlies van mijn beste vriendin te over- leven. Want dat was Mama Costanas voor mij, en een vriendin zoals zij heb ik daarna niet meer gehad.

Sully schommelde heen en weer in de stoel en hij keek naar de mistslierten die zich langzamerhand rond het licht kronkelden. Dat was iets wat Demi miste. Hoe aantrekke- lijk en aardig ze ook was – Porphyria zou zeggen dat ze een 'stille glimlach' had – ze had het nooit over vriendinnen gehad. Ze was misschien wel de eenzaamste cliënt die hij ooit gehad had. En zij vroeg zich af waarom ze onvoorwaar- delijke troost zo onweerstaanbaar had gevonden?

***

'Je hebt me ook dingen over jezelf geleerd', las ik.

Ik keek op. Jayne zat nog steeds op de kruk en keek naar me, haar kin rustend op haar knieën.

'Wil je dat ik verder lees?' vroeg ik.

'In deze brief staat waarom je een verhouding had, toch?'

Haar gezicht stond zo hoopvol dat mijn hart opnieuw in tweeën leek te scheuren.

'Ik vertel je wat ik daar tot nu toe over ontdekt heb.'

'Goed. Ga dan maar verder.'

Ik deed mijn ogen even dicht. Lieve God, ik hoopte dat ik hier goed aan deed. Dit was allesbepalend.

We voedden Christopher op volgens het boekje – wat dat dan ook precies is. Hij heeft altijd geweten wat er in stond, want hij heeft altijd regels en consequenties en een consistente manier van doen nodig gehad. Hij weet zelfs hoe ver hij in elke fase kan gaan – en hij heeft nooit een fase gemist die een kind volgens "het boekje" zou moeten doorlopen.'

Jayne gromde. We keken elkaar aan.

'Maar jij niet. Je vader en ik realiseerden ons toen je drie jaar oud was dat jij ons moest laten zien hoe we je moesten opvoeden. Dreigen, tegen je zeggen wat er zou gebeuren als je dit deed of dat niet deed – dat leek te wreed voor een geest die geboren was met een besef van goed en kwaad en van wat hoorde of niet hoorde. Het enige wat wij hoefden doen, was uitleggen – en jou vervolgens tijd geven om dat in je eigen wereld te onderzoeken. Het enige probleem was ontdekken waar die wereld precies was.

Herinner je je dat ik in paniek het huis doorzocht nadat ik je verteld had dat oom Eddie was gestorven, en dat ik je uiteindelijk vond in de kelder, boven op een berg wasgoed, met je ogen dicht?'

Ik voelde dat ze knikte.

'Je wilde niet van je plek komen. Ik moest twee koppen warme chocolademelk naar beneden brengen en daar zaten we, midden tussen de vieze kleren, tot we besloten dat oom Eddie bij Mama en Papa was, en dat je evengoed nog verdrietig mocht zijn om jezelf en om ons.

Ik denk dat ik daarom wist dat ik niet in paniek moest raken toen we net een week of twee in Washington woonden en je plotseling verdwenen was. Christopher ging door het lint en hij stapte op zijn fiets om alle slootjes te controleren. Ik maakte twee koppen thee met honing en melk – je was te groot geworden voor warme chocolademelk – en dacht aan verstopplaatsen waar je je veilig zou voelen omdat daar iets "normaals" te vinden was. Ik vond je in de schuur. Je zat op een stapel dozen die we nog niet hadden uitgepakt – met je ogen dicht – terwijl je probeerde te begrijpen waarom we alles wat we kenden en waar we van hielden hadden achtergelaten om naar deze plaats te gaan, waar niemand je vriendinnetje wilde zijn omdat je een engeltje was en geen gewoon meisje.'

'Mam', zei Jayne.

'Oké, dat laatste stukje is mijn interpretatie. Laat me even.'

'*Het was moeilijk voor je om al die dingen een plekje te geven*', las ik verder. '*Papa en ik konden er niets aan doen dat oom Eddie was gestorven – maar* wij *waren degenen die hadden besloten om jou en Christopher uit jullie huis te sleuren, weg bij de vriendinnetjes met wie je was opgegroeid, al giechelend en dansend. Je wist niet hoe je boos moest zijn. En dat is nog steeds moeilijk voor je, dat weet ik wel.*'

Ik slikte moeizaam. Geen gehuil – niet terwijl zij zat te luisteren en hoorde hoe graag ik haar moeder wilde zijn.

'*Dat moet de reden zijn waarom je nu niet met me wilt praten en waarom je mijn mailtjes en sms'jes niet beantwoordt. Je moet zo kwaad op me zijn – en daardoor is het moeilijk voor je om te weten wie je moet zijn. Ik ben boos genoeg op mezelf voor ons allebei. Dat is alles wat ik op dit moment weet, Jay – dat ik om de een of andere reden, die ik nog probeer te ontdekken, tegen God ingegaan ben. Dat ik bij iemand anders dan je vader gezocht heb wat ik dacht dat ik nodig had. Ik wist niet hoe ik boos moest zijn op alle dingen die ons overkomen waren – ik denk dat ik me gewoon beter wilde voelen. Ik weet het niet – en ik krijg hulp om dat te ontdekken. Maar ik wil tegen je zeggen dat het prima is als je boos bent op mij. Als je niet weet hoe dat moet, zal ik het je wel leren – want ik heb geoefend. Maar wat ik nog meer hoop, is dat ik je kan leren om weer van me te houden. Het is mijn beurt om jou iets te leren, zoals jij mij ook van alles geleerd hebt. Alsjeblieft, Jay, laat me het proberen.*'

***

'Hoe leg je een verhouding uit aan een dertienjarige met wie je nog nauwelijks over "de bloemetjes en de bijtjes" gepraat hebt?'

Mickey zat in de nis bij mijn raam en vouwde haar voeten onder haar achterwerk. 'Ik weet zeker dàt je het geweldig gedaan hebt.'

'Hoe kun je dat nou zeggen? Het enige wat je mij ooit hebt zien doen is tranen met tuiten huilen om de puinhoop die ik van mijn leven gemaakt heb.'

'Niet waar.' Ze schoof de schaal zonnebloempitten in mijn richting en hield zelf een bergje in haar handpalm om aan te knabbelen, als een vogelvrouwtje. 'Ik heb je bezig gezien met Audrey.'

Ik bewoog onrustig. Mickey stak haar hand op, twee pitten tussen haar vinger en haar duim. 'Ik vraag niet of je me wilt vertellen wat ze zei. Zolang ze iemand als jij heeft om mee te praten ben ik tevreden. Trouwens, ze leek een heel ander mens nadat ze op jouw schouder had uitgehuild.'

Ik prikte in de schaal pitten. 'Hoe kan het toch dat ik op die manier met jouw kind om kan gaan, terwijl ik bij mijn eigen dochter niet eens weet hoe ik me moet gedragen?'

'Volgens mij deed je het prima.'

'Het was niet zo beroerd als het had kunnen zijn, denk ik.'

Mickey liet de pitjes die ze nog in haar hand had in de schaal vallen en ze veegde haar handpalmen langs elkaar. 'Oké, ik steek maar gewoon van wal, ook al is dit misschien iets waar ik niets mee te maken heb. Onderbreek me wanneer je maar wilt.'

Ik zakte achterover in de kussens. 'Ga je gang.'

'Toen je haar hier binnen bracht, dacht ik: *Dat kind moet naar de Eerste Hulp.* Maar na tien minuten met jou leek het alsof ze uit de dood was opgestaan.' Ze trok een wenkbrauw op. 'En dat was misschien ook wel zo, als je begrijpt wat ik bedoel.'

'Ze zegt dat het niet lekker gaat thuis.'

'Niet lekker? Ze is gewoon eng mager. Ze zag eruit alsof ze bang was van zichzelf, tot jij haar begon voor te lezen. Wat ik eigenlijk zeggen wil: dat kind zou bij jou moeten zijn.'

Ik staarde naar mijn tenen, die helemaal wazig werden. 'Het was zo moeilijk om haar thuis te brengen.'

'Voor dat meisje is thuis de plek waar jij bent. Je kunt haar hierheen brengen. Ze kan in de slaapkamer slapen –

die gebruik jij toch nooit. We zouden je rooster aan kunnen passen zodat je haar onderweg naar je werk naar school kunt brengen. Audrey zou haar na schooltijd op kunnen halen.'

Ik schudde mijn hoofd.

'Waarom niet? Er is geen gerechtelijke uitspraak die bepaalt dat jij geen voogdij over je eigen dochter hebt, of wel soms?'

'Er is helemaal niets gerechtelijks. Christopher zei dat Rich een advocaat had ingehuurd, maar ik heb nog geen papieren gezien.'

Mickey sperde haar ogen wijd open. 'Waarom laat je Rich alles bepalen? Waarom zou jij niemand inhuren die jouw belangen verdedigt?'

De plotselinge angst deed me overeind schieten.

'Het spijt me, Demi, maar ik begrijp niet waarom je je zo door die man laat koeioneren wanneer het over je kinderen gaat.'

Ik hield op met ijsberen en draaide me naar haar toe. 'Dat is nogal stom, niet?'

'Je moet daarmee ophouden.'

Ik liet me in een van de stoelen vallen en schoof de sprei die er op lag opzij. 'Weet je – ik denk dat ik me drukker maak om Christopher dan om Rich. Hij liegt gewoon om Jayne tegen me op te zetten.'

'Waarom pik je dat dan?'

'Ik ben er net achtergekomen', zei ik. 'En ik pik het niet.'

Mickeys ogen glinsterden. 'Dat bedoel ik nou. Heb je een plan?'

'Ik wil hem zijn nek omdraaien.'

'Dat is een goed begin.'

Mijn mobieltje rinkelde. Ik pakte hem op en keek naar het scherm. *Thuis*. Ik was haast te verbijsterd om op te nemen.

Maar ik deed het, en Rich zei: 'Demitria.'

Ik schrok van zijn stem, zo hol had hij nog nooit geklonken.

'Rich', zei ik.

'Luister, heeft Jayne je gebeld?'

'Wanneer?'

'Het afgelopen uur?'

Mijn moeder-antenne ging omhoog. 'Wat is er mis?'

Mickey ging in de nis rechtop zitten en ze staarde me openlijk aan.

'Ik weet niet of er iets *mis* is.' Zijn irritatie was geforceerd. 'Ze is er niet en ik dacht dat ze jou misschien gebeld had.'

'Ik heb niets meer van haar gezien of gehoord sinds ik haar om vijf uur heb afgezet.'

Hij zweeg. Een gevoel van boosheid borrelde omhoog.

'Rich.'

'Dan blijf ik maar gewoon zoeken', zei hij.

Ik had de telefoon al bijna dichtgeklapt toen ik zei: 'Ik kom eraan.' En ik wachtte niet op toestemming.

***

De Demi die een vage verklaring in Mickeys richting riep en vervolgens in volle vaart in de Jeep naar het huis stoof, was iemand anders dan de persoon die al jaren mijn omhulsel was.

Deze Demi liet haar verschrompelende schuldgevoel achter in het souterrain met daglicht en gooide de bijkeukendeur open alsof ze daar thuis hoorde. Vervolgens bood ze het hoofd aan de echtgenoot die als verstijfd bij het aanrecht stond.

'Is de politie al onderweg?' vroeg ik.

'Nee.'

'Rich, we weten niet waar onze dochter is.' Ik graaide mijn mobieltje uit mijn jaszak.

Rich reikte over het aanrecht en greep ernaar. Ik gunde mezelf niet eens tijd om hem aan te gapen.

'Wat is er aan de hand met jou! Het gaat nu niet om jouw stomme trots, Rich – het gaat om ons kind. Ze kan wel door iemand ontvoerd zijn.'

'Ze is zelf vertrokken', zei Rich. 'We hadden ruzie en ze is ervandoor gegaan.'

Mijn gedachten knalden op elkaar als botsautootjes – en begonnen opeens uit zichzelf een rij te vormen.

'Ik dacht dat ze misschien teruggegaan was naar jou', zei hij. 'Ze zei dat ze vandaag bij jou geweest was.' Hij siste. 'Je hebt haar helemaal van streek gemaakt.'

'Nee, dat heb ik niet.'

Ik liep om het aanrecht heen en ging vlak bij hem staan. Hij keek weg.

'We hadden een goed gesprek', zei ik in zijn gezicht. 'Wat we al een hele tijd geleden hadden moeten hebben, ware het niet dat Christopher ervoor gezorgd heeft dat ze nooit wat van mij gehoord heeft.' Ik schudde mijn hoofd. 'Wat heeft ze tegen je gezegd?'

Ik hoorde zijn tanden knarsen. 'Ik denk dat ik haar weggejaagd heb, Demitria.'

'Wat heb je gezegd? Vertel het me – alsjeblieft.'

Hij zette een paar stappen, leunde op het fornuis en liep toen rusteloos naar de koelkast, waar hij zijn hand tegen zijn achterhoofd legde om zichzelf te ondersteunen, zijn rug naar mij toegekeerd. 'Ik stond op om me aan te kleden en naar mijn werk te gaan toen zij onze – mijn slaapkamer binnenwandelde. Ze zei tegen me dat ik dom was en koppig en dat ik naar je moest luisteren omdat dit niet allemaal alleen jouw schuld is.' Hij wierp me over zijn schouder een woeste blik toe, maar hij leek minder overtuigd dan eerst. 'Dat kan alleen maar bij jou vandaan komen.'

'Nee. Want zoiets heb ik helemaal niet tegen haar gezegd. Het enige wat ik heb gezegd, is dat ik erachter probeer te komen waarom ik gedaan heb wat ik gedaan heb.'

Rich hield zijn gezicht van me afgewend.

'Ik weet dat je me niet gelooft', zei ik. 'Je gelooft niets meer van wat ik zeg.'

'Waarom zou ik?'

'Omdat het nu niet om jou en mij gaat – dit gaat om Jayne. Wat is er daarna gebeurd?'

Rich haalde zijn schouders op. 'Ik zei tegen haar dat ze er niets mee te maken had – dat dat iets was tussen jou en mij. Ze zei dat ze niet begreep hoe dat kon omdat we niet eens met elkaar praatten.'

'En toen?'

'Ik zei dat ik niet wilde dat ze op die toon tegen me praatte', zei Rich. 'En zij zei dat iemand het moest doen.' Hij stopte en zijn kaak verstrakte.

'Waarom is ze ervandoor gegaan?'

'Omdat – ik tegen haar gezegd heb dat ze moest verdwijnen.'

Ik drukte mijn handen tegen mijn slapen.

'Ik bedoelde mijn kamer uit – maar ze is het huis uit gerend.'

'Hoe lang is dat geleden?'

'Ongeveer een uur.'

'En je bent niet achter haar aan gegaan?'

'Nee.' Hij liep weer naar het fornuis. 'Ik dacht dat ze wel terug zou komen – waar zou ze heen moeten?'

'Jongens komen terug', zei ik. Ik liep naar de deur van de bijkeuken. 'Meisjes wachten tot ze gevonden worden. Maar ik denk dat je daar nog niet van op de hoogte was.' Ik knikte naar het fornuis waar hij zwaar op leunde. 'Wil je misschien wat water opzetten voor een kopje thee?'

***

Jayne zat in het rommelhok.

Ik gluurde eerst door een kiertje en ik zag dat haar tengere, magere lijfje er precies tussenin paste. Ze zat op een koelkast, tussen twee sets langlaufski's in. Ik klopte en hoorde een zacht: 'Ga weg, pap.'

'Het is mama', zei ik.

'Mam?'

'Mag ik binnenkomen?'

Dat hoefde niet. Ze kwam naar mij toe – met haar armen uitgestrekt en haar gezicht op zoek naar een hals om zich in te verstoppen. Ze huilde tot ze helemaal slap was – het moment waarop dingen soms helder beginnen te worden. Ik kende dat moment maar al te goed.

'Het theewater zou onderhand klaar moeten zijn', zei ik. 'Laten we naar binnen gaan.'

'Is papa daar ook?'

'Uh-uh.'

'Gaat hij me slaan?'

Ik hield haar een eindje van me af en staarde haar aan. 'Je slaan?'

'Hij was zo boos dat ik dacht dat hij me een mep zou geven. Hij hief zijn hand niet op of zo. Maar het voelde alsof hij dat van plan was. Daarom ben ik weggerend.'

Ik drukte haar tegen me aan, mijn handen verstrengeld in haar vochtige haar. Ze had het vanmiddag gewassen.

'Ik ben bij je', zei ik. 'Kom mee – we moeten met hem praten.'

Praten was niet iets wat Rich van plan was. Na de golf van opluchting toen hij ons samen binnen zag komen, keerde hij zijn gezicht van ons af en mompelde: 'Ik ben blij dat je haar gevonden hebt.'

Het was de enige keer dat ik mijn man ooit iets lafs had zien doen. Ik kon de lambrisering wel van de muur trekken.

'We moeten hierover praten', zei ik. 'Ik ga thee zetten en dan gaan we even zitten en dan –'

'Wat is er te zeggen?' Rich wees naar onze dochter. 'Je hoeft je geen zorgen te maken over wat zich afspeelt tussen je moeder en mij.'

'Ja, dat moet ik wel,' zei Jayne, 'want niemand hier vertelt mij iets! Wat zou ik anders kunnen doen dan me zorgen maken, pa?'

Rich richtte zijn woeste blik op mij. Ik staarde terug. Ik was het nooit met hem oneens geweest over dingen die de kinderen aangingen, tenminste, niet waar zij bij waren, en ik nam het hem zeer kwalijk dat hij me in deze positie bracht.

Hij keek weer naar Jayne, al was ik er niet zeker van dat hij haar daadwerkelijk zag. 'Ik weet niet wat ik tegen je moet zeggen', zei hij uiteindelijk.

Ze stak haar hand uit en zocht naar de mijne, die slap langs mijn lichaam hing. 'Ik ben bang', zei ze tegen hem.

'Dat hoef je niet te zijn', zei hij ongeduldig. 'Alles komt –'

'Alles komt goed? Het is helemaal niet goed! Mama woont niet bij ons. Christopher is in een dictator veranderd. En ik zie jou nooit meer.'

Rich boorde zijn ogen in de mijne. Hij wilde dat ik tegen haar zei dat ze op moest houden – maar ik verlangde naar de opluchting die mijn dochter nu moest voelen.

'Ik kan niet alles.' Rich' stem klonk hard, maar tegelijkertijd zwak, als een broos bot. 'Wat wil je dat ik doe, Jayne?'

Ze kneep in mijn hand tot ik me realiseerde dat ze het nodig had dat ik terugkneep. Toen ik dat deed, hief ze haar smalle kin en zei: 'Ik wil dat je me met mama mee laat gaan.'

Mijn adem stokte. Rich richtte zijn ogen op mij, beschuldigend, en Jayne schudde haar hoofd tot haar engelenhaar trilde.

'Zij heeft het niet gevraagd, papa', zei ze. 'Dit is mijn idee. Dit is wat *ik* wil.'

Ik zag Rich' adamsappel op en neer wippen als die van een puber.

'Jay,' hoorde ik mezelf zeggen, 'geef ons even een momentje.'

Haar hand werd slap in de mijne en heel even dacht ik dat ze van gedachten zou veranderen, dat ze me zou haten omdat ik er niet triomfantelijk met haar vandoor ging. Maar ik hoorde haar zachtjes zuchten terwijl ze losliet en zich geluidloos naar de trap haastte. Ik wachtte niet tot ik de deur dicht hoorde gaan.

'Ik heb haar hier niet toe aangezet, Rich', zei ik.

Hij leunde voorover, met zijn handpalmen tussen de gaspitten op het fornuis. 'Dat weet ik, Demitria. Ik vind dit verschrikkelijk.'

'Ik ook.'

Rich hief zijn gezicht naar het plafond. Ik zag spanning in elk rimpeltje – een aantal ervan had ik nooit eerder gezien.

'Ik weet dat het je spijt', zei hij. 'Maar dat is niet genoeg.'

'Wat wil je nog meer?'

'Ik weet het niet!' Zijn stem klonk verstikt.

Ik trok me terug. Wat ik nu zag, moest hoop zijn, en ik wilde niet ademen uit angst dat ik het weg zou blazen.

'Ik denk dat Jayne met jou mee moet gaan.' Hij bewoog zijn hoofd met een ruk in mijn richting, maar hij keek me niet aan. 'Ze zal van jou meer aandacht krijgen – dat is beter voor haar.'

'En het *gaat* ook echt om haar, Rich. Het gaat er niet om of een van ons wint.'

Hij ging rechtop staan en klopte afwezig op zijn achterzak. 'Heb je geld nodig?'

'Nee. Maar Rich, we moeten binnenkort wel over geld praten, en over Jayne en Christopher – en over ons.'

'Ik kan nog niet met jou praten zonder dat ik het liefst het huis af zou breken, oké?'

Het was een haast onbeheerste grauw en ik deinsde onwillekeurig achteruit. Terwijl hij daar stond, opnieuw starend naar het gasfornuis, liep ik naar de trap en ik riep omhoog: 'Pak wat spullen, Jay. Je gaat met mij mee.'

Ik hoorde de Harley brullen toen hij de garage uitreed.

24

∾

Ik was blij dat Jaynes eerste dagen bij mij in het weekend vielen. Ze leek veel te veel van streek om zich bezig te houden met school of met wat dan ook.

Ik liet haar zo veel slapen als ze wilde en ik voorzag haar regelmatig van de voedingsstoffen die door de bovenburen werden aangeleverd. Mickey stond erop dat ik vanaf nu de zaterdagen vrij nam om thuis te kunnen zijn, bij Jayne. Daar was ik dankbaar voor. Ik kon Jayne niet weer alleen laten. Terwijl ik haar zag slapen, viel me nog meer op hoe bleek haar huid was en hoe het vel als vale katoen om haar magere polsen en sleutelbeenderen gespannen was. Ik zag de schaduwen over haar gezicht glijden terwijl ze droomde en als ze wakker was, vielen er lange stiltes, alsof ze al haar woorden had opgebruikt en zich alleen maar wilde concentreren op het geluid ervan, tot ze nieuwe gevonden had.

Als ze at, praatte ze wel. Ik probeerde haar om de paar uur over te halen om wat te eten en op die momenten wist ik het een en ander aan deprimerende informatie uit haar los te peuteren. Haar cijfers, gewoonlijk achten en af en toe een zeven, waren gezakt naar zesjes en een dreigende onvoldoende voor wiskunde. De leraren stuurden mailtjes naar Rich, op zijn verzoek, in plaats van mij daarvan op de hoogte te stellen.

'Eigenlijk,' zei Jayne, 'heeft Christopher dat gedaan. Ik denk niet dat pa er zelfs maar vanaf weet.'

Ik voegde dat toe aan de lijst met appeltjes die ik nog met mijn zoon te schillen had. Het was onderhand een hele boom geworden.

Jayne zei dat ze thuis 's nachts niet kon slapen omdat ze bang was en dat ze tijdens de les zat te dommelen. Haar leraren hadden gedreigd Rich op zijn werk te bellen.

'Heeft iemand je gevraagd of er problemen thuis zijn?' vroeg ik.

'Als ze dat zouden doen, zou ik ze nog niets vertellen.'

'Daar gaat het niet om', zei ik. 'Ik wil weten of iemand geïnteresseerd is in het *waarom*.'

Ze haalde haar schouders op en verzonk weer in stilte.

Ondanks Mickeys constante bevestigingen dat ik zo'n geweldige zegen was voor de jonge vrouwen om me heen, probeerde ik al zoekend en tastend een manier te vinden om Jayne eruit te halen. 'Ik hou van je', zei ik tegen haar – om de vijftien minuten.

'Ik ook van jou', mompelde ze soms terug. Op andere momenten knikte ze alleen maar.

Misschien had Rich gelijk. Misschien was het niet genoeg om spijt te hebben en te blijven liefhebben. En misschien had Kevin St. Clair gelijk. Misschien kon je geen aanspraak maken op genade wanneer je het zo vreselijk verknoeid had.

Op zondagmiddag werd dat me uiteindelijk te veel – het idee dat de wettische regeltjes van een opgeblazen vis als St. Clair mij van mijn kind zou kunnen scheiden. Ik had net de theekopjes afgewassen, dus ik droogde mijn handen af en liep naar haar toe. Ze zat in de nis bij het raam, met een geopend literatuurboek op schoot waar ze niet in las.

'Wat heb je nodig, Jay?' vroeg ik. 'Ik weet niet wat ik moet doen – het is nodig dat jij me dat vertelt.'

'Dit voelt niet als thuis', zei ze.

Ik knipperde.

'Het voelt altijd als thuis als jij er bent, maar hier is niets van *jou*.'

Ik trok een gezicht terwijl ik om me heen keek, naar het interieur dat afkomstig was van Mickeys zolder. 'Ik heb er niets aan gedaan omdat ik niet van plan ben om hier erg lang te blijven', zei ik.

'Maar wat als dat wel zo is?' Ze keek me smekend aan, recht in mijn gezicht. 'Pa is koppig. En ik heb je verteld dat Christopher slecht is tot in zijn ziel.'

Ook nu weer moest ik een lach onderdrukken.

'Het is waar! Mam – ik wil niet dat we teruggaan als zij zo – koppig zijn.' Ze keek de kamer rond. 'Als dit thuis moet zijn, kunnen we er dan niet iets gezelligs van maken? Ik ben het zat om me een vreemde te voelen.'

Ik nam haar lieve, magere lijfje in mijn armen. 'Ik ook, Jay', zei ik. 'Ik ook.'

Hier hadden we eigenlijk niks, dus dat betekende dat we naar het huis moesten. Voor deze ene keer was er niemand aanwezig, en we slopen rond als dieven terwijl we onze eigen kleedjes en kussens en frutseltjes verzamelden. Jayne had genoeg knuffelbeesten gepakt om een speelgoed-winkeltje te beginnen en ik wist een windorgel en een vogelhuisje te bemachtigen, omdat zij gezegd had dat ze vogels nodig had. Als het had gekund, had ik een volière gemaakt.

Het was bijna acht uur toen we klaar waren met verhuizen, zoals Jayne het noemde. Ik moest toegeven dat we een plekje hadden ingericht waar ik me niet langer een vreemde voor mezelf voelde. Ik legde een boek over de onderwater-wereld in de Grote Oceaan op de boomstronk die dienst deed als koffietafeltje toen Jayne uit de slaapkamer kwam zweven en er iets naast legde.

Het was de grote steen die Sullivan Crisp me had gegeven om er een doel voor te vinden. Mijn stemming sloeg om.

'Wat is dit?' vroeg ze.

Ik zuchtte. 'Een symbool van mijn boosheid. Op mezelf.'

'O.'

'Ik moet iets bedenken wat ik ermee kan doen, behalve hem tegen mezelf aan gooien.'

'Ja', zei ze zakelijk. 'Dat zou pijn doen.' Haar ogen kregen een gouden gloed. 'Maar je hebt al pijn, hè?'

Ik kon alleen maar knikken.

Ze raakte de steen aan. 'Mag ik er iets mee doen?'

'Zolang je 'm maar niet naar mij toe gooit.'

'Dat zou ik nooit doen', zei ze. 'Jij bent mijn moeder.'

En ze nam de steen mee, die bijna net zo zwaar was als zijzelf.

***

Sully leunde achterover in de kuipstoel en hij vouwde zijn handen achter zijn hoofd. 'Dit had je niet verwacht, hè?' zei hij.

Demi schudde haar hoofd. De helderrode vlekken op haar wangen maakten haar verdriet nog duidelijker zichtbaar.

'Alsof je een bonusronde wint.'

Ze rolde met haar bruine ogen. Ze had duidelijk tijd doorgebracht met een tienermeisje. 'Noem het zoals je wilt', zei ze. 'Mijn dochter woont bij me – en dat geeft me hoop dat we ooit weer allemaal bij elkaar zullen zijn.'

Sully zuchtte inwendig. Hier had hij zo'n hekel aan – het moment waarop verantwoorde therapie betekende dat er een luchtbel moest worden doorgeprikt.

'Jij denkt dat dat niet gebeurt.'

'Dat heb ik niet gezegd.'

'Dat hoefde ook niet. Je hebt die *sorry, fout geantwoord*-blik in je ogen. En bedankt dat je niet gezoemd hebt.'

'Het is niet zozeer een fout antwoord', zei Sully. 'Ik ben er nog steeds niet zeker van dat je de juiste vraag stelt.'

'Mijn enige vraag is: "Hoe krijg ik mijn gezin weer bij elkaar?"'

Sully knikte niet.

'Oké – nee – de vraag is: "Hoe is het überhaupt mogelijk dat ik zoiets stoms gedaan heb?" Jij blijft zeggen dat als ik daar achter kom, ik door kan gaan met leven zonder de angst dat dit weer zal gebeuren.'

Sully boog zich naar voren. 'Maar je weet nog steeds niet zeker dat dat de juiste aanpak is.'

'Het valt niet mee om aan de slag te gaan met het waarom als ik bang ben dat Rich het opgeeft voor ik de kans heb gehad om mezelf te begrijpen.'

'Rich heeft er geen punt achter gezet toen jij Jayne meenam, toch?'

'Klopt.'

'Hij heeft niet gezegd dat hij *nooit* meer met je wil praten – alleen nu nog niet.'

'Niet zolang hij nog zo boos is.' Ze keek Sully doordringend aan. 'Ik was echt bang voor hem. En Jayne ook. Ze dacht dat hij haar zou slaan – en zo is Rich helemaal niet.'

'Hij reageert het af – dat is alles wat ik kan zeggen zonder hem gezien te hebben.'

Demi maakte een sissend geluid dat niet bij haar paste. 'Alsof dat ooit zou gebeuren.'

'Dan zouden we veel meer vooruitgang boeken. Je kunt ervoor bidden of je hem moet vragen.' Ze duwde haar haar achter haar oren. 'Ik heb er nog steeds erg veel moeite mee om naar God toe te gaan. Ik heb tegen Audrey gezegd – ik heb je weleens iets over haar verteld –'

Sully knikte.

'Ik heb tegen haar gezegd dat ze zich aan Gods voeten moest laten vallen en om vergeving vragen.' Ze keek Sully wrokkig aan. 'Maar kan ik dat ook doen?'

'Wat maakt jou anders dan ieder ander die van God gescheiden is?'

Haar gezichtsuitdrukking verzachtte. 'Jij bent *echt* een leerling van Ethan Kaye, hè?'

'Hoe ben je daarachter gekomen?'

'Hij omschrijft zonde altijd als gescheiden zijn van God.'

'Ja.' Sully grinnikte. ' Ethan zei altijd dat wanneer zo'n door de wol geverfde wetticist begon te praten over "zonde" het ongetwijfeld iets te maken had met zekere genitaliën.'

Demi lachte klaterend.

'Hij heeft zijn gedrag wel wat bijgeschaafd sinds hij directeur van een school is. Maar helaas vinden sommige mensen hem nog niet bijgeschaafd genoeg.'

'Ik heb hem niet bepaald geholpen. Wat ons terugbrengt bij mijn "scheiding van God".' Demi hield haar hoofd schuin. 'Als je het zo zegt, lijkt het minder definitief – alsof het een tijdelijke scheiding is en je altijd weer terug kunt komen. Tenminste, zo dacht ik er vroeger over.'

'Totdat?'

Ze keek hem aan.

'Dus – even kijken of ik het goed begrijp', zei Sully. 'Jouw Audrey kan met een jongen naar bed gaan, zich daar vreselijk over voelen, en naar God gaan om vergeving te ontvangen? Daarna is ze vrij om te gaan en niet langer in zonde te leven.'

'Klopt.'

'Maar bij jou kan dat niet. Waarom niet?'

Ze sloot haar ogen. 'Ik ben volwassen. Ik zou beter moeten weten.'

'Dat ben je. En je wist inderdaad beter.'

'Maar ik deed het evengoed.'

'Uh-uh.'

'En jij denkt dat dat kwam doordat Rich me negeerde en ik hem niet kon helpen en we geen seks hadden.'

'Wat denk jij?'

'Ik denk nog steeds dat dat gewoon smoesjes zijn.'

'Laten we het symptomen noemen,' zei Sully, 'van een huwelijk waarin al problemen waren. Jij probeerde het te herstellen.'

'Dat probeerde ik, ja.'

'Een andere man in de armen vliegen was niet je eerste reactie nadat je buitengesloten werd.'

'Dat is nooit mijn reactie geweest! Zach vond mij – ik heb niet achter hem aan gezeten.' Ze trok haar lip op. 'Klinkt dat alsof ik hem de schuld geef? Ik neem mijn verantwoordelijkheid wel, hoor.'

'Verantwoordelijkheid? Je bent zo ongeveer een martelaar. Ga je gang, leg een deel ervan gerust bij hem.'

Demi knikte afwezig. 'Ik heb het echt geprobeerd met Rich.'

'Ik wil je wat vragen,' zei Sully, 'maar hoop dat je het me niet kwalijk neemt dat ik als een psycholoog klink.'

'Wedden om tien dollar dat je zult klinken als iemand die een spelletje presenteert.'

'Hoe voelde jij je toen je dat probeerde en hij niet reageerde?'

Demi's mond vertrok. 'Je klinkt inderdaad als een psycholoog.' Ze liet haar hoofd achterover zakken. 'Ik had het gevoel dat ik faalde als echtgenote – en als vrouw.'

'En falen is nooit een optie voor jou, of wel soms?'

'Ik kan me niet herinneren dat ik ooit eerder gefaald heb.'

Sully zag haar slikken.

'Maar als ik het doe, pak ik het groots aan.'

'Je hebt niemand doodgeschoten.'

'Ik kan dit niet bagatelliseren.'

'Nee, maar je kunt het wel in perspectief blijven zien. Het is je niet gelukt om in Rich' behoeften te voorzien – maar je was wel in staat om die van iemand anders te vervullen.'

'En nu ga je me vragen hoe *dat* voelde.'

Sully knikte.

Ze drukte haar vingertoppen tegen haar slapen, waarbij ze de huid rond haar ogen opzijtrok.

'Je mag hier gerust huilen, Demi', zei hij.

'Ik vind het zo stom om te huilen om iets wat al vanaf het begin verkeerd was!'

'Het voelde goed omdat er iemand was die jou nodig had. Gevoelens zelf zijn niet verkeerd.'

'Het gaat erom wat je ermee doet.'

'Wat we al eerder hebben vastgesteld.'

Ze was blijkbaar vastbesloten om de weg van schuld tot het einde toe uit te lopen – waar hij doodliep.

'Goed dan', zei ze. 'Het voelde goed dat Zach me nodig had en tegen me zei dat ik goed voor hem was.'

'Goed?'

'Ongelofelijk.' Haar mond vertrok. 'Ik word er nu misselijk van, maar het gevoel gewild te zijn, nodig te zijn, na al die tijd, was onweerstaanbaar.'

Precies het woord dat Sully zelf zou hebben gebruikt. Hij slikte een *ding-ding-ding* in.

'Dus dat was iets wat *jij* nodig had.' Sully koos zorgvuldig de juiste omschrijving. 'En niet alleen nodig. Je had het gevoel dat je er recht op had, zodat je zou kunnen –'

'Zodat ik wat zou kunnen?'

'Zeg jij het maar.'

'Geef me even een paar seconden.' Ze verborg haar gezicht in haar handen.

Sully moest het haar nageven – ze was bereid alles te doen om dit weer in orde te maken.

'Oké – dit is alles wat ik weet', zei ze, terwijl ze haar hoofd hief. 'Als ik niet voorzie in de behoeften van iemand anders, wat ben ik dan waard? Het komt erop neer dat ik nergens goed voor ben als ik dat niet kan doen.' Ze sloot haar ogen. 'Alsjeblieft niet zoemen.'

'Ik zal niet zoemen,' zei Sully, 'want ik denk dat het het juiste antwoord is.'

Haar ogen vlogen open.

'Voor jou was het het juiste antwoord. In mijn ogen – en die van God – is het een onterechte vooronderstelling.' Sully leunde voorover en wreef in zijn handen. 'En ik denk dat dit de vooronderstelling is waar we naar op zoek waren.'

Ze staarde hem aan. Een lichtje, piepklein, verscheen in haar ogen. 'En waar blijft mijn "ding-ding-ding"?' vroeg ze.

'Ding-ding-ding-ding-ding.'

Ze ging rechtop in de kuipstoel zitten. 'Dus – denk je dat Rich dit zal begrijpen? Begrijpen waarom ik gedaan heb wat ik gedaan heb?'

'Ik denk dat *jij* het ecrst moet begrijpen. We gaan hier verder mee aan de slag.'

'Maar het is een begin, toch? Ik kan naar hem toe gaan en het proberen uit te leggen.'

'Dat zou kunnen', zei Sully langzaam.

'Jij denkt dat het beter is van niet.'

'Ik denk dat je in je achterhoofd moet houden dat een eventuele verzoening met Rich gebaseerd moet zijn op eerlijker overwegingen dan eerder in jullie huwelijk. Als jij naar hem teruggaat, hoeft dat bijvoorbeeld niet te betekenen dat zijn depressie over 11 september voorbij is. Hoe ga jij ermee om als hij zich voor je af blijft sluiten?'

Ze keek boos. 'Die hoop was dus van korte duur.'

'Demi – dit is niet zo zwart-wit. Er *is* hoop voor je. Je kunt werken aan deze behoefte om alles voor iedereen te zijn. En als Rich je terug wil hebben, kan dat jullie huwelijk helpen. Maar als je teruggaat onder dezelfde omstandigheden, zonder je eigen vooronderstelling aan te pakken, wat zou er dan anders zijn?'

'Er moet iets veranderd zijn', zei Demi. 'Want ik ben niet meer hetzelfde.'

'En Rich?'

'Ik weet het niet.' Ze wendde haar gezicht af.

Hij zou haar vandaag niet verder onder druk zetten. Hij zag dat ze tegen haar tranen vocht en hij besloot dat hij haar zo niet kon laten gaan. 'Weet je?' zei hij.

'Waarschijnlijk niet.'

'Ik denk dat wat jij nu met Jayne doet betekent dat God je wil gebruiken.' Hij wachtte tot ze hem aankeek. 'Wat er ook gebeurd is.'

'Ik moet gaan', zei ze.

Hij zag haar schouders schokken nog voor ze bij haar Jeep was aangekomen.

***

De volgende ochtend werd hij gewekt door de telefoon. Hij moest zich losscheuren uit een verwarrende droom om de telefoon te kunnen pakken – iets over Demitria die in Isabella reed en gilde: *Waar zit de rem? Ik kan het rempedaal niet vinden!*

Hij moest daar echt wat aan doen, dan kon hij tenminste slapen.

Ondertussen bleef de mobiele telefoon hardnekkig piepen. Hij stommelde door de caravan, gooide stapels kleren opzij en keek onder de stapeltjes papier. Tegen de tijd dat hij het ding gevonden had, verstopt tussen de kussens in de eethoek, had de beller het opgegeven.

Wie haalde het trouwens in vredesnaam in zijn hoofd om hem midden in de nacht te bellen?

Hij kneep zijn ogen samen en keek naar het schermpje. Acht uur 's ochtends. Die dromen gooiden zijn hele tijdsbesef in de war.

Sully wreef over zijn gezicht en hij drukte op een paar knopjes. Porphyria had gebeld. Welk onderdeel van *Nee, ik kom dit jaar niet langs voor de gedenkdag* had ze niet begrepen?

Hij schoof de telefoon over tafel en wrong zijn lijf in het hoekje, zijn benen bungelend over het randje van de doorgezakte bank. Het voelde alsof hij in een vacuümverpakking zat. En Porphyria's voortdurende telefoontjes om hem eraan te herinneren dat hij nog steeds een vlucht kon boeken om de zesde mei door te brengen in haar blokhut in de Smoky Mountains, droegen daar nog aan bij. Ze was niet meer zo subtiel als vroeger, maar nog net zo vasthoudend.

'Je kunt je benen uit je lijf lopen om de problemen van anderen op te lossen,' had ze tegen hem gezegd, 'maar je kunt je niet verstoppen voor die van jezelf.'

Sully wurmde zich rusteloos weer uit het hoekje, stond op en stootte zijn hoofd tegen het metalen dak. Oké, nee, hij zou nooit over Lynn heen komen. Hij was een eenheid met haar geweest. *Alles is ons.* Dat soort liefde, daar kwam je niet overheen. Je leerde alleen om zonder te leven.

Toen de telefoon opnieuw ging, verzekerde Sully zich er voordat hij opnam van dat het Porphyria niet was.

'Dus je leeft nog', zei Ethan Kaye.

'Doe mij maar een van de Wereldberoemde Citaten voor 200 dollar. Welke vraag hoort bij het antwoord: "De geruchten rondom mijn dood zijn schromelijk overdreven."'

'Wie was Mark Twain? Gaat het goed met je?'

'Het gaat best goed met mij – voor iemand die nog geen koffie gehad heeft.'

'Ik heb informatie', zei Ethan. 'Niet dat het ons echt veel verder helpt – maar misschien kunnen we iets uitsluiten.'

'Vertel op'

'Ik heb een beetje rondgeneusd – om eerlijk te zijn, ik heb met mijn secretaresse gepraat.'

Sully dacht aan de mollige, platinablonde vrouw in Ethans kantoor, die nog net haar oor niet tegen de deur drukte wanneer hij en Sully zaten te vergaderen.

'Ze zegt dat Wyatt Estes niet wist dat Tatum Farris iets had met Van Dillon, want hij zou niet door de familiekeuring heen gekomen zijn.'

Sully grinnikte. 'Vertel me eens hoe je secretaresse dat weet?'

'Ik heb geen idee en ik wil het ook niet weten – maar je kunt er vergif op innemen. Gina houdt iedereen in de smiezen.'

'Ik vind het heerlijk wanneer je studententaal bezigt', zei Sully. Hij bewoog zich behoedzaam in de richting van de koffiepot.

'Ik weet niet wat dat voor ons betekent. We hebben alle mogelijke fotografen uitgesloten, maar ik denk echt niet dat deze foto's genomen zijn door de eerste de beste amateur.'

'Dus misschien moeten we ons niet concentreren op het vinden van de plaatjesschieter, maar het vanuit een andere hoek proberen.'

'Heb jij nog een andere invalshoek?' Ethan stem klonk plotseling vermoeid.

'Nog niet', zei Sully. Hij liet het koffiezetapparaat voor wat het was. 'Maar ik denk dat ik weet waar ik er een kan vinden.'

Half negen was te vroeg voor roze champagnetaart. Elk moment van de dag was te vroeg voor roze champagnetaart. Maar een kop koffie met drie klontjes suiker en twee kuipjes melk ging er wel in.

***

Hij was nog nooit voor de middag in McGavoks Bakery geweest. De sfeer was nu heel anders, met mannen in spijkerbroeken, gereedschapsgordels en flanellen overhemden die bij de toonbank stonden, elkaar verdringend om donuts te bemachtigen, en zorgelijk kijkende moeders die gebak bestelden.

'Ik heb dat zaterdag nodig – voor Pasen', blafte een van hen Tatum toe.

Ze bleef onverstoorbaar voor zich uit kijken en bewoog niets anders dan haar pen, een enorme hoeveelheid gebak en haar oorringen.

Sully ging aan zijn tafeltje zitten en keek toe terwijl ze achter de toonbank haar stille, ingewikkelde dans uitvoerde, samen met een oudere vrouw die ook bestellingen opnam en warme broodjes in de vorm van een kruis uitdeelde.

'Traditionele paastraktatie', zei ze tegen elke klant.

Sully had er niet eens aan gedacht dat het zondag Pasen was. Hij vroeg zich af of Demi er wel aan gedacht had. Feestdagen konden moeilijk zijn in haar situatie.

'En daar hebben we hem zowaar vóór de middag.'

Hij keek op en zag Tatum naast zich staan, met een dampende mok in haar hand. Ze zette hem op zijn tafeltje. Er zat een flinke plons melk in de koffie.

'Jullie hebben het druk 's ochtends.'

'Zo houden we de zaak draaiend.' In haar ogen verscheen een glimlachje. 'Je denkt toch zeker niet dat jouw consumptie van roze champagnetaart voldoende is om alle rekeningen te betalen?'

Sully grijnsde.

'Wil je nu een stukje?'

'Wat dacht je van een warm broodje?' zei Sully vlug.

'Ze zijn smerig', zei ze. 'Maar vooruit.'

Toen ze terugkwam had ze haar haarnetje afgedaan en de geblondeerde plukken vielen netjes naast elkaar omlaag. 'Je vindt het vast niet erg als ik even bij je kom zitten. Ik ben hier al sinds vier uur vanmorgen. Ik heb even pauze nodig.'

'Ik moet je iets vragen', zei hij.

'Je wilt weten waarom een meisje zoals ik fulltime in een verlopen banketbakkerij werkt.'

'Jij bent echt goed.'

'Nee – jij bent gewoon doorzichtig. Je vraagt me dat namelijk al weken.'

Sully grijnsde vaag.

'Ik studeerde', zei ze. 'Maar ik ben van school gegaan.' Ze speelde met een zilverkleurige oorring die ze ook als armband had kunnen gebruiken. 'Het was zo afschuwelijk dat ik niets meer met de academische wereld te maken wilde hebben. Ik wilde niet eens meer een baan waarbij ik zou moeten lezen of schrijven.' Ze keek ongeïnteresseerd om zich heen. 'Dus dit is perfect.'

Sully kauwde op het broodje. Ze had gelijk – het was smerig – maar doordat hij zo lang moest kauwen voor hij de prop door kon slikken, had hij even tijd om na te denken over zijn volgende vraag.

'Dus daarom ben je niet in het familiebedrijf gestapt', zei hij.

'Ik wil op geen enkele manier met hen geassocieerd worden.'

'Dat komt wel vaker voor op jouw leeftijd.'

'Mijn leeftijd heeft er niets mee te maken. Ik wil gewoon echt zijn, als je begrijpt wat ik bedoel. Als het ook maar ruikt naar schijnheiligheid, dan wil ik er niets mee te maken hebben. En dat is de reden dat ik van de UvV gegaan ben.'

Sully slurpte van zijn koffie. 'Daar ben je echt niet rouwig om, hè?'

'Ik meen het. Van een openbare school verwacht je gewoon dat ze beweren dat het om waarheid, wijsheid en uitmuntendheid gaat, terwijl het in werkelijkheid alleen maar draait om geld en prestige. Noem me gerust naïef, maar ik dacht dat dat op een christelijke universiteit anders zou zijn.'

'En dat is niet zo?'

'De mensen daar zijn wel de grootste hypocrieten die ik ooit gezien heb. Ik zou je ongelofelijke verhalen kunnen vertellen.'

Sully moest zichzelf beheersen om haar dat niet te vragen.

'Maar dat zal ik niet doen, tenslotte is mijn oom een van de grootste geldschieters. Ik ben nog wel een beetje integer.'

De boom in met die integriteit.

'Maar, ja, er zijn daar dingen gaande, niet te geloven. En ik heb het niet alleen over het bestuur – hoewel ik daar ook een boekje over open zou kunnen doen.'

Hij probeerde er niet uit te zien als een gretig hondje, hoewel hij voelde dat hij bijna kwijlde. 'Maken de studenten er dan ook een knoeiboel van?' vroeg hij.

'De studenten maken er alleen maar een knoeiboel van omdat ze in de war zijn. Ik heb het over de docenten.' Tatum keek hem lang aan en schudde toen haar hoofd. 'Jij bent zo iemand die in het vliegtuig wordt aangeklampt door volslagen vreemden die vervolgens hun seksleven met je beginnen te bespreken, of niet soms?'

Sully verslikte zich. 'Ik kan niet zeggen dat dat me ooit is overkomen.'

'Ik durf te wedden dat ik je alles wat ik van de UvV weet zou kunnen vertellen en dat je er nooit een woord met iemand over zou wisselen – maar ik kan het risico niet nemen. Bovendien zou het geen zin hebben. Ik blijf waarschijnlijk altijd wel een beetje bitter.' Ze glimlachte sarcastisch terwijl ze zijn bordje oppakte. 'Ik zei toch tegen je dat die dingen smerig waren?'

25

⌒

Ik wist dat Sullivan Crisp niet wilde dat ik het zou doen. En het schokkende was dat ik het belangrijk vond wat hij ervan dacht.

Maar Rich terugkrijgen vond ik nog belangrijker. Wat de reden was waarom ik mezelf de dag na onze sessie in het huis binnenliet, met een brief in mijn zak. Ik maakte zo veel mogelijk herrie terwijl ik de trap op stampte en vervolgens duwde ik de deur van onze slaapkamer open.

De kamer was een donkere grot, tot ik de gordijnen opendeed en het licht van een zeldzaam zonnige dag naar binnen liet stromen. Het tafereel dat zichtbaar werd was deprimerend, maar de stank was nog erger. Ik had in New York metro's meegemaakt waar het frisser rook dan hier.

Ik was bezig om het raam open te doen toen Rich zich bewoog, zijn ademhaling zwaar, alsof hij nog steeds snurkte. De Rich die ik kende kon vanuit zijn diepste slaap ontwaken en meteen zinnige opdrachten geven aan vijfentwintig brandweermannen, terwijl hij ondertussen zijn twintig kilo zware uniform aantrok en geen klittenbandje oversloeg.

Deze Rich had rode ogen en was gedesoriënteerd, alsof hij uit de dood was opgewekt. Ik wierp een blik op het nachtkastje en zag een halfleeg medicijnflesje. Niet dat ik geen slaappillen had overwogen, maar ik was toch geschokt. Rich nam nog geen aspirientje, ook al had hij het gevoel dat zijn hoofd in tweeën spleet.

Hij was duidelijk nog halfverdoofd, maar ik besloot me niet te laten tegenhouden. Ik ging op de rand van het bed zitten – waarmee ik zijn vluchtweg blokkeerde.

'Wat doe je, Demitria?' vroeg hij. De woorden klonken verward.

'Ons huwelijk redden.'

Hij keek me met opgezwollen ogen aan. 'Ik heb al tegen je gezegd dat ik hier nog niet over kan praten.'

'Jij hoeft ook niet te praten', zei ik. 'Ik zal wel praten.'

Hij gromde.

'Er is iets wat ik tegen je wil zeggen.' Ik haalde de brief uit mijn zak en vouwde hem open. 'Ik wil dat je luistert tot ik hem helemaal heb voorgelezen. Als ik klaar ben, mag je zeggen wat je maar wilt, maar laat me alsjeblieft uitpraten.'

Hij deed zijn mond open, maar ik begon meteen. Ik las zo snel ik kon.

'Lieve Rich, ik weet dat het moeilijk voor je is om te geloven dat ik echt spijt heb van wat ik jou en de kinderen heb aangedaan. Als ik zo veel spijt had, waarom heb ik het dan in vredesnaam gedaan, toch?'

Hij gromde instemmend.

'Ik denk dat ik die vraag nu kan beantwoorden – het waarom – maar ik ben er niet zeker van of je dat wel zult geloven. Ik weet hoe veel pijn iets kan doen, Rich, en ik weet hoe moeilijk het is om de dingen helder te blijven zien als je met die pijn te maken hebt. Dus misschien helpt het om terug te kijken – naar de tijd voordat dit gebeurde – nog voor 11 september – voor er zelfs maar een "waarom" was.'

Rich sloeg de dekens opzij en hij zette zijn voeten met een bons op de vloer.

'Alsjeblieft – ga niet weg', zei ik.

'Ik ga nergens heen.' Zijn stem klonk verstikt, maar de slaap was eruit verdwenen. Hij ging bij het raam staan, met zijn rug naar me toe.

Ik las verder.

'Wat ik me herinner, zijn de eerste maanden dat we samen waren. Toen je tegen me zei dat zelfs mijn tenen mooi waren. Toen je zo trots was omdat ik studeerde, hoewel je me ermee plaagde dat ik geen enkel technisch inzicht had. Toen je me letterlijk liet oefenen wat ik moest doen als het gebouw waarin ik me bevond in brand vloog – dat was het meest vertederende wat ik me kon voorstellen.'

Ik keek op naar hem. Zijn hoofd hing tussen zijn schouders en hij wreef met zijn duimen over het raamkozijn.

'Ik kreeg kookles van je moeder en ik ontfutselde je vader allerlei verhaaltjes over jou als kind, omdat ik niets wilde missen van alles wat je was overkomen voor ik je kende. Ik wist dat ik deel wilde zijn van jouw familie, deel van jou. Dat, en natuurlijk dat je geweldig goed kon zoenen.'

'Demitria', zei Rich.

Ik kon niet stoppen.

'Twee maanden nadat we elkaar hadden leren kennen, vroeg je me ten huwelijk. We pasten zo goed bij elkaar, Rich. En dat is nog steeds zo.'

Ik maakte gebruik van de stilte.

'Het was een groot risico – zoals alle belangrijke dingen in het leven. Dat leer ik nu. Nee, we kenden elkaar niet goed toen we trouwden. Ik ontdekte pas na de plechtigheid dat je snurkte. Dat je boerde. Dat je nooit meer een stropdas zou dragen nadat je je nette pak had uitgetrokken en het op de vloer van onze hotelkamer had laten vallen. Maar geen van die dingen woog zwaarder dan je tederheid. Dat je mijn grapjes leuk vond. Dat je "Hé, schatje!" riep, telkens wanneer je na afloop van je dienst het huis binnenwandelde.'

Ik wachtte, niet omdat ik een reactie wilde, maar om moed te verzamelen voor het volgende gedeelte – het gedeelte waarbij hij misschien uit het raam zou springen.

'De enige duistere ontdekking die ik deed, was dat je piekerde als je van streek was over iets. Of het nu ging om dingen op het werk, zorgen over Eddie, iets wat ik gezegd had waardoor je je gekwetst voelde, je sloot jezelf af en ging zitten tobben. Vaak wel een hele dag. Daar werd ik gek van. Ik kreeg dan hetzelfde angstige gevoel dat ik als kind had als mijn moeder me doodzweeg. Van haar accepteerde ik dat omdat ik geen keus had, maar van jou kon ik het niet hebben.'

Ik haalde moeizaam adem.

'Ik huilde. Ik smeekte. Ik smeet met kastdeurtjes. Alles wat ik bij mijn moeder nooit durfde te doen. Ik denk niet dat iemand ooit bezwaar gemaakt had tegen jouw manier om met moeilijkheden om te gaan, door je als het ware terug te trekken in een grot, maar na verloop van tijd vertelde je me in elk geval wel dat je niet boos op mij was en dat je gewoon in je eentje over dingen na moest denken. Ik was niet dolenthousiast over dat compromis, maar ik leerde ermee leven. Tot 11 september.'

'Stop', zei Rich.

'Ik ben bijna klaar, Rich – alsjeblieft.'

'Ik kan niet –'

'Ik wist niet hoe ik je moest helpen. Jij wilde me niet binnenlaten en dat raakte me tot in de kern van wie ik denk dat ik moet zijn.'

Ik liet de brief op de grond dwarrelen en deed een stap naar voren.

'Niet doen', zei hij.

'Luister dan alsjeblieft naar me. Ik heb een – een vooronderstelling, noemen ze het – waar ik mijn leven aan ophang. Die vooronderstelling houdt in dat ik denk dat ik alles voor iedereen moet zijn, en dat ik een mislukkeling ben als ik dat niet voor elkaar krijg. Jij bent de enige die me echt kent, Rich. Je weet dat ik niet tegen mislukkingen kan – ik móet een manier vinden om alles goed te maken. En dat is nou de ellende.' De tranen brandden in mijn ogen. 'Toen iemand me vertelde dat ik goed *was*, geloofde ik hem – en dat was het begin van mijn ondergang.'

Rich bewoog zich niet.

'Ik weet dat ik het verleden niet uit kan wissen', zei ik. 'Maar ik leer er wel van, Rich. Dat is toch ook wat waard?'

Hij schoof naar het puntje van de vensterbank en liet zijn polsen op zijn knieën rusten terwijl hij naar zijn voeten staarde.

Klonk dat te wanhopig? Lieve Vader in de hemel, ik *was* ook wanhopig. Dit was mijn leven –

'Denk je dat we eruit zouden kunnen komen?'

Rich' stem klonk zacht. Zo zacht dat ik niet wist of ik wel echt iets gehoord had.

'Wat?' zei ik.

'Denk je dat we eruit zouden kunnen komen?'

O, lieve God.

'Want, Demitria, ik kan dit niet nog een keer aan.'

Hij keek op, zijn ogen getekend door de pijn die ik hem had aangedaan.

'Dat hoeft ook niet. Het is het meest afschuwelijke dat ik ooit in mijn leven gedaan heb, en het zal nooit, maar dan ook nooit meer gebeuren.' Mijn stem klonk smekend en het kon me niet schelen. Hij zei ja.

'Het kan niet meer worden zoals vroeger', zei hij.

'Nee – absoluut niet.'

'Ik weet niet hoe het moet met het huis en de rekeningen – maar je kunt niet meer aan het werk gaan – niet als we het samen willen redden.'

Ik knipperde, hard en snel.

Hij balde zijn vuisten, strekte zijn armen en hervond zijn zelfbeheersing waar ik bij stond. 'Ik moet geloven dat dat de reden was', zei hij. 'Dat je altijd maar aan het werk was – je zei het zelf al – dat je het gevoel wilde hebben dat je nodig was en dat je dat daar had.'

Ik bestudeerde zijn gezicht. In zijn ooghoeken zag ik tranen, maar hij spande zijn kaakspieren om ze terug te dringen. Ik dacht dat ik doormidden zou scheuren. Hij vroeg me om een deel van mezelf op te geven. Maar ik had gezegd dat ik alles zou doen.

'Als je thuisblijft, redden we het. Misschien.' Een snik klonk door in zijn stem. 'Ik weet het niet, Demitria. Ik word hier doodsbang van.'

Ik duwde allebei mijn handen tegen mijn mond terwijl ik me voorzichtig op de vensterbank liet zakken, zonder hem aan te raken. 'Ik ook, Rich', zei ik. 'Maar we redden het wel. Ik weet het zeker.' En toen hoorde ik mezelf toevoegen: 'En als jij wilt dat ik thuisblijf, blijf ik thuis. We vinden wel een oplossing voor het geld.'

Rich' ogen lieten me niet los. 'Ik wil je geloven. Ik zweer het, ik wil dat echt.'

We zochten naar elkaar, behoedzaam, onze ogen schoten onzeker heen en weer en ik waagde het om mijn hand naar hem uit te steken. Het lukte bijna – tot ik voelde dat er iemand in de deuropening stond.

'Niet te geloven', zei een stem.

Mijn vingers waren nog op zoek naar Rich terwijl ik me razendsnel omdraaide. Daar stond Christopher, zijn gezicht bleek en hoekig, als een puntig puzzelstukje dat niet paste in de puzzel die wij probeerden op te lossen. Hij stapte de kamer binnen en keek naar Rich.

'Je bent toch niet van plan om haar terug te laten komen?' vroeg hij. 'Ik dacht dat je had besloten –'

Rich keek naar mij, zijn gezicht was vlekkerig, en hij zei: 'Je moeder en ik hebben gepraat.'

'Dat zie ik', zei Christopher. 'En welke leugens heeft ze je deze keer verteld?'

Rich zei niets. Deed niets.

'Stuur hem alsjeblieft weg', zei ik met opeengeklemde tanden.

'Christopher, je gaat te ver, jongen', zei Rich. 'Ga even weg – we zullen er later over praten.'

Christopher stootte een langgerekt, minachtend gesis uit en hij vertrok. Ik telde de stappen tot hij zijn slaapka-merdeur dichtsmeet.

Rich stond op en verdween in de badkamer.

Ik bleef zitten, als verstijfd.

Even later stond hij weer in de deuropening, gekleed in een T-shirt dat naar uitlaatgassen rook.

'Mijn carrière is niet het enige wat moet veranderen als ik terugkom', zei ik.

Hij bleef bij de badkamerdeur staan en legde zijn hand op de deurpost.

Ik stak mijn hoofd naar voren. 'Was je van plan om rustig te blijven zitten en hem zo tegen mij te laten praten?'

'Ik heb hem weggestuurd.'

'Nadat ik het je gevraagd had. Rich, hij bepaalt niet hoe wij leven. Ik weet niet wat we met hem gedaan hebben waardoor hij is gaan denken dat hij de macht kon grijpen, maar dat moet veranderen.'

Rich schudde de sprei uit, streek hem glad en ging erop zitten. 'Ik regel dat wel op mijn manier.'

Mijn gezicht werd vuurrood. 'Je moet het voor me opnemen als hij zo doet, Rich', zei ik. 'We moeten allebei eens goed nadenken over de manier waarop we met hem omgaan.'

Hij draaide zijn hoofd met een ruk in mijn richting. 'Jij hoeft me niet te vertellen hoe ik met mijn zoon moet omgaan. Sinds deze ellende begon hebben hij en ik het samen gerooid –'

'Dat was jouw keuze!'

'Hij is een geschenk uit de hemel', zei hij. 'Zonder hem had ik het niet gered.'

'En nu is het tijd dat je het weer redt met *mij*. En hij kan daar geen deel van uitmaken – dit is tussen ons.'

'Ho, ho, ho.' Rich stak zijn hand op. 'Begrijp ik het goed? Jij bent hier degene die haar boekje te buiten gegaan is en die met iemand anders geslapen heeft – en nu smeek je me om je terug te nemen, maar wil jij bepalen volgens welke regels dat gaat.'

Ik keek hem doordringend aan.

'Christopher is niet de reden dat het niet goed zit tussen ons. Jij – wat jij gedaan hebt – dat is de reden dat het niet goed zit tussen ons.'

'En wanneer ben ik dan weer goed genoeg? Wanneer zul je me vergeven, Rich – zodat we weer gelijkwaardig kunnen zijn?' Mijn stem klonk schril en bibberig. 'Ik wil dolgraag thuiskomen, meer dan wat ook ter wereld – maar alleen als je me vergeeft. Want weet je? Ik ga me niet de rest van mijn leven wentelen in schaamte. Als jij – en je zoon –

me dit tot in eeuwigheid blijven nadragen, kun je het wel vergeten.'

Ik zag hoe Rich zich terugtrok in zichzelf, hoe hij zijn handen op zijn heupen zette. En ik hoorde hem zeggen: 'Dan denk ik dat jij het wel kunt vergeten.'

***

Ik belde Mickey op en vroeg of ze even bij Jayne kon gaan kijken, die alleen thuis was. Daarna ging ik ook naar huis en ik bereikte nog net de nis bij het raam voor ik instortte.

Maar er kwamen geen tranen. Ik kon niet huilen. Ik kon niet in de kussens klauwen en mezelf een stommeling noemen. Ik kon niet eens wensen dat ik alles wat ik gezegd had terug kon nemen.

Omdat ik het enige had gedaan wat ik kon doen. En nu was het voorbij.

Ik liet mijn wang op mijn knieën rusten, met mijn hoofd opzij zodat ik de top van de heuvel aan de overkant van de straat kon zien, met de huisjes die overgingen in een schemerige massa tegen de achtergrond van de rivier de Sound. Ik had verwacht dat ik er totaal kapot van zou zijn als dit ooit zou gebeuren, maar het voelde niet echt. Het 'als' speelde nog steeds door mijn hoofd. Ik kon teruggaan – als ik dat deed op Rich' voorwaarden. Ik had gedacht dat ik dat zou doen, wat die voorwaarden ook waren. Sullivan Crisp had gezegd dat ik dat niet zou kunnen.

Ik verwenste hem en zijn spelshows. Hij had gelijk.

Ik keek naar mijn spiegelbeeld, nu duidelijk zichtbaar in het raam. Ik zag eruit als een vrouw die zojuist een aanvaring met het noodlot had gehad en het er maar amper levend afgebracht had. Maar ze had het overleefd – haar haar hing in slierten om haar hoofd, haar ogen gingen schuil achter enorme wallen en ze had op haar lippen gekauwd tot ze vuurrood waren – maar ze had het overleefd en hier zat ze dan. Met niets anders te doen dan ontdekken wie zijzelf was. Anders was ze zeker verloren.

Ik verborg mijn gezicht tussn mijn knieën. Ik moest een manier vinden – voor Jayne – voor wat er over was van mijn Christopher – voor mezelf.

Voor God. Want als ik dat waar ik eerder naar op weg was losliet – mijn richting, mijn roeping – welke positie had ik dan ten opzichte van God? Ik sloeg mijn armen om mijn knieën en omklemde ze, happend naar adem.

'Mam? Gaat het wel goed met je?'

Mijn hoofd schoot omhoog. Jayne stond halverwege de kamer, tussen mij en de keuken in. Ze knipte de lamp aan en onmiddellijk baadde alles in geeloranje licht.

'Nee', zei ik. 'Maar dat komt wel weer.'

'Oké.'

Ze trippelde naar me toe. Ze ging in de nis zitten, tegenover mij. Ze had iets in haar handen.

'Wat heb je daar?' vroeg ik.

'Ik heb dit voor jou gemaakt.'

Ze tilde het voorwerp op, ze had er beide handen voor nodig, en stak het me toe. Het was de steen van Sullivan Crisp – nu bedekt met een glanzende laag roze verf en versierd met gele strepen en blauwe stippen.

'Het was een lelijke steen', zei ze. 'Dus ik heb 'm veranderd in een paasei.'

Ik sloeg mijn hand voor mijn mond en voor het eerst sinds dagen – weken – misschien maanden – lachte ik. Het borrelde op uit een bron waarvan ik het bestaan vergeten was, en het hield niet meer op.

Ze fronste haar dunne wenkbrauwen. 'Ziet hij er raar uit?'

'Nee – hij is gewoon prachtig.'

'Hij ziet er raar uit', zei ze. 'Maar dat geeft niet. Jij vindt 'm mooi, hè?'

'Ik vind 'm prachtig. Het is het mooiste dat ik ooit gezien heb.'

Ze zette de steen tussen ons in en keek ernaar – onbewogen, dacht ik. Waardoor ik nog harder moest lachen.

'Ik heb misschien een idee', zei ze.

'Ja?'

'Het is als een transformatie.'

Mijn gelach stierf weg. 'Hoe bedoel je, liefje?'

'Je zei dat je er iets anders van moest maken, in plaats van een wapen om jezelf mee te beschadigen. Paaseieren hebben te maken met wedergeboorte en dat soort dingen. Dus hij is getransformeerd – en wij misschien ook.'

Ik keek naar het meisje en zag heel even een glimpje van een vrouw. Een vrouw die misschien wel wijzer was dan ik. En toen hield ze haar hoofd schuin.

'Denk je dat ik nieuwe kleren kan krijgen voor Pasen?' vroeg ze.

'Nou – ja – wanneer is het Pasen?'

'Oké – je hebt hier te lang opgesloten gezeten, mam. Deze zondag! Hallo!'

Ik lachte alweer.

'We gaan winkelen', zei ik. 'Alleen – ik bedoel, jij wilt waarschijnlijk naar de kerk.'

'Niet naar onze kerk.' Ze rolde met haar ogen. 'Christopher heeft me gedwongen om te gaan, en ik voelde me net een goudvis.'

'Pardon?'

'In een kom. Al die mensen kijken naar ons, zo van: *Wat is er aan de hand in jullie gezin?* En dat voelt raar, want als iemand ernaar vraagt, mag ik er niets over zeggen. Dus – nee. Kunnen we een andere kerk vinden om met Pasen naar toe te gaan?'

'We doen het precies zoals jij het wilt', zei ik.

Ze stond op en legde het paasei op ons koffietafeltje. 'Zo', zei ze.

In het volle licht zag ik dat de steen niet symmetrisch was, en behoorlijk opzichtig. Aan een kant was de verf in druppels opgedroogd. Als dat mijn transformatie moest voorstellen, had ik nog een lange weg te gaan.

Maar nu had ik tenminste een reden om op weg te gaan.

26

∽

'Jij wint.'

Demi was nog maar nauwelijks de garage binnengestapt toen ze dat zei. Sully was nog bezig om de inlaatklep te monteren en hij wierp een blik op zijn horloge.

'Ik weet dat ik vroeg ben.' Ze bleef midden in de garage staan en trok haar schouders op tot aan haar oren. 'Is dat goed?'

'Als je het niet erg vindt dat ik een beetje smeer onder mijn nagels heb.' Iets leek anders aan haar vandaag, iets waardoor zijn antennes overeind gingen staan. Hij volgde haar het kantoortje in, waar ze al bezig was haar jas uit te trekken. Hij kon het nog niet benoemen, maar de Demi die haar lichaam in de stoel liet zakken was kwetsbaarder dan eerst. Hij zou afwachten hoe deze nieuwe kant zich ontwikkelde. Dat was een fantastisch vooruitzicht.

'En wat win ik?' vroeg hij.

Ze keek hem uitdrukkingsloos aan.

'Je zei dat ik had gewonnen.' Hij ging behoedzaam op zijn stoel zitten. 'Wat krijg ik voor prijs?'

'Dat ik tegen je zeg dat jij gelijk had en ik niet.' Ze keek naar haar schoot en vocht tegen haar tranen.

'Ik heb al tegen je gezegd dat je hier gerust mag huilen', zei hij.

'Dat kan ik niet. Ik heb geen tranen meer over.'

'Wil je me vertellen wat er aan de hand is?'

'Het is voorbij.' Zelfs zonder tranen stroomde haar gezicht over van pijn. 'Ik heb gedaan wat jij zei dat ik niet moest doen. Ik heb Rich verteld over mijn "onterechte voor-onderstelling".'

Ze vormde aanhalingstekens met haar vingers. 'En ik heb gevraagd of hij me terug wilde nemen.' Ze liet haar hoofd achterover vallen.

'En dat ging niet zo goed?'

'Dat weet je al. Ik bedoel, in eerste instantie zei hij ja – als ik beloofde dat ik zou stoppen met werken.'

Sully probeerde niet in elkaar te krimpen. 'En wat zei jij?'

'Ik zei dat ik dat zou doen. Het voelde alsof we er zo dicht-bij waren –' Ze drukte haar vingertoppen tegen haar voor-hoofd. 'En toen kwam onze zoon binnen en Rich krabbelde terug. Hij liet Christopher gewoon – de regie overnemen. Toen ik tegen hem zei dat dat moest veranderen, krabbelde hij terug en ik schreeuwde tegen hem. Schreeuwde.'

Ze sloot haar ogen, het was duidelijk dat ze het moment voor de duizendste keer voor zich zag.

'Ik doe even net alsof ik een psycholoog ben, oké?' vroeg Sully.

Ze knikte.

'Hoe voelde het om tegen hem te schreeuwen?'

Ze opende haar ogen en hij zag iets flikkeren. 'Op het moment dat ik het deed? Best goed. Het is alsof hij me dit tot in eeuwigheid wil blijven nadragen – en ik heb tegen hem gezegd dat ik zo niet kan leven.'

'Goed zo.'

'Hij zei dat als dat het geval was, ik onze verzoening wel kon vergeten. Ik denk dat ik mezelf in de hoek gemanoeu-vreerd heb, en dat ik er niet meer uit kan.'

'Je was heel openhartig tegen hem.'

'Hoewel jij tegen me gezegd had dat ik dat niet moest doen.'

'Alleen omdat Rich er nog niet klaar voor is.' Sully boog zich weer voorover en hij wachtte tot ze hem aankeek. 'Maar ik ben hier niet de baas. Ik kan je wel richting geven, maar jij maakt de keuzes.'

'Dan heb ik de verkeerde keuze gemaakt. Het werkte niet.'

'Misschien was het een stap in de goede richting.'

'Ik wil dat jij me vertelt wat de volgende stap is, Sullivan', zei ze. 'Ik wil dat je dat doet.'

Hij hoorde de verandering in haar stem.

Overgave.

Ding-ding-ding.

Sully praatte zachtjes. 'Ik zal je niet vertellen wat je moet doen. Dat weet je.'

'Ja, en dat haat ik.'

'Maar ik wil je wel naar de volgende stap brengen, en als je die wilt zetten –'

'Dat wil ik.' Demi rechtte haar schouders.

'Maar ik waarschuw je, die stap heeft meer te maken met jou dan met het onmiddellijk terugkrijgen van Rich.'

'Dat weet ik.'

'Zweer je dat je dat weet?'

Ze stak haar hand op. 'Geef me maar een bijbel.'

'Ik vertrouw je.' Hij duwde zijn voet onder zijn achterwerk. 'Goed –'

'Wat zei je?

'Wanneer?'

'Net – over mij vertrouwen?'

'Ik vertrouw je', zei Sully.

'Maak je een grapje – of denk je echt dat mijn woord betrouwbaar is?'

Haar stem klonk hees. Sully voelde hoe belangrijk deze vraag was en hij formuleerde zijn antwoord zorgvuldig. 'Ik zie vandaag een andere Demi', zei hij. 'Dit is de echte Demi, denk ik. Ze is bereid om de vragen te overwegen, op de manier zoals ze ook van haar studenten vraagt. En ze zal de antwoorden aanvaarden. Dus, ja – ik vertrouw je.'

Hij zag hoe zijn woorden doordrongen en haar gezichts-uitdrukking zacht werd. En toen zag hij de eerste tranen die ze in zijn kantoor vergoot.

'Dank je', zei ze. 'Lieve God – dank je.'

Sully was er niet zeker van wie van de twee ze bedankte. Maar hij sloot zijn ogen en zei: 'Amen.'

***

'Ik kan niet geloven dat ik hem eerst maar een rare snuiter vond', zei ik de volgende ochtend tegen Mickey.

'Ik vind dat nog steeds.' Ze wierp me een elfenglimlach toe, over de enorme voorraad levensmiddelen heen waar we mee aan het slepen waren. 'Maar wat maakt het uit? Jij glimlacht.'

'Echt waar?'

Ze bleef even staan om me te bekijken, met een vaatje kokosnootolie op haar heup. 'Het is geen "ik heb de loterij gewonnen"-glimlach, maar hij is wel hoopvol. Wat heeft meneer de presentator tegen je gezegd?'

Ik voelde inderdaad dat ik glimlachte terwijl ik de pot-ten op de planken zette, met de etiketten aan de voorkant, zoals zij prettig vond. 'Hij zei dat het het begin is van een nieuw spel.'

'Uiteraard.'

'Alle fouten die je in het verleden gemaakt hebt, zijn uit-gewist. Je mag opnieuw beginnen, helemaal. Ik kan Rich' spel niet spelen – of dat van Christopher – of dat van iemand anders. Ik kan hen niet veranderen. Ik kan alleen mezelf veranderen.'

Ik reikte naar een fles organische sojasaus en Mickey legde haar hand op mijn arm. 'Maar wat als de rest van ons niet wil dat je verandert? Ik vind je eigenlijk best leuk zoals je bent.'

Ik klopte op haar hand. 'Het is de manier waarop ik over mezelf denk die moet veranderen. Ik denk dat dit goed is.

Ik begrijp het nog niet helemaal, maar ik denk dat God me vergeven heeft – dat mijn lei schoon is – en nu moet ik gaan leven als iemand die een tweede kans gekregen heeft.'

'En meneer de presentator vertelt je hoe je dat moet doen?' Mickey stak haar hand op. 'Ik geloof heus wel dat hij weet wat hij doet, maar zelf denk ik dat je een advocaat in moet huren, je zoon een flinke schop onder zijn achterste moet geven –'

Ze stopte toen ik mijn armen om haar nek sloeg, met de fles sojasaus nog steeds in mijn hand.

'Je bent een fantastisch mens', zei ik.

'Och, liefje, ik weet dat ik soms een draak ben. Het spijt me. Oscar en ik, en Audrey, we willen gewoon zo graag dat je gelukkig bent en dat je uit deze ellende tevoorschijn komt zonder dat je al je waardigheid bent kwijtgeraakt. Die schaamte hebben we nu wel gehad.'

Ik deed een stap achteruit. 'Ik denk dat de schaamte wel verdwijnt. Het is gewoon – ik denk dat ik moet vechten om weer met opgeheven hoofd te mogen leven.'

'Daar kan ik me iets bij voorstellen. Als hij je helpt om dat te doen, vind ik het prima.' Ze richtte haar aandacht op een doos kokosvlokken. 'Maar ik denk nog steeds dat je die zoon van je hiernaartoe moet slepen zodat we hem allemaal in zijn lurven kunnen grijpen.'

Ik had dat inderdaad even overwogen. Maar Christopher ging ongetwijfeld ook uit van een onterechte vooronderstelling – eentje waar hij waarschijnlijk nog nooit dieper over nagedacht had.

'Zou Audrey er onderhand niet moeten zijn?'

Ik keek op en zag Oscar in de deuropening staan, met op elke arm twee borden met dampende eierburrito's.

'Het is niet mijn beurt om op haar te passen.' Mickeys stem klonk als schuurpapier. 'Zeg straks maar tegen haar dat we het inhouden op haar salaris.'

Oscar gromde. 'Ja, maar goed, ondertussen hebben we hier vier klanten die op hun ontbijt zitten te wachten.'

'Ik kan ze wel bedienen', zei ik.

'Zou je dat willen doen?' vroeg Mickey. 'Ik had je beloofd dat je niet met klanten te maken zou krijgen.'

'Ik denk dat ik de fase waarin ik het eten van onze klanten met tranen zou bevloeien wel gehad heb.' Ik knikte naar Oscars zwaarbeladen armen. 'Maar je moet niet van mij verwachten dat ik zo veel borden tegelijk meeneem.'

Mickey pakte er twee en met de blik van een trotse moeder van een serveerster in de dop zei ze: 'Volg mij maar.'

Audrey kwam pas twee uur na het einde van haar laatste college opdagen, wat nogal ongewoon was. Ondanks haar uiterlijke onverschilligheid keek Mickey voortdurend op de klok en hield ze heimelijk het raam in de gaten, net zo neurotisch als iedere andere moeder – hoewel ze razendsnel overschakelde naar moordlust toen Audreys Nissan langs de stoeprand tot stilstand kwam.

'Jij kunt maar beter eerst even naar haar toe gaan om erachter te komen wat voor excuus ze heeft', zei ze tegen mij. 'Anders raakt ze misschien een paar tanden kwijt en ik heb geen geld om de tandartsrekening te betalen.' Mickeys mond vormde een streep. 'Zoek uit wat er aan de hand is en kom het dan aan mij vertellen, oké?'

De belletjes bij de deur kondigden Audreys binnenkomst aan, maar toen ik eenmaal in het restaurant arriveerde, was ze nergens meer te bekennen. Ik zag er waarschijnlijk verward uit, want de vaste klant die aan een tafeltje bij het raam Indische thee zat te drinken, wees zonder iets te zeggen naar het toilet.

'Audrey?' fluisterde ik bij de deur. 'Gaat het wel, liefje?'

Geen antwoord. Ik stond op het punt om te kloppen toen ze de deur op een kiertje zette en mij naar binnen trok. We stonden bijna met onze neuzen tegen elkaar, tussen het toilet en het gebatikte wandtapijt. In haar ogen lag een wanhopige blik, alsof ze op het punt stond om over de rand van een klif te storten en ik de enige was die haar tegen kon houden.

'Liefje, wat is er?' vroeg ik.

Ze drukte haar handen tegen haar lippen en staarde me panisch aan.

'Audrey, haal eens adem.'

Ze hapte naar lucht.

'Nee – goed diep inademen – en nu weer uitademen.'

Dat deed ze. Ik liet het haar nog een keer doen, tot ze slap werd. Toen trok ik haar in mijn armen.

'Wat is er gebeurd?' vroeg ik. 'Heb je een ongeluk gehad?'

'Een enorm ongeluk.'

Ik hield haar een eindje bij me vandaan en keek naar haar. 'Ben je gewond?'

'Nee, dr. C.', zei ze. 'Ik ben zwanger.'

***

'Kom op, schatje.'

Isabella's motor sloeg aan. Of ze probeerde het in elk geval.

'Kom op, nog een beetje meer.' Sully trapte het gaspedaal in en ze probeerde het nog een keer. Haar inspanningen vulden de lucht met uitlaatgassen.

'Oké – het spijt me, schatje.' Hij klopte op het dashboard. 'Je bent er nog niet klaar voor.'

'Stoor ik?'

Sully draaide zich snel om, waarbij zijn voorhoofd tegen de bovenkant van de autodeur knalde.

'O, lieve help!' zei Demi. 'Het spijt me vreselijk – ik wilde je niet laten schrikken.'

Sully knipperde om de sterretjes te laten verdwijnen en hij keek haar aan.

'Gaat het?' vroeg ze.

'Met mij gaat het prima – maar hoe gaat het met *jou*?' Hij stapte uit de Impala en bood weerstand aan de neiging om te voelen of hij een bult op zijn hoofd had. Hij bleef haar aankijken.

'Is het goed dat ik zomaar even langskom?' vroeg ze. Ze trok haar schouders naar achteren en leek niet te weten waar ze haar handen moest laten.

Hij kon het niet over zijn hart verkrijgen om te zeggen dat het niet goed was. Bovendien was het contact tussen hen, als psycholoog en cliënt, toch al niet erg conventioneel. 'Wat is er aan de hand?' zei hij in plaats daarvan.

'Ik wil het even zeker weten. Ik zit in een lastige positie en ik denk dat ik weet wat ik moet doen, maar – ik wil er zeker van zijn dat ik het niet verpruts.'

Sully leunde tegen de auto en sloeg zijn armen over elkaar. 'Iets met Rich?'

'Nee – Audrey. Ze is zwanger.'

'Ai. Van Boy?'

'Hij zegt van niet, maar Audrey zegt dat hij de enige is met wie ze naar bed geweest is, en ik geloof haar.'

'Dus – wat is jouw lastige positie?'

Demi haalde haar hand door haar haar. 'Ze wil het niet aan Oscar en Mickey vertellen. Ze zegt dat ze haar zullen verstoten – wat ik absoluut niet kan geloven – maar ze is doodsbang. Ik denk dat ze de stad uit gevlucht was als ik niet naar haar toegegaan was.'

Sully knikte.

'Ik heb tegen haar gezegd dat ze zich misschien wat te veel laat leiden door angst. Ze is in shock – zelfs als je omstandigheden ideaal zijn kan de ontdekking dat je zwanger bent je leven op z'n kop zetten. Maar ze weigert om met hen te praten tenzij ik met haar meega.'

'Dus –'

'Wat voor gevoel heb ik daarbij, toch?'

Sully grijnsde. 'Je leert het al, meisje.'

'Ik heb het gevoel dat ik moet helpen. Ik heb een heel goede relatie met Mickey, dus als er al sprake is van boosheid, kan ik misschien bemiddelen. Ze vraagt mij altijd om met Audrey te praten, er voor haar te zijn.'

'En wat zijn de tegenargumenten?'

Demi deed haar mond open en sloot hem weer. Hij zag dat er een aantal dingen door haar hoofd schoten, tot ze hem verrast aankeek.

'Die zijn er niet, denk ik. Ik dacht dat ik misschien niet geschikt was, gezien mijn recente – activiteiten.'

'Maar nu denk je –'

'Nu denk ik: wie weet beter dan ik hoe het is om een enorme fout te maken en je leven weer opnieuw te moeten opbouwen?'

'Ding-ding', zei Sully.

Demi's mondhoeken krulden, eerste de ene kant en toen de andere.

'Heb ik dat nou net allemaal zelf bedacht, terwijl jij daar stond toe te kijken en me mijn gang liet gaan?'

'Zeker weten.'

Ze glimlachte van oor tot oor en stapte op hem af. Voor hij het wist had ze haar armen om zijn nek geslagen. Ze omhelsde hem, liet hem weer los en stapte naar achteren.

'Dank je', zei ze. 'Je geeft me het gevoel dat – ik weet niet – maar wat het ook is, dank je wel.'

'Graag gedaan.'

Daarna zei Sully niets meer.

De glimlach bleef om haar mond spelen, maar verliet haar ogen. Ze keek om zich heen in de garage, alsof ze daar haar volgende woorden zou vinden. Toen dat niet gebeurde, zei ze: 'Nou, ik moest maar eens gaan. Kan ik je vanavond bellen om te vertellen hoe het is afgelopen?'

'We kunnen een extra sessie inplannen.' Sully koos zijn woorden zorgvuldig. 'Wil je morgen langskomen?'

Nu verdween de glimlach helemaal. 'Ik bel je nog wel', zei ze.

En toen vluchtte ze. Er was geen andere omschrijving voor de manier waarop ze zich uit de situatie losmaakte en ervandoor ging om haar eigen schaamte te verwerken. Hij wilde haar naroepen, zeggen dat het ook zijn fout was, dat hij de grenzen niet duidelijk genoeg had aangegeven.

Maar hij liet haar ontsnappen, liet haar haar gezicht redden. De hemel wist dat ze dat nodig had.

Verdraaid.

Hij steunde met beide handen op de deken die hij over de zijkant van de auto gehangen had, bij de geopende motorkap en hij liet zijn hoofd hangen. Demi was alleen maar blij dat ze het begrepen had, dat ze zichzelf begon te begrijpen. Hij was de eerste persoon in maanden die haar vertrouwd had. Het was geen wonder dat dat een spontane reactie bij haar opriep – zoals hem omhelzen.

Maar hij kon het niet toestaan.

Je moet een gezonde afstand tot je cliënt bewaren, zei hij tegen ijverige jonge psychologen die met hun cliënten wilden lunchen als ze een doorbraak hadden gehad, cliënten die meer van hun therapeut wilden dan een sessie in een spreekkamer toestond. *Je bent hun vriend niet – je bent hun therapeut.*

'Ze is mijn vriendin', had Lynn tegen hem gezegd. 'Ze begrijpt me, zoals niemand anders dat doet.'

Sully schudde zijn hoofd. Nee. Geen herinneringen van-avond. Hij moest nadenken over deze toestand met Demi, anders zou hij haar kwijtraken, net op het moment dat ze vooruitgang begon te boeken.

Hij pakte een moersleutel en keek in Isabella's wachten-de hart. 'Kom op, schatje', zei hij. 'Je kunt het wel. Help me de avond door.'

Het begon al weer licht te worden toen haar motor ein-delijk aansloeg.

27

୧୭

Ik kon niet geloven dat ik dat gedaan had. Ik kon het gewoon niet geloven.

Ik wist de oprit bij het appartement te bereiken voor ik met mijn vuisten op het stuurwiel sloeg.

Je hebt die man daarnet *niet* omhelsd.

Ik veegde mijn haar achter mijn oren. Hij had de omhelzing ook niet opgevat als een blijk van waardering van een dankbare cliënt – dat had ik in zijn ogen gezien. Sullivan had dezelfde conclusie getrokken als ik: dat Demitria Costanas in feite door de knieën ging voor iedere man die aardig tegen haar deed, die ook maar een beetje begrip leek te tonen.

Ik voelde me ellendig genoeg om naar de nis bij mijn raam te rennen en me te verstoppen onder de versleten sprei, maar op dat moment parkeerde Audrey haar Nissan naast mijn Jeep. Het voorovergebogen elfje achter het stuur zag er beroerder uit dan ik me voelde.

Audrey opende haar deur alsof hij een paar honderd kilo woog. Haar tas oppakken, haar sleutels laten vallen en weer oprapen, alles leek meer kracht te kosten dan ze kon opbrengen. Ze stond op, haar ogen leken reusachtig in haar asgrauwe gezicht. Een konijntje gevangen in het licht van koplampen zag er minder angstig uit. Ze leek er zeker van dat een afschuwelijk einde onafwendbaar was. Ik had die blik eerder gezien: elke ochtend wanneer ik in de spiegel keek, als ik begon aan een nieuwe dag waarin ik mijn fouten recht probeerde te zetten.

'Jij bent veel meer van streek dan zij zullen zijn', zei ik tegen haar terwijl ik haar hielp om de trap naar het huis van haar ouders te beklimmen.

'Ik denk niet dat ze het zullen begrijpen', zei ze.

'Ik begrijp het ook, en ik ben je moeder niet eens.'

Audrey liet haar hoofd tegen mijn schouder vallen. 'Op dit moment zou ik willen dat je dat wel was.'

Toen we binnenkwamen, liep Mickey net met een mand vol wasgoed de keuken door. Een blik op ons en ze zette de mand op het randje van het aanrecht.

'Wat is er aan de hand?' vroeg ze. Ik kneep in Audreys zweterige hand en verbaasde me erover dat er geen druppels op de vloer vielen.

'Kom op, zeg het maar.' Mickey schoof de wasmand iets verder, zodat hij niet meer zo wankel stond, en leunde met haar hand op het aanrechtblad. Oscar stond in de deuropening, met de afstandsbediening in zijn ene hand en het restant van een voorgerechtje in de andere.

'Kom op, Audrey.' Mickeys stem begon schril te klinken. 'Je jaagt me de stuipen op het lijf.'

'Misschien moeten we even gaan zitten', zei ik. 'Mick, heb je toevallig nog een pot thee staan?'

Haar ogen schoten mijn kant wel op, maar in feite negeerde ze me.

Oscar liep naar de vuilnisbak en hij gooide zijn hapje weg. 'Aud?' zei hij.

'Ik kan het niet zeggen!' zei Audrey. 'Jullie zullen me haten!' Ze draaide zich om en stortte zich in mijn armen.

Ik wierp een hulpeloze blik op Mickey, over Audreys hoofd heen.

'Toe, Audrey, we zullen je heus niet haten.' Mickey pakte Audreys arm en trok haar bij mij vandaan. Ze legde haar hand onder de kin van het meisje en bracht haar gezicht vlak bij het hare. 'Nou, wat is er aan de hand?'

Audrey jammerde.

'Mick', zei Oscar.

Mickey liet Audrey los, maar haar ogen hielden haar gevangen. 'Wat durf je ons niet te vertellen?'

'Beloof je dat je niet zult denken dat ik een vreselijk mens ben?'

'Wat – is – er – mis?'

'Ik krijg een baby, mam. Het spijt me –'

Ik was er zeker van dat ik in alle toestanden waar ik de afgelopen acht weken deel van uitgemaakt had, meer emoties gezien en ervaren had dan de meeste mensen in hun hele leven, het diepe, haast ondragelijke verdriet dat ik na 11 september met mijn hele volk gedeeld had uitgezonderd. Maar ik had nog nooit iemand zo zien huilen. Audrey huilde zo hard dat ik bang was dat ze bewusteloos zou raken.

Mickey daarentegen keek stoïcijns toe hoe haar dochter hartverscheurend huilde, en vertrok zelfs haar mond niet.

En Oscar had een hand over de onderste helft van zijn gezicht geslagen en zijn andere hand onder zijn oksel gestoken, bedekt door zijn massieve bovenarm. Ik kon alleen zijn ogen zien, waarmee hij ingespannen knipperde, alsof hij in de war was.

'Nou – zo word je misselijk, Audrey', zei Mickey. 'Kom op, ademhalen.' Ze vouwde haar armen om haar dochter alsof ze te maken had met een kind in de speeltuin, dat ze verder niet kende. 'Haal adem – kom op – voordat je moet overgeven.'

Audrey hapte een paar keer naar adem en knikte.

Ik was er zeker van dat ik een situatie zag die zich al vele keren eerder had afgespeeld. Audrey leek zich vreemd genoeg getroost te voelen.

'Ze was de hele dag al doodsbang om het jullie te vertellen', zei ik. 'Ze heeft het aldoor ingeslikt.'

'En dan wordt ze zo. Oscar, geef haar eens even wat water.'

Oscar gaf haar een glas, dat Audrey leegdronk terwijl Mickey haar in de gaten hield. De gezinsdynamiek was blijkbaar weer hersteld. Tijd voor mij om te vertrekken.

'Maar hoe zit het, Demi?' vroeg Mickey.

'Pardon?' zei ik.

'Wie is die jongen?'

Ik keek van haar naar Audrey.

'Jij bent veel beter in staat om het samenhangend te vertellen dan zij, en ik twijfel er niet aan dat jij het weet, dus kom maar op.'

Ik wist niet precies wat het was dat in haar stem doorklonk – wrok, gekwetste gevoelens, onvervalste jaloezie?

'Het is die jongen met wie ze een paar keer uit geweest is', zei ik. 'Eh – C.J., toch, Audrey?'

Ze knikte.

'Ze dacht dat ze van hem hield – en dat hij van haar hield.'

'Dus is ze met hem naar bed geweest, zonder voorzorgsmaatregelen te treffen, en nu is ze zwanger.' Mickey duwde Audreys kin opnieuw omhoog. 'Is dat hoe het gegaan is?'

'We hebben wel maatregelen getroffen!' zei ze.

'O – dus het was een "ongelukje".' Mickey raakte het puntje van Audreys neus zachtjes aan. 'En een behoorlijk stom ongelukje, als je het mij vraagt.'

Ik voelde mijn kin omlaag zakken. Ze maakte een grapje, toch? Maar zelfs als dat zo was – op een moment als dit?

'Ik weet het, mam', wist Audrey uit te brengen. 'Het spijt me ontzettend.'

Haar knieën begaven het. Ze leek tegen de grond te gaan en Oscar stapte snel naar voren om haar onder haar armen te pakken. Toen hij haar op haar voeten zette, verdween haar gezicht in zijn buik.

Gedurende een paar eindeloze minuten zei niemand iets. Mijn instinct zei me naar beneden te rennen, mijn langbenige Jayne op schoot te trekken en haar heen en weer te wiegen. En toch kostte het me de grootste moeite om zelfs maar naar de deur te lopen.

Uiteindelijk gebaarde Mickey dat Audrey aan de keukentafel moest gaan zitten. Zelf nam ze plaats tegenover haar. 'En wat zegt die C.J. ervan?'

'Hij zegt dat de baby niet van hem is.' Audreys stem was hees.

'En is dat zo?' vroeg Mickey.

'Mick!' zei Oscar.

Ik had hem wel kunnen omhelzen.

'De baby kan niet van iemand anders zijn', zei Audrey. 'Ik ben geen slet, mam.'

'Dus dat betekent dat je geen hulp van hem hoeft te verwachten', zei Mickey.

Audrey knikte.

'En daarom heb je ons nodig.'

'Ik weet het niet', zei Audrey.

'Doe niet zo belachelijk. Wat je ook besluit, je hebt onze hulp nodig.'

'Ik heb er nog niet over nagedacht wat ik ga doen.'

'En wanneer was je van plan dat te doen, Audrey?'

'Ze is er net twaalf uur geleden achtergekomen', zei iemand.

Alle ogen waren op mij gericht. Audreys ogen stonden smekend. Oscar was nog in de war. En in Mickeys blik las ik dat ik genoeg gezegd had.

'Luister,' zei ik, 'ik denk dat dit een gezinskwestie is. Ik moest maar eens gaan.'

Ik draaide me om naar de deur.

'Nou, bedankt, Demi', zei Mickey. 'Ik weet niet wanneer ze het ons verteld had, óf ze het ons verteld had, als jij er niet geweest was.'

Ik draaide me om om haar aan te kijken, maar ze had haar blik op Audrey gevestigd. Haar ogen stonden hard.

'Audrey?' zei ik. 'Red je het wel?'

'Het komt allemaal prima in orde met haar', zei Mickey.

Ik deed de deur open, maar ik kon het niet laten om toe te voegen: 'Bel me als je me nodig hebt, Audrey.'

Het was alsof ik gevolgd werd door een ijzige wind-
vlaag.

***

Toen ik beneden kwam, vond ik Jayne opgekruld in de nis
bij het raam. Ik vertelde haar wat er gebeurd was en ze
knikte ernstig.

'Ik denk dat haar moeder niet met haar gepraat heeft
over jongens en zwanger raken en zo', zei ze.

Daar had ik geen antwoord op. Ik begreep niets van
Mickeys reactie.

De volgende ochtend, toen ik na een nacht van weinig
slaap een zak met groenteafval naar de composthoop bracht
en voorzichtig over Mickeys pas geplante erwtjes, spinazie
en sla heen stapte, was ik er nog steeds mee bezig.

'Ik zal het maar gewoon zeggen.'

Ik draaide me met een ruk om, waardoor er een voorraadje komkommerschillen naast de hoop viel. Mickey had
wallen onder haar ogen en ze zag er, als ik me niet vergiste,
een beetje schaapachtig uit.

'Hé, Mick', zei ik. 'Gaat het een beetje?'

'Je doet wat je moet doen, of niet soms?' Ze stak haar
handen in de zakken van haar modderige cargobroek.
'Luister, ik waardeer het dat je voor Audrey klaarstaat.
Maar wat ik zeggen wil, is dat we het vanaf hier zelf wel
redden.'

Ik speurde haar gezicht af naar een spoor van het wijze
kaboutervrouwtje dat zo ongeveer mijn leven gered had,
maar in de lijntjes rond haar ogen zag ik alleen vermoeid-
heid.

'Hoe gaat het met Audrey?' vroeg ik.

'Ze overleeft het wel. We hebben het drama bedwongen
en daarna is ze eindelijk begonnen met het nadenken over
haar mogelijkheden.'

Terwijl ik mijn mond opendeed, wist ik dat ik op het
punt stond om mijn eigen relatie met haar op te offeren.

'En hoe is ze er in emotioneel opzicht aan toe, Mickey?' vroeg ik. 'Ze is nog maar zes weken zwanger – ze heeft nog volop tijd om te besluiten wat ze wil. Ik maak me er meer zorgen over hoe ze hiermee omgaat.'

'Dat soort zorgen lossen dit probleem niet op.' Mickey haalde haar hand uit haar zak en zwaaide in de lucht. 'Bovendien, zij is niet degene die waar dan ook mee omgaat. Die rol is weggelegd voor Oscar en mij.' Ze keek me doordringend aan. 'Je hebt zelf gezien hoe zij met dingen omgaat.'

'Ik begrijp het niet', zei ik.

'Dat komt doordat jij haar niet hebt opgevoed.'

'Audrey begrijp ik wel. Jou begrijp ik niet.'

In de stilte die volgde zag ik Mickeys mond vertrekken en haar ogen werden vochtig. Maar ze was blijkbaar vastbesloten zichzelf overeind te houden en ze veranderde in beton. 'Wat valt er niet te begrijpen?' zei ze.

'Je hebt mij niets dan genade en acceptatie betoond sinds je me ontmoet hebt', zei ik. 'En in mijn ogen is wat ik gedaan heb stukken erger dan de fout die Audrey gemaakt heeft. Ik was verbaasd dat je niet – liefdevoller was, denk ik.'

'Als ik haar een knuffel geef en zeg dat het niet erg is, wat leert ze er dan van?' Mickey schudde haar hoofd. 'Ik kan jou alle ruimte geven, want het is niet mijn verantwoordelijkheid wat voor mens jij uiteindelijk wordt.'

'En wat voor mens denk je dat zij wordt als jij haar behandelt alsof ze een misdaad gepleegd heeft? Ze maakt het zichzelf al moeilijk genoeg.'

'Blijkbaar toch niet moeilijk genoeg.' Haar woorden klonken hard. 'Luister – als jij denkt dat Audrey het nodig heeft om als slachtoffer behandeld te worden, dan wil ik je vriendelijk verzoeken bij haar uit de buurt te blijven.'

Ik staarde haar aan. 'Jij was degene die wilde dat ik er voor haar zou zijn!'

'Ik wist niet dat ze lag te rollebollen met een jongen die ze nauwelijks kende.' Mickey zweeg en ze keek alsof ze door iets gestoken was. 'Wist jij ervan? Wist jij dat ze met hem naar bed ging?'

Ik slikte. 'Wat Audrey en ik besproken hebben, was tussen ons.'

'Dat beschouw ik dan maar als een bevestiging.' Ze deed een stap achteruit. 'Zoals ik al zei, we hebben het onder controle. Dank je wel.'

'Mickey, toe nou – je bent gewoon even boos.'

'Nee, maar als je nog even doorgaat, zul je zien wat boos bij mij betekent.'

'Mick!' Oscar liep op ons af met zijn hand uitgestoken – alsof dat zijn vrouw zou kalmeren. Volgens mij begon ze nog maar net op te warmen.

Mickey hield haar ogen nog steeds op mij gevestigd. 'Ik waardeer wat je gedaan hebt, maar ik denk dat ik Audrey beter ken dan wie dan ook. Laat ons het maar regelen.' Ze zette haar beide handen op haar smalle heupen. 'Begrijp je me nu?'

Ik begreep deze vrouw, die in niets leek op de vrouw die me overeind geholpen had. Deze vrouw hield zich bezig met het kapotmaken van haar dochter, en zei ook nog eens tegen mij dat ik werkeloos moest toezien terwijl ze dat deed.

Dat kon ik niet.

'Waar is Audrey nu?' vroeg ik.

'Wat heb je hier niet van begrepen?'

'Is ze hier – of zit ze ergens in haar eentje?'

'Wat is er *mis* met jou?'

Mickey zette een stap in mijn richting, maar Oscars grote hand sloot zich om haar schouder.

'Mick!' zei hij. 'Achteruit.'

Ze liet haar arm zakken en sloot haar ogen. 'Ik ben het even helemaal kwijt', zei ze.

Daar moest ik het wel mee eens zijn.

'Het komt wel goed met je. Iedereen terug naar zijn eigen plek en even afkoelen.' Oscar keek naar mij. 'Waarom neem je geen dagje vrij? Je ziet er beroerd uit.'

'Ze werkt niet op zaterdag.' Mickey had zich al omgedraaid naar het huis. 'Misschien werkt ze wel helemaal niet meer.'

'Wat had ik gezegd over afkoelen – voordat iemand iets zegt wat-ie niet meent?'

Ze gaf geen antwoord. Hij en ik staarden allebei naar de grond tot ze verdwenen was.

'Heeft ze me zojuist ontslagen?' vroeg ik.

'Nee. Dat denkt ze alleen maar.' Oscar veegde met zijn hand over zijn opgezwollen gezicht en liet hem vervolgens rusten op de vetrolletjes achter in zijn nek.

'Dit had ik niet verwacht.'

'Dit gebeurt ook alleen als ze heel erg gespannen is. Ze draait wel weer bij.' Hij trok een gezicht. 'Ik hoop dat jij ons in de tussentijd niet afschrijft. Kom maandag maar gewoon werken, dan is de lucht wel weer geklaard.'

Was er nog niet genoeg geschreeuw in mijn leven? Genoeg gebrek aan begrip? Genoeg gebrek aan vergeving?

'Luister.' De blik in Oscars ogen was net zo zacht als de gerimpelde huid eromheen. 'Ik ben blij met alles wat je voor Audrey gedaan hebt. Wie weet wat ze uitgehaald zou hebben toen ze dit ontdekte als jij er niet voor haar geweest was? Dat weet Mick ook.'

'Ja.'

'Ik zou er geen problemen mee hebben als je contact met haar bleef houden – en als Mickey eenmaal gekalmeerd is, vindt zij het misschien ook wel goed. Maar op dit moment, om de vrede te bewaren …' Oscar boog opnieuw zijn hoofd. 'Misschien moet je Audrey gewoon even met rust laten. Ze is toch niet hier. Ze is gisteravond teruggegaan naar de studentenflat.'

Ik sperde mijn ogen wijd open. 'Je hebt haar in haar eentje laten vertrekken na wat ze gisteren allemaal heeft doorgemaakt?'

'Mick dacht dat –'

'Nee, ik kan niet toelaten dat dat arme meisje dit allemaal in haar eentje moet oplossen. Dat kan ik gewoon niet.'

'Dat zal ook niet gebeuren. Mickey zal er voor haar zijn – ze heeft alleen even tijd nodig.'

'Die tijd heeft Audrey niet.' Ik liep met grote stappen om hem heen. 'Ze zit in de studentenflat, zei je?'

'Dem, ik smeek je echt –'

'En mijn antwoord is echt nee.'

Ik bleef achter hem staan. Hij keek over zijn schouder.

'Jullie tweeën kunnen me ontslaan, jullie kunnen me het appartement uitzetten, jullie kunnen doen wat jullie willen. Maar ik weiger om Audrey in de steek te laten. Het is maar dat je het weet.'

Mickey stond halverwege de trap toen ik onder de treden door liep en terugging naar mijn appartement. Ze was nog steeds de andere Mickey. En dat was prima. Want ik was nu de andere Demi.

28

∽

Jayne sliep nog toen ik in het appartement terugkwam. Haar haar lag over het kussen uitgespreid als gouddraad en haar wimpers raakten haar jukbeenderen. Ik kroop naast haar en luisterde naar de zachte, gelijkmatige ademhaling van een kind dat veilig en tevreden was. Toen ze haar ogen opendeed keek ze me aan, niet verrast, alsof het logisch was dat ik naar haar lag te kijken terwijl ze sliep.

'Heb je een plan?' vroeg ze.

Ik steunde op een elleboog. 'Een plan?'

'Je ziet eruit alsof je een plan hebt.'

Met mijn vinger veegde ik een haarlok van haar voorhoofd. 'Dat is ook zo. Ik vroeg me alleen af of jij me erbij wilde helpen.'

'Heeft het te maken met paaskleren?' vroeg ze.

'Ja – en ook met Audrey.'

'Gaat ze met ons mee winkelen?'

'Wil je dat?'

'Ik vind haar aardig', zei Jayne.

'Goed dan.'

'En wat is de rest van het plan?'

'Ik vroeg me af ...'

Ik wachtte even. Misschien was dit een vergissing.

'Zeg het maar, mam.'

Ik haalde diep adem. 'Ik vroeg me af wat je ervan zou vinden als Audrey bij ons introk.'

'Ga je haar dan behandelen alsof ze je dochter is?' vroeg Jayne.

Ik bestudeerde haar gezicht. Ze dacht diep na, maar verder zag ik niets bijzonders.

'Ik bedoel, volgens mij zou je dat moeten doen.' Ze steunde nu ook op een elleboog, zodat ze mij aan kon kijken. Het was alsof we twee vriendinnetjes waren die wakker werden na een logeerpartijtje. 'Ze heeft een betere moeder nodig dan de moeder die ze nu heeft – mevrouw Gwynne schreeuwde gisteravond heel hard tegen haar.'

'Heb jij dat gehoord?'

Ze rolde met haar ogen. 'Wie niet? Ik denk dat ze jou nodig heeft.'

Mijn keel werd dik. 'Denk je dat, Jay?'

'Ik *weet* het. Mam, jij begrijpt het. Jij verwacht niet dat een kind volmaakt is.'

Ik ging zitten en gaf haar een kus op haar voorhoofd. 'Wat dacht je ervan? Zullen we Audrey gaan zoeken?'

***

Ze trok dezelfde avond bij ons in, compleet met een paasgarderobe en een mand vol met dat afschuwelijke plastic gras dat je nog tot de kerstdagen onder het vloerkleed en in de hoekjes van lades vindt. Ze had een jurkje met een hoge taille en een grote print uitgekozen, gecombineerd met een legging. En natuurlijk mocht een zak snoep niet ontbreken.

'Ik hoop niet dat mensen dit stom vinden', zei ze terwijl ze in mijn keuken stond en de jurk voor haar lichaam hield. 'Ik heb gewoon geen zin om een strak truitje of zo aan te trekken, snap je?'

'Wat maakt het uit wat iemand anders denkt?' zei ik. 'Weten zij veel wat jij doormaakt.'

'Ik ga die van mij aantrekken', zei Jayne.

Ze verdween in de slaapkamer en ik troonde Audrey mee naar mijn nis bij het raam, met de kussens, de sprei en een beker warme melk met nootmuskaat.

'Het is een inspannende dag geweest', zei ik. 'Tijd voor jou om je een beetje te ontspannen.'

'Ik heb zin om te huilen', zei ze. 'Het spijt me. Je doet zo veel voor me.'

'Je hoeft je nooit te verontschuldigen voor tranen.' De woorden bleven in mijn keel steken – van wie had ik dat ook alweer geleerd? Haar eigen moeder zou dit tegen haar moeten zeggen.

'Ik voel me vandaag wat minder stom.' Audrey trok de sprei op tot onder haar kin en ze liet de tranen in de stof druppelen. 'Jij geeft me het gevoel dat dit misschien toch niet het einde van de wereld is.'

'Dat is het ook niet. En ook niet het einde van jou.'

Ze keek ingespannen naar de sprei. 'Is het verkeerd dat ik C.J. mis? Ook al behandelt hij me als oud vuil?'

Ik sloot mijn ogen. Zach Archer wandelde voorbij en hij keek niet eens om. 'Daar kun je niets aan doen', zei ik. 'Dat is een van de dingen waar je mee om moet leren gaan.'

'Als ik dat kan.'

'Wanneer je dat kunt.'

'Ta-da!'

Jayne kwam binnen in de keuken, draaide snelle rondjes tussen de stoelen, de salontafel en Audreys reistas door. Met haar nieuwe strokenrok, die om haar heen zwierde, leek ze net een zigeunerin.

'Wauw. Geweldig', zei Audrey.

Jayne glimlachte parmantig en keek naar mij. 'Jij wilde dat ik een tuttige jurk uit zou kiezen.'

'Ik weet het, ik weet het.'

De meisjes grinnikten naar elkaar.

Morgen zou ik waarschijnlijk een uitzettingsbevel krijgen, als Mickey eenmaal in de gaten had wat ik aan het doen was. Maar op dit moment liet ik me in de kussens zakken en ik liet hen even meisjes zijn. Gewoon meisjes, die samen Jaynes sandalen met kraaltjes bewonderden.

***

De volgende ochtend hoorde ik Mickey al vroeg de trap af komen. Ik zag al voor me hoe ze zou stilhouden als ze Audreys auto zag staan en ik bereidde me voor op een woede-uitbarsting.

Er klonk echter geen klop op de deur en toen ik even later mijn hoofd om het hoekje van de deur stak, waren er geen aanwijzingen dat ik uit het appartement gegooid zou worden. Dat was mijn eerste verrassing die dag.

De tweede kwam toen Jayne met haar ontbijtkom aan de bar ging zitten en zei: 'Ik vind dat we voor de paasdienst naar de kapel van de UvV moeten gaan.'

Ik was eieren aan het kloppen, maar stopte abrupt. Audrey keek op vanuit de nis bij het raam.

'Dat zou ik geweldig vinden', zei ze. 'Dr. Kaye gaat voor.'

'Zullen we dat doen, mam?' vroeg Jayne.

'Ik wil er even over nadenken.'

'De dienst begint om tien uur', zei Audrey.

'Het is nu half negen.' Jayne sprong van de kruk. 'Ik ga wel als eerste douchen. Vind je dat goed, Aud?'

'Wacht even', zei ik, terwijl ik naar de ronddraaiende eieren keek. 'Dames, ik weet niet wat andere mensen ervan zullen zeggen als ik daar weer heen ga. Ik ben niet bepaald onder ideale omstandigheden vertrokken.'

'Hallo!'

Ik draaide me om en zag Jayne nog net met haar ogen rollen.

'Wat maakt het uit wat iemand anders denkt?' zei ze, met een stem die erg op de mijne leek. 'Weten zij veel wat jij doormaakt.'

Ik legde de garde op het aanrecht.

'Goed dan', zei ik. 'Iedereen aankleden.'

***

Op weg naar de kapel rommelde Sully voortdurend met zijn stropdas. Hij was niet zo dol op boorden en dassen, maar hij vond dat hij het aan Ethan verschuldigd was om zich op te doffen. Hij had uiteraard een stropdas van Ethan moeten lenen, en er instructies bij gekregen hoe je zo'n ding ook alweer moest knopen. Maar nu plette de strop zijn adamsappel.

Hij was nog maar een keer eerder in de kapel geweest, toen Ethan een doordeweekse dienst leidde die, tot zijn ongenoegen, slechts door een handjevol studenten bezocht werd. Vandaag zat het gebouw propvol. De kapel was klaar om alle mensen te ontvangen die alleen met Kerst en Pasen naar de kerk gingen en dat wel genoeg vonden.

De ruimte rondom de preekstoel was een wirwar van lelies en sleutelbloemen, die alleen plaats vrijlieten voor een paadje van oesterschelpen dat naar een leeg, ruwhouten kruis leidde.

'Goed gedaan, Ethan', fluisterde Sully.

Hij schoof in een van de achterste banken, bezet door studenten in verbleekte katoenen polo's en hij deed onmiddellijk zijn das af.

'Ja, man, weg met dat ding', zei een roodharig joch met lange armen. 'Dat was een beetje overdreven.'

'Bedankt', zei Sully.

Terwijl een optocht van ruisende rokken en nieuwe pumps aan hem voorbijtrok, zag hij iets bekends. Een lange vrouw liep met afgemeten passen door het gangpad, geflankeerd door twee jonge vrouwen, en Sully ging rechtop in de bank zitten. Het was Demi.

Ze had hem blijkbaar niet gezien en nu ze de twee meisjes naar een bank voorin begeleidde, ging hij ervan uit dat dat ook niet zou gebeuren, tenzij ze zich om zou draaien om om zich heen te kijken, wat niet haar stijl was.

Sully besloot dat hij er aan het einde van de dienst snel tussenuit zou glippen. Het zou al beschamend genoeg voor haar zijn om weer met hem te praten – het was niet nodig dat dat gesprek hier plaatsvond. Drie banken voor hem zag hij al verschillende studentes die met ogen als schoteltjes hun hoofden naar elkaar toe draaiden, alsof het zo afgesproken was. Aan hun mond zag Sully wat ze tegen elkaar zeiden: 'Dat meen je niet!'

Sully keek naar haar terwijl ze plaatsnam in de bank, tussen de twee meisjes in, en naar een mededelingenblaadje staarde dat ze vast niet echt las. Dit was wel de laatste plaats waar hij haar verwacht had. Hij keek nog eens om zich heen en zag dat hij niet de enige was. Een vrouw, van top tot teen in het roze gekleed, ging heel wat minder discreet te werk dan de studentes. Ze stootte de man naast zich openlijk aan en knikte in Demi's richting.

Sully gromde. De met dikke wallen omgeven ogen van Kevin St. Clair zou hij overal herkennen.

Het lieflijke geluid van een viool klonk boven het geroezemoes uit, alsof het de zon was die opging, en Sully en de overige aanwezigen gingen staan. Ethans stem voegde zich bij snaren en hij riep: 'Hij is opgestaan! De Heer is waarlijk opgestaan!' De gemeente antwoordde: 'Halleluja! Halleluja!'

Sully wist niet wat Demi had bewogen om hierheen te komen, maar dit was de reden waarom hij hier was. Zijn eigen halleluja was wat vertraagd en het roodharige joch grijnsde vriendelijk naar hem. Het was Pasen en hij hoorde erbij.

'Heb je hem weleens horen spreken?' vroeg de jongen met het rode haar toen ze gingen zitten voor de preek.

'O, ja', zei Sully. 'Hij is geweldig.'

Het joch keek naar Sully alsof deze uitdrukking eigenlijk een belediging was. 'Hij is *fantastisch*. Ik hoop alleen dat dit niet de laatste keer is.'

Ethans stem bracht de menigte tot zwijgen.

'Zou het niet geweldig zijn als er iemand naar je toe zou komen en zou zeggen: "Ik los al je schulden af. Het maakt niet uit of je in de schulden geraakt bent doordat je dom geweest bent of omdat je geld hebt uitgegeven aan activiteiten die niet bepaald eerbaar waren. Zelfs als het rekeningen zijn die je al jaren geleden had moeten betalen – ik los alles af. Je zult schuldvrij zijn."'

De gemeente knikte als één man, met uitzondering van Kevin St. Clair die, zo merkte Sully op, rechtop zat, vol eigendunk, als een man die nog nooit een creditcard gebruikt had.

'En wat,' ging Ethan verder, 'als deze persoon tegen je zou zeggen: "Ik wil dat je zo dankbaar bent, dat je je niet opnieuw in de schulden steekt."' Ethan glimlachte zijn 'ik weet precies hoe het is'-glimlach. 'Daar zouden we allemaal mee instemmen, of niet soms?'

Nog meer geknik. Sully grijnsde tevreden. Hij wist waar Ethan heen wilde.

'En stel je nu eens voor dat diezelfde persoon zou zeggen: "Maar als je wel weer nieuwe schulden maakt – en dat zal gebeuren, simpelweg omdat je mens bent en niet in staat bent om de verleiding van negentig dagen rentevrij te weerstaan – zal ik die schuld ook inlossen."'

Sully's blik dwaalde af naar Demi, die haar gezicht naar Ethan had opgeheven alsof ze licht in zich opnam. Ze omarmde het donkerharige meisje naast haar en trok haar naar zich toe. Ze wiegde de jonge vrouw tot ze haar hoofd op Demi's schouder liet zakken. Ze leek te oud om Demi's dertienjarige dochter te zijn. Dat zou het elfenkind aan haar andere zijde dan vast wel zijn.

'Je zou denken dat er kleine lettertjes waren, of niet soms?' zei Ethan.

Demi legde haar wang op het donkerharige hoofd, dat trilde. Zij moest het zwangere meisje zijn.

Ethan zei: 'Er zijn geen kleine lettertjes.'

Neem dit aan, Demi, dacht Sully, *ook voor jezelf.*

***

'"Maar ik heb wel verwachtingen", zou je gulle weldoener zeggen.'

Ik was er zeker van dat iedereen die aanwezig was en die een hart in zijn lijf had, het gevoel had dat Ethan rechtstreeks tegen hem of haar sprak. Ethan had de gave om iedere afzonderlijke persoon met zijn blik vast te houden.

Mijn blik hield hij ietsje langer vast, al wist ik niet of hij wilde dat ik de woorden tot me zou laten doordringen of dat hij gewoon net zo verbaasd was om me te zien als alle anderen. Kevin St. Clair had al verschillende blikken op me geworpen, variërend van verbolgen tot woest tot totaal verbijsterd.

'"Ik verwacht dat je het extra geld dat je nu hebt, gaat gebruiken om dingen voor anderen te doen"', zei Ethan. 'En ik wil dat je gul bent.'

Audrey liet zich in mijn armen vallen, zachtjes huilend. Aan mijn andere zijde stak Jayne haar arm door de mijne.

'Dat doe jij voor Audrey', fluisterde ze.

Terwijl ik me omdraaide om haar op haar voorhoofd te kussen, voelde het alsof binnen in mij een zakje openging dat ik allang vergeten was. Er kwam een gevoel vrij waarvan ik dacht dat ik het voorgoed verspeeld had. Warm en echt en zo zacht als een zucht, klonk de fluistering: *Je bent goed.*

Ethan kwam van de verhoogde preekstoel af, langs het smalle trappetje, en hij liep naar het middenpad, zodat hij op gelijke hoogte was met onze rij. Een nadeel hiervan was dat de St. Clairs zich nu in mijn blikveld bevonden en ik niet meer naar Ethan kon kijken zonder hen te zien.

Ik ging zo recht mogelijk zitten en richtte mijn aandacht op Ethan.

'En stel je nu eens voor dat deze geweldige persoon,' ging hij verder, 'je opdracht gaf om de mensen te vertellen wie je uit de schulden heeft gehaald en je leven heeft gered.' Ethans gezicht kreeg een ernstige uitdrukking. '"Vertel het aan iedereen die je tegenkomt", zou deze persoon zeggen, "en zeg erbij dat ik het ook voor hen wil doen."'

Tot op dat moment had ik elk woord dat Ethan had uitgesproken met beide handen aangegrepen. Maar dit gedeelte ... deze woorden ...

Vertel iedereen die je tegenkomt dat ik dit voor jou gedaan heb. Dat ik je vergeven heb. Dat ik je een kans gegeven heb om een verschil te maken in het leven van iemand anders, ondanks wat jij gedaan hebt.

Hoezeer ik ook probeerde om mijn ogen op Ethan gericht te houden, Kevin St. Clair bevond zich vlak achter hem, een tastbare aanwezigheid die me uitdaagde om mezelf bloot te geven ten overstaan van de menigte, die me als een troep hongerige wolven stond op te wachten. Hoe kon ik iedereen vertellen dat Jezus me vergeven had als juist dat wat me vergeven was een vernedering zou zijn voor wat er van mijn gezin overgebleven was, en het Ethan Kaye zou beroven van het restje van zijn zwaar gehavende geloofwaardigheid?

Hoe kon ik Jezus' liefde ooit weer in het openbaar delen?

In mijn binnenste ging het zakje weer dicht, en de knoop werd weer vastgemaakt.

***

Ethan keek ons stralend aan. 'Degene die je schuld betaald heeft, waarschuwt je wel dat dit niet betekent dat er geen mensen zullen zijn die proberen misbruik te maken van je pas ontdekte rijkdom, en dat ze daar soms ook in zullen slagen. Maar hij wil niet dat je je daar al te druk om maakt of dat je denkt dat je je opnieuw in de schulden moet steken om de dingen "recht te zetten".'

Ethans blik bleef op Sully rusten.

Je praat over jezelf, hè? dacht Sully.

'Hij belooft dat hij je erdoorheen zal helpen, dat hij je zal helpen om door dat proces heen dingen over jezelf te leren.'

Sully haalde zijn benen uit de knoop en sloeg ze weer over elkaar.

'Word niet bitter als dieven en plunderaars ermee aan de haal gaan.' Ethan balde zijn vuist en drukte die tegen zijn borst. '"*Ik* zal wel met hen afrekenen. *Ik.*"'

En plotseling had Sully het gevoel alsof zijn schouders zakten.

***

'Er is hier waarschijnlijk niemand die niet blij zou zijn met deze mogelijkheid om verlost te worden van al zijn schulden – en niet alleen de schulden die we al hebben, maar ook de schulden die we in de toekomst op zullen lopen, zelfs al zweren we dat dat nooit zal gebeuren.'

Ethans stem werd zachter. Telkens wanneer dat in zijn preken gebeurde, waren we aangeland bij iets wat ik vasthield en wat ik meenam naar buiten.

Maar vandaag was dit het moment waarop ik mijn ogen sloot en de pijn in mijn borst en de brok in mijn keel voelde, het moment waarop ik rouwde – om wat ik nu nooit meer kon doen.

'Zou het niet geweldig zijn? *Is* het niet geweldig?' Ethan stak zijn beide handen uit, met de palmen naar boven. 'Vervang het woord *schuld* door de woorden *gescheiden van God* – wat sommigen zonde zouden noemen. Vervang de stem van de weldoener door die van onze Heer, Jezus Christus. En kijk dan eens wat er gebeurt.'

De stilte in de kerk was zuiver, de lucht volmaakt voor het rangschikken van de woorden in mijn hoofd.

Ik heb voor al je zonden betaald, Demi. Je bent zondenvrij.

Ik wil dat je gul bent met jouw vergeving.

Ik wil dat je aan iedereen vertelt dat Ik dit voor jou gedaan heb.

Ik wil dat je dat doet, Demi.

Dat moet je doen.

'Mam?' fluisterde Jayne. 'Alles in orde?'

Ik keek omlaag en zag haar hand over mijn vuist wrijven, die ik zo stijf gebald had dat mijn aderen opgezwollen waren als blauwe koorden.

Je moet aan iedereen vertellen dat Ik dit voor jou gedaan heb.

'Mensen zullen proberen je je vrijheid van schuld te ontnemen, zegt Jezus.' Ethan hield zijn hoofd een beetje schuin, zijn gezichtsuitdrukking was vriendelijk. 'Ze zullen proberen je te schande te maken, je weer van God te scheiden. Ze zullen je vertellen dat je dom bent om te geloven dat Hij dit werkelijk voor jou gedaan heeft.'

Mijn hoofd draaide als vanzelf opzij en mijn ogen stelden scherp op Kevin St. Clair. Hij staarde recht voor zich uit, alsof niet naar Ethan kijken zou maken dat hij verdween. Als er al een woord was dat hem bereikte, dan ketste het af als hagelstenen op een tinnen dak.

Maar de woorden bereikten mij – drongen in me binnen – en trokken het zakje open, diep in mij. Ik wist nog niet wat ik ermee moest doen. Ik wist alleen dat het er was.

***

'En dat, mensen,' zei Ethan, 'is de betekenis van het kruis.'

Hoofden werden opgeheven, zijn woorden vestigden de aandacht op het kruis dat achter hem stond.

'Het sterven waar we afgelopen vrijdag opnieuw om gerouwd hebben, daar aan dat kruis, was de volledige afbetaling van al je schuld – je zonden – of hoe je het ook wilt noemen. De schaamte en de schuld –' Hij hief zijn arm, statig en sterk. 'Verdwenen. Luister – en luister goed – want dit is de boodschap van Pasen. In zijn ogen, wat je ook hebt gedaan – aan de voet van dit kruis, waar we ons vandaag bevinden –'

Hij liet zijn blik over de menigte glijden om zich ervan te verzekeren, zo wist Sully, dat elk oog, elk oor en elke geest zich hierop concentreerde. 'Is het alsof het nooit heeft plaatsgevonden', zei hij. 'Nooit.'

***

Ethans blik gleed door de kerk en bleef op mij rusten.

'Nooit', zei hij opnieuw.

Toen hij zijn hoofd boog, liet ik het mijne hangen.

En nu wil Ik dat je gul bent met jouw vergeving, Demi. Ik wil dat je de wereld vertelt dat Ik dit voor jou gedaan heb. Dat moet je doen.

Toen het laatste gezang eindigde, kwam de kapel tot leven. Opgewekt was het woord, dacht ik. De gemeenteleden wisselden de vreugde uit waar we allemaal in deelden. Door het lawaai heen hoorde ik iemand roepen: 'Dr. C.!'

Een slungelig lijf onder een krans van rood haar bewoog zich in mijn richting, gevolgd door zo'n beetje iedere student die ik begeleid had. De Geloof en Twijfel-groep – mijn belangrijkste zorg in een leven dat nu zo ver van me af stond dat het een luchtspiegeling leek, zelfs nu ze me omringden, in hun kaki broeken, hun poloshirts en op wiebelige sandalen – vol idealisme en liefde.

Brandon tilde me van de grond terwijl hij me omhelsde, en handen van allerlei afmeting en vochtigsheidsgraad wreven over mijn rug en aaiden over mijn arm.

'We dachten minstens dat u in coma geraakt was!' zei Marcy.

Ze wisten me aan het lachen te maken – een lach die verdween toen ik over Brandons magere schouder keek en Sullivan Crisp zag staan, die zich omdraaide en zich een weg naar de deur baande alsof hij achtervolgd werd door een meute honden.

Ik klopte op Brandons rug om hem zover te krijgen dat hij me neerzette. De jongelui omsingelden me en leidden mijn aandacht af van Sullivans vertrek.

'Het is echt een wonder van God dat u hier bent', zei Chelsea.

'U moet weten dat G&T op instorten staat', zei Brandon.

Op Marcy's brede gezicht lag een smekende uitdrukking. 'Wilt u alstublieft iets met ons afspreken?'

'Ze kunnen u toch zeker niet verbieden om ons raad te geven.'

'We zouden ver buiten het schoolterrein afspreken.'

'U weet niet eens wat er hier allemaal aan de hand is.'

'En dat moet u wel weten.'

Marcy duwde tegen mijn arm. 'Dit is geen project meer, dr. C. Het gaat er nu om dat we voorkomen dat deze tent verandert in een klooster – en dat is geen grapje.'

Brandon stak zijn hand op. 'Luister, dr. C.,' zei hij, 'ik weet dat we vaak zaten te klieren toen u en dr. Archer met ons werkten – maar dat was voordat we het gevoel hadden dat we onder het St.-Clair-regime leefden. Ik bedoel, G&T gaat precies over die dingen die dr. Kaye daarnet zei.' Hij knikte, met een wijsheid die in tegenspraak was met zijn sproeten en zijn bloempotkapsel. 'Maar wat er op school gebeurt lijkt daar niet eens op. We kunnen niet toestaan dat dit doorgaat.'

Ik voelde een warme hand in de mijne en keek omlaag, naar Audrey. Heel even zag ik in haar ogen geen zorgen om de zwangerschap.

Zij was de reden dat ik zei: 'Ik zal eens kijken, jongens. Ik zal ervoor bidden.'

Ik had die woorden in geen weken uitgesproken, maar nu rolden ze van mijn lippen alsof ze klaargelegen hadden voor het moment dat ik terug zou keren.

Ik wil dat je het aan iedereen vertelt.

Terwijl mijn studenten – nog steeds *mijn* studenten – zich langzaam maar zeker verspreidden, voelde ik een 'misschien' opwellen. De kans was klein, maar misschien, op de een of andere manier, kon ik dat toch doen.

Mijn blik gleed naar de deur. Maar ik moest het zonder Sullivan Crisp doen.

29

〰

Op maandagavond maakte ik een nieuwe lijst.

Ik had afstand gedaan van de oude wegens een gebrek aan resultaat, maar ik las hem nog een keer door – weemoedig – voor ik op delete drukte.

- *Rich terugkrijgen*
- *Een afspraak maken met dr. Sullivan Crisp*
- *Doen wat hij zegt*
- *Me concentreren op de kinderen*
- *Jayne opbellen*
- *Christopher opbellen*

Ik keek op van de laptop.

Jayne zat aan de bar en was bezig met wiskunde. Audrey zat in de nis te studeren en tussendoor staarde ze zorgelijk naar het water van de Sound.

De situatie was nu heel anders dan het vacuüm waar ik met mijn eerste lijst aan probeerde te ontsnappen. Interessant, dacht ik bij mezelf, dat mijn verwachtingen zo hoog geweest waren – dat ik gedacht had dat ik door het afwerken van mijn lijstje mijn gezin weer bij elkaar kon krijgen. Ik voelde een golf van onrust. Ik was nu nog niet erg veel dichter bij mijn gezinsleden dan ik toen was.

Behalve Jayne. En de fluistering – *dat moet je doen* – *dat moet je doen* – die me gevolgd was toen ik de kapel verliet en die sindsdien niet meer verdwenen was. Wat een reden was voor een nieuw lijstje.

Dat, en het korte gesprekje dat ik de avond daarvoor met Mickey gehad had.

Ik was net bezig om de pizzakoerier te betalen – onze paasmaaltijd bestond uit een grote pizza met ananas en ham en een extra krokante korst – toen ze op de trap verscheen. Ze wachtte nauwelijks tot het joch onder haar priemende blik naar zijn auto gevlucht was.

'Ik zal het maar gewoon rechtstreeks vragen', zei ze.

'Ja', zei ik. 'Audrey logeert bij ons.'

'Ik betaal voor een kamer in een studentenflat.'

'Terwijl ze het vreselijk vindt om daar in haar eentje te zitten.' Ik zette de hete pizzadoos op mijn heup. 'Luister, wil je binnen komen en er verder over praten? Ik weet dat je geen pizza eet, maar ik ben je wel een maaltijd verschuldigd.'

'Ik weet heus wel dat ik me in deze situatie niet bepaald gedraag als Moeder van het Jaar. Ik kan het maar niet bevatten – het is alsof ik de verbinding met mezelf kwijt ben.'

'Dat hoor ik.'

Ze stak haar beide handen omhoog en draaide ermee rond alsof ze me uit probeerde te vegen. 'En nu wil Audrey niet bij mij zijn – en dat snap ik wel – dus ga jij maar gewoon verder met wat je aan het doen bent. En laat het me weten als ze iets nodig heeft van mij.'

De pijn was op haar gezicht te lezen – het brak mijn hart.

'Ik doe voor haar wat jij voor mij hebt gedaan', zei ik.

'Ik wil niet dat je me daar weer op wijst', zei ze. 'Voor haar kan ik het niet – ik weet niet waarom. En ik moet eerlijk zeggen dat ik er bijna aan onderdoor ga dat jij het wel kunt. Ik voel me net een –'

'Wil je dat ik verhuis?'

Ze keek weg.

Ik verplaatste de pizzadoos naar mijn andere heup.

'Als ik jou uitzet, zet ik Audrey ook uit. Ik ben geen boze stiefmoeder.'

'Ik heb nooit gezegd –'

'Wil je bij Daily Bread blijven werken?'

Ik knipperde 'Wil jij dat?'

'Je hebt het geld nodig.'

'Klopt – maar ik heb geen behoefte aan vuile blikken.'

'Ik neem het niet mee naar het werk. Ik wil niemand anders aannemen.' Ze knipperde een paar keer, draaide zich om en liep de trap op.

Dus ik was vanochtend naar mijn werk gegaan, al is het overbodig te zeggen dat ik niet op mijn vaste kruk ging zitten om te huilen. Mickey en ik ontweken elkaar en Oscar fungeerde als buffer wanneer het niet te vermijden was dat we in dezelfde ruimte waren.

Toen Audrey 's middags kwam, gedroeg Mickey zich beleefd en onzeker tegen haar. Op dat moment ontdooide ik. Audrey had mijn hand op haar arm nodig als ze langskwam en mijn knikje dat ze deze bestelling, die stapel borden en die woeste blik van haar moeder in mijn richting aan zou kunnen.

De woeste blikken maakten dat ik nu typte:

- *Een nieuw appartement zoeken*
- *De meisjes verhuizen*
- *Een nieuwe baan zoeken*

En zelfs

- *Bidden*

Er was maar één onderdeel van de oude lijst dat ik niet gewist had. Ik schudde mijn hoofd toen Jayne me popcorn aanbood en drukte mijn vingertoppen tegen mijn slapen terwijl ik mijn blik over het scherm liet glijden.

- *Rich terugkrijgen*

De pijn en de angst hobbelden naar binnen. Er waren nog steeds geen papieren bezorgd, ik had geen telefoontje van een advocaat gehad. Niets. Zelfs Christopher had zich koest gehouden.

Ik typte:

- *Christopher de waarheid zeggen*

Dat moest binnenkort gebeuren. Zijn naam intikken maakte een einde aan alle angst en verving het door de woede die ik telkens voelde als ik aan de jongen dacht – woede die mijn bloeddruk omhoog joeg en me mijn tanden deed knarsen. Deze jongen – die minder volwassen was dan zijn jongere zusje dat op dit moment in de keuken een huilende Audrey omhelsde.

'Wat is er aan de hand?' vroeg ik, terwijl ik om de bar heen liep.

'Ik weet het niet', vormde Jayne met haar lippen.

'Af en toe overkomt het me gewoon', zei Audrey.

'Komt het door de baby?' vroeg ik.

Ze schudde haar hoofd. 'Ik weet zeker dat ik hem wil houden, dr. C. Dat heb ik vandaag besloten.'

'Weet je het echt zeker?'

'Dit is mijn baby. Dat is alles wat ik weet.'

Achter haar klapte Jayne in stilte in haar handen. Ik besloot op dit moment niet in te gaan op de verdere details van die beslissing. Wie wist beter dan ik dat het nemen van een beslissing over iets je kracht gaf om vol te houden?

'Ik huil om die stomme C.J.' Audrey stapte achteruit en leunde tegen het aanrecht. 'Ik heb hem vandaag weer gebeld – idioot die ik ben – omdat ik dacht dat hij misschien van gedachten veranderd was nu er wat tijd overheen gegaan was. Dat hij me toch zou willen helpen. Weet je wat hij zei?'

Laat me raden.

'Hij zei dat hij ervoor gezorgd had dat we het veilig deden – dus dat hij niet inzag hoe ik zwanger kon zijn van hem.'

'Hallo!' zei Jayne, die net een handvol popcorn in haar mond wilde stoppen. 'Zelfs ik weet dat geen enkel voorbehoedsmiddel honderd procent betrouwbaar is! Nou ja, behalve geen seks hebben, natuurlijk.'

Als ik niet zo'n zin had gehad om die ongrijpbare C.J. door het toilet te spoelen, had ik moeite gehad om niet te lachen. Er was tenminste iets wat ik goed gedaan had.

'En toen zei hij –' Audrey slikte een snik weg. 'Hij zei: "Dus, als het eruitziet als een slet en als het zich gedraagt als een slet, dan moet het wel een slet zijn."' Ze verborg haar gezicht in haar handen. 'Voor hem ben ik nooit met een andere jongen naar bed geweest. Zo ben ik niet. Ik ben geen slet!'

'Nee, liefje, dat ben je niet', zei ik.

Dat was een gevoel dat ik ook kende, telkens als ik gedachten aan Zach Archer mijn hoofd binnen liet glibberen. Ik was geen slet die als ze zich somber voelde door de knieën ging voor het medeleven van een man.

Toen de meisjes naar bed waren, opende ik de lijst opnieuw en ik typte:

- *Therapie afzeggen*

Ik kon Sullivan niet meer onder ogen komen. Ik was er niet zeker van dat ik wie dan ook weer onder ogen kon komen. Ik stortte in.

Tot de fluistering.

Dat moet je doen, Demi.

Je moet.

***

Het appartement dat ik dinsdag vond, nadat ik weer een dag op eieren had gelopen in Daily Bread, bevond zich in Gerst – een grappig stadje met uitzicht over de marinehaven van Puget Sound.

Het complex, dat Sherman Heights heette, bestond uit een wirwar van huisjes met puntdaken, als monopolyhuisjes gerangschikt op de zijde van een heuvel. Onder aan de heuvel raasden auto's over de snelweg, maar als je je blik gericht hield op de top van de heuvel had je het gevoel dat je op zomerkamp was. Toen ik Jayne en Audrey die avond meenam, waren ze gecharmeerd door het riviertje dat langs de rand van het park liep, omgeven door majestueuze dennenbomen en wilgen die met hun takken over het gras sleepten, waartussen vingerhoedskruid en varens groeiden.

Ze waren minder enthousiast over het huisje zelf. Hoewel ze de ceder die uit de keukenvloer omhoog groeide, dwars door het dak heen, erg gaaf vonden, vertrokken ze hun mond steeds verder tijdens de tien seconden durende rondleiding.

Een spelonk van een keuken met een ronde bar.

Een open plek in het midden waar nauwelijks ruimte genoeg was voor twee stoelen en een tweezitsbankje.

Een hoekbadkamertje dat uitkwam in een kast, met een soort werkblad langs de muur.

Een smal trappetje dat naar een open zoldertje leidde dat helemaal in beslag genomen werd door een tweepersoonsfuton.

Dat was het.

Jayne ging op de wenteltrap zitten en bukte om mij onder een trede door aan te kunnen kijken. 'Het is wel een beetje deprimerend, mam. Het is hier hartstikke donker.'

Dat kon ik niet tegenspreken. Het grote raam in de kamer – die naast woonkamer eigenlijk ook alle andere functies moest vervullen – ging schuil achter olijfgroene gordijnen die rechtstreeks uit een camper uit de jaren zeventig leken te stammen.

'Dat is natuurlijk het probleem', zei ik. 'We missen ons uitzicht.'

Ik trok aan het koordje waarmee ik de gordijnen in theorie zou moeten kunnen openen, maar het brak in mijn hand.

Audrey snoof.

'Goed, plan B', zei ik.

Ik ging op een van de wankele stoeltjes staan, greep de bovenkant van de gordijnen beet en gaf er een ruk aan. Dat was echter te veel voor de roede, die zich overgaf en uit de muur kwam zetten. Ik voelde mezelf achterovervallen – en toen recht omlaag, terwijl het stoeltje in tweeën brak zodat ik met een bons op de vloer terechtkwam, compleet met de roede en de afschuwelijke gordijnen.

'Mam!' zei Jayne. 'Alles in orde?'

De verplichte dochterlijke zorg ging verloren in een lach-salvo dat alleen pubermeisjes kunnen produceren. Ik keek op naar Audrey, die over me heen gebogen stond en die met haar achttienjarige versie niet voor Jayne onderdeed.

'Dat is in elk geval opgelost', zei ik. 'Nu hebben we uit-zicht.'

'Op de voorkant van de Jeep!'

Jayne brulde van het lachen en viel tegen Audrey aan. 'Ik vind het fantastisch!' gilde ze.

'Mooi', zei ik. 'We verhuizen morgen.'

Een baan was niet zo gemakkelijk geregeld. Ik keek woensdagochtend wel naar de personeelsadvertenties, maar ik was er niet helemaal bij. Bovendien kon ik mezelf nauwelijks horen lezen met al dat gefluister.

Ik wil dat je aan iedereen vertelt dat Ik dit voor je gedaan heb.

Ze kunnen u toch zeker niet verbieden om ons raad te geven.

Dat moet je doen, Demi. Je moet.

God was echter niet erg duidelijk over de manier waar-op ik mijn brood zou moeten verdienen. Ik zette mijn kie-zen op elkaar en ging terug naar Daily Bread. Een ding tegelijk.

Die avond trokken we in het huisje, een proces dat onge-veer twee uur in beslag nam.

Ik hing mijn kleren op in de zestig centimeter kastruimte die ik de mijne mocht noemen, afgescheiden van de rest door gekleurde pijltjes die Jayne uit karton had geknipt, ik zette mijn laptop op het barretje in de keuken en ik gooide een kleedje over het bankje om de uitpuilende springveren te bedekken. Toen was ik klaar.

De onrust joeg door mijn lijf. Hoeveel aanpassingen kon ik nog aan zonder de hoop te verliezen? Ik moest verder-gaan met de lijst. Dat moest gewoon.

Ik ging voorzichtig op een kruk zonder rugleuning zit-ten, bij het ronde barretje dat zijn voortbestaan te danken had aan de boomstam waaraan hij bevestigd was. De geur van cederhout was rustgevend. En dat gold in zekere zin ook voor de lijst die ik op het scherm liet verschijnen.

- *Een nieuw appartement zoeken*

Voor elkaar.

- De meisjes verhuizen

Voor elkaar.

- Een nieuwe baan zoeken

Morgen misschien.

- Bidden over het G&T-project

Dat had ik ook gedaan. Sinds afgelopen zondag had ik God ontmoet, elke ochtend als ik rond drie uur ontwaakte, als ik wist dat ik verder slapen wel kon vergeten en wakker lag en probeerde niet in paniek te raken. Hij trok aan me, haast letterlijk, en ik had geen andere keus dan naar de plek te gaan waar Hij me wilde hebben.

Als ik daar eenmaal was, zag ik de gezichten van mijn studenten voor me. Dan dacht ik aan de geestelijke vastbeslotenheid die ik in die paar minuten in de kapel bij hen gezien had en die hoger ging dan cijfergemiddeldes. Maar ik kon geen duidelijk plan bedenken. Ondanks hun stemmen die me vastgrepen als hoopvolle handen –

Het is echt een wonder van God dat u hier bent

U moet weten dat G&T op instorten staat

We zouden ver buiten het schoolterrein afspreken

Dit is geen project meer, dr. C.

We moesten de wereld vertellen wat het echt betekent.

De vraag was echter – hoe?

'Dr. C.?'

Ik keek om de boom heen en zag Audrey in de deuropening staan.

'Ik moet van school', zei ze.

Ik liep om de boom heen en zat al samen met haar op het bankje toen de tranen begonnen te stromen.

'Dat staat in het handboek.'

'Staat erin dat je met school moet stoppen als je zwanger bent?'

Ze knikte. 'Je mag niet zwanger zijn als je niet getrouwd bent – je mag niet samenwonen met iemand van het andere geslacht.' Ze stak me het handboek toe, maar ik wuifde het weg.

'En zodra het zichtbaar begint te worden, *weet* ik gewoon dat iemand als dr. St. Clair me zal –

'Ho maar even –' Ik voegde niet toe *voor ik moet overgeven*. 'Je bent nu zo'n zeven weken onderweg?'

'Ik denk het.'

Ik keek haar aandachtig aan. 'Ben je al bij de dokter geweest?'

'Nee. Ik heb alleen een zwangerschapstest gedaan. Twee zelfs.'

Ik nam me voor om *Prenatale zorg voor Audrey* aan De Lijst toe te voegen.

'Dit semester duurt nog maar een week of vijf', zei ik. 'Het is voor de zomer nog niet te zien, Audrey.'

'Maar ik heb even geteld. De baby komt in november. Dat betekent dat ik volgend semester niet terug kan komen. En het begint nu net een beetje zin te krijgen om naar school te gaan, vooral als u weer met ons verder gaat met G&T.' Ze liet haar bovenlijf tegen de leuning van het bankje vallen.

Ik aaide over haar hand en dacht diep na over een antwoord.

'Het semester daarna,' zei ik uiteindelijk, 'heb je een baby om voor te zorgen – als je tenminste nog steeds van plan bent om –'

'Ik heb vandaag met een maatschappelijk werker gepraat.'

Ik was verbaasd.

'Er zijn allerlei programma's waar ik aan deel kan nemen, vooral omdat ik nog op school zit.' Ze kneep haar handen samen, alsof ze haar best deed om een nieuwe persoon te worden. 'Het zal best moeilijk zijn, maar dit is mijn baby en ik wil hem.'

'Of haar', zei Jayne vanaf het zoldertje.

Ik keek op en zag haar op haar buik op het bed liggen.

'Ik wil dat mijn baby een moeder krijgt die haar begrijpt.' Audrey sloeg haar armen om mijn nek. 'Ik wil net zo'n moeder zijn als jij.'

***

De volgende ochtend om acht uur had ik Ethan Kaye aan de telefoon.

'Demi.' Zijn stem, hoewel hartelijk, was maar een zwakke echo van de volle bariton van zondagochtend, toen hij preekte. 'Goed om je stem te horen.'

'Fijn om gehoord te worden.'

'Hoe gaat het met je? Echt?'

'Ik doe mijn best om vol te houden', zei ik. 'Ik bel eigenlijk om te praten over een van onze – jouw – studenten. Ik dacht dat jij misschien kon helpen.'

'Wat ik ook maar voor je kan doen, Demi', zei hij. 'Dat weet je.'

Ik wachtte even. Hij had op dit moment iets heel breekbaars over zich.

U weet niet eens wat er hier allemaal aan de hand is, had de G&T-groep tegen me gezegd. *En dat moet u wel weten.*

Ik vertelde hem over Audreys situatie, en ook over haar angst dat Kevin St. Clair haar in de herfst de toegang tot de school zou ontzeggen. Toen ik klaar was, verwachtte ik de geruststelling dat hij ervoor zou zorgen dat het goed zou komen.

Die kwam niet.

Hij zei wel: 'Er is geen reden waarom ze dit semester niet af kan maken. Als ze het maar niet aan iemand vertelt.' Hij was even stil. 'Jij en ik hebben dit gesprek nooit gehad, oké?'

Ik was een beetje verbaasd, maar ik zei nee.

'En wat betreft komende herfst – daar kan ik nu geen antwoord op geven.'

'Waarom niet?' vroeg ik.

Hij haalde diep adem, ik kon het door de telefoon heen horen. 'Omdat ik hier dan misschien niet meer ben.'

We deelden een moment van geschokte stilte.

'Je neemt toch geen ontslag?'

'Nee. Ze zullen me hier vandaan moeten jagen.' Hij lachte vreugdeloos. 'En ik hoor het hoefgetrappel al op de heuvel.'

'Dat hoor je al maanden', zei ik.

'Het komt dichterbij.' Zijn stem werd vaster. 'Dat is alles wat ik je kan vertellen, Demi. Het spijt me.'

Ik nam mijn mobieltje in mijn andere hand en bleef voor Daily Bread op de stoep staan.

'Dat meen je niet', zei ik. 'Eerlijk, Ethan – is het zo erg? Hebben ze iets waarmee ze je kunnen pakken?'

'Dat kan ik niet zeggen.'

Ik ging in het portiek van een nog gesloten advocaten-praktijk staan. 'Je kunt wel zeggen of het met mij te maken heeft.'

Hij gaf geen antwoord.

'Ethan, is dat zo?'

'Alleen indirect, Demi. De raad van bestuur weet niets van jouw situatie – en ik ben van plan dat zo te houden. St. Clair en Estes hebben zich wat dat betreft aan hun woord gehouden – maar ze hebben het *wel* gebruikt als een reden om alles en iedereen aan een nauwkeurig onderzoek te onderwerpen. Als ik zelfs maar het vermoeden heb dat ze jou ter sprake willen brengen, beloof ik dat ik je dat laat weten, maar ik betwijfel ten zeerste dat ze dat zullen doen. De manier waarop ze erachter gekomen zijn is nog steeds een beetje duister.'

Ik zag de fotoreportage aan me voorbijtrekken en mijn maag protesteerde.

'Je was zondag in de kerk. Ik was ontzettend blij je daar te zien.'

'Je was een van de weinigen. En je preekte rechtstreeks tegen mij, of niet soms?'

Ik voelde dat hij glimlachte.

'Er was daar niemand aanwezig tegen wie ik niet preek-te, inclusief mezelf. Je bent vrij, Demi. Helaas denk ik niet dat Kevin St. Clair en zijn vrienden dat zijn. Als zij het voor elkaar krijgen om mij eruit te werken, is dat niet jouw fout. Jij hoeft je er niet voor te schamen.'

'Laat me dan helpen.'

'Dat kan niet.'

'Van buitenaf. Ze hoeven het niet te weten. De G&T-groep heeft me gevraagd om hun raadgever te zijn, helemaal buiten de school om.'

'Demi – nee.'

Ik had Ethan deze toon niet vaak horen gebruiken, alleen tegen uitzonderlijk recalcitrante studenten – en tegen Kevin St. Clair.

'Het spijt me', zei hij. 'Ik moet je vragen dat niet te doen. Dat zou de zaken alleen nog maar ingewikkelder maken – en daar hebben we geen behoefte aan.'

Ik ging rechtop staan en dwong mezelf antwoord te geven. 'Dat zal ik moeten respecteren, maar, Ethan – het voelt alsof God me hiertoe aanzet.'

'Ik heb gezegd wat ik te zeggen heb. En ik zal doen wat ik kan voor Audrey Flowers.'

Toen ik ophing wist ik dat in dit gesprek de belangrijkste woorden de woorden waren die niet waren uitgesproken.

***

Sully dwong zichzelf om in de kuipstoel te gaan zitten, met zijn mobieltje in zijn schoot. Hij was al drie keer naar de deur gelopen en al twee keer de stoep op gewandeld. Ze kwam niet opdagen, dat was duidelijk. En de reden waarom ook.

Hij pakte de telefoon. Ze kon nu niet stoppen met de therapie. Niet nu ze er zo dichtbij was.

30

Die avond, na mijn gesprek met Ethan, wachtte ik tot de meisjes in Audreys Nissan waren weggereden voor ik me liet gaan. Ze gingen op weg om iets – maakte niet uit wat – te kopen om de badkamer van een beschilderde telefooncel te veranderen in iets waar we in konden stappen zonder meteen behoefte te hebben aan Prozac.

'Dertig dollar en een tripje naar de doe-het-zelf-zaak moeten genoeg zijn', had ik vanaf de veranda tegen hen gezegd.

En toen liep ik ons bouwvallige onderkomen in en liet me op het bankje vallen. De rechterachterpoot bezweek, en zowel het bankje als ik zakte op de vloer. Dat paste zo goed bij mijn situatie dat ik niet eens opstond om de boel te repareren.

Dit moest het absolute dieptepunt zijn. Ik weet niet hoe lang ik daar gelegen zou hebben als mijn mobieltje niet was gaan rinkelen, onder in mijn tas aan de andere kant van de kamer. Ik overwoog om hem te laten gaan – ware het niet dat mijn dochter in een auto zat met een meisje dat er niet veel beter aan toe was dan ik.

Ik zette de twee benodigde stappen en groef de telefoon op uit de diepten van mijn handtas. Maar toen zag ik wie er belde.

Sullivan Crisp. De laatste persoon met wie ik op dit moment wilde praten.

Correctie. Ik wilde wel met hem praten. Dat was het probleem. Ik kon de telefoon niet opnemen en net doen alsof ik mezelf niet zo ongeveer in zijn armen geworpen had.

Ik stond naar de stille telefoon te staren en hoorde toen het piepje van de voicemail. Ik zonk in de stoel en luisterde naar Sullivans stem.

'Hé, Demi. Ik heb je gemist vanmiddag. Ik vroeg me af of er iets tussen gekomen was, of je de afspraak misschien wilt verzetten.'

Ik schudde mijn hoofd – alsof hij me kon zien.

'Dus bel me even. En luister –'

Ik hield onwillekeurig mijn adem in.

'Zeg, we moeten gewoon even praten. Ik heb mijn telefoon de rest van de avond bij me.'

Ik drukte op de zeven. 'Bericht gewist', klonk het beleefd.

Deze keer ging ik met mijn gezicht plat op de bank liggen. Ik *hield* van de stem van Sullivan Crisp. Zijn stem troostte en bemoedigde me. Dat was alles. Ik begon hem net te vertrouwen – maar kon ik mezelf vertrouwen?

Sullivan was mijn psycholoog. Hij was een professional. Ik zou hem kunnen bellen. Ik moest hem bellen.

Ik ging rechtop zitten en liet mijn vingers over de nummers glijden. Maar het enige wat ik zag was de blik in Sullivans ogen toen ik achteruitstapte nadat ik hem omhelsd had.

Er waren waarschijnlijk wel andere psychologen.

Ik liet de telefoon op het koffietafeltje vallen, naast Jaynes beschilderde steen, en ik verwachtte half-en-half dat er een tafelpoot zou breken. Oké – misschien was *dit* het absolute dieptepunt. Waar moest ik heen? De weg naar Rich was geblokkeerd. Er waren geen carrièremogelijkheden meer over – dat had Ethan wel duidelijk gemaakt. Mickey had een muur om zich heen opgetrokken die zo hoog was dat ik een klimuitrusting nodig zou hebben om haar te bereiken. Het enige lichtpuntje dat ik gezien had, mijn G&T-groep, was gedoofd. En nu kon ik zelfs niet meer naar Sullivan toe om uit te vinden wat er mis was met mij.

Ik weet niet precies hoe de steen uiteindelijk in mijn hand terechtkwam, maar ik hield hem in mijn trillende hand, met mijn vingers eromheen geklemd, en de drang om ermee te gooien was zo sterk dat ik opstond en hem achter mijn hoofd hield.

Ik moest naar buiten.

Met de steen nog steeds in mijn hand geklemd dook ik naar de deur en rukte hem open. Die steen zou ik weggooien, de schemering in, regelrecht de wereld in die ik niet langer aankon.

'Ho, ho!' schreeuwde een man. 'Ik ben ongewapend!'

Ik zag een silhouet met een bos wilde krullen. Scherpe oogjes glinsterden me tegen. Ik maakte mijn worp af – en sloeg toen in ontzetting mijn handen voor mijn mond.

Fletcher Bassett bukte. We staarden allebei naar de plek waar de steen de grond raakte.

'Jij laat niet met je sollen, hè?' zei hij.

'O, lieve help – alles in orde?'

Ik rende naar hem toe, bereid om weet-ik-wat te doen. Hij stapte achteruit, maar hij lachte.

'Er zijn me wel ergere dingen aangedaan.' Hij schudde zijn krullenbol. Het zwakke licht van het lampje dat een straatlantaarn voor moest stellen weerkaatste op zijn kale voorhoofd, maar verlichtte zijn gezicht niet.

'Het spijt me', zei ik. 'Je treft me op een vervelend moment.'

Ik voelde dat hij glimlachte.

'Daar lijk ik een gave voor te hebben.'

Ik leunde tegen de deurpost. 'Nee. Ik heb gewoon erg veel vervelende momenten.'

Hij knikte alsof hij precies wist wat ik bedoelde.

Ik ging rechtop staan. 'Hoe heb je me hier gevonden?'

Fletcher stak zijn hand op, de vingers gespreid. Ik wist inmiddels dat dat een gebaar was dat hij te pas en te onpas gebruikte. 'Ik achtervolg je niet. Je baas heeft me gestuurd.'

Mijn mond viel open. 'Mickey – van het restaurant?'

Hij knikte.

'Waarom zou ze dat doen?'

'Ik heb haar verteld wat ik tegen jou wilde zeggen en ik denk dat zij tot de conclusie kwam dat dat belangrijk genoeg was.'

'Wat wilde je me vertellen?' Ik balde mijn vuisten.

'Ik heb al eerder gezegd dat we elkaar misschien konden helpen om de waarheid boven tafel te krijgen', zei hij. 'Ik heb nieuws voor je en als jij daarmee aan de slag gaat, nou –' Hij haalde onverschillig zijn schouders op. 'Dan hebben we er allebei voordeel bij.'

'Wat voor nieuws?'

'Over Ethan Kaye', zei hij. 'Een van mijn bronnen heeft me verteld dat hij bedreigd is.'

Mijn hart klopte in mijn keel. 'Zijn leven is bedreigd?'

'Ik weet het niet precies. Het was nogal onduidelijk. Maar waarschijnlijk gaat het om zijn baan.'

'Wees duidelijk – waar *heb* je het over?' Mijn stem sloeg over.

'Ik kan niet meer onthullen dan dat.'

'Hoe moet ik je dan in vredesnaam geloven?'

'Je hebt eigenlijk geen keus.'

Ik kneep mijn ogen tot spleetjes en staarde hem aan. 'En wat weet jij over mijn keuzes?'

Fletcher zette een stap naar voren, zodat het licht eindelijk ook op zijn gezicht viel. Zijn linkerwang had een opvallende, paarsblauwe tint en was twee keer zo dik als normaal.

'Wat is er met jou gebeurd?' vroeg ik.

Hij probeerde te grijnzen, maar dat lukte maar aan een kant. 'Ik zei het al – je bent niet de enige die me ooit met een steen achterna gekomen is – bij wijze van spreken.'

Ik schudde mijn hoofd. 'Je nieuwsgierigheid was blijkbaar te veel voor hem – of haar.'

'En ik drong niet eens zo heel erg aan', zei Fletcher. 'Deze persoon hoorde niet eens bij de hoofdrolspelers – hij bevindt zich eerder in de coulissen – maar het geeft wel aan wat voor soort invloed de gevestigde macht uitoefent.' Hij trok een gezicht. 'Ze hebben een fanaticus voor zich gewonnen.'

'Heb je behoefte aan ijs of zoiets? Dat ziet er pijnlijk uit.'

'Het gaat wel. Ik zie er nu wel een beetje uit als een zware jongen, vind je ook niet?'

'Helemaal niet.'

Zijn gezicht werd ernstig. 'Waar het me om gaat, is dat ze serieus worden in hun pogingen om Ethan Kaye eruit te werken.'

Ik liet mezelf op de veranda zakken. 'Allereerst heb ik geen flauw idee hoe dit mij zou helpen – of hoe ik jou kan helpen om ergens achter te komen.'

'Laat me het dan uitleggen. Ethan Kaye heeft een bedreiging ontvangen, waarin min of meer staat dat ze hem zijn positie als directeur van de UvV zullen afnemen, wat ze daar ook voor moeten aanwenden.'

'Ik neem aan dat dat iets te maken heeft met –' Ik knikte naar zijn gezicht.

'Misschien. En Ethan Kaye raakt met de minuut meer steun kwijt, wat voor mij een aanwijzing is dat deze mensen een alliantie proberen te vormen. Hij heeft jou nodig. Er is daar een groep studenten die het volledig voor hem wil opnemen, maar ze hebben leiding nodig.'

'Ethan heeft me in niet mis te verstane bewoordingen opgedragen om uit de buurt te blijven.'

'Dan doe je het onofficieel.'

'Daardoor maak ik het hem misschien nog moeilijker.' Ik voelde dat ik fronste. 'Ik begrijp nog steeds niet hoe mijn betrokkenheid jou zou helpen.'

'Ik heb een bron van binnenuit nodig', zei hij.

Dat was zo onbeschaamd dat ik hem nog een keer aankeek. Hij knipperde alleen maar.

'Je bent echt ongelofelijk', zei ik.

'Ik doe mijn best. Maar wat zeg je ervan? Zijn we een team?'

Het waren de studenten die het me gevraagd hadden. Ik was niet verplicht om Ethans verzoek in te willigen, niet als dat hem zou helpen.

Fletcher probeerde me over te halen. 'Luister, het is niet moeilijk om vast te stellen dat jouw leven op dit moment op z'n kop staat. Dit is iets waar jij wat aan kunt veranderen.'

'Weet je wat?' Ik stond op. 'Ik kan je niet meteen antwoord geven. Ik moet erover nadenken.'

Hij veegde met zijn hand over zijn blote voorhoofd. 'Ik denk niet dat we erg veel tijd hebben.'

'Dan gaat het zoals het gaat.' Zelfs in mijn eigen oren klonk mijn stem alsof ik op het punt van instorten stond.

Toen hij vertrokken was, haastte ik me het appartement weer in en ik pakte de telefoon op. Ik ging zitten op de laatste stoel die nog heel was en hield het mobieltje in mijn handen, die ik gevouwen had alsof ik aan het bidden was.

'Oké', fluisterde ik. 'Ik moet Sullivan bellen – ik weet dat dat moet.'

Er was geen plotselinge pijnscheut – geen schaduw – geen waarschuwing dat ik op weg was naar een donkere grot.

Ik slikte.

Was ik zo niet eerder in de problemen geraakt?

Geen pijnscheut nu. Alleen maar stilte.

Ik drukte de telefoon tegen mijn gezicht. Morgen – zodra ik de kans had – zou ik bellen.

'Laat me deze keer niet vallen', fluisterde ik. 'Alstublieft, God.' Ik voelde een traan over mijn knokkels rollen. 'Laat me alstublieft niet vallen.'

***

Sully legde een lang been over zijn ene knie en leunde achterover in de leunstoel in het kantoor van Ethan Kaye. Hij vond het heerlijk om de meester aan het werk te zien.

'Gina.' Ethan zoemde bijna terwijl hij in de hoorn sprak. 'Zeg tegen dr. St. Clair dat ik momenteel niet in staat ben hem te woord te staan. Ik heb bezoek.'

Sully had de telefoon niet nodig om Gina's antwoord te horen. Haar 'ik ga door het lint'-stem kwam dwars door de muur van het kantoor heen.

'Het is absoluut zijn zaak niet wie ik op bezoek heb, Gina.' Sully grijnsde. Ethan was echt geweldig.

'Je zegt gewoon: "Dr. St. Clair, ik heb geen toestemming om die informatie te onthullen."'

Sully had graag willen zien hoe Gina dat voor elkaar zou krijgen, maar blijkbaar kreeg ze de kans niet. De eiken paneeldeur van Ethans kantoor vloog open en de entree van Kevin St. Clair zou zelfs Henry VII beschaamd hebben doen staan. Hij overbrugde de afstand naar Ethans bureau in twee grote stappen, waarbij zijn boze voetstappen afdrukken achterlieten in het tapijt. Hij plaatste zijn beide handen op het bureau en zijn hoofd schoot naar voren, de lippen eerst, tot zijn neus die van Ethan bijna raakte.

Sully schoof ongemakkelijk naar voren in zijn stoel.

Maar Ethan leunde achterover en sprak in de telefoon: 'Dank je wel, Gina. Dat is het voor nu.'

St. Clair stond te snuiven als een stier en zijn dunne haar vormde slordige sprietjes ter hoogte van zijn kraag, die stijf stond van het zweet. Sully wierp Ethan een waarschuwende blik toe, maar Ethan was inmiddels gaan staan, waardoor zijn hoofd boven dat van St. Clair uittorende, die nog steeds op het bureau leunde. Voor hij rechtop kon gaan staan, had Ethan hem gevangen in het onverzettelijke licht van zijn ogen.

'Dr. St. Clair', zei hij. 'Hier moet sprake zijn van een zeer ernstig noodgeval. Anders zou u niet menen het recht te hebben hier binnen te marcheren terwijl u verteld is dat ik bezoek heb.'

St. Clair nam niet de moeite om achter zich te kijken. Hij ging rechtop staan, maar terwijl hij dat deed wankelde hij.

'Ik beschouw het als een noodgeval', zei hij. 'Deze universiteit is in staat van crisis.'

Zijn schouders schokten terwijl hij naar de zak van zijn jasje reikte en een stuk papier tevoorschijn haalde. Dit alles met de rusteloze, ongecontroleerde bewegingen van een man op de rand van een emotionele afgrond.

Sully keek opnieuw naar Ethan.

'Goed dan', zei Ethan. 'Ik zie in dat ik u de deur niet uit krijg voor ik u uw zegje heb laten doen.' Hij wees naar de stoel tegenover Sully. 'Waarom gaat u niet zitten?'

'Ik kan niet zitten. Ik kan niet eten. Ik kan niet slapen.' St. Clair stak zijn hand op. 'Hoe kun je met je armen over elkaar toe zitten kijken hoe deze school afglijdt in de goot van vrijzinnigheid?'

'Bespaar me de metaforen', zei Ethan, nog steeds met effen stem. 'Wat is het probleem?'

'Het probleem' – zo sprak Kevin – 'is dit.' Hij legde het velletje papier met een zwierig gebaar op het bureau. 'Een recente memo van jou.'

Sully weerstond de neiging om nieuwsgierig zijn nek te strekken.

'Lees ik het verkeerd – of staat hier dat je van plan bent om de regels over ongetrouwde zwangere studentes hier op school te veranderen?'

Ethan richtte zijn blik op het papier. 'Niet alleen zwangere studentes,' zei hij, 'maar ook studenten die erin geslaagd zijn om af te kicken van alcohol of drugs – iedereen die berouw heeft, Kevin, en die bereid is om een nieuw leven te beginnen.' Hij keek op en liet zijn blik over St. Clairs gezicht glijden. 'Klinkt dat bekend, meneer?'

'Het klinkt jou niet in de oren als onbeschaamd liberalisme?'

Het viel Sully op dat St. Clair nooit antwoorden leek te hebben – alleen vragen.

Ethan schudde zijn hoofd en hij hield het papiertje omhoog, met zijn vinger bij de laatste paragraaf.

'Klinkt mij in de oren als Jezus. "Want als jullie anderen hun misstappen vergeven, zal jullie hemelse Vader ook jullie vergeven. Maar als je anderen niet vergeeft, zal jullie Vader jullie je misstappen evenmin vergeven."'

St. Clair had opnieuw moeite met ademhalen terwijl hij de memo van het bureau graaide en verfrommelde.

Sully schoof voorzichtig, gespannen, naar het randje van zijn stoel.

'Denk je niet dat ik op dit punt de strijd met je zal aangaan, dr. Kaye?' zei St. Clair.

'Daar twijfelde ik al niet aan toen ik de memo schreef.' Ethan kwam achter zijn bureau vandaan, zijn houding was onverbiddelijk. 'En, Kevin, als jij en ik het soort werkrelatie hadden waarin we samen voor dingen konden gaan zitten en onze verschillen van opvatting bespreken, was jij de eerste geweest die hiervan op de hoogte gesteld was.'

'Wat valt er te bespreken?'

'Zeg jij het maar.'

Voor Sully het aan zag komen, beukte St. Clair op het bureau. Zijn vuist kwam op het randje terecht. Kevin kreunde en drukte zijn pijnlijke hand tegen zijn borst.

Sully stond op, zijn armen al uitgestoken. Maar Ethan stak een hand op en schudde zijn hoofd. Sully deed een stap achteruit, maar hij kon niet gaan zitten.

St. Clair wreef heimelijk over zijn hand. 'Ben je je ervan bewust dat deze memo onder de studenten verspreid is?'

Sully had zin om te spugen. Drie keer raden hoe dat gebeurd was.

'Degenen die vast in hun geloof staan, hebben zich buiten verzameld voor een demonstratie', zei St. Clair. 'Zij hebben schoon genoeg van deze vrijzinnige –'

'Dat vind ik interessant', zei Ethan. 'Meestal zijn het de linksgeoriënteerde studenten die aan het demonstreren slaan.' Hij keek St. Clair doordringend aan. 'Ik vraag me af wie die kinderen buiten op het idee gebracht heeft om met spandoeken te gaan staan zwaaien.'

Sully's telefoon ging en St. Clair draaide zich op zijn hielen om, zijn ogen geschrokken en zijn lippen klaar om een beschuldiging uit te spuwen.

'Dr. St. Clair', zei Ethan. 'Dit is dr. Sullivan Crisp.'

Dr. St. Clair tuurde ingespannen, waarbij zijn oogjes bijna helemaal in de omliggende huidplooien verdwenen.

De telefoon ging opnieuw. Het was Demi.

Hij liet het aan Ethan over om het verder uit te leggen.

***

'Hallo daar', zei Sully.

Hij liep de wachtruimte door en kon voelen hoe Gina conclusies probeerde te verbinden aan zijn vertrek.

Aan de andere kant van de lijn was een ragfijne stilte, gevolgd door een aarzelend *hoi*.

Sully liep de hal in en koos voor de trap in plaats van de lift. Hij praatte terwijl hij met twee treden tegelijk naar beneden liep.

'Bedankt dat je hebt teruggebeld', zei hij.

Opnieuw een pauze.

'Dus – er staat een olifant in onze woonkamer, of niet soms?' zei Sully.

'Een wat?'

'Een heel groot beest waar iedereen het liefst omheen loopt en waarvan we net doen alsof hij er niet is.'

Hij hoorde haar inademen.

'Je bedoelt dat ik je omhelsd heb.'

'En dat je het gevoel hebt dat je de grootste misdaad begaan hebt die in therapie mogelijk is.'

'In therapie? Een misdaad. Punt. Sullivan ...' Haar stem stierf weg.

Sully bleef staan op een overloop en leunde met een heup tegen een versleten bank.

'Het is zo'n goed gevoel dat er iemand naar me luistert', zei ze. 'Daarom omhelsde ik je.'

'Dat weet ik.'

'Weet je dat? Ik bedoel, echt?'

'Ik weet het', zei hij. 'Voel je je nu iets beter?'

'Nee.'

'Want –'

'Ik vind het vreselijk als je dit doet. Omdat ik bang ben dat het in mijn hart voor mij iets anders wordt. Dit is hoe het begon met Zach.'

'Ding!' Sully's stem weerkaatste door het trappenhuis.

Een puistig joch dat hem op weg naar beneden passeerde, keek twee keer om voor hij verder liep, gebukt onder een uitpuilende rugzak.

'Ik ben Zach niet', zei Sully toen het joch verdwenen was.

Demi bromde. 'Dat helpt niet.'

'Maar weet je wat wel helpt?' Hij bleef even staan en steunde met zijn hand tegen een muur waarvan het pleisterwerk afbladderde. 'Jij, Demi, bent niet dezelfde persoon die je was toen Zach in je leven kwam.'

'Bedoel je dat ik de verleiding nu zou kunnen weerstaan?'

'Ik bedoel dat je het aan zou zien komen en ervandoor zou gaan alsof je achternagezeten werd door een meute hondsdolle coyotes.'

'Was dat niet precies wat ik deed toen ik niet op kwam dagen voor mijn afspraak?'

Sully grinnikte en hij liep de volgende trap af. 'Dat is precies wat je deed. Maar ik wil dat je terugkomt, zodat we verder kunnen werken.'

Hij bleef weer staan, met zijn hand op de deur naar de benedenhal.

'Ik moet terugkomen', zei ze.

'Je moet?'

'Dit klinkt vast heel gek – maar ik denk dat God dat zegt.'

Sully legde zijn voorhoofd tegen de deur. 'Ding-ding en amen, dr. Costanas', zei hij. 'Wat zou je ervan zeggen om morgen over God en jou te praten – hetzelfde tijdstip als anders?'

'Oké', zei ze. 'Ding-ding.' Sully drukte de telefoon tegen zijn borst dicht. Ja. Hij had hoop gehoord. Hij duwde de deur naar de hal open, nog steeds grijnzend, en botste tegen het joch met de volgepropte rugzak op.

'Die kant wil je niet op, man', zei hij tegen Sully. 'Kerel – daar is wat aan de hand.'

Het joch gebaarde met zijn hoofd in de richting van de deuren en Sully keek die kant op. Achter de deuren klonk een kakofonie van geluiden – recht in het gezicht van Ethan Kaye, die blijkbaar met de lift naar beneden gekomen was en nu in de deuropening stond.

'Die komen herrie schoppen', zei het joch.

Sully propte zijn telefoon in zijn zak en beende de hal door. Zijn hart bonsde.

Toen Sully hem bereikte, stond Ethan al tegenover de studenten, met opgeheven handen en een indringende blik in zijn ogen. De groep bestond slechts uit vijftig personen, maar ze waren niet van plan om naar dr. Kaye te luisteren. Ze waren geen van allen ouder dan negentien, schatte Sully in. Hun monden stonden wijd open, hun gezicht was vertrokken en ze riepen allerlei woedende leuzen.

'U legt Matteüs 6:14 verkeerd uit!'

'Jezus Christus wil seksuele reinheid!'

'Wat is het volgende dat u goedkeurt, dr. Kaye?'

De menigte van jonge gezichten die in elkaar overliepen, vertrokken van woede, was haast onwerkelijk. Woorden die in liefde gesproken zouden moeten worden, werden uitgespuwd. Het waren allemaal verwrongen versies van Kevin St. Clair.

Ergens aan de rand begon iemand met rauwe stem te roepen: 'Stap op, dr. Kaye!' De kreet werd overgenomen en Sully zag hoe twee passerende studenten even toekeken, hun rugzakken afdeden en zich bij de menigte voegden. Hun lippen bewogen al voor ze wisten wat ze zeiden.

Sully legde zijn hand op Ethans schouder. 'Laat maar gaan', schreeuwde hij boven het tumult uit.

Ethan schudde zijn hoofd en deed een stap naar achteren, zijn handen wapperden als nietige vlaggetjes boven het steeds luidere geschreeuw.

'Goed, jongens, luister.'

'Nee – u moet luisteren!'

'Stap op, dr. Kaye!'

'Ik stap niet op zonder dat we eerst met elkaar gesproken hebben!'

Het schelle gefluit dat volgde ging Sully door merg en been en hij greep Ethan bij de arm. Een breedgeschouderde student in het midden van de menigte stak zijn ene hand omhoog, terwijl hij de andere nog steeds aan zijn mond hield. Er viel een weerspannige stilte.

'Wilt u dan ontslag nemen?' vroeg de jongen.

Sully richtte zijn aandacht op het gezicht, de huid strak over de jukbeenderen gespannen, onbuigzaam en vol overtuiging.

Ethan liet zijn handen zakken en hij stapte vastberaden naar voren.

'Ik wil erover praten waarom je wilt dat ik opstap', zei hij. 'Maar niet hier, Travis. Dat weet je.'

Het leek de jongen te ergeren dat Ethan hem bij zijn naam noemde.

'Waar bent u bang voor, dr. Kaye?' riep Travis uit.

'Ik ben bang voor angst', zei Ethan. 'En daar gaat het hier om.'

Opeens was het volkomen stil.

Travis' hoofd schoot naar voren, zijn ogen gingen onrustig heen en weer. 'Wij zijn niet bang om de waarheid van de gekruisigde Christus te verkondigen!' schreeuwde hij.

Hier en daar klonk wat instemmend gemompel, maar meer niet.

'Ik ook niet', zei Ethan. 'Maar ik maak me er zorgen over hoe die waarheid in praktijk gebracht wordt.'

'Zoals het Woord zegt!'

Travis' arm schoot de lucht in. Er werden een paar bijbels opgeheven – maar duidelijk niet zo veel als hij gewild had.

'In het enige ware Woord van God!' schreeuwde hij.

Er gingen meer armen omhoog, zwaaiend met bijbels alsof het protestborden waren.

'Laten we dan tijd nemen om samen het Woord te bestuderen.'

Sully hoorde een zweem irritatie in de diepe tenor en hij zag dat Ethan zijn rug rechtte.

'Ik nodig jullie uit voor een open forum.'

'U kunt uw forum hier houden!' zei Travis.

'Jullie zeggen dat jullie de naam van Christus willen belijden – jullie willen leven zoals Hij.'

Een paar van de bijbels bleven in de lucht steken.

'Hield Jezus protestmarsen met zijn discipelen?' vroeg Ethan. 'Tegen de farizeeërs?'

Travis deed een stap naar voren, zijn gezicht leek uit steen gehouwen. 'Beweert u nu dat u Jezus bent?'

Er volgde opnieuw een geschokte stilte. Sully zag dat een paar studenten zich ongemakkelijk begonnen te voelen.

'Ik beweer dat ik probeer te leven zoals onze Heer deed, Travis', zei Ethan. 'En wat Hij deed, was tijd doorbrengen met hen die oren hadden om te horen.'

'Ja, nou – wat u te zeggen hebt, zijn wij zat.'

Travis draaide zich om naar de groep, zijn ogen hard en verwachtingsvol.

'Helemaal mee eens', zei iemand.

Een paar anderen volgden met een gemompeld: 'Stap op!', maar de meesten keken op naar Ethan en Sully zag uit de chaotische menigte afzonderlijke gezichten tevoorschijn komen. Een onzekere oogopslag hier, een besluiteloze gezichtsuitdrukking daar.

Alleen Travis bleef onbuigzaam, als een kartonnen figuur tegen een achtergrond van veranderende emoties. Eén volmaakt woord van Ethan, dacht Sully, en hij zou vooroverhellen en op zijn eigen gebakken lucht wegzweven.

Ethan stond nog steeds met zijn armen langs zijn lichaam en Sully kon bijna zien hoe de energic langs zijn ruggengraat omhoog kroop. De menigte studenten keek naar hem, op hun gezichten stond nu enige openheid te lezen.

'Je zegt dat je wat ik te zeggen heb zat bent.' Ethan knikte. 'Dan ben ik misschien niet voldoende ingegaan op de dingen waar je je op dit moment bezorgd over maakt.'

'Zoals het bijstellen van uw morele standaard!' zei Travis, zijn stem hard als glas. Hij graaide de bijbel uit de handen van een in verwarring gebracht meisje naast hem en hield hem met beide handen boven zijn hoofd. 'Hier staat alles in, dr. Kaye. Er is niets om over te praten.'

'Behalve de angst achter je interpretatie, Travis.'

'Het gaat hier niet om mij! Het gaat om ons allemaal!'

Hij keek om zich heen. Alle anderen hielden hun ogen op Ethan gericht. Deze keer ging er een schok door Travis heen. Het harde, maar dunne masker spatte uiteen.

'Jij bent hier degene die bang is, dr. Kaye!'

Voor Sully het zelfs maar aan had zien komen was Travis de trap opgerend, de bijbel nog steeds in zijn uitgestrekte handen, en hij stortte zich op Ethan. Onder het geschrokken geschreeuw van de andere studenten, drukte hij het boek tegen Ethans voorhoofd en duwde hem achteruit. Ethans schouderbladen bonkten tegen Sully's borst.

'Dit is waar je bang voor bent, dr. Kaye!' schreeuwde hij. *'Dit!'*

De menigte viel uiteen en een aantal jongeren rende het trapje op om Travis opzij te trekken. Sully sloeg zijn beide armen van achteren om Ethans borst en trok hem door de toegangsdeur naar binnen.

'Het is wel goed, Sully', zei Ethan.

Sully liet hem los en Ethan drukte zijn hand tegen zijn voorhoofd, zijn ogen gesloten.

'Ik kan niet geloven dat het zo ver gekomen is', zei hij.

Sully legde zijn handen langs Ethans gezicht en hij duwde zijn hoofd achterover. De rode plek op zijn gefronste voorhoofd vervaagde alweer.

'Ik ben niet gewond', zei Ethan.

'Man, weet je het zeker?'

Hij knikte en opende zijn ogen. Sully zag dat hij niet de waarheid sprak. In zijn ogen was een veel diepere pijn te lezen.

31

⁓

Sully bleef de rest van de dag in Ethans kantoor. Tijdens de ondervraging door de veiligheidsdienst. Bij de beslissing geen aanklacht in te dienen of disciplinaire maatregelen te nemen tegen Travis Michaels. Hij hield stafleden, administratieve medewerkers en mensen uit de omgeving buiten de deur, die het verhaal allemaal uit Ethans eigen mond wilden horen.

Terwijl de dag voorbijging zonder zelfs maar een glimp van Kevin St. Clair, werden Sully's fantasieën om de man de nek om te draaien steeds levendiger. Maar het gebrek aan woede bij Ethan vond hij nog verontrustender. Het grootste deel van de tijd zat zijn vriend in stilte te piekeren, zonder uiterlijke tekenen dat hij tot een beslissing kwam – geen rechte rug, geen schouders die vastbesloten gerecht werden. Zijn gezichtsuitdrukking bleef verward, wat helemaal niet bij hem paste en wat Sully met grote zorg vervulde.

De duisternis was binnengeslopen toen Ethan Sully's aanbod om hem mee uit eten te nemen afsloeg en voorstelde om maar naar huis te gaan.

'Je moet wel goed voor jezelf zorgen, mijn vriend', zei Sully tegen hem toen ze op het parkeerterrein allebei een andere kant uit gingen.

Ethan probeerde te glimlachen. 'Denk je dat er nog iemand met een bijbel achter me aan zal komen?'

'Ik heb het hierover', zei Sully, terwijl hij met zijn hand over zijn eigen borst wreef. 'Ik heb dit de hele dag aan je zien knagen en ik zie je nog niet terug bijten.'

Ethans blik gleed over de schemerige oprijlaan die langs Huntington Hall liep, en vervolgens de helling af naar de kapel.

'Ik weet niet wat God wil dat ik doe.' Ethan fronste zijn wenkbrauwen en hij staarde lange tijd naar de kapel. 'Voor het eerst in jaren weet ik het niet.'

'In therapie', zei Sully, 'adviseren we in situaties waarin je niet precies weet wat je moet doen altijd dat je beter niets kunt doen, tot je het wel weet.'

Ethan maakte zijn ogen los van de heuvel en richtte zijn blik op Sully's borst. 'Dank je', zei hij. 'Ik bel je wel.'

Terwijl Sully in zijn auto stapte, wist hij niet wat meer pijn deed – er getuige van zijn dat iemand het op Ethan voorzien had, of niet in staat zijn om te helpen. De frustratie brandde binnen in hem.

De stoom kwam nog steeds uit zijn oren toen hij Callow Avenue opreed. Hij had zijn ogen strak op de voorruit gericht en was in gedachten in de zoveelste confrontatie met Kevin St. Clair verwikkeld, waardoor hij nauwelijks opmerkte dat er ter hoogte van de banketbakkerij iets aan de hand was. Toen Sully's aandacht door een beweging getrokken werd, zag hij het silhouet van twee worstelende lichamen en hij hoorde een schreeuw.

Met een schok kwam hij tot stilstand, terwijl hij ondertussen de deur al openduwde en de auto met draaiende motor liet staan.

'Blijf van me af!' klonk een stem, die onmiskenbaar van een vrouw afkomstig was.

'Tatum!' riep Sully.

De beide lichamen draaiden zijn kant op. Het grotere lichaam, van een man, verstijfde. Tatum tilde haar voet op en schopte hem in zijn onderbuik. De man kreunde en sloeg dubbel.

'Ik heb hem – ik heb hem', zei Sully. Hoewel dat niet echt veel moeite kostte. Van Dillon hing als een zoutzak in Sully's armen toen hij hem bij Tatums opgeheven voet vandaan trok.

'Laat hem los, dan kan hij maken dat hij wegkomt', hoorde hij Tatum zeggen. 'Ik kan hem niet eens meer zíen.'

Terwijl ze toekeek hoe Sully Van een duw gaf, keek ze hem woest aan. De razernij in haar ogen, zo realiseerde Sully zich, weerspiegelde de zijne.

'Waar ben je mee bezig, man?' zei Sully. 'Denk je dat dit de manier is om een meisje terug te krijgen?'

'In zijn dromen. Ik moet hem niet.'

'Je wilde me wel toen je me nodig had – om me te gebruiken!'

Sully dook opnieuw in Vans richting. Hij greep hem, nog net voor hij Tatum te pakken, had bij het achterpand van zijn shirt. Sully kreeg het voor elkaar om zijn arm op zijn rug te draaien en hij werkte hem tegen de grond.

'Stap in je auto en ga naar huis, Tatum', zei Sully.

'Ik dacht het niet – ik laat hem echt niet –'

'Slet!'

'Hé!' Sully verstevigde zijn greep.

'Het is ook jouw schuld. Jij bent degene die –'

'Hou je mond!' Sully trok de arm van het joch nog wat verder naar achteren en hij gaf een brul.

'Heb je hem vermoord?' vroeg Tatum.

Van hief zijn gezicht op.

'Wegwezen, Tatum,' zei Sully, 'voor het nog erger wordt. Bel de politie – doe wat je moet doen, maar maak dat je wegkomt.'

Tatums Volkswagen schoot naar voren, waarbij ze Sully's auto, die nog steeds half op de weg stond, compleet met draaiende motor, net niet raakte.

Van verslapte opnieuw en Sully liet hem los. De jongen liet zich tegen de paal zakken die de luifel van de bakkers-winkel ondersteunde en haalde hijgend adem tegen een achtergrond van roze taart.

Sully keek naar zijn vuisten en hij dwong zichzelf ze te ontspannen. 'Jij hebt echt stijl, jongen, weet je dat?'

Van gromde.

Sully knikte in de richting van zijn buik. 'Gaat het een beetje?'

'Prima.' Hij hief zijn gezicht op, dat er net zo beroerd uitzag als zijn stem klonk. 'Ga je de politie bellen?'

'Ik? Nee', zei Sully.

'Dan ga ik maar.'

Van zette zich af tegen de paal, maar Sully stak zijn hand omhoog.

'Alleen als je plechtig belooft dat je bij Tatum uit de buurt blijft.'

Het joch zwaaide zijn hoofd naar achteren, waarbij hij een pluk haar uit zijn gezicht schudde. 'Wat maakt jou dat uit? Ben jij haar nieuwe vriendje?'

'Pardon?' zei Sully.

'Zou me niet verbazen.' Van trok zijn lip op. 'Zoals ik al zei, ze is een sl–'

'Goed – genoeg. Blijf bij haar uit de buurt, dan zal ik niet aan Wyatt Estes vertellen dat jij geprobeerd hebt om zijn nichtje in elkaar te slaan.'

Van knipperde. 'Wie is Wyatt Estes?'

Sully keek hem scherp aan. Hoewel hij Vans ogen niet goed kon zien, zag Sully aan zijn hangende onderlip hij het echt niet wist.

'Iemand die je niet tegen je in het harnas wilt jagen', zei Sully. 'Ik wil het je horen zeggen.'

'Wat?'

'Dat je bij Tatum uit de buurt blijft. Zeg het.'

'Oké, oké, man. Ik zou sowieso niet meer bij haar in de buurt komen. Ze is het niet waard.'

'Geweldige instelling', zei Sully.

De jongen liep weg en bleef toen staan. Hij schudde opnieuw met zijn hoofd, waardoor het haar lang genoeg opzij viel om Sully een veelbetekenende blik toe te kunnen werpen.

'Jij moet ook uit haar buurt blijven', zei hij. 'Ze gaat met iedere vent naar bed, hoe oud hij ook is.'

Sully keek toe terwijl Van arrogant over de stoep wandelde, in de richting van de roestige pick-up truck. *Leugenaar.*

Plotseling voelde hij zich uitgeput. Maar er was nog één gedachte die doordrong voordat hij helemaal niet meer helder kon denken: het was absoluut zeker dat dat joch nooit iets met Wyatt Estes te maken had gehad. Maar nu was het belangrijker dan ooit dat Sully erachter kwam wie wel.

***

Toen ik de volgende ochtend in de Jeep stapte, nadat ik me ervan verzekerd had dat Audrey was opgestaan en dat ze Jayne inderdaad bij school af zou zetten, realiseerde ik me dat ik aan De Lijst dacht. Ik dacht aan Jayne en probeerde te bedenken hoe ik kracht kon verzamelen om Ethan Kaye te helpen. Ik dacht aan andere dingen dan aan hoe beroerd ik me over mezelf voelde. Het was het soort vrijheid dat je ervaart wanneer je voor het eerst shorts aantrekt nadat je de hele winter in lange broeken hebt rondgelopen.

In de afschuwelijk blauwe bloembakken werden sprietjes van de Washingtonse lente zichtbaar en buiten, op de veranda voor Daily Bread, zette Mickey een paar stoelen bij een gezellig tafeltje. Met haar hoofd schuin keek ze ernaar, haar gezicht omlijst door haar karamelkleurige haar, en een tevreden elfenlachje speelde om haar lippen. Ik dacht erover om via het steegje naar de achterdeur te lopen, maar toen zag ze me. Hoewel haar glimlach verdween, verscheen er geen boze blik in haar ogen en ze vouwde haar armen niet als een muur voor haar borst – wat ik nog erger vond.

'Goeiemorgen', zei ik.

Ze verschoof een van de stoelen een centimeter verder.

'Ik hoop dat ik je gisteren niet al te erg van streek gemaakt heb', zei ze.

Ik knipperde even. 'Gisteren?'

'Die verslaggever snuffelde hier weer rond.'

'Hij zei dat jij hem verteld had waar ik woonde.'

'Ik was het niet van plan.' Ze verschoof de stoel opnieuw, hoewel dat niet nodig was. 'Nou ja, in eerste instantie was ik dat wel. Ik vond dat je het verdiende dat iemand zijn neus in jouw zaken stak.'

Ik kon niet voorkomen dat mijn mond openviel.

'Ik heb nooit gezegd dat ik niet bot was', zei ze.

'Nee, dat klopt wel.'

Ze zette haar beide handen op de rugleuning van de stoel en steunde erop. 'Maar dat is niet de reden dat ik hem naar je nieuwe huisadres gestuurd heb – Audrey heeft me uiteraard verteld waar ze woonde.'

'Uiteraard.'

'Hij zei dat jij moest weten wat er zich op de school afspeelde – zei dat dat je zou helpen. Luister, ik ben geen heks of zo.'

'Dat weet ik, Mickey.'

'En dit betekent niet dat ik vergeten ben dat je mijn invloed op Audrey ondermijnd hebt.'

Ik voelde dat mijn ogen zich opensperden. 'Is dat wat je denkt dat ik doe? Alsof we in een soort wedstrijdje verwikkeld zijn?'

Haar hand schoot omhoog. 'Ik wil nog steeds graag dat jij je leven weer op orde krijgt.' Ze haalde haar schouders op terwijl ze bij de stoel vandaan draaide. 'Ik weet ook niet waarom.'

'Omdat je een goed mens bent', zei ik.

Ze keek me lang aan. 'Jij ook. Jammer dat we niet op dezelfde manier goed zijn, hè?'

***

De Jeep kon ieder moment langs de stoeprand tot stilstand komen en Sully probeerde nog steeds te bidden – waarbij de nadruk lag op *proberen.*

Het licht was het probleem. Er had de hele dag een helder lentezonnetje geschenen, wat de inwoners van Callow uit hun schemerige bars en hun wasserettes met smoezelige ramen gelokt had, de stoep op, waar ze tegen het felle licht stonden te knipperen.

Het zonlicht drong via de talloze kieren de garage in, wat het geheel een ongewoon opgewekte aanblik gaf. Het was Isabella's eerste kans om te glanzen na al het poetsen en polijsten dat hij gedaan had. Dit was het soort licht, vlak na de winter, dat zijn klinieken bosjes nieuwe cliënten opleverde. Mensen die de hele winter depressief geweest waren en dat aan de stopverfkleurige lucht weten, verwachtten nu dat ze zich beter zouden gaan voelen. Als dat niet gebeurde, kwamen ze naar hem toe om te achterhalen waarom de belofte van nieuw leven voor hen niet opging.

Sully sloot zijn ogen. Bid voor Demi. Dit was misschien wel de moeilijkste lente van haar leven. Wie zei dat? Wie zei dat april de moeilijkste maand was?

Jongen, bid nou toch.

Hij haalde diep adem. Laat de gedachten maar komen … de gebedsgedachten … Licht van de wereld … doorboor de duisternis … de duisternis kan U niet uitdoven …

Behalve de rode lichten – de flitsen – opgeslokt door de nacht – door de inktzwarte duisternis.

Hij steunde zijn gezicht in zijn handen en trok het Licht naar zich toe. Soms hielp het als hij het hardop zei … 'U bent het Levenslicht. Wees mijn Licht om bij te leven – schijn door mij heen, op haar.'

– *Jij kunt me niet helpen, Sully – zij zegt dat jij me niet kunt helpen – ik moet naar haar luisteren.*

'U bent het Levenslicht – breng me in het Licht.'

– *Stuur tegen de sliprichting in! Niet remmen, schatje.*

– *De rode lampen – flitsende remlichten – vlagen van paniek.*

Kom op. 'Iedereen die binnengaat, wordt door U in het Licht gebracht.'

– Of eruit – uit het licht, de duisternis in – de eindeloze stilte die volgde op het piepen van de remmen – licht dat wegstierf –

'Nee – *in* het Licht.'

'Sullivan?'

Sully sprong op uit zijn stoel, haastte zich door het kantoortje en liep de schemerige garage in. Demi – hoe veel had ze gehoord?

Hoe veel had hij gezegd?

Ze stond in de grote deuropening, tegen een achtergrond van licht, met haar hand op de metalen deurpost. Ze gluurde naar binnen.

'Neem me niet kwalijk', zei ze. 'Zat je aan de telefoon?' Ze wees met haar duim naar de Jeep. 'Ik kan wel even wachten, als je dat wilt.'

'Absoluut niet', zei hij. 'Ben je klaar om aan het werk te gaan?'

Ze liep met een knikje om hem heen en wandelde rechtstreeks naar het kantoortje. In de deuropening draaide ze zich om en verraste hem met een glimlach. 'Kom je?' zei ze. 'Ik moet dit doen, dr. Crisp.'

In haar ogen scheen een lichtje. Het rode licht in zijn herinnering knipperde en ging uit. Toen hij bij zijn stoel aangekomen was, was Demi bezig om iets uit haar tas te halen.

'Ik heb deze weer meegenomen', zei ze. 'Als ik wil dat dit lukt, moet ik mijn huiswerk doen.'

Sully keek naar de familiefoto, die ze tegen de stenen presse-papier op zijn bureau zette. Het meisje met het pagekopje glimlachte gehoorzaam naar hem.

'Heb je met haar gepraat?' vroeg Sully.

Demi keek hem wrokkig aan. 'Nee. Ik kan me er niet toe zetten.'

'Hoe komt dat?'

'Allereerst zou ik niet weten waar en wanneer ik dat moest doen. We wonen met z'n drieën in een huisje waar maar amper één kleuter in past. Jayne weet al dat ik tegen mezelf praat als ik in de badkamer voor de spiegel sta.'

Sully grijnsde naar haar. 'Doen we dat niet allemaal?'

'Jij ook?' vroeg ze, waarna ze meteen haar hand opstak en in elkaar kromp. 'Sorry – ik zou je geen persoonlijke vragen moeten stellen.'

'Demi – ontspan een beetje. Je bent nu geconcentreerd op jouw verhaal. Je zult heus niets ongepasts doen.'

Met een geforceerde beweging kruiste ze haar ene been over het andere.

'Demi.'

Ze keek hem aan.

'Vertrouw jezelf.'

Er waren geen woorden om de blik die in haar ogen verscheen te omschrijven. Sully keek vol verwondering toe. Dit was het moment in de therapie waar hij altijd op wachtte, het moment waarop een oprechte verandering van gevoelens plaatsvond.

'Het is moeilijk', zei ze uiteindelijk.

'Dat is het voor bijna iedereen. En over het algemeen begin je daar al mee voor je vijf jaar oud bent.' Hij knikte naar de foto. 'Toen twijfelde je waarschijnlijk al aan jezelf.'

Demi gromde. 'Grapje zeker? Ik kan me de tijd niet herinneren dat dat *niet* zo was.'

Sully richtte zijn blik op de poserende vrouw in het midden van de foto. 'Geen hulp van je moeder?'

Sully zag hoe de fijne lijntjes rond haar mondhoeken dieper werden en verstrakten.

'Moeten we over haar praten?' vroeg ze.

Sully glimlachte droevig. 'Vandaag niet, maar als je beter wilt worden zul je vroeg of laat ook met haar aan de slag moeten.' Hij leunde achterover. 'Wat dit onderwerp betreft laat ik jou de regels bepalen. Vertel me wat volgens jou van belang is met betrekking tot de hulp van je moeder.'

'Ze heeft me niet "geholpen", Sullivan – ze vertelde me in niet mis te verstane bewoordingen wat ik moest doen – tot op de dag dat ze stierf.'

Demi veegde met haar hand langs haar mond, alsof ze zich ervan verzekerde dat deze woorden – eindelijk – over haar lippen gekomen waren. Sully moest haar laatste uitspraak, die hem overigens niet verbaasde, even verwerken.

De moeder was ook overleden, en blijkbaar had ze haar dochter achtergelaten met een aantal onopgeloste kwesties. Nog een trauma, en opnieuw iets wat Demi niet eerder genoemd had.

Sully boog naar haar toe, zijn armen op zijn bovenbenen. 'Ik denk niet dat jij je realiseert hoe veel je hebt meegemaakt *voor* die verhouding van je.'

Ze fronste. 'Ik ken zo veel mensen die hun moeder verloren hebben aan kanker.'

'Hoe oud was je toen?'

'Vijfendertig.'

'En hoe was je relatie met haar toen ze overleed?'

Demi staarde voor het eerst naar de foto. Wisselende emoties tekenden zich af op haar gezicht.

'Demi,' zei Sully zachtjes, 'je bent al te ver gekomen om iets achter te houden.'

'We hadden een soort ongemakkelijke wapenstilstand', zei ze uiteindelijk. 'Ik ging elke zomer bij haar langs met de kinderen. Rich zou ook wel meegegaan zijn, maar ik vroeg het hem nooit. Ze behandelde hem afschuwelijk.'

'Maar jij ging wel.'

'Ze was mijn moeder.'

'En?'

'Als ik het niet deed zou ze me het leven zuur gemaakt hebben.'

'Hoezo?'

'Ik had het schuldgevoel niet kunnen verdragen. Ze was alleen – mijn broers kwamen nooit.'

'Dus het hing allemaal van jou af?' Hij schoof naar voren, zo dicht bij het randje van zijn stoel als hij durfde.

Ze kromp in elkaar, haar handen op haar knieën gingen open en dicht. 'Ik denk het.'

'Je denkt het?'

'Nee – ik weet het! Zij zei het – ze zei dat haar hart al drie keer gebroken was en dat ze niet kon verdragen dat ik het nog een keer zou breken. Het was mijn verantwoordelijkheid. Het was altijd mijn verantwoordelijkheid.'

Ze bewoog haar hoofd met een ruk in de richting van de foto, haar handen nog steeds op haar knieën.

'Wat zou je willen doen?' vroeg Sully. 'Nu, op dit moment?'

'Dat kan ik niet.'

'Ik denk dat je het wel kan.'

'Ik wil haar uit die foto rukken en haar in duizend stukjes scheuren zoals zij bij mij gedaan heeft – maar dat kan ik niet doen.'

'Waarom niet?'

'Omdat dat verkeerd is!'

'Om boos te zijn op iemand die jou als kind een last oplegde die een volwassene niet eens zou kunnen dragen? Is dat verkeerd, Demi?'

Ze sloeg haar hand voor haar mond.

'Laat het los.'

'Ik vind het vreselijk wat ze me aangedaan heeft! Ik haat het! Ik heb gewoon –'

'Ga je gang.'

Ze greep de foto vast. 'Ik haat wat je me hebt aangedaan!' zei ze met opeengeklemde tanden. 'Nee – ik haat *jou*! Ik was een onschuldig kind.' Haar kaken ontspanden en haar stem beefde. 'Ik was onschuldig en moet je kijken wat je me aangedaan hebt. Je hebt het recht niet!'

'En dat kleine meisje?' zei Sully. 'Kun je haar helpen?'

De tranen stonden in haar ogen. 'Ik begrijp niet wat je bedoelt.'

'Als dat Jayne was en iemand zou tegen haar zeggen dat zij verantwoordelijk was voor het geluk van een volwassene die niet wist hoe ze met haar eigen pijn om moest gaan?'

'Ik zou tegen haar zeggen –'

'Zeg dat dan tegen haar. Zeg het tegen kleine Demi.'

Demi keek naar de foto en Sully zag hoe de stukjes op hun plaats vielen. Langzaam stak ze een vinger uit om de foto aan te raken.

'Luister niet naar haar, schatje', zei ze. Haar stem was zo teer en zacht als de huid van een baby. 'Je bent een kind, en dat is precies wat je moet zijn. Zij kan terecht bij andere volwassenen. Wees jij maar gewoon een kind.'

Ze huilde. Het was het vrije, ongeremde huilen dat hij graag zag in zijn spreekkamer. Deze tranen waren genezend.

'Wat wil ze dat je nu doet?' vroeg Sully.

'De kleine Demi?' Ze keek opnieuw naar de foto. 'Ze wil dat ik haar rustig laat zitten, dat ik haar laat huilen omdat haar papa er niet is voor de foto. Ze mist hem, maar hem missen is niet toegestaan.'

'Laat haar hem dan missen', zei Sully. 'Dat is prima.'

Hij kon niet altijd voorspellen hoe iemand zou reageren op de eerste aanmoediging om een ouder voor zichzelf te zijn, maar Sully wist wat Demi zou doen. Hij wist dat ze de foto tegen haar borst zou drukken, als een echte moeder, dat ze haar handen eroverheen zou leggen en het plaatje zou wiegen. Hij leunde naar achteren, sloot zijn ogen en liet haar huilen.

Je Licht is gekomen, bad hij.

Licht in de duisternis dat zal verdwijnen als jij het niet tegenhoudt. Rood licht –

'O – het spijt me.'

Sully schoot naar voren. Op de vloer naast Demi's stoel klonk de discoversie van een deuntje dat hem vaag bekend voorkwam.

Ze graaide haar mobieltje uit haar tas. 'Ik moet even opnemen – het is mijn dochter.'

Ze glipte door de deuropening met de telefoon tegen haar oor en ze praatte op dezelfde vriendelijke toon die ze ook voor het kind in zichzelf gebruikt had.

Sully drentelde onrustig door zijn kantoor. Al die beroering bij Demi – dat veroorzaakte die flashbacks. Volstrekt normaal nu de bewuste datum dichterbij kwam en hij te vaak tot 's avonds laat aan de auto werkte.

'Sullivan – het spijt me.'

Demi stond in de deuropening, haar gezicht gevlekt door tranen en met restjes opgedroogde mascara aan haar onderste wimpers.

'Ik moet gaan', zei ze. Ze pakte haar tas en hing hem om zonder ook maar een beweging te verspillen. 'Audrey heeft een bloeding. Ik moet haar naar het ziekenhuis brengen.'

'Gaat het een beetje met jou?'

'Dat moet wel.' Ze liep naar de deur, maar bleef daar staan. 'Mag ik …?'

'Mij bellen – ja', zei Sully. 'We moeten hierover doorpraten.'

Ze knikte vastbesloten, rechtte haar schouders en liep de garage door. De eerste schaduwen van de schemering slokten haar op.

Nadat de Jeep weg was gereden wandelde Sully rusteloos naar Isabella, die er schoongepoetst en verwachtingsvol uitzag. Misschien betekenden de flashbacks dat het tijd was om haar mee naar buiten te nemen en door te zetten.

Misschien, want hij kon niets anders bedenken wat hij zou kunnen doen.

32

~

Toen we bij het ziekenhuis aankwamen, werd de noodingang geblokkeerd door een ambulance met flikkerende
zwaailampen – waardoor mijn bezorgdheid toenam. Als er
vlak voor ons een noodgeval binnengebracht was, betekende dat dat het een eeuwigheid zou duren voor er
iemand naar Audrey zou kijken. Miskramen werden over
het algemeen niet als noodgeval beschouwd – behalve door
de vrouwen die het overkwam. Sinds ik de meisjes had
opgepikt bij Sherman Heights, had Audrey voortdurend
zachtjes gehuild.

'Neem jij haar maar mee naar binnen', zei ik nu tegen
Jayne. 'Ik parkeer de auto en dan kom ik naar jullie toe.'

Jayne stapte uit terwijl ze Audreys hand als een soort
reddingsboei vast bleef houden.

'Heb je je verzekeringspasje, Audrey?' vroeg ik.

Jayne stak haar hoofd de auto in. 'Heb ik', zei ze. 'Kom
op, Aud – leun maar op mij.'

Ik zat in de auto en omklemde het stuurwiel tot mijn
knokkels wit waren. Ik zag hoe mijn elfenkind de wankele
jonge vrouw ondersteunde terwijl ze samen naar de deur
liepen.

Iemand heeft jou als kind een last opgelegd die een volwassene niet eens zou kunnen dragen.

Was dat wat er met Jayne gebeurde? Ik zette de auto in de versnelling en reed om de ambulance heen.

Toen ik binnenkwam, bevond Audrey zich al in een hokje met een gordijn eromheen en Jayne hielp haar met het aantrekken van een verwassen ziekenhuishemdje, dat uiteraard open bleef staan. Haar wervelkolom prikte haast door de huid van haar smalle rug heen.

'Ik ben nog nooit in een ziekenhuis geweest', zei ze. Haar stem klonk ijl.

'Ik ben een keer gehecht', stelde Jayne haar gerust. 'Het valt wel mee. Ze geven je zelfs een ijsje. Nou ja, ik was toen een jaar of tien ...' Haar stem stierf weg en ze likte langs haar lippen. 'Dat was waardeloos', mompelde ze.

'Het was uitstekend', fluisterde ik tegen haar.

'Oké, ik ben bang dat het hier iets te druk is.' Een verpleegster met een paardenstaart en een shirtje met teddyberen snelde naar binnen. 'Bent u de moeder?'

'Ze is als een moeder voor me', zei Audrey en ze vlocht haar vingers om mijn arm.

'Ben je achttien?' De vrouw keek niet op van Audreys dossier.

'Ja.'

'Dan kunnen we aan de slag. Jij moet even wachten in de wachtruimte.' Ze zweeg net even te lang voor ze uiteindelijk naar Jayne keek. 'Waar de stoelen staan.'

Jayne keek me smekend aan.

'Ik kom zo', zei ik. 'Haal jij maar vast warme chocolademelk voor ons.'

Ze knikte, wierp een boze blik op de met teddyberen bedekte rug van de verpleegster en sloeg haar arm om Audreys nek.

'Ik hou van je', zei Audrey.

'Ik nog meer van jou', zei Jayne.

De verpleegster klopte op de onderzoektafel en wenkte Audrey met een knikje. Nu was het mijn beurt om een boze blik op de teddyberen te werpen. Ik legde een arm om Audreys middel en hielp haar overeind.

'Als ik je onderzocht heb, kan ze terugkomen om je te troosten', zei de verpleegster.

Audreys bange ogen zochten de mijne terwijl ze op haar rug op de tafel ging liggen. 'Troost voor wat? Raak ik mijn baby kwijt?'

Ik streelde over Audreys voorhoofd. 'Zal ik eens wat zeggen? Wat er ook gebeurt, wij kunnen het aan. Want wij hebben God.'

'En ik heb jou.'

Ze sloot haar ogen en liet toe dat de verpleegster haar voeten in beugels zette. Haar vingers klauwden nog steeds in mijn arm.

Zuster Paardenstaart ging op een kruk zitten en ze tuurde bij Audrey naar binnen.

'Heb je al eens eerder een inwendig onderzoek gehad?' vroeg ze.

Audrey schudde haar hoofd. Haar gezicht werd bleek en haar donkere ogen waren groot en vochtig als van een puppy.

'Het is gemakkelijker als je je ontspant', zei ik.

'Niet nodig – al klaar.' De verpleegster klopte op Audreys knieën. 'Je mag weer rechtop gaan zitten.'

'Raak ik de baby kwijt?' vroeg Audrey.

'Daar lijkt het niet op.' Zuster Paardenstaart stroopte een handschoen af en liet die behendig in een afvalbak vallen. Ze had ons nog steeds geen van beiden aangekeken.

'Je hebt wat bloed verloren, maar er is geen ontsluiting – en ik zie geen foetaal weefsel.' Ze trok de andere handschoen uit en liep naar de wasbak. 'De dokter zal de uitslag geven', zei ze boven het geluid van het stromende water uit. 'Hij komt over – nou ja, hij komt vanzelf.'

'Je kunt die andere weer naar binnen roepen', zei ze terwijl ze het hokje uitzeilde.

Audreys ogen lieten me niet meer los. 'Betekent dat dat ik geen miskraam krijg?'

'Ik denk dat het betekent dat het er hoopvol uitziet', zei ik.

Ze zuchtte en ik zag haar gezicht een beetje opklaren. 'Oké. Ik kan hopen.'

Haar greep om mijn arm werd losser, maar ik stapte niet opzij.

'Weet je wat zo raar is?'

'Ik kan een heleboel dingen opnoemen die raar zijn', zei ik droogjes. 'Maar wat bedoel jij?'

'Ik was zo bang toen ik ontdekte dat ik zwanger was – ik wist niet eens wat ik moest doen. Maar nu ben ik zelfs nog banger dat ik haar verlies.'

'Haar?' vroeg ik.

'Ik denk dat het een meisje is.' Audrey strekte haar andere arm uit, over haar buik heen, het plastic ziekenhuisarmbandje bungelend aan haar pols. Ze legde haar hand tegen mijn wang. 'En ik noem haar Demitria Jayne.'

Ik drukte een kus op haar handpalm.

Jayne glipte tussen de gordijnen door. 'De verpleegster zei dat ik binnen mocht komen tot de dokter er was.' Ze rolde met haar ogen. 'Ik durf te wedden dat zij niemand ijsjes geeft.'

'Redden jullie tweeën het even samen?' vroeg ik. 'Ik moet even een telefoontje plegen.'

'Laat me niet alleen, Jay', zei Audrey.

Maar ik had nog geen twee stappen buiten het hokje gezet toen Jayne achter me aan kwam. 'Mam!' fluisterde ze.

'Het ziet er allemaal goed uit, Jay', zei ik.

'Nee – ik wilde iets tegen jou zeggen.' Ze greep mijn mouw om me tegen te houden en keek heimelijk over haar schouder.

'Wat dan?'

'Papa is hier.'

Ik probeerde mijn 'Demi heeft alles onder controle'-gezichtsuitdrukking te handhaven, maar 'Demi, de vrouw van een brandweerman' kreeg de overhand.

'Wat is er aan de hand? Is hij in orde?'

'Mam!'

Ik draaide me om om Jayne aan te kijken, die me achterna liep naar de receptie, waar ik zonder het te beseffen heen gelopen was.

'Er is niets aan de hand met hem, mam', zei Jayne. 'Een van de andere brandweermannen heeft iets, maar het is niet ernstig. Pa is gewoon even met hem mee. Ik heb hem in de hal gezien.' Ze wreef over mijn arm. 'Rustig maar, oké?'

'O', zei ik. 'Oké. Rustig aan.'

Ik gaf haar een kus op haar kruin en voelde mijn hartslag zakken, tot die niet meer in mijn oren dreunde. Natuurlijk. Brandweermannen met ernstige brandwonden brachten ze niet hierheen – die werden met een helikopter naar het medisch centrum in Seattle gebracht. Hun vrouwen werd onmiddellijk gebeld.

'Ik dacht dat je wel wilde weten dat hij hier was.' Jayne liet haar stem dalen tot ze fluisterde. 'Voor het geval dat je hem niet tegen wilt komen.'

Dat sneed door mijn hart.

Oké. Mickey bellen, zei ik tegen mezelf. *Dat* instinct kon ik wel vertrouwen.

'Ga maar terug naar Audrey', zei ik. Ik liep naar buiten om met mijn mobieltje te bellen.

Oscar nam de huistelefoon op. Hij was meteen van streek, nog voor ik klaar was met mijn uitleg van de gebeurtenissen.

'We komen eraan', zei hij. Ik kon zijn plompe kin haast zien trillen.

'Het is geen noodgeval', zei ik.

Pas toen ik het gebouw weer inliep en mijn telefoon dichtklapte, begon ik aan mezelf te twijfelen. Had Audrey Mickey hier wel bij nodig? Zeker als ze haar opnieuw onder de neus zou wrijven hoe veel ellende ze veroorzaakte? Misschien moest ik vast nadenken over wat ik tegen hen kon zeggen, zodat ik in elk geval een aanval op volle kracht zou afwenden.

Of misschien moest ik gewoon bidden.

De gedachte kwam in me op als een fluistering, en ik luisterde ernaar. Ik kon bidden. Ik kon liefhebben. Daar kon ik op vertrouwen.

Ik glipte terug de wachtkamer in en vond de enige stoel die nog niet door een gespannen persoon in beslag genomen was. De pijn, de zorgen en het uitzicht op verdriet hingen als een deken over de ruimte. Ik ging er middenin zitten om te bidden voor datgene wat mij aanging. En toen het me niet lukte om dat te scheiden van de rest, nam ik het allemaal mee.

Ik had in geen maanden op deze manier gebeden.

Ik wist niet hoe lang ik daar zat voordat ik mijn naam hoorde, zoals niemand anders die kon zeggen. Nog voor ik mijn hoofd had opgeheven, voelde ik Rich boven mij.

'Hoi', zei ik. 'Wie is er gewond geraakt?'

'Baynes', zei hij.

Een groentje, als ik het me goed herinnerde.

'Is hij in orde?'

'Het stelt niet zo veel voor.'

Zijn stem klonk geïrriteerd. Alweer verkeerd. Hoe haalde ik het in mijn hoofd om hem lastig te vallen ...

'Ik vroeg het gewoon uit bezorgdheid, Rich.' Ik ging staan, de irritatie deed mijn schouders verstrakken. 'Ik moet terug.'

'Naar dat meisje.'

Ik bleef staan en draaide mijn gezicht langzaam in zijn richting. 'Dat meisje', zei ik.

'Jayne heeft me verteld dat ze zwanger is en dat ze bij jou woont.' Zijn ogen werden spleetjes.

'Ze heet Audrey.' Ik ging recht tegenover hem staan. 'Ze had hulp nodig en ik help haar. Heb jij daar problemen mee?'

Hij keek over zijn schouder en ik zag dat de echo van mijn stem de aandacht trok van de mensen die bij het fonteintje stonden.

'Ja, daar heb ik problemen mee.' Zijn Brooklyn-accent was duidelijk hoorbaar. 'Wat voor uitwerking heeft dat op Jayne?'

'Je maakt een grapje.'

'Ik vind het niet prettig dat ze rondhangt met een meisje dat zichzelf zwanger laat maken.'

Ik snoof luidruchtig, wat me boze blikken van een ander groepje mensen opleverde.

'Wat is er zo grappig?' vroeg Rich.

'Ze heeft zich zwanger laten maken?'

'Iedereen is zelf verantwoordelijk voor wat hij doet, Demitria.' Rich keek me met samengeknepen ogen aan. 'Of ben je daar nog niet achter?'

Ik verwachtte dat de angst, de schuld en de schaamte me zouden overspoelen en dat er niets van me over zou blijven. Maar dat gebeurde niet. Ik voelde alleen hitte optrekken vanuit mijn nek.

'Wat denk je dat ik de afgelopen twee maanden gedaan heb?' zei ik. 'Ik *heb* verantwoordelijkheid genomen.'

'Voor de problemen van iemand anders – zoals je altijd doet – in plaats van aandacht te besteden aan je eigen zaakjes.'

'Jij bent mijn zaak!' zei ik. 'Maar jij geeft me niet de kans om aandacht aan je te besteden, dus wat moet ik dan? Wat wil jij dat ik doe? Zeg het maar, dan doe ik het!'

'We zijn hier wel klaar', zei Rich.

Hij liep met grote stappen naar de deur en ik marcheerde achter hem aan, helemaal tot aan de rode bestelwagen met op de zijkant de woorden *Orchard Heights Duty Chief*. Ik drukte mijn lichaam tegen de auto aan.

'Opzij, Demitria', siste Rich en hij sloot zijn ogen, zoals hij deed als een van de kinderen zijn geduld tot het uiterste beproefd had.

'Als jij me verteld hebt wat je van me wilt, Rich', zei ik. 'Wat wil je?'

'Ik wil dat je de schaamte voelt.' Hij ramde zijn duim tegen zijn borst. 'Ik wil dat jij voelt, hierbinnen, hoe dit voor mij geweest is.'

'Denk je dat ik dat niet doe?'

'Wat ik van jou wil is dat je de pijn die je me hebt aangedaan compenseert – en ik denk niet dat je dat kan.'

Ik staarde hem aan en ik voelde het volle gewicht van wat hij vroeg op mijn schouders vallen.

'Je wilt dat ik het ongedaan maak', zei ik. 'Weet je hoe vaak ik gewenst heb dat dat kon? Je vraagt het onmogelijke.'

'Ja, misschien is dat wel zo.' Rich legde zijn arm boven op de auto en hij leunde voorover, met zijn rug naar me toe. Precies zoals het gedurende twee lange jaren geweest was. Toen had dat hem opgeleverd wat hij wilde, maar nu kon dat niet meer.

'Je hebt gelijk.' Ik liet mijn armen langs mijn lichaam vallen. 'Ik kan niet iets doen wat onmogelijk is. Heb je nog meer opties?'

Hij trok zijn hoofd met een ruk opzij.

'Waar zou je genoegen mee nemen als je dat niet kunt krijgen?' zei ik. 'Met wat voor soort vrouw?'

Hij stond naast de brandweerauto, zijn arm nog steeds uitgestrekt over het dak. 'Wil je dat echt weten?' vroeg hij.

'Dat wil ik.'

'Ik wil een vrouw die van me houdt en die genoeg respect voor me heeft om ervoor te zorgen dat ze nooit in een positie komt waarin een andere man haar tegen mij zou kunnen opzetten.'

Ik drong mijn tranen terug. Sullivan had gezegd dat ik dat niet moest doen, maar ik kon nu niet huilen. Dan zou ik hem vast wegjagen.

'Ik weet dat ik die vrouw niet was', zei ik. 'Maar ik ben het nu wel. Je kunt nog steeds krijgen wat je wilt.'

Hij gaf geen antwoord – en de stilte verschroeide me.

'Rich, zeg iets.'

'Ik kan je geen antwoord geven.'

Opnieuw verwachtte ik steken van angst, een vloed van schaamte en de verlammende greep van schuld. In plaats daarvan verschoof er iets diep in mij, iets wat ik bijna kon aanwijzen. De angst, de schaamte en de schuld waren uitgespeeld en er was ruimte gekomen voor iets anders, iets wat op dit moment mijn gedachten vormgaf en ze onder woorden bracht.

'Jij hebt geen antwoord?' zei ik. 'Dan zal ik je vertellen wat ik wil.'

Hij werd boos op me. 'Wat jij wilt? Ik denk dat jij al geprobeerd hebt om te krijgen wat je wilt en dat je nu van mij verwacht dat ik weer kom opdraven als troostprijs.'

'Pardon?'

'Ik heb altijd geweten dat ik alleen maar je man zou zijn tot er iemand langskwam die beter was. Ik wist het hier.' Hij sloeg met zijn platte hand tegen zijn achterhoofd. 'Een tijdje heb ik nog wel gedacht dat ik het bij het vereerde eind had – toen je me meenam hiernaartoe – maar toen ging je –'

'Rich – waar heb je het over?' zei ik. 'Ik heb nooit –'

'Jij wist het niet, Demitria. *Ik* wist het.'

De deuren schoven open en er verschenen twee andere brandweermannen, eentje met een grote pleister op zijn voorhoofd en een oog dat helemaal dicht zat. Ik stapte achteruit en Rich trok de autodeur open en ging achter het stuur zitten.

'Mevrouw Costanas', zei de brandweerman die niet gewond was tegen me, voor hij zijn maatje hielp om achterin te stappen.

Voor het eerst geloofde ik echt dat iemand die me bij die naam noemde het misschien bij het verkeerde eind had.

Ik dwong mezelf om terug te lopen naar de noodingang, zonder te rennen. Oscar liep me bijna omver toen de deuren openschoven. Mickey botste tegen hem aan.

'Hoe gaat het met Audrey?' vroeg Oscar. Zijn kin trilde, net als de rest van zijn lichaam.

Mickey ging vlak voor hem staan. 'Waar is ze, Demi?'

'Volg mij maar', zei ik.

De zinnen die ik had voorbereid om te voorkomen dat ze opnieuw op het hart van hun dochter in zouden hakken waren vergeten door een schok die ik nog niet kon bevatten. Ik had die arme Audrey wellicht zo voor de leeuwen gegooid als Jayne niet vlak voor we bij haar aankwamen uit het hokje was komen rennen. Haar gezicht glansde als dat van Tinkelbel.

'De baby is in orde!' zei ze. 'Sommige vrouwen bloeden in het begin nog een beetje – of zelfs tijdens de hele zwangerschap – maar dat is alles. En ik mocht de echo zien.' Ze sloeg haar lange armen om me heen. Haar lach kriebelde in mijn nek. 'Het was zo gaaf, mam – er zit een echte baby in!'

Ik wiegde haar heen en weer. Terwijl ik dat deed, ontmoetten mijn ogen die van Mickey. Zo'n verlangen, zo'n hunkering had ik nog nooit gezien, zelfs niet in mijn eigen spiegel.

'Ga naar binnen', zei ik.

Oscar dook naar het gordijn, maar Mickey greep hem bij de arm. Haar vingers pasten er nauwelijks omheen. 'Ik weet niet zeker of ze ons wel wil zien', zei ze. Ze keek naar me en in haar ogen zag ik dat ze wanhopig graag iets anders zouden willen voelen dan wat ze nu voelde. 'Wil jij het misschien eerst even navragen?'

Ik schudde langzaam mijn hoofd. 'Ik wil wel *samen* naar binnen', zei ik.

Ik hield het gordijn open en ik hoorde Audrey kwetteren, een geluid dat wegstierf toen ze haar moeder zag.

'Ik heb het goede nieuws gehoord', zei ik.

Ze probeerde te glimlachen, maar de blik in haar ogen, gericht op Mickey, was behoedzaam.

'Is het goed nieuws, Audrey?' Ik liep naar haar toe. 'Voor *jou*, bedoel ik?'

Ik zag dat ze diep ademhaalde. 'Ik hou van deze baby. Ik wil haar houden en ik wil dat het goed met haar gaat.'

Oscar manoeuvreerde zijn grote lijf om Mickey heen en hij smoorde Audrey in een omhelzing die *mij* de adem benam.

Mickey stond vlak voor het gordijn en ze bewoog zich niet. Ze sloeg haar armen over elkaar.

Gevouwen armen. Toegekeerde ruggen. Mensen die handelden vanuit vooronderstellingen die slechts uit muren van angst bestonden. Dat zag ik de hele avond al en ik was er doodziek van.

'Heb je enig idee hoe ze van plan is dat te gaan redden, een baby krijgen en een leven opbouwen?' vroeg Mickey. 'Als ze niet eens –'

'Waarom vraag je het haar niet?' zei ik. 'Waarom zou je er voor deze ene keer niet op vertrouwen dat ze de dingen die jij haar geleerd hebt zal gebruiken?'

Ze vouwde haar armen nog vaster over elkaar. 'Tot nu toe is dat niet erg effectief geweest.'

'Stap daar nou toch in vredesnaam overheen!' Ik schoof mijn haar achter mijn oren en liep op haar af, tot mijn neus de hare bijna raakte. 'Ze heeft een fout gemaakt en nu neemt ze daar de verantwoordelijkheid voor – alleen de mensen van wie ze houdt willen haar die gelegenheid niet geven. Zij willen dat deze ene fout bepalend is voor wie zij is, voor de rest van haar leven – maar dat is niet zo. Dat *weet* ik.'

Ik stak mijn arm naar achteren en wees in Audreys richting. 'Wat zij er vandaag mee doet, uit liefde en bewogenheid en door wat God in haar doet, maakt haar tot wie ze is. En jij kunt ervoor kiezen om dat te aanvaarden en haar hier doorheen te helpen, of jij kunt jouw fouten bepalend laten zijn voor wie jij bent.'

Ik zette net op een tijd een stap naar achteren. Zuster Paardenstaart schoof het gordijn opzij, terwijl haar staart vrolijk heen en weer wapperde.

'En als je het hart van deze jonge vrouw nog verder beschadigt,' zei ik, 'bega je de grootste fout van je leven.'

Ik liep rakelings langs de verpleegster. 'Het is hier een beetje te druk', zei ik tegen haar.

***

Sully liep terug naar de gesloten garagedeur en bleef daar staan om Isabella te horen snorren. Het was een magisch moment.

Het geluid klonk dankbaar, besloot hij voor zichzelf toen hij zich in de voorstoel liet zakken. Hij nam even de tijd om te genieten van de bekleding en toen liet hij haar zachtjes Callow Avenue oprijden. Het klonk als het tevreden gemurmel van een vrouw die veranderd was in wie ze werkelijk was, die geworden was zoals ze bedoeld was.

Tjonge, wat reed dat lekker. De nieuwe schokbrekers, de nieuwe banden, alle nieuwe pakkingen maakten dat ze stevig en betrouwbaar aanvoelde. Hij kon elk kiezelsteentje op de weg voelen. Ze was piekfijn opgeknapt. Niet in oude staat teruggebracht, maar geworden wat ze kon zijn.

Sully trapte het gaspedaal in en vertraagde toen weer. Het toerental zakte, alsof ze deel van hem was. Het was fantastisch.

Halverwege Callow dacht hij aan Demi. Dit wilde hij ook voor haar – dat ze zich kon bewegen, vrij en heel. Alles was aanwezig – de intelligentie, de liefde, de bewogenheid, het ontluikende geloof. Of Rich Costanas nu met zijn eigen problemen aan de slag ging of niet, of hij nu zag wat hij in haar had of niet, zij zou authentiek worden. Hij herkende wat in potentie aanwezig was – zelfs in een dal van diepe duisternis. Hij zag het altijd –

Liefje, het is maar tijdelijk. Dit overkomt een heleboel vrouwen – het is niet jouw fout.

Het is wel mijn fout – het is mijn zonde.

Lynn – hou hiermee op. Het is een klinische depressie – je moet die medicijnen slikken tot je hormonen –

Niet doen, Sully – kom niet tussen mij en God. Ik moet me bekeren – ik moet mijn geloof opnieuw opbouwen.

Er klonk getoeter en Sully trapte hard op de rem. Het scheelde maar een paar centimeter of hij was het stopbord bij de afslag naar Burwell Street voorbijgereden.

Hij streek met zijn vinger langs zijn bovenlip en veegde de zweetdruppeltjes weg. Natuurlijk riep de auto dit soort herinneringen op. Dat, zei hij tegen zichzelf, was ook de reden waarom hij vannacht met haar moest rijden. Om zichzelf te bewijzen dat hij er vrede mee had. Dat was voorbij, en dit was een nieuwe tijd, een nieuwe auto en een nieuw leven.

Hij leunde achterover en drukte zachtjes op het gaspedaal, waardoor Isabella weer begon te snorren.

Ze zwenkte naar links en Sully stuurde tegen de bocht in. Ze reed Washington Avenue op, in een rechte lijn, zonder ook maar een slingertje.

Sully grijnsde van oor tot oor. Zijn lach overbrugde de tijd die voorbijgegaan was sinds hij zich voor het laatst zo vrij gevoeld had, zodat hij door kon rijden, de toekomst in, alles wat nog komen zou tegemoet – slechts gehinderd door de auto die links van hem uit een zijweggetje tevoorschijn schoot en Washington Avenue overstak.

Sully trapte opnieuw hard op de rem en Isabella zwenkte abrupt naar rechts. De andere auto, groot, massief en sterk, stak rechts van hem Manette Bridge over, de achterlichten verdwenen zigzaggend in de inktzwarte duisternis.

Niet remmen, schatje!

Sully trapte het gaspedaal tot op de bodem in en scheurde met piepende banden achter de rode lampen aan, die paniekerig flitsten.

Stuur tegen de sliprichting in – dat heb ik je geleerd – stuur tegen de sliprichting in –

Maar de motor van de Impala gierde terwijl de auto in een kaarsrechte lijn opzijschoof. De remlichten flitsten nog een laatste keer, voor ze verdwenen in de duisternis, in de eindeloze, afschuwelijke stilte.

Sully trapte op zijn eigen rem en schoot naar voren, waarbij zijn borst tegen het stuurwiel sloeg. Zijn schreeuw ging verloren in de oorverdovende plons, werd opgeslokt, samen met de lichten, terwijl Cumberland River hen verslond. Lynn en Hannah – en zijn leven.

Ergens anders klonk getoeter, een doordringend geluid dat zinloos was op deze plaats, waar niets meer te redden was.

'Hé, maat – gaat het wel?'

Sully hoorde de stem, maar hij kon er niet op reageren, hij kon niet bewegen – kon niet ademhalen.

'Bel een ambulance!' riep de stem.

Sully kreeg het voor elkaar om zijn hoofd te schudden, maar de woorden konden hun weg uit de chaos niet vinden. Zijn gedachten schoten alle kanten op, opzij, naar voren, naar achteren en nog een keer, terwijl hij worstelde om in de werkelijkheid te blijven. Een angst die hij niet kon ontvluchten nam bezit van elke zenuw en verlamde hem. Hij verstikte zichzelf met zijn eigen angst.

Paniekerig tastend vond hij het stuurwiel en hij greep het stevig vast.

Je bent hier. Dit is het nu. Hou vol.

Sully probeerde de pijn weg te knijpen. Hij vond zijn stem terug en fluisterde wat hij ook altijd tegen zijn cliënten zei: 'De angst zal je niet over het randje duwen – je wordt niet gek – laat het maar los – je kunt het wel.'

'Bel 911', zei de stem.

'Niet nodig', zei Sully.

'Je beeft als een rietje, maat.'

'Iedereen in orde?' Een tweede stem, sterk en zelfverzekerd.

Sully opende voorzichtig zijn ogen. Een rood zwaailicht, maar het was wel echt. Net als het gezicht vlak naast het zijne. De man praatte met opeengeklemde tanden, in korte, afgemeten zinnen.

'Er is toch niemand van de brug geraakt?' vroeg Sully.

'Jij, bijna', zei de eerste stem.

'Oké – iedereen achteruit – laat die man ademhalen.' De tweede man, die vlak bij hem stond, pakte Sully's pols. 'Diep ademhalen, vriend.'

Hij probeerde het – de inspanning kwam uit zijn tenen – en hij spreidde zijn handen en veegde ze af aan zijn bovenbenen. Zijn benen trilden, helemaal vanzelf, en hij liet het maar zo. 'Paniekaanval', zei Sully. 'Ik moet even terug naar de werkelijkheid.'

'Komt voor elkaar. Hoe heet je?'

'Sullivan Crisp.'

'Weet je waar je bent?'

'De brug bij Manette Street?'

'Goed zo. Blijf ademhalen.'

'Het is twee mei.'

'De hele dag al. Hoe voel je je?'

'Een beetje belachelijk.' Sully voelde dat het trillen minder werd. 'Blokkeren we de brug?' Hij probeerde te bewegen, maar een stevige hand greep hem bij de schouder.

'Nee, je bent aan deze kant van de weg geraakt – zie je? Je ben net niet tegen de vangrail geknald.' De man keek om zich heen en hij liet zijn ogen even op het dashboard rusten. 'Ik zou ervan balen als je deze auto in de prak rijdt. Uit '64?'

'Ja.'

'Zelf opgeknapt?'

Sully knikte en hij zakte achterover in de stoel. Zijn hartslag werd kalmer. De man liet zijn pols los en legde zijn handen op de rand van het geopende raam.

'Is er iemand die we voor je moeten bellen?'

'Wie is we?' vroeg Sully. Hij zag nu pas dat de man een uniform aanhad.

'Brandweer van Kitsap', zei hij. 'We reden net deze kant op toen we zagen dat jij van de weg raakte.'

'Nou, God zij dank', zei Sully. Hij liet zijn hoofd achterover zakken en hij sloot zijn ogen. Een gevoel van uitputting sloeg toe.

'Wat dacht je van dat telefoontje?' vroeg de brandweerman. 'Ik denk niet dat jij nu moet rijden.'

Sully plukte aan de bekleding en hij pakte zijn mobiele telefoon. 'Boodschap begrepen', zei hij.

'Prima. Ik wacht wel even.'

De man deed wat hij zelf ook zou doen als hij aan de kant van de weg een arme stakker zou aantreffen die na een aanval van pure angst weer terug wilde naar de werkelijkheid. Angst die iemand niet vaker dan één keer zou mogen meemaken.

'Wil je dat ik het nummer voor je intoets?'

'Het lukt al.' Sully strekte zijn vingers om een einde te maken aan het trillen voor hij het nummer van Porphyria Ghent opzocht. Toen de telefoon eenmaal overging, stak hij zijn hand uit naar de brandweerman. 'Wie mag ik bedanken?' vroeg hij.

'Ik heet Rich.' De man drukte Sully's hand, hard en stevig. 'Rich Costanas.'

33

～

Ik verwachtte het hele weekend dat Mickey me zou bellen om te zeggen dat mijn diensten bij Daily Bread niet langer gewenst waren, of dat Christopher contact op zou nemen om me te vertellen dat zijn vader de scheiding had aangevraagd.

Op zondagavond, lang nadat zelfs Chris de moed zou hebben om in te breken met een telefoontje, ging ik op de bank liggen. Ik plukte aan de rafels van een van de gaten en probeerde het onvermijdelijke te aanvaarden. Ik had het opnieuw aan mezelf te danken – maar hoe vaak ik de gebeurtenissen van vrijdagavond ook in mijn hoofd afspeelde, deze keer kon ik niet bedenken wat ik anders had kunnen doen zonder mezelf te verloochenen. Uiteindelijk trok ik me terug in mezelf en viel ik in slaap.

Het oorverdovende gerinkel van mijn telefoon bracht me weer bij bewustzijn. Ik graaide naar het ding en realiseerde me tegelijkertijd dat het zonlicht tussen de lamellen door piepte en dat Audrey en Jayne vertrokken waren. De stem van Fletcher Bassett joeg me onmiddellijk van het bankje.

'Sorry dat ik zo vroeg bel', zei hij. 'Maar ik dacht dat je dit zo snel mogelijk zou willen weten, zodat we er misschien nog iets aan kunnen doen.'

'Wij?' Ik deed niet eens mijn best om vriendelijk te klinken.

'De raad van bestuur heeft gisteravond een besloten vergadering gehouden. Het gerucht gaat dat het met Ethan Kaye te maken had.'

Ik strompelde naar het koude koffiezetapparaat, met de telefoon in mijn hals geklemd. 'Hoe weet je dat, als het een besloten vergadering was?'

'Dat zijn de geruchten. Ik dacht dat jij misschien meer te weten kon komen.'

'Waarom?' zei ik, hoewel ik al zo geïnteresseerd was dat ik stil bleef staan, met mijn hand op de doos filterzakjes.

Fletcher grinnikte. 'Probeer me niet wijs te maken dat jij het niet wilt weten.'

'Dat wil ik wel. Maar waarom zou ik het jou vertellen als ik iets zou ontdekken?'

'Omdat ik er nieuws van kan maken. Ik kan het naar buiten brengen, zodat mensen er ophef over kunnen maken voordat St. Clair en de rest van zijn ploeg hem uit zijn functie zetten zonder dat iemand het weet.'

'Ze hebben geen enkele grond om Ethan te ontslaan', zei ik, maar ik voelde al een knoop in mijn maag.

'Ik kan hem helpen', zei Fletcher. 'En jij ook.'

Ik haalde een hand door mijn wilde haar. 'Luister, mijn laatste gesprek met Ethan Kaye verliep niet zo geweldig. Ik denk niet dat hij mij in vertrouwen zal nemen.'

'En hoe zit het met die vriend van je, die dr. Crisp?'

Mijn vingers leken aan mijn hoofdhuid vast te vriezen. 'Pardon?'

'Jij en dr. Kaye hebben een gezamenlijke vriend.'

Ik hoorde geritsel van papieren.

'Sullivan Crisp – hij was bij Kaye toen hij door een student werd aangevallen.'

'*Wat*? Wacht even.' Ik schudde mijn hoofd, alsof dat zou helpen om ook maar iets op de juiste plaats te laten vallen.

'Jij kunt onmogelijk weten dat ik Sullivan Crisp ken, tenzij je me achtervolgt!'

'Luister, Demi.'

'Nee! Laat me met rust, Bassett. Hoor je me? Blijf bij me uit de buurt, en bel me niet nog een keer!'

Hij sputterde nog steeds toen ik de telefoon dichtklapte. De gedachte aan de krullenbol die me achtervolgde naar Callow, naar de garage van Sullivan, was misselijkmakend. Het enige wat me ervan weerhield om naar de badkamer te rennen voor een onderonsje met de toiletpot waren mijn zorgen om Ethan.

Aangevallen door een student? Het moest echt helemaal uit de hand gelopen zijn.

Ik schudde mijn hoofd nogmaals en ik deed drie scheppen koffie in het filterzakje. Als Fletcher Bassett in staat was om me te achtervolgen door heel Kitsap County, was hij zeker in staat tegen me te liegen om mij zover te krijgen dat ik zijn smerige klusjes opknapte. Deze 'aanval' kon bestaan uit wat boze woorden die naar zijn hoofd geslingerd waren.

Maar dat dacht ik niet echt.

Ik kwam nog maar net onder de douche vandaan toen de telefoon opnieuw ging. Sullivan deze keer. Ik had al besloten dat ik hem zou vragen wat hij wist over Ethan, maar de vreemde ondertoon in zijn stem, eigenlijk niets voor Sullivan, weerhield me daarvan.

'Alles goed met je?'

'Nee', zei hij. 'Maar dat komt wel weer.'

Ik hoorde hem moeizaam ademhalen.

'Ik moet even de stad uit, Demi. Het is niet het handigste moment, dat weet ik, maar er is iets wat ik moet regelen.'

Dat 'iets' had overduidelijk met hemzelf te maken. Zijn stem klonk alsof hij op het punt stond om doormidden te breken.

'Ik ben over een paar dagen terug. Je hebt mijn mobiele nummer.'

'Sullivan.' Ik legde mijn hand tegen mijn voorhoofd. Hoeveel vragen kon je stellen aan iemand wiens werk het was om anderen vragen te stellen? 'Is er iets wat ik kan doen?'

'Je kunt bidden', zei hij.

'Je maakt me bang.'

'Nee. Het komt wel goed.' In de verte hoorde ik de stem van de Sullivan op wie ik kon rekenen. 'Als je iets nodig hebt, wat dan ook, wil ik dat je me belt. Gaat het goed met je?'

'Jawel', loog ik.

Toen we ophingen, probeerde ik te bidden. Maar het enige waar ik aan kon denken was: *Dat moet je doen, Demi. Je moet.*

Wat moest ik? Ik had geen idee welke kant ik op moest, op allerlei gebied. Ik hoefde vanochtend nergens heen. Geen reden om me aan te kleden. Niets anders te doen dan het opdrinken van een kop smerige koffie. Niets te doen, behalve dat wat ik 'moest' doen.

Naar mezelf kijken. Daar was ik mee bezig geweest – en dat was het enige wat me tot nu toe op de been gehouden had.

Misschien was dat het eerste wat ik moest doen.

***

Het Victorian Teahouse ging pas om elf uur open, zodat ik meer dan genoeg tijd had om de foto op te zoeken van mij en mijn moeder en mijn broers, toen ik tien jaar was. Ik stopte bij een boekenwinkel voor het juiste schrijfmateriaal voor het meisje met het bobkapsel, dat altijd een paarden- staart gewild had. Mijn mobiele telefoon ging toen ik nog twee blokken van het theehuis verwijderd en ik deed geen poging om hem uit mijn tas op te diepen terwijl ik door het drukke verkeer manoeuvreerde. Toen ik me had geïnstal- leerd aan mijn vaste tafeltje en een cranberryscone en een glas Earl Grey besteld had, bekeek ik de gemiste oproe- pen.

Ik herkende het nummer niet. Het kengetal was 650. Wie kende ik uit die omgeving?

In elk geval was het niet Rich of Mickey of Fletcher Bas-settt. Ik schudde hen allemaal af, zoals een natte hond zijn vacht uitschudt en ik concentreerde me op het met schelpjes versierde postpapier om de opdracht uit te voeren die ik nooit had afgerond.

Lieve kleine Demi,

Ik heb naar die foto van jou zitten kijken – van ons – nou ja, je begrijpt wel wat ik bedoel – en ik denk dat ik je een excuus verschuldigd ben. Ik was zo gebrand op het gehoorzamen van regeltjes, weet je. Ik vond het vreselijk als mama me zo aankeek, met haar ogen samengeknepen tot spleetjes, omdat haar stem dan altijd zo gespannen klonk en ze tegen me zei dat ik lastig was. Ik was een bangerik, en ik durfde niet verder te gaan, want dan kwam De Stilte. Daar kon ik NIET tegen. Het was zo koud en zo donker in De Stilte. Ik werd daar bang van.

Dus – dat is de reden waarom ik haar nooit tegensprak als ze zei dat het tijd was om naar de kapper te gaan, waarom ik haar nooit verteld heb dat ik een paardenstaart wilde, net als elk ander meisje in Amerika. En daarom, arme schat, zou het niet meevallen om je op deze foto te onderscheiden van Liam en Nathan als je geen rokje aan gehad had. Nu weet ik dat De Stilte mij – ons – niet genekt zou hebben. Nu weet ik dat als we papa hadden 'lastiggevallen', wat we nooit mochten, en het aan hem gevraagd hadden, je misschien wel die paardenstaart had gekregen, met een strik en een jurk met ruches, in plaats van een plooirok ...

Maar ik wist het niet. Ik was te bang om erom te vragen. En het spijt me.

Ik hield op met schrijven toen ik voelde dat er iemand dichterbij kwam. De serveerster met mijn scone, dacht ik. Ik wilde dat ik in plaats daarvan een chocolademuffin besteld had. Met warme chocolademelk – en slagroom.

'Weet je wat?' zei ik, terwijl ik mijn gezicht ophief.

'Wat, Prof?' zei hij, met een stem die me als een fluwelen hand beetpakte – en smoorde.

Ik staarde als versteend naar Zach, een moment dat een eeuwigheid leek te duren. De donkere kluwen wenkbrauwen klitte samen boven zijn neusbrug. Het vochtige blauw van zijn ogen was omgeven door een netwerk van fijne rode lijntjes. Zijn bijna grijze haar hing in slordige plukken over de bovenkant van zijn oren en op de kraag van zijn verkreukelde shirt.

Hij strengelde zijn lange vingers rond mijn arm en ik rook zijn muskusachtige geur, vermengd met die van oud zweet. Ik kwam los uit mijn emotionele verstening en ik keek omlaag, naar zijn hand, maar hij trok hem niet weg en ik kon hem niet afpellen. Daarvoor zou ik hem namelijk moeten aanraken.

'Laat los', zei ik. Mijn eigen stem klonk hard.

De lijntjes rond zijn ooghoeken werden dieper, maar voor de rest leek hij niet onder de indruk. Knikkend, alsof hij verwacht had dat ik dat zou zeggen, liet hij tergend langzaam los en hij liet zijn vingers langs mijn arm glijden terwijl hij ze terugtrok. Ik dwong mezelf niet te trillen.

'Het spijt me, Prof', zei hij. 'Ik weet dat ik je overval. Ik heb geprobeerd te bellen.'

De stem was het enige dat hetzelfde gebleven was. Helder, bodemloos en, zoals ik nu hoorde, aangeleerd. Lieve God, bad ik, was het altijd al zo? Was hij altijd deze verfomfaaide versie geweest van een droombeeld dat ik zelf had verzonnen?

Zach liet zich zakken in de stoel tegenover mij. Ik ging zo ver mogelijk naar achteren zitten, met mijn handen stijf in mijn schoot. Hij glimlachte naar me, met zijn hoofd schuin – blijkbaar nog steeds vol waardering voor mijn 'eigenschappen'.

De serveerster kwam aanlopen, met de scone in haar hand, maar ik stuurde haar terug. 'Die eet ik niet meer op', zei ik. 'Zou je me de rekening willen brengen?'

Zach keek naar haar op en schudde zijn hoofd. 'Geef mij de rekening maar', zei hij. 'Ik ben bang dat het mijn schuld is dat ze haar eetlust kwijt is.'

'Waar denk je dat je mee bezig bent?' vroeg ik toen ze weg was. 'Denk je dat je gewoon weer binnen kunt stormen en verder gaan waar je gebleven was?'

Zachs gezicht verzachtte, waardoor er aan beide zijden van zijn lippen flapjes huid zichtbaar werden. Deze hele ontmoeting werd onwerkelijk.

'Ik had moeten wachten tot ik met je gepraat had voor ik je opzocht', zei hij. 'Maar ik kon het niet. Ik moest je gewoon zien.'

Iets kouds en klams kroop langs mijn ruggengraat omhoog. Hoe had hij me gevonden? Was hij me gevolgd? Werd ik tegenwoordig door iedereen achtervolgd?

'Je ziet er fantastisch uit', zei hij.

'Ik zie er vreselijk uit – omdat ik afschuwelijke dingen heb meegemaakt – dankzij jou. Dankzij ons.'

Hij schudde opnieuw zijn hoofd, terwijl hij nog steeds goedkeurend glimlachte en nog steeds probeerde om me te verdrinken in zijn Puget Sound ogen.

'Ik weet niet waar je al die tijd gezeten hebt,' zei ik, 'en het interesseert me ook niet. Maar –'

'Het interesseert je wel, Demi. Wat wij hadden gaat niet voorbij. Ook niet als we elkaar een tijdje niet zien.'

'Ik kan niet geloven dat je dat tegen me zegt.'

Ik duwde mijn stoel naar achteren en stond op. Zach greep mijn pols, hard genoeg om me tegen te houden, maar niet hard genoeg om me de mond te snoeren.

'Laat los, of ik zweer dat ik ga schreeuwen', zei ik met opeengeklemde tanden.

'Beloof me dan dat je gaat zitten en dat je me uit laat praten. Alsjeblieft.'

Een vrouw die vlakbij zat, hapte naar adem. Alleen om haar fluisterde ik: 'Je hebt vijf minuten. En laat me nu los.'

Zach gaf een kneepje voor hij mijn pols losliet. Ik liet mijn hand in mijn schoot vallen terwijl ik ging zitten en wreef over mijn pols, zoals een kind dat een ongewenst kusje probeert weg te wrijven. 'Zeg wat je denkt dat je moet zeggen, maar raak me niet meer aan.'

'Je mag niet weg voor je me uit hebt laten praten – en als je eenmaal gehoord hebt wat ik wil zeggen, zul je niet meer weg willen.'

Ik tilde mijn linkerarm op uit mijn schoot en liet hem mijn horloge zien. 'Vier en halve minuut', zei ik – hoewel de vier rode vingerafdrukken op mijn pols maakten dat ik uit mijn stoel op zou willen springen. Mijn huid brandde.

'Je moet begrijpen waarom ik weggegaan ben', zei hij. 'Als ik was gebleven en samen met jou de confrontatie met St. Clair en Estes aangegaan was, zou ik niet zo sterk geweest zijn als ik wist dat jij was. Ik zou alles hebben opgebiecht – tot in detail.'

Hij vertrok zijn mond en wierp me die speciale blik toe. Ik werd misselijk.

'Ik had tegen hen moeten zeggen dat ik absoluut geen spijt had van wat wij samen in elkaar gevonden hadden. Zelfs Ethan zou dat niet begrepen hebben.'

'En nu dan?' vroeg ik. 'Beschouw je het niet als verkeerd?'

'Een liefde die zo intens is kan toch nooit verkeerd zijn?' Hij leunde naar voren, zijn handen als waaiers uitgespreid op het tafelblad. 'Dat zouden ze niet begrijpen. Zij zouden alleen begrijpen wat ik wist dat jij zou doen – hun het wettische antwoord geven dat ze wilden horen en jezelf bevrijden. Ik wist dat je dat voor ons zou doen.'

Mijn mond viel open. 'Meen je dat nou? Denk je dat ik dat gedaan heb?'

'Ik ken je, Prof – dat is ook de reden waarom ik gewacht heb tot ik zeker wist dat het voorbij was tussen jou en Rich. Ik wist dat je zou proberen om het te herstellen.' Hij vouwde zijn handen samen, alsof hij bad. 'Ik heb je ruimte gegeven omdat je het nooit zeker zou weten zolang ik nog in de buurt was.'

Ik kon geen woord uitbrengen.

'Ik begrijp wel waarom je boos bent, Prof – maar nu begrijp je het wel, of niet soms?' Hij toverde opnieuw die zachte gezichtsuitdrukking tevoorschijn. 'Vergeef je me?'

Opeens wist ik wat ik moest zeggen en ik vuurde de woorden af als kogels. 'Als je ook maar iets daarvan echt gelooft, Zach Archer,' zei ik, 'dan ben je gestoord.'

Hij liet zijn handen op het tafeltje vallen, niet langer biddend, en hij frommelde het tafelkleed tussen zijn vingers tot het zoutpotje omviel en het ijs in mijn glas heen en weer schommelde. De zeeblauwe ogen werden donker en veranderden in smalle streepjes terwijl zijn hoofd met een ruk naar voren schoot, als een uitstekend rotsblok. Zijn mond vormde een scherpe lijn.

Zo'n onthulling had ik nog nooit meegemaakt.

'Waag het niet om me gestoord te noemen', zei hij. 'Mijn ex-vrouw deed dat – haal jij het niet in je hoofd.'

Ik deed een vluchtige poging om dat te bevatten. Ik had nooit geweten dat hij een ex-vrouw had.

'Ik heb gedaan wat ik moest doen – voor jou', zei hij. 'Omdat ik van je hou.'

Ik schudde mijn hoofd.

'Wat?' zei hij. 'Wat bedoel je daarmee?'

'Je hebt het voor niets gedaan. Ik hou niet van je, en ik heb ook nooit van je gehouden.'

'Uhuh – nee – dat kun je niet zeggen.' Hij streek het tafelkleed glad, zette het zoutpotje rechtop en opende zijn ogen. 'Zoiets kun je niet spelen, oké?'

Hij probeerde de scherpe lijn om te buigen tot een glimlach, maar de transformatie was te compleet geweest. Zijn lippen weken uiteen, aarzelend tussen wanhoop en nauwelijks verholen woede. Ik was bang.

'Ik weet dat ik je gekwetst heb', zei Zach. 'Je dacht misschien dat ik je in de steek gelaten had. Maar, Prof, laat niet toe dat je trots tussen ons in komt te staan. Daarvoor zijn we al te ver gekomen.'

'Ja, helemaal tot aan het doodlopende eind.' Ik stopte de half afgeschreven brief in mijn tas en probeerde opnieuw om op te staan.

'Ga zitten', zei hij.

Zijn stem klonk laag, maar zijn toon was dreigend genoeg om me te doen verstijven.

'Ik heb genoeg van dat integere gedoe van jou', zei hij. 'Dit zou allemaal niet gebeurd zijn als jij uit dat huwelijk gestapt was toen ik zei dat je dat moest doen. We hadden hier weg kunnen gaan en opnieuw kunnen beginnen, maar je hebt me gedwongen.'

'Om wat te doen?' Ik liet me weer op de stoel zakken, terwijl een misselijkmakend voorgevoel me naar de keel greep.

'Om Rich te laten zien dat het voorbij was tussen jullie. Kom op, Demi – waar denk je dat die fotograaf vandaan kwam? Denk je dat ik op mijn eigen boot niet zou weten dat er iemand aan boord was?'

Ik schudde mijn hoofd.

'Ik heb dat joch gevraagd – hoe heette hij ook alweer – dat amateurtje dat de foto's voor G&T gemaakt had.'

'Van Dillon?'

'Ik heb hem genoeg betaald, dus je zou denken dat hij zijn mond wel had gehouden. Het was niet de bedoeling dat iemand anders dan Rich die foto's zou zien.'

'Jij?' zei ik. 'Heb jij me erin geluisd?'

'Ik had toch geen keuze? Jij zou nooit bij hem wegge-gaan zijn – soms was je net zo moralistisch als St. Clair. En ik zweer je dat het nooit mijn bedoeling is geweest dat Ethan of Estes erachter zouden komen. Ik weet niet hoe zij die foto's in handen gekregen hebben. Daar zat ik niet achter.'

De stoel schoof schrapend naar achteren toen ik opstond en mijn tas greep. 'Je ex-vrouw heeft gelijk', zei ik. 'Je *bent* gestoord.'

Ik marcheerde zonder iets te zien naar de voordeur. Zach liep zo dicht achter me dat ik zijn adem kon voelen. De haartjes in mijn nek gingen overeind staan en we bereikten tegelijkertijd de veranda. Hij greep mijn arm en duwde me tegen het hek nog voor ik het trapje had bereikt.

'Ik had gezegd dat je me niet aan moest raken', zei ik.

'Dat zei je vroeger nooit – toen je me nog wijsmaakte dat je van me hield.'

Hij had nu mijn beide armen vast en hij schudde me door elkaar. Mijn hoofd schoot naar achteren en mijn tan-den klapperden.

'Ik heb alles voor je opgegeven', zei hij. 'Denk je dat ik het leuk vond om mijn baan kwijt te raken – mijn boot –

mijn reputatie?' Hij schudde me nog een keer door elkaar. 'Ja, ik had het er wel voor over, omdat ik dacht dat het me jou zou opleveren. Kijk me aan.'

Dat deed ik, maar het verwrongen gezicht dat zich nu vlak bij het mijne bevond, herkende ik niet.

'Je denkt dat je nu niet van me houdt – dat heb ik wel begrepen', zei hij. 'Maar zeg dan tenminste dat je toen van me hield. Zeg dat ik mijn hele leven niet voor niets heb opgeofferd.'

De onnatuurlijke glinstering in die ogen vertelde me dat ik hem moest geven wat hij wilde en weg moest lopen, de veiligheid tegemoet. Maar de fluistering in mijn hoofd steeg uit boven de woorden die me toe gegromd werden.

Je moet dat doen, Demi. Je moet.

Ik wrong me los. 'Je hebt alles voor niets opgegeven, Zach', zei ik. 'En ik ook. Ik heb nooit van je gehouden – nooit.'

Ik rende de veranda af voor de schok van mijn woorden zou doordringen, voor hij me opnieuw vast kon grijpen, en ik racete het trapje af, naar het parkeerterrein. Toen ik de Jeep bereikt had, draaide ik me om en ik zag hem onder aan de trap staan, zijn armen uitgestrekt terwijl hij me naschreeuwde.

'Alleen een hoer zou gedaan hebben wat jij in bed voor me gedaan hebt als je niet van me hield. Een goedkope –'

Ik sloot mijn oren voor de rest terwijl ik in mijn auto dook en met piepende banden het parkeerterrein afreed, een gestoorde man achterlatend die mijn schuld uit-schreeuwde naar de klanten van het Victorian Teahouse en de christelijke boekwinkel.

34

〜

Sully stuurde de huurauto de weg op die door de Smoky Mountains slingerde en naar de deur van Porphyria leidde. Hij kon de geur van de blokhut bijna ruiken. De open haard die altijd brandde, de natte bladeren op de weg, de esdoorns en de eiken die weer nieuwe blaadjes kregen. Al die dingen duwden hem vooruit tot zijn bestemming opeens, haast magisch, voor hem opdoemde en hij de oprijlaan van verbleekt grind opreed. De zon schitterde op de voorruit en verwarmde zijn gezicht, en hij wachtte op het gevoel van troost nu hij nog slechts een paar stappen van haar wijsheid verwijderd was.

Maar door zijn aderen gierde nog steeds de angst dat hij opnieuw zomaar opeens knipperende achterlichten zou zien en die zou volgen tot over het randje van de waanzin.

Zijn mobiele telefoon rinkelde. Demi's nummer.

'Hallo daar', zei hij. 'Hoe gaat het?'

'Ik heb geen idee.' Haar stem klonk metalig.

'Wat is er aan de hand?'

'Zach. Hij heeft me gevonden, Sullivan – in het theehuis. Ik weet niet hoe. Het lijkt wel alsof hij me heeft achtervolgd.' Ze ademde uit. 'Klink ik paranoïde?'

'Vertel me eens wat meer.'

Dat deed ze – een ademloos verhaal over Zach Archer die een fotograaf had ingehuurd, die haar erin geluisd had om haar bij Rich vandaan te krijgen. Sully moest zich inspannen om het te volgen, vooral toen ze Van Dillon noemde. Hij zette die gedachte even opzij – daar moest hij zich later nog eens in verdiepen – en hij luisterde tot ze huilend aan het einde van haar verhaal kwam, dat Zach grove beledigingen tegen haar geschreeuwd had, vlak voor een plaats die haar toevluchtsoord geweest was.

'Het spijt me vreselijk voor je, Demi', zei hij. 'Maar je mag nog geen seconde denken dat hij gelijk had.'

Ze zweeg net even te lang.

'Ga daar niet op in, Demi. Denk er niet eens over na.'

'Hoe kan ik dat nou niet doen? Ik heb me toch als een hoer gedragen?'

'Waarom?'

'Pardon?'

Sully draaide een kwartslag op zijn stoel. 'Waarom heb je seks met Zach gehad, hoewel je niet van hem hield?'

'Ik dacht dat ik van hem hield – ook al maakt dat het nog niet goed.'

'Dat hebben we vastgesteld. Maar wat kreeg jij ervoor terug? Wat was zo veel waard dat je bereid was iets te doen waarvan je wist dat het verkeerd was?'

Ze ademde uit, langzaam en droevig. 'Het gevoel dat het me gaf. Niet alleen seksueel, maar – dat iemand me nodig had, me wilde.'

'Ding-ding', zei hij zachtjes. 'En al die dingen heb je allemaal al aan God gegeven, die ze heeft uitgewist.'

'Alsof het nooit gebeurd is.' Demi's stem haperde. 'Ik begon dat te geloven.'

'En wat weerhoudt je daar nu van?'

'Hallo! Hij heeft het allemaal weer opgegraven en het me toegeschreeuwd op een parkeerterrein, zodat de helft van Bremerton het kon horen!'

'Heb je meer vertrouwen in een of andere vent met een borderline persoonlijkheidsstoornis dan in Jezus Christus?'

'Wat voor stoornis?'

'Ik kan dat niet zeker weten zonder hem zelf te zien, maar deze hele toestand, dat hij probeerde jouw leven regisseren en dat hij zo'n uitbarsting had toen je hem gestoord noemde – dat riekt naar een bepaalde vorm van borderline.'

'Het was gewoon eng hoe zijn hele gezicht, zijn hele lichaam, veranderde toen ik dat zei.'

'Ja – als je hem ooit nog ziet of met hem praat, zou ik het woord borderline niet gebruiken.'

'Ik ben niet van plan om ooit nog met hem te praten. Als hij nog eens probeert om bij me in de buurt te komen, vraag ik een contactverbod aan. Ik weet zeker dat ik blauwe plekken op mijn armen krijg op de plaats waar hij me heeft vastgegrepen.'

Sully ging rechtop zitten en hij leunde op het stuurwiel. 'Ik wil dat je dat laat vastleggen – laat iemand foto's nemen. En doe onder geen enkele voorwaarde de deur voor hem open.'

'Hij weet niet waar ik woon … denk ik.' Ze leek ervan in de war te raken.

'Het is niet mijn bedoeling om je bang te maken', zei Sully. 'Neem alleen geen risico. Hij is op zijn minst instabiel.'

'Was het heel stom van me dat ik deze man ooit vertrouwd heb?'

'Nee. Hij is heel goed in wat hij doet, namelijk het manipuleren van mensen. Jij bent blijkbaar niet de enige die hij voor de gek gehouden heeft.'

'Hij heeft nooit eerder iets gezegd over een ex-vrouw. Ergens in het begin heeft hij zelfs een heel verhaal opgehangen over hoe hij nooit gevonden had wat hij zocht, tot hij mij ontmoette. En ik trapte daar in, sukkel die ik ben.'

'Bzzzz!' zei Sully.

'Ik moet erkennen dat ik nogal lichtgelovig was.'

'En wat levert dat je op? Ik denk dat je je erop moet concentreren hoe sterk je was om bij hem weg te lopen. Wil je weten hoe ik het zie?'

'Heb ik een keus?' Haar stem klonk een beetje cynisch.

'Ik denk dat je hem niet alleen zijn toekomst hebt ontnomen – dat idee van hem dat jullie samen weg zouden lopen en nog lang en gelukkig zouden leven – je hebt hem ook zijn verleden afgenomen. Bij jou dacht hij dat hij werkelijk in staat was tot belangeloos liefhebben. Maar het draaide alleen maar om hem, de hele tijd, zo werkt het namelijk bij dit soort mensen.' Sully haalde zijn schouders op. 'Je hebt zijn illusie over hemzelf doorgeprikt, en daar kan hij niet mee omgaan.'

'Hij moest het zo draaien dat het mijn schuld was.'

'Ding.'

Na een lange, moeizame stilte zei ze: 'Elke deur gaat dicht, Sullivan. Ik heb je nog niet eens verteld over mijn laatste gesprekje met Rich – of wat er tussen mij en Mickey gebeurd is.' Ze aarzelde opnieuw. 'Daar zal ik je over vertellen als je terug bent. Je hebt wat dingen te regelen. Ga dat maar doen. Met mij gaat het wel weer.'

Hij klemde zijn vingers om de telefoon. Zodra ze ophing, zou hij weer overweldigd worden door een golf emoties. Er zou niets meer zijn om hem ervan te weerhouden naar binnen te gaan en Porphyria te ontmoeten. Die gedachte zoog alle kracht uit hem weg.

Porphyria probeerde hem dit al dertien jaar te vertellen. Net als Ethan. En God zelf ook. Nu leek het als prikkeldraad door zijn binnenste te slingeren. Hij kon het niet langer negeren.

Maar iets van Demi bleef in zijn gedachten aanwezig terwijl hij naar de deur liep.

Dus de fotograaf was toch Van Dillon. Ofwel Zach Archer *was* een 'gestoord figuur', zoals Demi zelf zou zeggen, of Van Dillon was dat *niet*. Tatum beschouwde hem wel zo, hoewel Sully het bewijs van zijn totale onwetendheid gezien had op de avond dat Van haar voor de bakkerswinkel had aangevallen.

Maar dat verklaarde nog steeds niet hoe Estes en St. Clair aan de foto's gekomen waren. Misschien had Van een mogelijkheid gezien om nog meer geld op te strijken dan

Zach hem betaald had en had hij de foto's ook aan hen verkocht. Het was een walgelijke gedachte, maar niet iets wat
hij zomaar opzij kon schuiven.

En hij kon ook niet voorbijgaan aan de mogelijkheid dat
Zach Archer op het punt stond om zijn verstand te verliezen. Demi toetakelen – zijn duistere kant onthullen – haar
verbaal mishandelen – die tekenen wezen er niet op dat
Demi helemaal veilig was.

Sully bleef boven aan de van ouderdom verzakte trap
staan. Misschien moest hij teruggaan naar Washington en
haar hierbij helpen. Hij had haar iets beloofd en zijn eigen
problemen zouden er nog steeds zijn wanneer hij terugkwam.

'Ik vroeg me al af wanneer je genoeg moed verzameld
zou hebben om uit die auto te komen.'

Hij kneep zijn ogen samen en keek naar het silhouet achter de hordeur. Diepzwart. Groot vanbinnen. Vol verwachting, met slechts twee keuzes: naar haar toegaan met de
moed die ervoor nodig was om genezing te vinden, of er
met je staart tussen je benen vandoor gaan en de rest van je
leven doodsbang blijven voor die achterlichten.

'Als ik nou ook nog eens de moed kon verzamelen om
hiervandaan naar de deur te lopen', zei Sully.

'Niet nodig.'

De deur zwaaide open en met twee enorme stappen liep
ze op hem af, haar armen wijd open. Sully liet zich tegen
haar aan vallen en hij huilde.

'De goede Heer heeft genoeg moed voor ons allebei',
bromde ze in zijn oor. 'Hij heeft altijd genoeg.'

***

Sully dacht dat hij zich elke centimeter van Porphyria
Ghent herinnerde – tot hij haar opnieuw in levenden lijve
ontmoette. Nu zat hij tegenover haar, op een van de twee
identieke rood-gouden tweepersoonsbankjes. De sitsen
bekleding was versleten en glom, een gevolg van jaren van
zittingen met mensen die dapper genoeg waren om om

haar wijsheid te vragen. Hij wist, zoals altijd als hij hier terug was, dat het onmogelijk was om alle details van haar complexe verschijning te onthouden. Dat was de reden dat hij steeds terugkeerde.

Zij zat op het andere bankje, haar koffiekleurige handen in haar schoot gevouwen. Zo af en toe bewoog ze haar hoofd instemmend op en neer, het kortgeknipte grijs-witte haar als glazuur op een chocoladecakeje. Zo nu en dan fronste ze haar wenkbrauwen, die nog zwart waren. Maar haar ogen bleven voortdurend op hem gericht, vol verwondering, als van een kind. Een kind met een ziel zo oud als de barmhartigheid zelf. Hij was de twee smalle, verfijnde lijntjes aan weerszijden van haar mond vergeten, de enige tekenen van ouderdom op haar hele gezicht. En ook de manier waarop haar kin naar achteren week en overging in haar hals, wat haar het profiel gaf van een wijze oude schildpad, herinnerde hij zich niet. Hoe had hij kunnen vergeten dat haar gladde, koffiebruine huid één naadloos geheel was, net zoals zijzelf?

'Het lijkt erop dat je dat een tijdje in hebt gehouden, dr. Crisp', zei ze uiteindelijk.

Sully veegde met zijn hand langs zijn lopende neus. Hij keek haar hulpeloos aan, terwijl het slijm van zijn vingers drupte.

'De tissues staan daar op tafel', zei ze. En toen weken haar lippen, vol genoeg voor dertig glimlachen tegelijk, uit een en verlichtten haar gezicht, en de kamer, en Sully's hart. 'Je bent nog steeds een kind, Sully Crisp. Onverbeterlijk. Ik ben blij dat te zien. Nu kunnen we aan de slag.'

Sully snoot luidruchtig zijn neus en hij knikte naar zijn schoenen. 'Mag ik?'

'Trek ze uit – en dat belachelijke colbertje ook. Dacht je dat je op weg was naar een bestuursvergadering?'

'Ik dacht dat ik een groot mens was, Porphyria.' Hij schudde het colbertje af en gooide het naar de schommelstoel bij de open haard. Het jasje gleed op de vloer, waar het op een hoopje bleef liggen.

'Dat was je eerste vergissing', zei Porphyria. 'De eerste die iedereen maakt.'

Sully wurmde zijn schoenen een voor een uit met zijn tenen en hij trok zijn benen onder zich, op het bankje.

'En pak nu maar een kussen.'

Sully hield vragend zijn hoofd schuin.

'Ergens voordat je klaar bent zul je toch een kussen tegen je aan drukken. Je kunt er net zo goed meteen eentje pakken.'

Sully grijnsde en koos een geel met goud gestreept kussen van de knusse stapel op de vloer. Terwijl hij het tegen zich aantrok, brandden de tranen alweer in zijn ogen.

'Laat ze maar komen', zei ze. Haar ogen waren gesloten.

'Je kunt ze voelen', zei Sully. 'Je kunt mijn tranen voelen.'

'En jij nu ook. Ze tegenhouden is de tweede vergissing die de meeste mensen begaan.' Ze opende haar ogen en keek hem aan. 'Dan kun je me nu de rest vertellen.'

'De rest van mijn vergissingen?'

'Te beginnen met de laatste die je begaan hebt – daar in Washington.'

Sully liet zijn hoofd achterover zakken en hij keek de kamer rond, terwijl hij dat wat nu een eindeloze lijst van verkeerde afslagen leek de revue liet passeren.

Elk hoekje en gaatje van de kamer was gevuld. Er waren trommels, aandoenlijk uitgesneden giraffes en wandelstokken met houtsnijwerk die stonden te wachten tot zij ze nodig zou hebben, wat nog niet het geval was, ook al was ze inmiddels tachtig. In een schemerig hoekje van een van de muren, ingeklemd tussen een sierlijk geschreven Onze Vader en een foto van een vrouw uit een Afrikaanse stam, met een mager baby'tje, hing een diploma van Purdue University.

Porphyria Ghent, doctor in de psychologie, 1956. Aan de effen zwarte lijst was niet te zien dat ze de eerste zwarte vrouw in Amerika was die een graad aan die universiteit behaald had. Zij schreeuwde dat ook niet van de daken.

De opleiding van deze wijze vrouw had overal en nergens plaatsgevonden, waar ze ook maar ging, levens aanraakte en waarheid naar boven haalde.

Er was nog iets wat Sully was vergeten en waar hij nu naar op zoek ging. Haar bidstoel. Hij stond er nog steeds, voor het raam in de eetkamer dat uitzicht bood over de berghelling, nu overdekt met lavendel. Dat was haar eigenlijke studeerkamer – de plek waar ze op haar knieën ging, waar ze huilde en het uitriep en fluisterde. En luisterde.

'Ik heb dezelfde fout gemaakt die ik al dertien jaar maak', zei Sully. Hij richtte zijn blik weer op Porphyria, die nog steeds zat te kijken. 'Ik heb geprobeerd iemand te helpen haar antwoorden te vinden, om te voorkomen dat ik zelf op zoek moest naar die van mij.'

'Ik weet zeker dat je meer gedaan hebt dan "proberen te helpen". Ik weet zeker dat je je helemaal in haar problemen ondergedompeld hebt, als een dikke vrouw in een bubbelbad.'

'Dat heb ik inderdaad. Je weet dat ik dat gedaan heb.'

'Goed.' Ze vouwde haar handen opnieuw, alsof het zakdoekjes waren die ze zojuist gestreken had. 'En waarom werkte het deze keer niet?'

Hij schudde zijn hoofd. 'Ik denk niet dat het ooit echt helemaal gewerkt heeft. Ik kijk nu terug, Porphyria, en ik realiseer me dat ik met elk nieuw project waar ik aan begon – de klinieken, het radioprogramma, de boeken – geprobeerd heb het dieper te begraven, maar er is toch een beetje naar buiten gelekt.' Een beverig glimlachje verscheen. 'Ik lijk wel een verstopte septic tank.'

'Dat is nog eens een aangename vergelijking.'

'Ik wist beter. Ik zou mezelf binnenstebuiten keren om te voorkomen dat een patiënt zou doen wat ik met mijn eigen puinhoop gedaan heb.'

'Ben je klaar?'

'De zelfkastijding. Ik wil je liever niet onderbreken voor je de klus geklaard hebt.'

Sully liet zijn kin op zijn borst zakken en hij zag zijn knieën in een waas verdwijnen. 'Dat is de reden waarom ik hier ben. Als ik hier niet mee ophoud, kan ik voor niemand iets betekenen.'

'En nog wel het minst voor jezelf.'

Hij keek naar haar op. Ze had haar ogen samengeknepen.

'Zeg je nu dat ik een doodswens had?'

'Ik zeg dat je geen aandacht hebt besteed aan Sullivan Crisp, de man die lijdt.' Ze wapperde met haar hand naar hem, als de opgezette veren van een ontstemde duif. 'Luister naar me, Sully. Zorg dat je me hoort tot op het diepst van de bodem van je lijdende wezen, waar je het maar niet kunt vergeten. Net als ieder ander ben je nooit klaar – niet totdat je dood bent.'

Hij wilde lachen. Hij was bang dat hij zou huilen. Hij deed geen van beide, maar liet zich simpelweg tegen de leuning van het bankje zakken.

'Goed – ben je klaar om aan het werk te gaan?'

'Ja', zei hij.

'Moge de Heer met je zijn.'

'En met jou.'

'Laten we bidden.'

***

Sully's jonge vrouw, Lynn, was zo sereen geweest tijdens haar zwangerschap. De verwachting van een baby'tje vervulde haar met een gevoel van gelukzaligheid dat soms van haar huid afstraalde en dat haar op andere momenten deed verdwalen in dromen waar zelfs hij niet in kon doordringen. Op sommige avonden keek hij naar haar terwijl ze sliep, misschien nog wel dieper dan de baby zelf, en hij voelde zich kinderlijk jaloers omdat hij geen deel uitmaakte van haar dromen.

Hij kon niet wachten tot Hannah Lynn Crisp zou arriveren – zodat hij ook deel van haar leven kon uitmaken. Toen ze eenmaal geboren was – perzikkleurig en donzig en helemaal warm – wipte hij van de ene voet op de andere, wachtend terwijl Lynn haar borstvoeding gaf, zodat hij haar daarna vast kon houden en in slaap kon zingen. De vloerplanken piepten terwijl hij eindeloos met haar op en neer liep zodat Lynn even bij kon komen van haar verkrampte huilen. En wat betreft het verschonen van de luiers, hij was er trots op dat hij dat binnen vijf minuten voor elkaar kreeg, zelfs wanneer de poep boven de rand van de luier uit was gekropen. Het was een en al vreugde.

Lynn leek echter niet in die vreugde te delen. Ze sliep niet. Ze at niet. En voor de gloed van de zwangerschap was een ziekelijke bleekheid in de plaats gekomen, die Sully er uiteindelijk toe bracht om haar dokter te bellen, toen zij weigerde het zelf te doen.

'Dit klinkt als een postnatale depressie', had de gynaecoloog botweg tegen hem gezegd, alsof het om een keelontsteking ging. 'Breng haar maar hierheen, dan schrijven we medicijnen voor tot haar hormonen weer in balans zijn.'

Hij had Sully ervan overtuigd dat haar toestand veel vaker voorkwam en dat het gemakkelijk te behandelen was. Misschien zou ze baat hebben bij goede therapie, als ze worstelde met het prille moederschap, maar door de medicijnen zouden de symptomen verminderen, zodat ze van de baby kon genieten en in staat was helder naar de dingen te kijken. Sully haalde opgelucht adem, legde Hannah in haar autostoeltje en hees Lynn in haar jas. Op weg naar de dokterspraktijk legde hij vol optimisme uit waar ze last van had en hoe gemakkelijk dat probleem uit de weg geruimd kon worden. Ze leek niet geheel overtuigd, maar Sully wist dat ze gewoon te moe was om zich te verzetten.

Sully leverde het recept af bij de apotheek, kocht de flesvoeding en maakte de eerste flesjes klaar, want Lynn wilde geen borstvoeding geven als ze medicijnen gebruikte. Hij verzekerde haar er voortdurend van dat ze nog steeds een geweldige moeder was, en hij zei niets toen hij merkte dat de kleine Hannah door haar nieuwe voeding minder huilde en beter groeide. Langzaam maar zeker begon Lynn te slapen en te eten en zelfs te lachen. Hannah werd weer haar zonnestraaltje. Drie weken nadat ze met de medicijnen begonnen was, zei Lynn tegen Sully dat ze er klaar voor was om met de pillen te stoppen.

'Wat zegt de dokter ervan?' vroeg hij.

'Ik heb het niet aan de dokter verteld.' Lynn richtte haar diepbruine ogen op een piepklein vuiltje onder Hannahs mininageltje. 'Belinda zegt dat ik ze niet nodig heb.'

Sully voelde een koude rilling, die hij later zou omschrijven als een voorgevoel.

'Wie is in vredesnaam Belinda?' zei hij.

Lynns stem kreeg onmiddellijk een schelle klank en haar wangen werden vlekkerig, zoals altijd wanneer zij en Sully zich op onbekend terrein begaven. 'Ze is een christelijke counselor met wie ik gesprekken heb. Ik heb haar ontmoet op de bijbelstudie – ze heeft papieren en alles.' Ze streek met haar hand door haar haar en liet het uitdagend over haar schouders vallen.

'Je hebt gesprekken met een counselor? Sinds wanneer?'

'Sinds gisteren. De dokter zei dat ik misschien baat zou hebben bij therapie.'

'Maar je doet het prima op die medicijnen.'

'Dat is het juist, Sully.'

Hannah, die in haar armen lag, begon zachtjes te jammeren en Lynn haastte zich naar het schommelstoeltje om haar daar te installeren.

'Dat is juist wat?'

Lynn legde haar vinger tegen haar lippen en ze keek hem doordringend aan. Hij liet zijn stem dalen.

'Wat heeft deze Belinda over jouw medicijnen gezegd?'

'Ze heet Belinda Cox.' Lynns woorden stonden als een hek tussen hen in.

'Je hebt me hier niet eens over verteld.'

'Ik wilde met haar praten voor ik het aan jou vertelde.'

'Maar ik begrijp niet waarom je het nodig vond –'

'Ik voel me schuldig, oké?' Ze legde haar hand over haar mond en ademde in het kommetje.

'Schatje – waarom zou jij je schuldig voelen?'

'Omdat ik Hannah geen borstvoeding geef. Belinda zei dat dokters je medicijnen geven om ervoor te zorgen dat je hen niet meer belt.'

'Wat?'

'Sully – sst!' Ze keek naar Hannah, die wegdoezelde in haar schommelstoeltje.

'Ze zegt dat wat ik echt nodig heb, een dieper geloof in God is. Dat Hij mij kan leiden om het soort moeder te worden dat ik wil zijn.' Lynns stem brak en Sully keek ontzet toe terwijl ze zich verzette tegen de tranen. 'Dit is veel moeilijker dan ik dacht – Hannahs moeder zijn. Ik wil het niet verprutsen.'

'Och, schatje.' Sully stapte op haar af, zijn armen wijd open om haar te omhelzen, maar ze drukte haar rug tegen de muur.

'Ik denk dat Belinda gelijk heeft', zei ze. 'Ik heb deze dingen nog helemaal niet bij God gebracht, en dat is de reden waarom het zich binnen in mij heeft opgestapeld en ik het gevoel had dat ik het niet aankon.'

Sully liet zijn armen langs zijn lichaam vallen. 'Is deze Belinda Cox arts?'

'Nee – maar ze heeft het diepste geloof van alle mensen die ik ooit heb ontmoet. Ze kent de waarheid, Sully.'

'Lynn. Dokter West is een christen. Ik ben theologiestudent – denk je dat ik geen geloof heb? We weten allebei welk effect deze medicijnen op je hebben – en dat betekent niet dat je niet evengoed naar God kunt gaan.'

'Zolang ik afhankelijk ben van iets anders dan God, zal Hij me niet helpen.'

Die bewering klonk zo ingestudeerd dat Sully twee keer moest kijken om zich ervan te verzekeren dat ze niet voorlas uit een of ander traktaatje.

'Is dat wat *jij* denkt?' vroeg hij. 'Of is dat wat deze Belinda gezegd heeft dat je moet denken?'

Het was niet zijn bedoeling dat het zou klinken alsof hij twijfelde aan haar vermogen om zelf beslissingen te nemen. Maar op het moment dat hij het zei, wist hij dat ze het op die manier opvatte, en in zijn hoofd hoorde hij een deur dichtslaan – het geluid van Lynn die hem buitensloot.

Ze sloten met moeite een compromis. Zij zou de dokter vragen hoe ze met de medicijnen moest stoppen. De bijsluiter – die hij de avond nadat hij de pillen had opgehaald had doorgelezen – waarschuwde de patiënt om niet abrupt met de medicijnen te stoppen. En ze spraken af dat ze opnieuw over het onderwerp zouden praten als ze weer tekenen van depressie zou vertonen. Hij bood niet aan om zelf te bellen en hij dwong zichzelf om haar te vertrouwen en niet stiekem contact op te nemen met dokter West. Hij kon echter niet voorkomen dat hij haar in de gaten hield, dat elk kruimeltje voedsel dat ze niet at en elke zucht die ze 's nachts slaakte hem opvielen.

De verandering was al binnen een paar dagen zichtbaar. Ze werd huilend wakker – maakte zich zorgen toen Hannah de borst niet meer wilde pakken – gooide zichzelf op het bed wanneer Hannah spuugde. Hij smeekte haar om dan ten minste de dokter te bellen.

'Dit is gewoon de ontwenning', zei ze huilend tegen hem. 'Ik boek vooruitgang met Belinda. God is hier.'

Sully bad zelf ook tot God – en hij had helemaal geen vrede over al deze dingen. Op de dag dat hij thuiskwam en Lynn aantrof met een hysterisch huilende Hannah, heen en weer wiegend terwijl de tranen over haar eigen gezicht stroomden, brak hij zijn belofte. Hij ging naar boven, waar hij vanuit zijn studeerkamer dokter West belde.

Zodra Sully hem vertelde wat Lynn deed, zei hij: 'Doe wat je moet doen om die pillen bij haar naar binnen te krijgen, Sullivan. En breng haar morgenochtend meteen hiernaartoe.'

***

Sully stopte. Hij realiseerde zich dat er een bord met koude kip en aardappelsalade voor zijn neus stond. Bij Porphyria leek het voedsel altijd uit het niets te verschijnen, thuisbezorgd door de engelen. Hij knabbelde aan een vleugeltje en prikte met zijn vork in de salade.

'Nu hou ik elk kruimeltje voedsel dat jij niet eet in de gaten', zei Porphyria. 'Neem even pauze en werk dat naar binnen. Je hebt voedsel nodig voor de rest.'

Sully liet het kippenvleugeltje op zijn bord liggen en hij veegde zijn handen af aan zijn broek. 'De rest' strekte zich voor hem uit als een donkere, eindeloze weg, slechts verlicht door rode achterlichten. Hij zou liever dat kippenbotje in een keer doorslikken dan die weg inslaan. Maar er was geen weg achter hem waarover hij terug kon keren. Hij zat hier vast – waar hij alleen maar omlaag kon zakken – of hij moest vooruit, dwars door de pijn heen, hoewel hij niet zeker wist of hij dat kon verdragen.

En hij was zelf hulpverlener. Hij moest wel een sadist zijn. Hoe vaak had hij zijn cliënten niet aangemoedigd om dergelijke wegen in te slaan en hen ervan verzekerd dat de demonen hen niet te pakken zouden krijgen, hoewel diezelfde demonen hen al jaren achtervolgden? Hij zag Demi halverwege haar weg ineenkrimpen van angst, met een grauwende Zach Archer achter haar en geen licht voor haar. En hij had haar daar alleen achtergelaten.

'Waag het niet', zei Porphyria.

Sully draaide zijn hoofd met een ruk naar haar toe. 'Wat niet?'

'Wat je nu doet – je probeert een zijspoortje te vinden zodat je dit niet onder ogen hoeft te zien.'

'Ik denk dat ik het verder wel alleen kan', zei Sully.

'Mmm-hmm.'

'Wat betekent dat?'

'Ik had je niet ingeschat als een lafaard, Sullivan Crisp.'

'Ik ben de afgelopen dertien jaar een lafaard geweest.'

'En jezelf afbranden werkt ook niet. Kom op, mijn vriend. Je weet wat je moet doen. Rust uit. Eet wat. En dan gaan we verder.'

Hij staarde naar zijn handen, die krampachtig trillend in zijn schoot lagen. 'Ik weet niet of ik dat kan zonder over het randje te gaan. Ik heb je verteld over die paniekaanval.'

'Ben je toen over het randje gegaan?'

'Bijna. En weet je wat ironisch is?'

'Mm?'

'De man die me tot rede bracht was de echtgenoot van die vrouw waar ik mee werk – de man die haar niet terug wil nemen.'

Hij liet zijn stem wegsterven toen Porphyria haar hoofd schudde.

'Zijspoor', zei Sully.

'En daar heb je geen behoefte aan.' Ze zweeg even. 'Er is moed voor nodig om door te gaan als je zo'n ervaring achter de rug hebt. Je bent altijd bang dat je geest zichzelf opnieuw aan zal vallen.'

Sully slikte moeizaam.

'Op het moment dat je uit die plaats van doodsangst ontsnapt, weet je dat je moet leren om op een andere manier te leven.' Ze leunde naar hem over. 'Je moet leren om je eigen vriend te zijn, je eigen vertrouweling en je eigen trooster. Er is moed voor nodig om te geloven dat je dat kunt zijn.' Ze schoof weer naar achteren. 'Nou – of je eet je lunch op, of we gaan weer verder. Andere keuzes heb je niet. Maar dit wil ik nog wel zeggen.'

Hij keek haar aan en hij wist dat alles in hem haar smeekte hem iets te vertellen wat deze beker van hem weg zou nemen.

'Jij kunt niet de man zijn die je bent, de man die ik ken, en echt geloven dat God je over het randje zal laten duikelen als je de waarheid onder ogen ziet – zijn waarheid, Sully. Denk je ook maar een seconde dat *ik* dat zal laten gebeuren?' Uit haar keel klonk een ontzagwekkend gegrom. 'Van wie heb jij het geleerd, jongen?'

'De allerbeste', zei Sully.

En dus zette hij een stap vooruit, terug naar 6 mei 1995.

35

∾

Sully had er een gewoonte van gemaakt om tijdens de pauzes tussen zijn colleges naar huis te komen om te zien hoe het met Lynn ging. Meestal zat ze in de schommelstoel met Hannah in haar armen. De borden stonden in aangekoekte stapels in de gootsteen. Het wasgoed puilde uit de wasmand en lag verspreid over de vloer. De koelkast weigerde voedsel aan te leveren toen de laatste voorraden op waren. Sully was er zeker van dat ze de hele dag met de baby in die stoel zat. Telkens als hij thuiskwam, hoorde hij haar fluisteren tegen hun kind – tot ze wist dat hij er was en dan sloot ze zichzelf af.

Die avond begin mei haastte Sully zich naar huis na een laat college. Een onstuimige lentebui had grote plassen op de straten achtergelaten en tussen Vanderbilt en hun huurhuisje in het oosten van Nashville slipte hij twee keer. Of het door het noodweer kwam dat ze hem niet hoorde zou Sully nooit weten, maar in elk geval kon hij de keuken in glippen en vanuit de deuropening meeluisteren. Tussen Hannahs huilen door ving hij een paar woorden op.

'Vergeet niet hoe … mama hield heel veel van jou … als ik het niet kan, Hannah … onthoud altijd …'

Sully stormde de woonkamer in. Lynn klemde de baby tegen haar hals terwijl ze allebei huilden. De ogen van zijn vrouw waren zo gezwollen en haar stem was zo rauw dat hij zeker wist dat ze er al zo aan toe was sinds hij vanochtend vertrokken was.

Sully liep recht op haar af en hij trok Hannah – warm, klam en ruikend naar urine – uit haar geschrokken armen. Hij pakte een halflege fles van de salontafel en stopte die in haar mondje. Het huilen werd minder terwijl ze met grote slokken begon te drinken.

Lynns gehuil werd niet minder. 'Geef haar aan mij, Sully', zei ze.

'Nee. Ik wil dat je even heel goed naar mij luistert – alsjeblieft.'

Sully zette Hannah tussen een stapel kussens op de bank, met de fles in haar mond, en hij knielde neer bij Lynn.

'Je hebt beloofd dat we het opnieuw over die medicijnen zouden hebben als ik tekenen van depressie zag', zei hij. Hij pakte haar handen zodat ze die niet kon gebruiken om uit de stoel te komen. 'Ik zie die tekenen, schatje, en het maakt me bang.'

'Ik wil niet afhankelijk zijn van pillen.'

'Het is maar tijdelijk. Dit overkomt een heleboel vrouwen – het is niet jouw fout.'

'Het is wel mijn fout – het is mijn zonde.'

'Lynn – hou hiermee op. Het is een klinische depressie – je moet die medicijnen slikken tot je hormonen –'

'Niet doen, Sully – kom niet tussen mij en God.' Haar gezicht was vuurrood, de blik in haar ogen wild en verward. 'Ik moet me bekeren – ik moet mijn geloof opnieuw opbouwen.'

Ze probeerde opnieuw te ontsnappen, maar Sully hield haar vast, met zijn handen, met zijn ogen.

'Dat zijn de woorden van Belinda, Lynn, en ze ziet het verkeerd. Ik weet dat je denkt dat ze je vriendin is …'

'Ze *is* mijn vriendin! Ze houdt van me – ze begrijpt me – en niemand anders doet dat!'

Sully kreeg het plotseling koud. Hannah hoestte en gaf een schreeuw, en Lynn wurmde zich bij hem vandaan en nam de baby in haar armen.

'Ik kan niet naar je luisteren als je dit soort dingen zegt, Sullivan!' krijste ze tegen hem. 'Belinda zegt dat ik niet toe moet laten dat ik door jou van gedachten verander.'

'Denk je dat ik je niet begrijp?' Hij moest schreeuwen om boven haar hysterie en het gehuil van de baby uit te komen. 'Ik zie je voor mijn ogen verdwijnen, Lynn.'

'Ik zal niet verdwijnen! Zij zegt dat ik niet zal verdwijnen. Ik moet gewoon geloven.'

'Geloof *mij*. Je moet die medicijnen slikken – en we zullen zorgen dat je echte hulp krijgt.'

'Zij helpt me.'

'Laat mij je helpen.'

'Jij kunt me niet helpen, Sully. Zij zegt dat jij me niet kunt helpen en ik moet naar haar luisteren.'

'Nee, dat hoef je niet!'

'*Stop!*'

Hannah begon nog harder te schreeuwen. Lynn drukte haar kleine gezichtje tegen haar borst en rende met haar naar de keuken.

'Oké', riep Sully haar na. 'Oké – rustig maar. Laten we de baby eerst eens troosten.'

Hij rende net op tijd de keuken in om te zien hoe Lynn door de achterdeur verdween, de baby in haar armen en de autosleutels rinkelend in haar hand.

'Lynn – stap niet in die auto!'

Hij krijste nu ook, terwijl hij door de achterdeur rende, de trap af, struikelend over de onderste tree waardoor hij bijna voorover in de modder viel. Tegen de tijd dat hij zijn evenwicht hervonden had, stond ze al bij de Impala en in het schijnsel van de binnenverlichting zag hij haar worstelen om Hannah in het autostoeltje te proppen.

'Wacht!' schreeuwde hij tegen haar.

Ze draaide zich naar hem toe, met een been nog op de grond. Haar gezwollen ogen verwijdden zich en in die ogen zag hij dat ze zich terugtrok in zichzelf, op een plek waar hij niet kon komen. Het korte moment dat ze daar stond, als verstijfd, was zijn laatste kans om haar te bereiken. Hij sprong naar voren.

'Lynn, stop, liefje, alsjeblieft –'

Als hij naar haar toe gelopen was in plaats van op haar af te springen, was het dan anders afgelopen? Als hij geprobeerd had haar hand te pakken in plaats van de autodeur. Als hij iets anders gedaan had –

Maar de aanblik van haar ooit zo stralende gezicht dat in een strak masker veranderde, stond voor altijd op zijn netvlies gebrand. Ze wrong zichzelf de auto in, trok de deur uit zijn hand met een kracht waar hij niet tegen opgewassen was en ze liet de motor van de Impala brullen. Naast haar lag Hannah te krijsen, onderuitgezakt in een autostoeltje waarvan de gordel niet vastgemaakt was. Haar kleine rode gezichtje, vertrokken in doodsangst, was het laatste beeld dat Sully van haar had.

**

'Ik kan dit niet, Porphyria –'

'Volgens mij ben je het al aan het doen, jongen.'

Er werd een koude doek tegen zijn voorhoofd gedrukt en een koele hand rustte op zijn arm.

'Je bent dapper, Sully', zei Porphyria. 'Hier is moed voor nodig, en jij hebt die.'

Met zijn ogen nog steeds gesloten tastte hij naar haar hand. Ze stak haar hand uit en krulde haar vingers om de zijne.

'Niet loslaten', zei hij. 'Als ik te ver ga, moet je me terugtrekken.'

'We houden je hand vast.'

'Jij en God?' Hij hoorde de angst in zijn stem – een kinderlijke angst die hem aan het huilen maakte.

'Vader, Zoon, Heilige Geest – en ik. Meer kun je niet vragen.'

Sully knikte – en hij sloeg de donkere weg in, met alleen een paar rode achterlichten voor zich.

***

'Ik moet gaan', zei Lynn door het raampje.

'Laat me met je meegaan.'

Zijn uitroep ging verloren in een straal van modder en grind terwijl ze de banden over de oprit liet slippen en met vliegende vaart achteruit reed, helemaal naar de straat. De Impala zwenkte uit en kwam aan de overkant van de straat terecht, bijna in de greppel. In de helse, doorwaakte nachten die volgden, wenste hij dat dat inderdaad gebeurd was. Dan had hij haar kunnen redden.

Hij rende zonder nadenken achter aan haar aan, tot hij de auto door een diepe plas zag slingeren en door zag rijden naar de razend drukke Gallatin Road. Zijn sleutels zaten nog in zijn zak en hij grabbelde ernaar terwijl hij naar de pick-up rende.

Hij zag Lynn weer toen ze bij een stoplicht stond. Hij reed om een busje heen en trapte uit alle macht zijn gaspedaal in om haar in te halen. Hij was nog maar zes meter van haar verwijderd toen de Impala vooruit schoot, hoewel het stoplicht nog rood was.

Sully racete achter haar aan, schreeuwend dat ze moest stoppen. Een toeter loeide en Sully trapte op de rem. Hij kwam tot stilstand, op slechts enkele centimeters afstand van een andere auto. Met zijn ogen nog steeds op de Impala gericht reed hij om de auto heen en schoot tussen een waas van toeterende auto's door. Voor hem, door de motregen heen, zag hij haar opnieuw. Haar achterlichten zigzagden terwijl ze een abrupte draai maakte en een zijstraatje insloeg. Haar binnendoorweggetje naar de brug bij Shelby Street.

De straat was donker, met geparkeerde auto's langs de stoeprand en de eigenaars ervan weggedoken in hun huizen, uit de regen. De weg was overdekt met diepe plassen en Sully moest zijn tempo vertragen om te voorkomen dat zijn wielen zouden spinnen.

Lynn deed dat niet. De Impala schokte vooruit, waarbij een golf schuimend water opspoot. Sully zag hoe de auto opzij dreef, de remlichten knipperend – paniekerige rode flitsen in het donker.

'Niet remmen, liefje!' riep hij naar haar. 'Stuur tegen de sliprichting in!'

De achterlichten vervaagden en maakten een draai die ze niet zouden moeten maken, en Sully wist dat ze frontaal op een van de geparkeerde auto's zou botsen. Afschuwelijke gedachten over Hannah overspoelden hem. Waar was ze nu? Lag ze op de vloer? Gleed ze heen en weer tussen dezelfde voeten die nu de rem intrapten?

De Impala maakte een draai van 360 graden en vertraagde slechts heel even voor Lynn haar weer door de plassen joeg. Sully volgde de achterlichten, met de remlichten die nog steeds paniekerig aan en uit flitsten. Bij elke flits schreeuwde hij – 'Niet remmen, schatje!'

Zo doof als ze de afgelopen twee maanden voor zijn woorden geweest was, zo doof was ze ook nu. Lynn reed in volle vaart door. De auto schokte nog een laatste keer voor ze met piepende banden linksaf sloeg, Shelby Street op, de inktzwarte duisternis in.

Stroomuitval.

Dat was alles wat Sully kon bedenken voor hij de Impala hoorde gieren. Haar wielen maakten een abrupte draai terwijl ze in de richting van de brugleuning denderde.

Stuur tegen de sliprichting in, zou hij tegen haar geschreeuwd hebben – als ze opnieuw in een wilde slip geraakt zou zijn.

Maar de Impala schoof in een kaarsrechte lijn opzij. De remlichten flitsten nog een laatste keer, voor ze verdwenen in de duisternis, in de eindeloze, afschuwelijke stilte.

Sully trapte op zijn eigen rem en schoot naar voren, waarbij zijn borst tegen het stuurwiel sloeg. Zijn schreeuw ging verloren in een oorverdovende plons, opgeslokt, samen met de lichten, terwijl Cumberland River hen verslond. Lynn en Hannah – en zijn leven.

Ergens anders klonk getoeter, een doordringend geluid wat zinloos was op deze plaats, waar niets meer te redden was. Er bleef alleen duisternis over en het geschreeuw dat maar doorging ... in stilte, in zijn hoofd ... dwars door zijn duik in de psychologie heen, om de wereld te redden van de Belinda Coxen ... door het avontuur heen dat hij opzocht om zijn gedachten af te leiden van de verschrikkingen die hem achtervolgden. Dwars door alles heen, tot nu toe, nu het geschreeuw doordrong tot in Porphyria's blokhut en zijn keel schroeide, zijn hart schroeide, zijn ziel schroeide, tot hij niet meer kon huilen.

**

In mei kan het er rond Puget Sound uitzien alsof de wereld bevrijd is, en dit jaar was dat zo. God, zei ik tegen de meisjes, probeerde indruk te maken – door ons schitterende, zonnige dagen te geven, de heldere, zachte lucht en een uitbarsting van bramenbloesem die ons deed watertanden van verwachting.

Mensen die eruitzagen alsof ze zich verborgen hadden in het graf van de winter kwamen tevoorschijn, knipperend met hun ogen, en zochten op de tast de weg naar de kust, naar hun boten. Ze gingen op weg naar boerenmarkten, waar ze de biologische kersen door hun vingers lieten glijden en zich vergaapten aan de tomaten, de knoflook en de zoete uien uit Walla Walla, allemaal even rijp en sappig. Alles en iedereen koesterde zich in het genezende bad van licht.

Ik miste Mickeys souterrain met daglicht. Me voorstellen dat ik in de nis bij het raam zat en het uitzicht over de Sound indronk werkte niet. Ik nam genoegen met het riviertje dat door Sherman Brooks stroomde. Op de dag dat ik Sully belde, die nog steeds in Tennessee zat, zocht ik na ons telefoongesprek een platte rots op die uitstekend geschikt bleek te zijn om rustig te zitten en na te denken.

Ik was halverwege het oprakelen van alle gebeurtenissen toen ik me realiseerde dat ik bij geen ervan ook maar een spoortje angst ervoer. Ik overdacht de gesprekken en ik zag de gezichten voor me, maar ik duikelde niet in een afgrond. Ik probeerde zelfs te bedenken wat ik kon doen – en wat ik niet kon doen.

Sully zou trots op me zijn.

Uit de modder naast mij groef ik een ovale steen op, een miniatuurversie van het rotsblok waar ik op zat, en gooide die in het water, tussen van de vrolijke golfjes. Ik haalde adem en voelde me bemoedigd. En ik dacht aan Ethan.

Wat was zijn positie in de chaos die volgens Fletcher Bassett op de UvV was losgebroken? Wie was er nog over om hem te steunen?

'Hé, mam.'

Ik draaide me om en zag Jayne op me af zweven. Haar blote benen, gehuld in shorts van vorig jaar, hadden de kleur van kipfilet. We moesten nodig winkelen. Zodra ik een nieuwe baan had.

Ze liet zich naast mij op de rots zakken en sloeg de krant open.

'Wist je dit al?' vroeg ze.

Er ging een schok door me heen. Telkens wanneer ik in de afgelopen twee maanden in de krant keek ontdekte ik dat er weer een afzichtelijk stukje van mijn leven onthuld was aan iedereen die het maar wilde lezen. Maar ze wees op een afbeelding van het verkoolde skelet van een gebouw.

'Metzel's is gisteravond afgebrand.' Ze keek me droevig aan. 'Kun je de gedachte verdragen dat we daar nooit meer bessentaart zullen eten?'

Ik zocht de foto af naar tekenen van een brandweerman en ik liet mijn ogen over de tekst glijden, op zoek naar Rich' naam. 'Heb je het gelezen?' vroeg ik. 'Is er iemand gewond geraakt?'

'Er was niet eens iemand – het is midden in de nacht gebeurd.' Ze stopte en schoof haar bleke hand over de mijne. 'Je denkt aan papa, hè?'

'Dat zal ik waarschijnlijk altijd wel blijven doen.'

'Betekent dat dat jullie gaan scheiden?'

Ik keek op van de krant en zag haar ogen vochtig worden.

'Ik weet het niet, liefje. Op dit moment ziet het er niet goed uit.'

'Wil je dat ik hem bel? Ik zou tegen hem kunnen zeggen dat hij weer dom bezig is.'

Ik kon mijn lachen niet inhouden. 'Ik denk niet dat dat zou helpen. Maar ik heb tegen hem gezegd wat ik moest zeggen. Nu is het aan hem.'

Ze sloeg haar armen over elkaar en legde ze op haar opgetrokken knieën. 'Ik begin nooit aan mannen.'

'Niet binnenkort, in elk geval.'

'Ik bedoel echt nooit. Papa en Christopher behandelen je als oud vuil en dat verdien je niet. Audreys vriendje is een ongelofelijke dweil – en zij is een van de liefste mensen die er bestaan.' Ze haalde haar bleekwitte schouders op, zichtbaar onder de mouwloze blouse die ze ergens had opgediept. 'Ik wil dat niet eens uitproberen.'

Ik haakte mijn arm om haar nek en trok haar naar me toe. 'Ze zijn niet allemaal zo. Zelfs je vader is niet zo. Hij heeft alleen pijn en hij weet niet hoe hij moet veranderen.'

Ik had dat zelf ook niet beseft, tot ik het aan haar vertelde en twijfel in haar ogen zag verschijnen. Ik wilde niet dat mijn dochter ook maar iets op zou geven. En dat betekende dat ik het ook niet kon doen.

'Ik ga met Audrey winkelen, oké?' zei ze. Het ernstige mannendilemma was blijkbaar voorbij toen ze opstond en haar achterste afklopte.

'Doe voorzichtig – en zorg dat je voor het donker thuis bent.'

Ze wees op de krant die nog steeds op mijn schoot lag uitgespreid. 'Dat vergat ik nog – Audrey liet me weer zo'n brief zien, je weet wel, over dat gedoe op de universiteit.' Haar gezicht betrok. 'Ik denk dat hij over jou gaat.'

Ik staarde naar de *Port Orchard Independent*, nog lang nadat Audreys Nissan het terrein van Sherman Heigths was afgereden. Wilde ik weer van streek raken door te lezen wat iemand anders van mijn leven vond?

Maar de onzekere schaduw die ik op Jaynes gezicht had gezien zorgde ervoor dat ik toch naar de ingezonden brieven bladerde. De brief stond onder aan de pagina. Dat was vooruitgang – het was niet langer het belangrijkste onderwerp waar lezers over schreven.

Zijn er nog meer mensen die al die speculaties rond het ont-slag van die twee docenten op de UvV zat zijn?

Ik gromde.

Ik zou graag zien dat we deze zaak lieten rusten, dus luister naar mij: hun plotselinge vertrek had niets – niets – te maken met de problemen waar de UvV-directeur Ethan Kaye op dit moment door geplaagd wordt. De controverse die nog steeds voor conflic-ten zorgt, onder zowel de studenten als de faculteitsleden, is een heel andere kwestie die, naar mijn mening, aan het bestuur van de universiteit overgelaten moet worden. Laten zij daar maar een weg in vinden, zonder de ongewenste inmenging van het publiek. Wat zich heeft afgespeeld tussen de twee professors in kwestie heeft niets te maken met universiteitszaken.

Mijn stekels kwamen overeind en ik wreef geïrriteerd in mijn nek. Die persoon had net zo goed rechtstreeks onze namen kunnen noemen. En 'wat zich tussen hen heeft afge-speeld'? Waar kwam dat vandaan?

Ik heb niet de vrijheid om mijn bron te onthullen, maar ik verzoek de inwoners van Kitsap County om me te geloven. Laten we dit boek sluiten en onze aandacht richten op zaken die belang-rijker zijn. Bijvoorbeeld wat we aan moeten met die afschuwelijke blauwe verf die op de gebouwen langs Main Street gesmeerd is.

Ik tikte met mijn wijsvinger op de laatste regel. *Afschu-welijk blauw.* Ik kende maar een persoon die Main Street zo omschreef, en dat was Zachary Archer.

'Jij smerig varken', zei ik – hardop – mijn stem was zo hard als de steen die ik opraapte en in het riviertje smeet.

Wat was dit nu weer? Moest hij in de krant dingen over mij insinueren, zodat niemand er meer aan zou twijfelen dat wij 'iets gehad hadden'? En waarom nam hij zo duide-lijk afstand van alles wat op de UvV speelde? Leek dat niet te veel op een officiële verklaring – iets waar hij zich niet druk over hoefde te maken?

Ik stopte, met nog een steen in mijn hand. Hij had tegen me gezegd dat hij geen idee had hoe Wyatt en Estes aan die foto's gekomen waren. Hoe wist hij eigenlijk dat zij ze had-den? Wie had hem dat verteld? De enigen die ervan wisten, behalve Rich en ik, waren Ethan en die twee mannen.

Ik liet de steen door de lucht vliegen. Zach had de foto's laten maken voor Rich – maar wat zou hem ervan weerhouden om geld aan te nemen van St. Clair en Estes, zodat zij mij konden gebruiken om Ethan uit zijn functie te zetten? In elk geval niet zijn integriteit. Ik had zin om over te geven tussen de braamstruiken. Ik viste mijn mobiele telefoon uit mijn zak en toetste Ethans nummer in.

***

Sully werd wakker in een bed op de tweede verdieping, tussen twee ramen met gele gordijnen, waar het zonlicht door naar binnen stroomde. Het zeurderige krassen van een kraai zorgde ervoor dat hij uit het hemelbed stapte en zijn blote voeten op de houten vloer zette.

Hij droeg alleen een boxershort en een T-shirt. Hij wilde niet weten hoe hij de rest van zijn kleren was kwijtgeraakt. Niet dat het uitmaakte. Porphyria was een engel, die niet maalde om mannelijk fatsoen.

Onder zich zag hij de engel in kwestie wenken en hij opende het raam.

'De lunch is onderweg!' riep ze naar boven. 'Je lievelingskostje. Hier, op de veranda.'

'Ik heb honger', zei hij. 'Maar ik weet niet of ik kan eten.'

'Je krijgt raapstelen te eten, met broodjes en rode jus.'

Zelfs vanwaar hij stond kon hij zien dat op Porphyria's gezicht de uitdrukking lag van een moeder die de touwtjes in handen had, nog een laag van haar complexe persoonlijkheid.

'Geen lamsschotel met spinazie en linzen?' vroeg hij.

'Troostvoedsel. En maak nu dat je beneden komt.'

Hij vond zijn kleren en meldde zich op de veranda, waar Porphyria hem naar een rieten stoel met kussens dirigeerde. Ze zette het gesprek van zoëven onder het raam voort.

'Je hebt jezelf gekweld, je hebt jezelf de schuld gegeven en je hebt jezelf zozeer opgejaagd dat het geen nut meer had', zei ze. 'En nu ga je eten.'

En dus aten ze. Sully verorberde het zuidelijke voedsel tot het zijn strak gespannen zenuwen inderdaad kalmeerde. Maar hij sloeg de vruchtentaart af ook al was die doordrenkt met bramensiroop, en hij voelde de angst weer terugkomen.

'Ik denk nog steeds niet dat ik dit aankan, Porphyria', zei hij.

Ze keek hem recht in de ogen. 'Dat kun je ook niet. En dat is het slimste wat ik je ooit heb horen zeggen.'

Hij probeerde te grijnzen. 'Dat is nogal deprimerend.'

'Probeer je nou niet weer te verstoppen achter die humor van je, Sully.'

Ze liet haar blik over zijn gezicht glijden, onderzoekend, haar ogen glinsterend van de tranen. 'Wie heeft ooit beweerd dat iemand dat kon verdragen: toekijken terwijl zijn vrouw zelfmoord pleegt en zijn kind met zich meeneemt?'

Sully keek haar recht in de ogen. 'Jij weet dat dat is wat er gebeurd is. Ze beschouwden het als een ongeluk, maar jij weet ...' Hij slikte. Hij kon de raapstelen weer proeven, al waren ze nu zuur geworden.

'Toch is dat niet wat er vanbinnen nog steeds aan je knaagt.'

'Is het niet genoeg?'

'Het is genoeg, maar het is niet alles.' Porphyria leunde tegen de rieten stoel. 'Wat nog meer, Sully? Wat schoot er nog meer door je heen toen ze over het randje van die brug reed?'

Hij schudde zijn hoofd.

'Lieg niet tegen jezelf.'

'Lieve God –'

'En tegen hem kun je zeker niet liegen. Zeg het, Sully – dan zul je uit deze nachtmerrie kunnen ontwaken.'

Hij slikte opnieuw, in een poging de pijn die zijn keel dichtdrukte weg te slikken.

'Zeg het, Sully –'

'Ik heb haar niet gered. Ik had haar kunnen redden en ik heb het niet gedaan! Ik heb mijn hele gezin laten sterven, en ik kon hen niet redden!'

Sully verborg zijn gezicht in zijn handen, maar deze keer kwamen er geen tranen. Zijn borst ging zwoegend op en neer – zijn hart brak – maar hij kon niet huilen.

'Laat het los, jongen', fluisterde Porphyria.

'Ik had haar moeten dwingen om die pillen in te nemen. Ik had zelf naar die Belinda Cox moeten gaan en tegen haar moeten zeggen dat ze mijn vrouw met rust moest laten. Ik had moeten stoppen met school en bij haar moeten blijven tot ik wist dat ze beter was.'

'Dat is een heleboel wat had gemoeten. Zijn er ook dingen die hadden gekund?'

Sully keek haar niet aan terwijl hij zijn hoofd schudde.

'Had je haar *kunnen* dwingen om die medicijnen in te nemen? Ze in haar mond kunnen proppen? Had je Belinda Cox ervan *kunnen* weerhouden om haar gevaarlijke ideeën over God te verkondigen? Had je een straatverbod kunnen aanvragen?'

'Ik weet het niet.'

'Misschien had dat gekund. Misschien had dat zelfs gemoeten. Maar, Sully, je hebt je de afgelopen dertien jaar voortdurend beziggehouden met het doen van wat je toen, bij Lynn, niet deed.' Ze reikte over de restanten van de lunch heen en tilde Sully's kin op alsof hij een kind was.

'Nu heb je jezelf klein gemaakt en erkend dat je het niet aankunt. Wat jij kunt doen, is God de controle geven en je laten genezen. Ontvang vergeving voor de dingen die je niet gedaan hebt. Laat de pijn toe, terwijl God je rust geeft en mensen op je pad brengt die je kunnen troosten. Sta jezelf toe je voor hen te openen in plaats van altijd degene te zijn die anderen oplapt.'

Sully voelde hoe zijn gezicht zwaar op haar hand rustte. 'Ik dacht dat *dat* mijn genezing was.'

Ze glimlachte droevig. 'Wij dokters – wij volgen ons eigen advies niet op. Zou jij die manier van denken bij een patiënt ooit door de vingers zien?'

Hij huilde te hevig om antwoord te kunnen geven.

'Je bent een fantastische dokter. Je hebt duizenden gered van een leven in wanhoop. Dat is Gods werk, maar het kan *jou* niet genezen. Wat vertellen we de mensen die naar ons toe komen om "opgelapt" te worden?'

Sully zei haar na. 'De enige manier om eruit te komen, is erdoorheen gaan.'

'Je bent hier tot nu toe nooit doorheen gegaan. Maar hier zit je, nog steeds helemaal heel.'

'Is dat zo?'

Porphyria legde haar handen langs zijn gezicht en keek hem glimlachend aan. Haar warmte drong door zijn huid heen en sijpelde in zijn aderen. 'Je bent prachtig, Sullivan Crisp. Een beetje gehavend, maar prachtig. Ben je in alle nederigheid bereid om hier nu doorheen te gaan – samen met God?'

Hij sloot zijn ogen en drukte zijn voorhoofd tegen het hare. 'Wil jij me daarbij helpen?'

'Ah. Dat zijn de woorden die ik graag wilde horen.' Ze drukte een kus op zijn haar. 'Ik heb de rest van mijn leven om jou te helpen, en ik zou het een eer vinden.'

***

Ethan klonk uitgeput toen hij de telefoon opnam, hoewel hij duidelijk zijn best deed om wat opgewekter te klinken toen hij mijn stem hoorde.

'Hoe gaat het met je, Demi?' vroeg hij.

'De vraag is, hoe gaat het met *jou*?' Ik streek met mijn hand over de opgevouwen krant, die ik in de schemering niet langer kon lezen. 'Heb je de laatste *Independent* gezien?'

'Ik weiger om dat vod nog te lezen.'

Het klonk bijna bitter. Ik schrok ervan.

'Dat begrijp ik', zei ik. 'Maar – deze aflevering zette me aan het denken, en Ethan, er is iets wat je moet weten.'

Ik vertelde hem over Zachs plotselinge verschijning, compleet met de onthulling over de foto's, en ik eindigde met mijn vermoeden dat hij de brief geschreven had. Het bleef even stil aan de andere kant van de lijn. Toen hoorde ik hem langzaam uitademen.

'Dank je, Demi', zei hij. 'Het moet moeilijk voor je geweest zijn om me dit te vertellen.'

'Ik wil dat jij in staat bent om hun volgende vallen te ontlopen.'

'We weten niet zeker dat je het bij het rechte eind hebt. De gedachte dat St. Clair en Estes zich zo zouden verlagen vind ik afschuwelijk, hoewel ik er niet aan twijfel dat Archer dat zou doen.'

'Precies.'

Hij wachtte weer even. De stilte was geladen.

'Ik heb lang getwijfeld of ik je dit wel zou vertellen, omdat ik wist dat je je al beroerd genoeg voelde.'

'Gaat het over Zach?' vroeg ik.

'Ja – helaas wel.'

Zijn diepe zucht kringelde als een waarschuwende rookwolk om me heen.

'Voordat jij – Zach begon te zien ...'

Ik zegende hem in stilte om zijn tact.

'Er was bewijs dat hij een verhouding had met een studente.'

Mijn borst leek op te zwellen tot ik haast niet meer kon ademen.

'We konden het niet hard maken, hoewel St. Clair dat wel geprobeerd heeft. Geloof dat maar. Zach ontkende het natuurlijk.'

'Heb je hem ermee geconfronteerd?'

'Ik had geen keus, niet met de hete adem van zowel Kevin als Wyatt Estes in mijn nek. Daarom denk ik dat het waarschijnlijk niet zo is dat er sprake is van banden tussen hen en Zach.' Ethans stem werd zachter. 'Ik realiseer me dat je nu het gevoel hebt dat –'

'Ik heb nu het gevoel dat ik er gisteren geweldig goed aan gedaan heb om bij die schoft vandaan te lopen. Vandaag weet ik dat hij voorgoed uit mijn leven verdwenen is en dat ik vergeving heb ontvangen voor het feit dat ik hem ooit in mijn leven heb toegelaten.' Ik ademde boos uit. 'En deze dag is wat ik nu heb. Deze dag met God.'

Ik voelde dat Ethans grijze hoofd instemmend knikte en dat de lijntjes in zijn gezicht zich in een wijze glimlach plooiden.

'Het gaat goed met je, Demi. Beter dan goed, of niet soms?'

'Ik denk het wel.'

'Luister, ik vind die brief in de krant echt heel vervelend, maar het klinkt alsof deze brief de laatste zou kunnen zijn. Ik wilde niet dat jij en Rich met publiciteit te maken zouden krijgen.'

'Weet je wat?' zei ik. 'Het is zoals het is. Ik ben Rich' angst voor wat de mensen weten eigenlijk een beetje zat. Het zal niet lang meer duren voor iedereen weet dat er iets mis is tussen ons.'

Ethan bromde zachtjes. 'Betekent dat dat jullie gaan scheiden?'

'Daar lijkt het wel op.'

'Ik wilde dat ik iets kon doen.'

'Vecht alsjeblieft tegen wat er op school gebeurt, Ethan', zei ik. 'Ik hoorde dat er een hoorzitting komt.'

'Vandaag over een week.' Zijn stem klonk weer doods.

'Is er iets wat ik kan doen?'

'Bidden, Demi. Alleen maar bidden.'

'"Alleen maar" bidden? Ethan, dat is eigenlijk het enige wat belangrijk is.'

Ik hing op en vroeg me af waar al deze zekerheid vandaan kwam. En toen sloot ik mijn ogen – en wist ik het antwoord.

36

Audrey en Jayne kwamen aanrijden op het moment dat de zon achter de horizon verdween – geen minuut eerder dan strikt noodzakelijk. Ik verbeet een glimlach terwijl ik langs de braamstruiken liep en probeerde mijn gezicht in een strenge, moederlijke plooi te trekken, maar ze giechelden zo hard dat ik het opgaf en met hen mee lachte.

'Wat voeren jullie in je schild?' vroeg ik.

Audrey keek me aan, een plastic tas in haar hand geklemd.

'Ik heb een schattig positieshirtje gekocht, en Jayne zegt dat ik er in dat ding uitzie als een enorme kanarie.'

Ze trok een onmogelijk knalgeel shirt uit de tas en ik duwde mijn vuist tegen mijn mond om te voorkomen dat ik het uit zou bulderen.

'Hij is prachtig', zei ik. 'Maar, liefje, wat moet je met die veren?'

Jayne kwam niet meer bij en ik zou ook dubbel gelegen hebben, als we niet plotseling verblind werden door het licht van een koplamp. Ik schermde mijn ogen af om te zien wie er op zijn Harley over ons met dennennaalden bedekte paadje aan kwam scheuren.

'Wie is dat?' vroeg Audrey.

Jaynes gelach stierf weg en ze liep naar de deur. Haar gezicht had een 'ik moet me nu verstoppen'-uitdrukking waardoor mijn stekels opnieuw overeind gingen staan.

'We kunnen maar beter naar binnen gaan', zei Jayne. 'Het is mijn vader.'

Audrey knikte alsof dat wel duidelijk was en terwijl ze haastig achter Jayne aan trippelde, propte ze het kanarieshirt terug in de tas. De hordeur viel achter hen dicht op het moment dat Rich de motor uitzette, naast mijn Jeep.

Ik wilde niet naar hem kijken. Ik kon de spanning in zijn voetstappen voelen terwijl hij op me af marcheerde en ik wilde zijn gezicht niet zien.

'Ik moet met je praten, Demitria.'

Dat waren de woorden waar ik al twee maanden op hoopte – maar niet op die toon. 'Als je vrouw, of als een van je rekruten?' vroeg ik.

Hij bleef staan bij de rand van onze veranda en wees met zijn vinger in mijn richting. Ik stak mijn eigen hand omhoog voor hij zijn mond open kon doen.

'Als je met me wilt praten, zal ik luisteren. Als je tegen me komt preken, ben ik niet geïnteresseerd.'

Hij liet zijn hand zakken, maar het schemerige gele schijnsel van de buitenlamp gaf zijn ogen een woeste glans. 'Interesseert het je dat ik weet dat je nog steeds tegen me liegt?'

Ik rolde met mijn ogen. 'Waarover?'

'Hoe kun je hier staan en doen alsof je onschuldig bent?' Zijn hoofd ging met een ruk opzij en hij wreef over zijn achterhoofd.

'*Wat?* Waar heb je het over, Rich?'

'Je hebt tegen me gezegd dat het over was met Archer – en dan spreek je met hem af, in het openbaar, waar iedereen je met hem samen kan zien – onder andere je eigen zoon!'

Ik verstijfde. De boekwinkel – tegenover het theehuis.

'Luister naar me', zei ik. 'Christopher heeft niet gezien wat hij denkt dat hij gezien heeft.'

Er rolde een vloek over Rich' lippen. 'Hij heeft je met hem zien praten, Demitria – hij heeft hem iets horen roepen over wat jij in *bed* voor hem deed.'

'Hij heeft me een – hij schreeuwde tegen me omdat ik gezegd had dat ik nooit van hem gehouden heb en dat ik hem nooit meer wilde zien.'

'En hoe lang gaat dat deze keer duren, Demitria?' Rich' stem trilde niet meer, maar klonk woedender dan ik hem ooit gehoord had. 'Je hebt hem aldoor nog gezien, of niet soms? Je vertelde mij hoe graag je wilde dat het goed kwam tussen ons, maar ondertussen ging je ook gewoon door met hem.'

'Nee. Dat – is – niet – waar. *Luister* naar me, Rich.'

'Probeer me niet te vertellen dat Christopher heeft gelogen.'

'Hij heeft het maar voor een deel gehoord.'

'Was dat niet genoeg?'

'Het was totaal uit z'n verband.'

Rich vloekte opnieuw en deze keer sloeg hij met zijn vlakke hand op de balk die onze luifel ondersteunde. 'Ik haat dit! Probeer niet om het te laten klinken alsof het niet zo was, want ik trap er niet in – deze keer niet.' Hij hield zijn duim en zijn wijsvinger dicht bij elkaar. 'Toen ik je een paar dagen geleden in het ziekenhuis tegenkwam, scheelde het niet veel of ik geloofde dat ik je terug moest nemen.' Hij siste. 'Dit is het dan, Demitria.'

'Dit is wat?'

'Ik ben er klaar mee. Ik wil scheiden. Je hoort nog wel van mijn advocaat.'

Ik zei geen woord. Ik keek hoe hij naar de Harley beende, de motor startte en zigzaggend tussen de dennenbomen door reed, bij mij vandaan. Toen het achterlicht verdwenen was, liet ik me zakken tegen de balk waar hij op geslagen had en ik voelde zijn woede nog natrillen. Ik gleed omlaag tot ik op de veranda zat. De beschilderde steen, die intussen dienst deed als deurstopper, prikte in mijn rug, maar ik liet hem liggen.

Dit was het moment dat ik gevreesd had sinds de dag waarop Rich zich naar me toe draaide met die bruine envelop in zijn hand. Ik was er zo zeker van geweest dat ik zou sterven als het zover kwam – dat mijn angst zich op me zou storten en me zou verscheuren, in stukjes die nooit meer aan elkaar zouden passen. Maar ik was er nog. Ik was nog helemaal heel. Ik was zo verdrietig dat ik niet eens kon huilen – maar terwijl de golf van 'er is niets meer aan te doen' me overspoelde, liet ik dat gewoon gebeuren.

Het had niet veel gescheeld, zei Rich. Het had niet veel gescheeld of hij had me teruggenomen.

En dan Zach.

Missie geslaagd, dr. Archer. Je hebt Rich voorgoed bij me vandaan gejaagd, precies zoals je wilde.

De steen in mijn rug was plotseling onverdraaglijk en ik pakte hem op en klemde hem in mijn handen.

'Ik haat je, Zach Archer!'

Ik hield de steen achter mijn hoofd en spande mijn spieren om hem te gooien. Maar ik kon niet loslaten.

Je moet dat doen, Demi.

De fluistering baande een weg in mijn gedachten.

Je moet iedereen vertellen dat je vergeven bent.

Niet door Rich. Wat voor zin had het –

Je kunt geen volledige vergeving ontvangen totdat je zelf vergeeft.

Ik staarde naar de steen en gedurende een moment van waanzin vroeg ik me af of deze gedachten uit die steen vandaan kwamen. En wat al even waanzinnig was, was dat ik dacht dat dat het geval was. Deze steen, die ik naar mezelf gegooid had, kon ik niet naar iemand anders gooien.

Zelfs niet naar Zach Archer.

Ik legde de steen terug op zijn plek en liet mijn vingers over de verfspetters glijden. Het zou tijd kosten. Ik had er Jezus bij nodig, en de kracht van Pasen. *Maar Demi, wat het ook kost, je moet dat doen.*

Ik hees mezelf omhoog en deed de hordeur open. Jayne en Audrey zaten dicht tegen elkaar aan op de bank, met een gezichtsuitdrukking die het midden hield tussen schuld en angst.

'Gaat het, mam?' vroeg Jayne.

'Je hebt het gehoord?'

'Genoeg.'

'Het gaat wel, liefje. We praten wel als ik terugkom.'

Ik pakte mijn handtas.

'Waar ga je naartoe?' vroeg ze.

'Je broer zoeken', zei ik.

**

Sinds de informatiedag voor eerstejaars, in augustus, was ik niet meer op de Olympia Universiteit geweest – een wirwar van gebouwen, opgetrokken in verschillende decennia, en ik herinnerde me nauwelijks meer waar ik de bibliotheek kon vinden. Christophers pick-up stond op het parkeerterrein, naast een stinkend binnenplaatsje waar gerookt mocht worden. Hoe woedend ik ook was, ik dacht toch even aan de lieflijke hellingen en de mooie tuinen van de UvV – en ik voelde een steek van heimwee – en *dat* maakte me pas echt woedend.

De deur van de bibliotheek kreunde toen ik hem met kracht opentrok. Ik beklom de trap naar het balkon om overzicht te hebben over de groepjes studenten beneden, en ik zag mijn zoon nonchalant aan een hoektafeltje zitten. Hij had een slungelig been op de stoel tegenover zich gelegd en hij zat gebogen over een tekstboek. Hij moest naar de kapper.

Ik voelde dat verschillende studenten naar me staarden terwijl ik de trap afliep en om de boekenplanken heen liep, naar mijn zoon toe. Een van hen sprong opzij zodat ik hem niet omver zou lopen en hij mompelde iets over gestoord zijn.

'Christopher', zei ik. Ik deed geen poging om mijn volume op bibliotheekniveau te houden.

Hij keek op en had enkele seconden nodig om zich op mij te concentreren.

'Wat doe jij hier?' vroeg hij.

'Wij gaan praten. Buiten.'

Toen hij zijn mond opendeed om tegen me te snauwen, pakte ik zijn mouw en ik trok hem overeind. De boeken gleden over tafel terwijl hij de rand vast probeerde te grijpen.

'Nu meteen', zei ik. 'Tenzij je wilt dat ik hier ter plekke een scène schop.'

Te oordelen naar het gefluister tussen de boekenkasten was dat al het geval. Christopher was zich daar ook van bewust en met een vernietigende blik op mij liep hij naar de deur.

Toen we eenmaal buiten waren, ging hij met zijn rug tegen een met plexiglas bedekt mededelingenbord staan en hij zette zijn handen op zijn heupen, die gehuld waren in een gekreukelde korte broek. Hij zwaaide zijn hoofd naar achteren om het haar uit zijn gezicht te schudden. 'Je hebt met pa gepraat.'

'Nee, Christopher, hij heeft tegen mij gepraat.'

'Wat had je dan verwacht?'

Ik stapte op hem af, mijn neus vlak bij de zijne. 'Ik verwachtte dat hij naar me zou luisteren. Maar in plaats daarvan heeft hij naar jou geluisterd. En nu ga jij naar mij luisteren.'

Hij rolde met zijn ogen.

'Hou daarmee op, jongen.' Ik pakte hem bij zijn kin en trok hem naar me toe. 'Je bent namelijk nog steeds mijn zoon – en ik wil iets tegen je zeggen.'

Hij bewoog zich niet. Ik was er zeker van dat hij, net als ik, mijn stem nog nooit zo dreigend had horen klinken.

'Allereerst wil ik dat je je niet meer mengt in de situatie tussen mij en je vader.'

'Ik denk niet dat er nog een 'situatie' is.'

'Hou je mond, Christopher.' Ik deed een stap naar achteren om zijn hele gezicht te kunnen zien. 'Jij hebt hem verteld wat jij dacht dat je gisteren op het parkeerterrein gezien had – of was het wat je *wilde* zien? Ik denk dat je gewild hebt dat het op een scheiding zou uitdraaien vanaf het moment dat al deze ellende aan het licht kwam. Waarom weet ik niet. En eerlijk gezegd wil ik het op dit moment ook niet weten, want niets wat jij zou kunnen zeggen rechtvaardigt de manier waarop je je tegen mij gedragen hebt.'

'Hoe had ik me moeten gedragen? Achter je aan lopen, je hielen likkend zoals Jayne?'

'Me vragen wat me in vredesnaam bezielde om ons gezin kapot te maken – dat heeft Jayne gedaan. En ik heb het haar verteld – niet dat dat een excuus was, dus daar hoef je niet eens over te beginnen.'

Hij perste zijn lippen op elkaar.

'Ze heeft me vergeven, Christopher, en dat gaf ons de kans om onze relatie opnieuw op te bouwen. Ondanks jou.'

'Wat had ik daarmee te maken?'

'Jij hebt tegen Jayne gezegd dat ik niet naar haar toneelstuk wilde komen kijken. En vervolgens heb je tegen mij gezegd dat Jayne niet wilde dat ik kwam. Zeg eens –'

Hij wendde zijn gezicht af en ik trok het opnieuw naar me toe.

'Waar heb je nog meer over gelogen? Behalve dat je aan je vader verteld hebt dat ik een romantisch onderonsje had met Zach Archer.'

'Dat had je ook.' Hij wrong zijn kin uit mijn hand. 'Ik heb jullie gezien.'

'Wat jij zag, was dat ik tegen Zachary Archer zei dat hij uit mijn leven moest verdwijnen omdat ik nooit van hem gehouden heb en er spijt van had dat ik ooit wat met hem gehad heb. Hij heeft me opgezocht bij het theehuis – ik had hem niet meer gezien sinds de avond dat zijn boot afbrandde.'

'En hoe zit het dan met wat hij je nariep op het parkeerterrein?'

'Je bedoelt toen hij me een hoer noemde?'

Hij sloeg zijn ogen neer en bewoog zijn onderkaak heen en weer.

'Ja, dat waren zijn afscheidswoorden, of niets soms? Jij hebt ze gehoord, maar je hebt ervoor gekozen om je vader daar niet van op de hoogte te stellen.'

'Je kunt mij er niet de schuld van geven dat jullie uit elkaar gaan.'

'Jij hebt de dingen die je gehoord en gezien hebt bewust verdraaid en nu hebben wij geen kans meer.'

'Mooi zo!'

Ik voelde mijn hand tintelen nog voor ik in de gaten had dat ik mijn zoon in zijn gezicht geslagen had.

Hij staarde, zijn eigen hand op zijn wang en zijn ogen wijd open. Deze keer kon hij zijn verbijstering niet verbergen. Toen hij begon te praten, was het mijn beurt om verbijsterd te zijn. Zijn stem klonk verstikt.

'Toen ik tegen pa zei dat ik je met Archer gezien had, ging hij er als een ontsnapte psychopaat vandoor, naar zijn werk. Dat was de nacht van de brand bij Metzel's – en hij ging een van de leerlingen te lijf omdat hij een slang liet vallen.'

Ik zag hem slikken.

'Pa is geschorst – omdat dat de tweede keer was dat er door hem een brandweerman in het ziekenhuis terechtkwam.'

Mijn hoofd tolde. De tweede keer. Had ik zijn eerste slachtoffer gezien op de avond dat ik Audrey naar het ziekenhuis bracht?

'Dus, wat denk je ervan – mam?' Christophers ogen waren roodomrand en glazig en zijn gezicht vertrok. 'Ik denk dat we hem samen de vernieling in geholpen hebben. En als jij ook maar een beetje op mij lijkt, voel je je een enorme loser.'

Ik liet hem gaan, de bibliotheek weer in, zijn magere schouders voorovergebogen als een klein jongetje dat een man probeerde te zijn. De hand waarmee ik geslagen had prikte en de voldoening die ik twee minuten geleden misschien nog gevoeld had, sijpelde weg. Ik wist precies hoe hij zich voelde.

37

∽

Sully spreidde een deken uit over de Impala toen hij de Jeep aan hoorde komen. Het geluid van de motor deed hem nog steeds denken aan een speelgoedautootje. Helaas kon hij zijn pijn niet op dezelfde manier bedekken, lang genoeg om Demitria gelegenheid te geven haar pijn te verwerken.

'Ik moet terug om dit af te maken', had hij tegen Porphyria gezegd.

Tot zijn verrassing had ze geknikt, terwijl de zon tijdens die beweging haar voorhoofd streelde, haar neus en haar kin. 'Het klinkt alsof ze er bijna is – en jij hebt het laatste stukje voor haar.'

Sully wist dat ze dat niet voor hem onder woorden zou brengen. Hij moest erover nadenken tijdens een wandeling door het bos, een langzame wandeling die hem uiteindelijk op de knieën bracht bij een boomstronk waaruit nieuwe loten opkwamen. Hij sloeg zijn armen eromheen en liet zijn hoofd erop rusten.

In elk geval kon hij nu zijn ogen sluiten zonder de rode lichten in de duisternis te zien flitsen. Het grootste deel van de tijd strompelde hij rond in de duisternis, zelfs als hij hardop herhaalde wat Porphyria gezegd had. De schaduwen vielen nog steeds over zijn ziel. Wat zou ervoor nodig zijn om het Licht opnieuw binnen te laten stromen, zoals ook gebeurde wanneer hij voor zijn patiënten bad?

Het was daar ergens. Sully draaide zich om en hij leunde tegen de boomstronk, zijn altaar, met zijn gezicht gericht naar de zon die hier en daar tussen het bladerdak door piepte. Hij voelde zich hier zo klein.

Verdraaid. Hij *was* klein. Als een kind dat nog maar net leerde leven.

Hij voelde een droevige glimlach verschijnen. *Ik zou de puzzel graag oplossen,* dacht hij. *Nederige bereidwilligheid.* Die moest hij doorgeven aan Demi.

Het rad van fortuin stond opgesteld in zijn kantoortje, boven op de dozen met gereedschap dat hij had ingepakt om op te slaan in Ethans garage. Het was een speelgoedrad, eigenlijk bedoeld voor roulette. Hij had het bij een kringloopwinkel op de kop getikt en aangepast voor de sessie van vandaag. Het puzzelbord bestond uit tegeltjes van keramiek, met hetzelfde lettertype als ze op tv gebruikten. Alleen de lieftallige assistente ontbrak.

'Is het bedtijd voor haar?'

Sully keek op naar Demi, die naar Isabella knikte.

'Ze is klaar voor een nieuwe eigenaar', zei Sully. 'Hoe gaat het met je, Demi?'

Ze leek in te schatten hoe hij eraan toe was. Haar oogleden hingen een beetje. 'Ik heb me weleens beter gevoeld.'

'Laten we dan even praten.' Hij wees naar de deur van het kantoortje, waar ze bleef staan en in lachen uitbarstte.

'Laat me raden', zei ze. '*Rad van Fortuin.*'

'Ding-ding.'

Ze keek hem over haar schouder aan. 'En jij hebt niet eens je avondjurk aan.'

Hij kon niet anders dan grijnzen.

'Wat moet ik doen, een klinker kopen?'

Ze liet zich in de stoel zakken.

'Vertel me eerst maar eens wat er aan de hand is.' Hij ging tegenover haar zitten.

'Christopher heeft me gezien op het parkeerterrein van het theehuis, terwijl Zach al die obscene dingen riep, en hij heeft Rich getrakteerd op een aangepaste versie.' Ze ademde diep in en hield de lucht even vast voor ze verder ging. 'En nu wil Rich scheiden.'

Sully sloot zijn ogen. 'Dat spijt me vreselijk.'

'Ik heb het afgereageerd op mijn zoon – hem in zijn gezicht geslagen. Vervolgens vertelde hij me dat Rich het nieuws had afgereageerd op een leerling en dat die toen rijp was voor de eerste hulp – slachtoffer nummer twee – en nu voelt Christopher zich net zo ellendig als ik.' Ze wreef in een van haar ooghoeken. 'Maar hij praat niet met me, en mijn man is geschorst van zijn werk en het had waarschijnlijk allemaal nog erger kunnen zijn, maar ik weet even niet hoe. Heb je iets gehoord over de komende hoorzitting – voor Ethan?'

Sully knikte.

'Ik heb hem verteld over Zach, zodat ze hem niet zullen overrompelen, maar hij denkt niet dat St. Clair en Estes met hem samengewerkt hebben. Wie weet nog wat hij moet geloven? Ik vind dit allemaal afschuwelijk.' Demi stutte haar voorhoofd met haar hand.

'En wat kun jij aan deze dingen veranderen?' vroeg Sully.

Ze had even tijd nodig om haar hoofd op te heffen. 'Niets.'

'Maar wie kun je *wel* helpen? Behalve Jayne en Audrey?'

Ze keek hem niet-begrijpend aan.

'Ik geef je twee medeklinkers en twee klinkers. D-E-M-'

'Mezelf.' Ze wreef met haar handen over haar bovenbenen, die in een roze broek staken. Ze zag er fit en beheerst uit – niet de uitstraling van een wanhopige vrouw.

'Ik heb iets geleerd terwijl ik weg was', zei hij. 'Iets wat werkt voor mij en waarvan ik denk dat het ook het laatste stukje van jouw puzzel is.'

'Jij en ik hebben hetzelfde nodig?' Ze keek hem met opgetrokken wenkbrauwen aan. 'Wie had dat gedacht?'

Hij keek naar het bord met letters. 'Een houding ten opzichte van God.'

'Bij *Rad van Fortuin* geven ze nooit zulke goede hints.'

'Dit is de speciale Sullivan Crisp-versie.'

'Voor stompzinnige deelnemers, blijkbaar.' Ze wees op het rad. 'Moet ik eraan draaien?'

'Ga je gang.'

Het wiel draaide, steeds langzamer, tot het balletje uiteindelijk tussen twee vakjes in bleef steken.

'Wat betekent dat?' vroeg ze.

'Dat betekent dat je een letter mag omdraaien en mag beginnen met het oplossen van de puzzel.'

'Zo gaat het spel in het echt niet, toch?'

'Ik zei het al – dit is een speciale versie.'

Ze draaide het eerste lettertegeltje om en zag een N. 'Dit kan de hele dag gaan duren, Sullivan', zei ze.

'Draai ze maar om dan.'

'Ik zal de assistente wel zijn.' Demi draaide elk bordje om, glimlachend naar een ingebeeld publiek terwijl ze de tegeltjes oppakte en omhooghield.

Haar poging om hem op te vrolijken raakte hem.

'*Nederige bereidwilligheid*', las ze. 'Een houding ten opzichte van God.' Ze liet haar vinger over het laatste bordje glijden. 'Ik heb het gevoel dat ik moet knielen en bidden.'

'Zo voelde ik me ook toen ik dit ontdekte. Nou ja – toen een vriendin van me het me liet zien. Mijn mentor, eigenlijk.'

Haar wenkbrauwen gingen omhoog. 'Heb jij een mentor nodig?'

'Dat hebben we allemaal.'

Demi tikte op de doos waar het rad op stond. 'Je gaat nu voorgoed weg, of niet?'

Hij knikte.

'En wie wordt dan mijn mentor? Ik ben nog niet klaar, weet je.'

'Demi, weet je?' Hij leunde op zijn knieën. 'Tot we dood zijn, zijn we geen van allen klaar.'

'Geweldig', zei ze. Haar glimlach verdween even snel als hij gekomen was. 'Hoe vind ik iemand die net zo – ik ga het gewoon zeggen – fantastisch is als jij?' Ze fronste. 'En je weet hoe ik dat bedoel.'

'Dat weet ik, en ik ben vereerd.' Hij grijnsde. 'Ik zal je helpen om iemand te vinden die in ieder geval in de buurt komt.'

Ze keek hem aan, haar ogen glanzend en vochtig. 'Wat er ook met jou gebeurd is, ik heb het idee dat het erger was dan een scheiding en een vervelend kind. Als jij het vol kunt houden, dan kan ik dat ook.' Ze liet haar tranen de vrije loop. 'Je hebt me echt geweldig geholpen, Sullivan. Je hebt me geholpen om te gaan zien wie ik ben en zelfs als dat niet betekent dat ik Rich terugkrijg, heb ik mezelf teruggekregen.'

'Ding, ding, ding, mevrouw Costanas', zei hij.

Ze bleven even in stilte zitten, allebei met vochtige ogen.

'Ik wil iets voor Ethan doen', zei ze uiteindelijk. 'Ik blijf maar denken dat als het bestuur zou weten van die foto's, en als ze zelfs maar een vermoeden hadden dat ze op een oneerlijke manier bij St. Clair en Estes terechtgekomen waren, ze Ethan het voordeel van de twijfel zouden geven.'

Sully schudde zijn hoofd. 'Ethan zou die dingen niet onthullen. Dat heeft hij je beloofd.'

'Ik verwacht ook niet dat hij dat doet.' Ze veegde met de zijkant van haar hand een traan van haar wang en ze hief haar hoofd. 'Maar ik zou het kunnen doen.'

Sully ging langzaam rechtop zitten. 'Weet je zeker dat je dat wilt?'

'Als er ook maar iets was wat jij voor hem kon doen, zou je het dan niet doen?'

Dat zou hij zeker, geen twijfel over mogelijk. Hij probeerde het al maanden – hij had genoeg roze champagne-taart achter de kiezen om een suikervergiftiging op te lopen.

Ergens in zijn hoofd ging een Lichtje branden.

Misschien kon hij nog één laatste stukje verdragen.

***

421

Het was stil in de banketbakkerswinkel toen hij het deur-belletje liet rinkelen. Tatum kwam tevoorschijn, trok haar haarnetje van haar hoofd en begroette hem met een schaap-achtige glimlach. 'Ik dacht dat je nu wel zo ver mogelijk bij me vandaan wilde blijven.'

Ze leunde op de toonbank en liet haar glimlach verdwij-nen. 'Oké – je bent hier niet gekomen voor de taart, of wel soms?'

'Zal ik eens wat zeggen? Ik haat dat spul.'

'Dat wist ik.' Ze zette haar handen op haar heupen. 'Goed, wat is er aan de hand? Heeft Van een aanklacht tegen je ingediend?'

'Nee, maar hij heeft wel iets anders gedaan – en ik denk dat jij weet wat.'

Ze stak haar kin naar voren. 'Ik probeer alles te vergeten wat ik over hem wist.'

Hij keek naar haar ogen. 'Ook de foto's die Zach Archer hem tegen betaling heeft laten nemen?'

Hoewel ze probeerde om het gebruikelijke laagje desin-teresse op haar gezicht te plakken, stonden haar ogen schul-dig. 'Wat heb jij daarmee te maken?' vroeg ze.

'Ik ben een vriend van Ethan Kaye en ik wil hem hel-pen.'

'Tja, nou ja, ik niet.' Ze reikte achter zich en pakte een vaatdoek, waarmee ze de glazen vitrine begon te poetsen, hoewel die al smetteloos schoon was. 'Ik haat die school. Zach Archer haat ik nog meer. En die vrouw haat ik zelfs nog meer dan hem.'

'Dr. Costanas.'

'Ja.'

'Want …'

'Zullen we erover ophouden?'

'Nee, maar ik beloof wel dat wat je vertelt niet verder komt dan hier.' Sully wees op zijn hoofd. 'Ik ben psycho-loog. Ik kan goed geheimen bewaren.'

Haar blauw met gouden ogen glinsterden en ze smeet de doek achter zich neer. 'Ik dacht dat psychologen niet mochten liegen.'

'Ik heb niet gelogen – ik was hier om een auto te restaureren.'

'En in mijn ziel te porren.'

'Waarom heb je zo'n hekel aan Demitria Costanas?'

'Waarom zou ik dat aan jou vertellen?'

'Omdat je daarmee een heleboel mensen zou kunnen helpen, Tatum. Als het niet om haar gaat, dan in elk geval een hele groep studenten aan de UvV.'

'Het is al lang geleden dat ik me voor het laatst druk gemaakt heb over iemand op die school. In feite –' Ze wierp hem een gemaakte glimlach toe. 'Ik zou wel willen dat het tot de grond toe afbrandde, of zoiets. Zoals ik het zie, krijgen ze allemaal wat ze verdienen – ook dr. Costanas, die, als je het dan zo nodig moet weten, de man van wie ik hield van me heeft afgepikt.' Haar glimlach verdween abrupt. 'Tevreden?'

'En jij dan, Tatum?' zei Sully.

'Wat is er met mij?'

'Verdien jij geen kans om dit te verwerken, zodat je kunt genezen in plaats van te veranderen in een bittere, cynische vrouw die haar leven verspilt in een bakkerswinkel?'

Haar ogen werden vochtig, en hij zag dat ze dat niet uit kon staan.

'Hoor ik daar een zielenknijper praten?' vroeg ze.

'Nee – je hoort een vriend praten.'

Ze kwam achter de toonbank vandaan en marcheerde naar de deur, en heel even dacht hij dat ze hem weg zou sturen. Maar ze draaide het bordje van *Open* naar *Gesloten* en ze deed de deur op het nachtslot. Met haar hand nog op het slot, zei ze: 'Ga zitten. Ik geef je tien minuten.'

Hij ging gehoorzaam zitten en duwde met zijn voet nog een stoel naar achteren. Ze draaide de stoel achterstevoren en ging schrijlings zitten, met de rugleuning tussen hen in.

'Ik zal het je vertellen.' Haar stem was flinterdun. 'Vorig jaar in de lente had ik een – noem het een intieme relatie – met Zachary Archer. Technisch gesproken was het geen seksuele relatie, maar wat we hadden was genoeg voor mij om te weten dat hij de man was met wie ik de rest van mijn leven wilde doorbrengen. Maar in de herfst, vlak voor de lessen weer begonnen, verbrak hij de relatie. Hij zei dat zijn geweten hem parten speelde omdat hij een relatie met een studente had. Eigenlijk was het best romantisch.'

Tatum likte langs haar lippen alsof ze een vieze smaak wilde verwijderen. 'Hij zei dat het zijn hart brak, maar dat hij wilde stoppen voor we zouden verzwakken en met elkaar zouden slapen. Hij respecteerde me te zeer om me dat aan te doen. Kun je geloven dat ik daar intrapte?'

Ze wees naar Sully. 'Geen antwoord geven.'

'Ik geloof je. Welke verliefde vrouw zou daar niet intrappen?'

'Iedere vrouw die over een beetje verstand beschikt. Maar goed, ik had het gevoel dat hij me beschermde, zelfs toen hij zei dat ik met iemand anders uit moest gaan, liefst een student. Ik dacht dat hij dat wilde om de verdenking af te wenden. Ik was in de veronderstelling dat we weer bij elkaar zouden komen als ik afgestudeerd was.'

Sully boog zich over tafel. 'Tatum, uit wat ik van die man weet, ben ik er zeker van dat dat precies is wat hij wilde dat je zou geloven. Neem het jezelf niet kwalijk.'

Ze vertrok haar mond. 'Te laat.'

'En wanneer kwam Van in beeld? Was hij het vervangende vriendje dat je van Zach moest opduikelen?'

'Ja. Zach heeft hem zelfs voor me uitgekozen.'

'Dus jullie tweeën praatten nog steeds met elkaar?'

'Hij gaf me precies genoeg aandacht om me aan het lijntje te houden – dat zie ik nu wel in. Wat ook de reden is dat toen hij in februari naar me toekwam en vroeg of ik Van zover kon krijgen dat hij een "discrete fotoklus" voor hem zou doen –'

Ze zette zich af tegen de stoelleuning. 'Ik was Van ondertussen meer dan zat. Hij wilde veel meer van die relatie dan ik en ik kreeg een hekel aan mezelf omdat ik hem voor de gek hield. Zach zei dat deze klus me van Van zou bevrijden en me in staat zou stellen om er vandoor te gaan met hem.'

Sully probeerde te voorkomen dat de diepe afkeer in zijn ogen te lezen zou zijn.

'Ik was meer dan bereid om dat te doen. Van beschuldigde me er al van dat ik een zwak had voor dr. Archer. Ik neem aan dat ik het niet al te goed verborg.'

De onbewegelijke 'interesseert mij geen moer'-gezichtsuitdrukking had ze pas na haar ervaring met Zach ontwikkeld, besloot Sully. Ze moest een schoonheid geweest zijn toen ze verliefd was.

'Ik deed alles wat Zach zei', ging ze verder. 'Ik gaf Van een pakketje en zei tegen hem dat hij de ingesloten instructies exact moest opvolgen. Ik moet zeggen dat ik dat wel een beetje vreemd vond – maar ik dacht dat Zach geen dingen zou doen die niet helemaal klopten, zeker niet nadat hij zo "integer" met mij was omgegaan.'

Sully knikte.

'Dus – op de avond dat hij die foto's nam – ergens eind februari, kwam Van naar mijn appartement en hij trok me de gang in zodat mijn kamergenote het niet zou horen en hij zei dat als ik dacht dat Zach Archer ook maar iets voor me voelde, ik het bij het verkeerde eind had. Hij liet me een enorme stapel bankbiljetten zien en zei dat Zach hem een heleboel geld betaald had om foto's te nemen van hem met een vrouw, ze af te drukken en ze af te leveren bij de brandweerkazerne met de naam van Rich Costanas op de envelop.

Ze hield haar hoofd achterover en ademde in door haar neus. 'Hij liet me die foto's zien en daar zag ik mijn Zach met dr. Costanas – halfnaakt.'

'Ik weet het', zei Sully. 'Ik heb ze gezien.'

Tatum knipperde verrast.

'Lang verhaal', zei Sully. 'Ga verder.'

'Het was alsof het bestaan van Tatum Farris daar ter plekke eindigde – ik moest iemand anders worden of ik zou doodgaan.' Ze boog haar hoofd en haar schouders schokten. 'Dus nu ben ik een bitter bakkersvrouwtje – en ik heb een enorme hekel aan mezelf.'

Ze huilde alsof het pijn deed en stopte, dat wist Sully, lang voordat ze klaar was. Hij gaf haar een servetje.

'En,' zei hij, 'wil je me de rest ook nog vertellen?'

***

Ik moest toegeven dat het eigenlijk manipulatie was, maar ik moest het wel doen om Rich zover te krijgen dat hij me wilde zien, en ik moest met hem praten voor ik verderging met mijn plan. Jayne wilde me graag helpen, hoewel ik minstens zes keer tegen haar zei dat ze zoiets zelf nooit moest doen.

'Maakt niet uit, mam', zei ze. 'Jij doet wat je moet doen. Hij komt er wel weer overheen.'

Dat klonk zo vreemd uit de mond van mijn elfendochter dat ik hardop moest lachen.

Ze belde hem op en vroeg liefjes of hij haar wilde ontmoeten bij Java Joe's, omdat ze met hem moest praten. Dat was niet helemaal gelogen. Ze zat ongeveer tien minuten bij hem aan tafel en vertelde hem in niet mis te verstane bewoordingen (dat vertelde ze me later) dat hij naar me moest luisteren in plaats van besluiten om van me te scheiden. Ik keek toe vanuit de deuropening van het damestoilet en ik zag hem over zijn achterhoofd wrijven en een poging doen om streng te kijken. Dat lukte niet helemaal.

Toen ze haar hand omhoogbracht en aan haar paarden-staart trok – het teken dat ik ten tonele moest verschijnen – haastte ik me naar het tafeltje en ik liet me op haar stoel zakken terwijl zij opstond.

'Ik zie je straks buiten wel weer', zei ze en ze verdween tussen de tafeltjes.

Rich leunde achterover en zuchtte alleen maar. De man zag er uitgeput uit.

'Het spijt me van je schorsing', zei ik. 'Echt, Rich.'

'Is dat de reden dat je me in de val gelokt hebt – zodat je dat tegen me kon zeggen?'

'Nee. Het spijt me dat ik je hierheen gelokt heb, maar je moet dit horen.'

'Je hebt je dochter gebruikt.'

'Ze was een bereidwillige medeplichtige – en veel eerlijker dan onze zoon, wat weer een heel ander verhaal is.'

'Wat wil je, Demitria?' vroeg hij vermoeid.

Ik vouwde mijn handen op het tafelblad en schudde mijn hoofd naar de serveerster die een koffiepot omhooghield.

'Wat ik gedaan heb, heeft een heleboel mensen gekwetst en sommigen van hen willen me niet de gelegenheid geven om het goed te maken. Maar er is één persoon die ik wel kan helpen, en dat is Ethan Kaye. Ik weet dat jij hem altijd gerespecteerd hebt.'

Rich knikte hortend.

'Er is een bestuursvergadering gepland om te beslissen of ze Ethan al dan niet zullen ontslaan.'

'Dat slaat nergens op. Hij heeft die school op de kaart gezet – hij heeft jou aan je baan geholpen.'

'Ik weet dat als ik naar het bestuur ga en hun vertel dat Zach Archer mij erin geluisd heeft met die foto's, en dat Wyatt Estes en Kevin St. Clair die op de een of andere manier in handen gekregen hebben en geprobeerd hebben ze te gebruiken om Ethan te dwingen ontslag te nemen –'

'Ho even! Wat heeft hij gedaan?'

Ik blies mijn adem uit. 'Zach is degene die de foto's heeft laten maken en ze bij jou heeft laten bezorgen. Maar op de een of andere manier hebben de anderen ze ook gekregen. Ik weet niet zeker of hij daar iets mee te maken had – Ethan denkt van niet.'

'En dit was de man die zogenaamd van je hield?'

'Hou maar op, Rich', zei ik, terwijl ik mijn ogen sloot. 'Ik weet dat ik een stommeling was om hem te vertrouwen – en het levert me niets op om jou te gaan vertellen hoe bedrieglijk hij kon zijn.'

Rich vloekte zachtjes. 'Die aardige vent die ons allemaal een dagje mee uit varen nam. Ik geloofde het ook.' Hij schraapte zijn keel. 'Niet dat dat een excuus is voor jou –'

'Ik zei hou op. Wat heeft het voor zin? Je hebt de scheiding toch al aangevraagd.'

'Maar waarom vertel je me dit?'

Dit was het gedeelte waar ik tegen opzag. 'Omdat de kans groot is dat er publiciteit aan gegeven wordt en ik weet dat je dat niet wilt.' Ik drukte mijn handen bijna door de tafel heen. 'Ik moet dit doen, Rich. Het is het juiste. Het spijt me als jij je daardoor in verlegenheid gebracht voelt, maar de mensen zullen er vroeg of laat toch wel achterkomen. Nu kun je het nog zelf vertellen aan de mensen om wie je geeft, voordat ze het in de krant lezen. Misschien zullen andere mensen zelfs meevoelen met jou, als slachtoffer.'

Hij sloeg zijn ogen neer. 'Er is niemand om wie ik nog geef, behalve de kinderen. Doe wat je moet doen.' Hij keek op. 'Maar ik ben wel verbaasd dat jij de mensen wilt laten weten wat je gedaan hebt. Jij hebt hier vrienden.'

'Die weten het allemaal al – en bovendien, de mensen kunnen denken wat ze willen, maar ik weet dat één daad van ontrouw niet bepaalt wie ik als persoon ben. Ik kan nog steeds goede dingen doen, ik kan nog steeds liefhebben en ik kan nog steeds God dienen. Dat is wie ik ben.'

Er verscheen iets in Rich' ogen, wat lang genoeg bleef hangen zodat ik het opmerkte en kon thuisbrengen als respect. Hij staarde weer omlaag, naar zijn eigen hand.

'Ik hoop dat onze gesprekken in de toekomst net zo kalm zullen verlopen als deze keer', zei ik. 'We zullen er nog wel een aantal hebben – over de kinderen en over onze bezittingen.'

'Ja.' Hij schoof heen en weer op zijn stoel.

Ik schoof mijn stoel naar achteren en slikte de brok weg uit mijn keel. 'Als iemand het me vraagt, zal ik zeggen dat jij niet verdiend hebt wat ik je heb aangedaan.'

Voor hij antwoord kon geven, glipte ik tussen de tafels door naar buiten, naar mijn dochter.

38

❧

Op de dag van de bestuursvergadering was het buiten mistig, wat ik wel gepast vond. De zon zou niet gepast hebben bij de sluier van onzekerheid die de school bedekte terwijl ik uit mijn auto stapte en de heuvel op liep, naar het hoofdgebouw.

Ik bleef staan op de top en ik keek uit over het schoolterrein. Ik zag de laatste demonstranten van deze dag op de trappen van de kapel zitten, met hun spandoeken druipnat naast zich. Mensen bewogen zich onder een kleurige deken van paraplu's in de richting van Huntington Hall, de schouders tegen elkaar terwijl ze bezorgd met elkaar praatten. Ik kon het allemaal tegelijk zien en ik wist wat het betekende: als ik niet doorzette en het verhaal vertelde dat ik 's nachts dankzij de fluistering van God ontvangen had, zou de strijd om waarheid door twijfel heen verdwijnen.

En met die strijd zou ook een deel van mij verdwijnen.

Ik hing de zak met stenen die ik bij het riviertje verzameld had over mijn schouder en zocht mijn weg naar beneden, waar ik door de achterdeur naar binnen ging. Dit kon nog weleens de laatste keer zijn dat ik door dat oude

trappenhuis liep, met de versleten banken en het geroezemoes van studenten.

De bestuursleden hadden zich verzameld bij de ingang
van de vergaderzaal. Ze zagen er allemaal uit zoals het
inwoners van Washington betaamde, met hun keurige pakken en hun glanzende haar. Het krioelde er van de mensen
en ik bleef staan bij de deuropening, op zoek naar een
karakteristieke krullenbol.

Fletcher Bassett zwaaide onopvallend vanuit de hoek
waar hij stond. Hij had een draadloos ontvangertje in zijn ene
oor en een potlood achter het andere. Ik knikte naar hem.

Ik had hem gebeld om hem te vertellen wat ik van plan
was en om hem te vragen zo veel mogelijk mensen op te
trommelen. Daar was heel wat nachtelijk ijsberen voor
nodig geweest, maar uiteindelijk had ik besloten dat het
licht dat dit misschien op de publieke discussie zou werpen
de moeite waard was. Zelfs als ik dan moest samenwerken
met deze kleine wezel.

Op dit moment zag hij er echter meer uit als een bezorg-
de burger dan als een knaagdier. Zijn ogen rustten op Ethan
Kaye, die stil en afgezonderd op de eerste rij zat, naast Andy
Callahan en recht tegenover de opgeblazen St. Clair en
Estes – en hij bekeek mijn vriend met onverwacht medele-
ven.

Ik liep met grote stappen naar Peter Lamb, de mollige,
zwartbebaarde voorzitter van de raad van bestuur, en ik
stak mijn hand uit.

'Demitria Costanas', zei ik.

Hij leek van zijn stuk gebracht, wat mij de kans gaf om
snel verder te gaan. 'Ik begrijp dat in de statuten staat dat
iedereen die dat wil recht heeft om te spreken ten behoeve
van een persoon van wie het ontslag wordt overwogen.'

'Dan neem ik aan dat u graag iets wilt zeggen', zei hij.

Ik had nooit eerder opgemerkt dat hij een vaag spraak-
gebrek had, iets waardoor hij wat minder als een voorzitter
klonk. Op dat moment was ik er blij mee.

'Ik heb iets te zeggen', zei ik. 'En dat zou ik graag doen
zodra de agenda dat toelaat.'

'Er staat maar een punt op de agenda', zei Lamb. 'We zullen u het woord geven zodra het verzoek om ontslag van dr. Kaye is voorgelezen.'

Ik wilde hem een steen overhandigen zodat hij die kon gooien op het moment dat hij dat voorlas, maar ik leunde maar gewoon tegen de rechtermuur, omdat er geen stoelen over waren. Fletcher had zichzelf overtroffen. Hij had de zaal helemaal gevuld, en in de deuropening stonden zelfs nog meer toeschouwers. De zaal barstte bijna uit zijn voegen.

Peter Lamb mompelde om orde en de mensen stootten elkaar aan tot iedereen stil was.

Lamb trakteerde ons al lispelend op de 'details' van Ethans bediening op het college, op zo'n manier dat ik zin kreeg om de hele zak met stenen boven zijn hoofd leeg te kieperen. Het enige wat me daarvan weerhield was zijn gezicht, dat ongezond paars kleurde terwijl hij maar doorzaagde over Ethans heimelijke liberalisme en de onrust die dat onder de studenten veroorzaakt had. Hoe Ethan zich niet hield aan de traditionele morele waarden en hoe de gevolgen daarvan zichtbaar werden in de manier waarop studenten zelfs tijdens colleges uiting gaven aan hun ongeloof. Hoe de frequentie van zwangerschap, drugsgebruik en bedrog toenam naarmate de waarheid verwaterde.

Toen las hij voor dat, als gevolg van de situaties die zich hadden voorgedaan onder zijn toezicht, Ethan Kaye verantwoordelijk gehouden moest worden voor de morele missers op de campus en uit zijn functie als directeur gezet diende te worden. Mijn ogen rolden zo ver naar achteren dat Jayne trots geweest zou zijn.

De helft van de zaal klapte toen hij klaar was. De andere helft stootte een laag gegrom uit. Dit hele verhaal was overduidelijk door Kevin St. Clair geschreven. Alleen de vissenlippen ontbraken.

Peter Lamb stak zijn hand op en schreeuwde al lispelend boven het tumult uit: 'Pardon – dames en heren. Er is iemand die graag ten behoeve van dr. Kaye zou willen spreken. En daarna zullen we anderen het woord geven –' Hij wierp een bezorgde blik op de tweede rij. 'Mensen uit beide kampen.'

Er stonden allemaal mensen voor me, en terwijl ik me een weg naar voren baande, viel er voor het eerst een echte stilte. Als ik niet al geweten had dat de meeste mensen het optelsommetje hadden gemaakt en tot de conclusie waren gekomen dat ik een affaire had gehad, dan wist ik het nu. Ik dacht aan Rich, die zich zo druk maakte over een onthulling die al lang geleden voor het oog van de hele wereld had plaatsgevonden.

Peter knikte naar me, met een gezicht dat nog steeds vuurrood afstak tegen zijn baard, en hij mompelde dat ik het kort moest houden.

Ik boog naar hem toe. 'Dit duurt zo lang als het duurt', zei ik in zijn oor. 'Dus u kunt net zo goed even gaan zitten.'

De menigte was inmiddels onrustig geworden. Ze zwegen toen ik de zak met stenen op de tafel liet vallen, hem opende en de stenen eruit haalde. Ik legde ze neer, een voor elk bestuurslid. De rest ervan, behalve eentje die ik in de zak liet zitten, stapelde ik op in een van de hoeken. Ik legde de laatste bovenop en keerde me naar het publiek, dat nu met wijd open ogen toekeek.

Ik kon slechts een paar gezichten onderscheiden. Wyatt Estes, met de hangende huidplooien aan beide zijden van zijn mond. Ethan, met de permanente verticale lijn tussen zijn wenkbrauwen, extra diep nu er een uitdrukking van bezorgde verrassing op zijn gebruinde gezicht was verschenen. Fletcher, die me toeknikte. En natuurlijk Kevin St. Clair. Door zijn dikke oogleden leken zijn oogjes nog kleiner, zeker in verhouding met zijn opgezwollen lippen.

Ik haalde diep adem. Ik was docent – en dit was de belangrijkste les die ik ooit zou geven.

'Gezien het feit dat dit een christelijke school is,' zei ik, 'ga ik ervan uit dat u allemaal bekend bent met de geschiedenis van de vrouw die betrapt werd op overspel, te vinden in het evangelie van Johannes.' Ik richtte mijn blik op Kevin St. Clair. 'Johannes 8, vers 1 tot 11, voor het geval iemand zijn bijbel heeft meegenomen.'

Ik keek naar Ethan, die zijn hoofd schudde.

Je moet dit doen, Demi.

'Zoals u zich wellicht herinnert, vertelt Johannes ons hier dat een groep schriftgeleerden en Farizeeën de vrouw bij Jezus bracht, nadat ze op heterdaad betrapt was. Ze herinnerden Jezus eraan dat de wet van Mozes duidelijk voorschreef wat er met zulke vrouwen moest gebeuren. Ze moest gestenigd worden. En ze zeiden tegen Jezus: "Wat zegt u ervan?"'

Ik keek naar de stenen op de bestuurstafel en hoorde wat ongemakkelijk geschuifel.

'Wat we in deze passage vaak over het hoofd zien, is het zesde vers: "Dit zeiden ze om hem op de proef te stellen, om te zien of ze hem konden aanklagen."' Ik wierp opnieuw een blik op St. Clair en Estes. 'Op 27 februari dit jaar kreeg Ethan Kaye ditzelfde dilemma voorgeschoteld. Ik werd bij hem gebracht – ik was betrapt in de armen van een man die niet mijn echtgenoot was, op precies die avond dat ik eindelijk mijn verstand teruggevonden had en besloten had de verhouding te beëindigen.'

Iemand, een vrouw, hapte hoorbaar naar adem. De anderen waren stil.

'Wyatt Estes, die, zoals u allemaal weet, jaarlijks een behoorlijke gift aan de universiteit geeft, en wiens familie dankzij haar financiële steun de school in staat stelt om enkele essentiële programma's aan te bieden, liet dr. Kaye een aantal foto's zien van mij en mijn minnaar – voormalig UvV-professor dr. Zachary Archer.'

De groep mensen in de deuropening begon te smoezen, totdat Peter Lamb zei: 'Stilte, alstublieft.'

'Dr. Kevin St. Clair was bij meneer Estes, en samen hebben ze dr. Kaye ongeveer dezelfde vraag gesteld als de Farizeeën aan Jezus stelden. "De wetten van deze universiteit zeggen dat dergelijk gedrag verachtelijk is en gestraft moet worden; wat zegt u ervan, dr. Kaye?"'

Ik liep naar de hoek van de tafel en legde mijn hand op de stapel stenen. Mijn hart bonsde en spoorde me aan om door te gaan. 'Nu is Ethan Kaye Jezus Christus niet, maar als een oprechte discipel van onze Heer en als iemand die het voorbeeld van onze Verlosser probeert te volgen, betoonde dr. Kaye genade aan mij, een zondaar. Ik heb gezondigd, en daarmee niet alleen mijn man en mijn kinderen zo diep gekwetst dat ze daar misschien nooit volledig van herstellen, maar ook deze school. Toch heeft Ethan Kaye me vergeven.'

Mijn ogen bleven opnieuw rusten op Estes en St. Clair, verstijfd als een set ijzeren boekensteunen die uit alle macht hun eigendunk overeind hielden.

'Maar Wyatt Estes en dr. St. Clair waren onbuigzaam, net als de Farizeeën in dit verhaal. Niet alleen jegens mij, een schuldige zondaar, maar ook ten opzichte van dr. Kaye, die ze ervan beschuldigen dat hij hier op school een sfeer gecreëerd heeft waarin gedrag zoals het mijne oogluikend wordt toegestaan. Ze leggen de verantwoordelijkheid voor mijn zonde net zozeer bij hem als bij mij. In feite –'

Ik richtte me tot het bestuur. 'Ze waren bereid om dr. Kaye te stenigen, figuurlijk gesproken dan. Ze hebben zijn ontslag aangevraagd – wat niets te maken heeft met het feit dat ik overspel gepleegd heb, net zomin als het dreigement van de Farizeeën om de vrouw te stenigen iets met haar zonde te maken had. Het was Jezus waar het de Farizeeën om ging en in dit geval waren meneer Estes en dr. St. Clair vastbesloten om dr. Kaye eronder te krijgen. Ja, wat ik gedaan heb, was verkeerd. En ik zal er de rest van mijn leven voor boeten. Maar ze hebben mij gebruikt als een wig tussen de belofte van dr. Kaye om de morele code van deze school hoog te houden, en zijn belofte om genade te betonen. Dat lijkt op wat die wetgeleerden bij Jezus probeerden te doen, of niet soms?'

Achterin zag ik Fletcher Bassett knikken, gebogen over het opschrijfboekje waar hij druk in krabbelde. De mensen in de deuropening staken hun duim naar me op en voor het eerst realiseerde ik me dat het studenten waren. Het rode haar van Brandon Stires stak boven de rest uit, en zijn hoofd bewoog op en neer met de oprechte ernst van een negentienjarige. Ik voelde een stroom nieuwe energie.

'Op de een of andere manier hebben deze rechtschapen mannen foto's in hun bezit gekregen waarop ik oneerbare dingen doe. Ik weet niet hoe dat gegaan is, en ik wil niet eens suggereren dat er sprake zou zijn van een onethische werkwijze. Daar gaat het niet om. Waar het *wel* om gaat, is dat ze ze gebruikt hebben om Ethan Kaye in de val te lokken. Om te laten zien dat hij mij mild zou behandelen en dat hij dus niet geschikt was om het morele peil van deze universiteit hoog te houden.'

Met schuin gehouden hoofd keek ik naar Ethan. Hij schudde nog steeds zijn hoofd, zijn scherpe ogen waren vochtig. 'In tegenstelling tot Jezus moest dr. Kaye mij opofferen om de universiteit te behouden en ik was daartoe bereid. Ik nam liever zelf ontslag dan dat hij de positie kwijt zou raken die hij op zo'n eervolle wijze vervult. In mijn optiek had hij geen andere keus – maar in de nasleep van die beslissing zijn er heel wat stenen gegooid, en niet alleen naar mij.'

Ik liep het nauwe looppad in dat tussen de stoelen was vrijgehouden.

'Mensen die te laf zijn om hun naam bekend te maken, hebben brieven naar de *Portland Orchard Independent* gestuurd, met daarin insinuaties die de geloofwaardigheid van Ethan Kaye ondermijnden. Er werden demonstraties georganiseerd waarbij studenten betrokken waren, hoewel de meesten van hen geen idee hadden waar ze tegen protesteerden, en al helemaal niet wisten waar ze dan vóór waren. Een labiele student liet zich zelfs zo meeslepen dat hij een verslaggever aanviel, en later Ethan Kaye zelf, maar hij werd niet teruggefloten door de mensen die zich zo druk maken om het bewaken van de morele en ethische normen en grenzen.

Het enige wat deze man gedaan heeft, is proberen Jezus' voorbeeld te volgen. Deze poging om hem te verwijderen is doelbewust voorbereid, manipulatief en volledig tegengesteld aan wat Jezus zou doen. Geen steen, om die metafoor maar weer te gebruiken, is op de andere gebleven … geen steen is niet geworpen.'

Ik liep weer naar voren. De huidplooien van Wyatt Estes trilden als blootliggende zenuwen.

'Te midden van al deze dingen, van mijn persoonlijke pijn, heb ik dezelfde vraag moeten stellen die Jezus zelf stelde. Waar is de vergeving die Jezus betoonde? Niet alleen aan mij, maar ook aan Ethan Kaye? Waar is de gelegenheid om een nieuw leven te beginnen? Om door te gaan met het werk dat God onze Vader ons te doen gegeven heeft?' Ik haalde mijn schouders op, ongepland, een gevolg van de verontwaardiging die ik voelde.

'In het verhaal zweeg Jezus. Hij bukte en Hij schreef met zijn vinger in het zand. Hier op de UvV, hier in Port Orchard, in heel South Kitsap, is zijn stilte ook oorverdovend geweest. Wat in zijn Woord geschreven staat over dingen als barmhartigheid en vergeving lijkt hier tot niemand te zijn doorgedrongen. We hebben onze gezichten begraven in wetboeken en met onze mond hebben we strikte verordeningen en verboden verkondigd die niets te maken hebben met het jagen naar het kennen van God, met het hebben van een relatie met Jezus Christus.'

Ik bukte en haalde de laatste steen uit de zak. De verfspatten voelden vertrouwd en rustgevend aan tegen mijn handpalm. 'Jezus zei: "Wie van jullie zonder zonde is, laat die als eerste een steen naar haar werpen."'

Ik liet de grote steen op tafel vallen. Hard. 'Dit is de steen die ik gedurende tweeënhalve maand naar mezelf gegooid heb, en ik ben klaar om hem neer te leggen. Als een van jullie niet gezondigd heeft, op wat voor manier dan ook, laat hij of zij dan als eerste een steen naar mij gooien, of naar dr. Ethan Kaye. Ga je gang. Ontsla hem en beroof de studenten van deze school van het soort geestelijk leiderschap dat hun de weg wijst naar een diepe, authentieke relatie met God.'

Niemand bewoog. Ik wees op de grote steen die me weken, nee, maanden, beschimpt had en ik keek het publiek vragend aan. De helft van de aanwezigen keek niet terug.

'Herinnert u zich wat er vervolgens gebeurde in deze geschiedenis?' Ik likte langs mijn lippen en voelde zweet. Ik was er bijna. Ik zou dit voor elkaar krijgen. 'Toen Jezus het zo stelde, legden de mensen hun stenen neer en ze vertrokken. Een voor een – de oudsten eerst.'

Ik keek Wyatt Estes en Kevin St. Clair recht in de ogen. 'Ik stel voor dat jullie dat ook doen. Zoals Jezus ook tegen de overspelige vrouw zei, Hij veroordeelt jullie niet. Jullie kunnen nu gaan en de zonde achterlaten die jullie op het punt staan te begaan. Jullie kunnen toestaan dat deze universiteit stelling blijft nemen voor wie Jezus was en is.'

Ik verwachtte niet dat St. Clair of Estes, of wie dan ook, op zou staan uit zijn stoel en met gebogen hoofd in de richting van de deur zou lopen. Maar er was iemand die dat wel deed. Iemand die ik niet gezien had tot hij zijn stoel in de hoek verliet, langs de muur schuifelde en zich een weg baande tussen de groep studenten door. Rich keek niet een keer naar mij terwijl de studenten opzij gingen en hij uit het zicht verdween.

Ik sloeg mijn hand voor mijn mond toen er van de tweede rij een stem klonk, allesbehalve zuidelijk en duidelijk woest. Ik zag dat Kevin St. Clair was gaan staan, met zijn vissenlippen volop in beweging.

'Is het niet overduidelijk dat dr. Costanas hier probeert om meer van zichzelf te maken dan ze is, wat een –'

'Let op je woorden, St. Clair.'

Ik staarde naar Ethan, die half uit zijn stoel omhoogkwam.

St. Clair stak zijn alomtegenwoordige vinger haast in Ethans gezicht. 'Hoe kun je geloven dat die foto's op illegale of onethische wijze verkregen zijn?' Zijn vinger schoot uit naar mij. 'Maar die foto's – en de laster jegens mij en mijn collega – zijn een garantie dat jij, voor zover ik er wat aan kan doen, nooit meer aan een christelijke universiteit zult werken.'

Ik trok mijn wenkbrauwen op. 'Is dat een dreigement, dr. St. Clair?'

'Het is een belofte!'

Ik stak mijn handen uit naar het publiek, met de palmen naar boven. Ethan keek niet naar St. Clair, maar naar de deur. De studenten duwden elkaar opzij om een kleine, jonge vrouw met geblondeerde lokken de zaal in te persen. Zelfs te midden van de opschudding die St. Clair had weten te creëren was haar gezicht uitdrukkingsloos – tot ze blijkbaar het gezicht vond dat ze zocht.

Ethan stak zijn hand naar haar uit en met de andere gebaarde hij naar Peter Lamb. 'Meneer de voorzitter,' zei Ethan, 'hier is nog iemand die graag iets wil zeggen.'

'Ik protesteer', bulderde St. Clair. Hij plaatste zijn hand autoritair op zijn heup, alsof hij het nu voor het zeggen had. 'Het is hoog tijd om iemand van onze kant te horen spreken.'

Tot mijn verbazing zei Peter Lamb: 'Ga zitten, dr. St. Clair. U hebt uw zegje gedaan.' Hij knikte naar mij. 'U mag ook gaan zitten, dr. Costanas.'

Andy Callahan, de advocaat van de universiteit, wees me zijn stoel en ging zelf naast Ethan in het gangpad staan. Ik voelde de mensen achter ons dringen om de tengere jonge vrouw te kunnen zien, die naar voren liep alsof ze op de automatische piloot functioneerde.

'Wie is dat?' fluisterde ik tegen Ethan.

Hij keek me niet aan. 'Het nichtje van Wyatt Estes. Ik dacht al dat ze niet meer zou komen.'

'Dames en heren, alstublieft.' Peter Lamb haalde een hamertje tevoorschijn en hij sloeg ermee op tafel.

Wat deed het nichtje van Wyatt Estes hier – en waarom sprak ze ten behoeve van Ethan? Ik wilde achterom kijken naar Estes, maar dat was eigenlijk niet nodig. Ik kon hem horen briesen terwijl hij en Kevin St. Clair hees en onverstaanbaar tegen elkaar fluisterden.

Peter Lamb stapte bij het meisje vandaan, met wie hij zelf even had staan fluisteren en hij wierp een dreigende blik op het publiek.

'Tatum Farris heeft het woord. En alstublieft, dames en heren, laten we verdere uitbarstingen achterwege laten.'

'Ik heb maar een paar dingen te zeggen en dan ben ik klaar – met jullie allemaal', zei Tatum Farris.

Ik was overrompeld door de heldere kracht van haar stem. Hoe gevoelloos ze misschien ook leek, het was duidelijk een pittige tante. Ik keek naar Ethan, die met zijn ellebogen op zijn bovenbenen steunde en zijn vingers tegen zijn lippen drukte.

'Een student met de naam Van Dillon heeft de foto's van dr. Costanas en dr. Archer gemaakt', zei ze. 'Dr. Archer had hem daarvoor betaald, omdat ...' Tatum stopte. 'Nou ja, dat heeft hier niets mee te maken. Nadat hij met de foto's gedaan had waar hij voor betaald was, heeft Van kopietjes van de foto's aan mij gegeven omdat ... hij dacht dat ik daar misschien in geïnteresseerd zou zijn.'

Waarom?

En toen wist ik het. De pijn die ik in haar ogen zag flitsen, ondanks haar enorme inspanning om stoïcijns over te komen, kon maar uit een bron afkomstig zijn. Zach had iets gehad met een studente, had Ethan aan mij verteld. En hier was ze. Ik voelde met haar mee alsof ze mijn zusje was.

'Laten we zeggen dat ik uit mijn dak ging – en toen heb ik de foto's aan mijn oom gegeven, Wyatt Estes.'

Ze keek in zijn richting. Ik hoorde hem zwaar ademen.

'Even voor alle duidelijkheid, dit had niets te maken met moraal', zei ze. 'Ik wilde alleen wraak nemen op Zachary Archer en de vrouw met wie hij samen was.'

Haar ogen schoten mijn kant op.

'Ik zei tegen mijn oom dat ik dacht dat hij wel wilde weten wat zich afspeelde op de universiteit waar hij geld aan gaf.' Ze richtte haar blik weer op hem. 'Ik heb niet tegen hem gezegd waar de foto's vandaan kwamen of waarom ik ze had – en hij vroeg er niet naar.'

Tatum keek naar het plafond, haar hoofd achterover zodat ik kon zien dat ze iets inslikte wat ze niet wilde zeggen. Dat had ik ook zo vaak gedaan.

'En toen heb ik Zachary Archer gebeld om tegen hem te zeggen dat hij op het punt stond om diep in de problemen te raken en dat hij dat verdiende, omdat hij de meest weerzinwekkende man was die ik ooit had gekend. Ik neem aan dat dat het moment was waarop hij verdween – en dat was precies wat ik wilde.' Ze boog haar hoofd en ik zag haar mond vertrekken. 'Dr. Costanas werd ontslagen, wat ik ook graag wilde. Wat ik niet wilde, was de ellende die dit dr. Kaye opleverde. Hij is een goed mens, en goed voor de school. In het begin interesseerde het me niet wat er met deze school zou gebeuren – maar toen ik had vastgesteld dat mijn haat eigenlijk gericht was op dr. Archer en dr. Costanas, kreeg ik medelijden met dr. Kaye. Ik heb een anonieme brief naar de krant geschreven om de aandacht van hem af te leiden.'

Ik bladerde in gedachten door de kranten om na te gaan welke brief ze bedoelde.

'Maar dat werkte averechts. Mensen begonnen te roddelen over de verhouding in plaats van dat ze dr. Kaye verdedigden.' Ze sloeg haar ogen neer. 'Dus een paar dagen geleden, toen Zachary Archer het lef had om me te komen opzoeken, heb ik hem de deur uitgegooid en nog een anonieme brief geschreven.'

Die kon ik plaatsen. De brief waarvan ik dacht dat Zach hem geschreven had. Ik schudde mijn hoofd. Iedereen die besmet geraakt was met Zach, klonk na afloop precies hetzelfde als hij.

'Natuurlijk werden mijn brieven door de krant geplaatst', zei ze. Haar stem was nu zo verstikt dat ze moeite had met praten. 'Tenslotte is die uitgeverij in bezit van de familie Estes.' Ze drukte haar prachtige, droevige lippen op elkaar en voegde alleen nog toe: 'Dat is alles wat ik wil zeggen.'

Ze haastte zich naar de deur en schoof de mensen opzij. De deuropening werd vrijgemaakt en terwijl het geroezemoes in de zaal toenam en Peter Lamb tevergeefs met zijn hamer op tafel sloeg, zag ik boven in de deuropening iets wat op rook leek.

Brandon Stires leek in slow motion te bewegen terwijl hij zijn mond bedekte, omhoog keek en zijn hoofd door de deuropening naar buiten stak. 'Mensen!' schreeuwde hij boven de herrie uit. 'Er is brand!'

39

∾

De studenten schoten als een man door de deuropening naar buiten. Er dreef onmiddellijk een rookgordijn de zaal binnen, waardoor de rest van de menigte in paniek raakte. Terwijl iedereen zich naar de deur haastte, hoorde ik mijn stem boven de paniek uitstijgen. De reactie die er bij mijn kinderen en mij in gehamerd was, trad automatisch in werking.

'Blijf kalm!' blafte ik. 'En buk!'

'Alles in orde, Demi?' riep iemand naar mij.

Ethan, op nog geen meter afstand van mij, hield twee spartelende vrouwen in bedwang.

'Zeg tegen ze dat ze laag moeten blijven!' riep ik terug.

Hij leunde zo ver mogelijk voorover, drukte beide vrouwen tegen zich aan en verdween in de rook. Het was nu al moeilijk om door de rook heen te kijken.

Rich' stem klonk in mijn hoofd. Beweeg beheerst en snel. Niet rennen. Dat is ongelofelijk moeilijk, maar toch moet je dat niet doen.

Ik boog voorover vanuit mijn heupen en ik dwong mezelf om beheerst in de richting van de deur te bewegen, maar de dichte rookwolk sloeg in mijn gezicht en daalde neer als een tweede plafond. Ik viel op mijn knieën en kroop verder. Voor mij, in de gang, hoorde ik mensen hoesten. Ik zag dat ze zich moeizaam bewogen en rondjes draaiden.

'*Omlaag!*' schreeuwde ik tegen ze.

Ik kon mijn eigen handen nauwelijks zien terwijl ik ze voor me uit dreef, de een na de ander. De vloer voelde heet aan onder mijn handpalmen, wat betekende dat het vuur van beneden kwam.

Terwijl ik mijn hand voor mijn neus en mijn lippen hield, ging ik op mijn buik liggen en ik tijgerde naar de muur. Centimeter voor centimeter kwam ik vooruit, terwijl het gegil en het gehoest een aanslag op mijn zenuwen deed. Alleen Rich' stem, die nog steeds in mijn hoofd klonk, weerhield me ervan om me net als de anderen over te geven aan de angst.

Ga naar de trap. Dan kun je hulp halen.

Voor mij zag ik de menigte in de richting van het grote trappenhuis dringen. Blijkbaar had niemand gedacht aan de kleine trap dichter bij de vergaderzaal. Iedereen dreef mee op de collectieve angst.

Ik kroop centimeter voor centimeter verder en dwong mezelf om niet te huilen, om het kleine beetje lucht dat er vlak boven de hete vloer nog over was niet te verspillen. Mijn linkerhand glipte omlaag. 'De trap! Hier, achter jullie!'

Mijn stem was niet meer dan een schor gekwaak en het gedreun van angstige voetstappen stierf weg. Ik schoof verder naar voren, tot mijn hele arm op de tree leunde en ik liet mezelf op de tweede tree rollen. Ik knipperde met mijn ogen, op zoek naar de openstaande deur naar de gang, die ik achter me dicht moest doen. Ik voelde een scherpe pijn toen ik de deur met de muis van mijn hand losmaakte van de deurstop. De deur draaide heel stroef, waardoor er een enorme rookwolk uit de hal het trappenhuis in stroomde voor ik hem dicht kreeg. Het plafond van het trappenhuis was gevuld met rook en ik schoof op mijn buik naar beneden, met mijn hoofd naar voren.

De hitte en de rook zouden opstijgen en de randen van het plafond zouden omkrullen, had Rich me verteld.

Je moet zorgen dat je buiten bent voor alle zuurstof uit de ruimte gezogen wordt.

Ik nam een hap lucht en hield mijn adem in. Mijn ogen brandden en ik kneep ze dicht terwijl ik me probeerde te herinneren in wat voor soort ruimte ik straks terecht zou komen. Gepleisterde muren. Wat had Rich gezegd over pleisterwerk? Dat dat meer hitte vasthield, toch, dan gewone latex? Ik moest uit de buurt van die muur blijven.

Die mottige banken – synthetisch en vol met piepschuim balletjes. Als de hitte die banken eenmaal bereikte, zouden ze onmiddellijk in lichterlaaie staan en alles om zich heen verslinden.

Ik vocht tegen de aanzwellende angst en ik drukte mijn handen tegen de vloer van het portaal dat ik nu bereikt had. De vloer werd warmer – maar nog niet zo heet dat ik mijn handen terugtrok. Ik voelde echter ook hitte op mijn rug en ik hoefde niet om te kijken om te weten dat de rook dichter werd. Als ik omlaag zou kunnen rollen naar de eerste etage, kon ik via het raam naar buiten. Dat had Rich gezegd. Goed dan … *blijf zo laag als je kan en ga naar buiten.*

Ik knipperde de tranen uit mijn ogen en probeerde zo ver mogelijk vooruit te kijken, naar de bocht in de trap. Een donkere mist gleed langs de muur omlaag.

Niet inademen. Kruip naar de volgende trap en rol naar beneden.

Maar terwijl ik met mijn handen over de grond tastte, voelde ik geen treden meer en ik moest nog een hap bijtende lucht nemen om te voorkomen dat ik als een idioot in het rond zou gaan kruipen. De trap was daar ergens, vlak voor me. Dat moest wel.

'Lieve God', zei ik hardop. 'O, lieve God, help me alstublieft.'

Mijn mond vulde zich met rook en ik spuugde en hoestte en trok de kraag van mijn shirt omhoog tot hij mijn neus bedekte. Ik probeerde een weg naar beneden te vinden en gleed uit. Terwijl ik een pijnlijke buiteling maakte, zweefden er zwarte rookpluimen langs het plafond. Ik hoorde glas breken. Lieve Heer …

'Is daar iemand? Is er iemand daarboven?'

God … had ik een stem gehoord …

'Rich? *Rich*?'

'Demitria.'

Ik steunde op mijn ellebogen en ik zag een duistere figuur omhoog komen. Plotseling waren zijn ogen daar, vochtig, en op een paar centimeter afstand van de mijne. De onderste helft van zijn gezicht had hij bedekt met een lap, waardoor hij eruitzag als een bankrover.

'Ga naar beneden!' schreeuwde hij.

Ik gooide mezelf omlaag, de tree af. Mijn keel zat dicht en ik voelde een enorme huilbui opborrelen, maar ik slikte hem in.

'Ga op je zij liggen en rol omlaag. Niet stoppen.'

Maar ik kon me niet bewegen. Boven ons verschenen opeens lichtgele vlammen die om zich heen grepen, op zoek naar voedsel.

'Rich – de bank!' schreeuwde ik en toen hoestte ik tot ik dubbel klapte.

Ik voelde een duw en ik maakte een soort koprol naar het trapportaal. Rich bevond zich boven mij nog voor ik naar de deur kon kruipen, die wijd open stond en waar de ene na de andere rookwolk doorheen golfde.

'Hou deze voor je gezicht.'

Hij drukte iets nats tegen mijn gezicht en ik haalde adem. Een klein beetje lucht bereikte mijn longen.

'We hebben ongeveer dertig seconden – doe precies wat ik zeg.'

Zijn stem drong tot me door en ik knikte. Dit was Rich – dit was de held van 11 september.

'Ik blijf boven je hangen en ik kruip met je mee naar beneden', zei hij in mijn verhitte oor.

Ik zag niets anders dan zwarte mist, dus ik sloot mijn ogen en dwong mezelf naar voren en naar omlaag te bewegen. Rich' lichaam zweefde vlak boven mij en hij legde zijn handen over de mijne, en hij tilde ze op en zette ze weer neer, terwijl hij me de hoek om stuurde en vervolgens nog verder naar beneden. Zijn borst ging zwoegend op en neer en raakte mijn rug. Zijn huid voelde klam en heet aan. Ik hield mijn hoofd zo laag mogelijk en bewoog met hem mee alsof ik een stuk speelgoed was, maar boven de lap voelde ik mijn gezicht branden. Ik zakte door mijn armen. Ik kon het niet helpen.

'Rich – staan we in brand?' probeerde ik te zeggen.

Zijn gezicht kwam omlaag, naast het mijne en hij schudde zijn hoofd, waarbij hij mijn wang schroeide. 'Het is gewoon de hitte. We zijn er bijna.'

Zijn stem klonk schor, niet gedempt, en ik wist dat hij mij zijn eigen gezichtsdoek gegeven had. En toen was er lucht – koel en verkwikkend op mijn hoofd en langs mijn gezicht.

'Costanas – wat ben je aan het doen?'

Ik voelde dat ik voorover rolde en opgevangen werd door onbekende armen, gehuld in dikke jassen.

'Geef me een veiligheidslijn', zei Rich. 'Dan ga ik weer naar binnen.'

'Je hebt je uitrusting nodig.'

'Nee, man, je hebt een dokter nodig – hé, hierheen! We hebben hier een gewonde brandweerman!'

Ik verkrampte in de armen die mij vasthielden. Rich lag aan onze voeten, met zijn gezicht op de grond. Terwijl ik toekeek, zag ik zijn shirt wegsmelten en zijn huid hing als vloeibare pasta aan zijn rug. Toen zijn haar in as uiteenviel, begon ik te gillen, tot iemand een masker over mijn gezicht duwde.

***

Sully zette de laatste flessen motorolie op de plank en hij wierp een blik op de klok. De bestuursvergadering moest nu onderhand afgelopen zijn – of ontploft, afhankelijk van de vraag of Tatum de beslissing genomen had waar hij op hoopte.

Hij veegde zijn handpalmen af aan de achterkant van zijn spijkerbroek en zette de radio aan. De stem van Martina McBride vulde de garage en Sully wachtte af tot ze het nieuws voorlas. Misschien was er een verslag – iets waaruit hij zou kunnen opmaken of het etentje met Ethan vanavond een feestje of een wake zou zijn.

Martina zweeg zo abrupt dat Sully omhoogkeek om te controleren of de lichten nog wel aan waren.

'Hier volgt een spoedbericht.'

Sully stormde op de radio af en zette hem harder.

'Er is brand uitgebroken op het terrein van de Universiteit van het Verbond. De brandweer is op dit moment ter plaatse en er is bekendgemaakt dat er op het moment dat de brand uitbrak ongeveer 120 mensen aanwezig waren in het hoofdgebouw. Er zijn verschillende brandweerwagens gearriveerd en verslaggeefster Connye Lester bevindt zich op dit moment bij Huntington Hall.'

Uit de radio klonk geraas, en de statische stem van een jonge vrouw die schreeuwde om daar bovenuit te komen.

Sully greep zijn sleutels en liet haar achter.

Hij ging op weg naar Port Orchard en dwong zichzelf om niet als een razende tussen het andere verkeer door te zigzaggen. Halverwege hoorde hij de stem op de radio stijgen naar het volgende niveau van ingestudeerde paniek.

'Doug – we hebben zojuist te horen gekregen dat het vuur aan beide zijden van het gebouw begonnen is, blijkbaar tegelijkertijd, wat doet vermoeden dat er sprake is van brandstichting. De brandweer kan dit nog niet bevestigen, maar alles wijst erop …'

Sully gaf een ruk aan het stuur en kwam met piepende banden tot stilstand op het parkeerterrein van een winkelcentrum, terwijl de auto's achter hem verwijtend toeterden.

Brandstichting. Hij sloot zijn ogen en trommelde met zijn knokkels tegen zijn bovenlip.

Ik zou wel willen dat die school tot de grond toe afbrandde.

Dat had ze gezegd.

Zoals ik het zie, krijgen ze dan allemaal wat ze verdienen – ook dr. Costanas, die, als je het dan zo nodig moet weten, de man van wie ik hield van me heeft afgepikt.

Het was onmogelijk – en toch zette Sully de auto in zijn versnelling en reed hij tussen het verkeer door, terug naar Callow. Deze keer haalde hij wel links en rechts in, met zijn hand op de toeter, terwijl hij naar de bakkerswinkel racete.

Hij zag dat haar Volkswagen voor de ingang geparkeerd stond – in een slordige hoek, alsof ze dronken was toen ze de auto daar neerzette. Het bordje *Gesloten* hing voor het raam, maar de deur stond halfopen en toen hij binnenstormde, hoorde hij achter de toonbank een stem, die klonk alsof de eigenaar ervan op de grond lag.

'Ga weg.'

'Tatum – ik ben het, Sullivan.'

Hij hoorde het geluid van iemand die overeind krabbelde en toen het scheuren van papier en een kreet die door zijn ziel sneed. Tatums gezicht, opgezwollen van het huilen, verscheen boven de toonbank. De tranen hadden sporen getrokken door het roet op haar wangen.

'Was je daar, Tatum?' vroeg Sully. Hij koos zijn woorden zorgvuldig. 'Bij de brand?'

'Ik heb het gedaan.' Ze sloot haar ogen.

Sully liep langzaam op haar af. 'Wat heb je gedaan?'

'Ik ben gegaan', zei Tatum. 'En ik heb het ze verteld – en toen de brand …'

'Oké, oké. Rustig aan.'

Hij kwam nog wat dichterbij, maar ze bewoog niet.

'Tatum,' zei hij, 'ik help je even om te gaan zitten, oké?'

Het was alsof hij een plank vasthield terwijl ze houterig met hem naar het eerste tafeltje liep. Hij voelde de shock door haar lichaam gieren.

'Ben je gewond geraakt bij de brand?' vroeg hij.

'Nee. Ik ben naar buiten gerend – ik kon nog ontsnappen.'

Sully slikte. 'En je hebt geen rook ingeademd?'

'Zijn ze allemaal dood?' Ze draaide haar gezicht langzaam naar hem toe, haar ogen schoten onrustig heen en weer. 'Zijn ze allemaal verbrand?'

'Ik denk het niet, Tatum – de brandweer is er.' Sully legde zijn hand voorzichtig over de hare. Pas toen realiseerde hij zich dat ze een stuk papier in haar hand geklemd had, dat tussen haar vingers door piepte.

'Het is mijn schuld', zei ze. 'Als ze doodgaan is het mijn schuld.'

Ze opende haar hand en keek naar het vochtige, verkreukelde balletje. In haar handpalmen glinsterden zweetdruppeltjes en Sully haalde diep adem.

'Lees het', zei ze. Haar stem trilde. 'Dan zul je zien dat het mijn schuld is.'

Sully hield zijn ogen op haar gericht terwijl hij het vodje aanpakte, het op tafel legde en gladstreek. Hij keek omlaag en zag een boodschap in zwarte vulpeninkt. De randjes waren vlekkerig geworden, maar de woorden waren duidelijk met zorg neergeschreven.

'Dat lag hier toen ik terugkwam', zei Tatum. 'Onder de deur door geschoven.'

'Het is al goed. Wil je dat ik het lees?'

'Niet hardop.'

Ze legde haar handen over haar oren en sloot haar ogen, alsof de woorden evengoed door zouden dringen als Sully ze in stilte las.

Mijn lieve Tatum,

Je hebt me eens verteld dat je wenste dat de hele UvV zou afbranden tot een hoop smeulende as, vanwege alle pijn die deze school je heeft aangedaan. Ik ben het inmiddels met je eens en ik heb besloten je wens te vervullen. Ik denk dat ik je dat verschuldigd ben.

Deze is voor jou, Tatum.

Het briefje was ondertekend met een zwierig – *Zach.*

Sully draaide het om en schoof het naar de rand van de tafel, ver bij Tatum vandaan. Toen hij zijn hand op haar arm legde, ging er een schok door haar heen. Haar ogen, vol pijn, vonden de zijne.

'Het is mijn schuld', zei ze. 'Ik ben naar de hoorzitting geweest en ik heb ze alles verteld. Ik dacht dat dat zou helpen. Ik dacht dat ik eindelijk iets goed had gedaan. Maar als ze allemaal doodgaan, is het mijn schuld.'

Sully ving haar op in zijn armen voor ze op kon springen uit haar stoel. Ze liet zich zonder verzet tegen hem aan vallen en begon te snikken.

'Het is niet jouw schuld, Tatum', zei hij in haar haar, dat rook naar rook en suiker. 'Hij is heel ziek.'

'Ik kan het niet uitstaan!'

'Niemand kan dat soort kwaad uitstaan, liefje.' Hij drukte haar gezicht tegen zijn borst. 'Niemand.'

En terwijl ze verder huilde, huilde hij met haar mee.

***

Tegen de tijd dat Sully geregeld had dat haar moeder haar kwam ophalen en hij aan haar had uitgelegd wat Tatum de komende 24 uur, de komende week en misschien nog een hele lange periode daarna nodig had, was hij bang dat hij te laat bij de brand zou zijn.

Hij wist niet precies waar hij dan te laat voor zou zijn. Hij bande scenario's van Ethan en Demi die op brancards naar buiten gedragen werden uit zijn hoofd. Hij stelde zich voor dat ze kalmpjes met gretige journalisten stonden te praten en verslag deden van hun gemakkelijke ontsnapping.

Het terrein was afgezet met politielint, waardoor hij niet bij de school kon parkeren. Hij liet de auto in een zijstraatje staan, klom over een heg en over een laag muurtje om de school via de achterzijde van de Vrijheidskapel te bereiken. Hij werd onmiddellijk omgeven door donkere rookwolken, hoewel hij geen vlammen zag. Toen hij uit de mist tevoorschijn kwam, zag hij alleen nog een groot, rokend skelet van hout en stenen, op de plek waar ooit Huntington Hall stond. Alle mogelijke scenario's flitsten aan hem voorbij, hardnekkig en agressief, terwijl hij de kraag van zijn T-shirt over zijn mond en zijn neus trok en de rest van de afstand in looppas aflegde.

Onder aan de heuvel stond een brandweerman in een veiligheidsjas, met een helm met gesloten vizier op zijn hoofd. Hij ging op het pad staan en stak zijn armen uit.

'Sorry, maat – ik mag je niet doorlaten.'

Sully tuurde naar de naam op de helm. 'Cauthen – vrienden van mij waren daar binnen. Zijn er –'

'Cauthen – hierheen!'

De brandweerman liep weg, zijn ene arm nog naar Sully uitgestrekt. 'Blijf op afstand. Het vuur is nog niet gedoofd.'

Sully wachtte tot de man zich bij twee andere gehelmde figuren gevoegd had, dichter bij het gebouw. Toen liep hij de heuvel op, ademend door de stof van zijn T-shirt. De giftige dampen van benzine en verbrande synthetische stoffen slokten de zuurstof op terwijl het gigantische karkas rookte en drupte en de laag gloeiende kolen leek te bewegen alsof het iets levends was. Tatums wens was inderdaad vervuld.

Hij bereikte de volgende slagboom en hij leunde erop, steunend op de muis van zijn handen. Hij liet zijn hoofd hangen en hapte naar lucht, vechtend tegen de misselijkheid.

'We hebben een lichaam gevonden', klonk een mannenstem. 'Misschien dat van de brandstichter – hij zat vastgeketend aan een trapleuning.'

Een andere diepe, rokerige stem vloekte. Tussen de scheldwoorden door hoorde Sully hem 'psychopaat' mompelen.

Sully spande zich in om te horen wat er gezegd werd.

'En weet je wat zo vreemd is – zijn koffertje is nauwelijks aangetast.'

'Iets waarmee we zijn identiteit kunnen vaststellen?'

'Initialen. ZDA.'

Sully liet zijn armen verslappen en hij legde zijn hoofd op de slagboom. Dit was te afschuwelijk om waar te zijn.

'Hé, gaat het wel?'

Sully draaide zijn hoofd. Naast hem, door de rook heen, werd het silhouet zichtbaar van een man met kroeshaar.

'Het gaat prima', loog Sully.

'Ik kan me niet voorstellen dat iemand zich prima kan voelen in deze puinhoop. Weet je zeker dat je geen behoefte hebt aan een beetje zuurstof?'

Sully bekeek hem nauwkeuriger. De man droeg geen uniform – en hij had ook geen kroeshaar. Zijn gezicht was zelfs bleek, en hij had twee kleine, scherpe oogjes. Hij had een hoog voorhoofd, dat abrupt overging in een bos dichte krullen. Ergens in Sully's hoofd rinkelde een belletje.

'Ik ben Fletcher Bassett, van de *Port Orchard Independent*. En jij bent toch Sullivan Crisp?'

Sullivan ging rechtop staan. 'Is er iemand gewond geraakt – behalve dat lichaam dat ze zojuist gevonden hebben?'

Bassett knikte. 'Een oudere man heeft daarbinnen een hartaanval gehad – was waarschijnlijk al dood voor de rook hem bereikte. En voor zover ik weet was er nog één andere gewonde – een brandweerman. De andere mensen die in dat gebouw waren hebben zich zo'n beetje allemaal gemeld, behalve een meisje waarvan ze denken dat ze gevlucht is.'

Sully knikte en hij liet het tafereel op zich inwerken. Zijn hart bonsde.

'Ook vervelend van die brandweerman', zei Bassett. 'Hij had geen dienst – hij had zijn uniform niet eens aan. Hij is naar binnen gerend om zijn vrouw te redden.'

Voor Sullivan de informatie tot zich kon laten doordringen, legde Bassett een hand op zijn schouder. 'O, man, het spijt me. Volgens mij ken je haar.'

Sully sloeg zijn hand opzij en hij stormde naar de heuvel, half rennend, half struikelend.

'Richard Costanas!' schreeuwde Fletcher hem na. 'Ze hebben hem met de helikopter naar Seattle gebracht.'

40

⁓

De intensive care van het brandwondencentrum van Harborview Medical Center baadde in de schemerige gloed van de nachtverlichting. Sully haastte zich door de gang naar de twee figuurtjes die de verpleegster hem aangewezen had.

'Mevrouw Costanas is daar beneden', had ze hem bij de verpleegsterspost verteld. 'Normaal gesproken laten we buiten het bezoekuur geen bezoekers toe, behalve familie. Maar omdat u haar dokter bent …'

Terwijl hij met grote stappen dichterbij kwam, zag Sully dat Demi's haar plat tegen haar hoofd zat, wat niets voor haar was, en dat ze in een tweed colbertje gehuld was. Het jasje zakte af bij haar schouders en de mouwen hingen tot over haar handen, alsof het eigenlijk van haar grotere broer was. Het leek wel een van de jasjes van Ethan.

Hij vertraagde zijn pas toen hij de jongeman zag die tegenover haar stond, met zijn kin naar voren gestoken en een wijsvinger waarmee hij naast haar oor in de lucht prikte. Hij zat barstensvol verwrongen woede en hij leek haar te willen aanvliegen. Sully's antenne ging omhoog.

Hij had hen bijna bereikt toen hij zich realiseerde dat de jongen – die Christopher Costanas moest zijn – in een deuropening stond en dat Demi er duidelijk langs wilde.

'Ga opzij, Christopher', hoorde Sully haar zeggen.

'Wat begrijp je niet? Je hebt het recht niet om hier naar binnen te gaan.'

Sully bleef staan, met zijn rug tegen de muur tegenover hen. Misschien had Demi hem nodig. Aan zijn stem te horen stond de jongen op het punt door het lint te gaan.

'Hij wil jou niet zien. Dat heeft hij gezegd.'

'Hij heeft niets gezegd, jongen. Tegen niemand. Hij is niet eens bij bewustzijn.'

'Ik ken hem – jij niet. Hij wil je nooit meer zien.' Zijn stem trilde.

Sully zag dat Demi haar handen op de schouders van haar zoon plantte en hem vasthield, ondanks zijn woedende, puberachtige poging om zich los te wringen. Zelfs vanaf de plek waar hij stond, kon Sully aan de geschrokken blik van de jongen zien dat het haar gezicht was dat hem op zijn plaats hield, niet haar handen.

'Deze keer sluit ik je niet buiten, Christopher', zei ze. 'Jij en ik kunnen je vader hier samen doorheen helpen. Je mag alles weten wat er gebeurt – je mag er bij zijn.'

De jongen bewoog zijn hoofd met een ruk naar achteren en hij keek haar woest aan. Sully hoorde hem zwaar ademen – maar hij trok zich niet los.

'Je denkt misschien dat je hem kent,' zei Demi, 'en misschien is dat ook wel zo – maar je kent mij niet. Dat is voor een deel mijn verantwoordelijkheid – maar dit is niet het moment om daarop in te gaan.'

Deze keer bewoog Chris zijn hoofd opzij en hij liet een halfslachtig gesis horen.

'Ik hou van die man en ik ga daar zo vaak naar binnen als ze maar toestaan, en ik ga naast zijn bed zitten tot hij me zelf vertelt dat hij me daar niet wil hebben.' Demi liet haar handen naar Christophers ellebogen glijden. 'Je kunt mee naar binnen gaan of niet, dat is aan jou. Als Jayne hier aankomt, geef ik haar dezelfde keus. En dan mag Jayne kiezen, dat doe jij niet voor haar. Heb je dat begrepen?'

Het ruige hoofd van de jongen maakte een laatste beweging, naar voren, alsof hij het niet langer omhoog kon houden. Demi liet hem los. Hij stapte opzij en keerde haar de rug toe.

Demi draaide zich tegelijk met hem om, en haar ogen ontmoetten die van Sully. 'Sullivan', zei ze.

Voor het eerst sinds hij was aangekomen, brak haar stem. Hij liep naar haar toe, zijn handen uitgestrekt om die van haar vast te pakken. Haar oogwit was bloeddoorlopen en haar gezicht was grijs van het roet, behalve rond haar mond en haar neus, waar blijkbaar een zuurstofmasker had gezeten. Maar hoewel ze zich haastte om zijn handen te pakken, was er op dat moment niets breekbaars aan Demitria Costanas.

'Heel erg bedankt dat je bent gekomen', zei ze. 'Ik wilde het je niet vragen –'

'Dat hoefde je ook niet te doen. Ik ben hier als een vriend.'

Ze knikte. 'Het ziet er niet goed uit, Sullivan. Ze waren bang voor inwendige brandwonden in zijn longen – die zijn er gelukkig niet. Maar hij heeft derdegraads brandwonden op zijn rug, zijn nek en zijn achterhoofd – veertig procent van zijn lichaam.'

'Wat afschuwelijk.'

'Hij is met me naar buiten gekropen zonder beschermende kleding, helemaal zonder brandweeruitrusting.' Ze streek met haar hand langs de zijkant van haar gezicht. 'Hij heeft me met zijn lichaam bedekt zodat ik niet zou verbranden.'

'Demi', zei Sully. 'Geen schuldgevoelens. Hij heeft gedaan wat hij moest doen.'

'Weet je – dat snap ik.' Ze keek naar haar vingers en leek zich nu voor het eerst te realiseren dat ze een masker van as op haar gezicht had. 'Hij heeft dit gedaan omdat hij is wie hij is. En weet je – de reden dat ik hier bij hem ben – dat heeft niets te maken met schuldgevoel. Dit is wie ik ben.'

'Mevrouw Costanas?'

Sully gebaarde over Demi's schouder naar een vlasblonde mannelijke verpleegkundige met een jas aan en een masker voor, die zijn hoofd om het hoekje van de deur stak.

'Ik moet gaan', zei ze. 'Wil je mee?'

Sully schudde zijn hoofd. 'Nee – nee, ik denk dat je het wel redt.'

Demi knikte en ze raakte zijn arm aan. 'Vertrek niet voorgoed zonder afscheid te nemen.'

En toen liep ze naar de verpleegkundige toe, met de tred van een vrouw die precies wist wat haar man nodig had.

***

Uiteindelijk doezelde Christopher rond twee uur 's ochtends weg in de leunstoel in de wachtkamer van de intensivecareafdeling. Ik wachtte tot zijn ademhaling zo gelijkmatig was als die van een kind voor ik inging op het aanbod van de verpleegkundige, die gezegd had dat ik vijf minuutjes bij Rich mocht zitten.

Gehuld in alle benodigde kledingstukken – een lange papieren jas, een masker, handschoenen en hoesjes voor mijn schoenen – ging ik naast het schommelende bed zitten waar Rich met zijn gezicht naar beneden op lag. Het bed hield hem constant in beweging, zodat zich nergens vocht zou verzamelen. Zijn fysieke herstel zou zo afschuwelijk pijnlijk zijn dat *ik* haast moest overgeven bij de gedachte eraan.

We hadden allebei al eerder te maken gehad met brandweermannen met brandwonden, we hadden hen opgezocht op afdelingen voor speciale zorg en in revalidatiecentra en hun verhalen over de martelgang die tot herstel moest leiden aangehoord ... maar het ruiken van het verschroeide vlees van mijn eigen man ...

In de wirwar van slangetjes, zakken, draden en verband had het iedereen kunnen zijn. Maar ik wist wie hij was, zoals ik dat altijd geweten had. Hij was mijn held – mijn boerende, zappende, eigenzinnige held die zo vreselijk

455

geleden had en die net als ik geen flauw idee had hoe hij dat allemaal moest verwerken. Dat was hoe hij hier terechtgekomen was, in een kamer waar de werking van zijn hart met doordringende piepjes werd bijgehouden.

Ik staarde naar het scherm en wenste dat het me zou vertellen hoe sterk zijn trots was – of zijn trots ons voor eeuwig uit elkaar zou houden, zelfs nadat ik bij hem gebleven was en hem door het voorspelde ziekenhuisverblijf van enkele maanden heen zou loodsen, door de serie corrigerende operaties die hij zou moeten ondergaan en de fysiotherapie waar ze me al op hadden voorbereid.

Ik zou dat doen – hem eten geven, hem baden en de drukverbanden aanleggen, en naar hem luisteren terwijl hij met opeengeklemde tanden zou vloeken. Ik kon niet verder denken – niet verder dan Rich' pijn. Het was niet alleen wat hij te verduren zou krijgen, maar ook wat ik te verduren zou krijgen omdat ik de vrouw was die van hem hield.

Wat ik tegen Sullivan gezegd had, was waar, hoewel ik het niet geweten had tot het over mijn lippen kwam. Ding-ding-ding, dr. Costanas. Dit *was* wie ik was – de echte ik – die zo intens en zo diep liefhad dat ze al die dingen zou doen, en zelfs nog meer, zonder de hoop dat er ooit iets anders zou zijn dan dat.

Ik boog mijn hoofd, mijn kin tegen mijn borst, en luisterde naar de fluistering.

Je moest wel, Demi. Goed gedaan.

***

Even voor het licht werd, viel ik uitgeput in slaap in de leunstoel naast die van Christopher. Toen ik wakker werd van het geluid van stemmen, zag ik dat iemand een deken over me heen gelegd had.

'Ze zeiden dat ze hier waren', hoorde ik iemand in de gang zeggen.

Mijn Jayne, met een flinterdun stemmetje. Ik krabbelde uit mijn stoel zonder de voetsteun omlaag te klappen en ik struikelde door de wachtkamer, met de deken achter me aan. Ze vloog in mijn armen en klampte zich aan me vast.

'Mam, is hij –'

'Hij gaat niet dood, liefje', zei ik. 'Hij is wel heel zwaar gewond, maar hij gaat niet dood.'

'Audrey – wat doe jij hier?'

Het was Christophers stem, maar de naam die hij noemde zou hij helemaal niet moeten kennen. Ik liet Jayne los en keek naar hem. Al het bloed was uit zijn gezicht weggetrokken, zelfs uit zijn lippen, die uiteen weken, stijf van schrik, alsof er een pistool in zijn rug gedrukt was.

'Ken je Audrey?' vroeg Jayne.

Ik keek over mijn schouder. Audrey stond in de deuropening, vlak voor Mickey, wier voorhoofd zo gefronst was dat het wel een omgeploegde akker leek. Audreys wangen waren al even kleurloos als die van Christopher. Ik dacht dat ik de diepste angst die dat meisje kon ervaren al eens eerder op haar gezicht gezien had – tot nu.

Jayne keek van haar broer naar haar 'geadopteerde zusje' en toen weer terug. 'Ik snap het niet', zei ze.

Ik keek weer naar Christopher, die eruitzag zoals toen hij twaalf was en op het punt stond een verzwegen misdrijf op te biechten.

En toen hoorde ik Audrey achter me fluisteren. 'C.J.'

Vijf mensen probeerden in stilte hun verstand opnieuw aan de praat te krijgen.

Audreys stem galmde door mijn hoofd: *En toen zei hij: 'Dus, als het eruitziet als een slet en als het zich gedraagt als een slet, dan moet het wel een slet zijn.'*

Christopher was C.J.? Hij was Boy? De ongrijpbare, verachtelijke Boy die dat tegen Audrey gezegd had was mijn zoon? De vader van haar baby?

'Jij?' zei Jayne. 'Jij bent die schoft?'

Ik sloeg mijn arm om Jaynes nek en trok haar terug voor ze Christopher, die helemaal van zijn stuk was, te lijf zou gaan.

'Wie is dit, Audrey?' vroeg Mickey. Ik kon horen dat ze zich opwond. 'Is dit het joch dat jou zwanger gemaakt heeft?'

Audrey knikte langzaam.

'Blijkbaar is dit dat joch', zei ik. Ik keek naar Mickey. 'Ik weet dat ik met mijn leven speel door je dit te vertellen – maar hij is ook mijn zoon.'

Alle ogen richtten zich op Christopher, die als een ballonnetje leegliep. Ik wachtte op de woede die in me op zou vlammen. De hemel wist dat ik er recht op had. Alle beledigingen die mijn zoon me toegesist had, hadden klaar moeten liggen om omgevormd te worden tot de scheldkanonnade die die kleine hypocriet zo verdiende.

Maar toen zag ik Mickey, die zonder te knipperen naar me keek en verwachtte dat ik precies zou doen wat zij haar kind aangedaan had. Wat ik Zach had aangedaan, en Christopher. Wat Rich mij had aangedaan.

Terwijl het enige waar we allemaal naar verlangden vergeving was.

Ik streek met mijn handen door mijn haar en woelde erin met mijn vingers. Toen stak ik mijn beide armen uit, een naar Christopher en een naar Audrey.

'Goed', zei ik. 'Het lijkt erop dat hier het een en ander opgelost moet worden.'

'Zou je denken?' zei Mickey.

Ik keek naar Christopher. 'En dat zul jij doen, jongen – je zult verantwoordelijkheid nemen voor wat je gedaan hebt.'

Hij keek me aarzelend aan, onder het blonde haar dat als een sluier over zijn wenkbrauwen hing, als beschaamde vingers.

'Niemand van ons kan stenen gooien.' Ik keek naar Mickey. 'Niemand van ons.'

Jayne tikte verlegen op mijn arm. 'Eh, weet je wat? Ik ga even een colaatje halen of zo.' Ze liep in de richting van de deur, maar ze bleef staan toen ze bij Audrey kwam. 'Lieve help', fluisterde ze. 'We zijn echt een soort zusjes.'

Met een hand over haar mond, in een roes van geluk die alleen zij op dat moment voelde, draafde ze naar buiten, rakelings langs de nog steeds verbijsterde Mickey.

'Wat hebben jullie tweeën op dit moment nodig?' Ik keek van het ene lijkbleke kind naar het andere. Twee tieners die zojuist in botsing waren gekomen met hun toekomst. 'Willen jullie even alleen zijn, of hebben jullie bemiddelaars nodig?'

'Alleen zijn', zei Audrey vlug.

Christopher zag eruit alsof hij door het raam gesprongen zou zijn als een van ons hem dat zou vragen. Mickey volgde me naar de gang en ik bereidde me voor op een verbale aframmeling.

'Ik weet zeker dat je niet gegeten hebt sinds je hier bent.'

Ik draaide me om en staarde haar aan.

Ze stak me een warmhoudzak toe. 'Ik weet hoe jij je gedraagt als je onder grote druk staat. Er zit een thermosfles erwtensoep in, brood van gekiemde tarwe – van alles en nog wat. Je hebt koolhydraten en vet nodig en ik weet zeker dat je elektrolyten totaal overhoop liggen.'

'Mick', zei ik. 'Het spijt me van mijn zoon.'

'Alsof wij ook maar enige controle hebben over onze kinderen.' Ze liet de tas zakken en sloeg haar ogen neer. 'Jij hebt het een stuk beter aangepakt dan ik – jij pakt alles beter aan dan ik.'

'Nee. Dat is niet waar.'

'Hoe gaat het met je – hoe gaat het met hem?'

'Dat hoor ik zo meteen.' Ik stak mijn arm uit. 'Loop je met me mee naar de verpleegsterspost? Ik kan wel wat steun gebruiken.'

Ze kwam naast me lopen, en keek me van opzij aan. 'Heb je al gehuild?' vroeg ze. 'Je weet dat je vroeg of laat zult moeten huilen.'

***

Rond de middag was Rich nog steeds te verdoofd om te praten. Ze hadden hem al twee keer op een metalen bed gelegd waar slangetjes aan bevestigd waren die hem nat hielden terwijl ze onder water de dode huid weg schrobden om infecties te voorkomen. Dit was een van de pijnlijkste behandelingen die een patiënt kon ondergaan, had Ike, de blonde verpleegkundige, me verteld, en na afloop ervan dienden ze een verdoving toe. Toen Ike me begon uit te leggen dat het was alsof je met hete naalden gestoken werd, gaf Mickey hem de opdracht om 'op te hoepelen met zijn vertelkunst'.

Ze was wat vriendelijker tegen de plastisch chirurg die uitlegde dat ze Rich' linkerhand, waar de brandwonden het ernstigst waren, volgende week zouden vasthechten onder de huid van zijn onderbuik, om de hand te beschermen en de genezing van de huid rond de vingers te bevorderen. Daarna, zo vertelde hij ons, zouden er nog ongeveer acht operaties volgen, onder andere het bevestigen van pinnen in zijn vingers zodat hij zijn hand weer zou kunnen gebruiken en de mogelijke amputatie van zijn pink.

'Het overlevingspercentage hier is 96 procent', stelde hij me gerust.

'Bedoelt u de patiënten?' vroeg ik. 'Of hun vrouwen?'

Er kwamen ook nog een maatschappelijk werker en een psycholoog om met ons te praten.

'Het is een teamgebeuren', vertelde Ike me. 'We hebben overal aan gedacht.'

Toch wenste ik meer dan eens dat Sullivan er zou zijn, om te bevestigen dat de zekerheid die ik voelde echt was.

Een paar jongens van de kazerne kwamen langs, keken naar Rich door het raampje van zijn kamer en draaiden zich vervolgens om naar mij, hun ogen roodomrand en vochtig. Uiteindelijk zei ik tegen hen dat ik zou bellen als het beter met hem ging.

Ik zat elk uur vijf minuten bij Rich en liet de kinderen de andere tien minuten verdelen. Nadat Christopher tijdens zijn bezoekje van elf uur bijna van zijn stokje ging, gaf hij zijn vijf minuten aan mij.

Het was een ongelofelijk intensieve dag voor mijn zoon.

Het scheelde niet veel of Mickey goot de erwtensoep en de kruidenthee die ze van de ziekenhuisstaf geëist had zelf bij me naar binnen. Ze was weer helemaal zichzelf. Ik zat aan het randje van een brok lijnzaadbrood te knabbelen toen ze een kopietje van de krant tevoorschijn haalde.

'Ik wist niet of je dit zou willen zien of niet', zei ze. 'De brand staat op de voorpagina.'

Ik ging rechtop zitten en staarde ernaar, me afvragend welk stukje van mijn leven deze keer onder de loep genomen werd. De helft van de bladzijde werd in beslag genomen door een kleurenfoto van de overblijfselen van Huntington Hall – een zwart kadaver, met rook die nog steeds uit de kniehoge laag puin omhoog kringelde.

Ik voelde niets. Huntington Hall was wat mij betreft nooit het hart van de Universiteit van het Verbond geweest. Mijn UvV had niets te maken met de beproevingen die Ethan Kaye in zijn kantoor met mensen als Kevin St. Clair had moeten ondergaan, dus voor mij was er in de optrekkende rook en de lukraak verspreide restanten kantoormateriaal niets verloren gegaan. Ik vroeg me nog even af of de beschilderde steen het overleefd had, of dat hij voor eeuwig begraven zou zijn, zoals hij verdiende.

Ik wilde de krant opvouwen toen ik nog iets anders op de foto zag – iets wits, iets wat haast leek te zweven achter de enorme ravage. Ik hield de krant vlak bij mijn gezicht en glimlachte.

'Wat is er?' zei Mickey.

Ik legde de krant op mijn schoot en streek hem glad. 'Je kunt de kapel zien. Nu dat logge, lelijke ding uit de weg is, kun je de Vrijheidskapel zien.'

Dat moest ik aan Ethan vertellen.

***

Rond drie uur, na mijn vijf minuutjes met Rich, begon ik in te zakken en Mickeys troostvoedsel begon op te raken. Ze was op zoek gegaan naar een supermarkt, met Jayne in haar kielzog, en Audrey en Christopher zaten in een ongemakkelijke, pijnlijke stilte aan de andere kant van de wachtkamer. Ik was te uitgeput om iets voor ze te doen, en in die toestand trof Ethan Kaye me aan.

'Je ziet eruit alsof je het allemaal aankunt', zei hij tegen me, terwijl zijn handen de mijne omvatten en hij naast me ging zitten.

'Leugenaar', zei ik.

'Je blijft me verbazen met je kracht, Demi. Ik heb dat gemist toen je er niet was.'

Ik bracht Ethan op de hoogte van Rich' toestand. Hij vertelde me over Wyatt Estes. 'Hij heeft blijkbaar een hartaanval gehad toen hij naar buiten probeerde te komen', zei Ethan. 'Ze hebben vastgesteld dat hij is overleden voor hij door de rook bevangen werd.'

'En hoe is het met jou?' vroeg ik.

'Met mij gaat het goed.'

Ik kneep in zijn hand. 'Nee, ik bedoel de beslissing van het bestuur. Ik neem aan dat ze daar nog niet aan toegekomen zijn.'

'Ze hebben vanochtend vergaderd.'

'En?'

Hij ademde uit door zijn neus, langzaam en langgerekt. 'Ik ben nog steeds directeur van de UvV.'

'Het was een unanieme beslissing, of niet?'

Hij knikte. 'Dankzij jou.'

'En dat kleine blondje. Hoe heb je haar in vredesnaam gevonden, Ethan?'

Ethan glimlachte, wat ik hem al heel lang niet meer had zien doen. 'Dat heb ik aan Sully te danken. O, ja, hij heeft me nog iets voor jou gegeven.'

Ik keek toe terwijl hij een opgevouwen velletje papier uit de zak van zijn jasje haalde.

'Ik heb je colbertje nog', zei ik. 'Ik zal het laten stomen, maar ik weet niet zeker of die rooklucht er ooit nog uit gaat.'

Ethan schudde zijn hoofd en stopte het papiertje in mijn hand. 'Ik denk dat ik het toch nooit meer zou dragen. Hoe minder herinneringen ik aan deze periode van mijn leven heb, hoe beter.'

'Ik begrijp het.' Ik sloot mijn vingers om het vel papier.

'Ik zal je met rust laten, zodat je dat kunt lezen.' Ethan stond op, nog steeds met een van mijn handen in de zijne.

'Demi – ik zou je dolgraag terug willen hebben als jij er klaar voor bent. Kevin St. Clair heeft ontslag genomen en ik heb een stafvergadering gepland om te bespreken hoe we verder gaan. Ik wil dat jij daarbij betrokken bent.'

Ik sloot mijn ogen en liet dat tot me doordringen.

'Dank je wel', zei ik, 'maar op dit moment is Rich mijn prioriteit. Als hij eenmaal hersteld is, kunnen we verder kijken.' Ik liet zijn hand los. 'Ik weet dat ik je niet kan vragen om zo lang te wachten – en het kan best even duren.'

'Zo lang als nodig is, Demi', zei hij.

Sullivans brief was kort.

Demi,

Jij bent nu goed op weg, en ik moet verder met mijn eigen weg. Als jij en Rich therapie willen, bel me dan alsjeblieft, dan zal ik jullie voorstellen aan iemand die in deze volgende fase van jullie gezamenlijke reis naast jullie zal wandelen. Ik bid dat dat gebeurt, maar Demi, als dat niet zo is, weet je dat jij jezelf gevonden hebt – zoals God je bedoeld heeft. Het is een eer en een vreugde voor me geweest om dat te zien gebeuren.

Gods zegen,
Sullivan Crisp

Ik vouwde de brief op in keurige rechthoekjes en hield hem tussen mijn handpalmen. Ik had heimwee naar de zoemer, de ding-ding-dings en de grijns die niet in woorden te vatten was.

Maar terwijl ik het papiertje vastklemde, voelde ik iets verdrietigs en verlangends.

Hij moest het doen, Demi.

Wat dat precies was, wist ik niet. Ik wist alleen dat er meer dan spelshowtherapie en theologie nodig was om hem er doorheen te helpen. Ik hoopte dat zijn mentor iemand was die hem een duwtje in de goede richting zou geven, die hem zou aanmoedigen en vriendelijk voor hem zou zijn. Ik hoopte dat het iemand was zoals hij.

Ik schoof mijn couscous over het papieren bordje heen en weer toen Ike, de verpleegkundige, in de deuropening van de wachtkamer verscheen met een nieuwe uitdrukking op zijn gezicht.

'Hij is wakker', zei hij tegen mij. 'Je mag vijf minuten bij hem.'

Ik keek naar de kinderen. Christopher sprak de eerste woorden die hij sinds Audrey die ochtend binnen was komen lopen tegen me gezegd had: 'Ga jij maar, mam.'

Ik haastte me door de gang, half rennend. Ik trok de touwtjes van het masker in de knoop terwijl ik ze vast probeerde te maken en ik liet me door Ike in een papieren jas hijsen, terwijl ik probeerde te luisteren naar zijn instructies over onderwerpen die ik moest vermijden.

Die bleek ik niet nodig te hebben, want Rich draaide zijn gezicht in mijn richting en begon rasperig te praten nog voor ik zat.

'Ik kan niet veel zeggen, Demitria', zei hij.

Ik begon te huilen. Ik was het niet van plan, maar het gebeurde toch.

'Je hoeft niet te praten', zei ik.

'Nee – ik heb te lang gezwegen.'

Hij ademde moeizaam en ik keek bezorgd naar de andere kant van het bed, waar Ike met zijn rug naar mij toe aan knopjes en schakelaars draaide.

'Dan kan een beetje langer ook geen kwaad.' Opeens wilde ik niet horen wat Rich te zeggen had. De angst die ik de hele dag al met zo veel succes had bestreden schoot door me heen, en daarmee kwamen ook alle gedachten die ik onderdrukt had naar de oppervlakte.

Hij was zijn waardigheid verloren, zijn carrière en nu bijna zijn leven, en dat kwam allemaal door mij. Wie ik nu ook was, dat zou hij nooit kunnen vergeten. Daar zou hij nooit overheen komen. Elk litteken dat hij de rest van zijn leven mee zou dragen zou hem daaraan herinneren. 'Ik hoorde je praten', zei hij.

'Rich … sst.'

'Tijdens die vergadering. Ik wil gewoon zeggen – ik heb geen stenen, Demitria.'

Ik schudde mijn hoofd.

'Ik heb geen stenen om te gooien, liefje.'

Hij haalde nogmaals adem en Ike stapte met ritselende schoenhoezen op ons af. Ik bracht mijn gezicht vlak bij dat van Rich en ik hoorde zijn laatste fluistering voor hij weer buiten bewustzijn raakte.

'Ik zat ook fout', zei hij. 'Ik wil –'

'Dat lijkt me wel genoeg voor nu', zei Ike.

'Wat wil je, Rich?'

'U kunt over een uur terugkomen. Als het goed is, is hij dan wakkerder.'

Ik liet me door Ike naar de deur brengen, maar ik kon mijn ogen niet afhouden van het kleine stukje gezicht dat zichtbaar was tussen de witte zwachtels. Rich opende zijn ogen.

'Jou', hoorde ik hem fluisteren. 'Ik wil jou.'

***

Sully had nog een bezoekje af te leggen voor hij Port Orchard verliet. Hij had gedag gezegd tegen Ethan, Tatum opgezocht en Isabella afgeleverd bij de veilingmeester. De garage was uitgeruimd, met uitzondering van het meubilair uit de kringloopwinkel, dat hij achtergelaten had zodat de volgende huurder zich erover kon verwonderen. Terwijl hij de stad uitreed en op weg ging naar het vliegveld van Seattle, was er nog één ding dat hij moest doen.

Hij had in de krant over de begrafenis gelezen. Er werd niet veel werk van gemaakt – geen condoleance in het rouwcentrum, alleen een korte dienst bij het graf. Ironisch genoeg had Fletcher Bassett in zijn artikel geschreven dat in plaats van bloemen donaties aan de Universiteit van het Verbond op prijs gesteld werden. Sully vroeg zich af wie dat geregeld had.

Er stonden maar een paar auto's geparkeerd bij de begraafplaats en er hadden zich zo weinig mensen in de regen verzameld dat Sully zich afvroeg welk graf dat van Zach Archer was. Het verbaasde hem niet. Wie zou hem nog een laatste eer willen bewijzen nadat het nieuws van de brandstichting bekend was geworden?

Het lichaam van dr. Zachary Archer is gevonden in de noordelijke vleugel van het gebouw, waar het met handboeien aan een trapleuning was vastgemaakt, had Bassett geschreven. *De recherche heeft vastgesteld dat er sprake was van brandstichting, gecombineerd met zelfmoord. Bestuursleden van de universiteit geven geen commentaar op een mogelijke schakel tussen deze gebeurtenis en Archers betrokkenheid bij een schandaal dat ten tijde van de brand in de vergaderzaal van Huntington onderzocht werd, hoewel Archers naam tijdens de hoorzitting genoemd werd.*

Sully had zich verbaasd over Fletchers laatste paragraaf.

Berichten vanaf de campus wijzen erop dat zowel de staf als de studenten blij zijn met de beslissing van het bestuur om dr. Ethan Kaye aan te houden als directeur. De studenten zijn al net zo enthousiast over de mogelijke terugkeer van dr. Demitria Costanas.

Het kwam wel goed met haar. Met Demi, en met Ethan ook. Terwijl hij door de motregen naar het graf met het bedroevend kleine groepje rouwenden wandelde, vroeg Sully zich af of dat genoeg was om hem ervan te overtuigen dat hij ooit weer in staat zou zijn om iets voor een ander te betekenen.

De dienst was kort en somber, en had niet hopelozer kunnen zijn. Alle elementen van een verspild leven waren aanwezig, van de druilerige regen tot de apathie van de vier mensen die zich rond het graf verzameld hadden, hun hoofden gebogen, terwijl ze in gedachten bezig waren met boodschappenlijstjes en de middagspits.

Toen de geestelijke iets mompelde over as tot as, wist Sully zeker dat hij zich vergist had. Het enige effect hiervan was dat hij gedeprimeerd raakte. Toen de zwartgejaste man de 'rouwenden' uitnodigde om hun medeleven te betuigen aan de vrouw die onder een paraplu in een stoel zat, die naar Sully aannam een familielid moest zijn dat nauwelijks iets van haar bloedverwant af wist, maakte hij zich los uit de kring en liep hij naar zijn auto. Achter zich hoorde hij het gespetter van voetstappen.

'We treffen elkaar opnieuw, dr. Crisp.'

Sully draaide zich vluchtig om en hij zag een bos dichte krullen dichterbij komen. Hij bleef staan en stak zijn hand uit.

'Goed artikel in de krant', zei Sully. 'Ik waardeer wat je voor dr. Costanas gedaan hebt.'

Bassett haalde zijn schouders op. 'Ze is een goed mens.'

'Dat is ze zeker.'

'Ik weet niet welke connectie u met haar hebt', zei Fletcher.

Sully's gezicht vertrok in een halve grijns en hij wandelde verder naar zijn auto. 'En dat hoef je ook niet te weten.'

'Goed – geef me dan iets anders om op te kluiven. Waarom bent u op de begrafenis van Zach Archer? Dat verband zie ik ook niet.'

Dat vraag ik me ook af, jongen, dacht Sully.

En toen wist hij het. Hij wist het zoals hij het voor Demi geweten had, en voor Ethan.

'In vertrouwen?' zei hij tegen Fletcher.

De krullenbol knikte.

'Ik ben gekomen om mezelf eraan te herinneren dat hoewel het voor deze vent afgelopen is – dat voor mij niet het geval is.'

'O-ké –'

'Want weet je, vriend? Tot je dood bent, ben je nooit klaar.'

En toen liep Sully met grote stappen naar zijn auto, glimlachend, terwijl de tranen en de regendruppels over zijn gezicht rolden omdat dr. Sullivan Crisp absoluut nog niet klaar was.

Dankwoord

∽

Wat een geweldig team heeft ons geholpen bij het scheppen van *Stenen van genezing*. Voor het geval dat jij een van die mensen bent die daadwerkelijk het dankwoord leest, hebben we geprobeerd de onderste steen boven te krijgen in het noemen van hun namen. Een bewuste woordspeling.

Dr. Dale McElhinney, therapeut/psycholoog, die ons ervan weerhouden heeft de psychotherapie weer te geven zoals deze twintig jaar geleden bedreven werd. Dat hij de passages over therapie gelezen en herlezen heeft, is zeer waardevol.

Ardi, Jayna en Haven Fowler en Barbara Dirks die hun huizen in Port Orchard voor ons opengezet hebben, evenals hun hart, en die de stad tot leven gebracht hebben.

Nick McCorkel, Joey Simms en Bobby Cawthen, de brandweerlieden uit Lebanon Tenessee, die Nancy in staat stelden om aanwezig te zijn bij een brand en luitenant Glen Pappuleas ('Pappy') van de brandweer van South Kitsap, die Rich Costanas tot leven gebracht heeft. We hebben enorm veel respect voor het werk dat zij doen.

Susie Cole, die ons geholpen heeft bij het doen van onderzoek, foto's gemaakt heeft en onze hand vastgehouden.

Haar opgewekte steun heeft de duisternis van het beschrijven van Demitria's reis verlicht.

Jim Rue, die, hoewel hij helemaal niet op Rich lijkt, vele waardevolle inzichten in de wereld van de man heeft toegevoegd en het verhaal zo een nieuwe dimensie heeft gegeven. Zijn morele steun is niet te meten.

Marijean Rue, die las, adviseerde, ervoor zorgde dat alle jongerentaal klopte en die ons telkens weer van snacks voorzag. Dit boek had echt niet geschreven kunnen worden zonder haar.

De Writeen Crue, die het boek aan de praktijk toetsten en ons de moeilijke vragen stelden die onze lezers ons ongetwijfeld ook zullen stellen.

Lee Hough en Greg Johnson, onze literair agenten die de weg voor dit boek vrijgemaakt hebben en ons in zeer veel opzichten geholpen hebben het hoofd boven water te houden.

Onze redacteurs, Amanda Bostic, L.B. Norton en Jocelyn Bailey, die ons steeds weer verbaasden met hun inzicht, hun tact en hun vermogen om elke literaire misser op te sporen.

Onze lieve, lieve vriend Joey Paul, aan wie dit boek is opgedragen, met alle liefde en respect. De manier waarop hij Sullivan Crisp vorm heeft gegeven, en zijn geloof in ons, is met niets te vergelijken.

Handleiding
voor leesgroepen

1. *De eerste steen* is allereerst geschreven als literatuur, om
    je in te verliezen en om van te genieten. We hopen dat
    het verhaal je heeft meegenomen en dat de karakters
    echt tot leven kwamen. Zonder ook maar iets van dit
    plezier te willen vergallen (wat je op de middelbare
    school tijdens literatuurlessen waarschijnlijk vaak
    genoeg is overkomen!), bieden we je deze punten aan
    om over door te praten.

    a. Het verhaal is geschreven vanuit twee gezichtspun-
        ten – dat van Demitria en dat van Sully. Welke van
        de twee sprak jou persoonlijk aan?
    b. Waren er andere karakters die je aanspraken? Mic-
        key? Jayne? Ethan? Porphyria? Rich? Chris? Tatum?
    c. Waren er karakters die je frustreerden? (Met andere
        woorden, die maakten dat je zin had om ze door
        elkaar te schudden, een mep te geven of uit het raam
        te duwen?)

d. Welke verhaallijn intrigeerde je het meest? Het dilemma van Rich en Demitria? De vraag wie de foto's genomen had? Sully's innerlijke kwelgeesten?

e. Was er iets aan de stijl van het boek dat je in verrukking bracht of waar je juist op afknapte?

f. Voelde je je tevreden na het lezen van de laatste bladzijde?

g. Hoe denk je dat het volgende gedeelte van Sully's reis eruit zal zien?

2. Het thema van het boek is uiteraard vergeving, op alle mogelijke niveaus. Het is misschien nuttig om te bespreken hoe jij vergeving definieert – en hoe je haar ervaren hebt – voordat je specifiek ingaat op de manier waarop het in *De eerste steen* wordt uitgewerkt.

a. Was jij in staat om Demitria haar ontrouw aan Rich te vergeven, of denk je dat ze eigenlijk gewoon kreeg wat ze verdiende?

b. Kon je je inleven in Rich' onvermogen om haar te vergeven?

c. Welk gevoel kreeg je bij Christophers reactie op zijn moeder? Waarom denk je dat hij zo bitter reageerde?

d. Wat is volgens jou de reden dat Jayne haar moeder kon vergeven, terwijl Christopher dat niet voor elkaar kreeg?

e. Wat was er aan de hand met Mickey? Ze had zo veel genade voor Demi, maar toen haar eigen dochter dat nodig had, leek het alsof ze het niet kon opbrengen. Hoe zit dat?

f. Demitria had vergeving nodig, absoluut, maar hoe zat het met de mensen die zij moest vergeven?

g. Ben je het eens met Demi's interpretatie van de geschiedenis van Jezus en de overspelige vrouw?

h. Wat vind je van Ethans uitleg over de manier waarop we gered zijn van onze scheiding van God door de dood en de wedergeboorte van Jezus Christus (zoals omschreven in zijn paaspreek)?

i. Kevin St. Clair en Wyatt Estes hadden duidelijk een heel ander beeld van genade dan Ethan en Demi, maar zit er iets in de opvattingen van St. Clair en Wyatt over vergeving waar jij mee instemt?

j. Zowel Sully als Demitria hadden moeite met het vergeven van zichzelf – en het aanvaarden van Gods vergeving. In welk opzicht is dat anders dan het geven of ontvangen van vergeving wanneer we met andere mensen te maken hebben?

k. Toen Sully het moeilijk had met wat hij had kunnen en misschien zelfs had moeten doen om zijn vrouw Lynn te redden, antwoordde Porphyria: 'Misschien had dat gekund. Misschien had dat zelfs gemoeten.' Verraste dat je? Bespreek of jij je kunt vinden in de dingen die Porphyria vervolgens zegt over het aanvaarden van Gods vergeving en genezing.

l. Is het genoeg om simpelweg vergeving te ontvangen? Wat zegt dit boek over wat er na de aanvaarding van de genade moet gebeuren?

3. Heb jij iemand als Porphyria in je leven? Wat betekent deze persoon voor je? Denk jij dat je zelf een mentor voor iemand anders zou kunnen zijn?

4. In *De eerste steen* hebben we geprobeerd mensen te laten zien op breekpunten in hun leven, plekken waar een beslissing genomen moest worden die bepalend zou zijn voor de richting van de rest van iemands reis door het leven. Praat met elkaar over de breekpunten van de verschillende karakters – waar je ze in het boek aantreft, welke keuze er gemaakt wordt en welke gevolgen deze keuzes uiteindelijk hebben.

   a. Demitria Costanas
   b. Zach Archer
   c. Rich Costanas
   d. Jayne Costanas
   e. Christopher Costanas

f. Ethan Kaye
g. Sullivan Crisp
h. Mickey Gwynne
i. Audrey Flowers
j. Tatum Farris
k. Jijzelf

5. Heb jij weleens geworsteld met spijt, zoals Demitria? Is er iets in je verleden dat je verborgen hebt gehouden en dat je nu pas met anderen kunt delen?

Als jij of je leesgroep vragen heeft, voel je dan vrij om een van ons, of ons allebei, een e-mail te sturen: nnrue@hughes. net of sarterburn@newlife.com. We vinden het fijn om te praten over de boeken die we schrijven, dus aarzel niet om contact met ons op te nemen. We maken deze reis met elkaar.